Gerhard Roth

Grundriss eines Rätsels

Roman

S. FISCHER

Erschienen bei S. FISCHER

Gesamtherstellung: CPI books GmbH, Leck
Printed in Germany
ISBN 978-3-10-066068-8

»Auch die Geschichte ist noch nicht die Zeit, ebenso wenig die Entwicklung. Beides bezeichnet ein Nacheinander. Die Zeit ist jedoch ein Zustand, das lebensspendende Element der menschlichen Seele, in dem sie zu Hause ist wie der Salamander im Feuer.

Zeit und Erinnerung sind einander geöffnet, sind gleichsam zwei Seiten ein und derselben Medaille.«

Andrej Tarkowski,
Die versiegelte Zeit

ERSTES BUCH

Artners Verschwinden

»Mama, Mama, Mama!« Vor einer Woche hatte Philipp Artner die »Mama-Mama«-Rufe durch die Wand seines Arbeitszimmers zum ersten Mal gehört, und seit zehn Tagen störte ihn das abendliche Gebell eines unbekannten Hundes, das er dumpf aus der Wohnung neben seinem Schlafzimmer vernahm.

Artners Frau Doris war am Vormittag zu ihrer Schwester nach Graz gefahren, und er hielt sich im Arbeitszimmer auf, um in seinem japanischen Tagebuch, das er vor acht Jahren aufgezeichnet hatte, und im Album mit den dazugehörigen Fotografien zu blättern. Doris hatte es am Abend zuvor gelesen und auf ihrem Nachtkästchen liegen lassen. Schon immer hatte sie eine Reise in das Kaiserreich unternehmen wollen, und er hatte ihr versprochen, in nächster Zeit mit ihr gemeinsam nach Tokio zu fliegen. Vor allem beabsichtigte sie, die Darstellungen auf japanischen Holzschnitten mit den Eindrücken zu vergleichen, die sie dort selbst gewinnen würde. Zu seiner Überraschung fand er in dem Tagebuch ein Bild, das ihn selbst mit dem Orang-Utan-Weibchen Nonja zeigte, mit dem er bei Besuchen im Tiergarten Schönbrunn regelmäßig zu sprechen versuchte. Eine bekannte Fotografin hatte es seinerzeit aufgenommen. Vermutlich hatte Doris das Schwarz-Weiß-Bild als Lesezeichen benutzt. Das Tagebuch lag vor ihm wie die stumme Gegenwelt zur aufdringlichen Wirklichkeit, die ihn mit den Hilferufen der fremden Stimme quälte. Von Anfang an schloss er aus, dass sie von einem Kind stammten – dafür war die Stimme zu selbstsicher und zu erwachsen. Als er sie zum ersten Mal gehört hatte, hatte er an die Wand geklopft und laut gefragt, ob jemand Hilfe benötige. Daraufhin waren die Rufe verstummt, aber nach einer kurzen Pause hatten sie von neuem begonnen. Nachdem er abermals an die Wand geklopft und seine Hilfe angeboten hatte, hatten sie sofort wieder aufgehört. Das hatte sich mehrmals wiederholt, bevor es dann endgültig still geworden war.

Am nächsten Vormittag zur gleichen Zeit begannen die »Mama«-Rufe wieder, und er handelte wie am Vortag, und kurz darauf verstummten die Rufe auch.

Das Bellen des Hundes hatte er zum ersten Mal im Schlafzimmer gehört, als er auf seinem Bett lag und las. Es schien aus Einsamkeit und Verlassenheit zu kommen und wollte nicht aufhören. Weil es länger dauerte, hatte er den Verdacht, es sei die Antwort des Tieres auf eine Strafe. Später begab er sich in sein Arbeitszimmer, wo sogleich – wie befürchtet – die »Mama-Mama«-Rufe einsetzten.

Seine Frau Doris rief, als auch sie auf die Geräusche aufmerksam geworden war, laut »Hallo! Hallo!«, worauf die Rufe und das Bellen aufhörten, bald darauf aber wieder von neuem anfingen.

Bislang hatte Artner in seinem Arbeitszimmer nur eine bestimmte Art von Lauten vernommen: das

Krächzen der Krähen im Hof. Er liebte die Krähen und ihre Geräusche. Wenn er allein war und schrieb, regte ihn das gedämpfte Schnarren und Knacken an. Er fühlte sich eins mit den schwarzen Vögeln, die sich im Geäst der Bäume niedergelassen hatten wie Noten auf Linien – oder wie durcheinandergeschüttelte Buchstaben, die fortlaufend einen Text von Lewis Carroll in das Gezweig schrieben, »virtuosen Unsinn«, wie er dachte.

Aber da war noch etwas: Nach einer Lesung im Josefstädter Theater hatte er vor einem Jahr auf der Bühne einen Hörsturz erlitten, seither glaubte er mitunter, verrückt zu sein, da er verschiedene Laute nicht mehr wahrnahm, auf die ihn später seine Frau aufmerksam machte. Zumindest wurde er sich seines Alters – er war 56 geworden – bewusst. Artner hasste es, über sein sich allmählich auflösendes Sexualleben nachzudenken, fand er doch jetzt, mit den Jahren, das Leben schöner als in der Zeit vorher, in der er oft nicht gewusst hatte, wovon er leben sollte.

Die Krähen jedenfalls hörte er, wenn es still war, wie etwas Vertrautes. Die gedämpften Geräusche der Straße hingegen vernahm er nur, wenn er das Fenster öffnete, um die Vögel zu fotografieren, was er aus Gewohnheit immer wieder tat. Er konnte sich an den Veränderungen des Schwarms auf der Wiese nicht sattsehen, an den schwarzen Tieren im weißen Schnee, die ununterbrochen neue Muster bildeten und Spuren hinterließen, welche schließlich die gesamte Fläche bedeckten. Er liebte diese Zeichen und deutete sie – je nach Laune – auch als Schrift, die ein Vogelepos festhielt.

Seit einiger Zeit las er ein Buch über die Entzifferung alter Sprachen und Schriften, und angeregt durch seine Lektüre entdeckte er jetzt überall Schriftzeichen. Die Natur dachte, sprach und schrieb unablässig und unabhängig vom Tun der Menschen, und natürlich konnte er die chaotische Menge an Schriften, Zeichen, Lauten und Geräuschen nicht verstehen. Er fühlte sich wohl bei dem Gedanken, in ein permanentes sprachliches Wirken eingewebt zu sein wie in einen Kokon. Vor allem war es aussichtslos zu versuchen, sich darüber Klarheit zu verschaffen.

Er las in dem Buch die Geschichte der altpersischen und mesopotamischen Keilschriften, der hethitischen Hieroglyphen sowie der kretisch-mykenischen Linearschriften. Der Band enthielt auch Abbildungen, vor allem Fotografien der Entzifferer, der ersten Kryptologen wie Jean-François Champollion, der die ägyptischen Hieroglyphen lesbar gemacht hatte, oder Georg Friedrich Grotefend und Henry Creswicke Rawlinson, die die Rätsel um die altpersische Keilschrift gelöst hatten. Außerdem fand er weitere Schriftbeispiele und Alphabete in dem Buch, die seine Phantasie anregten. Er empfand eine Leidenschaft für fremde Schriftzeichen und Wörter. Auf einer Ägyptenreise mit seiner Frau hatte er sich in Luxor ein altes Vogelbuch mit arabischen Buchstaben und den Abbildungen unbekannter Tiere gekauft und in Japan ein ausgeschiedenes, gestempeltes Bibliotheksexemplar eines ornithologischen Atlas, der vor ihm auf dem Schreibtisch lag. Beim Lesen seines Tagebuchs und beim Betrachten seiner Fotografien und des japanischen Vogelbuchs hatte er sich in das ferne Land und die fremde

Sprache hineingeträumt. Jetzt aber hatte dieses ferne Land sich mit einem Schlag in nichts aufgelöst, und nur die »Mama-Mama«-Rufe hallten in seinen Ohren. Die Hartnäckigkeit der Schreie erinnerte ihn an eine hängen gebliebene Schallplatte und verwirrte die Gedanken in seinem Kopf, er empfand es als Niederlage, seinen Arbeitsplatz räumen und das Wohnzimmer aufsuchen zu müssen. Dort beruhigte er sich langsam und betrachtete die schematische Abbildung der neuelamischen Keilschrift des Dareios-Denkmals. Die einzelnen Zeichen glichen Nägeln aus Stiften mit Köpfen. Sie bildeten verschiedene Mengen, aus denen sich die Bedeutung ergab. Mit dem gleichen faszinierten Staunen war er durch Japan gereist und hatte die fremden Schriftzeichen bewundert, deren Bedeutung ihm verschlossen geblieben war. Trotzdem ging noch immer eine Anziehungskraft von ihnen aus, sobald er das japanische ornithologische Buch aufschlug. Sie erinnerten ihn an Seerosen auf einem dunklen Teich ... Er betrachtete die Wirklichkeit, die ihn umgab, wie einen mehrfach belichteten Film ... wie durch einen Fleischwolf gedrehtes Fleisch, dachte er, wie das Flirren der Flügel eines auffliegenden Käfers ...

Er nahm ein Blatt Papier, um seine Gedanken, die Sprachbilder in seinem Kopf, festzuhalten. Er betrachte die Wirklichkeit, schrieb er, als blutigen Brief, als zerstörte Geometrie, als ein Gebäude voller Geräusche, als von Fliegen übertragene Ekzeme, als Fische im Eis, als Schmetterlingskonfekt, als sprechende Postkästen, als glühende Schneckenhäuser, als einen hutförmigen Bienenkorb, als Geographie des Staubes, als Medizinfläschchen voller Lügen, als Irrtum seines

Kopfes, als quälende Störmusik, als ein vergessenes Schaukelpferd, als Nashörner in den letzten Atemzügen, als die Aura eines Sonnenschirms, als stotternde Landzunge … Er las das Geschriebene, zerriss es und warf die Schnipsel in den Papierkorb. Hierauf ging er in das Arbeitszimmer, aber es war noch immer verhext von den »Mama-Mama«-Rufen, die durch die Wand zu hören waren.

Schon eine Woche zuvor hatte Philipp Artner einen Termin mit dem Leiter des Globenmuseums der Nationalbibliothek, Hofrat Wawerka, verabredet, da er darüber einen Essay für eine Zeitung schreiben wollte. Er kleidete sich daher an und ging das schmale und steile Stiegenhaus hinunter, das ihn an eine Turmtreppe erinnerte und die Vorstellung in ihm wachrief, für immer in dem gemauerten Schlund gefangen zu sein … Er brach den Gedanken ab und trat ins Freie.

Das Haus Am Heumarkt 7, das er in Wien bewohnte, war ein kasernenförmiges Bauwerk, das im Ersten Weltkrieg Conrad von Hötzendorf als k.u.k. Oberarmeekommando gedient hatte. Es bestand aus zwei großen Höfen, in denen alte Platanen und Kastanienbäume wuchsen, und aus einer unüberschaubaren Anzahl von Wohnungen, weshalb ihm die meisten Mieter nicht bekannt waren. Zu ebener Erde waren früher die Pferdeställe untergebracht gewesen, und im Gang hinter dem Tor hing eine große alte Tafel, aus der die Gliederung der Wohnungen ersichtlich sein sollte. Trotzdem verirrten sich Fahrradboten, Briefzusteller und die Klienten eines Rechtsanwaltsbüros ebenso häufig in der Anlage wie die Patienten des Zahnarztes Dr. Tuppy, den er hin und wieder selbst aufsuchte. Im zweiten Hof, der auf die Beatrixgasse hinausführte, hatte sich ein Steuerberatungsbüro niedergelassen.

Als er sich dem Tor auf der Stadtparkseite zuwandte, kam ihm die Hausmeisterin Frau Blachy entgegen, die er wegen ihrer Sucht, bösartige Gerüchte zu verbreiten, »das Monster« nannte. Er wollte ihr ausweichen, doch sie blickte ihn direkt an und ging auf ihn zu.

»In zwei Tagen beginnt der Umbau«, fuhr sie ihn grußlos an.

Er hatte schon davon gehört, dass die Anlage renoviert werden würde, blieb kurz stehen und nickte.

»Das Gebäude ist, wie Sie wissen, vor 150 Jahren errichtet worden und die Gas- und Wasserleitungen sind schon alt«, fuhr sie fort. »Das wird nicht ohne Lärm und Dreck abgehen«, schloss sie befriedigt.

Er pflichtete ihr mit einem Kehlkopflaut bei.

»Dann ist es aus mit der Ruhe«, lächelte sie schadenfroh.

Ihm fielen die »Mama«-Rufe ein, und er fragte sie, um zu einem Abschluss zu kommen, welche Hausparteien mit ihren Wohnungen an die seine grenzten. Dabei geriet er wie immer, wenn ihm etwas unangenehm war, ins Stottern.

»Warum?«, entgegnete die Hausmeisterin. Sie war neugierig geworden, und ihr Blick aus den kleinen Augen in ihrem verquollenen Gesicht bohrte sich in ihn, um aus seinem Mienenspiel zu erraten, worauf er hinauswollte.

Er hasste sich dafür, dass er ihr gegenüber eine Bemerkung gemacht hatte, stieß aber dann wie unter

Zwang hervor: »Ach, ni-nichts. Aus dem Ne-Nebenzimmer ruft j-jemand nach s-seiner Mutter, und in einem a-anderen bellt ein Hund.«

Über jedes gestotterte Wort war er wütend, und noch mehr ärgerte es ihn, dass er selbst schuld an der Situation war, weshalb nur hatte er den Mund aufgemacht?

»Darüber haben sich auch schon andere Hausparteien beschwert«, sagte die Frau voll bösartiger Genugtuung. »Die Mutter von Frau Lärchner schreit ohne Unterlass ›Mama‹, wenn die Tochter nicht zu Hause ist. Aber über den Hund habe ich noch nichts gehört. Ich werde der Sache nachgehen, darauf können Sie Gift nehmen.« Ihr Gesicht verzerrte sich und drückte Eifer und Kampfeslust aus.

»N-nein«, widersprach er heftig. »Ich m-möchte n-nicht, dass Sie m-meinetwegen –«

»In der Hausordnung steht, dass Hunde keine Belästigung für die Mitbewohner sein dürfen«, belehrte sie ihn.

Er wollte einen Einwand formulieren, zog es aber dann vor, die Flucht zu ergreifen, und verabschiedete sich rasch, bevor er durch das Tor auf den Heumarkt hinauseilte.

Die breite Straße war wie immer stark befahren.

Er schlug den Weg zum Ring ein, kam am Hotel Hilton vorbei, wo ihm regelmäßig einfiel, dass sich vor einigen Jahren eine Mutter mit ihrem kleinen Kind aus dem obersten Stock gestürzt hatte. Er war eine Stunde später an der Stelle vorbeigekommen. Auf dem Asphalt waren noch die Blutflecken zu sehen gewesen und die mit Kreide gezeichneten Umrisse der beiden

Körper. Polizisten waren herumgestanden, und er hatte einen von ihnen gefragt, was geschehen sei.

Er solle weitergehen, hatte dieser geantwortet, und als er trotzdem stehen geblieben war: »Eine Frau ist mit ihrem Kind in den Tod gesprungen.«

Jedes Mal, wenn ihm das einfiel, hörte er ein Geräusch in seinem Kopf, das sein Gehirn erfunden hatte: den Aufschlag der Körper auf dem Asphalt – und das Knacken von brechenden Knochen.

Wie gewohnt blieb er in der Wollzeile vor den Auslagen der Buchhandlungen stehen und las die Titel der ausgestellten Werke. Auch wenn er nur wenig Geld besessen hatte, hatte er es vorzugsweise für Bücher ausgegeben. Er konnte Büchern, von denen er sich Anregung versprach, nicht widerstehen – egal ob es sich um die Monographie eines Malers, ein Lehrbuch der Psychiatrie, einen religiösen Philosophen, einen entlegenen Schriftsteller oder die Biographie eines Komponisten handelte. Er hatte einen Drang, alles zu verstehen, der ihm aber nicht bewusst war.

Seine Leidenschaft für Bücher hatte schon in der Mittelschule begonnen und seither nie mehr nachgelassen. Inzwischen hatte seine Bibliothek ein Ausmaß angenommen, das sein Leben in der Wohnung einschränkte. Überall standen Bücherregale, die bis zur Decke reichten, und in seinen geheimen Ängsten spielte die Vorstellung eine gewichtige Rolle, dass eines Tages der Boden nachgeben und das gesamte Mobiliar seines Zimmers in das darunterliegende Stockwerk stürzen könnte. Trotzdem schränkte er sich nicht ein. Wenn er dem Wunsch, ein Buch zu kaufen, widerstanden hatte, so belästigten ihn die Gedanken daran so sehr, dass er es sich am nächsten Tag erst recht besorgte. Doch machte er sich deswegen nie Vorwürfe. Er hing an jedem einzelnen der Exemplare zu sehr, als dass er seine Abhängigkeit als Qual empfunden hätte. Natürlich kannte er die »Blendung« von Canetti, er sah in der Hauptfigur Kien aber einen Narren, da dieser nicht schöpferisch war, sondern ein konformer Spießer, wie übrigens viele Figuren des ebenso scharfsinnigen wie bösartigen Schriftstellers. Er fand, dass Heimito von Doderer in dieser Hinsicht Canetti noch übertraf. Er hatte »Die Posaunen von Jericho«, die Tagebücher, »Die Strudlhofstiege« und »Die Dämonen« mit steigender Bewunderung gelesen und von dem Schriftsteller, dem der Sadismus nicht fremd war, gelernt, sich selbst besser zu verstehen: »Der Schriftsteller ist vor allem einer, der – nichts ist«, hatte Doderer in den »Tangenten«, den Aufzeichnungen aus den Jahren 1940–1950 notiert. Philipp Artner hatte sich immer für ein Nichts gehalten und wäre am liebsten unsichtbar gewesen, um alles zu sehen, was im Verborgenen stattfand: in seiner Pubertät und Jugend die heimliche Sexualität der Erwachsenen und später, um alles zu erfahren.

Im Globenmuseum fühlte er sich wie zu Hause. Hofrat Wawerka holte ihn am Eingang ab – ein kleiner, gebückter Mann mit nach hinten gekämmten dunklen, schütteren Haaren und einer spitzen Nase, die eine Hornbrille zierte. Er sprach ebenso schnell, wie er ihm vorauseilte, und obwohl Artner ihm rasch folgte, verstand er nicht, was der Hofrat ihm sagte. Der Hofrat stellte ihm auch Fragen, ohne davon irritiert zu sein, dass sein Besucher schwieg. Die großen Räume, in denen die Globen aufbewahrt wurden, waren zum Renovieren vorbereitet und ließen Artner an seltsame Operationssäle denken. Ein Teil der Schränke war in den Raum geschoben worden und wie die Vitrinen, die an den Wänden standen, mit großen grünen Plastikplanen abgedeckt. Hofrat Wawerka verlor darüber kein Wort, sondern ließ von seinem Assistenten eine Anzahl großer, reich illustrierter Globen aus dem 16. und 17. Jahrhundert auf einem breiten Tisch in der Mitte des Saales aufstellen. Der Assistent trug weiße Handschuhe und sprach die ganze Zeit über kein einziges Wort, während der Hofrat zu jedem Prachtstück einen ausführlichen Kommentar abgab.

Artner war begeistert von der Schönheit der seltenen Globen gewesen und hatte sie sich bis in alle Einzelheiten erklären lassen. Er hatte auch das riesige Exemplar einer Weltkarte gesehen, die der Jesuit Matteo Ricci 1602 im Auftrag des chinesischen Kaisers hergestellt hatte. Mit roter Tinte waren darauf kurze Erklärungen und Transkriptionen chinesischer und mandschurischer Ortsnamen in italienischer Sprache hinzugefügt worden, die die ohnehin seltene Karte zu einem Unikat machten. Zuletzt betrachteten sie – nach anderen chinesischen Landkarten – die berühmte Himmelskarte des Johann Adam Schall von Bell, eines Jesuiten, der es bis zum Leiter des Pekinger Mathematischen Tribunals gebracht hatte.

Während der Hofrat mehr als eine Stunde mit ihm sprach, verlor sich Artner in den Einzelheiten der dargestellten Kontinente und verglich die Globen und Landkarten in Gedanken mit dem menschlichen Gehirn und den Bereichen, in denen Erinnerungen und

Sprache gespeichert waren. Er dachte an die fremden Sprachen, Träume und Kopfbilder, die in allen menschlichen Gehirnen jemals gespeichert worden waren und dort ein Eigenleben geführt hatten – und hörte zuletzt nicht mehr zu, was der Hofrat ihm erzählte. Seine Gedanken schweiften zu seinem letzten Besuch in der Nationalbibliothek ab, als ihm der lebhafte Hofrat Sprenger von der Musikaliensammlung die Partitur der dritten Symphonie von Gustav Mahler gezeigt hatte. Artner hatte weder die Notenschrift noch die archivierten Briefe des Komponisten lesen können, und in seinem Kopf war alles zu einer Botschaft aus der vergangenen Zeit geworden, die, wenn man den Code entzifferte, plötzlich wieder sichtbar und hörbar werden konnte.

Inzwischen zeigte ihm der Hofrat ein selten stark beschädigtes Exemplar eines Globus. Er war zerbeult, und der Kontinent Afrika war fast zur Gänze abgewetzt, Australien überhaupt noch nicht vorhanden. Der darüber hinaus bizarr zerdrückte Globus ließ ihn wie häufig daran denken, dass die Schöpfung immer auch mit einem Zerstörungsprozess verbunden war, der alles, was existierte, wieder vernichtete – sei es durch Naturvorgänge, durch Zufälle, die mit dem Schicksal gleichgestellt wurden, oder mit Absicht. Zerstörung und Zerstörungsvorgänge waren es auch, die ihn am meisten beschäftigten und bestimmten, was er schrieb. Wie selbstverständlich hielt er Ausschau nach diesen Ereignissen in der Natur, im Privatleben von Menschen, in der Geschichte, in der Religion, in der zeitgenössischen Kunst und Literatur und nicht zuletzt in der Musik. Alle Kunstwerke, die auf ihn einen

Eindruck gemacht hatten, stellten Zerstörungsvorgänge dar oder hatten mit Zerstörungsvorgängen zu tun – egal ob es sich um die Zerstörung einer Form, einer Ansicht, einer gesellschaftlichen Haltung oder eines ungeschriebenen Gesetzes handelte: die sogenannten markanten Ereignisse in der Geschichte der Menschheit und der Künste. In Geburt und Liebe erkannte er schon seit längerem den unschuldigen Anfang eines mehr oder weniger komplexen Zerstörungsvorganges. Konnte er die gleichen Vorgänge nicht auch in seinem alternden Körper beobachten, und versuchte er sie nicht mit Hilfe der Medizin zu bekämpfen?

Er bewunderte Künstler, die den Zerstörungsvorgängen Momente der Schönheit entgegensetzten und bestrebt waren, ein Universum des Schönen zu errichten. Lag nicht darin der wahre Kampf gegen den Tod und die eigentliche Größe der Menschen?, fragte er sich. Er war sich allerdings längst im Klaren, dass es sich dabei um eine Illusion handelte, wenn auch um eine grandiose.

Zu Hause dachte er weiter über den beschädigten Globus nach. Es war auffallend still. Eine Zeit lang blickte er aus dem Fenster hinunter in den Hof, in dem ein Krähenschwarm nach Nahrung suchte. Er wusste nicht, wie oft er die Krähen schon beobachtet hatte. Er hatte sogar ein Krähennotizbuch angelegt, in dem er seine Beobachtungen und die verschiedensten Analogien und Metaphern festgehalten hatte, die ihm zu den schwarzen Vögeln einfielen. Diesmal begnügte er sich damit, beim Zuschauen seinen Kopf zu leeren, an die Krähen zu denken und dabei alles Übrige zu vergessen. Vor einiger Zeit hatte er eine Eule im Baum entdeckt, die den ganzen Tag über still dort saß. Er konnte es anfangs nicht glauben, aber sein Taschenfernrohr zeigte – kein Zweifel – den bewegungslos dasitzenden Vogel. Später rief er seine Frau in Graz an, erfuhr, dass alles wie gewohnt ablief, und begann dann in einem Buch zu blättern, das er auf dem Heimweg in einem kleinen Antiquariat in der Auslage gesehen und gekauft hatte. Es war von einem Professor der Medizin, Anton Neumayr, verfasst und trug den Titel »Musik & Medizin. Band 1 – Am Beispiel der Wiener Klassik«. Das Buch, das er bereits 1980 als Patient im Rudolfiner-Spital in Manuskriptform gelesen hatte, beschrieb Leben und Sterben von Joseph Haydn, Ludwig van Beethoven, Franz Schubert und Wolfgang Amadeus Mozart.

Er war damals, als er in Hamburg beim Genuss von Cashew-Nüssen einen anaphylaktischen Schock erlitten hatte, auf der Intensivstation der Universitätsklinik gelandet und noch am selben Abend, nachdem sein Magen ausgepumpt worden war, entlassen worden. Auf seiner anschließenden Heimreise war er in Wien einer Einladung zum Heurigen gefolgt und hatte dort, entgegen den ärztlichen Anweisungen, Wein getrunken und eine Schachtel Zigaretten geraucht. Noch in der Nacht hatte er einen Asthmaanfall erlitten und war am Morgen darauf in das Rudolfiner-Spital in die Abteilung von Professor Neumayr eingeliefert worden. Neumayr, ein freundlicher Herr mit breitem Lächeln, hatte ihm einen Betablocker verschrieben, der seinen Blutdruck besorgniserregend abfallen ließ, und ihm nach Stabilisierung seines Zustandes durch eine Krankenschwester ein Konvolut maschinenbeschriebenen Papiers übergeben lassen – die Urfassung des

Buches, das er jetzt in Händen hielt. Damals, noch unter dem Eindruck seiner tiefen Ohnmacht in Hamburg, hatte er das Manuskript Zeile für Zeile gelesen, die minuziösen Schilderungen der Todeskrankheiten der Komponisten und die Versuche, nachträglich eine endgültige Diagnose dafür zu finden. Gegen fünf Uhr früh, als er seine Lektüre beendet und dem Professor schriftlich die Zusammenarbeit mit einem Lektor empfohlen hatte, war er aus dem Krankenhaus geflohen. Sein Nachbar hatte noch tief geschlafen, und als er auf den Gang hinausgetreten war, hatte ihn eine erschrockene Ärztin, die den Nachtdienst versehen und gerade einen frisch Eingelieferten betreut hatte, vergeblich zum Bleiben zu überreden versucht und anschließend genötigt, einen Revers zu unterschreiben.

Im gedruckten Buch zu blättern war jetzt etwas ganz anderes. Er begann gerade über die Todeskrankheit von Wolfgang Amadeus Mozart zu lesen, da setzten die »Mama-Mama«-Rufe in der Nachbarwohnung wieder ein. Zuerst ignorierte er sie, aber kurz darauf las er nicht mehr weiter, sondern lauschte gebannt, ohne an etwas anderes denken zu können. Da es sinnlos war, mit der Lektüre fortzufahren, schlug er die Steckalben mit seinen Japan-Fotografien auf.

Das Land und die Menschen hatten ihn auf seiner acht Jahre zurückliegenden Japanreise so sehr bewegt, dass er vierzig Filme mit seiner damals noch analogen Nikon-Spiegelreflexkamera verbraucht hatte. Jede Nacht hatte er außerdem bis in die frühen Morgenstunden Aufzeichnungen gemacht und dabei mehrere schwarze Moleskine-Notizbücher vollgeschrieben. Was er auf Reisen festhielt, verwendete er zumeist als Material für daraus entstehende Romane, die auf seinen zufälligen Wahrnehmungen, Begegnungen und Ereignissen aufbauten. Später dachte er sich den Grundriss einer Geschichte aus, die das Gewebe der festgehaltenen Eindrücke und Erinnerungen durchdringen und sich in ihnen auflösen sollte, wie es den Erfahrungen seines Lebens, das keine Geschichten erzählte, entsprach. Er sah anstelle von Geschichten immer nur eine Summe von Momenten, aus denen das Gehirn später Geschichten konstruierte. Daher spürte er vor allem Augenblicken nach, die er selbst erlebt hatte und die ihm daher glaubwürdiger erschienen. Trotzdem verwandelte sich beim Schreiben alles in Erfindung, da er sich dann nur von der Sprache, den Wörtern, Sätzen und seiner Phantasie, die das Material umdeuteten, leiten ließ. Natürlich schied er vieles von den Notizen und Fotografien aus und fügte neue Einfälle und Gedanken hinzu, bis sich schließlich etwas Literarisches daraus entwickelte und ein Eigenleben gewann. Nachdem er die Bilder überflogen und dabei die Gedanken an die Abgründe einer Schreibsperre, einer lähmenden Sprachlosigkeit, verdrängt und sich auch die Frage gestellt hatte, wie weit sein beeinträchtigtes Gehör die Krähenlaute und die »Mama-Mama!«-Rufe verfälscht oder nur fragmentarisch wiedergegeben hatte, legte er die Alben zur Seite und schloss die Augen. Dadurch hörte er aber die »Mama-Mama«-Rufe umso deutlicher, sie erschienen ihm jetzt so geheimnisvoll wie die Laute der Krähen hinter dem Fenster im Hof.

Als er die Lider wieder öffnete, kam ihm der Einfall, mit seinem CD-Player Musik zu machen, die die Rufe übertönen würde. Er suchte eine Auswahl von Antonio Vivaldi heraus, legte die kleine Silberscheibe auf den Teller, und schon nach den ersten Takten hatte er den Eindruck, dass die Rufe verstummt waren. Während der gesamten Spielzeit war es dann wirklich still, und auch nach Ende des Konzerts regte sich nichts auf der anderen Seite der Wand. Die Stille beschämte ihn jetzt, da er die Hilfe-Rufe nur als Belästigung verstanden hatte. Er legte die »Vier Jahreszeiten« auf, und nachdem auch dabei nichts aus der Nebenwohnung zu hören gewesen war, hatte er in dem Buch von Neumayr weitergelesen. Gerade als er aufstehen wollte, um die nächste CD abzuspielen, läutete es an der Tür. Draußen stand die Frau, die die Wohnung unter ihm bewohnte und sich häufig über tatsächlichen oder eingebildeten Lärm beklagte. Zumeist fühlte sie sich durch seinen Fernsehapparat gestört, wogegen sie regelrecht rebelliert hatte, dann waren es das Radio oder der CD-Player gewesen und schließlich seine Schritte, die sie durch die Decke ihres Wohn- und Schlafzimmers hörte. Sie hatte ihn aufgeregt angerufen oder Zettel mit Beschwerden durch den Postschlitz eingeworfen, auch ein kleines Päckchen mit Filzpantoffeln vor die Tür gelegt und am Ende persönlich um Ruhe ersucht. Das geschah an Wochenenden sogar während des Tages und an den Wochentagen in der Regel erst am späteren Abend. Einmal konnte sie, wie sie sagte, nicht einschlafen, dann nicht arbeiten, da sie zu Hause wissenschaftliche Artikel über chemische Probleme schrieb. Anfangs hatte er, der solche Beschwerden nicht gewohnt war, ihre Reklamationen ernst genommen und Abhilfe versprochen, hatte sich Kopfhörer für den Fernsehapparat gekauft und Turnschuhe angezogen, doch stellte sich allmählich heraus, dass sie jede Lärmbelästigung – von welcher Seite auch immer sie kam – auf ihn bezog. Vergeblich versuchte er ihr zu erklären, dass er gerade nicht ferngesehen oder gar mit der Blockflöte geübt habe, da er weder eine solche besitze noch darauf spielen könne – sie beschwerte sich trotzdem weiter. Dann wieder war es wochenlang so, als ob niemand unter ihm wohne und die Frau verreist, verzogen oder in einem Krankenhaus war, bis sie sich eines Tages wieder am Telefon meldete und ihm weinerlich-zornig ihr Leid klagte.

Diesmal war ihr die Musik zu laut, wie sie sogleich hervorstieß und dabei durch den Spalt der Türe zu spähen trachtete. Sie trug einen hellblauen Morgenmantel aus Frotté, Tennisschuhe und war außer sich.

»Ich liege Amok«, fuhr sie ihn an. Sie versuche heute früher zu schlafen, da sie morgen um fünf Uhr aufstehen müsse, aber die Musik dringe in all ihre Poren. Letzten Sommer, als er in der Südsteiermark gewesen sei, habe sie eine Zwischendecke einziehen lassen, da jeder seiner Schritte in ihrem Kopf dröhne. Aber selbst das helfe nicht. Wenn sich seine Frau allein in der Wohnung aufhalte, sei es hingegen still, nur …

Das tue ihm leid, unterbrach er sie wütend, aber er könne ihr nicht helfen, sie tyrannisiere ihn nun schon seit – er fing wieder zu stottern an.

»Sie? Ihn?«, unterbrach sie ihn aufgebracht. Der Lärm, den er verursache, mache sie verrückt – sie könne nicht mehr denken, nicht mehr atmen, sie ersticke –

»Tut mir leid«, stieß er noch einmal hervor und machte langsam die Türe zu. Er blieb im Vorzimmer stehen und hörte noch, wie sie klappernd die Stiegen hinunterging und aus Zorn ihre Wohnungstür ins Schloss warf.

Aufgewühlt kehrte er in sein Arbeitszimmer zurück, in dem keine »Mama«-Rufe zu hören waren, obwohl die Musik verstummt war. Er blätterte daher abwesend weiter in dem japanischen Vogelbuch auf seinem Schreibtisch und betrachtete flüchtig die Bilder und Schriftzeichen. »Stille Musik«, dachte er. Doch immer wieder schweiften seine Gedanken ab zu der Frau, die hinter der Wand verstummt war. Wer war sie? Wie ging es ihr? War sie eingeschlafen oder am Ende gestorben? Und gleichzeitig dachte er auch an die Bewohnerin unter ihm, die sein Schuldbewusstsein geweckt hatte. Auch im Schlafzimmer, das er später aufsuchte, blieb es still. Nur einmal in der Nacht vermeinte er den Hund gedämpft bellen zu hören, aber er konnte sich auch getäuscht haben.

Er hatte einen Traum, der sich in unregelmäßigen Abständen wiederholte, seit er eine Geschichte über den Wiener Stephansdom geschrieben hatte und dabei den Glockenturm hatte hinaufsteigen müssen. Nach der Türmerstube, die er über einen schmalen, steilen Treppengang erreicht hatte, hatte ihn der Baupolier weiter hinauf über wippende, schwankende, fast senkrecht gestellte Leitern bis zum berühmten »Angstloch« geführt, einer Öffnung, durch die üblicherweise die Dachdecker auf die Turmspitze stiegen. Hinter dem »Angstloch« befand sich ein schmaler Vorbau von der Größe eines Speisetischchens, auf den er hinausgekrochen war und liegend fast 150 Meter hinunter auf den

Platz geschaut hatte. Die Menschen und Fahrzeuge waren winzige Punkte und Striche gewesen, und da er seit seiner Kindheit unter panischer Höhenangst litt, war ihm sofort übel geworden. Seine Hände schwitzten, sein Herz hämmerte, und die Übelkeit, die er bereits beim Erklettern der Leitern gespürt hatte, wurde so stark, dass er krampfhaft dagegen ankämpfte, sich zu übergeben. Das Schauerlichste aber war die Sogwirkung gewesen, die die Tiefe auf ihn ausübte, eine Sogwirkung, die seinen Fluchtgedanken entgegenwirkte und ihn lähmte, weshalb er liegen blieb und sich nicht mehr bewegte, bis der Polier ihn schließlich, da er auf nichts mehr reagierte, an den Füßen wieder in den Turm hineinzog. Der gesamte Abstieg über die Leitern war dann begleitet von einer albtraumhaften Todesangst. Immer wieder hatte er den Eindruck, er würde im nächsten Augenblick die Sprossen loslassen und in den Abgrund fallen. In seinen Träumen fanden diese Stürze auch regelmäßig statt. Zumeist lag er nach einer Verfolgung durch unsichtbare Kräfte auf dem abbrechenden Vorbau des Angstlochs, worauf er, begleitet von Übelkeit und heftigem Schwindel, endlos lang in die Tiefe stürzte. Oder er kletterte die schwankenden Leitern hinunter, die plötzlich zusammenbrachen oder umstürzten und ihn mit in die Schwärze hinunterrissen.

Am Morgen schreckte er aus dem Schlaf hoch, er glaubte, irgendetwas sei in sein Zimmer eingedrungen … Gleich darauf hörte er es an der Tür läuten. Benommen schlüpfte er in den Morgenmantel, in der Meinung, der Briefträger stelle ihm ein eingeschriebenes Päckchen zu – es war aber eine unbekannte Frau, die vor der Tür stand. Ohne Gruß und ohne ihren Namen zu nennen, fuhr sie ihn an, weshalb er sich bei der Hausmeisterin beschwert habe … Sie betreue ihre Mutter, die an Alzheimer leide, seit Beginn ihrer Erkrankung, aber sie müsse selbst zur Arbeit gehen und diese dann allein lassen. In ihrer Abwesenheit könne es vorkommen, dass die alte Frau nach ihrer Mama rufe, womit aber sie selbst, ihre Tochter, gemeint sei … Sie sei enttäuscht, dass er nicht zuvor mit ihr gesprochen habe, fuhr sie fort und fordere ihn auf, ihr zu sagen, weshalb er gleich zur Hausmeisterin Blachy gegangen sei.

Die aufgeregte, dickliche Frau mit dem kurzgeschnittenen Haar und der großen Hornbrille, der nachlässigen Kleidung und dem forschen Gehabe erinnerte ihn in ihrem Auftreten und Aussehen an andere unangenehme Begegnungen in seinem Leben, und Widerstand regte sich in ihm. Anstelle einer Antwort gab er zurück, dass er sich bei der Hausmeisterin nicht beschwert, sondern sie im Laufe eines Gesprächs gefragt habe, wer die Nachbarin sei, die da offenbar einsam nach ihrer Mama rufe. Er schreibe nämlich in dem angrenzenden Raum und könne sich nicht auf seine Arbeit konzentrieren. Der letzte Satz tat ihm schon leid, als er ihn erst zur Hälfte ausgesprochen hatte.

Die Frau, die er auf etwa fünfzig Jahre schätzte und wegen ihrer Hässlichkeit neugierig betrachtete, gab aufsässig zurück, er müsse sich wohl bei Frau Blachy beschwert haben –

»Nein!«, unterbrach er sie heftig, »i-i-ich habe I-Ihnen schon gesagt, dass i-i-ich m-m-mit ihr ein Gespräch geführt habe, weil es mich gequält hat, nicht zu wissen, was in der N-N-Nebenwohnung vor sich geht!«

Die Antwort schien die Frau zu beruhigen, denn plötzlich wurde sie freundlich.

»Ach so«, entschuldigte sie sich, »ich habe die Worte von Frau Blachy wohl nicht richtig verstanden, oder sie hat aus Bosheit Ihre Worte verdreht … Jedenfalls, es tut mir leid, dass ich sie geweckt habe, aber ich muss ins Gymnasium zum Unterricht und habe es eilig.«

Als er das Arbeitszimmer betrat, war es halb acht Uhr morgens und die »Mama-Mama«-Rufe waren bereits zu hören. Ihm fiel ein, dass die Nachbarin unter ihm schon um fünf Uhr hatte aufstehen wollen, und er legte beruhigt Mozarts »Zauberflöte« auf. Schon nach dem ersten Takt der Ouvertüre wurde es still, und er rief seine Mutter, die in Graz lebte, an, um sich, wie üblich, nach ihrem Befinden zu erkundigen. Zumeist machte er das einmal in der Woche. Sie war seit dem Tod seines Vaters, eines Richters, vor mehr als zwei Jahren Witwe, und vielleicht weil sie selbst Zahnarzthelferin gewesen war, sprach sie stets ausführlich über ihre Beschwerden. Sie klagte über Herzrhythmusstörungen in der Nacht, die sie mit Akupunktur behandeln lasse. Schon bei den letzten Telefonaten hatte er ihr von der chinesischen Ärztin abgeraten, die ihn wegen seiner Rücken- und Bandscheibenbeschwerden mit Akupunktur behandelt hatte. Die Akupunktur selbst hatte ihm nicht geholfen, aber er hatte sich die weiße Hartgummifigur gekauft, die die chinesische Ärztin auf dem Schreibtisch stehen gehabt hatte und auf der alle Punkte eingezeichnet und mit fremden

Buchstaben versehen waren, die ihm damals wie geheime Formeln für ein magisches Ritual erschienen waren. Während er seiner Mutter zuhörte, betrachtete er die Akupunktur-Punkte und Zeichen auf der Figur und hörte mit einem Ohr der Musik zu. Seine Mutter unterbrach ihre Klagen plötzlich und fragte ihn, was für eine Musik er spiele? »Ja, die Zauberflöte«, sagte sie dann ... »Es kam mir gleich bekannt vor ...« Während sie weitersprach, überlegte er, ihr von den »Mama«-Rufen aus der Nebenwohnung zu erzählen, doch wusste er, dass sie ängstlich war und die Geschichte am Ende auf sich beziehen würde, als Bestätigung und Beweis, dass es ihr bald ähnlich ergehen würde. Bei diesem Gedanken erschrak er, denn ihre Herzbeschwerden hatten sich nach dem Tod ihres Mannes, den sie sehr geliebt hatte, noch verschlimmert. Er fragte sie daher nach ihrem letzten Arztbesuch und legte ihr einen Internisten ans Herz. Sie könne ja einen Termin mit ihm vereinbaren und sich dann erst in einem Vorgespräch entscheiden, ob sie sich tatsächlich von ihm behandeln lassen wolle.

Nach dem Telefonat las Artner das Kapitel über Krankheit und Tod von Wolfgang Amadeus Mozart weiter. Ihm fiel jetzt auf, dass er sich für die Frau in der Nebenwohnung verantwortlich fühlte und deshalb in seinem Arbeitszimmer saß, CDs auflegte und gleichzeitig versuchte, in Gedanken aus der Situation auszubrechen. In diesem Augenblick ertönte Arbeitslärm aus dem Hof. Es schien ausgeschlossen, dass er heute auch nur eine Zeile schreiben würde. In einem plötzlichen Entschluss legte er eine Aufnahme der Cello-Partiten von Johann Sebastian Bach in den Player – eine Aufnahme mit Heinrich Schiff – und kleidete sich an.

Im Mantel eilte er hinaus in das winterliche Wien. Wie immer zog es ihn zum Donaukanal hinunter. Er gelangte zuerst zur Aspernbrücke, hielt kurz vor der Sternwarte an, um in die Auslagen zu blicken, und stieg dann die Treppen hinunter zum Wasser. Wenn er am Kanal entlang flanierte und die quälenden Momente des Schreibens hinter sich ließ, war er erleichtert. Er ging gegen die Strömung und nahm sich vor, erst am Nußdorfer Wehr umzukehren. Das schmutzig-braune Wasser, an dem er dahinspazierte, erinnerte ihn an den Gedankenfluss, an Worte und Sätze, die er schrieb, und die Spiegelungen darin – der Himmel, die Wolken, Gebäude, Bäume und Sträucher – an das innere Sehen, das mit seinem Schreiben verbunden war. Er fing an, sich Notizen zu machen – für einen noch unbekannten Zweck oder auch keinen. Es genügte ihm, einfach »Material« herzustellen. Hin und wieder blieb er vor den bunten, von unbekannten Jugendlichen gesprayten Graffitis stehen und betrachtete sie genauer. Das eine oder andere versuchte er auch in Beschreibungen festzuhalten. Ein Kahn, der von einem Feuerwehrmann mit verchromtem Helm gesteuert wurde, glitt vorbei. Seine Spiegelung auf der Wasseroberfläche faszinierte Artner, und er blickte ihm nach, bis sich das reflektierte Bild aufgelöst hatte. Immer wieder schossen Radfahrer an ihm vorbei. Da er die von hinten kommenden nicht hören konnte, hasste er sie mit jedem seiner Spaziergänge mehr. Er verstaute das Notizbuch und den Stift und zog beides nach einigen Schritten wieder heraus, um eine neue Einzelheit der

Umgebung, ein kleines Ereignis oder einen Gedanken festzuhalten. Manchmal überkam ihn der Wunsch weiterzugehen, sich um nichts zu kümmern und alles hinter sich zu lassen. Auch diesmal gab er diesem Drang nach. Er sah einen Möwenschwarm, aus einem hohen Schlot stieg Rauch auf. Obwohl nichts geschah, musste er in der Abgeschiedenheit des Kanalufers, die besonders in den Außenbezirken spürbar wurde, an Gewalt denken, an Gefahr und Verbrechen. Die Gedanken wurden durch immer neue Wahrnehmungen angeregt und beschäftigten jetzt pausenlos seinen Kopf.

Am Nußdorfer Wehr sah er die bronzenen Löwen auf der Brücke über seinem Kopf. Der Kanal war hier zu Ende, weshalb Artner in der Weite des Donauufers seinen Weg fortsetzte. Zuerst erreichte er die rostigen Flussschiffe, die, mit Seilen festgebunden, vor den Anlegestellen lagen. Sie sahen aus wie seltsame schwimmende Schrebergartenhäuschen, die jemand ausgegraben und ins Wasser geworfen hatte, dachte er. Weiter vorne stand ein verlassener Eisenbahnwagon, der im Sommer als Buffet diente, denn er war in hellen Farben – rot und weiß – bemalt und trug ein Schild mit der Aufschrift *Riviera-Bar*. Die Fenster waren mit Kartons verdeckt, ebenso die Türen. Über ein schwankendes Brett verließ ein Mann vor ihm gerade einen der großen Kähne. Er kam direkt auf ihn zu und fragte ihn, eine Zigarette in der Hand, in gebrochenem Deutsch, ob er ihm Feuer geben könne. Niemand sonst war zu sehen, und da sein Gehirn noch immer voll war mit Verbrechen und Gewalt, schüttelte er nur den Kopf. Er nahm auch die Alkoholfahne seines Gegenübers wahr und machte sich abrupt davon, wobei er angestrengt lauschte, ob der Fremde ihm folgte. Voller Unruhe drehte er sich um und stellte fest, dass der Mann jetzt am Ufer stand und in den Fluss pisste. Bis Klosterneuburg begegnete er niemandem mehr.

Endlich stieg er über eine gemauerte Treppe vom Ufer zurück auf die Straße. Er wusste nicht, wie spät es war, aber er hatte keine Lust, auf die Uhr zu schauen. Sicher war es schon Mittag geworden – es war nur seltsam, dass er keinen Hunger verspürte. Das riesige Kloster auf der Anhöhe ließ ihn sogleich an die einstige Macht der Kirche denken. Als er den Hauptplatz mit den Geschäften erreichte, kam ihm die Idee, bis nach Gugging zur psychiatrischen Klinik weiterzuwandern, den Großteil der Strecke hatte er ja bereits hinter sich, und vielleicht würde sich dort eine Gelegenheit ergeben, mit einem der Pfleger oder dem Leiter des »Hauses der Künstler« nach Wien zurückzufahren. Er suchte das »Haus der Künstler« mehrmals im Jahr auf, weil dort auch in seiner Anwesenheit weiter gezeichnet und weiter gemalt wurde und er die Bilder und die Patienten dadurch besser verstand. Mit den Künstlern verband ihn eine wenn auch lose Freundschaft. Natürlich gelang es ihm nicht, ihr Unbewusstes zu entziffern, wie dem legendären Primarius Navratil, der einigen seiner Künstler Monographien und Studien gewidmet hatte. Es ging ihm vielmehr um die Erfahrungen, die er dort machte, das Zwischenmenschliche, die Gespräche, die er zu den Bildern in Beziehung setzte. Er war sich schon seit der Zeit in der Mittelschule darüber im Klaren, dass alle Menschen nur einen Ausschnitt aus dem Spektrum der Licht- und Schallwellen sahen und hörten, dass Insekten, Fledermäuse, Vögel, Fische die

Welt und die Zeit anders wahrnahmen – warum sollte es sich bei den sogenannten Geisteskranken nicht auch um eine Verschiebung der Wahrnehmung und des Denkens handeln, die nur nicht in *diese* Welt passte? Die Vorstellung hatte für ihn etwas Religiöses. Und während er dahinschritt und noch ganz betäubt vom Gehen am Ufer des Kanals und des Flusses war, kam ihm neuerlich der Gedanke, der ihn seit geraumer Zeit beschäftigte: einfach zu verschwinden, sich in Luft aufzulösen. Es erschien ihm als ein geradezu poetischer Akt, sozusagen im Leben zu sterben und im Leben ein Weiterleben nach dem Tod zu erfahren. Das erste Leben abzuschließen und das zweite Leben als Jenseits aufzufassen. Das ähnelte dem Schicksal von Migranten, fiel ihm ein, die in einem fremden Land manchmal ein neues Leben mit neuen Namen und neuer Herkunft begannen. Allerdings war ihm bewusst, wie schwierig das war – trug man das alte Leben doch im Kopf mit sich und ganz gewiss noch die alte Sprache, die zwar verdorren konnte, aber nie gänzlich abstarb.

Maskierte Kinder kamen ihm lärmend entgegen, eines mit einer Osama-bin-Laden-Maske, eines als Vampir Dracula und eines mit Kapitänsmütze und aufgeklebtem Bart, dessen Vorbild wohl die Fischstäbchenwerbung von Iglo war. Sie warfen Konfetti auf ihn und stoben lachend davon. Er hatte ganz vergessen, dass heute Faschingsdienstag war, obwohl seine Frau zu ihrer Schwester und ihren Neffen und Nichten nach Graz gefahren war, um mit ihnen gemeinsam zu feiern. Waren nicht auch schon auf dem Hauptplatz von Klosterneuburg und in den Straßen, durch die er gegangen war, Geschäfte und Auslagen mit bunten

Papierschlangen und Lampions geschmückt gewesen? Er hatte offenbar alles übersehen. Weitere Kinder kamen ihm entgegen, während er zwischen den Villen auf dem Gehsteig dahinflanierte. Als ihn die ersten angeheiterten maskierten Erwachsenen vom Gehsteig drängten und Scherze mit ihm treiben wollten, wechselte er die Straßenseite. Das machte er von da an immer, wenn er von weitem eine Menschengruppe sah. Zweimal fuhren auch Umzugswagen an ihm vorüber, der eine stellte einen Gastgarten mit trinkenden Bauern dar, die zu ihm hinunterschrien und rülpsten, auf dem anderen spielte eine Blasmusikkapelle in Tracht. Er wechselte in Kierling neuerlich die Straßenseite, um näher am Sterbehaus Franz Kafkas vorbeizugehen, und erreichte kurz darauf die Portiersloge der psychiatrischen Klinik. Das »Haus der Künstler« lag auf einer kleinen Anhöhe, zu der er sich, jetzt schon ermüdet, mit schweren Schritten aufmachte. Ein Hubschrauber flog über ihn hinweg, und Artner blieb kurz stehen, um ihm nachzuschauen, bis er verschwunden war.

Im »Haus der Künstler« war es wie immer: Der Tag, die Zeit verflüchtigten sich dort langsam und lautlos. Nur dass heute die Patienten maskiert waren. Trotzdem erkannte er sie an ihrem Verhalten, der Körpergröße oder dem Haar. Dadurch wurde ihre Verkleidung in seinen Augen doppelt grotesk. Er sank auf einen Stuhl, sein Körper schmerzte ihn. »Jeder Muskel«, dachte er. Eine Pflegerin und ein Pfleger begrüßten ihn. Der Doktor, sagten sie, sei besetzt, aber sobald er seine Angelegenheiten erledigt hätte, würde er ihn empfangen.

Ein Künstler-Patient, Florian, den er wegen seiner

mit einem Bleistift auf Zeichenpapier schraffierten Gegenstände, die geheimnisvolle Schattenwesen zu sein schienen, besonders schätzte, hockte auf der Sitzbank neben dem Fenster und starrte auf den Boden. Wie auch die Übrigen trug er seine Hauskleidung – einen Trainingsanzug –, aber dazu hatte er einen großen Piratenhut aufgesetzt, dessen gewellter Rand mit einer breiten weißen Federschlange gesäumt und dessen Krempe mit einem Goldfaden bestickt war. Sein Gesicht war bemalt: ein geschwungener und an den Seiten aufgezwirbelter Schnurrbart über blau geschminkten Lippen, schwarz nachgezogene Augenbrauen und eine Narbe an der Wange. Er trug eine unglückliche Miene zur Schau, als gehe ihm etwas gegen den Strich. Ein anderer hatte eine Kapuze aus langem schwarzen Kunsthaar auf dem Kopf, die unter dem Kinn in einen falschen Bart auslief. Sein Gesicht hatte er mit einer riesigen Kunststoffbrille, einer Gumminase und einem aufgeklebten Schnurrbart maskiert – auf Philipp machte er den Eindruck eines Kindes, das aus einem Buch zu ihm herausgestiegen war. Sein rotes T-Shirt war mit Filzstift vollgekritzelt – vielleicht wollte er den Eindruck eines Waldmenschen erwecken, der Schrecken hervorrief, dachte Artner. Niemand sprach … Weder der Cowboy mit Hut, Gürtel, Halfter und Kapselrevolver noch Robin Hood mit grünem Federhut und einem Spielzeugbogen um die Schulter oder der Koch mit weißer Mütze und Schürze und einer lachenden Oliver-Hardy-Maske vor dem Gesicht. Nur der Patient Rudolf, der seinen Vater, einen Förster, mit dem Jagdgewehr erschossen hatte und seither stumm auf dem Gang rauchte, hatte sich nicht verkleidet.

Er malte auf ein Blatt in mehreren Reihen immer die gleichen Gegenstände: eine Brille, eine Gladiole, einen Würfel, einen Hut. Wie gewohnt stürmte Johann, der beredtste der zwölf Insassen, aus seinem Schlafraum, dessen Wände bis auf den kleinsten Fleck mit seinen eigenen gerahmten Zeichnungen vollgepflastert waren, erkannte ihn und flüsterte ihm zu, ob er ihm nicht in sein Zimmer folgen könne … Wie nicht anders zu erwarten, bat er ihn dort um Geld. Zugleich zeigte er ihm ein mit weißer Farbe bemaltes und mit schwarzen Schriftzeichen versehenes Brettchen von der Größe einer Spielkarte und bot es ihm zum Kauf an. Artner versuchte die Schrift zu entziffern, aber er konnte nur verschiedene Vornamen zwischen unbekannten Wörtern lesen. Nachdem der Handel abgeschlossen war, zeigte Johann ihm erleichtert seine Verkleidung: Er trug eine Weste, darunter ein weißes T-Shirt und um den Hals ein großes Kreuz, das ihm auf der Brust baumelte und ihm das Aussehen eines Pfarrers verlieh. Er holte aus einer Lade eine obszöne Gumminase heraus, die einem erigierten Penis glich, und einen weißen Cowboy-Hut mit Sheriffstern. Er stülpte ihn sich auf den Kopf und verlangte von Artner, so fotografiert zu werden. Artner holte sein iPhone aus der Jackentasche und machte zwei Aufnahmen mit Blitzlicht. Währenddessen fragte ihn Johann in seiner hektischen, vom Dialekt gefärbten Sprechweise, ob er müde sei. Artner erklärte ihm, dass er von Wien zu Fuß nach Gugging in das »Haus der Künstler« gekommen sei – »Von Wien?«, unterbrach ihn Johann. »Wirklich? Von Wien? Wirklich? Von Wien? Do miassns oba schen miad sein, net, schen miad, miad!«

Wie üblich gab ihm Artner noch Zigarettengeld, worauf Johann als Sheriff mit der obszönen Gumminase im Gesicht davonstürmte, um sich in der Kantine, die bei den Patienten »Caféhaus« hieß, Zigaretten zu kaufen. Gleich darauf trat Artner auf den Gang hinaus, sah, dass das an allen Wänden und an der Decke bemalte Zimmer des Patienten-Künstlers Kaspar leer war, und nahm dort auf dem Stuhl hinter dem Zeichentisch Platz. Er war so erschöpft, dass er kaum noch stehen konnte. Der transportable Fernseher lief, aber der Ton war ausgeschaltet. Kaspar hatte seine selbsterfundene Mythologie in bunten, großen, ineinander übergehenden Bildern festgehalten und sein Krankenzimmer so zu einer Kapelle des Wahns gemacht – zugleich Herr und Knecht seiner Götter, Dämonen, Teufel und Halbengel –, dazwischen hatte er die Türme der Kirche von Klosterneuburg gemalt, kleine Flugzeuge, Gestirne, politische Zeichen wie Hammer und Sichel, das Hakenkreuz oder Abkürzungen von politischen Parteien, die Donau, ein Schiff und anderes – nichts weniger als eine topographische Karte seines Unbewussten, wie Artner dachte.

Vor Müdigkeit fielen ihm die Augen zu, und er wusste zwischendurch nicht, ob er schon eingeschlafen oder noch wach war. Als er seine Augen öffnete, stand der massige, glatzköpfige Kaspar vor der von ihm bemalten Tür und blickte ihn mit einem Gemisch aus Schrecken, Irritation und Abscheu an. Sofort stand Artner auf und entschuldigte sich bei ihm. Ihm fiel nichts Besseres ein, als den Kugelschreiber aus der Brusttasche seiner Jacke zu nehmen und ihm in die Hände zu drücken. »Das ist für Sie!«, sagte er dabei.

Kaspars Gesicht nahm den Ausdruck von Freude und zugleich Gekränktsein an, den er längst kannte. Er trug keine Maske, offenbar wollte er nicht am Faschingstreiben teilnehmen.

Inzwischen trat unversehens der Leiter des »Hauses der Künstler«, Dr. Schiemer, der mit einer Winterjacke bekleidet war, an ihn heran und fragte, ob er etwas für ihn tun könne.

Artner stellte ihm die Gegenfrage, ob er nach Wien fahre, und als der Psychiater bejahte, bat er darum, ihn mitzunehmen.

Sie fuhren langsam den Hügel hinunter, und Artner erklärte dem Doktor, dass er zu Fuß an der Donau entlang und über Klosterneuburg nach Gugging gegangen sei. Der Arzt wollte sogleich wissen, weshalb er das gemacht habe.

Artner log ihn an, dass er habe wissen wollen, wie die Patienten im »Haus der Künstler« den Faschingsdienstag feierten, und dass er, weil er dabei besser nachdenken könne, zu Fuß gegangen sei.

»Wir nennen sie nicht Patienten«, widersprach ihm Dr. Schiemer, »sondern Klienten, um nicht ihre künstlerischen Leistungen herabzusetzen.«

Auf der Weiterfahrt sprachen sie über die Verkleidungen und die Masken der Klienten, und Dr. Schiemer meinte, dass seine Künstler genauso wie andere Künstler und alle anderen Menschen in ihrer eigenen Welt lebten. Es käme wohl nur darauf an, dass jemand im Alltag die Regeln der Normalität einhalte – was immer das auch sei. Jeder, der fähig sei, seinen Hass, seine Begierden und falschen Vorstellungen hinter der Fassade der sogenannten »Anständigkeit« zu verbergen, könne intrigieren, denunzieren, lügen, im Geheimen Gewalt ausüben – also seine Gemeinheit ausleben –, ohne jemals mit einem Psychiater in Berührung zu kommen.

Die »Mama-Mama«-Rufe weckten ihn. Er wollte sogleich wissen, wie spät es war – neun Uhr abends, stellte er fest. Was war geschehen? Er rappelte sich auf, und ihm fiel ein, dass die alte Frau vielleicht wieder allein zu Hause im Bett lag, weil die Tochter ausgegangen war. Automatisch stand er auf und begab sich zum CD-Player, wo er diesmal »Für Alina« von Arvo Pärt auflegte. Wie erwartet wurde es augenblicklich still. Er dachte an einen Embryo, der in der Fruchtblase zu strampeln anfing und von der Mutter mit sanften Worten beruhigt wurde. Ohne lange nachzudenken, fing er an zu schreiben. Er suchte nicht wie üblich nach einem ersten Wort, einem ersten Satz, sondern ging seiner Intuition nach. Die Methode ähnelte einem Komponisten, der Geräusche mit Tönen verband, nur fügte er stattdessen verschiedene Erinnerungsfragmente zusammen. Ihm fiel jetzt ein, wie er in Rom den Vatikan besichtigt und dort den alten Landkartensaal betreten hatte, auf dessen Wänden die verschiedenen Erdteile in leuchtenden Farben aufgemalt gewesen waren. Er hatte das Gefühl gehabt, sich im Inneren eines riesigen, durchsichtigen Globus zu befinden, als ein erkennendes, aber machtloses Wesen, ein Käfer, der nichts von alldem begriff, was um ihn war. Gleich darauf fielen ihm die Bilderbücher ein, die er als Kind bei Nacht mit Hilfe einer Taschenlampe unter der Bettdecke gelesen und angeschaut hatte, und ein Aufenthalt in einem fensterlosen Kellerzimmer des Goethe-Instituts in Kyoto. Er hatte in der Dunkelheit befürchtet, in den Händen eines Riesenwesens gefangen zu sein, das ihn töten wollte. Die Erinnerung daran war so stark, dass er aus Erschöpfung wieder einschlief.

Als er wieder die Augen öffnete, glaubte er, inzwischen das Bewusstsein verloren zu haben. Dann stellte er fest, dass er sich im Wasser der Donau befand … Hatte er die ganze Zeit über, nachdem er die Treppe in Klosterneuburg hinaufgestiegen war, nur geträumt? Er spürte keine Kälte, das Wasser war braun und sonnendurchschienen … Jetzt war er davon überzeugt, dass es die Donau war … Vor allem wunderte er sich, dass er unter der Oberfläche schwebte … Eine Kommode stieg vom Boden auf, ein alter Polsterstuhl, ein Kinderroller, Teller, Besteck, ein Tischtuch, gerahmte Bilder, Teile eines Matador-Baukastens, eine Puppe. Er verstand nichts, bis er entdeckte, dass sich Gegenstände unter einer Holzdecke über ihm angesammelt hatten, und er ahnte, dass er sich auf einem gesunkenen Schiff befand. Plötzlich erkannte er die Gegenstände, die noch immer vom Boden aufstiegen, wieder – sie hatten ihm gehört, und augenblicklich befiel ihn Angst. Zuerst waren es Bücher … eines, dann schwebte noch eines nach oben, dann fünf, zehn, hundert. Sie trieben in die Höhe und sammelten sich unter der Decke ebenso wie die anderen Gegenstände. Er spürte, wie ihm die Luft knapp wurde, sein Herz heftig pochte und ein feines Klingen in den Ohren allmählich zu einem betäubenden Geräusch wurde. Um nicht weiter leiden zu müssen, entschloss er sich, das Wasser in tiefen Zügen einzuatmen.

Er schrak auf. Draußen war es hell geworden. Noch immer lag er auf dem Kanapee seines Arbeitszimmers und registrierte verwirrt, dass ein Pressluftbohrer im unteren Stockwerk lärmte, Motorengeräusche und Stimmen aus dem Hof zu vernehmen waren, Rufe und die dumpfen Geräusche von Holz, das auf Holz fiel. Er erhob sich, blickte aus dem Fenster, sah, dass im Hof Lastwagen und andere Fahrzeuge aus- und einfuhren und Männer Bestandteile von Baugerüsten abluden. Andere errichteten einen Außenlift oder standen über Pläne gebeugt zusammen und besprachen sich. Ratlos verharrte er, doch war er sich darüber im Klaren, dass er den weiter anwachsenden Lärm nicht ertragen würde. Inzwischen fiel ihm auf, dass auch die Krähen verschwunden waren und mit ihnen ihr Knarren und Krächzen, das sonst von den Mauern des Hofes noch verstärkt wurde. Er zog die Stoffrollos herunter und las, was er am Vorabend notiert hatte, korrigierte es und zerriss es schließlich. Dann ließ er die beschriebenen Papierschnitzel auf den Parkettboden fallen und starrte sie an. Sie kamen ihm jetzt vor wie zersprungene Sprache. Die zerrissenen Wörter und Buchstaben waren ein Bild seiner geheimen Furcht vor dem Verlust der Fähigkeit, ein Manuskript zu schreiben, vor einer Schreibblockade, wie dieser Tod eines Schriftstellers genannt wird. Er setzte sich auf einen Stuhl und hörte den Baulärm mit großer Eindringlichkeit. Die Papierschnitzel lagen noch immer auf dem Boden. Er kramte kurz in seinen Manuskripten und stieß auf die Seiten seines letzten Buches, die er vor dem Druck ausgesondert hatte, und zerriss sie ebenfalls. Wie beschriebene Schneeflocken, dachte er, als sie zu Boden schwebten.

Immer mehr Seiten zerriss er und noch mehr, schließlich sprang er auf und schlüpfte in Schuhe und Mantel.

Die Arbeiter im Haus und im Hof schienen das gesamte Gebäude gleich einem Wespenschwarm in Besitz genommen zu haben. Sie kümmerten sich nicht um ihn, als er an ihnen vorbeiging. Er schlug zuerst den Weg zum Schwarzenbergplatz ein. Unterwegs entschloss er sich aber, die Kärntner Straße aufzusuchen, um unter Menschen zu sein. In einer Buchhandlung erstand er einen Band über Globen, den er für seinen Essay benötigte, da er dem Hofrat nur unaufmerksam zugehört hatte. Dabei entdeckte er einen Katalog des Malers Richard Gerstl, den er ebenfalls einpacken ließ. Wenn er in einer schwierigen Lage war, kaufte er sich besonders häufig Bücher und achtete dabei zu wenig auf das Geld, das er dafür ausgab. Er setzte sich am Albertinaplatz in das Café Tirolerhof, bestellte ein kleines Gulasch und ein Glas Bier und schlug dann das Buch über Richard Gerstl auf, dessen Bilder er kannte und von dem er wusste, dass er der Liebhaber der Ehefrau des Komponisten Schönberg gewesen war. Nachdem der charismatische und starke Schönberg seine Frau Mathilde unter Druck gesetzt hatte, das Verhältnis zu beenden, und hierauf den jungen Maler aus seinem Kreis verbannt hatte, hatte dieser sich in der Nacht vom 4. auf den 5. November 1908 in seinem Atelier in der Liechtensteinstraße 20 erhängt. Der Selbstmord des damals gerade 25 Jahre alten Künstlers zog ihn an, denn er spürte selbst immer wieder den Wunsch, »aus dem Leben zu scheiden«, wie man diesen Tod im Allgemeinen umschrieb. Zuerst betrachtete er das »Selbstbildnis vor blauem Hintergrund«, eines seiner

Lieblingsbilder, das er als Postkarte unter den Papieren auf seinem Schreibtisch wusste. Gerstl hatte sich darauf wie vor dem Jüngsten Gericht gemalt: mit nacktem Oberkörper, die Hüften von einem weißen Tuch umgeben, die Arme herabhängend. Der Kopf mit kurzgeschorenem Haar war vor allem wegen der Augen, des Blicks, der einen zugleich musterte und durchbohrte, auffällig. Es war ein zeitgenössisch-zeitloses Gesicht, das aus der Aura verschiedener Blaus herausleuchtete, und je länger er das Selbstportrait betrachtete, desto mehr war er davon überzeugt, dass es etwas mit dem

Jenseits zu tun hatte. Gerstl hatte, wie aus dem Buch hervorging, das »Selbstbildnis in der Hölle« von Edvard Munch gekannt, das zehn Jahre früher entstanden war und den norwegischen Künstler bis zum Geschlecht nackt vor einem undefinierbaren Dunkel und Hell zeigte. Philipp kannte nur das »Selbstportrait mit Zigarette« Munchs, welches ihm beim ersten Mal, als er es gesehen hatte, wie eine Geistererscheinung vorgekommen war. Gerstls Selbstportrait hingegen kam mehr aus dem Unbewussten als dem Malerischen, glaubte er. Wie Munch hatte auch Gerstl zahlreiche Selbstbildnisse gemalt, jedes vierte seiner Bilder stellte ihn selbst dar: Das »Fragment eines lachenden Selbstbildnisses in ganzer Figur« auf der Rückseite des »Bildnis von Alexander von Zemlinsky« zum Beispiel hatte Artner im Wissen um Gerstls Selbstmord verstört, denn der junge Künstler hatte sich lachend, wie beim Fotografiertwerden, dargestellt. Das Gesicht wies auf der linken Hälfte einen dunkelblauen Farbfleck von der Stirn bis zum Kinn auf – wie eine Narbe, ein Ausschlag oder getrocknetes Blut. Die rechte Körperhälfte war gänzlich weggeschnitten. Er las, dass Gerstl seinen farbgetränkten Pinsel im eigenen Antlitz leer gestrichen habe – »eine Autoaggression, die wie eine Vorahnung des späteren Selbstmordes« anmutete, hieß es. Der Hintergrund des Bildes war dunkelbraun und schien in das Nichts überzugehen. Artner betrachtete den Katalog jetzt wie das Protokoll eines tödlichen Zerstörungsvorgangs. Zunächst widmete er sich den weiteren Selbstdarstellungen. Gerstls vier Selbstportraits mit Feder und Tusche auf Papier, alle aus feinen Punkten und Strichen zusammengesetzt, hatten etwas Okkultistisches … Er überblätterte rasch die weiteren Seiten bis zu einem wüsten »Selbstbildnis als Akt in ganzer Figur«, in dem der nackte Körper und das Geschlecht dominierten. Der Raum war irreal blau, reine Malerei, in dem ein großer Spiegel als »abstraktes Gemälde« im Hintergrund zu sehen war. Doch stellte das Bild keinen metaphysischen Raum dar, in dem ein Künstler erschien, sondern einen nackten Körper – eines Kranken, Süchtigen, Verlorenen, der alles hinter sich gelassen hatte und den Weg ins Nichts antrat.

Lange starrte er die beiden verwandten Bilder an: Auf dem späteren hatte Gerstl die Unschuld und Scham, die auf dem ersten noch sichtbar gewesen waren, verloren. Sein Haar war gewachsen, aber die größte Verwandlung war mit den Augen vor sich gegangen. Der früher wache, spöttische und zugleich neugierig durchdringende Blick war jetzt abwesend, in sich gekehrt, und der Künstler hatte die Augen mit einem Farbschleier bedeckt, wie um einen Ausdruck der Verwunderung und etwas wie Selbstverachtung sichtbar zu machen. Der Nasenrücken glänzte, es hatte den Anschein, als sei Gerstl zuvor gestürzt oder habe sich selbst mit der Faust geschlagen.

Es war früher Nachmittag geworden, und er hatte begonnen, »Gspritzte«, Weißwein mit Sodawasser, zu trinken. Er betrachtete jetzt – durch die gedämpfte Stille im Café und den Alkohol schon müde geworden – die weiteren Bilder Gerstls: »Die Familie« vom Sommer 1907 und das »Gruppenbildnis Schönberg« aus demselben Jahr. Wie alte Farbfotografien Spuren eines chemischen Umwandlungsprozesses aufweisen, wie alte Porzellanvasen mit Sprüngen überzogen sind, Ölbilder von Craqueluren, wie Blätter sich im Herbst verfärben, Wolken zerfallen, Blut trocknet, wie Erinnerungen ein Eigenleben beginnen, Nahrungsmittel verfaulen, alte Eisenbahnschienen verrosten, wie Löwenzahnkugeln sich auflösen, Wasser verdampft und gefriert, der Tag zur Nacht wird und die Nacht wieder zum Tag, wie aus Müllhaufen Erde entsteht, wie Abfall vermodert, wie sich alles verwandelt und verändert, so hatte Gerstl die »Familie Schönberg« und das »Gruppenbildnis« gemalt: Gemälde, die Vergehen und Entstehen festhielten, die Loslösung von Erwartungen und Konventionen, die Auslöschung von Sinn- und Nutzdenken, archaische Bilder aus der Dunkelkammer des Kopfes und der Energie freigesetzter Farben. Mit diesen Bildern hatte Gerstl seine Welt festgehalten, aus der er bereits zu flüchten begonnen hatte. Während Artner das Café verließ, fragte er sich, was ihn so sehr an Gerstls Bildern beschäftigte, doch eigentlich wollte er es gar nicht wissen.

Als er den Hof betrat, verließen die Arbeiter gerade das Haus. Es waren in der Mehrzahl Migranten, die sich lebhaft und scherzend in ihrer jeweiligen Landessprache unterhielten, dabei jedoch alle von der gleichen Eile getrieben waren. Unmittelbar darauf wurde es still. Die Gerüste reichten jetzt schon fast bis zu seinem Fenster im zweiten Stock hinauf und waren mit grünen Staubnetzen verhängt, er konnte also voraussehen, was auf ihn zukam. Eine Schuttrutsche aus Blech war installiert worden, über die die abgeschlagenen und herausgebohrten Mauerteile in den

Hof geschafft werden sollten, ebenso hatte man Betonmischmaschinen und mehrere Holztröge aufgestellt. Einige hohe Bretterstapel und eiserne Gerüstteile waren an den Mauern aufgeschichtet. Im Gang war der Schutt nur zur Seite gekehrt, und er floh zuletzt, mehr als er ging, in seine Wohnung. Dort empfingen ihn die »Mama-Mama«-Rufe wie etwas Vertrautes. Die Papierschnitzel lagen noch immer auf dem Boden. Er eilte besorgt zu seinem CD-Player und legte Schönbergs Quartette auf, die fast augenblicklich die gewünschte Wirkung hervorriefen. Nachdem er sich umgezogen hatte, suchte er den Katalog »Arnold Schönberg. Das bildnerische Werk« heraus und verglich die Abbildungen mit den Arbeiten Gerstls. Schönberg selbst hatte ja behauptet, wusste er, dass er Gerstl beeinflusst habe, mit der üblichen Malweise zu brechen, denn Gerstl selbst habe ihm, nachdem dieser die malerischen Versuche des Komponisten gesehen habe, gesagt, dass er, Schönberg, ihm die Augen geöffnet habe. Andererseits gab es Zeugen, die umgekehrt von Gerstls Einfluss auf Schönberg sprachen. Zweifellos waren Schönbergs Bilder dilettantisch, sie erschienen ihm wie eine unfreiwillige Vorwegnahme des »Bad Paintings«, zugleich schülerhaft talentiert wie kühn, mitunter auch lächerlich, doch auf eine vertrackte Weise anregend.

Die Musik Schönbergs durchzitterte, durchsägte, durchschnitt indessen sein Denken, die Töne waren wie Funken, die seinen Kopf in Brand setzten. Er legte die Bücher, die er gekauft hatte, auf den Schreibtisch und überließ sich seinen Gedanken, schrieb einzelne auf, holte eine Flasche Rotwein und trank, wobei er immer wieder Stichwörter aus seinem Gedankenstrom notierte. Als seine Frau ihn anrief, war er bereits betrunken.

»Geht es dir nicht gut?«, fragte sie. Er beteuerte das Gegenteil. »Soll ich kommen?« Nein, es sei nicht notwendig, denn gegen den Umbaulärm und die Rufe aus der Nachbarwohnung könne auch sie nichts ausrichten, sagte er.

In der Nacht hörte er durch die Wand den Hund bellen. Er dachte im Halbschlaf, dass er dagegen noch kein Mittel gefunden habe, und nahm sich vor, am Morgen in das Café Heumarkt zu gehen und zu frühstücken.

Er hatte ganz vergessen, dass er einen Zahnarzttermin bei Dr. Tuppy hatte, der auf der gegenüberliegenden Seite des Hofes ordinierte. Das war der erste Gedanke, als der Lärm ihn weckte. Sofort wusste er, dass es sieben Uhr war. Er verließ das Bett, duschte sich und nahm einen Becher Joghurt aus dem Kühlschrank. Die Morgenzeitung lag auf der Fensterbank vor der Tür und ein Briefkuvert ohne Adressat und Absender. Er öffnete es und las auf einem Stück Papier, das die bekannte Handschrift aufwies: »Es war gestern wieder sehr laut. Heute Abend muss ich an einem Artikel arbeiten. Ich werde mich bei Ihnen melden, wenn Sie mich trotz meiner Bitten um Rücksichtnahme weiter stören.« Darunter die Initialen als Unterschrift. Er versuchte seinen Ärger zu unterdrücken und legte den Brief zu seiner Post, die er in einer Bananenschachtel sammelte und später an das Heimito-von-Doderer-Archiv ablieferte. Hierauf setzte er sich an den Esstisch und überflog die Neuigkeiten aus Politik und Kultur und legte den Wirtschaftsteil zur Seite. Zuletzt studierte er die Fußballresultate und die Tabellen, vor allem der englischen, spanischen und italienischen Ligen, weil in Österreich im Winter keine Meisterschaftsspiele stattfanden. Der Lärm hielt inzwischen an wie ein Schmerz, der nicht aufhörte, überdeckte alles, und der Ärger über den Brief, der ihm jetzt inmitten des anonymen Baulärms noch absurder erschien, verstärkte sein Gefühl, dass er vertrieben werden sollte, denn weder würden die Renovierungsarbeiten bald enden noch seine Nachbarinnen ausziehen. Zum Lärm kamen jetzt auch noch ein lautes Klopfen und ein polterndes, krachendes, schepperndes Geräusch, weil man, wie er feststellte, damit angefangen hatte, an der Außenseite mit Hämmern den Verputz abzuschlagen und den Bauschutt aus dem oberen Stockwerk über die Metallrutsche in den Container zu schütten, wo er wieder auf Metall aufschlug. Er überlegte zu flüchten, aber er musste ja noch den Zahnarzttermin abwarten. Eigentlich war es nur die halbjährliche Zahnreinigung, trotzdem empfand er Unbehagen.

Um neun Uhr saß er im Behandlungsstuhl des Zahnarztes und erhielt nach wenigen Minuten eine örtliche Betäubungsspritze, da Dr. Tuppy Karies an einem Backenzahn entdeckt hatte, weshalb er den Termin für die Mundhygiene verschob. Während Dr. Tuppy zwei Röntgenbilder auf beleuchtetem Glas kontrollierte, spürte Artner, wie sein Mund abstarb und zu etwas Fremdem wurde. Das Bohren erinnerte ihn dann wieder an den dröhnenden Lärm, der ihm in seiner Wohnung zugesetzt hatte, doch war es ansonsten ruhig, da sich die Praxis im dritten Stock des Wohnhauses befand und die Fenster zur Straße hinausgingen. Dr. Tuppy war wie sein Vater, bei dem Artner früher in Behandlung gewesen war, ein gründlicher Zahnarzt. Nichts entging seinem Blick, auch nicht die nervöse Abwesenheit seines Patienten.

Er fragte ihn nach der Behandlung zu seiner Überraschung, ob ihm übel sei.

»Nein – es ist nur der Lärm.«

»Warten Sie, bis der ganze Schutt im Stiegenhaus liegt und der Verputz der Außenwände weiter abgeschlagen wird, dann bekommen wir es auch noch mit dem Staub zu tun. Ich fürchte den Staub mehr als den Lärm«, antwortete der Zahnarzt.

»Sie merken ja nichts vom Lärm«, warf Artner trotzig ein.

»Im Behandlungszimmer ist es zwar wie sonst«, entgegnete der Zahnarzt, »aber in der Küche, die zum Hof hinaus geht und in der wir das Mittagessen einnehmen, erfahren wir selbst, wie es den übrigen Parteien geht.« Während er sprach, blickte Artner auf die beiden Röntgenbilder. Eines davon stellte einen Schädel dar, das andere war die Panoramaaufnahme eines Gebisses.

Zu wem gehörten sie?, fragte er sich, als er die Ordination verließ.

Er kehrte nicht mehr in seine Wohnung zurück, sondern nahm vor dem Hilton-Hotel ein Taxi und ließ sich zum Zentralfriedhof bringen. Dort stieg er beim Tor 1 aus und begab sich in den jüdischen Teil – in die Totenstille, die ihm jetzt behagte. Wenn er in eine fremde Stadt reiste, suchte er zumeist einen oder mehrere Friedhöfe auf, um bestimmte Gräber zu sehen. Er erinnerte sich an Berlin, an das Grab E. T. A. Hoffmanns – er wusste nicht, weshalb ihm gerade dieses Bild durch den Kopf ging, hatte er doch in seinem Leben eine Unzahl an letzten Ruhestätten von Schriftstellern, Komponisten und Künstlern besucht. Er ging eine endlos lang scheinende Allee mit alten Bäumen entlang, an Gräbern vorbei und begegnete niemandem außer den Krähen, die sich auf der breiten Straße zu den Aufbahrungshallen niedergelassen hatten und vor ihm aufstoben. Die Baumstämme der Allee waren mit einem blauen Strich markiert, er wusste nicht weshalb. Nachdem er das Ende der asphaltierten Straße erreicht hatte, bog er ab in einen der Nebenwege und von dort in einen kleinen, von Bäumchen und Büschen überwachsenen Seitenpfad des jüdischen Friedhofs. Hoher Schnee, in dem noch keine Fußspuren zu bemerken waren, bedeckte den Boden, Tannenzapfen lagen auf der zu winzigen Eiskristallen gefrorenen Oberfläche, kleine Blätter, abgebrochene Spitzen von Zweigen, Samenkügelchen und -kerne – Splitter aus der botanischen Umwelt, nicht größer als Punkte und Beistriche. Er entdeckte auch vereinzelte Samen von Lindenblüten, eine Vogelfeder und ein Stück weiter unten die Abdrücke von Fuchs- oder Hundepfoten. Die Grabsteine waren vollständig unter dem Schnee begraben, einige standen schief, waren von Efeu überwachsen und wiesen zumeist Davidsterne auf. Er war erstaunt über die Größe des jüdischen Teils und von der Anzahl der Gräber. Die meisten machten einen verlassenen Eindruck, weil die Angehörigen in der Zeit des

Nationalsozialismus ermordet worden waren. Zum Teil war der Friedhof auch von Bomben der Alliierten zerstört worden, als Wien gegen Ende des Zweiten Weltkriegs aus der Luft angegriffen worden war. Er versank mitunter bis zu den Knien im Schnee und fand später auch Spuren von Rehen und Hasen. Seltsamerweise fühlte er sich in Sicherheit, es gefiel ihm, dass niemand wusste, wo er war. Er las die Namen, die Geburts- und Sterbedaten, sah Buchstaben in hebräischer Schrift, die er aber nicht entziffern konnte, und da und dort ragten kleine runde Tafeln aus dem Schnee, mit Ziffern darauf, an denen sich die Verwaltung und die Gärtner orientierten. Er stapfte so lange herum, bis er müde wurde und, sich an den eigenen Spuren orientierend, zur Straße zurückkehrte. Von dort gelangte er wieder zu einer Allee, die er entlangschritt, bis er von weitem und zwischen dem Geäst hoher Bäume die Lueger-Kirche sah. Sie war umgeben von einem dichten Ring aus Grabstätten, darunter Soldatenfriedhöfe für Franzosen und Russen, die während des Zweiten Weltkriegs bei der Befreiung Wiens gefallen waren.

Als er die breite Zeremonienstraße zum Ausgang erreicht hatte, wurde er von einer sportlichen jüngeren Frau angesprochen, die ihn bat, sie vor den Grabsteinen Beethovens, Schuberts und Brahms', die sich zu einem Halbkreis fügten, aufzunehmen. Sie sprach dabei nur die Namen der Komponisten aus, zeigte ihm ihr Smartphone und deutete dann mit dem Finger auf sich selbst. Anschließend wollte sie das Bild sehen, zu dem sie dann ernsthaft nickend ihre Zustimmung ausdrückte. Er freute sich über die Abwechslung, führte sie deshalb auch zu dem Kenotaph für Wolfgang Amadeus Mozart, weiter zu den Gräbern von Hugo Wolf und Christoph Willibald Gluck und zuletzt zu Arnold Schönbergs letzter Ruhestätte. Die Frau trug Stiefel, bemerkte er, Jeans, eine sportliche Jacke und einen dicken Schal. Ihr Haar war dunkel wie ihre Augen, die Lippen voll, die Zähne weiß und das Gesicht mädchenhaft. Die ganze Zeit über lächelte sie nicht. Sie kam aus Bukarest, erfuhr er. Vor zwei Tagen war sie mit der Eisenbahn nach Österreich gefahren, um ihre in Wien verheiratete Schwester zu besuchen. Er gab sich auf ihre Frage als Korrespondent einer deutschen Zeitung aus, und als sie ihn nach der Kirche des Bildhauers Wotruba in Mauer fragte und ihm sagte, dass sie mit dem Auto ihrer Schwester unterwegs sei, bot er sich an, sie zu begleiten.

Die Unterhaltung verlief nur mühsam. Wenn sie einander etwas mitteilen wollten, verständigten sie sich über Gesten und mit ein wenig Englisch, das sie gebrochen sprach. Sie war höchstens 35 Jahre alt, aber sie konnte auch jünger sein. Das Auto, ein Renault mit Wiener Nummer, war nicht aufgeräumt und erweckte den Anschein, dass Kinder darin transportiert würden. In den Seitenfächern der Türen steckten CDs mit Märchen, und Reste einer McDonald's-Verpackung lagen auf dem Boden. Er nahm neben ihr Platz, durfte wegen seiner Körpergröße den Sitz zurückschieben, holte auf ihren Hinweis eine Wien-Karte aus dem Handschuhfach und faltete sie auf. Es dauerte ein wenig, bis er sich orientiert hatte und sie losfuhren.

Unterwegs wollte sie wissen, wie er heiße und wo er wohne. Er hatte sich noch nicht vorgestellt und erfand, er wusste nicht gleich warum, Namen, Vornamen und eine Adresse. Sie heiße Katharina, sagte sie, den Familiennamen verstand er nicht.

»Weshalb die Wotruba-Kirche?«, wollte er nach einer längeren Pause wissen.

Sie finde die Kirche verrückt, antwortete sie … Ihre Schwester habe ihr eine Fotografie des Bauwerks in einer Zeitschrift gezeigt. Es dauerte eine Weile, bis sie sich darüber verständigt hatten. Dann schwiegen sie den Rest der Fahrt.

Vor einem kleinen, abseits gelegenen Hügel hielten sie. Oben erhob sich das kubistische Gebäude über den biederen Vorstadtvillen wie ein baulicher Irrtum. Es bestand aus viereckigen Betonblöcken verschiedener Größen und Glas. Die scheinbar zufällig aufgestapelten Quader drückten für ihn etwas Primitives aus und erweckten den Eindruck, als verbargen sie ein Geheimnis. Sie hatten auch etwas Mythologisch-Heidnisches an sich wie eine archaische Kultstätte.

Die Stille des Ortes und der ungewohnte Anblick der Kirche im Schnee, die kahlen Büsche und Bäume ringsum gaben dem Bauwerk etwas von Abgeschiedenheit. Mit jedem Schritt änderte sich der Anblick der Kirche wieder und erweckte neue Assoziationen: eine Pyramide aus Würfeln, ein heiliger Ort nach einer Weltkatastrophe, ein Bunker für eine überlebende christliche Gemeinde, eine Grabstätte für einen Architekten.

Katharina gab ihm, als sie zur breiten Stiege kamen, plötzlich die Hand, er wusste zunächst nicht, ob sie Halt suchte oder ob es eine vertrauliche Geste war, aber da sie nicht losließ, als sie die letzte Stufe erreicht hatten, verstand er, dass es eine Geste der Zuneigung war. Die Kirche sah jetzt schmal und hoch aus, der Eingang bestand aus einer Glaswand, in die eine Tür eingelassen war, durch die man wiederum die Fenster der Rückseite – er dachte an Sehschlitze und Schießscharten – sah. Der Zutritt war versperrt, und sie versuchten, die Spiegelungen des Glases mit den Händen abdeckend, einen Blick hineinzuwerfen. Der Innenraum – erkannte er zu seiner Enttäuschung – war mit Reihen von stillosen gelben Gebrauchsstühlen möbliert, in deren Lehnen Gesangsbücher steckten, doch die Wandblöcke ließen ihn an einen Film denken, der von Ingmar Bergman sein konnte. Außer den Lichtflecken an den Mauern fielen ihm noch zwei bunte Kinderzeichnungen auf, von denen eine die Heiligen Drei Könige, die andere die Gottesmutter darstellte. Der Altar war ein Steinblock, auf dem ein kleiner geschmückter Christbaum stand. Die Sonne schien, und das Licht außerhalb der Kirche kontrastierte mit dem Dunkel des Inneren, das wie eine halbgeöffnete Schatztruhe wirkte. Durch andere Fenster entdeckten sie Grünpflanzen und dicke, weiße Kerzen, ein einfaches Holzkreuz, einen Notenständer mit aufgeschlagener Partitur und ein Stehpult aus Holz, auf dem zwei Mikrophone angebracht waren. Er nahm alles auf wie eine Filmkamera, während sich sein Kopf mit der fremden Frau beschäftigte, die seine Hand jetzt kurz drückte. Er drückte zurück, und sie erwiderte die Handbewegung neuerlich, drehte sich zu ihm, zog ihn an sich und küsste ihn. Er spürte ihre warme Zunge in seinem Mund, und, erstaunt über ihre Leidenschaft, schob er sie vorsichtig zur Wand hin. Sie hielt die Augen geschlossen, während sein Blick an der

Mauer haften blieb, die, wie er beim Kuss und ihrem lebhaften Zungenspiel sah, aus Beton mit weißen und gelben Kieselsteinen bestand. Sie lösten sich voneinander und gingen hastig um die Kirche herum, soweit der Schnee und das Gestrüpp es zuließen. An einem uneinsehbaren Winkel umarmten sie sich erneut, wobei er ihre Hand spürte, die an seiner Hose nestelte. Er blickte sich um, vergewisserte sich, dass niemand in der Nähe war oder sie beobachten konnte, und knöpfte den Hosenschlitz auf. Rasch hockte sie sich vor ihn hin und nahm sein halbsteifes Glied in den Mund. Die ganze Zeit über war ihm die Absurdität der Situation bewusst. Er starrte neugierig auf einen Mauerfleck, der aussah wie der Abdruck eines unbekannten, schlangengleichen Tieres oder ein Fluss mit zahlreichen Windungen und Buchten, kleinen und größeren, eher noch wie die Landkarte einer zerklüfteten Insel im Meer, dachte er. Er konnte nur noch fühlen und schauen. Als er einen Blick hinunterwarf, sah er, wie sein Glied in ihrem Mund steckte. Der Anblick erregte ihn so sehr, dass er sie zu sich hochzog, ihre Hose hinunterstreifte, sie umdrehte und das Höschen zur Seite dehnte. Dann drang er in sie ein und betrachtete dabei ihr schön geformtes Gesäß. Mit der anderen Hand tastete er sich zu ihrem Kitzler vor und spürte, dass sie erregt war, gleich darauf begann sie laut zu stöhnen und dabei den Kopf zurückzuwerfen. Er bemühte sich jetzt, selbst zu kommen, und entdeckte, dass sie sich in der großen Scheibe des Gebäudes spiegelten. Vom Innenraum der Kirche aus konnte man sie ganz bestimmt sehen, falls inzwischen jemand eingetreten war. Er glaubte, dass das nicht der Fall war, aber schon der Gedanke daran fachte seine Leidenschaft weiter an, bis er von einer heftigen Gefühlsaufwallung erfasst wurde, die ihn die Augen schließen ließ. Sobald er sie wieder öffnete, blickte er auf ein kreisrundes, schwarzes Loch in der Mauer, das vermutlich der Entlüftung diente, ihn jedoch an das Geschlecht der Unbekannten denken ließ.

Der Regen hatte in der großen Betonwand schwarze Rinnspuren gebildet und dazwischen weiße, wolkenförmige Flecken. Sein Blick wanderte wieder zum Fenster, in dem sich jetzt die Frau neben ihm spiegelte, wie sie sich selbstvergessen die Jeans hochzog und sein Spiegelbild plötzlich anlächelte. Er spürte einen Drang zu urinieren und wandte sich ab. Nachdem er sein Glied wieder in die Hose zurückgeschoben hatte, drehte er sich zu ihr um. Im nächsten Augenblick nahm sie ihn in die Arme und küsste ihn heftig.

Ohne jemandem zu begegnen gingen sie zum Auto zurück, wobei die Unbekannte ihn umschlang und an sich zog. Seine Geliebte auf dem Land, Pia, fiel ihm ein, doch versuchte er, den Gedanken beiseitezuschieben. Es erschien ihm alles so unwirklich, dass er nicht wusste, ob er das Geschehen tatsächlich oder nur in seiner Einbildung erlebt hatte.

In einem naheliegenden Gasthaus, das fast leer war, nahmen sie eine kleine Mahlzeit ein. Er bestellte zwei Gläser Wein und überlegte, wie sich die Bekanntschaft weiterentwickeln würde. Da er ohnehin nicht nach Hause wollte, fasste er den Entschluss, sie in ein Kino einzuladen, das Weitere würde sich ergeben. Sie sprach beim Essen kein Wort und blieb ernst. Auf seine Fragen nickte sie nur oder schüttelte den Kopf.

Als sie wieder in das Auto stiegen, versuchte sie

ihm in einem plötzlichen Wortschwall zu erklären, dass es, wie sie sagte, »not good« von ihr gewesen sei, »to fuck with you«. Er schwieg. Dann schlug er ihr vor, mit ihm ins Kino zu gehen, und sie stimmte nach einigem Zögern zu. Auf der Fahrt in die Stadt erklärte sie ihm, dass sie in Bukarest verheiratet sei. Sie machte ein strenges Gesicht, und da sie jetzt abweisend war, kam sie ihm noch begehrenswerter vor. Er nickte und gab ihr nur noch Hinweise, welche Richtung sie einschlagen müsse. Zwischendurch drehte sie das Radio an, in dem eine Frauenstimme Verkehrsmitteilungen durchgab, und suchte unruhig nach einem anderen Sender. Vor dem Kino hielt sie ruckartig an, umarmte ihn, ohne ihren Platz hinter dem Lenkrad aufzugeben, bedeutete ihm auszusteigen, zog die Tür hinter ihm ins Schloss und fuhr davon.

Nach kurzem Zögern löste er eine Eintrittskarte, träumte aber die ganze Vorstellung über von der seltsamen Begegnung.

Es war bereits Abend, als er den Hof wieder betrat. Die Arbeiter waren schon gegangen, und er stellte fest, dass sich inzwischen noch mehr Baumaterial, Schutt und Geräte angesammelt hatten. Außerdem waren die Gerüste bis zum Dach hinauf errichtet und weitere grüne Netze angebracht worden.

Vom Zimmer aus konnte er dann durch die feinen Maschen den Hof sehen wie eine aus winzigen Punkten bestehende dreidimensionale Fotografie. Noch bevor er sich entkleidet hatte, hörte er die »Mama-Mama«-Rufe aus der Nachbarwohnung. Er hatte es nicht eilig, öffnete die Post, die er dem Kasten im Flur entnommen hatte, und suchte nach einem Brief, einer Postkarte, doch er fand nur bunte Werbefolder und Einladungen zu irgendwelchen Veranstaltungen, von denen er eine mit Neugierde las: Die beiden Töchter des Zahnarztes Dr. Tuppy – die eine Violinistin, die andere Pianistin – gaben ein Konzert im Hofmannsthal-Haus und spielten Sonaten von Haydn und Beethoven. Er sah die beiden öfter im Hof – die ältere mit dem Violinkasten –, wenn sie gemeinsam zu Proben gingen. Im Haus wohnte auch ein zurückhaltender Musiker mit Brille, ein Mitglied der Wiener Philharmoniker, der an warmen Tagen bei offenem Fenster auf der Klarinette übte.

Er legte »Tabula rasa« von Arvo Pärt auf, wartete, bis es nach den ersten Takten hinter der Wand still geworden war, dann onanierte er auf dem Kanapee und wiederholte dabei in Gedanken den Liebesakt mit der fremden Frau.

Als die CD beendet war, wartete er, ob die Frau wieder zu rufen begann, doch die Tochter musste inzwischen wohl zurückgekehrt sein, denn es war nichts mehr zu hören.

Dafür läutete das Telefon. Diesmal war es der Anruf seiner Geliebten Pia aus Wies. Einsilbig erzählte er ihr von seinem Ausflug auf den Zentralfriedhof, verschwieg jedoch die Wotruba-Kirche und alles Weitere.

Während des Anrufs begann der Hund in der anderen Nachbarwohnung zu bellen.

»Ich sitze in einem riesigen Ohr, das mich in Schallwellen verwandelt«, sagte er zu Pia.

Nach Mitternacht ging er zu Bett. Es war jetzt still, »fast wie früher«, seufzte er wehmütig.

Bei den ersten Geräuschen des knatternden Pressluftbohrers, der Schuttrutsche und der Hämmer, die wummernd den Verputz abschlugen, kleidete er sich an und verließ das Haus.

Da das Café Heumarkt erst um acht Uhr öffnete, überquerte er die Fahrbahn an einem Fußgängerübergang und stieg im Stadtpark die Treppen zur U4 hinunter. Dort lag ein Stapel der Gratiszeitung »Österreich«, von dem er eine nahm und überflog, bis die Waggons einfuhren und er in einem wenig besetzten Abteil einen Platz fand. Noch nie waren ihm die Geräusche so bewusst geworden: das Zischen und Klopfen, das Dröhnen und Kreischen, das sich mit Satzfetzen der telefonierenden Fahrgäste verband. Sogleich spürte er, wie ihn die Hektik, die davon ausging, irritierte. Er dachte wieder an das riesige Ohr, in dem er sich zu befinden glaubte, verbot sich aber, den Gedanken weiter zu verfolgen. Stattdessen fiel ihm die Unbekannte in der Kirche ein, ihr nacktes Gesäß und ihr Stöhnen, und er ließ das gesamte Geschehen vor seinem inneren Auge neuerlich ablaufen.

An der Station Längenfeldgasse stieg er in die U6 um und verließ sie bald wieder vor der Josefstädter Straße. Von dort schlug er den Weg nach Hause ein, entschied sich aber, nicht zum Heumarkt zurückzukehren, vielmehr wartete er auf einen Zufall, der ihn in eine andere Richtung führen würde.

Er gelangte bis zur Kreuzung am Schwarzenbergplatz, kam am Russendenkmal vorbei und schlenderte dann den Weg weiter in Richtung Prinz-Eugen-Straße zum Südbahnhof. Die Mauer um den Belvedere-Park war übersät mit Flecken auf dem Verputz. Die Mauerflecken, ganz Produkte des Zufalls, brachten ihn auf den Gedanken, dass die Wirklichkeit kein logischer oder psychologischer Prozess war, sondern ein zufälliges Gemisch aus Sichtbarem und Unsichtbarem. Merkwürdigerweise glaubte er beim Anblick der Mauerflecken jetzt, weniger das Sichtbare zu erkennen als Zeugnisse des ansonsten Unsichtbaren. Sie erschienen ihm wie unscharfe Gedanken und vage Erinnerungsbilder. Er trat beim Schloss Belvedere in den Park ein und schaute von dort aus auf Wien und den Stephansdom hinunter. Er liebte die sanft abfallende Parkanlage mit ihren jetzt leeren Springbrunnenbecken und beschnittenen Baumkronen, den einsam in der Kälte flanierenden Passanten mit ihren Hunden und Selbstgesprächen. Trotzdem empfand er Unruhe und gab ihr nach. Er eilte den Hauptweg hinunter, kümmerte sich nicht, wie es sonst seine Art war, um die Ausstellung, die gerade im Unteren Belvedere gezeigt wurde, sondern beeilte sich, auf die Straße zu kommen und wieder Richtung Innenstadt zurückzugehen.

Kurz darauf erreichte er das Arnold Schönberg Center, in dem das bildnerische Werk des Komponisten ausgestellt war. Er fuhr mit dem Lift in das Museum hinauf, währenddessen sah er wieder die Mauerflecken in der Prinz-Eugen-Straße vor sich und augenblicklich kam ihm Doblhofers »Die Entzifferung alter Schriften und Sprachen« in den Sinn. So etwas musste er auch bei den Mauerflecken versuchen, dachte er, belustigt über den sinnlosen Einfall: sie entziffern wie eine assyrische Tontafel. Er erinnerte sich an die Zeichen, die er aus dem Buch über die alten Schriften kopiert hatte, sie waren kleine Umrissdarstellungen von

Körpern … ein auf dem Kopf stehender Mensch … ein Fisch … vielleicht ein Vogel oder ein Krebs … Er löste eine Karte am Schalter und begab sich in die Ausstellungsräume. Wie meistens an Wochentagen waren sie leer. Schönberg war für ihn der Inbegriff des schöpferischen Menschen, in dessen Händen sich alles in Kunst verwandelte. Hinter einer Glasscheibe erkannte er neben selbsterfundenen Schreibgeräten für die Aufzeichnung seiner Kompositionen das Arbeitszimmer mit Schreibtisch und Stuhl, das, wie er las, dem Komponieren und der Vorbereitung der Unterrichtsstunden vorbehalten war.

Die Erfindungen Schönbergs reichten, wie zu lesen war, von einem Modell seines Gebisses aus Pappkarton »mittelst welchem ich (1926) dem Zahnarzt … beweisen musste, warum mir das Gebiss nicht mehr passte, seit die Geschwulst (von der Operation) zurückgegangen war. Angefertigt von Arnold Schönberg«, über eine Signalanlage für Großfeuer, Verbrechen und Unfälle, mit der man zugleich Polizei, Feuerwehr, Rettung und Nachbarn verständigen konnte, bis zum Modell eines Stuhls, der aus einer Bibliotheksleiter entwickelt worden war. Artner betrachtete das Muster einer Umsteigkarte »für den Straßenbahn-, Autobus- und Hochbahnverkehr«, ein Puzzle und Karten für Whist beziehungsweise Brigde mit Zeichnungen von kindlich-verrückten, stark geometrisierten Figuren sowie ein Dominospiel und ein »Bündnis- oder Koalitions-Schach«, das für vier Teilnehmer gedacht war. Das Schachspiel bestand aus Figuren in gelber, grüner, schwarzer und roter Farbe, hatte hundert Felder und setzte sich aus Königen, Geschützen, Radfahrern, Ingenieuren, Panzern, Maschinengewehren, Schützen, Fliegern und Unterseebooten zusammen. Artner gefiel sofort das Aussehen der von Schönberg entworfenen Figuren: die Flugzeuge wie rote Papierschmetterlinge, Kanonen in Form von Zigarettenspitzen auf Schiedsrichterpfeifen oder Radfahrer, deren gesamte Körper in Binden eingewickelt waren.

Es war seltsam, hier in der Abgeschiedenheit in eine Gedankenwelt einzutreten, die ein inzwischen Toter geschaffen hatte, der sich neben seinem Werk auch mit Spielzeug für Erwachsene beschäftigt hatte.

Inzwischen war er weitergegangen … und bei den Gemälden des Komponisten angelangt. Schönberg war, mehr noch als Gerstl, von der Darstellung seines eigenen Gesichts fasziniert gewesen, stellte er fest. Auf den meisten Bildern schien der Blick des Künstlers nach innen gerichtet, obwohl er offenbar bemüht gewesen war, sich mit stechenden Augen zu malen, dem Blick eines Hypnotiseurs, wie Artner dachte – er glich dabei aber fatalerweise einem Hypnotisierten.

Jedenfalls war erkennbar, dass für Schönberg der eigene Blick das Wichtigste bei seinen Selbstportraits gewesen war. Immer wieder hatte er sich auf die Augen konzentriert, hatte sie verträumt, aufmerksam, abwesend, introvertiert, schreckhaft geöffnet, in die Ferne schauend, starr, dämonisch, magisch, leidend, skeptisch, abweisend, fragend, verschlossen, verrückt, trübsinnig, seherisch gemalt, während er das übrige Gesicht auf das Notwendigste beschränkt, nur schemenhaft dargestellt hatte. Im Laufe seines Schaffens umgab Schönberg es mit einer metaphysischen Aura, die Einzelheiten traten zurück, und ein zweites Gesicht kam zum Vorschein – das innere? Es waren »Visionen«, wie Artner der Beschriftung entnahm. Seinen Stil bezeichnete Schönberg zu dieser Zeit als »Musik machen mit Farben und Formen«. Die Abbilder wurden ihm jedoch immer unähnlicher. Ein mumienartiges, zahnloses Antlitz hing neben einem in alle Richtungen zerstiebenden. Zumeist tauchten die Selbstportraits gespenstisch und schemenhaft aus einem verschleierten, braungelben Hintergrund hervor, bei dem sogar die Struktur des Gazestoffes sichtbar war. Sie lösten sich weiter auf, bis als Nächstes nur noch seine Glatze und die Augen als Punkte vor einem regenbogenförmigen schwarzblau-gelben Hintergrund zu sehen waren, während im Vordergrund ein braungrüner Pinselstrich die Nase ausgelöscht hatte und das restliche Gesicht überhaupt verschwunden war.

Bei einem weiteren Bild sah Artner nur Augen aus einem nebelhaften Hintergrund herausstarren, eines oder zwei, und schließlich verschwanden bei weiteren Selbstportraits auch diese.

Übrig blieb konturlose Farbe – der Hintergrund selbst. Selten, dachte Artner, hat jemand das Verschwinden, das eigene Sich-Auflösen, so festgehalten. Er ging angeregt und zugleich verstört zu den letzten Bildern. Es waren jetzt nur noch Geistererscheinungen, seltsame Hände, die entweder eine Luftströmung einzufangen schienen oder den Schädel mit seinen toten gelben Augen drückten. Der »Erleuchtete« hatte das Antlitz eines Verstorbenen, mit zu Berge stehenden Haaren. Eine Lichtquelle strahlte in der Brust wie eine sonnenartige Blüte von roter, gelber und weißer Farbe, in deren Mitte sich ein schwarzer Punkt befand,

vielleicht eine Pupille. Die Arme waren zum Himmel ausgestreckt. Es sah aus, als verwandelte sich Schönberg gerade in ein rätselhaftes Wesen. Natürlich hatte es zu Schönbergs Zeit vor und nach dem Ersten Weltkrieg eine Periode des Okkulten gegeben, auf die die Malweise zurückzuführen war, doch glaubte er, darin auch eine andere Erforschung der Selbstauflösung zu erkennen.

Er ging jetzt rascher durch die Ausstellung, immer rascher, und schließlich beeilte er sich sogar, die Räumlichkeiten zu verlassen wie häufig, wenn er ein Museum oder eine Galerie besuchte. Als er schon auf der Straße war, sah er noch immer Schönbergs letzte Selbstportraits, die Schriftzeichen ähnelten, vor sich. Welches Wort oder welche Worte bildeten diese Schriftzeichen? Vielleicht schienen sie darauf hinzuweisen, dass alles, jedes Ding, jede Erscheinung Schriftzeichen sein konnte, ein Knopf, ein Regentropfen, eine Wolke, ein Spinnennetz, eine Ecke, ein Schuh, ein Auge, ein Baum, ein Fahrrad. Er dachte: »*Buchstäblich* alles, was ich sehe …« Die Buchstaben fügten sich zu Wörtern, zu Sätzen … Die Wirklichkeit wie die Natur als eine endlose Schrift, ein Buch, das sich selbst immer weiter schrieb. Während er sich noch bemühte, die Straße, die Menschen, die Fahrzeuge zu lesen und alle Geräusche als Sprache zu interpretieren, hatte er den Heumarkt erreicht und war in eine Staubwolke getreten, die den gesamten Hof einnahm wie stickiger Nebel. Sie bestand aus abgeschlagenem Verputz und jahrzehntealtem Mörtel und war so dicht und der Geruch so aufdringlich, dass er sich von den winzigen Partikeln wie von tödlichen Bakterien befallen fühlte. Er glaubte zu spüren, wie diese seine Bronchien und Lungen befielen, seine Augen entzündeten und seine Kleidung durchdrangen. Eilig verließ er wieder den Hof und stieg zur U-Bahn-Station hinunter, wobei er an seinem Jackenärmel roch und feststellte, dass er noch immer nach dem Staub des abgeschlagenen alten Verputzes stank. In seiner Geldbörse fand er einen gültigen Fahrschein, und nachdem er ein Abteil betreten hatte, fiel ihm ein Bub auf, der allein war und mit seinem Smartphone spielte. Er war so vertieft in ein comicartig dargestelltes Autorennen, dass er Artner gar nicht bemerkte. Vielleicht, dachte er, war er selbst genauso gefangen von den Gedanken in seinem Kopf wie der Bub von dem Geschehen auf dem kleinen Bildschirm in seiner Hand.

Der Wagen war halb leer, zwei orientalisch aussehende junge Männer unterhielten sich in leidenschaftlichem Tonfall, die übrigen Fahrgäste starrten vor sich hin. Er lehnte sich zurück und schloss die Augen.

Beim Tiergarten in Schönbrunn stieg er aus. Er fand den Zufall, der ihn hierhergeführt hatte, zum Lachen. Er lachte auch laut auf und bemerkte zugleich, dass sich die Menschen nach ihm umdrehten. Automatisch zog er die Schultern hoch und ging rasch weiter – zum Tiergarten zu den Tiergeräuschen, wie es ihm durch den Kopf ging.

Zuerst sah er zu, wie Elefanten mit Wasserschläuchen und Bürsten gewaschen wurden und dabei mit dem Rüssel und durch Kopfbewegungen scheinbar mit ihren Wärtern sprachen – jedenfalls konnten beide ihre wechselseitigen Absichten erkennen und darauf reagieren. Vor dem Becken mit Robben und Pinguinen hielt er abermals an, begeistert von ihren Schwimmkünsten und der Schönheit ihrer Bewegungen im Wasser. Als er vor dem Affenkäfig mit dem Orang-Utan-Weibchen Nonja stehen blieb, war er voller Erwartungen. Nonja hatte, bis man ein männliches Tier zu ihr in den Käfig gebracht hatte, gemalt und sogar fotografiert. Sie war ein attraktives Tier und schien sprechen zu wollen, jedenfalls öffnete und schloss sie ihren Mund und blickte ihm dabei wie immer in die Augen. Auch fing sie an, zu gestikulieren und an die Glasscheibe zu klopfen, die sie beide trennte. Inzwischen hatte sie sich auf den Boden gekauert, so dass er sich zu ihr hinunterbücken musste, und da ihm nichts Besseres einfiel, öffnete und schloss auch er seinen Mund und gestikulierte scheinbar in einer improvisierten Gebärdensprache. Nonja beobachtete ihn dabei und wartete, bis er aufhörte, dann verfiel sie neuerlich in ihr eigenes stummes Sprechen, ohne ihn dabei aus den Augen zu lassen. Er setzte das wortlose Gespräch mit ihr fort, das ihr Interesse füreinander ausdrückte, ihre gegenseitige Sympathie, wie er zu verstehen glaubte, ja, sogar Zuneigung, welche er, je länger Nonja ihre Gebärden und Mundbewegungen machte, zu empfinden vermeinte. Erst jetzt bemerkte er, dass Menschen ihn umringt hatten und amüsiert dem Geschehen folgten, so dass er sich aufrichtete, zum Abschied mit gespieltem Lächeln an die Glasscheibe klopfte und sich davonmachte, während das Orang-Utan-Weibchen mit offenem Mund erstarrte und ihm nachblickte.

Der Hof am Heumarkt war jetzt von Staub bedeckt, »wie nach einem Vulkanausbruch«, dachte er. Wohin er auch blickte, überall sah er den Staub, dessen Geruch in der Luft lag: auf den Scheiben der Kellerfenster, auf dem Katzenkopfpflaster, auf den Stämmen und Ästen der Bäume, auf den Bretterstapeln und der Betonmischmaschine. Ihm fiel gleichzeitig ein, dass er sich mit Vertlieb Swinden, der halbtägig im Heimito-von-Doderer-Institut als wissenschaftliche Hilfskraft arbeitete, gegen 16 Uhr verabredet hatte, um über sein neues Manuskript zu sprechen. Er kannte den Studenten nur von Telefongesprächen her, bei denen er einen höflichen und hilfsbereiten Eindruck machte – trotzdem verursachte ihm der Gedanke an den Termin zusätzliches Unbehagen.

Als er die Tür zur Wohnung öffnete, hörte er – wie erwartet – aus dem Arbeitszimmer die »Mama-Mama«-Rufe. Er hängte seinen Mantel auf und zog die Schuhe aus, legte die CD mit den Concerti Grossi von Antonio Vivaldi auf, und sogleich verstummte die Frau auf der anderen Seite der Wand. Er holte einen Knoblauch-Tomatenaufstrich aus dem Kühlschrank, öffnete eine Flasche Sauvignon blanc und steckte zwei Weißbrote in den Toaster. Dabei war es ihm, als hörte er in Vivaldis Musik das Summen von Insektenflügeln, an- und abschwellend. Während die Bilder von Insektenschwärmen – Schmetterlingen, Heuschrecken, Bienen und fliegenden Ameisen – an seinem inneren Auge vorbeizogen, explodierten plötzlich die Wohnung und sein eigener Kopf, gerade als er gedacht hatte, er verstehe nichts und habe vermutlich nie etwas verstanden.

ZWEITES BUCH

Die Klein'sche Flasche

Als wissenschaftliche Hilfskraft am Heimito-von-Doderer-Institut, das den Vorlass – Manuskripte, Entwürfe, Notizbücher und Fotografien – des Schriftstellers Philipp Artner gekauft hatte, fuhr ich am Tag, an dem sich das Unglück ereignete, zu dessen Wohnung Am Heumarkt. Artner hatte gerade einen Roman beendet, wie er in einer E-Mail an unser Institut geschrieben hatte, der »die sichtbare und unsichtbare Wirklichkeit – wie die Klein'sche Flasche – zugleich außen und innen« abbilde, weshalb man nie wisse, welche der beiden Seiten die äußere und welche die innere sei.

Da ich die Klein'sche Flasche damals nicht kannte, war ich auf das Gespräch gespannt. Ich hegte aber die Befürchtung, dass es ein vorzeitiges und unangenehmes Ende finden könnte, denn Artner geriet, wie ich wusste, über kurz oder lang mit jedem in Streit. Er hatte mit seinen Freunden gebrochen, seinen Nachbarn, seinem Verleger, mit Journalisten und Hausärzten und nicht zuletzt mit dem Leiter unseres Instituts, Dr. Balthasar, von dem er sich nicht verstanden und nicht genug geschätzt fühlte, worin er vielleicht nicht unrecht hatte.

»I-I-Ich werde s-s-sonst m-mit n-n-niemandem spre-

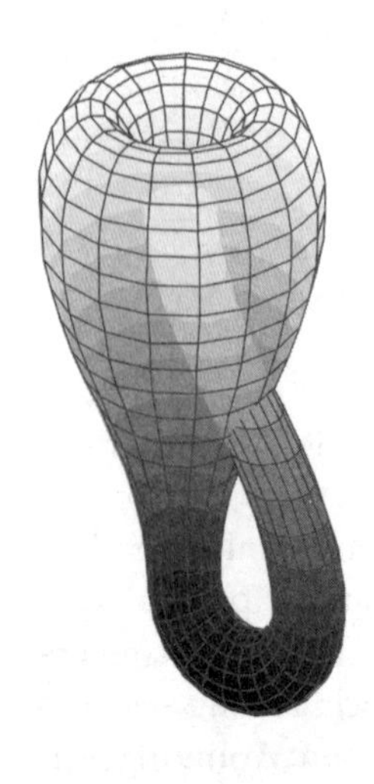

chen außer mit I-I-Ihnen, H-Herr Swinden«, war die Redewendung, mit der Artner jedes Gespräch am Telefon stotternd begann, dabei hatte ich ihn als wissenschaftliche Hilfskraft in den zwei Jahren meiner Tätigkeit nie zu Gesicht bekommen. Im Frühling, Sommer und Herbst verschwand er in seinem Haus in St. Johann in der Südsteiermark, wo er zurückgezogen und ohne Telefon an seinen Romanen und Gedichten schrieb und keine Besucher empfing. Wenn er seine Arbeit unterbrach, fuhr er zu seiner Frau nach Wien, blieb dort für ein paar Tage, versorgte sich mit Büchern und dem Notwendigsten und zog sich wieder in die Abgeschiedenheit zurück. Vermutlich bezeichnete er sein Dasein in der Welt der Sprache, der erfundenen Figuren und Geschehnisse, der unsichtbaren Wirklichkeit mithin, als das eigentliche Leben, dachte ich.

Als ich an diesem Tag gegen 16 Uhr in der Reisnerstraße eine Parklücke suchte und endlich ausstieg, verstand ich augenblicklich, dass ich an einem Unglücksort angekommen war, denn es stank nach Rauch, und ein Folgetonhorn gab ohne Unterlass Warnsignale von sich. Autos hupten, und Passanten eilten in alle Richtungen davon. Andere bildeten Gruppen, in denen sie abwechselnd zu einem Gebäude hinstarrten und miteinander sprachen.

Ich lief in die Beatrixgasse und blieb stehen: Schwarzer Rauch zog über das Dach des Gebäudekomplexes, in dem Artner wohnte. Die Anlage war von zwei Seiten begehbar, von der Beatrixgasse aus, über den zweiten Hof, und vom Heumarkt her, gegenüber dem Stadtpark, über den ersten Hof. Beide Höfe waren mit einem Durchgang verbunden. Darüber hatte man mich vorher im Institut aufgeklärt. Der Rauch wurde immer dichter, Männer in Feuerwehr- und Polizeiuniformen liefen ein und aus, und die Beatrixgasse war gleich hinter der Kurve von Einsatzfahrzeugen verstellt. Im stickigen Rauch eilte ich zum Heumarkt, aber dort herrschte ein noch größeres Chaos. Sanitätswagen mit blinkenden Blaulichtern, Polizei- und Feuerwehrfahrzeuge blockierten auch dort den Verkehr. Ich erfuhr, dass nach einer ungeheuren Gasexplosion infolge von Renovierungsarbeiten ein Brand ausgebrochen war, der auf die umliegenden Häuser überzugreifen drohte. Der Polizeibeamte wollte mich zuerst nicht durch die Absperrung lassen, erst als ich behauptete, ich sei ein Bruder des Schriftstellers Artner, der hier wohne, hob er zögernd das gelbe Kunststoffband, ermahnte mich aber, die Arbeiten nicht zu behindern. Im langgestreckten Flur hinter dem Eingang waren Schläuche verlegt, und zwei Feuerwehrmänner mit Helmen liefen mir entgegen und schrien mich an, der gesamte Komplex drohe in die Luft zu fliegen. Ich kam mir wie verrückt geworden vor, als ich zurückschrie, mein Bruder wohne hier. »Sie können nichts tun!«, schrie der andere Feuerwehrmann. Zu meinem Entsetzen sah ich, dass im ersten und zweiten Stock auf der linken Hälfte des Gebäudes, in der vermutlich Philipp Artner wohnte, ein riesiges Stück der Wand fehlte. Die ganze

Fensterreihe war weggerissen, schwarzer Rauch und Flammen qualmten und züngelten daraus hervor, und Feuerwehrmänner auf ausgezogenen Leitern versuchten mit Schläuchen den Brand einzudämmen. Einige evakuierte Bewohner wurden gerade von der Polizei aus den Höfen auf die Straße geführt und ein Mann und eine Frau von Sanitätsgehilfen auf Bahren eilig hinausgetragen. Artner war nicht darunter, aber von der Beschreibung der Gebäude her, die ich im Institut erhalte hatte, ahnte ich allmählich, dass seine Wohnung sich genau dort befunden haben musste, wo jetzt ein großer Teil der Wand fehlte. Gleichzeitig bemerkte ich, dass aus der dichten Rauchwolke Papierfetzen wie Schneeflocken zu Boden schwebten, bedruckt und beschrieben, aus Büchern, aus Zeitungen und auch kleine Fragmente von Computerausdrucken. Ich blickte auf den Boden, der schon übersät war mit glosenden, flammenden und halbverkohlten Papierteilchen. Sie wirbelten im Luftzug auf, stoben auseinander und fielen wieder in sich zusammen. Ich bückte mich, hob einige Schnitzel auf und erkannte darauf die Handschrift Artners. Die Worte, die ich zuerst las, waren »stotternde Landzunge«. Natürlich steckte ich das schwarz versengte Papierchen ein und spürte in diesem Moment intuitiv, dass sich meine Befürchtungen bewahrheiteten. Ich suchte nach weiteren Papierschnitzeln mit der Handschrift Artners, bis mir ein Polizist von weitem befahl, »das Areal«, wie er das verwüstete Gebäude und den Hof bezeichnete, sofort zu verlassen.

Zu Hause legte ich die Schnitzel auf meinen Schreibtisch und las: »Verworren« … »Toten« … »Gedanken«

… »Atem« … »Postkästen« … »Wolke« … »glühende« … »Zeitung« … »kristalline« … »Kindergebet« … »Lügen« … »Auge« … »Medizinfläschchen« … »Milchzähne« … »blutigen Brief« … »zerstörte Geometrie« … »meines Kopfes« … »Ekzeme« … »Sternenmusik« … »Bienenkorb« … »Eis« … »Staub« … »Wirklichkeit« … »Tapete«.

Die einzelnen Papierschnitzel passten nicht zueinander, natürlich fehlten etliche Wörter, aber welche?

Schließlich rekonstruierte ich den Text mühsam. Bei »verworren« konnte ein »e« fehlen, also »verworrene«, und das folgende Wort war wohl »Gedanken«. Wahrscheinlich war das der Titel des Gedichts »Verworrene Gedanken«. Ich wusste aus verschiedenen Büchern Artners, dass er eine surreale Poesie anstrebte. Je mehr ich mich damit beschäftigte, desto plausibler schien mir mein Vorgehen, und schließlich gelang es mir nach mehreren vergeblichen Versuchen, während der ich immer wieder ähnliche Stellen aus seinem gedruckten Werk las, das Prosagedicht – zumindest in Form einer Variation – sichtbar zu machen:

Verworrene Gedanken

Zeitungen voller Lügen.
Ihre Exzesse
Verschwinden in der zerstörten Geometrie der
Wirklichkeit –
Eine Tapete aus blutigen Briefen.
Glühende Postkästen.
Stotternde Landzungen.
Medizinfläschchen voller Sternenmusik.

Kindergebete aus klappernden Milchzähnen.
Der Atem der Toten.
Meine Augen verschließen den Bienenkorb meines
Kopfes,
In dem eine Wolke aus Eis und
Staub alles verwüstet.

Ich war mir natürlich im Klaren, dass ein großer Teil des Gedichts verloren gegangen war, aber es hatte mir ohnedies nur vorgeschwebt, aus den Fragmenten etwas vom Geist Artners sichtbar zu machen.

Das angesprochene Romanmanuskript war, wie sich herausstellte, nicht mehr auffindbar. Und Artner, erfuhr ich weiter, war von der Explosion, die von der Küche ihren Ausgang genommen hatte, zu Asche pulverisiert worden.

Erst ein Jahr später wollte die Witwe mit uns darüber sprechen. Wir hatten vor, im »geheimen Haus« auf dem Land nach den Fotografien, Manuskripten und Aufzeichnungen zu suchen, die Artner dort vielleicht hinterlassen hatte. Unser Institutsleiter, Dr. Balthasar, hoffte sogar, dass wir eine Kopie des verloren geglaubten Manuskripts finden könnten. Die Witwe des Schriftstellers hatte, wie ich bei meinem Besuch feststellte, den Tod ihres Mannes noch immer nicht überwunden, sie weigerte sich überhaupt, ihn zur Kenntnis zu nehmen. »Nein«, sagte sie zu mir, sie wolle das Haus auf dem Land nicht betreten, er habe niemandem gestattet, ihn bei der Arbeit zu stören. Einen Schlüssel besaß sie ohnehin nicht. Ich verstand sie immer weniger, je länger ich mit ihr sprach. Sie war praktisch veranlagt, ihr Auftreten war selbstsicher, und sie machte nicht den Eindruck einer Hilflosen. »Wissen Sie«, erklärte sie mir, »Philipp war so anders als ich, dass ich es bald aufgegeben habe, ihn verstehen zu wollen – erst von da an habe ich ihn paradoxerweise verstanden. Er lebte immer auch in einer anderen Welt, zu der ich keinen Zugang hatte. Aber sobald er diese Welt wieder verließ, war ich die Erste, die er aufsuchte. Philipp machte, auch wenn er gut gelaunt war, einen verlorenen Eindruck. Einen wirklichen Freund hatte er nicht. Sobald ihn jemand verletzte, zog er sich zurück und verzieh nicht. ›Ich verzeihe mir selbst nicht‹, sagte er einmal, als ich die Rede darauf brachte.« Zuletzt empfahl sie mir, mich an eine Frau Auer zu wenden, die an der Ortseinfahrt von St. Johann wohne und den Schlüssel zum Haus verwalte. Allerdings besitze die Frau kein Telefon.

An dem Tag, an dem ich ohne einen Schlüssel zu Artners Haus und ohne einen Menschen in St. Johann zu kennen, losfuhr, war es eisig kalt. Es schien mir, als verschluckte das düstere Winterlicht auch meine Erinnerungen an alles, was ich bisher erlebt hatte, und obwohl ich mich nur langsam auf der Autobahn über den »Zauberberg« Semmering fortbewegen konnte und auf der steirischen Seite die Düsterkeit noch zunahm, fühlte ich mich seltsam befreit. Mehr als eine Stunde fuhr ich durch eine scheinbar reglose Landschaft, ohne etwas Lebendiges zu sehen. Erst bei der Abzweigung nach Wildon wurde es für eine Minute heller, und der Schneefall, der unterwegs eingesetzt hatte, hörte auf. Doch jählings brach die Nacht herein, und es war bereits dunkel, als ich die nahegelegene Ortschaft

Schönberg erreichte, die mich weiter an Artner denken ließ, da er den Komponisten gleichen Namens ganz besonders geschätzt hatte. Ich fand, dass Schönbergs und noch mehr Weberns Musik gut zu meiner Fahrt gepasst hätte. Auch erkannte ich von da an fast alles, was ich im Lichtkegel der Scheinwerfer sah, aus den Büchern des Schriftstellers wieder.

Zum ersten Mal hatte ich das seltsame Gefühl, selbst eine Figur in einem Roman Artners zu sein. Von einer ähnlichen Erfahrung hatte mir schon Daniela Walzhofer, meine Kollegin am Institut, erzählt, als sie zu Studienzwecken auf den Spuren Heimito von Doderers zu den Wasserfällen von Slunj gereist war. Über die beiden schmalen Flüsse, die Schwarze und die Weiße Salm, gelangte ich in einen Mischwald. Die Straße führte bergauf, im Scheinwerferlicht konnte ich zahlreiche vereiste Fischteiche und vereinzelte Bauernhöfe erkennen. Die Wiesen und Dächer waren von Schnee bedeckt.

Ich hielt beim Karpfenwirt in St. Johann an und betrat die Gaststube.

»Montag – Ruhetag!«, rief eine Stimme hörbar ungehalten hinter der verschlossenen Küchentür. Als ich zaghaft nach einem Zimmer fragte, steckte der Wirt seinen fleischigen Kopf mit Glatze und Brille heraus und führte mich dann nach einer kurzen Musterung über knarrende Holztreppen in den ersten Stock. Es roch nach frischer Wäsche, nach chemischen Reinigungsmitteln und dem Dunst aus der Küche. Am Nachmittag, erfuhr ich, war ein Schwein geschlachtet worden, und jetzt saßen der Fleischhauer und sein Gehilfe in der Küche und aßen den »Bluttommerl«, ein

Gericht aus Eiern, Speckwürfeln, Milch, Zwiebeln und »gesprudeltem Schweineblut«, wie der Wirt mir erklärte. Er trug eine weiße Schürze mit Blutspuren von der Schlachtung und konnte seine Neugier nicht weiter bezähmen, denn er wollte wissen, ob ich vielleicht ein Vertreter sei. Ich antwortete, dass ich aus Wien käme, um den Nachlass von Philipp Artner aufzuarbeiten.

»Aha«, nickte er.

Daraufhin wollte er wissen, wie Artner »sonst«, »als Mensch«, gewesen sei. Ich sagte, es habe häufig Streit mit ihm gegeben.

»Zumeist ist er bei uns nur im Gasthaus gesessen und hat still getrunken«, gab der Wirt in breitem Dialekt zurück. »Mehrmals habe ich ihn nach Hause gefahren, weil es schon spät war, ein- oder zweimal hat es auch Streitigkeiten mit anderen Betrunkenen gegeben.«

»Weshalb?«

»Weil sie unbedachte Äußerungen gemacht haben.«

»Worüber?«, wollte ich wissen.

»Er war dagegen, wie die Leute den Nationalsozialismus und den Krieg glorifiziert haben.« Der Wirt öffnete die Tür zum Fremdenzimmer und knipste das Licht an. Es war kalt wie in einem Kühlraum, und die dunkelbraunen Möbel, die zu schlafen schienen, gewährten einen Blick zurück in eine längst vergangene Zeit. In einer Ecke stand ein altes Bett aus dunklem Holz, das mit einer »Tuchent«, einer Federdecke, bedeckt war, die in ungeheizten Schlafzimmern Brennmaterial sparen half. An der Wand darüber das gerahmte Bild eines Auerhahnes, offensichtlich aus einem Naturgeschichtebuch abgezeichnet. Auf dem Fußboden lag ein abgetretener Teppich, und von der Decke hing eine Lampe mit gelblichem Glasschirm, deren Glühbirne nur ein schwaches Licht verbreitete. Das Ganze machte auf mich den Eindruck eines Totenzimmers, in dem nur noch der aufgebahrte Leichnam eines Erschlagenen – der vielleicht ich war – fehlte. Gerichtsmediziner war wohl der Wirt mit seiner Schürze, dachte ich.

»Ich drehe die Zentralheizung auf«, sagte er jetzt zu sich selbst. Und: »Wir sind hier untereinander per Du, darum sage ich, wenn ich von Artner spreche, ›Philipp‹. Er hat einen fürchterlichen Tod gehabt. Damit hätte wohl niemand gerechnet.«

»Den Koffer … hier abstellen«, fuhr er hüstelnd fort, als er sich wieder aufrichtete und deutete auf die Truhe. »Dort«, er zeigte auf den Stuhl, »den Rucksack.« Er hatte eine geschickte Art, nebenbei alles zu kontrollieren. Drehte er den Kopf zur Seite, spitzte er die Ohren, schaute er mich an, stellte er sich halb schlafend.

Ich legte den Rucksack mit dem Laptop auf das Bett, die Kompaktkamera hatte ich im Koffer.

»Wenn Sie wollen, können Sie mitkommen«, lud er mich ein, »ein anderes Nachtmahl haben wir heute nicht.«

Allein die Vorstellung, die Nacht in diesem Zimmer zu verbringen, machte mich wütend, und ich willigte dankend ein.

In der Küche saßen, als wir eintraten, der Schlächter und sein Gehilfe mit dem Rücken zu uns. Im Fernseher lief ein Fußballspiel, weshalb uns die beiden nicht beachteten. Reste des »Bluttommerls« lagen in einer länglichen Pfanne auf dem Herd, der mit Holz und Kohle befeuert wurde. Trotzdem war auch dieser Raum kalt. Jedenfalls fror ich, bemühte mich aber, mir nichts anmerken zu lassen. Der Wirt stellte die Mahlzeit auf einem Teller vor mich hin, wies auf den Brotkorb und forderte mich auf zu essen. Auch der Schlächter und sein Gehilfe langten noch einmal zu, und während der Wirt das Bier in Glaskrügen vor uns hinstellte, tauschten sie bedeutungsvolle Blicke und warteten, mich neugierig anstarrend, bis ich den ersten Bissen hinuntergeschluckt hatte. Da ich mir nichts anmerken ließ, fuhren sie mit dem Essen fort, wobei sie gleichzeitig das Fußballspiel auf dem Fernsehschirm verfolgten und durch Laute und Ausrufe ihr Missfallen oder ihre Zustimmung ausdrückten. Zu meiner Überraschung begann mir das Gericht zu schmecken. Bevor ich jedoch geendet hatte, erschien die Frau des Wirtes in einer grünen Schürze, aus der die mit einem roten Pullover bedeckten Arme herausragten. Ihr Haar war tiefschwarz gefärbt, so dass es den Eindruck einer Perücke erweckte. Sie stellte sich an den Herd, während der Wirt eine Flasche Schnaps und Gläser brachte. Langsam wurde mir warm, und allmählich stellten sich auch wieder Gedanken ein.

Das Fußballspiel im Fernsehen war gerade zu Ende gegangen, als der Wirt die beiden Schlächter aufklärte, wer ich sei. Die Wirtin drehte sich daraufhin mir zu und sagte, dass Artner »sonderbar« gewesen sei. Sie könne nichts Schlechtes über ihn sagen, aber sie habe sich bei ihm nicht ausgekannt. Ich sah, dass sie ein falsches Gebiss hatte, das beim Sprechen in Bewegung geriet, aber ich erinnere mich nicht mehr daran, was sie weiter sprach. Ich musste in einem fort auf ihren Mund starren wie auf eine Großaufnahme im Kino, um festzustellen, ob sich das Gebiss wieder bewegte. Der Wirt kam mit einer weiteren Pfanne zum Tisch, stellte sie auf eine Holzunterlage und forderte uns auf, alles zu essen und den Saft »aufzutunken«. Die Männer sprachen von der Speise als »Woakerl« und unterhielten sich prächtig, als ich das Wort nicht verstand. »Das Brot im Saft einweichen«, übersetzte der Wirt in gewolltem Hochdeutsch.

Artner habe alles verstanden, aber nie so gesprochen wie sie selbst – er habe jedoch von jedem Dialekt-Ausdruck gewusst, was er bedeutete, sagte der Gehilfe. Er habe sich »eigen« verhalten, fuhr er fort. Artner sei zwar ein Fremder gewesen, doch habe er Respekt vor ihnen gehabt. Die Flüchtlinge, die in der aufgelassenen Volksschule wohnten – »die Tschetschenen«, ergänzte der Wirt –, hätten jedoch keine Achtung vor ihnen, ereiferte sich der Gehilfe. Er wolle nichts mit den »Moslems«, wie er sagte, zu tun haben. Sie hätten ein anderes Gesetz, ergänzte der Schlachter und starrte die Tischplatte an.

Ich widersprach und erklärte, dass die Flüchtlinge hier in der Fremde seien, die Sprache nicht verstünden und eben eine andere religiöse Kultur hätten. Ich hätte in Istanbul Moscheen gesehen, die von großer Schönheit seien. Vor allem gefielen mir die Ornamente, die etwas vom riesigen Universum im Kleinen widerspiegelten, und die kunstvolle Kalligraphie. Daraufhin trat Stille ein. Alle aßen weiter, nur die Wirtin schaute im Backrohr nach, ob der Schweinebraten fertig sei. Ich war schon nach der gerösteten Leber, dem Saft und dem Brot satt geworden, dem »Woakerl«, wie die Anwesenden auf einmal nicht müde wurden zu wiederholen, und trank ein paar kleine Gläser, »Stamperln«, klaren Obstlers. Endlich wurde auch der Braten aufgetischt, und da ich nicht wusste, was ich in dem kalten »Aufbahrungszimmer« machen sollte, ließ ich mir eine Portion des Gerichts – ich hatte vergeblich um eine kleine gebeten – vorsetzen. Das Essen war vorzüglich. Der Wirt und die Schlächter redeten jetzt über verschiedene Zwischenfälle bei Schlachtungen. Ich verstand nicht alle ihre Ausdrücke und nicht, weshalb sie lachten, aber ich lachte mit. In diesen Momenten hasste ich mich, und der Alkohol vergrößerte noch meinen Selbsthass. Ich spürte, wie ich immer unglücklicher wurde und auch wie mein Hass gegen mich selbst sich jetzt gegen die drei Männer richtete. Aber ich sagte nichts, saß nur stumm da und tat, als sei ich an dem Gespräch interessiert. Was hatte Artner nur auf dem Land gesucht? Seine Literatur war urban, und schon die erste Begegnung mit den Menschen hier bereitete mir Unbehagen. Völlig betrunken und durch meine eigenen Gedanken verstört taumelte ich nach dem allgemeinen Aufbruch in mein Zimmer, wo ich, in meinen Kleidern auf dem Bett liegend, nur mit dem Plumeau zugedeckt, sofort einschlief.

Als ich am nächsten Morgen die Augen öffnete, schmerzten mein Kopf und meine Glieder so sehr, dass ich mich todkrank fühlte. Es war sieben Uhr, und die Glocken läuteten in der gegenüberliegenden Kirche. Die Schallwellen schlugen über mir zusammen und brausten durch meine Ohren in mein Gehirn, wo sie eine für mich neue Art von Schmerz erzeugten. Es dauerte einige Zeit, bis ich auf die Beine kam und durch das Fenster hinausblickte auf den verschneiten Friedhof, vor dem gerade ein kleiner Lastwagen hielt, und ich dachte: vom Totenbett im Gasthaus zur letzten Ruhe auf dem Friedhof. Als ich mich besser fühlte, setzte ich mich auf einen Stuhl vor dem Fenster. Unterdessen hatten zwei Männer begonnen, den Schnee von einem Grab wegzuschaufeln. Alles geschah in einem merkwürdig wortlosen Gleichmaß. Ich war so eingenommen von ihrer Arbeit, dass ich meine Kater-Schmerzen kurz vergaß, ebenso den Grund, weshalb ich hierhergekommen war. Schon wieder zwei Männer, dachte ich. Zuerst die beiden Schlächter und jetzt die beiden Totengräber. Und Artner und ich. In der Zwischenzeit hatten die Männer aus dem kleinen Laster Werkzeug und Pfosten geholt und damit begonnen, das Grab abzuräumen. Sie hockten sich dann an die oberen Ecken und schraubten etwas auf, anschließend wiederholten sie dasselbe an den unteren Ecken und hoben schließlich gemeinsam die Teile einer Grabumrahmung aus der Erde, um sie mühsam – sie war offensichtlich aus Beton – auf den Schneehaufen zu legen. Mir schien, als geschehe alles in Zeitlupe. Ein Schwarm Nebelkrähen ließ sich auf und zwischen den Grabsteinen nieder, ohne einen Laut von sich zu geben. Der Himmel hing tief und dunkelgrau herunter. Ich wusste, dass ich zu Artners Haus gehen und zuvor den Schlüssel bei seiner Nachbarin abholen musste, wie mir seine Witwe geraten hatte, aber es war mir, als sei die Zeit stehen geblieben. Auch hatte das Ganze etwas von einem Traum, nur, dass nichts weiter geschah, als dass die beiden Männer, ohne abzusetzen, jetzt das Grab aushoben. Ich bildete mir ein, endlich zu begreifen, weshalb Artner sich hierher zurückgezogen hatte, um zu schreiben: weil hier alles, was sonst im Verborgenen geschah, wie selbstverständlich zu sehen war. Aber gleichzeitig wusste ich, dass es deshalb noch größere Geheimnisse geben musste als in der Stadt, weil man in dem kleinen Ort alles Unangenehme vermutlich umso sorgfältiger versteckte.

Wer war gestorben?, fragte ich mich. Und befand sich in dem Grab bereits ein anderer Sarg, den man einstmals hier in die Erde gesenkt hatte? Aber noch etwas anderes fiel mir jetzt auf: Dort, wo sich der Grabstein befand, war die Grube breiter geworden als auf der gegenüberliegenden Seite. Weshalb? Ich nahm mir vor, den weiteren Vorgang genau zu beobachten. Inzwischen war mir kalt geworden. Zuerst hatte ich es ignoriert, aber mittlerweile fror ich immer mehr, weshalb ich mich von meinem Stuhl erhob und mich umkleidete. Es war zwar die ganze Nacht über geheizt worden, doch ich dachte, dass man es hier gewohnt war, in der Kälte zu schlafen. Vermutlich öffneten die meisten sogar das Fenster, weil sie nicht genug kriegen konnten von der eisigen Luft. Wie immer, wenn ich fror, wurde ich wütend. Wütend putzte ich mir die Zähne und fuhr mir mit den Fingern durch das Haar. Sobald ich jedoch wieder aus dem Fenster blickte, konnte ich nicht anders, als mich hinzusetzen und den Totengräbern zuzuschauen. Die Grube war etwa einen halben Meter tief, als die Männer herausstiegen und jeweils einen Pfosten links und rechts an die Innenwände legten. Dann begannen sie mit einer eisernen Spindel die Stützen an den Grabenden auseinanderzuspreizen. Noch immer schwiegen sie bei der Arbeit. Ich wartete – ich weiß nicht, warum – ab, was weiter geschehen würde. Die Nebelkrähen erhoben sich mit lautem Kra-Kra und ließen sich auf einem der kahlen Bäume nieder, während die Männer aus dem Grab sprangen und sich die Füße vertraten. Sie wechselten jetzt ein paar Worte, wobei weißer Atem aus ihren Mündern strömte, und begaben sich dann zurück in die Grube, um weiterzuschaufeln.

Ich verließ das Zimmer, nachdem ich die Heizung voll aufgedreht hatte, und traf im Gastraum den Wirt, der gerade den Boden kehrte.

»Holen Sie sich in der Küche das Frühstück«, sagte er, nachdem er mir einen guten Morgen gewünscht hatte.

Ich fragte ihn, für wen das Grab auf dem Friedhof geschaufelt würde, und er antwortete: »Für niemanden.«

»Ach so?«, entgegnete ich verwundert.

»Das ist normalerweise nicht üblich, aber der Betreffende liegt gerade erst im Sterben.« Er hörte kurz zu kehren auf und ergänzte: »Vielleicht ist er inzwischen schon gestorben.«

Und als ich nicht darauf antwortete und noch immer stehen blieb, ergänzte er: »Unser Pfarrer ist schwer krank.« Er kehrte wieder schweigend weiter, auch als ich nach dem Alter des Pfarrers fragte, aber in der Küche, die ich gleich darauf betrat, antwortete die Frau des Wirts, noch bevor sie mich grüßte: »92. Er ist 92 Jahre alt.«

Draußen war es so kalt, dass ich mir den Schal vor den Mund hielt. Es war nur ein kurzes Stück Weg, denn das kleine Haus von Frau Auer befand sich – hatte ich vom Wirt erfahren – neben der Straße und – wie ich wusste – am Anfang der Ortseinfahrt.

Ich klopfte an der Tür, und eine alte, auffallend kleine Frau in einem Schürzenkleid öffnete. Sie hatte schwarze, lebhafte Augen, das Haar war straff zurückgekämmt, an den Ohrläppchen hingen kleine goldene Schmuckringe. In bösem Tonfall sagte sie, sie brauche nichts, aber bevor sie noch den Türspalt schloss, antwortete ich rasch: »Ich bin Vertlieb Swinden vom Heimito-von-Doderer-Institut in Wien. Haben Sie unseren Brief bekommen? Ich soll den Nachlass von Philipp Artner ordnen.«

Die Frau stockte, ließ die Tür nicht ins Schloss fallen und warf mir einen giftigen Blick zu: »Philipp Artner ist nicht tot.« Sie sprach in einem Tonfall, der klang, als suche sie Streit.

Ich schaute durch den Türspalt, in dem ein schmales Stück der Mausfrau zu sehen war, und antwortete ihrem halben Gesicht, dass ich seinen Tod bestätigen könne. Ich sei zufällig kurz nach der Explosion in der Nähe des Hauses gewesen.

»Und wenn er nicht zu Hause war, als das Unglück geschah?«, fragte sie hastig mit scharfer Stimme.

Als ich nicht antwortete, fuhr sie fort, dass Philipp Artner es bestimmt nicht erlaubt hätte, einen fremden Menschen in sein Haus zu lassen, um nach Papieren zu suchen. Als Lebender ebenso wenig wie als Toter. Eher hätte er das Haus angezündet, als es für einen Fremden zu öffnen.

Ich antwortete, dass ich alle Schriften Artners kennen würde und ihn verehrte.

»Wenn er zurückkommt, während Sie in seinem Haus sind, wird er die Polizei holen.«

Ich widersprach ihr und sagte, dass er mich gemocht und mir vertraut habe.

Sie griff wütend seitlich an die Wand, vermutlich nach dem Schlüsselbrett, und forderte mich auf zu warten, bevor sie unfreundlich die Tür schloss.

Als sie auf die Straße trat, trug sie einen alten, abgewetzten Pelzmantel, nicht weniger alte und abgewetzte Stiefeletten und auf dem Kopf ein schwarzes, gemustertes Tuch. Wie im Selbstgespräch stieß sie leise Beschimpfungen und Laute des Unbehagens aus, bis wir das Haus von weitem sahen. Wir waren den Weg von der Ortschaft weg ins Tal gegangen und hielten kurz an. Das Haus lag inmitten einer Landschaft aus drei oder vier Fischteichen direkt am Wald. Die beiden zugefrorenen Teiche auf der linken Seite waren so groß, dass sie bis zu einem entfernten und mit Mischwald bedeckten Hang reichten. Der Teich, in dem sich das gelbe, einstöckige Haus spiegelte, war hingegen kleiner, etwa wie zwei Fußballfelder. Dahinter erhob sich ein Erdwall, vermutlich der Rand eines weiteren Teiches. Ich entdeckte dort auch die Umrisse einer verlassenen Fischerhütte im Schnee mit schwarzer Pappe auf dem Dach.

Die Frau öffnete widerwillig die Tür zu Artners Haus und forderte mich auf, ihr den Schlüssel zurückzugeben, wenn ich wieder abreiste.

Wo ich wohnen würde?

Ich antwortete, im Haus.

Und obwohl ich sie gebeten hatte, mir zu zeigen,

wie einzuheizen sei, eilte sie mit gesenktem Kopf davon und drehte sich nicht einmal mehr um, als ich laut ihren Namen rief: »Frau Auer!«

Im Haus war es eiskalt und dunkel. Es setzte mir zu, dass die Frau mich angezischt hatte, Philipp Artner sei noch am Leben, und ich sah dabei ihr Gesicht vor mir. Es roch muffig nach Feuchtigkeit im Gemäuer und abgestandener Luft. Als Erstes suchte ich einen Lichtschalter und öffnete ein Fenster. Im Vorraum hingen Kleidungsstücke von Artner an der Garderobe: Anorak, Mantel und eine schwarze Kapuzenjacke, sie mussten inzwischen schon alle denselben Geruch angenommen haben. Neben dem Eingang waren außerdem verschiedene Schuhe abgestellt.

Ich betrat das Schlafzimmer und machte Licht, öffnete auch hier das Fenster und ließ frische Luft herein. Das Arbeitszimmer war unbewohnbar und am ehesten ein Archiv. Nicht nur, dass die Wände bis zur Decke mit Bücherregalen verstellt waren, auch in der Mitte des Raumes erstreckte sich ein weiteres Regal, das auf beiden Seiten mit Büchern vollgestopft war. Möglicherweise waren auch sie von der Feuchtigkeit schon angegriffen. Rundherum waren Nylontaschen mit Reklamebeschriftungen über den ganzen Boden verstreut, auf den ersten Blick enthielten sie Papiere, Zeitungsausschnitte, Computerausdrucke und Briefe. Ich wusste, dass ich hier fündig werden würde. Der Kühlschrank in der Küche war leergeräumt, aber im Wohnzimmer, in dem ein Bett und ein anderes Regal mit Spielfilm-DVDs und Büchern sowie einem Fernsehapparat standen, fiel mir ein Tisch mit weiteren Papieren und einem kleinen Batterieradio auf. Es machte den Eindruck, als seien das die Bücher, die Artner zuletzt beschäftigt hatten. Da in einigen gelbe Post-its die Seiten markierten, schlug ich einen Band auf. Es handelte sich um einen Katalog von Gabriel von Max, der mit Vorliebe Affen gemalt hatte, und während ich noch unaufmerksam darin blätterte, entdeckte ich im Raum mehrere mumifizierte Mäuse, die in Fallen lagen. Ich ließ sie später im leeren Mülleimer neben dem Haus verschwinden. Artner hatte noch »Wie Affen die Welt sehen« von Cheney/Seyfarth in seinem Schlafzimmer aufbewahrt und drei Bände über die italienischen Renaissancekünstler Giotto und Fra Angelico, daneben Bücher über die Katharer, die alles Sichtbare für böse und alles Unsichtbare für heilig erachteten, über die Kabbala und zwei Ausgaben von »Das Totenbuch der Ägypter«, eine davon auf Englisch. Ich klemmte einen Giotto-Band und den über Fra Angelico unter den Arm und suchte den Keller auf, der versperrt war. Auf dem Schlüsselbund wurde ich fündig. Ich stieß auf einen Ölofen, aktivierte ihn mit einem Schalter und drehte im gesamten Haus die Heizkörper auf. Um etwas gegen den unangenehmen Geruch zu tun, ließ ich die Fenster offen.

Sobald ich aus dem Haus trat, hörte ich einen entfernten, dumpfen Knall, eine Explosion, wie ich mir sagte, und kurz darauf stieg Rauch hinter dem Wald auf. Im Nachhall schien für einen Moment die Zeit stillzustehen. Eine Elster hüpfte gerade im Schnee und flog erst eine halbe Minute später auf. Die Explosion hatte sie nicht erschreckt, möglicherweise gab es dieses Ereignis also öfter … Vielleicht waren es Sprengungen, dachte ich. Ich hatte mich entschlossen, die Nacht noch einmal im Gasthaus zu verbringen, denn in Artners Haus war es viel zu kalt gewesen, und ich hatte überdies ein ungutes Gefühl bei dem Gedanken, auf seiner Couch zu schlafen.

Auf dem Weg zurück in das Dorf warf ich einen Blick auf den Friedhof. Die beiden Männer schaufelten immer noch das Grab. Die Grube hatte eine konische Form angenommen. Mit den eisernen Spindeln hatten sie die Pfosten an den Innenwänden inzwischen auseinandergespreizt, und als ich näher herantrat, hoben sie die Köpfe und sahen mich von unten herauf an.

»Bist helfen kommen?«, fragte der eine, mich spöttisch auslachend, während der andere schon weitergrub. Der Erste spuckte sich in die Hände und beachtete mich gleich darauf auch nicht mehr, sondern fuhr mit seiner Arbeit fort. Da ich nicht schlagfertig bin und mir die richtigen Antworten immer erst im Nachhinein einfallen, es mir außerdem an Mut und Frechheit mangelt und ich überdies die beiden Bildbände unter dem Arm trug wie die Karikatur eines Studenten, trat ich schweigend zurück. Die Nebelkrähen waren verschwunden, bis auf die Arbeitsgeräusche der Männer hörte ich nur meine eigenen Schritte.

Im Gasthaus erhielt ich einen Teller Nudelsuppe und Brot, bevor ich mich in mein Zimmer begab. Es war jetzt angenehm warm geworden. Ich legte die Bücher auf das Nachtkästchen und begab mich zu Bett. Eine Weile dämmerte ich dahin, in der Hoffnung, dass mein Kopf und meine Glieder bald nicht mehr von den Nachwirkungen des Vorabends schmerzten.

Es wurde rasch dunkel, und als ich später die Gaststube aufsuchte, saßen dort die beiden Totengräber beim Bier. Der Wirt, der mit seiner weißen Schürze hinter der Theke stand, rief laut: »Das ist er!«, und eilte mir entgegen. Offenbar hatten sie gerade über mich geredet, und der Wirt wollte verhindern, dass die Männer weitersprachen.

Die beiden senkten die Köpfe, aber ich konnte erkennen, dass sie dabei spöttisch lächelnd die Lippen verzogen. Daher sagte ich laut: »Ein Gulasch und ein Bier … Wie tief ist ein Grab?«

Zuerst schwiegen die beiden. »Ein Normalgrab ein Meter sechzig, ein Tiefgrab zwei Meter«, sagte dann der mit dem Schnurrbart und dem Hut auf dem Kopf.

Ich nickte. »Und was ist der Unterschied?«

»Ein Normalgrab wird frühestens nach zehn Jahren wieder geöffnet. Die Reste vom Leichnam werden herausgenommen und neben dem Grab mit Erde zugeschüttet. Dann wird tiefer gegraben und der Leichnam wieder zurückgelegt«, sagte der andere.

»Die Reste vom Leichnam«, verbesserte ihn der mit dem Hut. »Beim Begräbnis wird der neue Sarg auf den Toten, der darunter liegt, gebettet«, fuhr er dann fort, »und alles wieder zurückgeschüttet.«

»Aha«, sagte ich, »und welche Reste finden Sie?«

»In der Regel«, gab der mit dem Hut und dem Schnurrbart zur Antwort, »findet man im Sandboden nur brüchige Knochen, im Lehm kann mehr übrig bleiben.«

Der andere, der inzwischen einen tiefen Schluck Bier aus dem Glaskrug genommen hatte, erklärte lachend, dass an manchen Stellen der Lehm so feucht sei, dass nach zehn Jahren nur wenig verwest sei. »Beim

Schneider, beispielsweise, war noch der ganze Körper erhalten. Der Messner, der mir geholfen hat, hatte seinen Hund dabei, und als beim Herausheben des Toten ein Stück des unbedeckten Brustkorbes sichtbar wurde, hat der Hund danach geschnappt und ist mit dem Bissen davongelaufen.«

Die beiden Männer lachten laut, und der Wirt in der Küche stimmte mit ein.

»Da kannst nichts ändern, ist halt einmal so«, sagte der mit dem Hut.

»Und das Grab ist für den Pfarrer?«, fragte ich, um abzulenken.

»Für den Pfarrer!«, antwortete der Totengräber. »Er ist noch nicht gestorben, aber er hat uns rufen lassen und sein Grab bestellt.«

»Wieso? Was ist mit dem Pfarrer?«, fragte ich.

»Er ist ein Methusalem. Letzten Sonntag hat er noch die Messe gelesen, aber es geht ihm seither jeden Tag schlechter.«

»Er bekommt keine Luft mehr«, ergänzte der andere.

Als ich in meinem Zimmer im Gasthof die Augen öffnete, war es noch dunkel. Ich knipste das Licht an, wankte auf die eiskalte Toilette und kroch zurück ins warme Bett. Obwohl ich noch nicht ganz wach war, tastete ich nach einem der Bildbände, die ich gestern aus Artners Haus geholt hatte, schlug ihn auf und blinzelte das Bild an. Es war der Judaskuss, den Giotto in der Arena-Kapelle in Padua gemalt hatte. Ich dachte sofort an Artner und mich, an den Schriftsteller und seinen Verräter, den Germanisten. Zuerst Apostel und dann

Verräter, dachte ich. »Da kannst nichts ändern, ist halt einmal so«, hatte der Totengräber mit dem Hut gesagt.

Giotto hatte Jesus, Petrus und einen weiteren Apostel mit einem Heiligenschein ausgestattet, der wie ein Helm aussah. Fackeln und Knüppel wurden von den Häschern in den nachtblauen Himmel gereckt, Judas ohne Heiligenschein hatte mit seinem weiten Mantel Jesus eingehüllt, von dem man nur den einen Teil des Gesichts erkennen konnte. Während sich Judas Jesus' Mund näherte und unsicher, fast fragend, wie es mir erschien, dem Verratenen in die Augen starrte, schienen die Übrigen gespannt darauf zu warten, was weiter geschehen würde.

Ich hatte aber nicht vor, mich wie Judas irgendwann zu erhängen, ich wollte höchstens »apokryphe«, unveröffentlichte Schriften finden, um als Erster darüber schreiben zu können. Vielleicht, dachte ich mir, würde ich die Abgabe eines Tagebuchs oder Manuskripts von Artner an das Heimito-von-Doderer-Institut hinauszögern können, bis ich meine eigene Studie darüber verfasst hätte, damit mir keiner zuvorkäme.

Als ich weiterblätterte, fiel ein Notizzettel aus dem Bildband. »Giotto«, las ich in der Handschrift Artners. »Durch seine Bilder wird ein manichäisches Universum – das des reinen Guten und des gänzlich Bösen – sichtbar, wie im Reagenzglas eines Chemikers Gifte und gleichermaßen Heilstoffe zum Vorschein kommen. Je länger ich mich mit dem Bildband befasse, desto mehr beeindruckt mich die Schönheit der Darstellung und irritieren mich zugleich die Szenen der Grausamkeit, die wie ein Muster im Muster Seite für Seite auftauchen. Einerseits fällt mir die Schönheit der Natur auf und andererseits die Gewalt, die darunter verborgen ist. Die äußere Ansicht und der mikroskopische Einblick: Blattformen, Vögel, Blüten, Kristalle, Fische, Insekten. Darin versteckt Tod, Kannibalismus, Gefahr, Täuschung. Giotto hat der Wirklichkeit das Gesicht des Traums gegeben und den Träumen das Gesicht der Wirklichkeit.«

Ich war betroffen, als ich die Zeilen las. Sie erschienen mir wie ein an mich gerichteter Brief aus dem Totenreich. Als wollte mich Artner warnen, erschien es mir zuerst – nur wusste ich nicht, wovor. Vermutlich gehörte die Notiz zu einem geplanten Werk, dachte ich weiter, und tatsächlich fand ich auf der Rückseite die Bemerkung: »Das irdische Paradies.« Ich hätte vor Freude einen Schrei ausstoßen können, denn es war das erste Fundstück meiner Suche. »Das irdische Paradies«, so hatte vielleicht der Titel des verbrannten Manuskripts gelautet, oder es waren Gedankennotizen für ein späteres Projekt, die ich in meinen Händen hielt. Ich sprang auf und fühlte mich vom »Judaskuss« jetzt nicht mehr angesprochen, nur noch von der Schönheit in Giottos Bildern, die ich, nachdem ich Artners Aufzeichnungen gelesen hatte, als einzigartig und wunderbar erkannte. Bevor ich das Zimmer verließ, warf ich einen Blick aus dem Fenster auf das ausgeschaufelte Grab, aber selbst das, kam mir jetzt vor, besaß eine eigenartige Schönheit, die ich zuerst übersehen hatte. Die braunen Schuhspuren im Schnee, die von der Arbeit der Totengräber herrührten, der Friedhof, die aufschwirrenden Krähen und die tief herunterhängenden Wolken erschienen mir jetzt nicht mehr trostlos und als Ausdruck von Enge und Einsamkeit, sondern bargen ein Geheimnis, das beiläufiger und zugleich bedeutungsvoller nicht sein konnte.

Eine Stunde später machte ich mich wieder auf den Weg zu Artners Haus.

Die Bücher unter dem Arm und von einem Gedanken zum nächsten springend entdeckte ich nun in vielem, was mich umgab, die Schönheit des Lebens. Im allmählich aufziehenden Nebel, dem halbvereisten Bach und der Hügellandschaft. Dort, wo Wein auf den Hängen angebaut wurde, hatten sich geometrische Muster im Schnee gebildet. Die roten Ziegeldächer der vereinzelten Höfe in der Ferne erfüllten mich mit Wanderlust, und ich stellte mir vor, über die Straße, die am

Saum des Hügels entlangführte, zu einem der Gehöfte zu gelangen und behutsam das Wohngebäude zu betreten. In meiner Phantasie glaubte ich, dort einfache Menschen anzutreffen, die weder böse noch dumm oder verbittert waren, sondern sich als Teil eines Ganzen begriffen: Teil des Himmels, den sie sahen, Teil der Wälder, Teil der Wiesen und der Teiche, der Pflanzen und Tiere und Teil einer Glaubensgemeinschaft. Vielleicht hatte Artner das gemeint, als er den Notizen für sein Projekt »Das irdische Paradies« diese Überschrift gegeben hatte: die Schönheit der Jahreszeiten, die Nähe zur Schöpfung und zu einem unsichtbaren Schöpfer, der im Verborgenen schwieg. Während ich dahinging, miaute irgendwo eine Katze, und ich glaubte plötzlich, mit allem verbunden zu sein.

Im Haus war es noch immer kälter als die erste Nacht über im Gasthauszimmer, aber der muffige Geruch war wenigstens daraus verschwunden, weshalb ich die Fenster wieder schloss. Noch immer hielt meine seltsame Euphorie an, denn das gesamte Haus erschien mir nun nicht mehr so düster, und ich spürte auch nicht mehr die imaginäre Anwesenheit Artners. Er hatte sich tatsächlich in Nichts aufgelöst. Das entsprach meinem Wunsch, ohne schlechte Gedanken und Gefühle meiner Arbeit nachzugehen. Mitten in meinem Überschwang rief mich meine Kollegin Daniela Walzhofer an, der ich jedoch nichts von meinem Fund und meinen Empfindungen erzählte, stattdessen gab ich mich einsilbig und trachtete die Unterhaltung bald zu beenden. Aber Daniela war zu scharfsinnig, um darauf hereinzufallen, sie ermahnte mich, mich nicht zu

»verzetteln« – einen Zettel hatte ich ja schon gefunden, dachte ich – und nach den Manuskripten und Aufzeichnungen zu suchen, worauf ich ihr erklärte, dass ich die ganze Zeit über nichts anderes tun würde.

Dann wolle sie mich nicht bei meiner weiteren Suche stören, entgegnete sie sarkastisch.

Ich setzte mich – bekleidet wie ich war – im Wohnzimmer auf das mit einem afghanischen Teppich bedeckte Bett und schaute aus dem Fenster hinaus auf die zugefrorenen Teiche. Der obere war tatsächlich durch einen Damm von dem unteren getrennt, wie ich es vermutet hatte. Am Rand stand die Fischerhütte, an deren einer Wand verschiedene Werkzeuge hingen. Der Schnee zeigte keine Fußspuren, also konnte seit einiger Zeit niemand mehr dorthin gegangen sein, was mich nicht wunderte. Die Natur schien in sich selbst zu ruhen. Aus der Ferne hörte ich kurz eine dumpfe Explosion wie bei einer Sprengung – dann war es still. Ich war mir jetzt sicher, dass sich in der Nähe ein Steinbruch befinden musste … Oder es wurde ein Tunnel gebaut.

Ich schlug neuerlich den Bildband von Giotto auf und betrachtete die Abbildung der »Vogelpredigt«, die Giotto, wie ich las, in der Oberkirche von Assisi als Fresko an eine Wand gemalt hatte – Franz im Mönchsgewand, einen Heiligenschein über dem Kopf, sprach mit einer Schar Vögel. Darunter hatte Artner mit Bleistift festgehalten: »Die Sprache der Vögel verstehen, des Windes, des Wassers, der Steine – durch Selbstvergessenheit. Giotto begriff durch Staunen das Unsichtbare …« Das schien mit der ersten Notiz, die ich gefunden hatte, zusammenzupassen. Ich war verblüfft, war

doch Artner ein Schriftsteller gewesen, der das Böse in den Mittelpunkt seiner Arbeit gestellt, es beschrieben und analysiert hatte, als gebe es das Schöne, den Zauber des Alltags nicht. Ich blätterte das Buch Seite für Seite durch, um weitere Bemerkungen zu finden.

»Hölle und Paradies existieren gleichzeitig und sich überlagernd auf Erden«, las ich weiter. »Das Paradies im Nebensächlichen: eine Kirsche, ein Nussbaum, ein Käfer, ein Kinderfinger, ein Schatten, ein Heiligenschein, ein Glas Wein, die Symmetrie einer Schneeflocke … überhaupt die Symmetrie und Geometrie! Muster auf Schmetterlings- und Vogelflügeln, Schlangenhäuten, die Formen von Kristallen, Schneckenhäusern, Muscheln.« Und eine weitere Notiz: »Die Flecken in den Fresken dort, wo die Farbe abgefallen und der Verputz sichtbar geworden ist, geben den Darstellungen Giottos neben dem Spirituellen auch etwas Spiritistisches – wie Teleplasma auf den Fotografien von Schrenck-Notzing aus dem Mund eines Mediums strömt.«

Daneben las ich auf einer Buchseite: »Naturwissenschaft und Religion – Märchen. Daher wie Märchen betrachten.«

Ich stand auf, vertrat mir, noch immer im Mantel, die Füße und überlegte, wie ich vorgehen sollte. Als ich zufällig einen Blick aus dem Fenster warf, sah ich einen Mann in einem braunen Anorak, Stiefeln und Jeans mit einem Gewehr am ersten Teich vorbei zur Fischerhütte hinaufstapfen. Mich faszinierten die Schuhabdrücke, die er im Schnee hinterließ, aber ich überlegte gleichzeitig, was in Artner vorgegangen sein mochte, dass er sich mit nahezu religiösen Gedanken befasst hatte. Jedenfalls musste ich von jetzt an systematisch vorgehen. Und ich musste mir auf alle Fälle mehr Zeit nehmen ... überlegte ich. Am besten, ich würde für eine Weile verschwinden ... Ich hatte meinen Laptop im Gasthauszimmer noch nicht ausgepackt, ging es mir durch den Kopf, auch nicht meine Kamera, und ich hatte bis auf Daniela Walzhofer noch mit niemandem telefoniert ... Der Einfall, für eine Zeitlang unterzutauchen, als hätte ich mich in Luft aufgelöst, bereitete mir jedenfalls Freude. Nur so würde ich das Leben Artners in den letzten Jahren rekonstruieren können.

Der Mann war jetzt zur Kuppe des Damms hinaufgestiegen, drehte sich um und schritt nun offenbar bergab, denn ich sah nur noch seine braunen Haare und ein Stück des Gewehrlaufs auf seiner Schulter und dann nichts mehr. Die Spuren im Schnee sind wie die Perforierung am Rand einer Filmrolle, dachte ich und wusste, dass der Vergleich ordentlich hinkte. Dann erschien der Kopf des Mannes auf der anderen Seite der Mulde wieder, und ich sah ihn das letzte Stück bis zur Fischerhütte hinaufstapfen. Ich zog meine hohen Geox-Schuhe an und verließ das Haus in der Absicht, um den ersten Fischteich herumzugehen und das Eis zu betrachten. Dabei würde ich mir besser überlegen können, ob ich jetzt nach Notizen in den Büchern der umfangreichen Bibliothek fahnden oder zuerst alles, was auf dem Tisch und im Wohnzimmer war, überprüfen sollte.

Ich dachte auch über Artners Bemerkung »… Märchen« nach: »Daher wie Märchen betrachten.« In der berückenden Stille der Landschaft, in der ich mich jetzt befand, verstand ich diesen Gedankensplitter, und zu meiner Absicht, Artners Nachlass zu finden und aufzuarbeiten, kam jetzt auch der Wunsch, mein Leben aus einer neuen, einer anderen Perspektive zu begreifen. Im gleichen Augenblick, als mir dieser Gedanke kam, fielen zwei Schüsse. Ich riss den Kopf hoch und sah zwei Nebelkrähen wie schwarze Steine vom Himmel fallen und auf dem Damm aufschlagen. Erschrocken blieb ich stehen … Nachdem ich einen Augenblick angespannt gewartet hatte, in dem sich niemand blicken ließ, bog ich von meinem Weg ab und stieg den Hang zum Damm hinauf.

Inzwischen war ein weiterer Schuss gefallen.

Oben angekommen fand ich zuerst die toten Krähen im Schnee, dann fiel mein Blick auf die Fischerhütte, und ich sah zu meiner Überraschung den Mann mit dem Gewehr vor dem Teich stehen und angespannt auf die Eisfläche starren. Vorsichtig schritt ich auf den Fremden zu, der sein Gewehr auf einen Nagel an der Hüttenwand gehängt hatte. Er blickte mich plötzlich an, machte einen blitzschnellen Schritt zur Wand zurück und holte das Gewehr herunter. Feindselig starrte er mich an. Ich konnte nicht flüchten, da ich ihm nicht den Rücken zudrehen wollte, und blieb stehen.

»Wer sind Sie?«, schrie er und senkte das Gewehr.

»Ein Freund von Philipp Artner … Ich wohne jetzt in seinem Haus«, stammelte ich. Ich lüge in unangenehmen Situationen automatisch oder sage Halbwahrheiten, aber paradoxerweise wurde mir das erst jetzt in meiner prekären Lage bewusst. Die Einsicht besetzte mein Denken, und ich suchte verzweifelt nach Worten. Noch immer sah mich der Mann feindselig an.

»Artner ist tot!«, rief er. »Was tun Sie hier?«

»Ich bin ein Journalist aus Wien«, stammelte ich. Ich hatte Germanist sagen wollen, das schien mir aber zu wenig Eindruck zu machen, und daher hatte ich wieder gelogen.

»Verschwinden Sie!«, schrie der Mann. »Oder wollen Sie eine Leiche sehen?«

Zuerst war ich mir nicht sicher, ob er »Leiche sehen« oder »Leiche sein« geschrien hatte. Aber die Drohung irritierte mich so sehr, dass ich die Augen aufriss und unwillkürlich »Wieso? Wo?« ausrief.

»Glauben Sie es nicht?«, fragte er höhnisch, er schien zornig zu sein, doch der Ausdruck der Feindseligkeit war aus seinem Gesicht verschwunden, und stattdessen vermeinte ich so etwas wie Hilflosigkeit zu erkennen. Ich wäre lieber davongelaufen, aber das war jetzt, nachdem ich gelogen hatte, ich sei Journalist, schwer möglich.

Langsam setzte ich mich wieder in Bewegung, und auf seine Frage, von welcher Zeitung ich komme, antwortete ich, um mir den Anstrich eines Sensationsjournalisten zu geben, »›Österreich‹«.

Der Mann hörte mir jedoch nicht mehr zu, sondern trat neuerlich an den Teich, das Gewehr noch immer in der Hand.

»Da«, sagte er mit resignierter Stimme, als ich nur noch wenige Schritte von ihm entfernt war, und wies auf die Eisdecke.

Ich blickte zuerst auf die halbdurchsichtige Oberfläche und die darin eingeschlossenen Luftblasen und beeilte mich, an seine Seite zu treten. Gleich darauf verstand ich, was er meinte, denn ich erkannte unter dem Eis das Gesicht, die aufgerissenen Augen, den offenen Mund und die wegstehenden Haare eines Mannes, seinen Körper, das Hemd, seine Jeans – und stieß einen Schreckenslaut aus. Zugleich spürte ich, dass der fremde Mann nicht mehr neben mir stand. Ich wagte zuerst nicht, mich zu bewegen, dann machte ich doch eine rasche Drehung und sah ihn gerade noch an den toten Krähen vorbei über den Damm laufen. Meine Verwirrung hätte nicht größer sein können. Abwechselnd starrte ich den Toten an, dessen Augen mir Entsetzen vermittelten und dessen Körper und Kopf aufgedunsen waren und aussahen wie Luftballons, und hielt dann wieder Ausschau nach dem Mann, doch war er inzwischen aus meinem Blickfeld verschwunden. Es war so still, dass ich überzeugt war, nur zu träumen und mit dem nächsten Atemzug aufzuwachen. Endlich stellte ich fest, dass die Tür zur Fischerhütte offen war, und mir fiel ein, dass ich mein iPhone eingesteckt hatte. Da ich mich von allen Seiten bedroht fühlte – der Mann hatte ja ein Gewehr und musste im Wald untergetaucht sein, von wo aus er mich ungestört beobachten konnte –, betrat ich vorsichtig die Hütte. Filmszenen gingen mir durch den Kopf: eine brennende Hütte, vor der ein Mann mit einem Gewehr wartete, oder ein bärtiger Mann, der mit dem Lauf seines Gewehrs die Scheiben zertrümmerte und in den Raum schoss, und anderes Zeug. Ich entschied mich trotzdem, im Inneren der Hütte zu bleiben und von dort aus die Polizei anzurufen. Ich hatte Angst, aber irgendetwas ließ mich einen klaren Kopf bewahren. Im Dämmerlicht wählte ich die Notrufnummer und nannte meinen Namen. Dann schilderte ich so exakt, wie es mir möglich war, wo ich mich befand und was vorgefallen war. Der Beamte am anderen Ende der Leitung versuchte, mich zu beruhigen, und meinte, es sei besser, ich käme aus der Hütte heraus und versuchte mich irgendwo anders zu verstecken. Mit dem Handy am Ohr trat ich ins Freie, meine Knie zitterten, und mir fielen, ich weiß nicht warum, die Bilder Giottos und die Gedanken Artners ein. Sie drückten jetzt für mich etwas anderes aus. Die idyllische Umgebung, die verschneite Landschaft, die dichten Wolken am grauen Himmel, die bewegungslosen Bäume, die Stille – und vor allem der Anblick des

Toten unter der Eisdecke erschienen mir nun als Verhöhnung ... Ich bildete mir ein, dass ich dem Fremden ausgeliefert war, egal ob ich in der Hütte blieb oder mich im Freien aufhielt.

Als ich den Toten genauer betrachtete, erkannte ich, dass er am Hals eine klaffende Wunde aufwies, der Kopf schien nur noch durch die Halswirbel mit dem Körper verbunden zu sein. Jetzt erst wurde mir bis in alle Einzelheiten klar, dass der Mann ermordet worden war. Ich hielt noch immer das Telefon am Ohr. Der Beamte am anderen Ende der Leitung fragte mich, ob etwas vorgefallen sei, weil ich schweigen würde, und ich schilderte ihm, was ich gesehen hatte. In der Ferne hörte ich unterdessen wieder eine dumpfe Explosion.

»Bleiben Sie ruhig, wir sind gleich da«, gab er zurück.

In diesem Augenblick kam der Mann plötzlich hinter der Hütte – er musste sich vom Wald her angeschlichen haben – hervor und gebot mir mit dem Zeigefinger vor seinem Mund zu schweigen.

»Ich beende jetzt das Gespräch«, sagte ich ruhig und wartete keine Antwort ab, sondern legte auf und blickte den Mann an. In mir war etwas abgestorben, aber ich spürte jetzt auch Widerstand aufkeimen.

»Haben Sie die Polizei angerufen?«, fragte er mich unwirsch.

»Ja«, antwortete ich.

»Ich habe mein Handy zu Hause vergessen«, gab er mürrisch zurück. Jetzt erst bemerkte ich, dass er kein Gewehr mehr bei sich hatte, und war darüber zunächst erleichtert.

»Die Sache ist für mich beschissen gelaufen«, sagte er plötzlich. Er ließ die Schultern fallen und ging zu einem Holzhaufen, riss eine Axt aus dem Hackstock und kam wieder auf mich zu. Gleichzeitig läutete mein Telefon, und der Mann verschwand erschrocken in der Hütte.

»Ist alles in Ordnung?«, fragte der Beamte vom Polizeinotruf.

»Er ist zurückgekommen«, flüsterte ich.

»Seien Sie vorsichtig, er ist wegen Totschlags verurteilt worden und hat auch noch andere Vorstrafen.«

Von Ferne hörte ich jetzt die Signaltöne von Polizeiautos näherkommen.

Ich antwortete nicht, denn der Mann kam gerade wieder aus der Hütte. Im selben Augenblick hielten die Autos schon mit Blaulicht vor Artners Haus. Mehrere Polizisten sprangen heraus und eilten gleich darauf durch den Schnee auf uns zu. Ich reichte dem Mann das Handy und stieß »Polizei« hervor.

»Ich habe versucht anzurufen«, stotterte der unheimliche Mann jetzt in mein iPhone, »aber ich hatte kein Telefon bei mir!« Und dann: »Ja, ich warte.« Er beendete das Gespräch und gab mir das Handy zurück.

»Ich wollte nicht, dass die Polizei mein Gewehr sieht … Ich bin schon abgestraft worden, weil ich keinen Waffenschein besitze, deshalb habe ich es im Wald versteckt … Werden Sie das alles schreiben?«

Er machte eine Pause.

Ich muss ihn erstaunt angeblickt haben, denn er ergänzte: »Ich meine in der Zeitung … Sie sind ja von der Zeitung?«

Ich beantwortete seine Frage nicht. Wir blickten beide auf die sechs Polizisten, die jetzt die Dammkuppe erreicht hatten und auf uns zueilten. Einer von ihnen hob die beiden erschossenen Krähen auf, bevor er sie wieder in den Schnee zurücklegte, und rief den anderen etwas zu.

Inzwischen hatte sich ein Krankenwagen zu den beiden Autos gesellt, und als die ersten Polizisten uns erreicht hatten, kamen auch von der Kirche und dem Friedhof, die auf einer Anhöhe hinter der Hütte lagen, drei weitere durch den Schnee gestapft.

»Und?«, rief der Offizier, der als Erster eintraf, außer Atem, »was hast du mir zu sagen?« Er starrte den Mann hasserfüllt an.

»Nichts«, antwortete der Fremde.

»Nichts?«, gab sich der Offizier erstaunt. »Hast du den Toten gekannt?«

Er trat jetzt an den Teich und blickte auf die Leiche unter dem Eis. Die übrigen Polizisten stellten sich ebenfalls dort auf und nahmen den Ermordeten in Augenschein.

»Ziemlich dumm von dir, dass du uns nicht verständigt hast«, sagte der Offizier dann.

»Wie oft soll ich es noch sagen, ich habe kein Telefon bei mir …«, gab der Mann zurück. »Ich habe es zu Hause liegen gelassen.«

»Und wieso bist du weggelaufen?«

»Ich wollte aufs Polizeirevier, um die Sache zu melden.«

»Er hat zwei Krähen geschossen«, rief einer der jungen Polizisten dazwischen.

»Aha«, nickte der Offizier. »Hast du am Ende schon den Jagdschein gemacht? Und den Waffenschein?«

Der Mann blickte auf den Boden, und sein Gesicht zuckte.

»Wo ist das Gewehr?«, fragte der Offizier. Auch auf diese Frage gab der Mann keine Antwort.

»Du kommst mit uns auf das Revier!«, schnauzte ihn der Offizier an.

Währenddessen hatten die Polizisten schon den Tatort zu untersuchen begonnen, und der Offizier fing die Befragung mit mir an. Als ich die Axt erwähnte, stellte sie gerade einer der Beamten in der Hütte sicher. Aber die Frage nach dem Gewehr beantwortete ich nicht. Ich sagte nur, dass der Mann mit dem Gewehr von der Hütte weg hinuntergegangen und ohne Gewehr wieder zurückgekommen sei. Ich weiß nicht, weshalb ich nicht alles zu Protokoll gab, was ich wusste.

»Sie gehen besser«, beendete der Polizist die Einvernahme. »Was jetzt kommt, ist nicht besonders schön anzusehen.«

Als wollte ich meine Entdeckung nicht anderen, der Polizei, der Feuerwehr und den allmählich von allen Seiten eintreffenden Neugierigen überlassen, blieb ich neben der Hütte stehen und schaute zu, wie Taucher das Eis am Rand des Teiches und um den Toten herum zerschlugen und in ihren schwarzen Kunststoffanzügen versuchten, die Leiche zu bergen.

»Es ist einer von den Tschetschenen«, sagte der Wirt, der sich inzwischen zu den Umstehenden gesellt hatte, und ich erfuhr, dass drei tschetschenische Männer seit November des vergangenen Jahres »abgängig waren«, wie er sagte. Insgesamt 49 Flüchtlinge wohnten in der ehemaligen Volksschule, die dafür umgebaut worden war. Einige Jahre zuvor sei sie mangels zu unterrichtender Kinder geschlossen worden, fuhr der Wirt fort. Man habe angenommen, dass die drei in die Illegalität untergetaucht seien, obwohl ihre Frauen die Polizei »flehentlich«, wie der Wirt sagte, gebeten hätten, nach ihnen zu suchen.

»Ich glaube«, hörte ich den Offizier am Teichufer sagen, »da erwarten uns noch weitere Überraschungen.«

Zwei Männer trugen indessen eine Bahre aus Blech, die mit einem Deckel geschlossen war, von der Kirche herunter zur Hütte. Sie stapften vorsichtig und umständlich im Schnee, der ihnen bis unter die Knie reichte. Ganz mit dem Tragen des Blechsarges beschäftigt, blickten die beiden nicht auf, sondern immer nur in den Schnee vor ihren Füßen. Es sah aus wie ein ruckartiger, eckiger Tanz, eine Parodie auf das, was sie eigentlich taten. Inzwischen wurde auf der anderen Seite der Mann, der in einem fort seine Unschuld beteuerte, abgeführt. Er schien jeden Augenblick zu stolpern. Sein Kopf war wie sein Körper nach vorne gebeugt, vielleicht aus Erschöpfung. Ich wandte mich ab und trat an den Teichrand, gerade als der Leichnam von den Tauchern an Land gezogen wurde. Der Schlitz um seinen Kehlkopf öffnete und schloss sich dabei wie ein zweiter großer Mund, der mit uns in einer stummen Sprache zu reden schien, so als wollte er uns anklagen. Der Tote hatte etwas von einem geangelten Fisch, der erschlagen und ausgeweidet worden war. Seine Augen quollen aus dem Gesicht, es waren tote Augen ohne Wahrnehmung und »ohne Inhalt«, stellte ich jetzt fest. Die Pupillen waren braun, die Brauen und das Haar dunkel, die Haut bleich und aufgeschwemmt und die Fingernägel an den Händen abgefallen. Es hätte ihn auch ein großes Wassermonster ausgespien haben können, jedenfalls war von seiner Seele keine Spur mehr vorhanden. Als die Polizisten begannen, ihn und den Tatort zu fotografieren, wurden wir aufgefordert zu gehen. Ich musste noch einmal meine persönlichen Daten und meine Handynummer zu Protokoll geben, dann stieg ich hinunter zu Artners Haus.

In welche Welt zog mich Artner hinein?, fragte ich mich unterdessen. Auch sein Tod war gewaltsam gewesen, und in der tiefen Stille, die das Haus auf dem Land umgab, war ich gleich zu Beginn meiner Recherche auf einen Ermordeten gestoßen. Dann fiel mir das metaphysische Blau und Gold von Giottos Bildern ein und vermischte sich mit dem Weiß des Schnees vor meinen Füßen und dem grau verschlossenen Himmel über meinem Kopf. Ich warf mich auf die Couch und schlief augenblicklich ein.

Wie lange ich mich im traumlosen Nichts aufgehalten hatte, wusste ich nicht mehr. Ich hörte nur meinen Namen rufen, riss die Augen auf und sah den Mann mit dem Gewehr gerade das Wohnzimmer betreten. Es war noch immer hell. Ich setzte mich benommen auf, und sogleich prallte die Wirklichkeit auf mein Gehirn wie ein Vogel an die Windschutzscheibe eines fahrenden Autos, denn im selben Augenblick fiel mir der Ermordete ein, und ich sah sein Gesicht und seine Schnittwunde am Hals vor mir.

Der Mann mit dem Gewehr in der Hand war noch immer so bekleidet wie am Vormittag, mit schwarzen Stiefeln, einem braunen Anorak und Jeans. Seine Nase, bemerkte ich erst jetzt, war das Auffälligste an ihm. Sie war lang und ähnelte dem Schnabel eines Hahns, die Augen verschwommen blau wie ein ausgewaschenes Kinderkleidchen, der Mund nahezu ohne Lippen, das Kinn gespalten – das Gesicht ausdruckslos.

»Was wollen Sie?«, fragte ich gespielt unfreundlich und mich zugleich räuspernd. Ich hatte Angst.

Der Mann antwortete, er habe nur seine Schrotflinte geholt. Er sei auf der Suche nach einem geeigneten Versteck für die Waffe in Panik geraten, dass die Polizei sie beschlagnahmen werde, und habe, als er am Haus vorbeigelaufen sei, die Eingangstür zu seiner Überraschung unversperrt gefunden. Daraufhin habe er das Gewehr unter die Kommode im Vorzimmer geschoben und es jetzt wieder abgeholt.

Der Mann schien, während er mit mir sprach, durch mich hindurchzuschauen, als habe er den Verstand verloren.

»Und?«, fragte ich und stand auf. Allmählich gewann ich meine Fassung wieder.

»Ich wollte Sie nicht erschrecken«, gab er mir – noch immer mit demselben Blick – zur Antwort.

Er machte wie ein mechanisches Spielzeug kehrt und trat hinaus ins Vorzimmer. Ohne selbst zu wissen warum, fragte ich ihn: »Kannten Sie Artner?«

»Ja, weshalb?« Wieder machte er automatisch kehrt und sah jetzt aus wie ein kampfbereiter Hahn.

Ich nahm all meinen Mut zusammen: »Sie sind einfach in das Haus eingedrungen!«

»Ja.« Er machte eine Pause.

Dann ging ein Ruck durch ihn, und er lehnte das Gewehr an die Wand. »Was wollen Sie von mir?«

Er hieß Johann Mühlberg, und ich erfuhr von ihm,

dass Artner »eine Freundin in Wies gehabt habe«. Nach kurzem Zögern fügte er hinzu: »Und ein Kind mit ihr.« Er dachte nach und sagte noch: »Sie heißt Pia Karner. Fragen Sie sie selbst.« Er war mit den Nerven fertig und zündete sich, ohne um Erlaubnis zu fragen, eine Zigarette an, erhob sich daraufhin wortlos und ging.

Eine Weile saß ich da ohne Gedanken. Als ich meine Sachen zusammenpackte, um ins Gasthaus zurückzukehren, entdeckte ich, dass Mühlberg das Gewehr im Vorzimmer hatte stehen lassen. Weshalb? Hatte er es sich inzwischen anders überlegt? Oder hatte er es in seinem Zustand einfach vergessen?

Ich nahm es und schaute es mir näher an. Es war eine doppelläufige Schrotflinte, die älter zu sein schien. Vielleicht hatte er sie geerbt, weil er so daran hing. Ohne lange zu überlegen, schob ich sie wieder unter die Kommode. Dabei fiel mir das Fernglas auf, das in einem Etui an der Garderobe hing. Ich nahm es an mich und verließ das Haus, bevor es dunkel wurde.

Am nächsten Morgen rief mich Dr. Balthasar an und stellte mir frei, nach Wien zurückzukehren. Ich sagte ihm, dass seit gestern Journalisten und Fernsehteams aufgekreuzt seien und dass ich mich sicher fühlte. Da das Gasthaus zum Treffpunkt von Berichterstattern, Ermittlern und Neugierigen geworden sei, würde ich schon in der nächsten Stunde in Artners Haus umziehen.

Es war mir nicht ganz wohl bei meiner Entscheidung, denn ich fürchtete mich vor der Nacht, der Dunkelheit, den fremden Geräuschen im Haus – aber andererseits wollte ich endlich mit Artners Welt vertraut werden und mich auf die Suche nach seinem Nachlass machen.

Balthasar gab mir nach einigem Zögern die Erlaubnis dafür und wünschte mir »viel Erfolg«.

Es schien mir unumgänglich, noch einmal Frau Auer aufzusuchen und sie zu fragen, ob sie mir mit Bettwäsche aushelfen und gelegentlich sauber machen könne. Ich empfand auch vage den Wunsch, Artners Rolle einzunehmen und dadurch hinter die Geheimnisse seines Lebens und Schreibens zu kommen. Daher beschloss ich, seine Geliebte, Pia Karner, aufzusuchen, aber ich musste mir zuerst wohl überlegen, wie ich meinen Besuch begründen würde.

Bevor ich an die Tür von Frau Auer klopfte, nahm ich einen Hunderteuroschein aus der Geldbörse. Ich wusste aber noch nicht, wie ich den Betrag dem Heimito-von-Doderer-Institut in Rechnung stellen konnte.

Sie machte das gleiche Gesicht wie bei meinem ersten Besuch, und ich hatte inzwischen erfahren, dass sie unerbittlich sein konnte, wie es nicht selten bei einsamen Kirchgängern vorkam.

»Reisen Sie ab?«, fragte sie grußlos.

Ich schüttelte den Kopf, streckte ihr die Banknote hin und fragte sie, ob sie sich um das Haus kümmern könne.

Ihr Gesicht blieb verschlossen und misstrauisch, aber die verstohlenen Blicke, die sie auf die Banknote warf, verrieten ihre Bestechlichkeit.

»Und was soll ich dafür tun?« Sie war jetzt der Inbegriff des Argwohns.

»Können Sie mir mit Bettwäsche aushelfen?«, fragte

ich sie in sachlichem Tonfall, »und im Haus nach dem Rechten sehen?«

»Wann?«, gab sie mit Kasernenhofstimme zurück.

»Am besten jetzt«, sagte ich.

Wortlos griff sie nach dem Geldschein, machte die Tür zu und erschien nach einer Minute mit demselben Mantel und Kopftuch wie beim letzten Mal.

»Ich mache es auf Ihre Verantwortung«, sagte sie. »Falls er zurückkommt, haben Sie mich belogen.«

Sie schwieg, dann sagte sie: »Und ich möchte nicht, dass Sie im Haus sind, solange ich arbeite. Den Schlüssel können Sie am Abend bei mir abholen.«

»Gibt es in der Nähe einen Steinbruch oder so etwas Ähnliches?«, fragte ich nach einer Weile.

Sie schaute mich misstrauisch an, bevor sie den Kopf wieder senkte.

»Warum fragen Sie?«

»Weil ich glaube, Explosionen gehört zu haben.«

»Ja«, antwortete sie. »Dort drüben in Oberhaag.« Sie blieb stehen und wies mit dem ausgestreckten Arm auf einen Berghang vor uns.

Jetzt erst erkannte ich die Umrisse des Steinbruchs in der Ferne, der mir, obwohl ich mehrmals in die Richtung geschaut und sogar gegangen war, wegen des Schnees nicht aufgefallen war. Große Treppen waren in das Gestein gesprengt worden, die ihn auf den ersten Blick wie ein aztekisches Bauwerk aussehen ließen.

Im Gasthaus machte ich auf meinem Laptop den Steinbruch in Oberhaag ausfindig und erfuhr, dass es sich um Diabas-Gestein handelte, das für den Straßenbau verwendet, aber auch zu Grabsteinen verarbeitet würde.

Hierauf beglich ich meine Rechnung, packte meine Sachen und verstaute sie im Auto.

Anfangs führte die Straße bergab, ins Tal hinunter, dann immer steiler werdend durch eine Schlucht den gegenüberliegenden Berg hinauf. Je höher ich kam, desto mehr bedeckte der Schnee die Bäume und kleinen Wiesen. Die vereinzelten Häuser standen bedrückend eng an den Felsen und wie verloren im winterlichen Weiß. Auf den schmalen Plätzen davor sah ich Kinderschaukeln, eine »Hupfburg« und einen rotgelben Spielzeugtraktor. Nach einer Biegung der Straße öffnete sich plötzlich ein Panorama aus Bergen und schwindelerregenden Abhängen neben der Fahrbahn.

Kurz darauf begegnete ich einem mit kleinen Felsbrocken beladenen Lastwagen und erreichte das Schotterwerk, das sich von einer Kurve aus in den Berg hineinfraß.

Ich konnte nicht anhalten, da von oben und unten Lastwagen heranrollten, um in den Steinbruch abzubiegen. Daher fuhr ich die Straße weiter bergauf und fand mich nach einigen Biegungen inmitten verschneiter Almwiesen. Der Himmel war fast schwarz, die Wolken berührten nahezu die Erde, ich sah jetzt kein Fahrzeug mehr, keinen Menschen, kein Tier. Alles um mich herum verharrte in einer seltsamen Bewegungslosigkeit, einer Lähmung. Das Leben schien hier zum Stillstand gekommen zu sein wie auf einer Schwarzweißfotografie. Ich gelangte schließlich über die asphaltierte Straße durch einen verlassen daliegenden Bauernhof an einen leeren Parkplatz. Dort hielt ich an, stieg aus und folgte einem Pfeil, der den Weg zu einer

»Schaukanzel« wies, von der aus man, wie ich vermutete, den Steinbruch überblicken konnte. Ich griff nach Artners Fernglas, das ich im Handschuhfach aufbewahrt hatte, und stieg aus.

Ein Schwarm Dohlen unterbrach die Stille und Bewegungslosigkeit, ein Lastwagen fuhr vorbei, dahinter quälte sich ein blauer Puch-Motorroller bergauf, mit einem älteren Mann am Lenker und einem Jugendlichen dahinter – Vater und Sohn, wie ich dachte. Und auf der Wiese am Rand eines Waldes oberhalb von mir, bemerkte ich erst jetzt, fuhren Kinder Schlitten, begleitet von einem Hund, dessen Bellen ich schwach hörte. Ich verstand immer mehr, was Artner dazu bewogen hatte, die Notizen niederzuschreiben, die ich im Giotto-Band gefunden hatte, und was er mit seinem Projekt »Das irdische Paradies« zu erschaffen beabsichtigte: eine Liturgie des Nebensächlichen. Alle die unzähligen, oft auswechselbaren Momente gewöhnlicher Wahrnehmung sollten wie ein durchgehendes Muster in einem Teppich das Wunderbare im Selbstverständlichen sichtbar werden lassen. Es war fast eine Erleuchtung, und ich schrieb die Gedanken in mein Notizbuch. Je länger ich darüber nachdachte, desto größer wurde meine Gewissheit, dass Artner versucht hatte, seinem Werk aus Wahn und Gewalt ein Gegenstück hinzuzufügen. Ich schloss die Augen und machte einen tiefen Atemzug, bevor ich weiter hinaufstieg. Durch die Stille und die wenigen, nahezu idyllischen Geräusche von Ferne wurde mir meine Einsamkeit bewusst, genauer gesagt, die Einsamkeit der Menschen überhaupt. Während ich stehen blieb und wieder alles aufschrieb, ahnte ich zwar, wie banal meine Überlegungen waren, aber an diesem Ort und in diesem Augenblick waren sie eine existenzielle Erfahrung.

Sobald ich die Hälfte des Weges zurückgelegt hatte, erkannte ich den Krater des Steinbruchs, der mich an einen Vulkan kurz vor dem Ausbruch erinnerte, vor allem, weil dunkle Wolken dicht über ihm hingen. Kurz darauf kam ich an einem Bauernhaus aus Holz mit einem umzäunten Gemüsegarten vorbei. Das letzte Stück zur Schaukanzel führte durch tiefen Schnee ohne Fußspuren, in dem ich bis zu den Waden versank. Ich näherte mich dem Krater und gelangte schließlich an einen ausladenden Balkon aus Stahl, dessen Boden aus einem Gitter bestand. Zuerst wagte ich nicht, meinen Blick zu senken. Vor mir öffnete sich der weite Steinbruch, der von sieben aus den Felsen gesprengten Steinstufen gebildet wurde, wie ich, um mich von meinem Schwindelgefühl abzulenken, zählte, und der nach einer Seite hin offen war. Scheinbar lautlos bewegten sich unter mir gelbe Caterpillars, blau-silberne Lastwagen und ein schwarzes Personenauto, und ich dachte dabei an Kinderspielzeug. Die Menschen waren nicht größer als winzige Insekten, und ich schwebte über ihnen wie ein Papierdrachen. Doch mehr als alles andere spürte ich einen Schauder, ein Schwindelgefühl, ein Ziehen im Magen – den Sog, der von dem gewaltigen Steinbruch ausging. Wind wirbelte mein Haar durcheinander, ich schaute endlich auf meine Füße und blickte zwischen den sich kreuzenden Eisenstäben wie durch einen Raster in die Tiefe. Eine Weile stand ich unbeweglich da. Dann fiel mir auf, dass die Fahrzeuge und Menschen plötzlich den Steinbruch verließen. Ich nahm das Fernglas heraus und blickte wie durch den

Tubus eines Mikroskops auf das Areal, in dem ich winzige, maschinenförmige Lebewesen beobachtete. Alle Fahrzeuge bewegten sich in Richtung der Ausfahrt aus dem Kessel. Als ein Hornton zu vernehmen war, sah der Steinbruch mit einem Mal aus wie ein bizarres, verlassenes Stück Natur, in dem Geologen nach Fossilien geschürft hatten. Ich stellte mir versteinerte Fische, Farnkräuter und Muscheln vor, und ein seltsamer Friede überkam mich. Drei weitere Hornsignale ertönten jetzt, und kurz darauf ereignete sich auf der zweiten Stufe eine donnernde Explosion. Erde und große und kleine Gesteinsbrocken wurden – wie beim Einschlag eines schweren Geschosses – in die Höhe geschleudert und prasselten knallend und auf eine eigentümliche Weise raschelnd zurück auf den felsigen Boden. Eine weiße Staubwolke erhob sich wie ein Ungeheuer aus dem Krater, das rasch größer und größer wurde, während noch immer einzelne Aufschläge von Felsstücken und das Rieseln von Schotter zu vernehmen waren. Gebannt beobachtete ich durch das Fernglas, wie sich das Staubungeheuer langsam auflöste.

Als die Fahrzeuge endlich zur Stelle, an der gesprengt worden war, gelangten und die Ameisenmenschen allmählich wieder ihre Arbeit aufnahmen, erfasste mich Schwindel, und ich stürzte himmelwärts in eine endlose, jetzt weiße Tiefe.

Ich konnte mich nicht daran erinnern, wie ich wieder in mein Auto auf dem Parkplatz gekommen war. Er war noch immer leer. Ich brauchte eine Viertelstunde, bis ich mich wieder zurechtfand. Was war geschehen?, fragte ich mich.

Ich griff wieder nach dem Fernglas, das auf dem Nebensitz lag, und stapfte beunruhigt zurück zur Aussichtskanzel. Mein Kopf schmerzte noch, und ich hatte noch immer leichte Schwindelgefühle, aber es war mir, als befehle mir jemand, wieder zur Schaukanzel zu gehen. Im alten Bauernhaus, das am Rand des Kraters lag, sah ich jetzt Licht in einem Fenster. Was, wenn der Felsen sich durch die fortwährenden Explosionen lockerte und das Bauernhaus mit sich in den Abgrund riss?, fiel mir ein ... Ich stellte mir – gegen meinen Willen – vor, darin zu schlafen und plötzlich zu bemerken, dass alles in eine Schieflage kam. Erst in dem Augenblick, in dem das Bauernhaus dann in freien Fall geriet, würde ich endlich begreifen, was geschah und ...

Im Steinbruch herrschte inzwischen reger Betrieb. Durch das Fernglas blickend begriff ich allmählich, dass sich in der Zwischenzeit ein Unfall ereignet haben musste, denn ich bemerkte neben einer größeren Anzahl Streifenwagen scheinbar tatenlos herumstehende Polizisten und vor den Silos sogar einen Leichenwagen. Das alles sah in der verschneiten Landschaft und in der Mitte des Steinbruchs pathetisch und zugleich unbedeutend aus.

Ich bemühte mich, mehr Einzelheiten zu erkennen, doch waren meine Hände nicht ruhig genug, und das Fernglas zitterte, wenn ich es an meine Augen presste. Währenddessen hatte ich das Gefühl, dass hinter mir etwas vor sich ging, vielleicht hatte ich auch ein Geräusch gehört. Ich drehte mich langsam um und sah einen Polizisten auf mich zukommen. Er gab mir durch Gesten zu verstehen, dass ich bleiben solle, wo ich gerade sei, und trampelte gleich darauf mit den

Stiefeln auf dem Eisengitter der Schaukanzel herum, um die Sohlen vom Schnee zu befreien.

»Was machen Sie da?«, fragte er.

Ich las auf seinem Namensschild »Inspektor Battmann«.

»Ich kenne Ihre Autonummer und die Personalien aus dem Polizeibericht«, fuhr er fort. »Sie waren am Fundort der Leiche im Fischteich bei St. Johann – und jetzt sind Sie schon seit heute Vormittag hier heroben.«

Ich antwortete, ich sei Germanist und hätte den Auftrag, nach dem Tod des Schriftstellers Artner –

»Waren Sie bei seinem Unfall auch anwesend?«, unterbrach mich der Inspektor.

»Ja«, gab ich zurück. »Ich hatte einen Termin mit ihm, als es passierte.«

»Traurige Zufälle.« Er schien mich wirklich verspotten zu wollen.

Ich zuckte die Achseln und sagte, dass ich hierhergekommen sei, um seinen Nachlass zu ordnen, und dazu gehöre es auch, die Gegend zu erkunden, um herauszufinden, was davon in den Büchern und Manuskripten eine Rolle spiele.

»Noch etwas?«, fragte ich aus Übermut und bemühte mich, arrogant auszusehen.

»Ach so!« Der Inspektor täuschte offensichtlich den Einfältigen vor. Er tat, als ob er nachdenke, dann forderte er mich auf, ihm zu folgen.

»Weshalb?«, fragte ich.

»Das werden Sie gleich sehen. Folgen Sie mir bitte.« Er sagte es mit Nachdruck.

Wieder stapfte ich durch den tiefen Schnee, der nun schon von unseren Tretspuren gezeichnet war. Der Inspektor hinter mir räusperte sich mehrmals unwillig, und als ich in mein Auto steigen wollte, wies er mich an, im Polizeiwagen Platz zu nehmen. Anschließend verlangte er meinen Führer- und den Zulassungsschein.

Von der Einfahrt zum Schotterwerk aus mit seinen Silos, dem Förderband und der Sortieranlage war der Steinbruch nicht sehr eindrucksvoll, erst als wir den Damm dahinter hinauf- und auf der anderen Seite wieder hinunterfuhren und uns sozusagen im Mittelpunkt des Amphitheaters befanden, wurde ich von seiner gewaltigen Größe nahezu erdrückt. Hinter Steinsandhügeln gelangten wir auf einer der Felsstufen zur Stelle, an der der Unfall geschehen sein musste, wie ich annahm. Ich hatte keine Ahnung, was mich erwartete, da der Inspektor auf der Fahrt nur ausweichend geantwortet hatte, so dass wir zuletzt gänzlich schwiegen. Jetzt, umgeben von den Felsstufen, wurde mir endgültig klar, dass Unheil auf mich zukam. Schon von weitem erblickte ich den mit einer Plastikplane bedeckten Leichnam des Verunglückten. Die Polizisten gingen ihrer Arbeit nach oder standen in kleineren Gruppen beisammen. Unterdessen brachte mich der Inspektor zu einem in Zivil gekleideten Kriminalpolizisten und stellte mich als »Herrn Vertlieb Swinden« vor, indem er meinen Namen vom Führerschein ablas. Dann wollte er wissen, weshalb ich mich so lange auf der Schaukanzel aufgehalten und auf was ich im Auto gewartet hätte. Im alten Bauernhaus wohne ein Steinbrucharbeiter, der mich längere Zeit über beobachtet hätte.

Ich fragte den Inspektor jetzt mit unterdrückter Wut, was das mit dem Unfall zu tun habe.

»Das war kein Unfall«, unterbrach er mich. »Wir haben den zweiten vermissten Tschetschenen gefunden. Die Leiche war unter dem Sand begraben und wurde durch die Explosion freigelegt. Anfangs fehlte der Kopf, aber inzwischen haben wir ihn gefunden. Es ist nicht mehr viel zu sehen vom Gesicht ...«

Ich konnte meine Wut jetzt nicht mehr unterdrücken und fragte ihn, was ich damit zu tun habe. Ich sei erst seit einigen Tagen in St. Johann –

»Sie waren auch dabei, als der erste Tschetschene gefunden wurde«, sagte eine junge Polizistin, die neben dem Inspektor stand, »ich habe Sie dort gesehen ...«

»Ja ... und?«, entgegnete ich.

»Das ist doch seltsam, nicht?« Der Inspektor blickte mir mit gespielter oder dümmlicher Überlegenheit in die Augen. »Was haben Sie so lange da oben gemacht?« Er kniff die Brauen zusammen und deutete mit dem Finger in Richtung der Schaukanzel.

»Ich habe mir alles angesehen, dann habe ich im Auto geschlafen, und als ich erwachte, wollte ich noch einmal einen Blick in den Steinbruch werfen.«

Je länger das Gespräch dauerte, desto mehr wurde es zu einem Verhör. Schließlich gab mir der Polizeiinspektor umständlich meine Papiere zurück, als wolle er mich noch etwas fragen, forderte dann aber die junge Polizistin auf, mich zu meinem Auto zurückzubringen.

Sie sprach von sich aus nichts, gab mir nur leise, zaghafte Antworten. Eigentlich war sie hübsch. Sie hatte langes blondes Haar, braune Augen, eine feingeformte Nase und blitzweiße Zähne. Beim Abschied sagte sie auf meine Fragen, sie wohne nicht weit weg von Artners Haus, ihr Vater sei Briefträger und fahre mit dem gelben Postauto. Sie ließ sich die Würmer aus der Nase ziehen. Er habe, fuhr sie fort, Artner vor allem Bücher, die dieser über das Internet bestellt habe, vor die Haustür gelegt. Ich stieg mit freundlichem Nicken auf dem Parkplatz vor der Schaukanzel aus und setzte mich in meinen Wagen.

Als ich Wies erreichte und vor der Apotheke hielt, um Pia Karner, die Freundin Artners, kennenzulernen, war es bereits dunkel. Die ganze Fahrt über war ich damit beschäftigt gewesen, die Verbitterung über meine Wehrlosigkeit gegenüber dem Polizisten, der mich »festgenommen« und zu einem »Gespräch« gezwungen hatte, und über Artner, dem ich das alles zu verdanken hatte, loszuwerden. Kaum dachte ich wütend an das Gesicht des Inspektors, fiel mir auch schon Artner ein und sein Leben im Abseits und Nirgendwo – und umgekehrt. Artner hatte mir – zumindest indirekt – alle Unannehmlichkeiten eingebrockt, aber nicht nur das, ich war jetzt auch zu seiner Figur geworden, die in »seiner« Landschaft ein fremdes Schicksal erleiden musste. So kam ich mir jedenfalls vor, auch wenn ich spürte, wie absurd alles war. Daraufhin hatte ich beschlossen, mit seiner Freundin Kontakt aufzunehmen. Ich gaukelte mir vor, dass es ihn ärgern würde. Ich spielte sogar mit dem Gedanken, mich in Artner hineinzuversetzen und gleichsam sein Leben weiterzuführen. Vermutlich würde ich auf diese Weise alles, was ich wissen wollte, rascher erfahren. Aber dann empfand ich Widerwillen gegen meine Gedanken. Ich liebte Artners Bücher, aber zugleich bestimmten sie auch mein Denken. Und ebenso sehr, wie ich seine Bücher liebte, versuchte ich sie zu kritisieren. Ich stellte mir jetzt die Frage, ob es überhaupt etwas, ich meine *irgendetwas* gab, und sei es das Unbedeutendste, Kleinste, das ich bedingungslos liebte? Die Bedingungslosigkeit war ja das Unglück, das mit der Liebe verbunden ist, fiel mir ein. Es würde jedenfalls Jahre brauchen, überlegte ich weiter, bis ich allen Spuren seines Lebens nachgegangen war, sofern das überhaupt möglich war. Doch jetzt wollte ich auch den »wahren« Artner kennenlernen, nicht nur seinen Nachlass oder seinen verschwundenen Roman. Ich hatte mit Doris, seiner Witwe, ja wegen des Hauses auf dem Land vor meiner Abreise gesprochen. Artner hatte bekanntlich ein geheimes Leben vor ihr geführt, aber sie vermutlich auch vor ihm. Sie war das gesamte Gespräch über zurückhaltend gewesen, und ich hatte mir anschließend vorgenommen, alles, was ich herausfinden würde, mit ihr zu besprechen, um so ihr Vertrauen zu gewinnen, denn ich hatte, auch wenn ich es mir nicht eingestehen wollte, sie anziehend gefunden. Mehr noch, sie ging mir seither nicht aus dem Kopf. Ihr Gesicht war voll Wärme und Schönheit, und ihre Bewegungen hatten mir eine Art schläfriger Sinnlichkeit vermittelt, von der ich immer schon geträumt hatte. Und natürlich kannte sie die andere Seite Artners, die vor der Öffentlichkeit verborgene, seine Schwächen, seine Sexualität, seine Lügen. Wenn ich daran dachte, verachtete ich Artner. Und ich leugnete in diesen Augenblicken auch, dass seine Literatur einen Sog auf mich ausübte. Nein, dieser Autor schien mir jetzt von sich selbst eingenommen, die Sätze, die er schrieb, waren hochtrabend und zugleich biegsam, sensibel und zugleich pathetisch, unerbittlich und von Herzen kommend, banal und wundersam, lächerlich und treffend – mit einem Wort herausfordernd. Für Artner galt: Jeder Satz war geistige Kalligraphie, auch wenn sein Inhalt schwarz und schmerzlich war.

Mir fiel auf, dass zahlreiche Geschäfte, an denen ich vorüberfuhr, geschlossen waren. Ein ehemaliges Einkaufszentrum lag im Dunkeln, der große Parkplatz davor verlassen, die Plakatwände, die ich im Scheinwerferlicht erkennen konnte, mit bunten Schnipseln abgerissener Reklamen und Anschläge übersät. Über den Eingangstüren waren noch die Inschriften oder Schilder der früheren Besitzer zu lesen: Uhrmacher und Juwelier Heinzmann, Elektro Maier, Foto Stankovic, Glasermeister Ferdinand Schauberger, Schuhgeschäft Reinbacher und ein Kleidergeschäft Haller. Der »Gasthof Feiersinger« war – wie ich der verblassten Inschrift entnahm – inzwischen zu einem Caritas-Altenheim umgebaut worden. Fast in jedem der kleinen Orte, durch die ich gefahren war, hatte es neugebaute Alters- und Pflegeheime gegeben, außerdem Nagel-, Fußpflege- und Tätowierstudios sowie kleine Bordelle oder »Nachtclubs«.

In Wies parkte ich meinen Wagen und machte mich auf die Suche nach der Apotheke. In einer leeren Auslage hatte sich Staub angesammelt, die Glasscheibe war verschmutzt, tote Fliegen lagen neben alten Preisschildchen. Auf weiteren Auslagenfenstern war die

Aufschrift »zu vermieten« oder »zu verkaufen« zu lesen, wieder andere waren mit Packpapier verklebt. Dafür gab es zwei Banken, zwei Ärzte, einen Friseur, zwei Gasthäuser, eine Tabaktrafik, einen Fleischhauer, eine Kirche und einen Friedhof, wie ich feststellte, des Weiteren einen Selbstbedienungsmarkt für Lebensmittel, einen Marktplatz mit einer Marienstatue, einen Bahnhof und eine Volks- und Hauptschule. Die Apotheke war in einer zweistöckigen Villa an der Straße untergebracht. Ich stieg die Treppen hinauf zum Verkaufsraum, der von Leuchtstoffröhren erhellt war. Eine etwa fünfunddreißigjährige blonde Frau in weißer Berufskleidung bediente gerade einen Mann mit Krücken, und ich stellte mich auf die andere Seite des Pultes und wartete. Gerade überlegte ich, ob die hübsche Frau Artners Geliebte gewesen sein konnte, als eine zweite Apothekerin aus dem Hinterraum kam und mich fragend anblickte. Da mir nicht einfiel, wie ich das Gespräch beginnen sollte, verlangte ich eine Packung Aspirin-Tabletten. Die Frau hatte schöne braune Augen, rötlich-braunes Haar und war schlank. Ohne, dass ich sagen konnte, warum, fühlte ich mich von ihr durchschaut, denn sie warf mir einen nüchternen Blick zu, bevor sie mir das Medikament über den Verkaufstisch schob.

»Ich bin Vertlieb Swinden«, sagte ich, »und komme vom Heimito-von-Doderer-Institut aus Wien, um den Nachlass von Philipp Artner zu ordnen.« Sie sah mich fragend an. »Ich werde einige Wochen brauchen, bis ich alles aufgenommen habe, und möchte Sie gerne sprechen, wenn Sie Zeit haben.«

Ohne zu antworten, nahm sie eine Visitenkarte aus

dem Pult, schrieb mit einem Kugelschreiber ihre Mobiltelefonnummer auf und streckte sie mir hin.

»Rufen Sie mich an«, sagte sie, »am besten gegen 20 Uhr.«

Ich nickte und verließ die Apotheke, merkte draußen aber, dass ich meine Aspirin-Tabletten liegen gelassen und nur die Visitenkarte eingesteckt hatte. Daher machte ich kehrt, wartete, bis der Mann mit den Krücken an mir vorbeigehumpelt war, und betrat noch einmal die Apotheke. Da ich wusste, dass ich mich zu schnell verliebte und meistens erfolglos, und wenn es einmal klappte, dann waren es immer komplizierte Frauen, nahm ich mir vor, nicht zu lächeln. Ich musste so tun, als handle es sich um eine nebensächliche und belanglose Angelegenheit, wenn ich mit ihr sprach, denn ich spürte schon wieder, dass ich dabei war, mir alles Mögliche einzubilden.

Die Aspirin-Schachtel lag noch immer auf dem Pult. Die blonde Verkäuferin war gerade in den Hinterraum verschwunden, und Pia Karner bearbeitete inzwischen Rezepte. Sie blickte auf und sah mich überrascht an. Ich lächelte, obwohl ich es mir gerade verboten hatte, aber sie lächelte nicht zurück. Ich fühlte mich wie der letzte Schwachkopf, als sei ich ein Don Quichote der Liebe – ein Vorwurf, den ich mir insgeheim schon des Öfteren gemacht habe, ohne dass ich etwas dazugelernt hätte.

»Wer hat Ihnen eigentlich von Philipp und mir erzählt?«, fragte sie mich mit ruhiger Stimme.

»Ich weiß es im Augenblick nicht …«, gab ich zurück.

»Sie wissen es nicht?« Jetzt lächelte sie, aber leider belustigt.

Ohne es zu beabsichtigen stieß ich hervor, dass ich verwirrt sei, weil die Polizei mich – bevor ich die Apotheke betreten hätte – verhört habe. Ich hätte von der Schaukanzel aus beobachtet, wie ein Leichnam im Steinbruch geborgen worden sei … Es handle sich um den zweiten abgängigen Tschetschenen –

»Sie haben auch den zweiten Toten gefunden?«, fragte sie erstaunt. Sie war wunderschön. Sie würde von jetzt an in meinem Kopf ein zweites Leben führen.

»Woher wissen Sie das?«, stammelte ich, und jetzt lächelten wir beide gleichzeitig über meine Verwirrung.

Jeder von uns wusste offenbar etwas über alle anderen, aber nichts davon, was alle anderen über ihn wussten, fiel mir zum wiederholten Male ein.

Inzwischen betraten mehrere Kunden den Raum, die blonde Apothekerin erschien wieder, und ich verabschiedete mich.

Der Tag hatte auch eine gute Seite gehabt, sagte ich mir, und jetzt störten mich nicht einmal mehr die leeren Auslagen der aufgegebenen Geschäfte.

Beim Karpfenwirt in St. Johann war die Gaststube voll. Ich setzte mich in die Küche, erhielt wortlos ein großes Bier vor mich hingestellt und wollte still zuhören, was die Leute redeten. Zu meiner Überraschung waren die Gespräche mit meinem Eintreten verstummt.

»Er sitzt in der Küche«, hörte ich den Wirt mit gedämpfter Stimme sagen, »fragt ihn selbst.«

Daraufhin erschien ein großgewachsener junger Mann mit Brille, stellte sich als Magister Dollinger von der »Kronen-Zeitung« vor und bat um ein Gespräch. Natürlich wollte er wissen, ob ich auch bei der Bergung des zweiten Ermordeten anwesend war und wie mir zumute gewesen war, als ich den ersten Toten entdeckt hatte. Während ich antwortete, nahmen mich zwei Pressefotografen auf, und der Wirt servierte mir ein Gulasch. Von der Gaststube her war kein Laut mehr zu hören, erst als ich geendet hatte, setzte das gewohnte Gemurmel wieder ein.

Es war draußen eisig kalt, als ich wieder ins Freie trat.

»Hoffentlich finden Sie auch den Dritten!«, rief mir ein Unbekannter noch von einem der Tische zu, und die anderen Gäste lachten laut. Ich wollte jedoch nur rasch zu Frau Auer fahren.

Auf mein Klopfen ließ sie sich Zeit. Dann streckte sie mir den Schlüssel durch die spaltbreit geöffnete Tür und schloss sie wieder, ohne ein Wort zu verlieren.

Artners Haus machte auf mich jetzt einen ganz anderen Eindruck. Als Erstes sperrte ich allerdings die Tür hinter mir zu, nachdem ich meine Sachen ins Haus getragen hatte. Die Räume waren frisch gelüftet, und es roch nach Putzmitteln und Bodenwachs. Auch der Großteil von Artners Kleidung war weggeräumt. Es dauerte eine Zeit, bis ich das quälende Gefühl loswurde, jemand stehe hinter mir – dabei dachte ich an Mühlberg, der wegen Totschlags verurteilt worden war, wie der Polizeibeamte am Telefon gesagt hatte. Mehrfach drehte ich mich um, und zuletzt zog ich das Gewehr unter der Kommode hervor und versteckte es in einem der Kleiderschränke.

Das Bett war frisch überzogen, und der Fernsehapparat angesteckt. Ich schaltete ihn aber nicht ein, da ich jedes Geräusch im Haus hören wollte.

In einer Vitrine mit Gläsern fand ich neben einheimischen Schnäpsen eine Flasche kanadischen Whiskeys, die ich öffnete. Die ganze Zeit spukte jetzt Pia Karner in meinem Kopf herum, ich wollte mir ihr Gesicht vorstellen, wenn sie mich liebevoll anblickte, aber es gelang mir nicht. Ich sah sie immer nur vor mir, wie sie in der Apotheke die Rezepte bearbeitet hatte. Auf einmal spürte ich das Bedürfnis, mit der Suche nach dem Nachlass Artners zu beginnen. Ich würde in seinem Haus, das mir bis zu einem gewissen Grad unheimlich war und vor dem ich Scheu empfand, vermutlich nur aus Übermüdung oder betrunken einschlafen können, worauf sollte ich also noch warten?

Zuerst sichtete ich noch einmal den Giotto-Band und die weiteren herumliegenden Bücher, die ich in eine Liste schrieb, ohne auf etwas Interessantes zu stoßen. Dann durchsuchte ich die Schränke, die Taschen in den Kleidungsstücken und sogar die Stapel mit Hemden und Unterwäsche, aber ich fand keinen Hinweis. Das war auffallend. Schließlich verstand ich, dass Pia Karner bereits das Haus durchsucht haben musste, vielleicht um alle Spuren ihrer Beziehung zu tilgen. Als Nächstes bemühte ich mich, Fotografien zu finden. Ich entdeckte eine digitale Spiegelreflexkamera von Nikon, aber es steckte keine Speicherkarte im Schlitz. Auch der Akku war leer, und ich lud ihn daher über die Steckdose auf. Nur der Zufall konnte mir helfen, dachte ich. Der Zufall? – Hatte er mich nicht in die schwierigste Lage meines Lebens gebracht? Weshalb sollte ich also dem Zufall vertrauen? Ich hatte schon häufig den Satz gehört, es gebe keine Zufälle, aber ich hatte mir dabei immer gedacht: Es gab *nur* Zufälle, denn wenn ich nicht an Zufälle glaubte, dann müsste ich an Gott glauben und dass alles Vorbestimmung sei, aber dieser Gedanke erzeugte in mir augenblicklich Verfolgungsängste, er war paranoid, und ich fürchtete nichts so sehr wie Paranoia, weil ich sie verstand. Ich konnte spielend leicht den Mechanismus in mir in Gang setzen, der mich paranoid denken ließ, wenn ich über etwas rätselte. Ich suchte dann nach Zusammenhängen, fand eine mögliche Verbindung, kombinierte weiter, und wenn ich zusätzlich Alkohol trank, glaubte ich plötzlich, ein bestimmtes Ereignis zu begreifen. Alles erschien mir dann logisch und zutreffend, was ich mir ausgedacht hatte, und ich ließ mich nur noch schwer von meinen Ideen abbringen. Dazu kam, dass es gerade in akademischen Bereichen wie dem Heimito-von-Doderer-Institut die heimtückischsten Intrigen gab. Eifersucht und Neid beförderten den Hass, so dass am Ende ein Umgang herrschte, der bestimmt war von Verstellung, Denunziation, Hinterlist, Gemeinheit, gegenseitiger Herabsetzung und einem pseudofreundlichen Ton. Groll und Wut wurden überdeckt von vorgeblichem Respekt, der in Wahrheit aber nur die Bedeutung eines beliebigen Rituals hatte. Dieses akademische Leben und der Dünkel, der damit verbunden war, erzeugte einen immer größer werdenden Druck: die Angst vor einer Blamage, das gesichtslose Dahinleben im Institut, die geforderte stillschweigende Unterwürfigkeit gegenüber den in der Hierarchie höher Stehenden, die Eifersucht auf erfolgreiche Karrieren anderer, sie verbogen das

Rückgrat und – ich brach meine Gedanken ab, da sie wieder einmal zu schwarz, zu rigoros waren, wie ich mir sagte, ohne mir das aber selbst zu glauben … Und ich setzte meine Suche fort.

Was war mit der Kommode? Ich zog alle Laden heraus, untersuchte alle Gegenstände und Papiere: vorwiegend Rechnungen, Garantiezertifikate, Gebrauchsanweisungen, Landkarten, Kunstkarten, Zeitungsartikel, aber auch eine Handvoll Steine – vermutlich aus verschiedenen Teilen der Welt, denn ich erkannte Lavastücke, kleine Abdrücke von Fossilien oder bräunliches Wüstengestein – daneben Papiersäckchen voller Kugelschreiber- und Druckbleistiftminen sowie mehrere Brillenetuis. Ich setzte meine Suche in den Bücherregalen und Plastiksäcken fort, die wiederum voller Bücher und Zeitungsausschnitte waren, nahm zwischendurch einen weiteren Schluck Whiskey und schlief spät nachts endlich erschöpft ein. Um halb fünf Uhr früh erwachte ich mit dem Gedanken, dass ich es versäumt hatte, in den Brillenetuis nachzusehen. Ich lag in voller Kleidung auf dem Bett, und mein Körper gab mir aufdringlich zu verstehen, dass ich zu viel getrunken hatte. Aber ich war noch immer voller Energie, ich machte Licht, schleppte mich zur Kommode, zog die betreffende Lade heraus und nahm sechs Brillenetuis heraus. In allen sechs fand ich eine Brille – Modelle, die man nicht mehr trägt –, und in einem davon Sonnengläser und einen Gegenstand, der darunterlag. Es war ein USB-Stick. Ich hielt einen Moment inne, dann packte ich rasch meinen Laptop aus, steckte den Stick in den Schlitz – und erkannte sofort, dass mein Kopf mich zu Recht geweckt hatte. Auf dem Stick waren Fotografien gespeichert, Aufnahmen aus der Natur: Eiszapfen, Kaulquappenschwärme, ein Teichausfischen, aber auch Portraits von Einheimischen, aufgenommen vor Artners Haus. Außerdem getötete Fischreiher, die – wie ich wusste – unter Naturschutz standen, Blätter, Frösche, Schmetterlinge, ein Hornissennest, Baumpilze, bunte Steine, reflektiertes Licht auf Wasser, Beeren, Fische und Vögel. Dazu gehörte ein Tagebuch mit eingeschobenen literarischen Texten. Der Erfolg machte mich aber, wie ich bemerkte, nicht wach. Ich konnte mich gerade noch zum Bett schleppen, wo ich mich im selben Augenblick, als ich mich hinlegte, in einen Stein verwandelte.

Es war 11 Uhr 36, las ich auf dem Ziffernblatt meiner Uhr. Die Wintersonne fiel in das Zimmer, und ich dachte, langsam aufwachend, an alle Geheimnisse, die auf dem Stick gespeichert waren, an Pia Karner und die toten Tschetschenen. Ich trug noch meine Kleidung vom Vortag, erhob mich nach einiger Zeit und setzte mich an den Laptop. Bevor ich jedoch mit meiner Arbeit beginnen konnte, läutete mein iPhone.

»Du bist in der Zeitung!«, rief Daniela Walzhofer, »Balthasar wird dich gleich anrufen, dass du zurückkommst.«

»Ich komme nicht zurück!«, widersprach ich, »ich wohne schon in Artners Haus.«

Ich war froh, dass Daniela mich gewarnt hatte, denn unmittelbar darauf rief mich wirklich Professor Balthasar an und wollte über alles Bescheid wissen. Ich verschwieg, dass ich den Stick gefunden hatte, erwähnte aber sonst alles andere. Zuletzt forderte er mich auf zurückzukommen, ich antwortete aber, dass ich gerade dabei sei, Artners Haus zu durchsuchen, wovon ich mich nicht abbringen lassen wolle. Noch nie hatte ich so mit ihm gesprochen, aber der Fund des Sticks und das Gesicht von Pia Karner in meinem Kopf gaben mir die Kraft dazu. Ich wusste auch, dass ich beides nur meinem Inneren anvertrauen würde – niemand sonst durfte davon erfahren. Ich musste es für mich behalten, solange, bis ich alles erreicht hatte, dabei war mir noch gar nicht klar, was ich überhaupt erreichen wollte. Zu viele Hindernisse standen im Weg, und ich hielt es für besser, mir darüber keine Gedanken zu machen.

Prof. Balthasar schwieg, dann sagte er: »Halten Sie mich auf dem Laufenden, und unternehmen Sie nichts aus Neugierde.«

Nach dem Telefonat fing ich an, Bild für Bild und Wort für Wort alles in meinem Notizbuch festzuhalten, was sich auf dem Stick befand.

Als Erstes stieß ich auf die Beschreibung eines Schlangenzüchters, der in seinem Haus verschiedene Reptilien hielt und das Gift an Medikamentenfirmen verkaufte – und die Schlangen an entsprechende Liebhaber. Ich hasste Schlangen. Es ekelt mich und ich fürchtete mich zugleich vor ihnen, aber gerade das veranlasste mich, mir vorzunehmen, dem Schlangenzüchter einen Besuch abzustatten. Daneben fand ich Aufzeichnungen von Erzählungen des Mannes über verschwundene und zum Teil wiedergefundene Reptilien, über Schlangenbisse, Notfälle, Gegengifte.

Nach einem ausgiebigen Fototeil mit Schattengebilden: Schatten von Blättern, Gräsern und dem Weinlaub, das um das Sommerhaus wuchs und zusammen mit dem Sonnenlicht bizarre hell-dunkle Flecken bildete, in die man sich hineinträumen konnte, folgten Aufnahmen von Schafgarben, die von oben gesehen symmetrische weiße Muster bildeten und an Gehäkeltes denken ließen, und an die hundert Himmels- und Wolkenstudien in den verschiedensten Farben und Formen, bedrohliche Gewitterwolken, sanfte Schäfchenwolken, violett-orange Wolkenbänke, golddurchglühte Streifen nach dem Regen, rote Wolken auf roter Himmelsfläche, jede ein Einzelstück und von einer abstrakten Schönheit, vielleicht weil alle nur in Ausschnitten festgehalten waren, dann Fotografien von Blitzen, von einem, zweien und mehreren, die am schwarzen Himmel wie ein leuchtendes Gefäßsystem auf einem Röntgenbild erschienen, und hierauf Vermerke über Datum, Uhrzeit und Ort der Aufnahmen. Als Nächstes kam ein Kübel mit abgeschnittenen Hühnerköpfen und der Bemerkung: »Hühnerfabriken und Hühnerschlachtanlagen. Alltägliches Morden«, und danach: Nahaufnahmen einer Libelle und eine Bilderfolge, die, wie ich allmählich begriff, Artner in der aufgelassenen Schule von den tschetschenischen Flüchtlingen gemacht hatte. Die Fotografien waren nicht trist, sie waren bloß ernsthaft und drückten Einsamkeit aus – vor allem Einsamkeit. Es gab auch lachende oder lächelnde Gesichter von Kindern und Jugendlichen. Die Erwachsenen hingegen vermittelten alle den Eindruck von stillem Leid in einer stillen Welt, die sich gleichgültig weiterdrehte. Artner hatte dazu geschrieben: »Angesichts des Unglücks: die Erdkugel im Verhältnis zum Universum kleiner als ein

Bienenstock im Verhältnis zur Erdkugel.« Darunter eine Gedankennotiz: »Das Menschenhirn – Abbild des Universums. In ihm liegen Milchstraßensysteme der Erinnerung, Planeten, Sonnen, Meteore, Fixsterne, Kometen, Schwarze Löcher. Mit wem spricht das Universum?« Dann die Aufzeichnung eines Traums: »Bevor ich früh am Morgen – es war noch dunkel – erwachte, träumte ich lange von Insekten, die auf meinem Körper herumkrabbelten, Heuschrecken, Käfer, Asseln, Raupen, die mich langsam auffraßen. Ich verspürte keinen Schmerz, war aber vor Schreck bewegungslos und hatte auch keine Stimme mehr. War ich lebendig begraben worden? Dann sah ich, dass aus den Insekten Buchstaben geworden waren – oder waren es von Anfang an Buchstaben gewesen? Die Buchstaben wurden immer größer, und bald bestand ich nur noch aus Knochen. Schließlich erhoben sich die Buchstaben und flogen davon. Da jeder Buchstabe von mir gegessen hatte, befand ich mich in jedem einzelnen von ihnen und in allen zusammen, und mit ihrem Auffliegen teilte ich mich in eine unendliche Zahl von As, Bs, Cs und so weiter. Ich bildete unentwegt Wörter – und war diese Wörter selbst – und Sätze – und war diese Sätze selbst – und Bücher – und war diese Bücher selbst –, und schließlich entstand eine Bibliothek – die ich selbst war. Ich empfand mich jetzt als immer größer werdende Bibliothek, die, wie ich bemerkte, von papierfressenden Insekten befallen war, welche Buchstabe um Buchstabe, Wort um Wort, Seite um Seite auffraßen. Schließlich erschien der Bibliotheksdirektor im schwarzen Anzug mit weißem Hemd und erklärte mir, dass in der zerfallenden Bibliothek jeder einzelne meiner Gedanken aufgeschrieben sei – aber es handle sich zugleich um ein Perpetuum mobile mit einem sogenannten Vernichter, der alles, was in meinem Kopf gewesen sei, wieder zerstörte, um für Neues Platz zu machen. Vom Erscheinen des Bibliotheksdirektors an war ich im Halbschlaf gewesen und hatte träumend meinen Traum beeinflusst.«

Es folgten zahlreiche Abbildungen aus einem anatomischen Atlas, vor allem vom Broca'schen und Wernicke'schen Sprachzentrum. Dazu schrieb Artner: »Zuerst bestand die Annahme, dass es nur ein Sprachzentrum, später, dass es zwei davon gebe. Das wurde aus Schädigungen der Großhirnrinde bei Verletzten geschlossen. Mit neuen, funktionellen Bildgebungsverfahren, die aktive Gehirnareale anzeigen, erkennt man neben den bekannten Sprachzentren eine Reihe breit verteilter Areale der Großhirnrinde, die an der Sprachverarbeitung beteiligt sind, also auch Gebiete unter der Großhirnrinde.« Dann kam die Fotografie eines Spinnennetzes, darunter las ich: »Löwenzahnsamen, Schneeflocken, sechseckige Zellen aus Bienenwachs, Wasser, Wind, Libellenflügel, Gras – sprachliche Gegenstücke finden. Die Welt als ein Universum aus Buchstaben erfassen, aus Wolken von Tierlauten, von Mustern, Farben, Formen, die Buchstaben sind, und Wörtern, die Gestalt annehmen wie Vogelschwärme oder Schwärme von Fischen, Heuschrecken, Bienen-, Ameisen-, Termitenvölkern – in ständiger Bewegung, unentwegt neue Formen bildend.«

Ich unterbrach die Arbeit und blickte aus dem Fenster. Wie oft Artner wohl auf die Landschaft geblickt hatte?, fragte ich mich immer wieder. Dann fiel mir eine Glaskugel mit künstlichem Schnee ein. Ich blickte weiter durch das Fenster auf die Spuren der Polizisten, von Mühlberg und mir – den Beweis, dass ich mir alles nicht nur eingebildet hatte. Die Ereignisse vor der Fischerhütte und im Steinbruch waren mir nahe und zugleich unendlich fern. Ich zog mir Schuhe und Anorak an, um einen Spaziergang ins Dorf zu machen. Doch bevor ich losmarschierte, las ich, um meine Neugierde zu befriedigen, noch eine Aufzeichnung Artners: »Die verschneiten Bäume kommen mir vor wie große Ps. Der Schnee wie eine Aneinanderreihung von Doppel-Es und die Straße, an deren Ende eine Kapelle steht, wie ein I. Der Rauch aus den Schornsteinen verbiegt sich zu Cs, die Nebelkrähen sind fliegende Fragezeichen, die Eingangstüren Qs, die Eiszapfen Rufzeichen. Die Ziegel auf den Dächern, soweit sie nicht von Schnee bedeckt sind, Us, die Menschen in der Ferne Rs ... Es ähnelt alles mehr und mehr geometrischen Figuren, deren Ecken mit Buchstaben benannt sind ... Die Gebilde werden immer dichter, enger und kleiner und verwandeln sich in Schrift. Längst sind es keine gewöhnlichen Buchstaben mehr, sondern mir gänzlich unbekannte. Als würde eine Kamera in schnellen Bewegungen über eine riesige Zeitungsseite fahren, die aus fremden Buchstaben besteht, einmal eine Zeile vergrößernd, dann ganze Abschnitte zeigend. Was aber steht in dieser Zeitung? Wer hat diese Zeilen verfasst?, frage ich mich. Wenn jemand spricht, ist mir, als spucke der Betreffende Buchstaben aus, die wild durcheinanderwirbeln wie Körner in einem Sandsturm.«

Voller Buchstabenbilder im Kopf verließ ich das Haus und erblickte als Erstes einen Hund. Er war schwarz und groß – ein Labrador. Es sind gutmütige Tiere. Mein Onkel in Wien besaß einen, den er, wenn er mit seiner Frau auf Reisen ging, zu meiner Mutter in Pflege gab. Ich freute mich schon das ganze Jahr darauf. Aber dieser Labrador war anders, er sah aus wie ein lebendiger Scherenschnitt, der durch den Schnee trottete, wie ein Doppel-N, wenn ich an Artners Aufzeichnungen dachte.

Als ich beim Karpfenwirt vorbeikam, bestellte ich ein großes Bier, und während ich es trank, betrat Inspektor Battmann, begleitet von der jungen Polizistin, die ich vom Steinbruch her kannte, und einem Journalisten, das Gasthaus. Battmann schaute mich hämisch an, grüßte aber nicht. Auch ich grüßte nicht. Er warf mir einen zweiten Blick voller Verachtung zu, den ich automatisch erwiderte. Noch bevor irgendjemand von uns ein Wort sprach, erschien Mühlberg. Er wollte, wie mir vorkam, zuerst flüchten – da er aber bemerkte, dass Battmann ihn erblickt hatte, setzte er ein gleichgültiges Gesicht auf, steuerte auf mich zu und fragte, ob er sich setzen dürfe.

Es war ein merkwürdiges Zusammentreffen. Keiner von uns sprach, weder Battmann noch die Polizistin, der Journalist oder Mühlberg und ich. Erst als wir unser Bier ausgetrunken hatten, ließ der Inspektor davon ab, uns argwöhnisch anzustarren. Er wandte sich dem Journalisten zu und begann ungeniert hinter vorgehaltener Hand mit ihm zu flüstern, wobei er Mühlberg und mich immer wieder anschaute. Ich bezahlte und stand auf. Mühlberg bezahlte ebenfalls und folgte mir auf die Straße, wo der Labrador, das Doppel-N, noch immer wartete. Es stellte sich heraus, dass er Mühlberg gehörte. Natürlich fragte ich mich, wo der Hund gewesen war, als er durch den Schnee gestapft, zwei Krähen erlegt und im Teich vor der Fischerhütte den ermordeten Tschetschenen gefunden hatte. Alles um mich erschien mir jetzt wie die Linien auf einer Handfläche, die ich nicht lesen, nicht deuten konnte.

»Waw!«, rief Mühlberg, »Waw! Platz! Hörst du nicht?«

Der Hund gehorchte und setzte sich auf die Straße. Mühlberg holte eine Leine aus seinem Anorak und legte sie ihm an.

»Er ist ein Vagabund«, sagte er. »Manchmal verschwindet er zwei Tage, ich kann machen, was ich will …«

Dann war mir auf einmal, als durchschaue ich das Dorf … Es war, versteckt unter der Maske der Biederkeit, bereit, mich zu vernichten. Der Gedanke schien mir so zwingend, dass ich: »Kaff! Elendes Kaff!«, hervorstieß. Mühlberg war zu sehr mit seinem Hund beschäftigt, als dass er meine Worte hätte hören können.

»Ich war zuerst bei Ihnen, im Artner-Haus, weil ich Sie bitten wollte, das Gewehr weiter für mich aufzubewahren«, hörte ich Mühlberg jetzt sagen. »Und ich möchte Sie bitten, mich zum Schlangenzüchter, Herrn Leopold Nachasch, zu begleiten. Ich arbeite selbst dort als Gehilfe. Herr Nachasch beschäftigt auch einen Tschetschenen, der in der Schule wohnt … Beide möchten mit Ihnen reden.«

»Mit mir? Weshalb?«

»Weil Sie die Ermordeten gefunden haben.«

»Sie selbst haben den Ersten gefunden«, widersprach ich, »und den Zweiten haben Arbeiter im Steinbruch entdeckt.«

»Ja, aber Sie waren in beiden Fällen anwesend.«

Ich blieb stehen und blickte ihm in die Augen: »Was wollen Sie von mir?«, fragte ich misstrauisch geworden.

»Herr Artner war des Öfteren bei Herrn Nachasch und hat mit ihm über alles Mögliche geredet. Herr Nachasch hat ihn auch beraten … Philipp wollte ein Buch über ihn schreiben … Und der Tschetschene ist eine Figur in seinem letzten Werk, das er offenbar nicht mehr vollenden konnte.«

»Woher wissen Sie das?«, fragte ich.

»Von Herrn Nachasch.«

Ich war jetzt neugierig geworden und willigte ein mitzukommen.

Mühlberg kündigte uns mit einem Telefonat über sein Handy an, bevor wir mit dem Hund in seinen Wagen stiegen. Ich bemerkte, dass im Fond weiße Pakete aus Kunststoff gestapelt waren, und fragte ihn, was er befördere.

»Schlangen.«

Nach einer Pause fügte er hinzu: »Es gibt Schlangenzüchter, die bestellen bei uns Reptilien, und dann bringe ich sie zur Post.«

Ich sagte nichts, aber in meinem Kopf entstanden fast kindliche, böse Ahnungen.

Das Haus des Schlangenzüchters befand sich abseits des »Kaffs« im Wald auf einer Lichtung. Es glich einer alten Vorstadtvilla, gelb gestrichen mit einem Erker.

Als wir ausstiegen, kam uns ein kleiner Mann mit schwarzem schütterem Haar, tiefliegenden Augen und wildfuchtelnden Armen entgegen.

»Unser Tschetschene«, sagte Mühlberg.

»He!«, rief der Tschetschene, »He! He! He!«

In einer Hand trug er ein Wurfholz. Er blickte in den Wagen, rief »Waw! Waw!« und warf das Holz in die verschneite Wiese.

»Pe! Pe!«, stieß er dabei aus.

Fast gleichzeitig schoss der Hund aus dem Wagen und apportierte unter den »Pe! Pe!«-Rufen des Tschetschenen das Wurfholz. Der Tschetschene bückte sich und schleuderte es bis zum Waldrand, feuerte Waw wieder mit »Pe! Pe!«-Rufen an, und erst als der Hund losschoss, wandte er sich uns zu und schüttelte meine Hand.

»He! He!«, lachte er dabei stolz, deutete auf sich und sagte ein Wort. Ich verstand »Ajin«. Vermutlich war das sein Name.

»Er heißt Ajinow«, erklärte Mühlberg. »Er wollte Sie unbedingt kennenlernen, weil Sie, wie er sagt, ein Seher seien, da in Ihrer Anwesenheit zwei der vermissten und ermordeten Tschetschenen gefunden worden sind.«

Ich antwortete nicht darauf.

»Er behauptet auch von sich, ein Seher zu sein«, fügte er hinzu.

Der Hund flog mit dem Wurfholz im Maul unter den »Pe! Pe!«-Rufen in Ajinows Richtung, der Schnee stob hinter ihm auf, aber als er ihn erreichte, legte er das Holzstück nicht vor seine Füße, sondern machte einen Schwenk auf den Mann zu, der inzwischen unbemerkt vor das Haus getreten war, und sprang von allen Seiten an ihm hoch.

»Nachasch«, sagte der Tschetschene ehrfurchtsvoll. Er wandte sich an mich, machte eine einladende Bewegung und sagte: »Nun.«

Als ich Nachasch begrüßt und mich vorgestellt hatte, wiederholte Ajinow seine Einladung und das »Nun«.

Nachasch war ein dicker, schwitzender Mann mit einem Bart und dichtem grauem Haar.

»Es geht Ajinow alles zu langsam«, raunzte Mühlberg.

»Kommen Sie«, forderte mich jetzt auch Nachasch höflich auf, »Ajinow lädt Sie auf eine Tasse Tee ein.«

Wir betraten – während Mühlberg und Nachasch stehen geblieben waren und ein Gespräch über Battmann, wie ich zu hören glaubte, begannen – eine kleine Küche, und Ajinow servierte mir heißen Hagebuttentee und Kekse. Er wollte dauernd mit mir sprechen, aber ich verstand ihn nicht, weshalb ich nur in einem fort nickte. Kurz darauf erschien Nachasch mit Mühlberg im Gefolge wieder.

»Ich zeige Ihnen jetzt die Schlangen«, sagte Nachasch, ohne stehenzubleiben, und führte uns, nachdem ich vom Tisch aufgesprungen war, in ein Zimmer, in dem zwei Dutzend beheizter Terrarien aufgestellt waren.

Wieder machte Ajinow die einladende Bewegung und rief »Nun!«, worauf der Schlangenzüchter einen Vortrag hielt. Er verwendete ausschließlich lateinische Bezeichnungen für die Gifte, für Schlangentoxine oder Ophriotoxine, wie er sagte. Ich erfuhr, dass es 1300 Arten von Giftschlangen gebe.

Während Ajinow nach dem Ausruf »Nun!« eine Schlange mit einem eisernen, hakenartigen Instrument aus einem Terrarium holte und sie über ein bereitgestelltes Glasgefäß hielt, das mit einer Membran bespannt war, erklärte Nachasch die Wirkung der Giftstoffe. Er sprach von der Schädigung von Blutzellen und -gefäßen, den Reaktionen des Nervensystems, von Delirien, Krämpfen, anaphylaktischen Schocks und über die Herabsetzung der Blutgerinnung, die zu Thrombosen führe – dabei sparte er nicht mit weiteren lateinischen Ausdrücken.

Inzwischen biss die Schlange durch die Membran, und als Ajinow begann, die Giftdrüse im Kiefer zu drücken, spritzte eine milchige Flüssigkeit gegen die Glaswände des Gefäßes.

Nachasch wandte sich mir zu und sagte, dass nach dem »Giftmelken« das Schlangengift gefriergetrocknet und zu Granulat verarbeitet werde. In geringer Dosierung diene es vor allem als Medikament gegen Bluthochdruck, bei Störungen des Gerinnungssystems, aber auch zur Herstellung von Gegengiften. Sogar bei der Behandlung von Schmerzzuständen spiele es eine Rolle, führte er aus. Während er sprach, konnte ich ihn genauer betrachten: Seine Augen waren verwaschen blau, die Nase von geröteten Adern durchzogen, der Vollbart wie die langen Haare gekräuselt, die Augenbrauen schwarz gefärbt und die Oberkiefer-Zähne durch ein Gebiss ersetzt.

Er holte jetzt selbst einige seiner, wie er sagte, »schönsten Exemplare« mit dem Eisenhaken aus den Terrarien und machte mich auf die Muster der Schlangenhäute aufmerksam, auf die Farben und landkartenartigen Ornamente und schweifte sodann ab zu den täuschenden Tarnungen der Natur. Mühlberg und Ajinow waren indes damit beschäftigt, alles wieder in die gewohnte Ordnung zu bringen.

»Das ist nur einer der Räume für die Terrarien, ich habe noch weitere und vor allem den Stollen.«

Er öffnete die Tür, machte auf der anderen Seite Licht und lud mich ein, ihm zu folgen.

»Nun!«, rief Ajinow. »Nun! Nun!«, als wolle er mich drängen. Wir stiegen eine Wendeltreppe hinunter, bogen in einem hellbeleuchteten Schacht um die Ecke und standen vor einer endlos langen Reihe von Terrarien, in denen Schlangen lagen oder sich langsam bewegten.

»Alles dient der Wissenschaft!«, murmelte Nachasch, »der Pharmazie.«

Ich empfand Mitleid mit den Reptilien, konnte mich aber nicht vom Anblick des langen Stollens mit den unzähligen beleuchteten Terrarien trennen. Wir standen still da, bis mich ein Schwindelgefühl erfasste.

Ich machte wortlos kehrt, stieg, ohne mich um das zu kümmern, was die drei Männer riefen, die Wendeltreppe hoch, eilte durch den Raum, in dem wir zuerst gewesen waren, und von dort vor das Haus.

Mir war, als fühlte ich die Drehung der Erde, als drehte sie sich schneller und schneller und raste mit uns in das dunkle All. Ich schloss die Augen …

»Ist Ihnen nicht gut?«, fragte Nachasch.

Ich öffnete die Augen und sah sein Gesicht nahe vor mir, seine Barthaare, seine gelb gefärbten Zähne, seine Nasenhaare und die roten Augäpfel. »Es geht schon«, sagte ich mit belegter Stimme.

»Das kommt vor«, antwortete Nachasch, »wenn man zum ersten Mal den Stollen betritt. Er stammt von einem inzwischen aufgelassenen Kohlebergwerk. Die Schlangen leben im Stollen eine Nichtexistenz … wie die Wurzeln von Pflanzen … jedenfalls erfülle ich die Vorschriften genau … Ich beerdige die toten Tiere auch, alle Abfälle, selbst die abgeworfenen Schlangenhäute. Außerdem bewahre ich in Terrarien auf der anderen Seite die Tiere für die Fütterung auf: Mäuse, Ratten und so weiter … Möchten Sie einer Fütterung beiwohnen?«

Ich schüttelte den Kopf.

»Wie Sie wollen«, sagte Nachasch kurz angebunden, wie um seiner Enttäuschung über mein Desinteresse Ausdruck zu verleihen, und lud mich mit ausgestrecktem Arm ein, in das Haus zurückzukehren.

»Nun!«, rief Ajinow daraufhin und winkte uns, ihm zu folgen. Wir stiegen wortlos in das Obergeschoss hinauf und betraten einen dunklen Raum. Als die Deckenlampe ihn erhellte, stellte ich fest, dass alle Wände mit Schriftzeichen bedeckt waren.

»Wir nennen den Saal: Kopf«, sagte Nachasch lächelnd, »Sie sehen die verschiedensten Buchstaben aus den verschiedensten Sprachen und Kulturen, übrigens der bevorzugte Aufenthaltsraum von Philipp Artner. Mein Vater hat die Wände gestaltet, er war Ingenieur im Kohlebergwerk. Das Zimmer verwendete er für seine Studien, er war es auch, der nach der Schließung des Bergwerks mit den Schlangen angefangen hat. Sie ähnelten Buchstaben, sagte er, seien wie bewegliche Schriftzeichen … Ich habe Philipp Artner davon erzählt, und er entwickelte daraus die Idee, neue Buchstaben, eine neue Schrift, neue Wörter zu erfinden.

Jedenfalls hat er jeden Tag den Matthäus-Teich umrundet und alles Mögliche fotografiert: sogar einen verrosteten blauen Fischbehälter, in dem die Tiere nach dem Teichausfischen für den Verkauf aufbewahrt wurden. Es ist ihm dabei um Kratzer in der Wanne, Abdrücke von Blättern und Insektenspuren gegangen, und an der Außenseite war es der Rost selbst, der sich mit der ursprünglichen Farbe vermischt hat. Philipp hat aus den Eindrücken so etwas wie Prosagedichte entwickelt. Er hat viel herumexperimentiert. Sie wissen, wovon ich spreche?«

Ich schüttelte den Kopf, da ich die Entdeckung des Sticks für mich behalten wollte.

»Er hat an einem Roman geschrieben. Möglicherweise hat er ihn sogar vollendet. Ich bilde mir ein, er hat eine Bemerkung darüber fallen lassen … hier, in diesem Raum.« Nachasch wandte sich von mir ab und zeigte auf einzelne Buchstaben. »Qoph«, sagte er, auf ein Zeichen deutend, »hebräische Quadratschrift, es bedeutet Qu.«

»Und das hier?«, fragte ich und wies auf zwei waagrechte Striche.

»Gba«, sagte Nachasch, »das Zeichen steht für Leere.«

Er hielt einen längeren Vortrag und kam dabei auf die Schrift der Kri-Indianer zu sprechen, auf yucatanische Schriftzeichen, altägyptische Hieroglyphen, bewegliche und unbewegliche Typen der chinesischen Schrift, auf das Japanische, auf die Katakana, die koreanische Schrift, auf babylonisch-assyrische Keilschriften, chaldäische Buchstaben, die Zend-Avesta-Schrift, die arabische Kalligraphie, tibetanische und balinesische Zeichen, Buchschriften des Mittelalters und das geagolithische und kyrillische Alphabet.

Ich hörte wie hypnotisiert zu und stellte mir dabei Schlangen vor, die sich zu den entsprechenden Figuren einrollten, ausdehnten, verbogen oder vereinigten.

Schließlich dachte Nachasch eine Minute nach und führte mich dann unter den neuerlichen »Nun! Nun!«-Rufen des ansonsten schweigenden Ajinow in den anschließenden Raum, in dem ein Teleskop und zwei Globen standen und dessen blauschwarze Wände und Decke ein Abbild des Sternenhimmels waren.

Das Teleskop stand auf einem kleinen Wagen vor dem Fenster und war nach oben gerichtet. Die beiden Globen hingegen befanden sich in der Mitte des Raumes. Als ich näher hinsah, erkannte ich, dass es sich um einen Erd- und einen Himmelsglobus handelte.

Nachasch bemerkte, dass der Raum früher das Schlafzimmer seines Vaters, des Schöpfers der Wandbemalung, gewesen sei, der auch hier gestorben und aufgebahrt worden war. Dann erklärte er mir, dass das Universum vor 14 Milliarden Jahren in einem einzigen Augenblick entstand und sich seither unaufhörlich ausdehnt. In Zukunft könne es sich entweder weiter ausdehnen oder in sich selbst »zurückkollabieren«, wie er sagte, dann würde es nur noch den dunklen Raum und ewige Stille geben. Sein Vater »habe den Moment der Schöpfung und das Verschwinden des Alls jeden Morgen, wenn die Sonne draußen aufging, und jeden Abend, wenn sie unterging, in seinem bemalten Zimmer aufs Neue erlebt«. Nachasch zeigte mir die Hydra, die nördliche Wasserschlange. »Sie ist das längste Sternbild am nördlichen und südlichen Himmel. Das, was wir auf der Erde von den Sternen zu sehen glauben, sind nur die Beugungserscheinungen des Lichts in unserem Auge … Wir sehen das Licht und nichts anderes, und deshalb verdanken wir alles, was wir von den Sternen wissen, der Analyse dieses Lichts.«

Einzig von einer bestimmten Stelle am Äquator aus sei der gesamte Weltenraum zu erfassen. Wir, die wir uns einbildeten, dass der Mensch auf festem Boden stünde, hingen in Wahrheit – wie der Astronom Josef Klepešta geschrieben habe – an der Erdkugel wie Eisenfeilspäne an einem großen Magneten – über einer bodenlosen Tiefe, die sich nach allen Richtungen ausbreite.

Nachasch wies auf die Herbst-, die Winter-, die Frühlings- und die Sommersternbilder hin, er sprach vom »Viereck des Pegasus«, dem Stern Algol im Perseus, den Sternbildern Triangulum und Aries, Pisces, Aquarius und Capricornus, Cetus, Carina, Grus, Phönix, Fornax, Sculptor und dem Sternbild Mikroskop, an das er Ausführungen über den Mikro- und Makrokosmos knüpfte.

Zum Abschluss wandte er sich der Sonne und den Schwarzen Löchern zu. Schwarze Löcher seien Ergebnisse eines »stellaren Kollaps«, führte er aus. Innerhalb des »Ereignishorizonts« eines Schwarzen Loches seien Raum und Zeit stark deformiert. Da weder Licht noch andere Strahlung aus Schwarzen Löchern entweichen könne, seien sie außerordentlich schwer zu finden. Jede Materie, die auf ein Schwarzes Loch träfe, würde wie bei einem Wasserstrudel zuerst in eine Umlaufbahn geschleudert und dann hineingezogen werden … Die Sonne hingegen dürfe niemals durch ein optisches Instrument betrachtet werden, schweifte er dann ab. Direktes Betrachten der Sonne könne zu dauernder Erblindung führen. Man projiziere daher das Abbild der Sonne auf einen weißen Schirm.

Ich war erstaunt über seine Gelehrsamkeit.

»Nun! Nun!«, rief der bis dahin stumme Ajinow neuerlich und lief in das nächste, das letzte Zimmer, wo ein Luster so grell strahlte, dass ich die Augen schloss. Als ich sie wieder öffnete, erkannte ich, dass die Wände und die Decke mit den Bildern von Tarotkarten bemalt waren. In der Mitte des Raumes stand ein langer Tisch mit Stühlen. Nachasch ließ mich Platz nehmen und legte ein dickes Buch vor mich hin, das auf dem Umschlag einen gemalten Affen zeigte, der auf einem Schreibtisch mit Papieren, Feder und Tinte saß und ein Skelett betrachtete.

»Nun!«, rief Ajinow, »Nun!«

Ich taumelte auf den Stuhl zu, setzte mich, und wieder hatte ich das Gefühl, dass ich die Drehung der Erde spürte. Ich schlug das Buch, das ich schon auf dem Tisch in Artners Haus entdeckt hatte, auf und war abermals bezaubert von der Affenwelt, die darin sichtbar wurde. Es handelte sich um Gemälde und Fotografien des Naturforschers und Malers Gabriel von Max, der sich erstaunliche Bilder ausgedacht hatte: vier Affen in einer Felsspalte versteckt und eng aneinander gedrückt mit einem Jungen – vermutlich eine Affenfamilie, die wehrlos der Sintflut ausgeliefert war, denn die weiße Gischt des Wassers war am unteren Bildrand sichtbar. Ein lesender Affe vor einem Stapel alter Bücher, an dem ein geöffneter Foliant lehnte, in dem das Tier gedankenverloren schmökerte. Ein Affe im Bett mit verbundenem Arm und Bein, den Kopf auf einem Polster, trübsinnig seine verletzten Gliedmaßen betrachtend – »Schmerzvergessen«, wie Gabriel von Max das Bild genannt hatte. Das Gemälde »Atelierbesuch« hingegen stellte acht Affen dar, die auf die Malutensilien geklettert waren und, zu einem Pulk zusammengedrängt, ein Ölbild, das man nicht sehen konnte, betrachteten. Der Pavian, der die Schar anführte und vor der Leinwand hockte, drückte gerade eine Farbtube aus. Auf dem nächsten Bild – »Die Kunstrichter« – lümmelte ein Dutzend Affen in einem Depot auf einer Kiste. Sie grimassierten und gestikulierten heftig. Hingegen zeigte ein mit »Anthropologischer Unterricht« betiteltes Gemälde einen sich kratzenden Affen mit einer blonden Mädchenpuppe auf dem Schoß und ein Affenkind, das ein Bein des Spielzeugs hält. Das Irritierende daran war ein Haken, der

an einer Leine hing und mit einem kaum erkennbaren Gürtel am Bauch des großen Affen verbunden war. Ein weiteres Gemälde zeigte einen obdachlosen Affen – betrunken an eine Ecke gelehnt, eine Flasche in der Hand, mit einer Decke über den Beinen und einer Pfeife darauf. Es trug den spöttischen Titel »Temperenzler«, was so viel wie »Abstinenzler« bedeutete. Oder ein »Affe am Klavier«, auf Notenblättern sitzend und eine Kerze in der Hand, aber auch fünf mit Kostümen bekleidete Affen-Schauspieler, die trübsinnig am Bühnenaufgang saßen und durch einen Vorhangschlitz schauten. Dahinter war ein Ausschnitt aus einem Plakat mit der Aufschrift »Schlussvorstellung« zu sehen. Am ergreifendsten aber war ein sich umarmendes Affen-Liebespaar mit dem Titel »Abelard und Héloïse«, das die traurige Liebesgeschichte des streitbaren Philosophen und Theologen des Mittelalters Abaelard und seiner Schülerin, der späteren Äbtissin Héloïse, darstellte – drei Kirschen waren an den rechten Bildrand gemalt.

»Der gemeinsame Sohn von Abaelard und Héloïse heißt Astralabius – ›der zu den Sternen greift‹«, sagte Nachasch, mir über die Schulter blickend. »Artner hat dieses Bild fasziniert … Er hatte, wie Sie vielleicht wissen, eine Geliebte in Wies und einen Sohn. Er heißt Gabriel mit Vornamen, und wenn ich mich recht erinnere, hat Philipp auch dessen Lebensgeschichte in seinem verschollenen Roman behandelt – nun werden Sie aber wissen wollen, wer der Maler Gabriel von Max war … 1870 kaufte er einen Rhesusaffen, portraitierte und sezierte ihn nach seinem Tod und fertigte dabei Zeichnungen und Fotografien an«, fuhr Nachasch fort.

»Ab 1875 züchtete er in seinem Sommerhaus am Starnberger See sogar eine Affenhorde!«

Nachasch streckte seinen Arm über meine Schulter, blätterte in dem Buch und wies mich auf die Fotografien hin, die Max von den Affen gemacht hatte. Manche waren die exakten Vorlagen für seine Affengemälde gewesen, und einige zeigten ihn selbst mit seinen »tierischen Freunden«, auch ein Selbstbildnis mit Affen war darunter.

»1892 begegnete er schließlich dem Arzt, Darwin-Schüler und Evolutionstheoretiker Ernst Haeckel«, erzählte Nachasch weiter, »dessen Buch ›Welträtsel‹ Ihnen vielleicht ein Begriff ist. Vor allem seine Werke ›Kunstformen der Natur‹ und ›Kunstformen aus dem Meer‹ sind einzigartig«, betonte er. »Haeckel war ein begnadeter Zeichner und Zauberer, ein Magier. Er stellte Medusen-Quallen als Engelsgeschöpfe im Meer dar, Radiolarien – winzige Bienenhüte von Meeresimkern –, überhaupt am liebsten mikroskopisch-kleine bis stecknadelkopfgroße Wesen. Rohrstrahlinge, Kammerlinge, Staatsquallen, Sternkorallen, Geißelhütchen, Stachelstrahlinge, Flaschenstrahlinge, Kofferfische –«

Ich fühlte jetzt nicht nur die Drehung der Erde, sondern auch, wie auf mein Gehirn der Hagel zoologischer Namen einprasselte. Ich hegte den Verdacht, dass Nachasch sich in etwas hineinsteigerte, sich vielleicht sogar neue Bezeichnungen ausdachte, die es gar nicht gab –

»Sie sehen sie alle auf den an die Wand gemalten Affen-Tarotkarten. Es sind insgesamt 78, die sich wieder in 22 große Arkana und 56 kleine Arkana teilen. Unter Arkana versteht man Geheimnisse, manche nennen sie

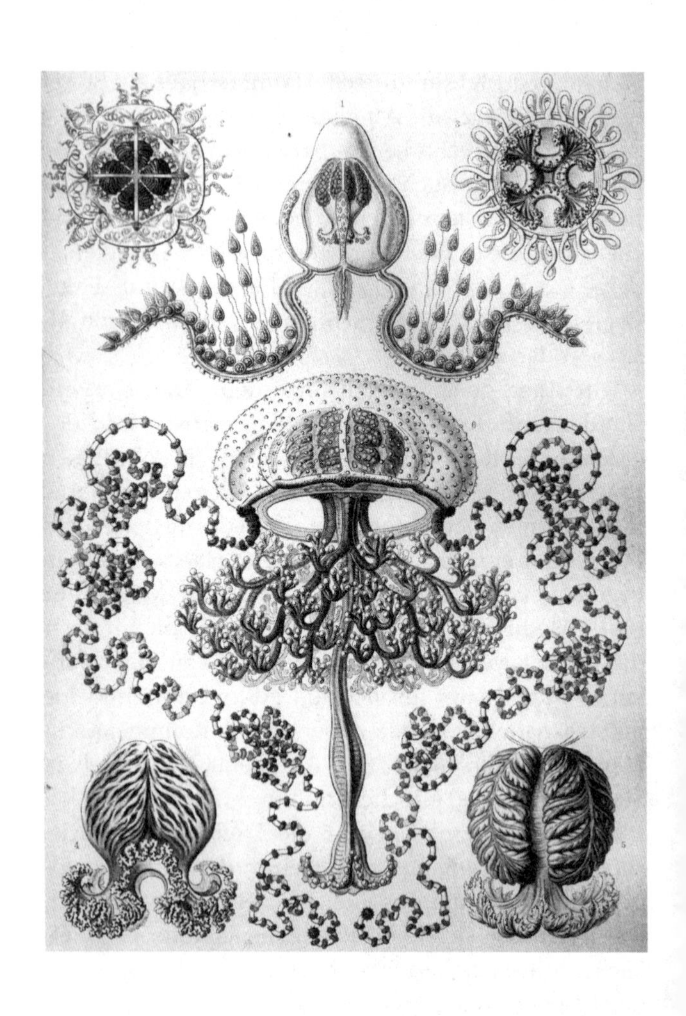

auch Schlüssel. Für alle diese Figuren, die auf unseren Wandkarten, wie gesagt, als Affen dargestellt sind, gibt es divinatorische Bedeutungen, das heißt Antworten auf ernste Fragen.«

Ich verstand nur Teilaspekte, nickte aber und betrachtete die Affenfiguren auf den an die Wand gemalten Karten und die herrlichen Verzierungen auf den Rückseiten der Karten, die, wie gesagt, Ernst Haeckels »Kunstformen der Natur« zum Vorbild hatten. Inzwischen hatte Ajinow, der während der Erklärungen verschwunden war, neuerlich einen gläsernen Krug mit »Hagebutten-Tee«, wie Mühlberg raunte, vor mich hingestellt und forderte mich jetzt mit einem lauten »Nun«-Ruf auf zu trinken. Ich gehorchte und trank den halben Krug der stark gesüßten Flüssigkeit aus, die mir, je mehr ich davon zu mir nahm, umso besser schmeckte. Ajinow hatte inzwischen ein großes Zeichenblatt vor sich hingelegt, und zu meinem wachsenden Erstaunen erkannte ich, dass er das ganze Dorf aus dem Gedächtnis detailgenau nachzeichnete, als habe er von einem Aussichtsturm aus Landschaft, Häuser, Teiche, Kirche und Friedhof fotografiert und ließe mich jetzt bei der Entwicklung des Negativs zusehen. Zuletzt hatte er eine Panoramakarte von St. Johann und Umgebung angefertigt, auf der ich sofort Artners Haus, den Karpfenwirt, die Teiche und natürlich den Steinbruch in der Ferne erkannte, ja sogar die Apotheke in Wies. In eine Ecke des Plans hatte er außerdem den Ausschnitt einer großen Landkarte gezeichnet, der zur Orientierung diente. Mit einer großartigen Geste überreichte er mir das Blatt, das er zuvor gefaltet hatte, und wies mich mit weiteren Gesten an, es in die Brusttasche meiner Jacke zu stecken. Nachasch zeigte gleichzeitig mit einer Hand auf ein Bild an der Wand, das »Die Hohepriesterin« darstellte. Obwohl die Hohepriesterin eine Äffin war, hatte sie etwas von Abgeklärtheit und Schönheit an sich und sah aus, als sei sie eine weibliche Figur aus Mozarts »Zauberflöte«. Erst bei genauerem Hinsehen erkannte ich, dass das Bild auf eine Tür gemalt war.

»Nun!«, rief Ajinow. »Nun!« Ich stand auf und ging auf die Tür zu. Die Äffin als Hohepriesterin hielt ein Buch in ihren Händen, ohne aber in es hineinzusehen. Der Saum ihres blauen Kleides war von Wasser verdeckt, und links und rechts von ihr erhoben sich zwei Säulen. Ich blickte auf das spritzende Wasser und das fromme Antlitz der Äffin, öffnete die Tür und trat ins eiskalte Freie.

Schwarzer Schnee fiel vom nächtlichen Himmel. Schwarzer Schnee bedeckte die Wiesen und Bäume. Ich fühlte, wie sich die Erde abermals schneller drehte und in das dunkle All raste.

»Herr Swinden! Hören Sie mich? Herr Swinden!«, rief eine fremde Stimme.

Ich öffnete die Augen und sah einen glattrasierten, weißhaarigen Mann über mir, der mir ins Gesicht schaute. Ich begriff langsam, dass ich auf dem Boden vor dem Haus von Leopold Nachasch lag. Auch Ajinow und Mühlberg beugten sich über mich, und zu meinen Füßen hockte der Hund Waw mit herabhängenden Ohren.

»Herr Swinden! Sie wollten an die frische Luft gehen, als wir aus dem Stollen kamen«, sagte Mühlberg.

Langsam spürte ich, dass ich betrunken war … Betrunken? Ich hatte doch keinen Alkohol … Ich war so benommen, dass ich alles erst langsam in meinem Kopf wieder zusammensetzen musste.

»Ich habe nachgeschaut, als Sie nicht zurückkamen«, fuhr Mühlberg fort. »Das ist Dr. Eigner.«

Ich war noch immer zu schwach, um aufzustehen, und verspürte ein scharfes Brennen über meiner rechten Augenbraue. Ich griff mit der Hand danach.

»Das ist das Jod. Schmerzt es Sie? Sie haben eine Platzwunde, die ich in meiner Ordination nähen muss.«

Der Arzt bat mich, mich aufzusetzen und den Arm freizumachen. Sodann verabreichte er mir eine Injektion, aber ich war immer noch benommen. Auch als wir mit seinem Geländewagen in die Ordination fuhren, hatte ich das Gefühl, betrunken zu sein.

Es war schon dunkel geworden, das Wartezimmer war leer. Der Arzt machte Licht und ging mir voraus in den Behandlungsraum, der mit schönen alten Möbeln ausgestattet war: einem weißen Glasschrank, in dem chirurgische Instrumente aufbewahrt waren, und einem handgefertigten Schreibtisch mit zwei dazugehörigen Thonetstühlen. Während er meine Wunde mit einer weiteren Injektion vereiste und sie mit zwei Nähten schloss, erfuhr ich, dass schon sein Vater Distriktsarzt gewesen war und auch den alten Pfarrer Resch, der jetzt im Sterben lag, behandelt hatte.

»Kennen Sie ihn?«, fragte er mich.

Ich erzählte ihm die Geschichte, wie ich bei meinen ersten Übernachtungen im Gasthof Karpfenwirt aus dem Fenster geschaut und zwei Männer ein Grab habe ausheben sehen, das für den Pfarrer bestimmt gewesen war. Dabei musste ich mich zusammennehmen, weil ich immer wieder die Konzentration verlor und so müde wurde, dass ich beinahe einschlief.

»Wir haben den Pfarrer heute zur Pflege in das Kloster gebracht … Es ist nicht weit weg von hier, in Wildbach. Franz Schubert hat dort das »Forellenquintett« begonnen … Resch ist ein großer Musikkenner … Er liest die Musik von Symphonien und Quartetten in den Partituren, die er im Pfarrhof aufbewahrt … stille Musik … Es war sein größter Wunsch, ins Stift zu kommen.«

Ich sagte nichts und spürte ein wenig, wie die gebogene Nadel meine Haut durchstach und unter meiner Platzwunde, die ich mir beim Sturz zugezogen hatte, hindurchfuhr. Ich verlor beinahe das Bewusstsein, während der Arzt von einer Katechetin sprach, die in der Gegend wohne und einstweilen den Pfarrer vertreten würde. Ich verstand immer nur »-chetin« statt »Katechetin«, wie ich später dahinter kam, und spürte dumpf, wie die Nadel abermals meine Haut durchdrang und unter der Wunde ihren Weg suchte.

Dr. Eigner gab mir noch eine Infusion, bevor er mich nach Hause und zu Bett brachte.

Als es langsam hell wurde, öffnete ich die Augen und stellte erstaunt fest, dass ich keine Schmerzen mehr empfand. Sofort stand ich auf, stöberte in Artners Bibliothek und fand Werke von Darwin, Haeckel und Bücher über das Tarotspiel. Alles war vorhanden. Es stand sogar in einer Reihe mit einem Lexikon der Symbole, dem Buch der Schöpfung »Sefer Jezira«, einem Lexikon der Schriftzeichen und Alphabete, dem Buch der Buchstaben, »Sefer Otijot«, einem Lexikon der Astronomie und einem Buch »Die Sufis«. Ich war ratlos. Zuerst wollte ich ins Bett zurück, dann suchte ich das Badezinmmer auf und erblickte mein Gesicht im Spiegel. Das Pflaster über dem Auge war blutig und meine Haut blass, ansonsten konnte ich keine Veränderung an mir feststellen. Später nahm ich ein Bad, wusch mein Haar, kleidete mich an und hörte, wie mir vorkam, ein Klopfen an der Tür. Dann rief eine Stimme meinen Namen, und ich erkannte, dass es Mühlberg war. Vermutlich wollte er sein Gewehr abholen, dachte ich. Als ich öffnete, stand er mit einer hübschen Frau, die schwarz gekleidet war, und dem Hund Waw vor der Tür und stellte diese als die »Frau Katechetin« vor. Wie schon der Arzt, verschluckte auch Mühlberg das »Kate« vor dem »-chetin«. Ihr Name war Schindler.

»Sie macht sonst einen großen Bogen um Hausbesuche«, sagte Mühlberg, »aber sie würde Sie gerne kennenlernen.«

»Ich kann Sie nicht hereinbitten«, sagte ich, »mein Kühlschrank ist leer. Leider.«

»Oje, wie geht es Ihrem Kopf?«, wollte Mühlberg wissen. »Haben Sie Schmerzen?«

»Ja«, log ich.

»Sollen wir Ihnen etwas besorgen?«, fragte die Katechetin.

»Nein« – dann überlegte ich es mir aber und fuhr mit den beiden und Waw in Mühlbergs Auto nach Wies, wo wir in einem Hofer-Markt Nahrungsmittel und Getränke kauften. Frau Schindler erstand mehrere Tetra Paks Orangensaft und Milch und hielt mir bei der Rückfahrt einen Vortrag über die Vorteile von Tetra Paks. Wir hielten vor dem Haus des Arztes, und während ich im Warteraum saß und anschließend meine Wunde nachbehandelt wurde, erledigten die beiden ihre Wege.

Dr. Eigner verschrieb mir eine Schachtel Hansaplast und Kopfschmerztabletten und hörte mich, ich weiß nicht warum, ab, bevor er mir noch den Blutdruck maß.

Als ich die Apotheke betrat, war mir schwindlig, denn ich hatte seit gestern Mittag nichts zu mir genommen. Ich wartete darauf, an die Reihe zu kommen, und je länger ich dastand, umso mehr befürchtete ich, wieder ohnmächtig zu werden, weshalb ich, um mich abzulenken, in die Brusttasche griff und dort den von Ajinow gezeichneten Plan fand. Ich faltete ihn auseinander und war wieder begeistert von der Genauigkeit, mit der jede Einzelheit festgehalten war. Sogar die Anzahl der Fenster und Türen an der Apotheke stimmte. Die Gebäude waren jetzt allerdings in Bewegung, wie auf den Balg einer spielenden Ziehharmonika gemalt, und ich hatte den Eindruck, als habe sich der Boden unter mir inzwischen verflüssigt.

Ich saß auf einem Stuhl, das Haar klebte mir auf der Stirn, und ich sah eine grüne Mineralwasserflasche der Marke Memling. »Trinken Sie ein Glas«, sagte Pia Karner. »Ihnen ist schlecht geworden, und wir haben Sie in die Hinterräume gebracht.«

Sie blickte mich besorgt an, und ich war plötzlich glücklich … glücklich, ihr Gesicht zu sehen, glücklich, dass sie meinetwegen besorgt war. Ich saß zwischen Stapeln von Kartons mit Medikamenten und einem alten Apothekerschrank, dessen Laden mit goldenen

Buchstaben beschrieben waren. Mit zitternden Händen nahm ich das Glas, in dem Kohlensäurebläschen emporstiegen und sich an der Oberfläche auflösten. Ich dachte: Ich bin so ein Bläschen. Der Gedanke gefiel mir, ich trank das Glas leer, und währenddessen zogen Bilder meiner Kindheit an meinem inneren Auge vorbei: Ministranten in weißen Kutten mit roten Kragen, Priester in goldenen Kaseln, das Wrack eines Flussschiffs nach dem Hochwasser – und dann, der große, beglückende Moment, als ich im Fernsehen zum ersten Mal den Zeichentrickfilm »Nils Holgerssons Reise« sah. Meine Mutter nahm für mich die einzelnen Fortsetzungen auf einer Video-Kassette auf, ebenso wie jene von »Tim und Struppi«. Da waren die Sommerferien auf dem Land gewesen mit schweren Gewittern, Hagelschlossen und allem, was ich auf der Wiese und um das Haus herum fliegen und kriechen sah …

Ich stand abrupt auf und wollte gehen, aber Pia Karner gab mir Ajinows Plan, den sie in der Hand hielt, zurück und zeigte mit dem Finger auf ein Haus: »Wer hat diese Karte gezeichnet?«, fragte sie. »Ein Kunstwerk!«

Ich war von meiner Übelkeit heiser geworden, wollte »Ajinow« antworten, brachte aber nur ein Krächzen zustande.

»Das ist das Haus«, fügte sie hinzu, »in dem ich wohne. Ich habe ein kleines Kreuz darunter gemacht. Sie haben ohnedies meine Telefonnummer. Rufen Sie mich an. Außerdem haben Sie mir noch kein Rezept gegeben.«

Ich bedankte mich, holte das Formular aus der Jackentasche und steckte den Plan ein.

Kurz darauf erschien die Katechetin Schindler mit ihrem Tetra Pak Orangensaft in der Hand und zusammengekniffenen Augenbrauen, als ob sie kurzsichtig sei.

»Alles klar auf der Andrea Doria?«, fragte sie.

Ich schämte mich und ging hinaus, wo Mühlberg neben dem Auto wartete.

Zu Hause aß ich Frankfurter-Würstchen und trank dazu zwei Dosen Bier, die sie mir ebenfalls mitgebracht hatte.

Ich lag bis vier Uhr morgens im Halbschlaf da, dann holte ich den Laptop vom Schreibtisch und platzierte ihn auf der Decke über meinem Bauch. Müde las ich weiter in Artners Entwürfen und Versuchen, die sich auf dem Stick befanden.

»Menschen« hieß die erste Eintragung, und sie bestand aus Kurzbeschreibungen von Personen, die ich zum Teil schon kannte. Die Aufzeichnungen öffneten mir nicht nur wirklich die Augen, sondern es wurden für mich auch neue Räume und Zusammenhänge sichtbar, die es mir leichter machten, die Dorfwelt, die zugleich Artners Welt war, besser zu verstehen.

1. Leopold Nachasch:
Schlangenzüchter. War ursprünglich Friseur. Schaubudenbesitzer. Affendompteur. Arbeitet für die Pharmaindustrie. Vorbestraft wegen Dealens mit Heroin. Stundenlange Gespräche in seinen lächerlichen »magischen Räumen«, wie er sie nennt. Phantast. Alles muss abenteuerlich sein! Esoteriker. Experimentiert mit winzigsten Dosen Schlangengift in Tees, die er auf-

wartet. In der Politik: Anarchist. Fünf Jahre Zuhälter auf der Reeperbahn in Hamburg. Dreimal geschieden. Lügt »wie gedruckt«.

2. Johann Mühlberg:
Sohn eines Büchsenmachers. Lernte selbst Büchsenmacher. Ging schon als Kind jagen. Verheiratet, zwei Kinder, Mädchen und Bub. Erstach seinen Stiefbruder, nachdem er erfahren hatte, dass dieser ein Verhältnis mit seiner Frau hatte. Sieben Jahre in der Strafanstalt Karlau. Die Frau, die sich nicht von ihm getrennt hat, verlässt das Haus nicht mehr. Wilderer. Schwarzfischer. Augenblicksmensch. Jetzt Gehilfe von Nachasch. Bemüht um Anerkennung, oft unfreundlich. Ziellos.

3. Pfarrer Resch:
Über neunzig Jahre alt. War in seiner Jugend steirischer Meister im Hochspringen. Kenner der Musik von Bach, Schubert, Bruckner. Ausgezeichneter Organist. Zwanzig Jahre lang Verhältnis mit der Witwe des Steinbruchbesitzers. Nach ihrem Tod einige Jahre mit einer pensionierten Lehrerin zusammen. Jeder wusste davon, jeder schwieg. (Es gibt viele Geheimnisse im Dorf, die jeder weiß und über die jeder schweigt.) Im Alter immer größere Zweifel an seiner Religion. Kommt jeden Sommer zu mir. Lange Nachmittage. Bibelkundig. Spricht zumeist über seine Zweifel. Will sterben.

4. Katechetin Schindler:
Hübsch. Interessiert sich weniger für den Glauben als für die Sammlung im Kloster Wildbach, die sie unbe-

zahlt betreut. Trinkt mit Vorliebe Orangensaft aus Tetra Paks mit Strohhalm. Heißt bei den Schulkindern: »die -chetin«, »Tetra Pak«, auch »Strohhalm«. Unverheiratet, mehrere Männerbekanntschaften. Ihr derzeitiger Freund, der Fotograf Ulz, ist Witwer und lebt vorwiegend von Hochzeitsaufnahmen, Aufnahmen von Schulklassen, der ersten Kommunion, Firmung, von Begräbnissen etc. Sie ist über ihr 16. Lebensjahr nicht hinausgekommen. Sammelt Halsketten aus geschliffenem Glas, CDs, Schals.

5. Pia Karner:
Tochter des Apothekers Walter Karner, der beim Pilzesuchen auf der Koralpe verunglückte. Ihre Mutter: Biologielehrerin am Gymnasium Deutschlandsberg – pensioniert. Pia machte mit ihr in der Kindheit Spaziergänge um die drei Teiche. Ausgeprägte Persönlichkeit. Weiß, was sie will. Gut aussehend. Ich verliebe mich so sehr in sie, dass ich, obwohl ich ursprünglich nur nach St. Johann kam, um für ein Buch zu recherchieren, ein Haus gemietet habe und dort das halbe Jahr verbringe. Einmal hatte Pia mit einem ehemaligen Studienkollegen, dem Ornithologen Lukas Zipfer, eine Affaire; sie ertrug, sagte sie, die Situation nicht, dass ich verheiratet bin. Krise. Ein Jahr später kommt unser Sohn Gabriel zur Welt. Mache mit Pia Reisen ins Ausland. Paris, Prag, Venedig, Türkei, China. Belüge meine Frau.

6. Gabriel (und Aleph, der Papagei):
Sohn von Pia Karner und mir, elf Jahre alt. Dunkles Haar, mittelgroß. Kurzsichtig, ½ Dioptrie auf beiden

Augen. Trägt ab und zu eine blaue Ray-Ban-Brille. Scharfsinnig. Macht andere auf Denkfehler aufmerksam. Oft erstaunliche Formulierungen. Kann keine Sekunde Ruhe finden, muss pausenlos etwas tun. Hervorragendes Gedächtnis. Zuerst Nintendo. Dann PlayStation und X-Box, derzeit Spiele auf iPhone und iPad. Interessiert sich besonders für Fußball und Wrestling. Gerechtigkeitsfanatiker. Mit acht Jahren epileptischer Anfall in der Schule von Wies. Von Dr. Eigner Lamictal, zweimal täglich ein Stück, verschrieben. Anfangs Verwirrung bei unregelmäßiger Einnahme, ähnlich einer Unterzuckerung. Nach dem Anfall Reduktion der auffallenden mathematischen Begabung. Liest Comic-Romane, merkt sich englische Musikstücke, die er von YouTube auf seinen Laptop herunterlädt, auswendig. Ist schon auf Facebook registriert. Sein Liebling ist der Graupapagei Aleph, den er spöttisch »Heiliger Geist« genannt hat. Der Apotheker Walter Karner kaufte ihn einst in einer Wiener Tierhandlung. Aleph versteht und spricht nahezu hundert Begriffe und Namen, gibt rhythmische Laute bei Blasmusik von sich und reagiert auf die Vornamen der Familienmitglieder, auch auf meinen.

7. Therese Karner:
Mutter von Pia, Tochter des Schneidermeisters Zach. Studierte Zoologie, Botanik und Philosophie. Gepflegte verblühte Schönheit. Färbt sich das Haar kastanienbraun. Spricht in einem fort, kommentiert ihre eigenen Handlungen. Sehr besorgt um ihre drei Töchter Pia, Paula und Gerda. Therese mag mich nicht. Findet, dass Pia »keine glückliche Hand bei Männern« habe.

Liebt an anderen Menschen gutes Benehmen, gepflegtes Äußeres, Bildung. Legt Wert darauf, dass man ihr zuhört. (Ich hingegen bin ein schlechter Zuhörer, rede lieber selbst.) Ihr Spezialgebiet waren Affen. Hatte in ihrer Jugend, bevor sie Walter Karner kennenlernte, angeblich ein Verhältnis mit Leopold Nachasch, den sie jetzt hasst, der ihr aber das geliebte autogene Training beibrachte.

8. Der Tschetschene Ruslan Ajinow:
Flüchtete vor sechs Jahren aus Tschetschenien, weil er mit den Partisanen gegen die Sowjetarmee gekämpft hatte. Galt als besonders tapfer, wurde deshalb zu den »berzloi« – besonders mutigen Menschen – gezählt. Sufimeister. Eidetisches Gedächtnis (leicht autistisch). Kalligraph. Kann den Koran auswendig. Hat einen Sohn, Mohammed, bei dessen Geburt Ajinows Frau starb. Wenn er etwas Neues präsentiert, ruft er auf Deutsch in der Regel »Nun!«. Leopold Nachasch lässt ihn gewähren und vertraut ihm. Schlangen sind für Ajinow eine Art Belustigung. Kann allgemein gut mit Menschen und Tieren umgehen. Auf der Suche nach einer Partnerin. Bringt Phantasien als Wahrheit vor, verwandelt Wahrheit in Phantasie. Es kann sein, dass sein Name und andere Angaben erfunden sind.

9. Arzt Dr. Klaus Eigner:
74 Jahre. Schon sein Vater war in Wies Landarzt, er hat das Haus und die Ordination aufgebaut. Dr. Eigner ist Chirurg und hat nach dem Tod seines Vaters die Praxis übernommen. Gewissenhaft. Konservativ. Dispute mit dem Pfarrer Resch über die katholische Kirche. Inte-

ressiert sich besonders für Gehirnforschung und liest Bücher darüber. Im Auftreten »alte Schule«. Verheiratet mit seiner Frau Anna, einer gläubigen Katholikin. Vater eines Sohnes und zweier Töchter, die in der Stadt wohnen. Hat einen Neufundländerhund Taw, der mit einer Jagdhündin aus dem Dorf Mühlbergs Waw gezeugt hat. Macht jedes Jahr Reisen: Peru, Grönland, Kreuzfahrten. Steht im Winter nach wie vor auf Skiern. Große Anzahl von Patienten.

10. Heinz Battmann:
Platzhirsch für alle, die zum Gehorchen erzogen wurden. Man schmeichelt ihm, aber es gilt als ungeschriebenes Gesetz, dass man ihm niemals die Wahrheit sagen darf. Seine Mutter Maria Wajn, Tochter einer ledigen Magd, heiratete den Uhrmacher Johann Battmann. Fortan bestimmte sie das Schicksal der Familie. Der Vater verfiel der Trunksucht und lebt heute in einem Zimmer des Hauses in Pölfing-Brunn. Der älteste Sohn Kurt, der die Uhrmacherwerkstatt und das Geschäft übernommen hat, versorgt ihn heimlich mit Alkohol, den der Alte zumeist allein und in der Nacht trinkt. Am Tag schläft er. Heinz, der zweite Sohn, sah in seiner Jugend die »Columbo«-Serien im Fernsehen und wollte von da an Polizist werden. Er ist der geborene Wichtigmacher und bauscht jede Kleinigkeit auf. In schwierigen Fällen ist er überfordert, merkt es selbst jedoch nicht. Glaubt, das Dorf vor den negativen Einflüssen der Stadt retten zu müssen. Korrupt. Opportunist. Ausländerfeindlich, hat Beziehungen zu einer ausländerfeindlichen Gruppe im Dorf. Belästigt gerne junge Frauen.

Ich stand auf, stöberte abwesend wieder im Bücherregal und dachte über das eben Gelesene nach. Weshalb hatte Philipp Artner Figurenbeschreibungen der Dorfbewohner angefertigt? Handelte es sich um einen Entwurf zu dem verschollenen Manuskript? Aber weshalb wurden mir gerade jetzt, wo sie mir weiterhalfen, diese Informationen in die Hände gespielt? Ich dachte über den Zufall und die beschriebenen Personen nach, da klopfte es wie am Vortag an der Tür.

Ich fragte, wer da sei.

»Die Polizei«, rief jemand. Ich erkannte die Stimme sofort: Es war Battmann, und während mir das zuletzt Gelesene durch den Kopf ging, öffnete ich.

Battmann stand in Uniform, begleitet von der jungen Polizistin, vor dem Haus. Ohne Gruß trat er mit seiner Begleiterin ein und ging direkt ins Wohnzimmer.

»Ich muss Sie leider überfallen.« Er lachte, und als ich schwieg und ernst blieb, sagte er: »Sie werden mich gleich verstehen. Ich fordere Sie auf, Ihre Nachforschungen, was die beiden ermordeten Tschetschenen und den Vermissten betrifft, einzustellen. Sie richten nur Verwirrung an. Außerdem gefährden Sie sich selbst. Ich habe mit den Tschetschenen und dem Imam gesprochen, der einmal in der Woche in die Volksschule kommt, um mit den Mohammedanern zu beten. Die Tschetschenen möchten ihre Ruhe haben. Es ist zwecklos, wenn Sie den Ruslan Ajinow aufsuchen oder den Mühlberg oder den Leopold Nachasch.«

Er machte eine Pause und wartete, wie ich reagieren würde.

»Wir erfahren alles über Sie«, sagte er dann triumphierend.

»Ja?«, fragte ich spöttisch.

Er kniff die Augen zusammen und wartete.

»Ich wünsche Ihnen einen guten Tag«, sagte er dann unvermittelt und verließ mit seiner Begleiterin, die kein einziges Wort gesprochen hatte, das Haus.

Ich warf hinter ihnen die Tür ins Schloss und lachte, ohne es zu wollen. Es war grotesk gewesen: Ich hatte gerade Artners Aufzeichnungen über Battmann gelesen – und schon stand er vor der Tür.

Anschließend las ich auf dem Laptop die kurzen Charakteristiken weiter: Zuerst über den Karpfenwirt, den er als neugierigen, misstrauischen Mann mit vielen Gesichtern beschrieb – je nachdem, wer bei ihm gerade seine Hochzeit oder den Totenschmaus »abhielt«. Dann über Frau Auer, die beim Aufräumen in seinen Unterlagen stöbere und danach scheinheilige Fragen stelle, um mehr über ihn zu erfahren –. »Sie schläft zu Hause in ihrem Bett … jede Nacht wie eine Aufgebahrte«, schrieb er. Und: »Ihr Wissen dient ihr, um sich in der Nachbarschaft als Lexikon über die Dorfbewohner auszugeben. Denunziantin.«

Ich war fast allen diesen Menschen bereits begegnet, staunte ich wieder.

Nach der Bemerkung: »Der Kampf um das Paradies in uns selbst – die Schönheit, die Wahrheit und die Liebe in unseren Köpfen – zerstört das Interesse an der sogenannten Wirklichkeit. Gläubige: gleichgültige Blinde«, fand ich die Eintragung: »Auch den Schlächter und seinen Gehilfen nicht vergessen und den Totengräber und seinen Gehilfen.«

Ich erschrak darüber. Auf einmal war mir die Faltung im Vorhang unheimlich, die Atmosphäre im

Raum, auch das Leben außerhalb des Hauses, und ich empfand den Wunsch abzureisen.

Ich legte mich auf das Bett und starrte die Zimmerdecke an, auf der ich die Reste eines Nachtfalters vom letzten Sommer entdeckte. Jedenfalls war er kein gutes Omen. Dann fragte ich mich, wer ihn dort erschlagen hatte. Artner? Welche herrlichen Wesen doch Nachtfalter sind, dachte ich zynisch, während mir die Notizen über den Maler Giotto und die Schönheit einfielen. Ich schaute in der Bibliothek nach und fand tatsächlich einen großen illustrierten Folianten mit Bildern von Nachtfaltern, den ich durchblätterte.

Ich hatte gerade einige Reihen mit religiösen Büchern entdeckt: über das Judentum, den Zen-Buddhismus, den Islam, die Sufimeister, und mir vorgenommen, den Stick schneller durchzuarbeiten und die Bibliothek zu erfassen, als das Telefon meine Gedanken unterbrach.

Es war Pia Karner. Ich spürte sofort Glücksgefühle in mir aufsteigen. Ich musste mich setzen und durfte nur wenig sprechen, sagte ich mir, denn ich bildete mir ein, dass ich zu viel redete und mir damit schadete. Auch war mein Gesicht zu leicht lesbar. Ich lächelte beim Sprechen automatisch wie ein Einfaltspinsel. Meine Züge sollten hingegen ernst sein, ja, ich hätte nichts dagegen gehabt, wenn es depressiv ausgesehen hätte oder wenigstens zornig. Das nötigte mehr Aufmerksamkeit und Respekt ab. So aber hielt man mich für einen gut erzogenen, oberflächlichen Spießbürgersohn, einen Menschen ohne Geheimnis. Dadurch, dass ich es mir bewusst machte, hoffte ich aber, mich zu ändern. Gleichzeitig kam ich mir vor wie in einer

Zwangsjacke. Außerdem verspürte ich anfangs, wenn ich wirklich verliebt war, keine sexuellen Bedürfnisse, sie entstanden erst ganz allmählich. Zuerst war ich zu nichts anderem fähig, als besessen an die bestimmte Frau zu denken, und brauchte Zeit, bis der Wunsch, mit ihr zu schlafen, entstand. Besser ging es mir nur, wenn sie mich vor allem körperlich erregte – doch auch dann benötigte ich Zeit und vor allem Vertrauen. Vielleicht war das der Grund, weshalb ich mich zu älteren Frauen hingezogen fühlte. Außerdem hatte ich immer das Gefühl, etwas falsch zu machen.

Auf Pia Karners Frage, wie es mir gehe, antwortete ich »gut«. »Jedenfalls kann ich wieder arbeiten«, fügte ich hinzu.

Sie freute sich, denn sie wollte mich zum Abendessen einladen. Früher hätte ich rasch und begeistert zugesagt, jetzt aber antwortete ich ruhig und leise: »Ja, gerne.« Ich spürte, dass ich mich richtig verhielt, und wollte sie weitersprechen lassen, aber sie schlug nur eine Uhrzeit vor und verabschiedete sich dann heiter.

Ich lief zum Bett und verpasste der Steppdecke in freudiger Erregung drei Faustschläge. Meine Abreisegedanken waren jedenfalls verschwunden. Falls Artner mich noch aus dem Jenseits quälen wollte, würde ich ihm jetzt im Leben, in der »Wirklichkeit«, einen Schmerz zufügen. Er hatte mich an der Nase herumgeführt – nun war ich an der Reihe, um mit ihm abzurechnen.

Ich duschte, rasierte mich und kleidete mich an. Zum ersten Mal, seit ich weiß nicht wie langer Zeit, pfiff ich leise vor mich hin – keine Melodie, sondern nur gerade, was mir einfiel, spanische Auftakte, Kinderlieder, Khatschaturjans Säbeltanz, alles durcheinander. Ich nahm den Plan, den Ajinow gezeichnet hatte, heraus und studierte ihn voller Bewunderung. Da und dort hatte ich inzwischen weiter die Anzahl von Fenstern in Gebäuden gezählt und immer wieder zu meinem Erstaunen festgestellt, dass sie mit der Zeichnung übereinstimmte. Ich prägte mir die Straße ein, die ich bis zu Pia Karners Haus fahren musste, bevor ich mich wieder dem Stick zuwandte und weiterlas. Dabei schlief ich allerdings ein und erwachte erst eine halbe Stunde nach der Zeit, die ich mit ihr ausgemacht hatte.

Ich suchte die Visitenkarte mit der Telefonnummer heraus, entschuldigte mich und log, dass ich über meiner Arbeit die Zeit vergessen hätte.

»Das macht nichts«, sagte Pia Karner sanft. »Nur: Gabriel ist schon ganz ungeduldig, er glaubt, Sie kämen im Auftrag von Philipp.«

Das erschreckte mich, ich weiß nicht warum.

Die Nacht war klar, und mir fiel sofort das Sternbildzimmer von Leopold Nachasch ein. Im selben Atemzug stellte ich fest, dass ich jetzt wünschte, dort zu sein, wie auch im Buchstabenzimmer. Der letzte Raum hingegen war mir unheimlich gewesen, vielleicht hing das mit meiner Übelkeit und herannahenden Ohnmacht zusammen. Ich hatte ja durch die Personenbeschreibungen Artners erfahren, dass Nachasch winzige Dosen Schlangengift in den Tee gab, den er seinen Gästen servierte, und hegte jetzt den Verdacht, dass Schlangengift im Tee auch die Ursache meiner seltsamen Erlebnisse und meiner Ohnmacht gewesen war.

Hatte Nachasch das auch mit Artner gemacht? Vielleicht gab es Aufzeichnungen darüber?

Als Pia Karner die Tür öffnete, spürte ich neuerlich das Glücksgefühl. Etwas in mir erwachte, und etwas anderes war nicht mehr vorhanden. Bevor ich noch meine Winterjacke ablegen konnte, schaute Gabriel mit der blauen Ray-Ban-Brille neugierig in das Vorzimmer und lief dann wieder davon. Das Haus war großbürgerlich, das Mobiliar bestand aus alten Biedermeier-Kommoden und italienischen Lederfauteuils, aus Bauhaus- und orientalischen Teppichen, und die Bilder an den Wänden waren gerahmte Drucke von Paul Klee, neben Pflanzen- und Tierdarstellungen und einer alten Stadtkarte von Venedig. Auch eine Ikone, die, wie ich las, den Erzengel Gabriel darstellte, war dabei. Im Bücherregal fielen mir sofort die Werke Artners auf, ansonsten zeitgenössische und klassische Literatur, Pflanzen- und Sternenatlanten, Vogelfolianten und auch Haeckels »Kunstformen der Natur« und »Kunstformen aus dem Meer«.

Bevor ich noch Platz nahm, erschien Pias Mutter. Ich hatte mir in Artners Haus noch einmal seine Notizen zu Pia, Gabriel und der Mutter Therese durchgelesen und wusste daher, wie ich mich verhalten sollte.

Sogleich entschuldigte ich mich in angemessenem Tonfall für mein Zuspätkommen und beteuerte, dass mir das sehr peinlich sei, während die Mutter sich offensichtlich ärgerte, dass vielleicht das Essen darunter gelitten habe.

»Wie geht es Ihnen?«, fragte sie mich unvermittelt.

Ich antwortete höflich: »Danke. Und Ihnen?« Daraufhin beteuerte sie, dass sie einen erhöhten Blutdruck habe, nun aber in die Küche gehen müsse, damit nicht alles verbrenne.

Ihre Tochter lächelte die ganze Zeit über. Sie führte mich in Gabriels Zimmer, der an seinem Schreibtisch saß und mit einem Kugelschreiber Aufgaben machte, während der Graupapagei über die Seiten marschierte und »Bravo Gabriel! Bravo Gabriel!« rief.

»Das ist unser Papagei Aleph«, sagte Pia und blickte mir in die Augen. Ich ertrug ihren Blick nicht und schaute weg, obwohl ich mir nichts mehr gewünscht hatte als diesen Blick. Ich war auch innerlich zu sehr gelähmt, als dass ich etwas sagen konnte.

Schließlich wandte ich mich an Gabriel, der seine Brille auf den Schreibtisch gelegt und seine Hausaufgaben, wie ich sah, unterbrochen hatte, während Aleph auf seinen Kopf geflattert war und »Weiter! Weiter!« befahl.

»Er will immer alles bestimmen«, sagte Gabriel mit dem Papagei auf dem Kopf, »aber ich lasse mich nicht von ihm tyrannisieren.« Er rief unvermittelt: »Ruhe!«, worauf der Papagei auf seinem Kopf sofort verstummte.

Ich versuchte Ähnlichkeiten zwischen Gabriel und Artner zu entdecken – äußerlich wie auch dem Verhalten nach –, aber ich konnte anfangs nichts Besonderes finden. Gleich darauf stürzte Pias Mutter ins Zimmer, um uns zum Essen zu rufen. Dabei warf sie einen Blick auf das Heft, in das Gabriel zwischen die Wörter ein Pferd gezeichnet hatte. Der Papagei flatterte jetzt auf ihren Kopf und rief »Gimmel! Gimmel!«.

»Er meint Schimmel«, rief Gabriel lachend.

»Ihr müsst ein Pferd in das Aufgabenheft zeichnen?«, fragte Pias Mutter misstrauisch mit dem Papagei auf dem Kopf.

»Ja, wir müssen schreiben, was wir uns am meisten wünschen.«

»Ein Pferd?«, fragte seine Großmutter. »Ich dachte, du wünschst dir einen Affen?«

»Ja schon, aber der verträgt sich vielleicht nicht mit Aleph.«

»Gimmel! Gimmel!«, rief der Papagei immer noch.

Pias Mutter forderte uns jetzt noch einmal auf, essen zu kommen, während der Papagei abwechselnd »Essen kommen!« und »Aleph!« ausrief. Er flog voraus ins Wohnzimmer, in dem eine Sitzstange für ihn aufgestellt war, auf der er Platz nahm.

Nach dem Abendessen fühlte ich mich freier, vor allem weil ich einige Gläser Wein getrunken hatte. Ich sprach hauptsächlich mit Gabriel und über Computerspiele, von denen ich wenig Ahnung hatte. Er sagte, er wäre gerne ein Alien. Ein E.T. Ich antwortete lachend, ich sei einer. Gabriel blieb ernst und widersprach: »Aber nur in der Einbildung ...« Wenn der Bub sich nicht zu Wort meldete, redete Pias Mutter, Pia selbst wagte ich nicht anzusehen, weil ich befürchtete, ich könne meine Zuneigung zu ihr verraten. Die Mutter wechselte das Thema und erzählte von Aleph, seinen Fähigkeiten und später Geschichten über Orang-Utans und Gorillas. Sie berichtete über ihre Reisen nach Afrika, über die Gehirne von Pavianen und über die Sektionen von Affen, an denen sie teilgenommen hatte. Indessen sagte sie: »Ich serviere jetzt ab«, und räumte das Geschirr weg, »ich muss die Weingläser abwaschen, im Geschirrspüler werden sie nicht sauber«, und trug die Gläser in die Küche, wusch sie ab und kam mit ihnen wieder herein. »So«, sagte sie, »jetzt sind sie sauber.« Und gleich darauf: »Will jemand einen Kaffee?«

Ich zögerte, Pia zuckte die Achseln, und ihre Mutter erklärte, wie ein Mädchen lachend, »na, ich mach einen Kaffee«, ging in die Küche und machte Kaffee. Tatsächlich kommentierte sie, wie Artner beschrieben hatte, alle ihre Handgriffe und Handlungen. Inzwischen kam Gabriel mit Aleph auf dem Kopf zurück an den Tisch und fing an, sich vor uns mit dem Papagei zu unterhalten. Ich gebe zu, es war bezaubernd. Der Vogel machte den Eindruck, als könne er alles verstehen, er bemühte sich auch, Gabriels Tonfall zu imitieren … Gabriel erweckte den Eindruck eines Papageien-Dompteurs, der Aleph nach seinem Willen sprechen ließ.

Pia hörte stumm und lächelnd zu, während ich begeistert Beifall klatschte und weiter Wein trank, bis die Mutter mit der Kaffeekanne aus der Küche kam und »Ich bringe den Kaffee« sagte. Sie stellte die Kaffeekanne mit der Bemerkung »Ich hole jetzt die Tassen« auf den Tisch, verschwand, kam mit den Tassen zurück und servierte sie mit der Ankündigung »So! Die Tassen«.

Plötzlich sah ich, wie Gabriel sich langsam zur Seite neigte und vom Stuhl zu stürzen drohte. Ich sprang auf und konnte ihn gerade noch in die Arme schließen. Sein Körper zitterte, er hatte seine Augen fast geschlossen, nur ein weißer Ausschnitt seines Augapfels war durch den Spalt seiner zuckenden Lider zu erkennen. Ich dachte sofort, dass er einen epileptischen Anfall hatte. Wir brachten Gabriel rasch und aufgeregt zu Bett.

»Hat er die Lamictal-Tabletten genommen?«, fragte Pia hektisch.

Die Mutter schlug die Hände über dem Kopf zusammen und lief in die Küche.

»Ich möchte wissen, was sich vor einem Anfall in seinem Kopf abspielt. Er meint, dass es Träume sind«, sagte Pia zu mir. Sie war ratlos.

Ich schwieg und schaute den bleichen Gabriel an, der zu schlafen schien. Gleich darauf stürzte die Mutter mit der Tablettenschachtel in der Hand herein und rief: »Ich bin schuld. Deine dumme Großmutter. Ich habe vergessen, dir am Morgen und am Abend die Tabletten zu geben!« Sie setzte sich zu ihrem Enkel aufs Bett und küsste weinend sein Gesicht. Da sie nicht aufhörte zu weinen, ging ich zurück ins Wohnzimmer. Dort war das Licht inzwischen abgedreht worden. Ich versuchte im Dunkeln den Schalter zu ertasten, aber gelangte stattdessen an eine Tür, die ich öffnete. Diesmal entdeckte ich den Schalter und fand mich in einem Raum wieder, der auf drei Seiten bis zur Decke mit beschrifteten Pappschachteln in Eisenregalen angefüllt war und an der vierten einen alten Apothekerschrank aufwies. In der Mitte stand ein Stuhl vor einem Schreibtisch, auf dem Kugelschreiber und Bleistifte herumlagen. Alle Schachteln in den Eisenregalen waren nummeriert. Ich zog eine Lade aus dem alten Apothekerschrank heraus, nahm wahllos eines der dort aufbewahrten Notizbücher und erkannte sofort Artners Schrift. Reflexartig steckte ich das Notizbuch ein, schaute in eine weitere Lade und zog ein dickes

Kuvert mit Fotografien heraus, die ebenfalls von Artner stammen mussten, denn sie zeigten Bilder einer Mexiko-Reise, die er offenbar für seinen Lyrikband »Zeitsplitter« gemacht hatte. Auch diese Bilder nahm ich ohne Bedenken an mich. Dann hielt ich inne und lauschte. Noch immer hörte ich die Mutter durch die Wände der Zimmer hindurch klagen und die beruhigende Stimme von Pia. Daraufhin zog ich die nächste Lade heraus, die mit Briefen von Artner an Pia gefüllt war. Da ich nur wenig Zeit hatte, verzichtete ich darauf, einen zu lesen. Stattdessen trat ich in die Mitte des Zimmers und ließ meinen Blick über alle Regale und Kartons schweifen. Ein einziger wies die Beschriftung: »ROMAN – UNVERÖFFENTLICHT« auf. Er befand sich auf dem der Tür gegenüberliegenden Regal, im linken oberen Eck. Ich nahm den Stuhl, stieg hinauf, fand eine Flügelmappe, die ich herausholte, und stellte den Stuhl wieder zurück. Die Mappe war dick, ich schlug sie auf und fand ein Manuskript, auf dessen Deckblatt ich in der mir bekannten Handschrift las: »Philipp Artner – Die Irrfahrten des Valentin Suchart.« In meinem Beruf muss man – wie ich ausgeführt habe – eine Art von Paranoia pflegen, das heißt, davon ausgehen, dass alles, was man in Schriften liest, voller Hinweise ist. Daher fiel mir auch gleich auf, dass die Anfangsbuchstaben des Namens Valentin Suchart mit meinem eigenen – Vertlieb Swinden – übereinstimmten. Mir war jedoch klar, dass mit »Suchart« Artner nur sich selbst gemeint haben konnte, nämlich Such-Art(ner). Er hatte sich ironisch mit dem Namen der Schokoladenmarke »Suchard« getarnt und darüber wahrscheinlich amüsiert.

Ich steckte den Packen Papier mit der Flügelmappe unter mein Hemd – das ich hastig auf- und sofort wieder zuknöpfte –, knipste das Licht aus und schlich durch den dunklen Wohnraum zur Garderobe. Aus Gabriels Zimmer waren jetzt nur noch gedämpfte Laute zu vernehmen. Plötzlich läutete es an der Eingangstür. Ich eilte zurück in die Dunkelheit, ertastete einen Polstersessel und ließ mich hineinfallen. Fast im selben Augenblick wurde es hell, und Pia Karner sah mich überrascht an.

»Sie sind noch da?«, flüsterte sie im Vorbeilaufen.

Sie öffnete die Eingangstür, und ich hörte die Stimme von Dr. Eigner, der nach dem Befinden von Gabriel fragte. Er erblickte und grüßte mich freundlich, wollte wissen, ob mir die Verletzung auf der Stirn noch Probleme bereite, und verschwand in Gabriels Zimmer, wobei Pia das Licht irrtümlich wieder ausschaltete.

Abermals saß ich in der Dunkelheit, immer noch mit dem Packen Papier unter dem Hemd, und verspürte den Drang, mich davonzustehlen.

Ich blieb jedoch und grübelte, bis Pia Karner und Dr. Eigner wieder erschienen und sie neuerlich das Licht aufdrehte.

»Sie sitzen noch immer im Dunkeln?«, fragte Pia erstaunt.

Ich stand sofort auf und benutzte die Gelegenheit, mich gemeinsam mit Dr. Eigner zu verabschieden, denn es war auf diese Weise leichter, das Manuskript aus dem Haus zu schaffen.

Die ganze Fahrt zurück zu Artners Haus über – das Manuskript auf dem Nebensitz – überlegte ich, wie es mit Pia weitergehen würde, so dass ich beinahe in den Straßengraben fuhr. Ich hielt am Rand der Fahrbahn und sah, dass ich vor einer Brücke stand. Im Scheinwerfer erkannte ich schwarzes Wasser, einen schwarzen Fluss wie ein Farbband auf einer weißen Schreibmaschine. Dunkle Energie, dachte ich. Wenn ich in den Fluss gestürzt wäre, wäre ich umgekommen. Ich blieb regungslos im Wagen sitzen.

Endlich konnte ich mich von der zerstörerischen Energie, die mich erfasst hatte, befreien. Ich warf den Motor an, aber ich benötigte mehrere Versuche, um ihn in Gang zu bringen. Immer mehr fühlte ich mich auf der Flucht. Auf der Flucht vor wem? Vor der Nacht? Der Dunkelheit? Den Sternen? Vor der Teilnahmslosigkeit des Alls?

Als ich endlich zu Hause war, rief mich Pia Karner an. Ich hatte die Flügelmappe, die Fotografien und das Notizbuch auf den Tisch gelegt und zitterte innerlich, als ich ihre Nummer, die ich inzwischen eingespeichert hatte, auf dem Display sah. Natürlich hatte ich ein schlechtes Gewissen, weil ich die Werke Artners aus ihren Kartons entnommen hatte, aber gehörten sie nicht dem Heimito-von-Doderer-Institut? Waren sie – ich dachte jetzt: »uns« – nicht mit Vorsatz unterschlagen worden?

Pia Karner war voll Sanftmut. Es hätte sie, sagte sie mir, »berührt«, dass ich allein im Dunkeln gewartet hätte, um mich von ihr zu verabschieden.

Ich schwieg.

Gabriel schlafe tief, fuhr sie fort. Er habe zuvor in das Bett genässt, wie das bei seinen Anfällen üblich sei, deshalb hätten ihre Mutter und sie nicht mehr an mich gedacht. Es tue ihr leid. Ich schwieg noch immer, dann sagte ich: »Geben Sie auf sich und Gabriel acht.«

Zuerst war es still, dann hörte ich sie weinen. Ich wusste, dass es verrückt war, aber ich sagte: »Ich liebe Sie, Pia. Gute Nacht« – und legte auf.

Ich warf mir vor, gewissenlos zu sein, doch es war kein Spiel, dazu war ich gar nicht fähig. Ich war jetzt zu aufgeregt, um schlafen zu gehen, außerdem konnte es sein, dass Pia mich noch einmal anrufen würde. Das Manuskript Artners zu lesen, fehlte es mir an Kraft. Auch um die Fotografien anzusehen oder im Notizbuch zu blättern, war ich zu erschöpft. Ich wollte mich allerdings ablenken und nahm mir vor herauszufinden, was alles noch auf dem Stick gespeichert war, obwohl ich ansonsten Schritt für Schritt vorgehe. Aber jetzt, da ich auf unbestimmte Weise fühlte, dass in meinem Leben eine Wende bevorstand, hatten die Dinge auf einmal eine andere Wertigkeit, als würde sich alles mit einem Schlag ins Gegenteil verkehren. In mir selbst war ein gleißendes, blendendes Weiß entstanden, meine Hände und mein Haar glühten ... Daher wartete ich, bis ich mich wieder beruhigt hatte, bevor ich mich an die Arbeit machte.

Auf dem Bildschirm erschienen jetzt Bruchstücke von Schwarz-Weiß-Fotografien. Es handelte sich um zerrissene Bilder, die nur noch in Schnipseln vorhanden und ohne Ordnung paarweise oder zu dritt aufgelegt und neuerlich fotografiert worden waren. Dann erkannte ich, dass es der Tisch in Artners Haus war, auf dem die Fotopuzzles lagen, und gleichzeitig wurde mir klar, dass es pornographische Aufnahmen waren. Auf den Fragmenten entdeckte ich Finger mit lackierten Nägeln, Schenkel mit Strümpfen und die Hand eines Mannes, die einen nackten Frauenkörper umfasste – es war Artners Hand, ich erkannte sie sofort: die kurzgeschnittenen Nägel, die Adern auf dem Handrücken … und es war wohl Pias Körper.

Zuerst empfand ich Abscheu. Das war etwas, was nicht zu meinem Bild von Artner und Pia passte. Gleichzeitig erregte es mich jedoch. Und ich nahm die beiden plötzlich als gewöhnliche Menschen mit ganz gewöhnlichen Schwächen wahr. Auf den Fragmenten der Schwarz-Weiß-Fotografien war das zweite Ich Pias und des Schriftstellers abgebildet. Vermutlich hatte er selbst die Aufnahmen zerrissen, konnte sich jedoch nicht von ihnen trennen. Was hatte ihn aber dazu bewogen, die Bildschnipsel aufzubewahren? Nur die Köpfe hatte er, wie ich jetzt feststellte, auf allen Schnipseln entfernt. Ein Gefühl des Triumphes stieg in mir auf, ein Gefühl, mächtig zu sein. Ich besaß jetzt den Stick, ich besaß ein Manuskript, ein Notizbuch, die Reisefotografien aus Mexiko, und ich hatte Pias Archiv entdeckt … Bei diesem Gedanken blieb ich stehen. Pia? Ich vergrößerte die Schnipsel auf dem Bildschirm und suchte nach einem Hinweis, der mir endgültig bewies, dass sie es war. Dabei spürte ich wieder, wie Erregung in mir aufstieg. Und dann konzentrierte ich mich auf die Frauenhände, es waren junge, schöne – nein ergreifend schöne – Hände und Fingernägel. Ich hatte sie schon gesehen, es bestand kein Zweifel, dass es Pias Finger waren, denn ich hatte sie betrachtet, als sie mit mir sprach und mir ihre Adresse aufschrieb. Ich schaute alle Hände von Personen, die mir begegneten, genau an und zog aus den Fingern und Fingernägeln, aus den Handlinien und der Form der Hände Schlüsse. Die Fotoreste, die auf Einzelheiten reduziert waren, deprimierten mich allerdings nach ein paar Minuten, und ich entschloss mich, sie zu löschen, anstatt sie dem Heimito-von-Doderer-Institut zu übergeben … Ich untersuchte auch alles Weitere, was auf dem Stick gespeichert war: Vor allem waren es an die hundert Rundgänge um die drei Teiche, die penibel aufgezeichnet und mit Fotografien versehen waren – tote Fledermäuse, das Skelett eines Rehschädels, ein Feuersalamander, Ringelnattern, Vogelfedern und andere Fundstücke. Immer mehr Fotografien waren am Computer zu abstrakten Bildern umgearbeitet worden, so dass ich schließlich den Eindruck gewann, das Biologiebuch eines anderen Kosmos zu sehen. Pornographische Aufnahmen fand ich keine mehr. Aber ich konnte nicht einschlafen. Meine Einstellung zu Pia hatte sich geändert, und ich kämpfte gegen den Drang an, sie anzurufen. Schließlich stand ich auf, fotografierte im Nebenzimmer die Bücher in den Regalen, um alle Titel zu speichern, da sie Schlüssel zu Artners Werk sein konnten, und ich entdeckte hinter den Büchern Dutzende alte Videobänder mit Filmen wie »Jenseits von Eden« oder »Andrej Rubljow«. Um nicht in der Stille umzukommen, legte ich »Jenseits von Eden« in den Videorekorder, aber der Film hatte sich schon aufgelöst: Es waren auch hier nur noch Fragmente von Gesichtern, dann wieder kürzere oder längere Passagen oder ein Flimmern zu sehen und aus dem Zusammenhang gerissene Dialoge. Bei »Andrej Rubljow« ging es mir nicht besser, wie auch bei mehreren anderen Filmen.

Schließlich ließ ich »Stalker« von Tarkowskij trotz der Beschädigungen der Bilder und Töne durch die Auflösung der Magnetschicht auf dem Band bis zum Ende laufen, während ich die Reisefotografien aus Mexiko, die ich aus dem alten Apothekerschrank in Pias Archiv entnommen hatte, sichtete. Sie verrieten mir, dass Artner in Begleitung von Pia gefahren war, und sie zeigten seine Geliebte mehrmals nackt. Ich verglich auch ihre Finger mit den Fingern auf den pornographischen Aufnahmen am Laptop und konnte die Identität eindeutig klären, das Gleiche machte ich mit Artners Händen. Den Körper von Pia fand ich hinreißend, und Artner war tot. Es häuften sich jetzt Momente, in denen ich mich ihm überlegen fühlte. Einige Male dachte ich sogar: »Arschloch!« … Dann bereute ich es wieder, ich wollte mich nicht mit ihm anlegen, denn vom Jenseits aus konnte er mir möglicherweise schaden oder mich sogar vernichten. Ich hätte diese Überlegung nie ausgesprochen, aber ich hatte inzwischen Erfahrungen gemacht, die ich nicht für möglich gehalten hatte. Gegen vier Uhr früh begann ich damit, die Bücher in den Regalen genauer zu untersuchen. Zu diesem Zeitpunkt glaubte ich schon genug über Artner zu wissen, aber er überraschte mich neuerlich: Aus den Büchern waren Hunderte von Seiten herausgerissen – vermutlich alles, was ihn interessiert hatte, seien es Abbildungen, Zitate oder Sätze, die ihn zu Gedanken angeregt hatten. Das bedeutete auch, dass die Bücher, die ich bei meinem ersten Besuch des Hauses gefunden hatte wie den Giotto-Bildband, die neuesten und letzten gewesen waren, die sich Artner angeschafft hatte, denn sie waren unversehrt. Natürlich suchte ich nach einem

Versteck der Seiten – ohne Erfolg. Entweder hatte er sie vernichtet, oder Pia hatte sie an sich genommen und in einem ihrer Kartons verstaut.

Ich hatte inzwischen »Das Opfer« von Tarkowskij in den Videorekorder gelegt und den Ton ausgeschaltet, dann »Moby Dick« – alle zum Teil zerstört. Aber als stumme Filme mit ihren Auflösungserscheinungen waren sie für mich jetzt anregend. Ich dachte, dass die Erinnerungen in meinem Kopf ähnlich unvollkommen gespeichert waren und dass es gerade die fehlenden Stellen, die zerstörten oder nur noch als Fragmente vorhandenen Teile waren, die mich beschäftigten. Ich spürte, dass ich allmählich in den Sandtrichter des Ameisenlöwen Artner und seiner Werke geriet, und ich fürchtete, von diesem verschluckt zu werden. Trotzdem wandte ich mich noch dem Notizbuch zu. Es war ein weiterer Mosaikstein für das Bild Artners. Wie schon auf dem Stick beschrieb er seinen täglichen Spaziergang vom Matthäus-Teich zum Stelzer-Teich und dem gleichnamigen Wirt, bei dem er hin und wieder einkehrte, dann zurück zum Teich des Bauern Lammeder vor seinem Haus. In der Beschreibung, die zumindest elf Jahre zurücklag, schilderte Artner auch knapp, wie er Pia kennengelernt hatte und sie seine Geliebte wurde. Sie waren einander an einem Augusttag zwischen dem Matthäus- und dem Stelzer-Teich begegnet. Artner fotografierte gerade einen Krebs, den er am Ufer entdeckt hatte, und sie blieb stehen und kam mit ihm ins Gespräch. Beim nächsten Mal lud Artner sie zum Fischhändler auf »Karpfenlocken« ein – noch am selben Abend wurde sie seine Geliebte. Von da an trug er nach jeder Begegnung mit ihr ein

P in sein Notizbuch ein und machte oft einen oder zwei Sterne hinter dem Buchstaben. Ich ahnte sofort, dass die Sterne nur für den Geschlechtsverkehr stehen konnten. Oft waren es zwei, einmal sogar sechs Sterne. Außerdem notierte Artner, dass sie als Kind gemeinsam mit ihrem Vater Herbarien angelegt hätte, die »bewunderungswürdig« seien, wie er schrieb, und außerdem hätte der Vater ihr ein Mikroskop und Hunderte Glaspräparate vererbt.

Langsam wurde es hell. Ich stellte mich ans Fenster und blickte hinauf zu dem Teich, unter dessen Eisdecke ich den ersten toten Tschetschenen gefunden hatte, dessen Namen ich beim Karpfenwirt in der Zeitung gelesen hatte – er hieß Daletew. Dann, im Steinbruch, war Zajinow gefunden worden, und der dritte, der noch fehlte, hieß Samech. Man hielt es aber für möglich, dass Samech mit tschetschenischen Mördern zusammengearbeitet hatte und gemeinsam mit ihnen geflohen war. Das Motiv sollte Rache der neuen, von den Russen eingesetzten Regierung an den hartnäckigen Partisanenkriegern gewesen sein, die angeblich an Rückkehr und Vergeltung gedacht hätten. Die Tschetschenen in der ehemaligen Schule wehrten sich gegen diese Version, sie beschworen die Polizei, die Täter im Dorf und seiner Umgebung zu suchen. Und sie wollten woanders untergebracht werden.

Manchmal, wenn mir die Morde durch den Kopf gingen, spürte ich Angst – wie die meisten Menschen hier –, Angst vor einem oder mehreren Tätern aus St. Johann, und ich beruhigte mich damit, dass ich an die Vermutungen der Polizei glaubte, weil es ja bereits ähnliche Morde anderswo gegeben hatte.

Ich duschte, zog mich um und machte mir ein Frühstück. Es war ungefähr acht Uhr, als das Telefon läutete, und ich erkannte zu meiner Freude Pias Stimme, die ein leises »Hallo« von sich gab.

»Ich bin's«, sagte Pia hierauf. Sie machte eine Pause.

Als auch ich schwieg, sagte sie mir, sie wolle mir danken.

»Wofür?«, fragte ich innerlich vor Erregung zitternd.

»Für alles!«

Wieder entstand eine Pause. Ich wusste, was sie meinte, aber mir fiel nur ein, dass ich Fotografien, ein Notizbuch und ein Manuskript aus ihrem Archiv entwendet hatte und dass es früher oder später an die Öffentlichkeit gelangen und ich dann in ihren Augen ein Verräter und Dieb sein würde. Und mir fielen vor allem die pornographischen Fotoschnitzel ein, die wieder ein heftiges Verlangen in mir hervorriefen.

»Haben Sie das ernst gemeint, was Sie mir gestern gesagt haben?«

»Ja«, antwortete ich und bemühte mich, meiner Stimme Festigkeit und Entschlossenheit zu verleihen.

»Ich würde Sie gerne wiedersehen«, sagte Pia überraschend.

»Ja.« Ich war darauf nicht vorbereitet.

»Wann?«, fragte sie.

»Heute Abend«, stammelte ich.

»Das kann spät werden. Gabriel geht manchmal erst um zehn Uhr ins Bett – aber meine Mutter ist ja da.«

»Um acht?«, fragte ich.

»Gut, um acht. Und wo?«

»Bei mir«, antwortete ich mutig.

»Gut, um acht Uhr bei Ihnen.«

Als das Gespräch beendet war, ließ ich mich auf das Bett fallen und schloss die Augen. Eine Flut von falsch belichteten Bildern schoss rasend schnell durch meinen Kopf. Ich spürte jetzt, dass ich die Nacht über nicht geschlafen hatte und dass ich mich an das Wachsein klammerte wie ein Bergsteiger an den Felsen. Aber war es nicht verführerisch und leicht, einfach loszulassen?

Klopfgeräusche weckten mich aus tiefer Schwärze, und eine Stimme rief meinen Namen. Ich rappelte mich verstört auf, rief laut: »Ja! Ja! Ich komme!«, und taumelte zum Eingang.

Es war Dr. Eigner, der dort stand und fragte, ob er mich gestört habe. Sollte ich ihm die Geschichte erzählen, schoss es mir durch den Kopf, wie ich noch vor Gabriels Anfall die gleichen Visionen gehabt hatte? Neben Dr. Eigner erkannte ich Waw, den Hund Mühlbergs, und dahinter den Allrad-Audi des Arztes.

Ich war noch zu benommen, um zu antworten, und fragte: »Wie?«

»Tut mir leid«, sagte Dr. Eigner. »Ich habe Sie aufgeweckt.«

Ich entschuldigte mich ebenfalls, dass ich die ganze Nacht durchgearbeitet hätte, und dabei fielen mir wieder Pias Hände ein … Ich liebte und begehrte Pia, und das weckte mich endlich auf. Verlegen bat ich den Arzt einzutreten – der Hund folgte ihm sogleich und legte sich im Vorraum auf den Boden.

Dr. Eigner kannte das Haus von Visiten bei Artner, der oft krank gewesen sei, wie er bemerkte. Der Arzt wollte nicht weiter darüber sprechen, aber ich bekam heraus, dass Artner depressiv gewesen war und unter erhöhtem Blutdruck litt.

»Bei unserer letzten Begegnung haben wir gemeinsam einen Atlas der Histologie angesehen«, sagte Dr. Eigner. »Das Buch müsste übrigens irgendwo in seiner Bibliothek stehen.«

Ich zog es sofort aus dem Regal heraus, legte es vor ihm hin und machte ihn darauf aufmerksam, dass Seiten fehlten.

»Ja, er riss sie einfach heraus und stopfte sie in eine Plastiktasche seiner Buchhandlung. Im Zimmer nebenan war der Boden übersät mit Manuskripten, Papieren und Zeitungsausschnitten, es sah chaotisch aus.«

Mir war jetzt endgültig klar, dass Pia längst alles Wertvolle an sich genommen und in ihrem Archiv versteckt haben musste.

Während Dr. Eigner meine Wunde kontrollierte und das Pflaster wechselte, klärte er mich auf, dass er gekommen sei, um mich zu fragen, ob ich Interesse hätte, das Stift St. Wildbach zu sehen. Sein Patient, Pfarrer Resch, befinde sich dort, um zu sterben. Er frage nach Philipp Artner, mit dem er lange Diskussionen geführt habe. Sie hätten über Mystiker und Philosophen gesprochen …

Ich flüchtete eilig aus meiner Kopfwelt und willigte sofort ein. Bevor wir uns auf den Weg machten, läutete allerdings mein Telefon, und Daniela Walzhofer erkundigte sich nach den Fortschritten, die ich bei meiner Arbeit gemacht hätte. Ich antwortete, dass ich mich kurz fassen müsse, weil ich auf dem Weg zum Stift sei, dass ich aber noch ein bis zwei Wochen brauche, um meine Arbeit abzuschließen.

Ob ich Angst hätte, wollte sie wissen … wegen der Morde.

Ich sagte hastig, ich hätte viel zu tun und würde ihr später alles erklären.

Als wir aufbrachen, lief Waw davon.

Das Bernhardinerstift war – im Wald verborgen – auf einer Lichtung erbaut worden. Wir gelangten zuerst zu einer Brücke, hinter der an einem Wehr die Schwarze Salm aufgestaut war. Das Wasser floss bleiern und in kleinen Wirbeln in den Stauraum und stürzte dann gischtweiß in eine Schlucht.

Das Stift selbst war ein langgezogener, gelber Trakt, der u-förmig um eine Kirche angelegt war. Ich bemerkte, dass der Verputz der Gebäude zu einem großen Teil schon abgefallen war. Dr. Eigner nahm einen Schlüssel aus seiner Ärztetasche und öffnete ein schweres, mit Eisen beschlagenes Tor, fuhr mit dem Wagen in den Hof und versperrte das Tor wieder hinter sich. Ich sah niemanden, alles schien verlassen.

»Wir befinden uns jetzt in der Vergangenheit«, sagte Dr. Eigner. »Das Kloster beherbergt nur noch acht Mönche. Junge Männer, die als Novizen eintreten wollen, finden sich keine mehr. Ich mache selten Visite im Stift, in der letzten Woche bin ich wegen Pfarrer Resch allerdings jeden zweiten Tag herausgefahren.«

Wir blieben in der Vorhalle stehen, die leer war bis auf ein Ölbild des Klosters aus dem Jahr 1835, das noch vor dem Brand entstanden sei, wie Dr. Eigner bemerkte. Damals sei ein Großteil der Bibliothek vernichtet worden: Bücher, illuminierte Codices, eine Riesen- und eine Zwergenbibel, die Erstausgabe der medizinischen Werke von Galenus in lateinischer Sprache, auch die berühmte von d'Alembert und Diderot herausgegebene »Encyclopédie«, ein klassisches Werk der europäischen Aufklärung. Das alles wisse man aus den erhaltengebliebenen Bibliotheksverzeichnissen.

Wir betraten einen von Nussholzregalen umgebenen Saal und standen vor den alten Büchern.

Hier treffe sich die Zeit mit dem Raum, sagte der Arzt. Das Kloster habe Textvorlagen, Schreiber und Illuminatoren beherbergt. Auf diese Weise seien wahre Prachthandschriften entstanden.

»Sie müssen mit Bruder Engelbert sprechen, der die Bibliothek verwaltet.«

Ich dachte an das Wissen, das in der Bibliothek gespeichert war, an die Glaubensvorstellungen und Irrtümer, und ich bemerkte erst jetzt, wie eisig kalt es war.

»Die meisten Bücher können nicht mehr restauriert werden, dafür fehlt das Geld.« Vor allem die Bände, die vor 1840 ins Kloster gekommen waren, seien betroffen. Das säurehaltige Papier löse sich auf. »Es kommt vor, dass Bruder Engelbert ein Buch herauszieht und plötzlich nur noch den Einband in Händen hält. Seine Kutte ist dann mit Staub bedeckt, und er sieht eine Wolke winzig kleiner Partikel zu Boden wirbeln«, sagte der Arzt. Weniger betroffen vom Büchersterben, fuhr er fort, seien die Handschriften aus dem 14. Jahrhundert oder barocke Bücher aus dem 17. Jahrhundert, denn deren Papier sei aus Lumpenbrei geschöpft und mit tierischen Eiweißklebern verleimt. In der Bibliothek seien aber auch Schädlinge am Werk: Bücherläuse, Bücherskorpione, Silberfischchen und besonders papierzersetzende Mikroorganismen wie Schimmelpilze.

Daneben gebe es sogar Mäuse und Ratten. Wenn sich niemand darum kümmere, werde eines Tages alles zu Staub zerfallen …

Wir gingen weiter in diesem eiskalten Gefängnis der Zeit, einen hellen Gang entlang, an dessen Wänden gerahmte und verglaste Behälter für Schmetterlinge hingen, die alle aus der Gegend stammten, wie Dr. Eigner bemerkte: Das alte Naturalienkabinett sei zum Teil ebenfalls beim Brand zerstört worden, und deshalb habe man mit der Vogel- und Insektensammlung neu beginnen müssen. Aber auch diese Sammlung sei restaurierungsbedürftig. Alles zerfalle allmählich auch hier zu Staub.

Wir standen jetzt auf dem vom Sonnenlicht erhellten Gang, vor den unzähligen, mit den abwechslungsreichsten Mustern geschmückten toten Schmetterlingen, und mir war, als seien ihre Fühler Notenschlüssel und ihre Farben und Ornamente Orgelmusik in Moll.

Dr. Eigner sperrte eine der Türen, die zu den Räumen des naturhistorischen Kabinetts führten, auf. Wir warfen einen Blick in das Depot, in dem wir eine Kollektion von Spinnen, Tausendfüßlern und verschiedene Ordnungen der Insekten erkannten: Netzflügler, Libellen, Zikaden, Käfer, Geradflügler und Zweiflügler in einem Ausmaß, dass ich tatsächlich aus dem Schauen nicht herauskam. Durch die nächste aufgesperrte Tür erspähten wir einen Raum voller »präparierter, heimischer Reptilien«, wie Dr. Eigner sagte, »Schlangen und Eidechsen«. Auch hier waren es die symmetrischen Muster in oft leuchtenden Farben, die mich in Staunen versetzten, und die große Anzahl der Präparate. In wieder anderen Räumen und Vitrinen konnte ich Fische, Krebse und Teichmuscheln sehen oder bunte, ausgestopfte Vögel, die zu schlafen schienen. Dagegen hatte die Sammlung von Meteoriten, Fossilien und Kristallen im mineralogischen Saal etwas von der furchtbaren Stille der Nächte in dieser Gegend, an die ich mich immer noch nicht gewöhnt hatte.

Zuletzt zeigte mir Dr. Eigner aus Wachs geformte Modelle von Obstsorten – sie waren früher in der Gegend heimisch gewesen. Als wir uns umdrehten, fiel mein Blick noch auf ein menschliches Skelett in einem Schaukasten.

»Dabei haben wir noch nicht die Sammlung der Säugetiere gesehen – es gibt sogar ein ausgestopftes Nashorn, weshalb das Zimmer ›Nashornzimmer‹ heißt, oder die Pflanzensammlung: Herbarien, Früchte, Holzquerschnitte von Schwämmen und Pilzen, Zapfen … Ich denke oft, wie merkwürdig diese Sammlung einem Archäologen vorkommen muss, der in tausend Jahren dieses Kloster ausgräbt … wenn es vielleicht diese Tiere und Pflanzen nicht mehr gibt …«

Dr. Eigner hatte auch einen Schlüssel zur Sammlung der sakralen Kunst mit einem mittelalterlichen Tragaltar, Holzskulpturen, einer Mitra und einem Bischofsstab, wie ich sah, des Weiteren eine Turmmonstranz, ein vergoldeter Ziborium sowie Missale und Kelche und außerdem Dalmatik und Kasel eines Weihnachtsornats aus dem 17. Jahrhundert, eine Festmonstranz und das Pedum eines verstorbenen Abtes.

Der Arzt wusste gut Bescheid, er verwies aber mehrmals auf die Katechetin Schindler, wenn ich Fragen stellte. Sie kenne sich, sagte er, in der Sammlung am besten aus.

Eine Stunde waren wir durch das Kloster gewandert, die für mich ein Herumirren gewesen war, ohne dass wir einen der Mönche gesehen hätten – dafür war das Gebäude offenbar zu groß. Aber jetzt kam uns auf dem langen Gang eine in Schwarz gekleidete Gestalt entgegen: zuerst ein Punkt, dann ein Rufzeichen und zuletzt ein mittelgroßer Mensch mit einem erschrockenen Gesichtsausdruck. Er teilte dem Doktor atemlos mit, dass es mit dem Pfarrer Resch zu Ende gehe. Wir eilten sofort eine Abkürzung, wie wir vom Mönch erfuhren, hinauf, stiegen dann Steintreppen hinunter und stießen auf vier oder fünf Mönche, die betend vor einer Tür standen, über der die Inschrift »Schubert-Zimmer« zu lesen war. Offenbar war dies das berühmte Zimmer, in dem Schubert mit der Komposition des »Forellenquintetts« begonnen hatte.

Dr. Eigner bat mich, draußen zu warten, bevor er in dem Raum verschwand und die Tür wieder hinter sich verschloss. Einer der Mönche erzählte hierauf leise, dass der Pfarrer Resch in den Tagen seit seiner Ankunft im Stift die von ihm mitgebrachten Partituren der Symphonien und Orgelwerke Anton Bruckners studiert habe – nur bruchstückhaft, wie er selbst gesagt habe, dafür aber jedes Mal verzückt. Auch die »Unvollendete«, besonders aber das »Forellenquintett« von Schubert habe er gelesen und sogar leise mitgesungen, hin und wieder auch mit einem Arm dirigiert.

Ich fragte den Mönch, ob der alte Priester Philipp Artner getroffen habe.

Erstaunt antwortete er, dass das häufig der Fall gewesen sei – ob ich Artner gekannt hätte? – Ich nickte.

In diesem Augenblick kam mir die Idee, im Kopf

Artners eingeschlossen zu sein, seine Erinnerungen zu haben und seine Wahrnehmungen. Entweder war er verrückt gewesen, oder ich hatte den Verstand verloren, jedenfalls gelang es mir gerade noch zu fragen, ob er zur Heiligen Messe gegangen sei, bevor ich log, ich müsse auf die Toilette.

»Nein«, antwortete der Mönch und wies mir den Weg.

Ich eilte los und verirrte mich natürlich, aber ich hatte ja nur die Flucht vor meinem eigenen Denken angetreten. Während ich in den Gängen herumirrte und immer auf neue Heiligenbilder, Stiche des Klosters und Portraitgalerien von Äbten an den der Fensterseite gegenüberliegenden Wänden stieß, war mir auf eine irrationale Weise klargeworden, dass ich mich tatsächlich in Artners Kopf, in dem diese Bilder gespeichert gewesen sein mussten, befand. Verstärkt wurde der Eindruck dadurch, dass ich jetzt kaum noch Blicke auf die Wände warf, weil ich auf der Suche nach dem Schubert-Zimmer nur das braun-schwarze Schachbrettmuster auf dem Boden anschaute beziehungsweise nach einer Abzweigung Ausschau hielt. Endlich kam ich, ich weiß nicht wie, an den Ausgangspunkt zurück, an dem noch immer die Mönche standen. Dr. Eigner wartete schon auf mich, eilte mir mit nervösen Schritten entgegen und sagte leise, aber bestimmt: »Er will Sie sehen …«

»Mich?«

»Ja!«

»Weshalb?«, fragte ich irritiert.

»Eigentlich will er Philipp Artner sprechen.«

Ich folgte ihm unwillig in das Schubert-Zimmer,

das mit Biedermeiermöbeln ausgestattet war: ein Bett mit Kopf- und Fußteil und hohen Kissen, daneben ein Nachtkästchen. An der Wand hingen ein Kreuz und ein Schubert-Portrait über einer Kommode, ansonsten war das Zimmer mit Wandschrank, Waschbecken und einem Spiegel ausgestattet, in der Mitte ein Tisch und Stühle unter einer Glasschirmlampe. Auf dem Tisch lagen Medikamente, Ampullen, eine kleine Feile, eine Schere, Bücher und Partituren, von denen eine in einem Sessel neben dem Bett wie auf einem Notenpult aufgeschlagen war. Man hatte einen Infusionsständer für den Priester hereingeschoben, und der Patient »hing«, wie Dr. Eigner flüsterte, »am Tropf«.

»Sind Sie es, Philipp? … Philipp? … Philipp Artner?«

Dr. Eigner nickte mir zu und antwortete an meiner Stelle: »Ja.« Erst jetzt fiel mir die Tigerkatze auf, die zu Füßen des alten Mannes im Bett lag.

»Ich kann Ihre Frage nicht beantworten. Es ist jetzt schon ein Jahr her«, keuchte Pater Resch. »Sie wollten wissen, warum Gott Luzifer erschaffen hat, wo er sich als Allmächtiger und Allwissender doch im Klaren war, was sein Geschöpf anrichten würde. Wie viel Unglück es bringen würde, wie viele seiner anderen, von ihm erschaffenen Geschöpfe durch Luzifer vernichtet würden … Ich weiß es nicht … Philipp …«

Dr. Eigner sagte unsinnigerweise: »Ja.«

»Ich kann auch die Frage nicht beantworten«, fuhr er fort, »ob Gott böse ist, weil er das Böse erschaffen hat. Es war ja nicht nur Luzifer, der sich gegen ihn erhoben hat, es haben ganze Engelsscharen gegen Gott und die ihm ergebenen himmlischen Geschöpfe gekämpft …

Sie wollen wissen, warum … Ich kann es Ihnen nicht beantworten … Gott, ein Unerbittlicher, haben Sie gesagt, der die Todesstrafe für den Ungehorsam von Adam und Eva über jeden Menschen verhängt … Sippenhaftung haben Sie ihm vorgeworfen, und dass er mit der Sintflut alle Menschen bis auf Noah auslöschte … und doch voraussehen musste, dass die neuen Menschen vom Stamme Noahs wieder Kriege, Mord und Totschlag auf die Erde bringen würden, Konzentrationslager, Atombomben und am Ende sogar die Vernichtung der Natur … Wir vollenden selbst die Vertreibung aus dem Paradies … haben Sie gesagt …«

Wir schwiegen.

Der Pfarrer drehte sich zur Seite und zeigte auf die Partitur.

»Die Seite … reißen Sie die Seite heraus«, keuchte er. Ich war wie gelähmt.

Dr. Eigner riss die Seite aus der in rotes Leinen gebundenen Partitur – es handelte sich um Schuberts »Unvollendete« – und schaute ihn fragend an. Durch das Geräusch von zerreißendem Papier wurde die Katze aufgescheucht und sprang auf die Brust des Sterbenden. Resch kümmerte sich nicht darum.

»Zerreißen Sie sie … zerreißen Sie sie«, stöhnte er und streckte die Hände zu Dr. Eigner hin. Der Arzt machte, ohne zu zögern, was er verlangte, und legte ihm die Papierschnipsel in seine geöffneten, wie zu einer Schale geformten Hände. Resch steckte sie mit fiebrigen Fingern in seinen Mund und begann fahrig zu kauen, dabei zeigte er auf die Bibel am Tisch und rief, während er automatisch weiterkaute: »Die Bibel!«

Die Katze schupfte währenddessen mit ihren Pfoten die Papierschnipsel auf den Boden und fing an, wild mit ihnen zu spielen. Es war grotesk.

Dr. Eigner hatte ihm indessen die Bibel überreicht, aber der alte Pfarrer ließ sie auf die Bettdecke sinken und rief mit erstickter Stimme: »Genesis! Genesis! Zerreißen Sie die Seiten!«

Der Arzt befolgte diesmal nur widerwillig seine Anweisung, und auch diese Papierschnipsel stopfte sich Resch in seinen kauenden Mund. Er versuchte sie hinunterzuwürgen, aber er hatte keine Kraft mehr. Wie von einem elektrischen Schlag getroffen, bäumte er sich noch einmal auf und fiel dann leblos in die aufgestapelten Kopfkissen zurück. Vor dem Mund und auf seiner Brust lagen die mit schwarzen Noten oder Buchstaben bedruckten Fragmente, und es war, als sei ein böser Geist aus dem Pfarrer entwichen.

Die Katze, die auch nach den Schnitzeln der Bibelseiten getappt hatte, überschlug sich miauend auf dem Boden.

Dr. Eigner sammelte die Rest von der Bettdecke und vom Boden ein und verstaute sie mit den Medikamenten in der Tasche. Während er den Mund des Toten vom Papier reinigte, sagte er: »Sie haben nichts gesehen ... er ist friedlich eingeschlafen.«

Er legte die Bibel und die Schubert-Partitur zurück auf den Tisch, packte die Katze am Genick und ließ sie, als er die Tür geöffnet hatte, auf den Steinboden des Ganges fallen. Die Mönche murmelten gerade mit gesenkten Köpfen ein lateinisches Gebet.

Auf der Rückfahrt sprachen wir kein Wort. Erst als Dr. Eigner vor Artners Haus hielt, bat er mich, bei ihm im Wagen sitzen zu bleiben. Endlich fragte er, ob ich schweigen könne. Ich hatte mir inzwischen überlegt, welche Bedeutung das Sterben des Pfarrers Resch für mich und meine Arbeit hatte. Als Erstes war mir eingefallen, dass ich bei meiner Ankunft die Totengräber am Friedhof sein Grab ausschaufeln gesehen hatte und dass er schon der dritte Tote war, den ich in den wenigen Tagen, die ich im Dorf verbracht hatte, zu Gesicht bekam. Außerdem hatte Pfarrer Resch mich für Artner gehalten und mir Wichtiges über den verstorbenen Schriftsteller gesagt. Es war für mich daher unvermeidlich, dass ich den Vorfall in meine Arbeit aufnehmen würde. Ich log und sagte: »Ja.«

»Es wäre schrecklich, wenn die Menschen etwas davon zu hören bekämen. Eine Geschichte, die noch über Generationen hinaus erzählt würde.«

Ich nickte und stieg aus.

Wenn ich am Abend nicht eine Verabredung mit Pia gehabt hätte, wäre ich abgereist, denn die Vorfälle bedrückten mich jetzt wieder so sehr, dass ich mich anschließend nur auf das Bett legen und die Zimmerdecke anstarren konnte. Dort sah ich ähnlich wie auf einer Kinoleinwand in durchsichtigen, farblosen Bildern Einzelheiten von Ereignissen, die ich im Dorf erlebt hatte. Der Bildersturz lief – einem Filmtrailer ähnlich – unchronologisch ab. Ich hatte keinen Einfluss auf die Reihenfolge und die Dauer der Bilder und kurzen Szenen.

Zuerst wusste ich nicht, wo ich mich befand. Ich blickte auf den Bildschirm des Laptops, es war halb fünf Uhr morgens. Mir fiel Pia ein. Ich hatte die Verabredung mit ihr verschlafen, ich war ein Versager. Wenn man sich als Versager fühlt, ist alles, was man tut und denkt, sinnlos – ich suchte als Erstes die Toilette auf und starrte die Fliesen auf dem Fußboden und meine Zehen an. Alles an mir schien lächerlich zu sein und mich zu verspotten. Ich war nichts als ein Idiot. Ich betrachtete mich anschließend im Spiegel und verstand auf eine schmerzliche Weise, was man ganz allgemein an mir nicht mochte. Ich erkannte jetzt jeden meiner Gesichtszüge, die andere in Wut versetzen konnten, und ich hörte mich in meinem Kopf sprechen ... Die Art und Weise, wie ich argumentierte, die anderen nicht zu Wort kommen ließ, wie ich immer lächelte beim Sprechen und Gesichter schnitt, meine Stimme veränderte ... Ich fand mich ekelhaft. Ich wusste jetzt, dass ich ein ekelhafter Mensch war und dass ich mein blödes, automatisches Lächeln unterbinden müsse, dass ich zuhören müsse, dass ich zurückhaltender sein müsse – aber eine Veränderung gelang mir immer nur für kurze Zeit, früher oder später fiel ich in mein gewohntes Verhalten zurück, da gab es kein Entkommen.

Ich überlegte, Pia anzurufen, und dachte nach, was ich ihr sagen sollte. Endlich, gegen sieben Uhr, rief sie mich an, ich verspürte einen heißen Druck im Hals bis zu den Ohren.

»Weshalb haben Sie gestern meinen Anruf nicht angenommen? Ich habe es dreimal versucht ...«

Ich entschuldigte mich und antwortete, dass ich aus Erschöpfung verschlafen hätte. Als sie sich nach meinem Befinden erkundigte, musste ich mich zusammennehmen, damit meine Stimme nicht zitterte.

Sie wusste schon vom Tod des Pfarrers, aber sie kannte nicht die Umstände, die ich für mich behielt. Ich musste versuchen, zurückhaltend zu bleiben und nicht gleich alles bei der ersten Gelegenheit zur Sprache zu bringen, befahl ich mir.

Sie teilte mir mit, dass sie am Abend keine Zeit habe, nein, auch morgen nicht. Als sie an meinem Schweigen erkannte, wie sehr mich das traf, sagte sie plötzlich, sie werde mich in der Mittagspause besuchen, ihre Mutter würde Gabriel von der Schule abholen. Ich konnte nicht anders, als bewegt zu antworten, wie sehr mich das freute.

Den gesamten Vormittag vertrödelte ich. Ich rief Professor Balthasar und Daniela Walzhofer vom Heimito-von-Doderer-Institut an und erzählte von Notizen, die ich im Haus gefunden hätte, von Fotografien aus Mexiko und Berichten über Artners tägliche Teichwanderungen. Alles Übrige verschwieg ich. Hierauf erreichte ich Doris, die Witwe Artners, mit der ich über die beiden ermordeten und den vermissten Tschetschenen redete, über die Notizen, die ich im Haus gefunden hätte, und über Menschen, denen ich begegnet war. Pia und Gabriel unterschlug ich. Ich sagte niemandem die Wahrheit, ich verlor mich in einzelne Episoden, in Details, ohne von meinen Funden und Gefühlen zu sprechen. Obwohl ich nicht gelogen hatte, fühlte ich mich als Lügner, weil ich das meiste für mich behalten hatte.

Ich frühstückte reichlich, verstaute Philipp Artners Manuskript, Notizbuch und seine Fotografien in meinem Koffer und hörte nebenbei Schönbergs »Pierrot lunaire«, das ich auf einer der zahlreichen CDs fand. Ich spürte allmählich, wie die Energie zurück in meinen Körper floss – durch Venen und Arterien und die Nervenbahnen –, und in meinem Kopf begann es zu summen wie in einem Bienenstock. Im Kühlschrank hatte ich noch verschiedene Imbisse, Schinken, Wurst, Käse, Oliven.

Ich setzte mich in mein Auto, besorgte frisches Brot und zwei Flaschen Muskateller-Wein, und allmählich, ganz langsam, begannen die pornographischen Fotofragmente in meinem Kopf wieder die Oberhand zu gewinnen. Ich befreite mich von dem Spuk, der mich zusammengepresst und mir die Luft genommen hatte, und ich schüttelte auch Artner ab, ich entfernte ihn einfach aus meinem Kopf – er war tot.

Zu Mittag öffnete ich eine Flasche Wein, trank ein Glas und wartete. Als es an der Tür klopfte, öffnete ich, blickte Pia in die Augen und küsste sie auf den Mund. Sie lächelte, erwiderte meinen Kuss jedoch nicht. Trotzdem trat sie ein. Zuerst hielt sie kurz inne und schaute sich im Raum um, als betrete sie ihn seit Artners Tod zum ersten Mal, dabei besaß sie mit Sicherheit noch immer einen Schlüssel zum Haus und hatte doch alles, was von Artners Nachlass vorhanden war, an sich genommen. Nur den Stick mit den Aufzeichnungen und den kompromittierenden Fotografien hatte sie wohl übersehen, und es würde hoffentlich einige Zeit dauern, bis sie dahinterkam, dass ich mehrere wertvolle Stücke aus ihrem Archiv entwendet hatte. Der Gedanke an Artners Charakterisierung der Menschen im Dorf, Pias Mutter, Gabriel und Pia selbst, gab mir Sicherheit, und ihre rotlackierten Fingernägel erinnerten mich an die Schnipsel der intimen Fotografien auf dem Stick. Ich wusste, dass ich sie umarmen würde, ich war mir sicher, dass es mir in der nächsten Viertelstunde gelingen würde, sie zu verführen und so über Artner zu triumphieren, ich durfte nur keinen Fehler machen. Daher setzte ich mich auf das Bett, und da mir nichts anderes einfiel, versank ich in scheinbar düsteres Schweigen. In mir war jedoch keine Niedergeschlagenheit, sondern nur Leere.

Wir saßen eine Minute schweigend da, sie auf einem Stuhl, ich auf dem Bett.

Ich bot ihr ein Glas Wein an. Sie nahm es und schien etwas zu überlegen, bevor sie mich fragte, ob ich wisse, woran sie gerade denke.

Es konnte möglich sein, dass sie an Artner dachte, aber wenn ich ihr diese Antwort gegeben hätte, hätten wir in der Folge nur über den Schriftsteller gesprochen, daher sagte ich leise: »An die Liebe.«

Gab es eine Mathematik der Verführung? Ich glaubte daran, doch verstand ich ihre Gleichungen, Formeln, ihre Brüche, Potenzen und Quadraturen immer erst im Nachhinein. Ohne dass Pia es von sich aus angestrebt hätte, hätten wir uns nicht, noch ehe sie weitersprechen konnte, geküsst und umarmt. Die Verführung ist wie das Erraten von Gegenständen, die jemand in der Hand verbirgt. Oder wie ein Schachspiel. Der Schwächere unterliegt dem Stärkeren, gibt nach oder geht geschlagen davon, der Stärkere bleibt oder macht sich davon, wie es ihm beliebt. Pia und ich waren vielleicht zwei gleich starke Spieler, das wusste ich bereits, als wir aufs Bett fielen und in der Zeitlosigkeit aufgingen. Ich spürte ihre Küsse und die Lust einer lange schon begehrten Vereinigung. Immer wieder dachte ich an die fotografischen Bildschnipsel und wünschte mir insgeheim, dass sie mich reizte und verführte, wie sie es mit Artner getan hatte.

Es war halb vier Uhr nachmittags, als wir wieder in die Zeit zurückkehrten, müde und wortlos. Doch spürte ich auch den Dämon in mir, der mich triumphieren ließ, dass ich Artner überwunden, besiegt und gedemütigt hatte. Ich war endgültig an seine Stelle getreten. Pia hielt mich lange fest, griff später zu ihrem Handy und rief die Apotheke an, sie habe in Graz einen Termin beim Augenarzt gehabt, und es habe länger gedauert … Sie log ohne Hemmung – wir passten gut zusammen. Sie log auch ihre Mutter an. Als sie aufgelegt hatte, sagte sie nur: Hoffentlich hat mich niemand gesehen, wie ich zu dir heruntergefahren bin. Aber mein Auto steht hinter dem Haus …

Wir umarmten uns sofort wieder, wir kamen nicht voneinander los.

Eine Woche dauerte diese Verzauberung, während der ich nicht arbeiten, nicht spazieren gehen, nicht telefonieren konnte, in der alles andere nebensächlich, ja, bedeutungslos war. Nur zum Begräbnis von Pfarrer Resch ging ich, schon um ein letztes Mal das offene Grab zu sehen. Über dem Friedhofstor entdeckte ich jetzt erst die Aufschrift: »Wir waren, was Ihr seid / Wir sind, was Ihr sein werdet.«

Die Verabschiedung war ein bizarres Ritual angesichts der letzten Augenblicke seines Daseins. Er war in wildem Widerspruch zu seinem Leben gestorben, in leidenschaftlichem Aufbegehren gegen alles, was ihm etwas bedeutet hatte. In der Kirche und am Friedhof war davon nichts zu bemerken. Durch den Pomp und die salbungsvolle Rhetorik der Grabredner verwandelte sich sein Dasein für mich nachträglich in eine böse Karikatur.

Am Abend war ich wieder bei Pia zum Essen eingeladen. Bis dahin hatten wir über Philipp Artners Nachlass nicht gesprochen. Nicht einmal seinen Namen hatten wir in den Mund genommen.

Pias Mutter hatte ein Hirschragout mit Semmelknödeln und Preiselbeermarmelade gekocht und als Nachspeise einen Gugelhupf gebacken. Sie brachte die Rede gleich auf Artner und erzählte, dass er mit den Dorfbewohnern häufig getrunken habe, ohne jedoch ihre Standpunkte zu teilen. Er habe ihr Denken kennenlernen wollen und ihre Fähigkeiten bestaunt – als Imker, als Vieh- und Fischzüchter, als Schlächter, ja, sogar als Jäger, obwohl er Vorbehalte gegen die Jagd gehabt habe. Die Frauen hätten ihm wegen ihrer Selbständigkeit und ihren reichen Kenntnissen imponiert. Er habe auf dem Land eine größere Nähe zum Leben und zum Tod gespürt, habe er gesagt – allein durch das Erlebnis der Jahreszeiten.

Unterdessen war Pia aufgestanden und hatte wortlos das Wohnzimmer verlassen. Obwohl er aus der Kirche ausgetreten sei, habe Artner die Verbindung von Natur und Mystik verstanden, fuhr Pias Mutter fort, und die Schöpfung von Mikrokosmos und Makrokosmos bewundert. Aus diesen Gründen habe er auch versucht, eine Sprache zu finden, die der Natur näher kommen sollte …

Wir aßen schweigend weiter, bis Pia mit einem Moleskine-Notizbuch erschien und sich wieder zu uns an den Tisch setzte. Vor Schreck blieb mir fast der Bissen im Hals stecken. Sie war offenbar in ihr Archivzimmer gegangen und hatte das Notizbuch gesucht. Was, wenn sie bemerkt hatte, dass das Manuskript, das Notizbuch, das ich an mich genommen hatte, oder die Fotografien aus Mexiko fehlten?

Ihr Gesicht – stellte ich erleichtert fest – war allerdings entspannt, einmal lächelte sie mir sogar zu. Als die Mutter sich in die Küche zurückbegab, um den Gugelhupf zu holen, schlug Pia das schwarze Notizbuch auf und las ohne verbindende Worte die folgenden Eintragungen von Philipp Artner vor: »Die Suche nach einer Poesie, die sich aus den Erscheinungen der Natur entwickelt: aus ihren geheimen und sichtbaren Anziehungskräften, aus ihrer Schönheit und Abgründigkeit, aus ihren heiligen Verwandlungen und ihren Grausamkeiten, aus den Tier- und Pflanzenträumen, dem Nirwana in den Steinen und den musikalischen Schwingungen der Kristalle, dem flüssigen Körper des Wassers und den unsichtbaren Energien der Luft, aus der Zauberkraft der Erde und der Unheimlichkeit des Feuers und nicht zuletzt aus dem komplizierten Spiel der Atome, die eine Welt für sich sind.«

Ich nickte, weil ich sie nicht fragen wollte, woher sie das Notizbuch hatte, und zu meiner Überraschung schob sie es mir hin mit der Bitte, es dem Heimito-von-Doderer-Institut zu übergeben. Das war natürlich doppelt raffiniert, einerseits erweckte sie dadurch den Eindruck von Großzügigkeit, und andererseits konnte ich sie im Augenblick nicht fragen, ob sie weitere Schriften von Artner besitze.

Nach dem Essen gingen Pia und Gabriel mit mir in das Kinderzimmer. Gabriel las gerade die Comic-Romane von Jeff Kinney, »Gregs Tagebuch« und die »Tom Gates«-Bände von Liz Pichon, aber auch »Gullivers Reisen« von Jonathan Swift. Außerdem mehrere Bücher über Papageien: einen Farbatlas mit über 361 Arten, von denen er die meisten mit Namen kannte, und vor allem »Sprachtraining mit Papageien«. Gabriel redete mich von sich aus mit »Du« an. Natürlich dachte ich dabei auch an Artner. Das Kind erzählte stockend, sich manchmal wiederholend, oder es mochte gar nicht antworten und versank in das Spiel mit Wrestlingfiguren, in einem eigens dafür angefertigten »WWE Smack Down Superstars Wrestling Ring«. Sein Lieblingswrestler war der rothaarige Sheamus, er sprach jedoch auch von Randy Orton, Rey Mysterio, John Cena oder dem Riesen und dem Zwerg Hornswoggle & Chavo Guerrero. Er führte mir Kämpfe im Ring vor, ließ die Figuren über die Seile purzeln und sprach dabei halblaut wie ein Sportreporter, während der Papagei Aleph mit schriller Stimme »Hurra! Hurra!« krächzte, aufgeregt herumhopste oder sogar in den Ring flog, um sich in das Geschehen einzumischen, wobei er mit dem Schnabel kräftig auf einzelne Figuren einhieb.

Sie hätten ein Kind mit Down-Syndrom in der Klasse, sagte Pia beiläufig. Wie sich herausstellte, konnte Gabriel alle Wörter und Gesten von Kevin, wie der Bub hieß, nachsprechen und nachmachen und unterhielt sich in der Schule auf diese Weise mit seinem Sitznachbarn. Gabriel hatte ein starkes Gerechtigkeitsgefühl, das er lautstark zum Ausdruck brachte, und konnte jähzornig sein. Das entnahm ich den Wortwechseln mit Pia, die er mit seinen Bemerkungen herausforderte.

Beim Abschied riet mir Pia, den Teichspaziergang von Artner nachzugehen, nur so würde ich seiner Gedankenwelt näher kommen. Im Winter sei es ihm vor allem um das Eis auf den Teichen gegangen und die Spuren im Schnee, im anbrechenden Frühjahr um die durch die Schneelast entwurzelten Bäume, die Krokusse, Frühlingsknotenblumen und erfrorenen Vögel.

Am nächsten Morgen zog ich meine festen Schuhe und den Anorak an. Es war ein kalter, trüber Tag. Eigentlich wollte ich mit dem Lesen des Manuskripts anfangen, das ich aus Pias Archiv entwendet hatte, aber nach den Tagen in Artners und Pias Haus hatte ich das Bedürfnis, »ins Freie« zu gehen. Das Wort passte »wie angegossen« zu meinem Befinden. Zuerst aber holte ich Ajinows erstaunliche Zeichnung des Dorfes und seiner Umgebung aus meiner Sakkotasche und überflog die Route, die ich mir vorgenommen hatte.

Unterwegs hielt ich vor dem Lammeder-Teich, wo das Eis in stern- und kometenförmigen Brüchen aufzutauen begonnen hatte. Die Sprünge im Eis waren wirklich von überraschender Schönheit, ich hatte sie noch nie bewusst wahrgenommen.

Langsam stapfte ich durch den Schnee, in dem noch die Schuhabdrücke der Polizisten zu sehen waren, bis ich den Futtersteg für die Fische erreichte. Auf dem Automaten am Ende des Stegs war ein zartes Gewebe von schwarzen, gelben, rötlichen und weißen Flechten zu erkennen, und um den Futtersteg herum entdeckte ich jetzt auch größere, dichte Gebilde von Luftbläschen im Eis, jedes wie eine winzige Milchstraße. Ich schaute mit Artners Augen, bemerkte ich, ich ging seinen Weg, ich stapfte in den Spuren seiner Poesie – und: Ich wohnte weiter in seinem Haus, ging es mir durch den Kopf, seine Geliebte war meine Geliebte, und sein letztes Manuskript gehörte mir. Ich hatte ihn gänzlich überwunden, stellte ich befriedigt fest.

Während ich in das Weltall aus dunklem Eis und hell umrandeten Luftbläschen starrte und mich in den Tiefen dieses winzigen Universums verlor, fiel mir, ich weiß nicht warum, Giottos Darstellung des Judaskusses wieder ein, und ich ging eilig den Weg aufwärts zum Matthäus-Teich. Rechter Hand öffnete sich der Wald, und linker Hand – weil ich bergauf ging, immer tiefer unter mir, doch gleichzeitig auf eine irrationale Weise der Eisfläche scheinbar immer näher kommend – sah ich die Oberfläche des größten der drei Fischgewässer, die durch einen schmalen Bach miteinander verbunden waren. Das Eis war von einer dünnen Schneeschicht bedeckt, und nur vereinzelt sah ich Stern- und Kometenmuster auf dem Weiß. Ein Schwarm Nebelkrähen gab Laute von sich. Ein Rascheln, das vom linken, abfallenden Hang kam, ließ mich aufblicken, und ich erkannte zuerst Waw und dann Johann Mühlberg. Vor sein Gesicht hielt er gerade einen großen Feldstecher, mit dem er das andere Ufer absuchte.

»Wann kommen Sie wieder zu uns? Herr Nachasch hat sich nach Ihnen erkundigt«, sagte er, ohne den

Feldstecher abzusetzen. Mir fiel keine bessere Antwort ein, als ihn unwillig zu fragen, wann er sein Gewehr abholen werde.

Er setzte das Fernglas ab und musterte mich kurz.

»Ich will Sie nicht stören«, antwortete er zögernd, und nach einer Pause fügte er hinzu: »Ich war zweimal bei Ihnen, doch jedes Mal stand der Wagen von Pia Karner hinter dem Haus.«

»Und?«, fragte ich und starrte in sein von der Kälte bläulich und gelb verfärbtes Gesicht, um dessen Augen die Okulare des Fernglases weiße Ringe hinterlassen hatten. Seine Kiefermuskulatur spannte sich: »Nichts«, antwortete er. »Das weiß ohnedies ein jeder.«

»Was?«, fragte ich.

Er lachte leise, wurde aber sofort wieder ernst und rief: »Waw!«

Der Hund trottete an seine Seite.

»Ich brauche das Gewehr jetzt nicht … Kann ich es später abholen?«, sagte er im Weggehen.

Ich nickte, und er wandte mir den Rücken zu. Ich war ein Idiot gewesen. Natürlich musste man gesehen haben, dass Pia zu mir fuhr, und selbstverständlich hatte irgendjemand – ein Jäger, ein Liebespaar in einem Auto, Frau Auer – den Wagen von Pia, der mehrmals hinter Artners Haus geparkt gewesen war, gesehen. Das Gasthaus in St. Johann war ein Umschlagplatz für Informationen, es gab Telefone und Computer …

Ich schüttelte meine Gedanken ab wie ein Hund nach dem Bad die Wassertropfen. Nach einem steilen, verschneiten Hohlweg, der rechts auf die Anhöhe führte, bemerkte ich nur noch vereinzelt Fußspuren. Der Pfad ging wieder bergab und war unter dem Schnee, wie ich durch die Sohlen meiner Schuhe spürte, von größeren Steinen bedeckt. Weiter unten fand ich die Feder einer Eule, und mir fiel eine Stelle auf, an der der Schnee fehlte. Ich bückte mich und entdeckte eine Scherbe aus Porzellan. Neugierig hob ich sie auf und hielt einen Zahn in der Hand. Einen Zahn? – Ein Stück daneben fand ich einen Kieferknochen, wie ich bei näherer Betrachtung feststellte, mit drei weiteren Zähnen. Wahrscheinlich hatte ein Fuchs die Knochen eines verendeten Tieres hierherverschleppt, nahm ich zuerst an. Die Zähne sahen aber nicht wie die eines Hundes aus, auch nicht wie von einem Reh oder einem Fuchs, eher gehörten sie zu dem Gebiss eines Menschen ... Ich erschrak, um mich herum war jetzt niemand zu sehen und kein Laut zu hören. Ich befand mich am unteren Ende des Fischteiches und suchte verwirrt den schmalen Pfad ab. Dichtes, abgestorbenes Schilf war auf der linken Seite in den Teich gesunken und vom Eis bedeckt worden. Am Ufer war die Decke durchsichtig, so dass ich die gelben Pflanzen in der schwarzen Tiefe des Wassers verschwinden sah. Rechts fiel der Weg steil in einen Graben ab, in dem ich den Abfluss erkannte. Die Wasseransammlung unter der Öffnung des Rohrs war nicht zugefroren, weißer Schaum bildete dort ein Schuppenmuster in Form von Wellen. Ich hatte die Zähne angeekelt in eine Anoraktasche gesteckt und erblickte jetzt weiter vorne im Graben einen großen rostigen Behälter. Er sah aus wie ein Überbleibsel aus dem Zweiten Weltkrieg. Vielleicht fand ich darin die Lösung des Rätsels? Ich hielt an und dachte nicht an die Folgen, was passieren würde, wenn ... Ich überlegte zuerst, Dr. Eigner anzurufen, verwarf diesen

Einfall jedoch, da es mir zu kompliziert erschien, und an die Polizei, an Inspektor Battmann wollte ich mich auf keinen Fall wenden. Währenddessen ging ich auf den rostigen Behälter zu, der, wie ich dachte, vermutlich im Herbst beim Teichausfischen für die gefangenen Karpfen gebraucht wurde. Dann fiel mir ein, dass Philipp Artner sich Notizen über die Wanne gemacht und die Kratzer auf dem Boden sowie den Rost fotografiert hatte. Die letzten Schritte zum Fischbehälter hin lief ich, ich wusste nicht warum. Auf den ersten Blick lag nur Schnee darin, auch führten keine anderen Spuren als meine eigenen zu ihm hin. Dann aber entdeckte ich eine kleine, dunkelgraue Stelle in der Wanne und stellte bei genauerem Hinsehen fest, dass es sich um ein Kleidungsstück handeln musste.

In diesem Moment hätte ich meine Nachforschungen abbrechen und die Polizei verständigen sollen. Ich bückte mich jedoch, griff nach einem Zweig und fegte den Schnee von den Kleidungsstücken. Ein Arm und weiter oben ein Ohr kamen zum Vorschein. Ich empfand, wie ich später nicht begreifen konnte, jetzt keine Angst mehr, nur Anspannung. Es handelte sich um einen Menschen, zu dem vermutlich auch die Zähne gehörten, sagte ich mir. Nach Daletew und Zajinow war es wahrscheinlich der dritte Tschetschene, Samech. Es war still. Dann hörte ich aus der Richtung, in die ich hatte weitergehen wollen, ein Geräusch, es klang wie ein Husten, das von weiter weg kam. Mir fiel ein, dass ich Mühlberg getroffen und dass dieser ein Fernglas bei sich gehabt hatte – vielleicht hatte er mich von weitem beobachtet. Aber ich war ihm auf der anderen Seite, von der ich hergekommen war, begegnet. Andererseits konnte er jemanden angerufen haben. Abermals hörte ich das Hustgeräusch, jetzt schon näher, und gleich darauf erschien die junge Polizistin, die Battmann für gewöhnlich begleitete, im Trainingsanzug und mit wehendem blonden Zopf auf der Lichtung. Ich winkte ihr zu und rief mehrmals »Hallo!«, bis sie mich hörte. Sie blieb stehen, hob argwöhnisch den Kopf und versuchte sich ein Bild zu machen.

»Ich habe den Tschetschenen gefunden«, rief ich. »Samech! Er liegt hier in dem Behälter!«

»Was tun Sie da?«, rief sie zurück.

»Ich habe dort«, ich streckte den Arm aus und zeigte in Richtung der Fundstelle, »Zähne gefunden. Von einem Menschen. Sehen Sie!«

»Hände weg vom Körper«, rief sie nervös und holte ihr Handy heraus. Die ganze Zeit über, die sie telefonierte, ließ sie mich nicht aus den Augen und machte ein Gesicht, als wolle sie davonlaufen. Nachdem sie das Gespräch beendet hatte, befahl sie mir zu bleiben, wo ich war.

Ich sagte, das sei Unsinn, und kletterte den Hang zu ihr hinauf.

Sie hatte natürlich keine Waffe bei sich. Sie war jung und unerfahren. Und sie hatte Angst vor mir. Das alles begriff ich vom Wandel ihrer Mimik her, als ich auf sie zukam.

»Die Polizei ist jeden Augenblick hier!«, rief sie. »Bleiben Sie stehen!«

Ich war ihr inzwischen so nahe gekommen, dass wir, ohne zu schreien, miteinander sprechen konnten.

»Ich habe den Toten gefunden, den ihr vergeblich gesucht habt!«, sagte ich. Noch während ich es sagte, machten mich meine eigenen Worte wütend. Ich hörte mein Herz schlagen, meine Schluck- und Atemgeräusche und spürte die Kälte in meiner Nase. Sie wich mehrere Schritte zurück, dann standen wir bewegungslos da, bis die Polizisten eintrafen. Zwei von ihnen liefen, gefolgt von Battmann, auf mich zu und wollten mir Handschellen anlegen.

»Die Zähne sind in meiner Anoraktasche«, stieß ich zornig hervor. »Ihr blamiert euch mit eurer Lachnummer!«

»Das werden wir sehen!«, zischte Battmann, der so nahe an mich herangetreten war, dass sich beinahe unsere Nasenspitzen berührten. Er wollte witzig sein, vielleicht dachte er auch an die Fernsehserie »Columbo«, denn er sagte höhnisch: »Jedenfalls haben wir den Spatz in der Hand. Die Taube auf dem Dach kommt später.«

Die Polizisten hatten es sich inzwischen anders überlegt, sie nahmen mir die Zähne aus der Hand und steckten sie in eine durchsichtige Folientasche. Inzwischen waren die anderen Beamten zum Behälter hinuntergeeilt. Battmann warf einen Blick hinein, kam dann langsam wieder zu mir herauf, blieb stehen und lächelte mich schadenfroh an: »Da werden Sie aber Mühe haben, uns plausibel zu erklären, wie Sie den Vermissten gefunden haben.«

»Es war ganz einfach«, erwiderte ich, »man muss nur denken.«

Am liebsten hätte er mir ins Gesicht geschlagen, aber dafür waren zu viele Zeugen anwesend. Daher begnügte er sich damit, mich höhnisch anzusehen und stumm zu nicken, bevor er sich umdrehte und auf die junge Polizistin zuging, um mit ihr ein längeres Gespräch über den Vorfall zu führen.

Zwei Polizeibeamte brachten mich auf die Wachstube nach Wies, wo ich alles haarklein berichten musste. Man hatte eine Karte des Weges aus einem Wanderführer herauskopiert und verlangte, dass ich jeden Schritt und jede Beobachtung markierte, natürlich auch, wo die Begegnung mit Mühlberg stattgefunden hatte. In einem fort stellten die Polizisten Fragen: warum dies und warum jenes. Die Erklärsucht, glaube ich, würgt am Ende die Wirklichkeit ab, bis sie nicht mehr ist als ein aufgespießter Schmetterling in einer Sammlung Lepidoptera – und ich spielte das Spiel mit, weil ich ohnedies wusste, dass die Wahrheit unglaubwürdiger war als eine banale Lüge. Überhaupt war es für mich am besten, wenn ich die allernormalsten Beweggründe anführte. Die größten Schwierigkeiten bereitete ihnen aber der Umstand, dass ich nach dem Fund der Zähne nicht sofort die Polizei angerufen hatte. Erst als ich log, dass ich den Ehrgeiz gehabt hätte, den Vermissten zu finden, waren die Beamten mit mir zufrieden.

Inspektor Battmann, der später dazukam, nannte mich von oben herab einen »Sherlock Holmes«. Ich konnte mich nicht beherrschen und sprach ihn daraufhin auf Englisch als »Inspektor Batman« an, worauf er mich hinauswarf.

Die junge Polizistin war die ganze Zeit über, ohne ein Wort zu sprechen, daneben gestanden. Während ich mich zu Fuß auf den Rückweg machen musste, da ich ja mit dem Polizeiwagen nach Wies gebracht worden war, kam sie mir aus der Wachstube nach und fragte mich, ob sie mich nach Hause bringen solle.

Für sie sei die Geschichte so ungewöhnlich gewesen, dass sie sich nicht anders habe verhalten können, sagte sie im Wagen. »Inspektor Battmann hat Sie aufgeschrieben« – ein alter Ausdruck für ›hat Sie im Visier‹ – »er behauptet, dass Sie ihn lächerlich machen. Die Leute verspotten die Polizei, weil sie nicht in der Lage ist, auch nur einen der vermissten Toten zu finden. Und der Inspektor erträgt das nicht ...«

Sie fuhr zügig und selbstbewusst. Vor Artners Haus fing sie über unsere Begegnung vorhin am Teich zu sprechen an. Sie sei zum ersten Mal in diesem Winter die Strecke gelaufen, weil ihr die gewohnte zu langweilig geworden sei. Sie kenne das Gebiet seit ihrer Kindheit. Im Matthäus-Teich habe sie schwimmen gelernt. Daran habe sie sich gerade erinnert, als ich aufgetaucht sei.

Ich bedankte mich, sperrte die Tür auf und hinter mir gleich wieder zu.

Wachte ich? Träumte ich? – Ich wusste es nicht mehr. Ich stellte mir vor, wie der Tote entkleidet und seziert würde, und dachte an die Trauer der Tschetschenen in der ehemaligen Schule. Am frühen Nachmittag rief mich Pia an, besorgt, liebevoll, aber wie aus weiter Ferne. Sie versprach mir, abends zu kommen. Ich war unfähig, irgendetwas zu unternehmen. Das Einzige, wozu ich vermutlich imstande war, war, in Nichts aufzugehen. Und ich wollte auch, dass alle Fragen sich in Nichts auflösten ... Sollte ich abreisen? Sollte ich bleiben? Sollte ich Daniela Walzhofer benachrichtigen? Oder Artners Frau Doris? Für den Bruchteil einer Sekunde sah ich mich, wie ich auch Doris in den

Armen hielt und liebte … Ich verurteilte mich selbst dafür, aber das Bild blitzte in meinem Kopf auf. Selbst im Nichts war eine unbekannte Welt verschlossen wie ein Staubpartikel in einer leeren Schmuckkassette, das wusste ich, seit ich mich für Dichtung interessierte.

Zu Mittag riss ich mich los von meinen Kopfgespinsten, ich setzte mich ins Auto, um in der Gegend herumzufahren. Aber ich wollte niemandem begegnen, niemanden sprechen.

Überall sah ich Menschen auf der Straße, besonders in St. Johann. Und zum ersten Mal mehrere Tschetscheninnen mit Kopftüchern – sie weinten und klagten – und Tschetschenen, die in Gruppen herumstanden und heftig diskutierten. Jeder wollte wahrscheinlich wissen, wer die Morde begangen hatte. Es war klug gewesen, Artners Haus zu verlassen, fiel mir ein, denn früher oder später würden Journalisten an die Tür klopfen …

Vor der Schule in Wies liefen Kinder mit Taschen auf dem Rücken über den Vorplatz. Ich parkte am Straßenrand und erblickte Gabriel. Er stand nachdenklich da, schlenderte dann über die Fahrbahn und lachte später mit den anderen Buben. Es wäre gescheiter, schoss es mir durch den Kopf, nach Wien zu fahren, doch ich konnte nicht widerstehen, mich mit Gabriel zu befassen, mit ihm zu sprechen und zu spielen.

Ich wartete und sah als Nächstes Pia mit ihrem roten Toyota die Straße heraufkommen. Sie war erfreut, mich zu sehen, und noch mehr erfreut darüber, dass ich mit Gabriel den Nachmittag verbringen wollte.

»Ist es wegen Philipp? Ich meine, willst du über ihn etwas erfahren?«

»Nein«, log ich und spielte den Gekränkten.

»Verzeih, es war dumm von mir, dich das zu fragen«, beteuerte Pia und drückte mir den Arm.

Die Großmutter war auffallend zurückhaltend, aber Pia klärte mich auf, dass es wegen ihres Aussehens sei, sie sei nicht auf mich vorbereitet gewesen und hasse unangemeldete Besuche. Sie verschwand auch gleich im Bad und kehrte erst eine Viertelstunde später, wie für einen Nachmittag im Caféhaus hergerichtet, zurück. In der Zwischenzeit aßen wir jeder einen Teller Spaghetti, und ich erhielt dazu ein Glas Rotwein. Aleph, der Papagei, wartete indessen auf der Stange sitzend und schrie in einem fort: »Mahlzeit!«

Gabriel war sehr herzlich im Umgang mit mir. Ich machte den Kasperl für ihn, und wenn er lachte, dachte ich, ich spielte mit Philipp Artner als Kind, denn immer mehr glaubte ich zu erkennen, wie sehr er seinem Vater ähnelte. Aleph schnalzte, wenn Gabriel lachte, mit der Zunge. Ich erzählte ihm von zwei erfundenen Buben, mit denen ich in meiner Kindheit imaginär gesprochen hatte: Heinz und Karli. Heinz war ein Angeber gewesen, übergewichtig, das Echo seines beschränkten, spießbürgerlichen Vaters, eines nationalkonservativen Beamten, der Marschmusik liebte. Ich konnte in meiner Phantasie mit Heinz streiten und ihm ohne schlechtes Gewissen alle möglichen Schimpfwörter und Gemeinheiten an den Kopf werfen, vor allem Ausdrücke, die laut auszusprechen mir damals verboten waren. Der andere, Karli, war ein Schleimer, ein unterwürfiges Arschloch, verlogen, denunziatorisch, misstrauisch, ohne Begabung – er wandelte sich aber mit den Jahren zu einem vorlauten Klugscheißer, der ununterbrochen ins Fettnäpfchen trat, mir jedoch ergeben war. Beide hatten eine eigene Stimme, die ich beliebig abrufen konnte. Gabriel wollte »Mensch ärgere Dich nicht« spielen, mit Karli und Heinz als unsichtbaren Teilnehmern. Jedes Mal, wenn die beiden würfelten und kein Glück hatten, ließ ich sie in einen Redeschwall ausbrechen und sich beschweren – besonders wenn Gabriel oder ich eine ihrer Figuren schlug. Gabriel kreischte vor Vergnügen. Für Aleph war das immer ein Zeichen, sich auf seinem Kopf oder seiner Schulter niederzulassen und »Hurra!« zu krächzen. Mehrmals schaute die Großmutter herein und zog sich kopfschüttelnd wieder zurück, bis sie das Spiel für beendet erklärte, da ihr Enkel seine Aufgaben noch nicht gemacht habe.

Ich wollte gehen, aber Gabriel bat mich zu bleiben, und während ich im Wohnzimmer mit einem Kopfhörer das Fernsehprogramm anschaute, beeilte er sich in seinem Kinderzimmer mit den Schulheften. Aleph blieb still. Erst nachdem Gabriel alles zur Zufriedenheit seiner Großmutter erledigt hatte, durfte er mir sein »panini«-Sammelheft der letzten Fußball-Europameisterschaft zeigen. Er kannte den Namen jedes einzelnen Spielers aller teilnehmenden Nationen, das Land, für das dieser antrat, sein Geburtsdatum und seine Körpergröße sowie den Verein, bei dem er unter Vertrag stand. Ich lobte ihn und übertrieb mein Erstaunen noch. Schließlich simulierten wir mit einem Luftballon ein Fußballmatch. Ich lag auf seinem Bett, und die Wand dahinter und die Tür waren die Tore. Ich hatte wenig Chancen, weil Gabriel auf diese Weise schon öfter gegen sich selbst gespielt hatte. Zumeist verkörperte er den FC Barcelona, mit Messi, und spielte mit einer hohen, überspitzten und aufgeregten Stimme auch den Reporter. Wieder kreischte der Papagei: »Hurra! Hurra!«, und zerbiss schließlich den Luftballon. Bevor wir einen neuen aufblasen konnten, erschien die Großmutter und bat uns, auf die Möbel aufzupassen. Außerdem, fuhr sie fort, entwickle sich draußen ein Sturm, das könne noch »schlimm werden«, bemerkte sie kryptisch.

Ich nahm ihre Worte als Aufforderung, mich zu verabschieden. Das Letzte, was ich hörte, war Alephs »Auf Wiedersehen!«

Die ganze Heimfahrt über spürte ich Gabriels Liebenswürdigkeit. Sie beschützte mich. Der Himmel hatte sich gelb verfärbt, die Luft zischte und pfiff, es klang bedrohlich, aber ich war glücklich. Der Sturm entsprach meiner Aufgewühltheit, die ich am Nachmittag bei Gabriel noch unterdrückt hatte.

Ich stieg vor Artners Haus aus und brüllte in die Windgeräusche hinein. Tränen liefen über mein Gesicht, und ich konnte nicht sagen, ob sie aus meinem Inneren kamen oder ob die Böen – die bewegten Luftmassen – sie hervorriefen. Der Weg zum Wald war schon von kleinen Ästen und Zweigen übersät, von überallher klapperte und schepperte es, als würden Milchkannen oder Mistkübel, offene Fensterläden und Türen, zu Boden fallende Ziegel und Flaschen ein Konzert veranstalten.

Im Haus waren die Geräusche gedämpfter zu hören, und es war mir jetzt, als sei ich in einem riesigen Cellokasten eingeschlossen …

Ich holte das Manuskript, das ich aus Pias Archiv entwendet hatte, heraus und las die handgeschriebene Titelseite. Bevor ich weiterlesen konnte, rief mich Pia an. Sie sprach sehr sachlich mit mir, und ich glaubte ihren Unmut darüber herauszuhören, dass ich zu vertraulich mit Gabriel gespielt hatte. Ich verstand, dass ihr Sohn für sie der wichtigste Mensch war und dass sie Philipp Artner in ihm sah. Und ich dachte, dass wahrscheinlich ihre Mutter sich über mich beschwert hatte. Ich antwortete, es tue mir leid, aber Pia sagte kein einziges freundliches Wort. Sie ließ mich auch im Unklaren, ob wir uns am Abend sehen würden, sondern meinte nur, sie würde mich »später« anrufen.

Ich glaubte zu spüren, dass irgendetwas zerbrochen war. Ich machte mir Butterbrote, legte wieder Schönbergs »Pierrot lunaire« ein und versuchte, mich von meiner melancholischen Stimmung abzulenken.

Draußen wurde es jetzt immer dunkler, Schnee stob am Fenster vorbei, und ich war eingeschlossen in ein gewaltiges Brausen, ein Dröhnen, das von explosionsartigen Geräuschen abgelöst wurde. Die Geräusche kamen aus der Luft, aber es war auch das Knacken von Holz aus dem Wald zu vernehmen, und manchmal klang es, als knallte ein Kieselstein gegen die Eingangstür. Wenn ich aus dem Fenster blickte, konnte ich nicht entscheiden, ob es schneite oder der Sturm den Schnee durch die Luft wirbelte.

Zunächst wagte ich nicht, ich wusste nicht warum, mit dem Lesen von Artners Manuskript zu beginnen. Alles war schiefgelaufen, und nun hatte mir auch Pia zu verstehen gegeben, dass der tote Philipp Artner ihr mehr bedeutete als ich. Ich hatte plötzlich den Eindruck, das Ende einer Geschichte zu erleben. Voller Unruhe rief ich Pia an, und zu meiner Überraschung und Freude beteuerte sie, dass es ihr leid tue, abweisend gewesen zu sein. Sie werde sich in einer Stunde wieder bei mir melden, vielleicht habe sich dann der Sturm gelegt.

Aber der Sturm legte sich nicht, und nach einer Stunde stand zu meiner Überraschung Pia vor der Tür.

Lange sprachen wir nichts miteinander, wir umarmten und hielten uns. Es war mir, als befänden wir uns in einem Niemandsland. Wir schliefen ein und erwachten, bevor es Morgen wurde. Pia hatte mir im Laufe der vergangenen Stunden erzählt, dass Philipp sie betrogen hatte, und wie verzweifelt er gewesen war, als auch sie ihm einmal untreu gewesen wäre. Er habe, während sie im Badezimmer gewesen sei, ihre Handtasche durchwühlt und die Adresse ihres Liebhabers und dessen Telefonnummer gefunden. Dann habe er mit ihr geschlafen und sie nach allen Einzelheiten der sexuellen Begegnungen gefragt. Es sei furchtbar gewesen und habe Stunden gedauert. Erst als er erneut ein Abenteuer mit einer anderen Frau gehabt habe, habe er aufgehört, sie und sich bei ihren Umarmungen zu quälen. Aber ihre Liebe habe sich von da an verändert, und vielleicht seien sie nur deshalb zusammengeblieben, weil sie nicht die Kraft aufgebracht hätten, sich zu trennen. Von da an habe sich Philipp ihr auch nicht mehr so leidenschaftlich hingegeben wie früher. Manchmal sei es ihr vorgekommen, als habe er sie damit bestrafen wollen. Er habe ihr nichts mehr von seiner schriftstellerischen Arbeit erzählt und nichts mehr über seine Pläne. Auch über Doris habe er nicht mehr mit ihr gesprochen. Sie habe ihn immer verdächtigt, mit Doris nach wie vor ein Verhältnis zu haben, aber er habe es immer abgestritten, und schließlich habe sie ihm geglaubt, weil sie selbst gewollt habe, dass es wahr sei. Bis heute wisse sie nicht, wie seine Beziehung zu seiner Frau in all den Jahren wirklich gewesen sei. Er habe, wenn er sich im Winter in Wien aufgehalten habe, nicht mehr wie vorher täglich angerufen. Daraus habe sie schließen können, wie sehr ihn ihre Untreue verletzt hatte. Nach außen hin sei alles so weitergegangen wie früher. Er liebte Gabriel und hatte stundenlang mit ihm gespielt.

Pia hielt inne und fragte mich, ob ich jetzt verstünde, weshalb sie auf meinen Nachmittag mit Gabriel so reagiert habe?

Ich sagte »Ja«, ohne etwas zu begreifen.

Mir war nur klar, dass sie Artner ihr ganzes Leben mit sich herumtragen würde. Sie würde alles, was ihr zustieß, mit einer ähnlichen Situation vergleichen, die sie mit ihm erlebt hatte. Obwohl sie mir vermutlich nur einen Bruchteil dessen erzählt hatte, was es an Schmerzen in ihrer Liebe zu Philipp gegeben hatte, konnte ich mir vorstellen, wie schwierig ein Zusammenleben mit ihr sein würde. Doch ging das alles unter in neuen Umarmungen und Küssen, in einem Selbstvergessen, das in mir eine lebendige Erinnerung an ihren Körper zurückgelassen hat.

Am frühen Morgen, als Pia mich verließ, war die Landschaft verändert. Der Sturm hatte nachgelassen. Die Wiesen waren glatt geworden, in den Mulden hatte sich der Schnee so angehäuft, dass sie nicht mehr sichtbar waren. Auch der Lammeder-Teich war von einer weißen Schicht bedeckt und für das Auge verschwunden, und überall lagen abgebrochene große Äste, da und dort sogar umgestürzte Bäume, es sah beinahe so aus, als sei im Wald eine Bombe explodiert. Nachdem Pia gegangen war, zog ich Artners Manuskript, das ich unter das Bett geschoben hatte, heraus und bemerkte beim flüchtigen Durchblättern, dass es sich zur Gänze um eine Handschrift handelte. Neugierig fing ich an zu lesen:

»Als wissenschaftliche Hilfskraft am Heimito-von-Doderer-Institut, das den Vorlass – Manuskripte, Entwürfe, Notizbücher und Fotografien – des Schriftstellers Philipp Artner gekauft hatte, fuhr ich am Tag, an dem sich das Unglück ereignete, zu dessen Wohnung Am Heumarkt. Artner hatte gerade einen Roman beendet, wie er in einer E-Mail an unser Institut geschrieben hatte, der ›die sichtbare und unsichtbare Wirklichkeit – wie die Klein'sche Flasche – zugleich außen und innen‹ abbilde, weshalb man nie wisse, welche der beiden Seiten die äußere und welche die innere sei … Da ich die Klein'sche Flasche damals nicht kannte, war ich auf das Gespräch gespannt. Ich hegte aber die Befürchtung, dass es ein vorzeitiges und unangenehmes Ende finden könnte, denn Artner geriet, wie ich wusste, über kurz oder lang mit jedem in Streit. Er hatte mit seinen Freunden gebrochen …«

Es war *wortwörtlich* meine Geschichte. Wie konnte Artner sie geschrieben haben, wenn er noch gar nichts von seinem Ende und mir gewusst hatte? Ich blätterte weiter und las die Episode mit den beiden Totengräbern, die Entdeckung des ersten toten Tschetschenen, die Fahrt zum Steinbruch, die Auffindung des Sticks … Ich las den Tod des Pfarrers Resch, und wie Dr. Eigner mit mir stumm vor Artners Haus im Auto gesessen war und von mir verlangt hatte, ich solle über den Tod des Pfarrers schweigen … und ich las meine eigenen, geheimen Gedanken. Ich konnte trotz des Widerwillens, den ich empfand, nicht aufhören zu lesen, ich spürte und wusste von Seite zu Seite mehr, dass ich von Artner geschrieben worden war. Jeder meiner Sätze, die ich gesprochen hatte, jeder meiner Gedanken, der in meinem Kopf entstanden war, kam mir jetzt wie von Artner diktiert vor. Deshalb hatte ich mich mitunter auch als Artner gefühlt. Ich war seit seinem Tod sein Geschöpf. Er hatte mir einen scheinbar freien Willen gegeben und gleichzeitig alles im Voraus gewusst, was kommen würde, ohne aber einzugreifen, als es geschah. Ich sah mich abwechselnd als Artners Figur und als Artner selbst, jedoch nicht mehr als Vertlieb Swinden. Und auch jetzt noch schrieb mich Artner, ich fühlte es. Ich legte das Manuskript zur Seite und hatte die Gewissheit, Artner formuliere gerade, dass ich, Vertlieb Swinden, das Manuskript zur Seite legte. Das Paradoxe daran war, dass ich mich gerade las und zugleich wusste, was geschehen würde, als hätte ich es schon einmal gelesen. In Wirklichkeit aber hatte ich es selbst erlebt. Meine Verwirrung war ungeheuer, und Artner, der mich geschrieben hatte, musste das wohl wissen oder gespürt haben.

Mit einem gewissen Entsetzen las ich auch meine Begegnungen mit Pia, unsere Umarmungen, ich las, wie ich mit Gabriel einen Nachmittag lang gespielt hatte, wie ich mich an Artner rächen wollte, und ich las, was Pia mir in der vergangenen Nacht über ihre Untreue gegenüber Artner erzählt hatte.

Wie konnte er das geschrieben haben, wo er doch tot war? Und wie hatte er es auf die Silbe, auf den Buchstaben genau so prophezeien können, nicht nur die Ereignisse, sondern auch meine Gedanken.

Alles, was ich gerade jetzt dachte, war im handgeschriebenen Manuskript aufgezeichnet, doch gab es einen letzten Satz, der es abschloss. Er lautete: »Niemand erinnerte sich mehr an ihn.« Dieser Satz wanderte mit jeder Zeile, die ich las, um die Zeilen, die neu hinzukamen, nach unten.

Einige Minuten lang saß ich stumpf da. Was mir durch den Kopf ging, war ein unsinniges Gemenge aus heterogenen Gedanken: kürzeste, schwarzweiße Erinnerungen aus meiner Kindheit und Schulzeit, Zeitungsseiten, die ich nicht lesen und deren Fotografien ich nicht erkennen konnte, erfundene Bilder, die Affenspielkarten im Haus von Nachasch, die pornographischen Schnipsel von Pia, der tote Tschetschene unter der Eisdecke, das Gesicht von Battmann und Gabriel und sein »panini«-Sammelalbum von der Fußball-Europameisterschaft. Ich fühlte mich wie ein Maschinenmensch, der fremde Befehle befolgt. Ich sagte mir, dass ich wahnsinnig würde, wenn ich mich nicht wehrte.

Langsam fing ich an, das Manuskript zu zerreißen, Seite für Seite. Dabei fielen mir erst die zahlreichen durchgestrichenen Stellen auf. Streichungen wieso? Weshalb war ein Teil von dem, was ich erlebt und gedacht hatte, durchgestrichen? Da begriff ich erst, dass ich so etwas wie ein Seismogramm las, denn das Manuskript hatte auf halbfertige, verworfene Gedanken ebenso reagiert wie auf meine Unentschlossenheit bei Handlungen. Ich zerriss weiter Seite für Seite in immer kleinere Schnitzel und noch kleinere, winzigere Schnitzel. Ich zerstörte Sprache. Die Sprache Artners, die meine eigene war, die Gedanken Artners, die meine eigenen waren. Ich zerstörte alles, was ich erlebt hatte. »Niemand erinnerte sich mehr an ihn.« Auch diesen Satz zerriss ich, und damit würde es keinen hinterlassenen Roman mehr geben. Nichts existierte mehr. Vielleicht war ich überhaupt nur in Artners Haus gesessen und hatte sein letztes Manuskript gelesen – seine Geschichte!

Und jetzt, nachdem ich sie zerrissen hatte, *durfte* sie gar nicht mehr existieren, denn solange sie existierte, war ich nur eine Figur Artners, indem ich sie aber vernichtete, war ich Vertlieb Swinden. Alles, was geschehen war, war mit dem Manuskript verschwunden, nur ich wusste, was darin zu lesen gewesen war, was ich erlebt hatte.

Ich warf die Hunderten, die Tausenden Papierschnipsel – Artners Sprache und die Erinnerungen Vertlieb Swindens – in mehrere Nylontaschen und packte den Koffer, verstaute alles in meinem Wagen, stellte im Haus die Heizung ab, machte das Licht aus, sperrte ab und gab dem verblüfften Nagetier, Frau Auer, die Schlüssel mit der Bemerkung zurück, ich hätte meine Arbeit getan.

Ich wusste nicht, warum, aber es fiel mir schwer zu akzeptieren, dass ich mit Pia auch Gabriel verlor – das Kind und damit auch Artner.

Als ich die Brücke über die Schwarze Salm erreichte, hielt ich an und stieg aus. Ich nahm die Nylontaschen mit den Papierschnipseln aus dem Kofferraum und schüttete den Inhalt ins Wasser. Der Sturm hatte sich gelegt, aber ein Wind wehte noch immer. Er erfasste einen Teil der Papierschnitzel und verstreute sie in den Fluss und andere auf die Büsche und das Ufer.

Als ich mit dem Auto wieder losfuhr, fiel mir der letzte Satz, den ich im Manuskript gelesen hatte, wieder ein: »Niemand erinnerte sich mehr an ihn.«

DRITTES BUCH

Finsternis

Als sie bei Geschäftsschluss die Apotheke verließ – es war schon dunkel –, fuhr sie zu Artners Haus. Noch immer hatte sie den Schlüssel in der Handtasche, den Philipp ihr gegeben hatte, als er noch lebte – darüber hatte sie mit Vertlieb jedoch nie gesprochen. Es brannte kein Licht, wie sie schon von weitem sah. Sie stellte das Auto am Straßenrand ab, sperrte die Eingangstür auf und merkte sofort, dass die Heizung abgeschaltet war. Als sie Licht machte und das Wohnzimmer betrat, verspürte sie einen heftigen Schmerz der Erniedrigung und Enttäuschung und ein ebenso heftiges Gefühl der Hilflosigkeit ins sich aufsteigen. Vertliebs Koffer, Laptop, Kleider waren verschwunden, ebenso die Sachen aus dem Badezimmer, und als sie die Kleiderschränke öffnete, entdeckte sie das Gewehr. Zuvor hatte sich die Waffe nicht dort befunden, sie hatte das Haus nach Philipps Tod ja mehrfach durchsucht … Mit Schrecken dachte sie an die drei Tschetschenen, die verschwunden gewesen waren, bis Vertlieb sie entdeckt hatte. Sie roch an der Mündung des Laufes, aber es machte nicht den Eindruck, als ob in letzter Zeit daraus ein Schuss abgefeuert worden wäre. So genau sie auch alles überprüfte, sie fand keinen Hinweis auf irgendetwas. Als sie sich schließlich auf einen Stuhl setzte, stiegen die Erinnerungen an Philipps Tod in ihr auf. Nun saß sie, dachte sie, zum zweiten Mal in diesem verfluchten Zimmer und fühlte sich doppelt einsam. Tränen liefen ihr über das Gesicht, sie griff in den Mantel, nahm Papiertaschentücher aus der Packung und wischte sich damit die Augen ab. Mehrmals hatte sie versucht Vertlieb anzurufen, doch immer hatte sich nur eine Stimme auf seiner Mailbox mit der eintönigen Ansage gemeldet: »Der Teilnehmer ist zurzeit nicht erreichbar, bitte versuchen Sie es später.« Außerdem hatte sie Vertlieb ein Dutzend SMS geschickt, ohne eine Antwort zu erhalten.

Dieser Feigling, dachte sie. Haut einfach ab … Dieses Arschloch!

Die Wut, die sie empfand, erleichterte sie für einige Minuten, weil sie die Geschichte für sich als abgeschlossen betrachten wollte. Aber dann stiegen wieder Zweifel in ihr auf. Was, wenn man ihm Gewalt angetan hatte? Die Morde waren noch immer nicht geklärt … Sie konnten auch von anderen Tschetschenen begangen worden sein – jedenfalls waren ihr mehrere ähnliche Fälle aus der Zeitung bekannt. Dadurch, dass Vertlieb die Toten gefunden hatte, konnte er in die Schusslinie einer politischen oder verbrecherischen Organisation geraten sein. Bislang war sie immer davon ausgegangen, dass die Täter aus der Umgebung stammten, doch jetzt? … Weshalb fehlten alle seine Sachen im Haus? Und das Auto?

Sie rief wieder seine Nummer an, ohne Erfolg. Mehr als eine Stunde blieb sie in dem Haus, ohne einen Anhaltspunkt für Vertliebs Verschwinden zu finden, dann resignierte sie. Alle ihre Vermutungen waren zu vage, sagte sie sich. Das Naheliegendste war wohl, dass sie nur ein Abenteuer für ihn gewesen war. Aber weshalb hatte er dann so intensiv mit Gabriel gespielt? Hatte das alles nur dazu gedient, irgendwelchen Geheimnissen in Philipps Leben nachzuspüren? Bei diesem Gedanken fühlte sie sich ausgenutzt und betrogen. Sie wartete, bis sie sich beruhigt hatte, denn sie wollte nicht, dass ihre Mutter oder Gabriel ihr Fragen stellten. Sie wusste, wo Philipp seine Schnäpse aufbewahrt hatte, öffnete ein Türchen in der Einbauküche und fand eine halbvolle Flasche Metaxa. Hierauf schaltete sie den Fernsehapparat ein, aber alles, was sie sah, ging durch sie hindurch. Was hatte sie falsch gemacht? Hatte sie Vertlieb zu viel oder zu wenig erzählt? Weshalb war er, ohne Abschied zu nehmen, verschwunden?

Als sie den Fernseher wieder ausschaltete, wusste sie nicht mehr, welches Programm gelaufen war. Sie fuhr nach Hause und sagte, sie sei müde. Der Papagei Aleph ging ihr mit seinem »Grüß Gott!«, auf die Nerven, auch Gabriel ging ihr auf die Nerven, weil er offenbar schon stundenlang vor dem Computer saß und sie beim Eintreten nicht einmal beachtete. Ihre Mutter fragte nur, ob sie am Abend wieder zu Vertlieb gehe, fügte aber, wie es ihre Art war, nach »Gehst du« »am Ende« hinzu.

»Nein«, antwortete Pia. »Er ist nach Wien gefahren.«

Ihre Mutter hob die Augenbrauen und fragte: »Wie lange?«

»Ich weiß nicht. Eine Woche.«

»Habt ihr euch gestritten?«

»Warum?«, gab Pia jetzt zurück.

»Nun, weil ihr die letzten Tage so viel zusammen wart. Und du reagierst so komisch.«

»Nein, ich bin nur müde. Der Tag war anstrengend.«

»In der Apotheke? Ist etwas schiefgelaufen?«

»Was soll schiefgelaufen sein?«

»Ich frage ja nur.«

Der Papagei hörte aufmerksam zu und sagte in die Stille hinein: »Gute Nacht.«

An diesem Abend lag Pia lange wach. Mehrmals versuchte sie Vertlieb mit dem Handy zu erreichen, aber nach wie vor hörte sie nur die schon verhasste, gleichgültige Stimme, die ihr sagte, sie solle es später noch einmal versuchen.

Am Morgen war sie trotzdem verwundert, dass keine SMS auf dem Display ihres Handys zu sehen waren. Sie arbeitete am Vormittag in der Apotheke, nach dem Mittagessen spazierte sie – einen kleinen Rucksack umgehängt – mit Gabriel eine halbe Stunde am Ufer der Schwarzen Salm. Aber sie war mit ihrem Kopf die ganze Zeit »woanders«. Ihr gefiel jetzt diese Formulierung, denn sie dachte nicht nur an Vertlieb, sondern auch an gemeinsame Erlebnisse mit Philipp und die Geburt Gabriels. Philipp hatte Aleph bewundert und Gabriel, der dem Papagei immer neue Wörter beibrachte, geliebt. Ihr eigenes Interesse galt nach wie vor der Ornithologie, aber da ihr Vater sie für die Weiterführung der Apotheke ausersehen hatte, hatte sie sich mit den Pflanzen befreundet, der Chemie und dem Wissen über Drogen. Sie hatte es nicht bereut, denn das Beobachten der Vögel hatte sie auch während ihres

Studiums fortgesetzt, vor allem, wenn sie im Frühjahr unter dem Nussbaum im Garten saß. Kamen Spechte, Elstern, Nebelkrähen oder Bussarde in ihre Nähe, hatte sie vorsorglich immer ein kleines Zeiss-Fernglas auf dem Tisch liegen, das ursprünglich ihrem Vater gehört hatte. Sie nahm es auf jede Wanderung mit. In ihrer Freizeit hörte sie sogar Vorlesungen im Ornithologischen Institut. Vor zwei Wochen hatte sie sich außerdem entschlossen, die alten Baedeker-Reiseführer, die ihr Vater gesammelt hatte, zu lesen. Sie hatte mit dem Exemplar »Italien – von den Alpen bis Neapel« begonnen. Sogleich liebte sie das feste, feine Papier und die wunderbaren alten Pläne aus der Zeit des 19. Jahrhunderts. Zuerst hatte sie die Kapitel über den Lago Maggiore, den Luganer und Comer See gelesen und war in Gedanken schon bis Mailand gereist, als Vertlieb in ihr Leben getreten war. Ein Liebesunfall? Über den Gedanken konnte sie zum ersten Mal lächeln.

Sie hatten jetzt den Weg neben dem dunklen schmalen Fluss erreicht, der links und rechts von Strauchwerk und Bäumen umgeben war und zu dem ein kleiner, steiler Abhang führte, den sie hinunterkletterten. Im Flussbett gab es Sandbänke und Stufen. Steine und Äste lagen im Wasser, und schon als Kind hatte sie den Fischen zugeschaut, von denen es vor allem Schleien und Forellen gab. Jetzt waren große Teile mit Eis bedeckt, und an den freien Stellen sah das Wasser wirklich schwarz aus. Gabriel lief vor ihr her, schleuderte flache Steine auf die Eisdecke und freute sich, wenn sie krachend zerbrach oder den Stein mehrfach aufhüpfen ließ, was von den Einheimischen »pfitscheln« genannt wurde. Als sie eine Kiesbank erreichten, sammelte Gabriel weitere Steine, steckte sie zuerst in die Manteltasche und versuchte sie dann so weit wie möglich flussaufwärts zu werfen. In diesem Augenblick sah Pia zwei Papierschnitzel im Gebüsch, so nahe, dass sie sie mühelos herunterklauben konnte. Sofort erkannte sie, dass es Philipps Handschrift war. Zuerst konnte sie vor Aufregung und Erstaunen nicht weiter denken. Sie nahm ihr Zeiss-Glas aus dem Rucksack, in dem sie auch ihre Geldtasche und die Schlüssel aufbewahrte, und suchte die Sträucher und die Eisdecke auf dem Fluss ab. Sodann eilte sie von Strauch zu Strauch, um jeden Schnipsel an sich zu nehmen. Einmal wagte sie sich sogar auf die Eisdecke selbst, zumeist aber gelang es ihr mit einem Zweig, den sie von einem Gebüsch abbrach, die Papierfetzen ans Ufer zu kehren. Gabriel half ihr dabei. Anfangs freute er sich über das Spiel, aber als er erfuhr, dass es sein Vater gewesen war, der die Zettelchen beschrieben hatte, stellte er irritiert Fragen. Pia steckte inzwischen die feuchten Schnipsel in den Rucksack.

»Ich weiß es nicht«, antwortete Pia jedes Mal, bis er endlich verstummte. Sie ging mit Gabriel zum Auto zurück, holte eine gelbe Kunststofftasche, auf die zwei rote Kirschen und der Name eines Supermarktes gedruckt waren, heraus, warf die Papierstückchen hinein und ging dann wieder zum Fluss hinunter, während Gabriel eine zweite, leere Tasche trug. Stumm sammelten sie weiter die beschriebenen, kleinen Fragmente ein. Sie erreichten jetzt langsam die Brücke, und Pia suchte mit dem Fernglas auch das andere Ufer ab, aber vermutlich hatte der Wind die Schnipsel nur in eine Richtung getragen. Auf der Brücke fanden sie noch einige verstreute Teilchen und wollten schon gehen, als Pia vor ihren Füßen ein größeres Stück Papier entdeckte, auf das schon jemand getreten war und das Profil einer Gummisohle hinterlassen hatte.

Sie las »des Valentin Suchart«, und es traf sie wie ein riesiger Eiszapfen, der vom Himmel auf ihren Kopf fiel. Es gab jetzt keinen Zweifel mehr, dass Vertlieb sie bestohlen hatte. Sie hatte es die ganze Zeit über gewusst, es jedoch nicht wahrhaben wollen. Sie kannte den Titel. Sie hatte das handgeschriebene Manuskript im Hutfach des Schranks gefunden, in dem sich jetzt das Gewehr befand. Aber sie hatte bisher nicht die Kraft aufgebracht, es zu lesen. Sie hatte sich eine Phase innerer Ruhe gewünscht, bevor sie sich mit dem Manuskript auseinandersetzen würde, außerdem war sie davon überzeugt gewesen, dass es eine Abschrift geben musste, denn Philipp hatte seine Arbeiten schon seit Jahrzehnten einer Freundin seiner Frau, Inge Thaler, auf Band gesprochen, die das Diktat und die weiteren Korrekturen abgetippt hatte.

Weil er von Doris nicht geschieden war, waren alle Rechte auf sie übergegangen. Doris hatte keine Ahnung, dass es Gabriel und sie gab. Jedenfalls war es nie zu einem Kontakt zwischen ihnen gekommen.

Der Hund Waw, der Johann Mühlberg gehörte, trottete ihnen entgegen.

Vielleicht weiß er etwas und kann's nur nicht sagen, dachte sie. Während Gabriel Waw streichelte, rief Pia die Auskunft an und fragte nach der Nummer des Heimito-von-Doderer-Instituts. Sie tippte sie in ihr Handy ein und wartete. Ihr Sohn tollte jetzt mit dem Hund herum, und sie schob die beiden von der Straße weg, zurück auf den Pfad neben dem Fluss. Während sie noch darauf achtete, dass Gabriel dem Wasser nicht zu nahe kam, meldete sich Daniela Walzhofer. Die Stimme klang distanziert, daher fragte Pia nur nach Vertlieb Swinden.

»Wer spricht?«

Pia nahm sich zusammen, blickte auf ihre Schuhspitzen – wie immer, wenn ihr etwas unangenehm war – und wich der Frage aus. Sie habe Philipp Artner gut gekannt und Herrn Swinden bei seiner Recherche in St. Johann geholfen, hörte sie ihre Stimme.

»Sagen Sie mir bitte Ihren Namen?«

Pia stockte, aber es blieb ihr nichts anderes übrig, als sich vorzustellen. Sie fügte: »Ich bin Apothekerin in Wies« hinzu.

»Ich kann Sie mit Herrn Swinden nicht verbinden, er arbeitet nicht mehr hier.«

Pia schluckte.

»Er hat telefonisch gekündigt und ist nicht mehr erreichbar. Wir stehen selbst vor einem Rätsel.«

»Haben Sie seine Adresse?«

»Ja, aber er wohnt im Augenblick nicht dort, vielleicht ist er umgezogen. Er hat uns jedenfalls nicht mitgeteilt, wohin. Wir denken, es muss ihn sehr belastet haben, die drei Toten gefunden zu haben.«

Das stimmte zwar nicht exakt, aber Pia wollte nicht belehrend wirken.

»Hat er keine Angehörigen?«

»Daran haben wir auch schon gedacht, aber wir haben bis auf seine Mutter, die nichts weiß, niemanden gefunden … Darf ich Sie fragen, worum es geht?«

»Er hat ein paar persönliche Gegenstände im Haus

vergessen, und ich wollte sie ihm zurückschicken«, log Pia.

»Geben Sie mir Ihre E-Mail-Adresse. Sobald wir etwas Neues über ihn erfahren, werden wir Sie benachrichtigen.«

Sie sah den Fluss, die Brücke, den Schnee, Waw und Gabriel, und sie sah den weißen Himmel über den flachen Äckern. Dieser winzige Ort, an dem sie sich befanden, war so unbedeutend wie ein vom Baum fallendes Blatt. Sie ging nicht in die Kirche, aber sie glaubte an einen Gott, der unvorstellbar war wie die Grenzen des Universums und unerklärbar wie die Frage, was sich hinter dem All auftat. Menschen-Wissen war für sie nur ein winziger Bruchteil gegenüber der großen unbekannten Wirklichkeit, die sich dahinter verbarg. Sie hatte auf ihrer gemeinsamen Reise mit Philipp in Istanbul die Blaue Moschee besucht, dort eine Fliesenwand mit reichen Ornamenten betrachtet und dabei Philipp zugehört, wie er über die Milliarden von symmetrischen Blättern, Kristallen und Tierfärbungen sprach, über das Gesetz der Symmetrie in lebenden Körpern, die beiden Hälften des Gehirns, die beiden Augen und Ohren, Gliedmaßen und Lungenflügel, und dabei gedacht, dass Gott vielleicht eine alles umfassende Formel war, die seine Schöpfung widerspiegelte. Auf die Frage Philipps, ob Gott auch das Böse verkörpere, hatte sie ihm auf dem Weg zum Hotel geantwortet, Gott sei weder das eine noch das andere, wir wüssten nicht mehr von ihm als ein Insekt über die Bibel. Das war für ihn eine unbefriedigende Antwort gewesen, aber sie hatte es nicht anders ausdrücken können.

Sie nahm Gabriel kurz in die Arme und warf sich

vor, dass sie nur an Gott dachte, wenn es ihr schlechtging. Manchmal auch, wenn es ihr besonders gutging, aber aus ihrem Alltag hatte er sich wohl verflüchtigt.

Am Abend, als sie in der Dunkelheit allein im Bett lag – Gabriel schlief schon, und ihre Mutter hatte bereits das Licht abgedreht –, beschäftigte sie sich nur noch mit Vertlieb. Sie hatte sofort in ihrem Archivzimmer nachgesehen und das Manuskript »Die Irrfahrten des Valentin Suchart«, wie sie es ohnedies schon gewusst hatte, nicht mehr im Karton gefunden, und sie musste sich endgültig eingestehen, dass er sie bestohlen hatte. Für das Wie und das Wann gab es nur zwei Möglichkeiten – seine beiden Besuche und damit verbunden das Ausnutzen eines Moments ihrer Unaufmerksamkeit. Anschließend hatte er völlig normal mit ihr gesprochen, sie umarmt, ja, mit ihr geschlafen … Es war eine Mischung aus Verletzung und Wut, in der abwechselnd das eine das andere überwog. Er hatte sie hineingelegt, dachte sie bitter. Wahrscheinlich war es ihm von Anfang an nur um das Manuskript gegangen. Aber es war ihr unbegreiflich, dass er es dann vernichtet hatte. – Ihr fiel ein, dass sie selbst das Manuskript entwendet hatte, *gestohlen* konnte sie sich nicht eingestehen … Sie hatte es sorgsam aufbewahrt in der Überzeugung, dass es auch im Computer von Frau Thaler, die alles für Philipp abschrieb, gespeichert sei … Von diesem Gedanken elektrisiert setzte sie sich auf: Wenn auch Philipps Ausdrucke und sein Computer in Wien zerstört waren, hieß das noch nicht, dass das Manuskript endgültig verloren war. Sie musste herausfinden, wo Frau Thaler wohnte … Andererseits konnte sie auch das Institut auf die Idee bringen nachzuforschen, wenn die Mitarbeiter dort nicht ohnehin schon diese Möglichkeit ausgelotet hatten. Aber weshalb war Vertlieb überhaupt nach St. Johann gekommen? Gut, er konnte sich einfach auf die Suche nach dem Nachlass begeben haben … Aber all das war nicht das Wesentliche. Sie verstand nicht das Warum, das hinter den Ereignissen verborgen war.

Am Morgen fuhr sie, nachdem sie Gabriel zur Schule gebracht hatte, nicht wie gewohnt in die Apotheke. Es kam öfter vor, dass sie ihre Arbeit nicht pünktlich aufnahm, aber noch öfter, dass sie am Abend länger blieb. Diesmal hatte sie sich – um von ihren Gedanken loszukommen – mit Dr. Eigner verabredet, der sie mit den Tschetschenen in der Volksschule St. Johann bekannt machen würde.

Sie nahm die Straße nach St. Johann, hielt im Wald an und wählte auf ihrem Handy die Nummer des Heimito-von-Doderer-Instituts.

Als sich Daniela Walzhofer meldete, wollte sie sofort wieder auflegen, da sie ihr nichts von dem zerrissenen Manuskript erzählen konnte. Sie überflog in Gedanken alle Möglichkeiten und fragte dann, ob sich etwas Neues über Vertlieb Swinden ergeben habe.

Sie habe gehört – sie dürfe es ihr aber nicht offiziell mitteilen –, er sei krank, antwortete Daniela Walzhofer.

»Krank?«

»Er soll im Krankenhaus liegen.«

»Wissen Sie in welchem?«

»Es ist ein Gerücht … Ich hätte es Ihnen besser nicht sagen sollen.«

»Können Sie mir die Adresse von Frau Thaler sagen? Sie hat für Philipp Artner die Manuskripte abgeschrieben.«

»Frau Thaler ist vor einem Jahr nach Salzburg übersiedelt. Wir haben keine genauen Angaben und wissen nicht, wer seither für ihn gearbeitet hat. So weit wir wissen, hat sie für uns von dem, was sie geschrieben hat, Kopien auf CDs angefertigt.«

Pia schwieg.

»Frau Karner?«, fragte Daniela Walzhofer. Und als Pia noch immer nicht antwortete: »Würden Sie uns für ein Gespräch über Philipp Artner zur Verfügung stehen?«

»Ja, natürlich …« Pia schaute ihre Schuhspitzen an, die unter dem Gaspedal und der Kupplung ruhten.

»Wir würden uns auch dafür interessieren, was Herr Swinden in St. Johann unternommen hat.«

»Ich arbeite den ganzen Tag in der Apotheke, und die übrige Zeit sind wir damit beschäftigt, darüber nachzudenken, wer die drei Tschetschenen ermordet hat. Ich habe ihm nur Auskünfte erteilt.«

Sie ließ den Motor an und fuhr bergauf, an den Glashäusern der Kompostierungsanlage vorbei bis zur Anhöhe und von dort nach St. Johann. Sicher gab es in Salzburg ein Dutzend Personen mit dem Namen Thaler. Sie hasste es herumzutelefonieren. Außerdem war sie davon überzeugt, dass das Institut es längst herausgefunden haben musste.

Dr. Eigner wartete neben seinem Wagen vor der Schule.

»Ich bin auch gerade erst gekommen«, begrüßte er

sie. Er trug wie immer keine Kopfbedeckung auf seinem weißen Haar, dafür aber Mantel und Schal. Und wie immer war er gut gelaunt, höflich, zuvorkommend.

»Wie geht's dir, Klaus?«, fragte sie.

Anstelle einer Antwort stellte er die Gegenfrage, ob alles in Ordnung sei.

Sie wechselte das Thema.

»Wen verdächtigst eigentlich du? Gabriel geht mit einem der Flüchtlingskinder in die gleiche Klasse, dem Sohn von Ajinow, Mohammed … Und Mohammed erzählt ihm, dass alle in der ehemaligen Volksschule Angst hätten … sie spürten das Misstrauen der Menschen im Dorf und seien selbst misstrauisch.«

»Ich kenne Ajinow«, sagte Dr. Eigner nachdenklich. »Er arbeitet im Betrieb von Nachasch … von Mohammed weiß ich nichts, was sagt er sonst?«

»Er spricht wenig«, gab Pia zurück, »und wirkt manchmal depressiv. Er soll auch aufbrausend sein. Vielleicht, weil er isoliert ist, er kann ja kaum Deutsch. Ist Ajinow krank?«

Dr. Eigner blieb stehen und schaute ihr in die Augen: »Ich darf über Krankheiten keine Auskünfte geben.« Er dachte kurz nach und sagte: »Er hatte Grippe. Übrigens, er kann hervorragend zeichnen! In fünfzig Minuten kopiert er auswendig einen 20-Euroschein bis ins letzte Detail – Vorder- und Rückseite – auf ein Blatt Papier.«

Im Vorraum saß ein Polizist, der aufstand, um sie zu begrüßen.

Sie nahmen in einem ehemaligen Klassenzimmer Platz, in dem Tische und Stühle u-förmig angeordnet waren, und erklärten dem bereits wartenden Hausältesten der Tschetschenen mühsam und mit Gesten, dass sie erst nach den Visiten von Dr. Eigner mit den Frauen und Männern sprechen wollten. Während der Arzt in den Räumen verschwand, blieb der alte Mann vor Pia sitzen und zupfte an seinem Bart. Er war athletisch, hatte dichtes weißes Haar und buschige Augenbrauen, volle Lippen und eine gerade, kräftige Nase. Pia vermittelte ihm, dass sie Apothekerin sei und ihr Sohn Gabriel mit Ajinows Sohn Mohammed in dieselbe Klasse gehe.

Der Hausälteste schien erfreut. Er strahlte Pia an und zitierte offenbar auf tschetschenisch aus einem Werk.

Währenddessen betrat eine dickliche Frau mittleren Alters den Raum. Sie trug ein gemustertes Kopftuch, ihr volles Gesicht hatte etwas Bäuerliches. Der Hausälteste verschwand kurz, kehrte aber umgehend mit einer hübschen jungen Frau zurück. Sie hatte auf dem Arm einen Säugling und stellte sich mit Gesten als Tochter der beiden vor. Auch sie trug ein Kopftuch, nicht anders als die meisten älteren einheimischen Frauen auf dem Land. Nachdem ihr Vater abermals einen kurzen Text deklamiert hatte, sagte die Frau zu Pia: »Dein Sohn – Gabriel – und Ajinows Sohn – Mohammed – heißen ... Gabriel fliegen mit Mohammed in Himmel ... reiten auf Pferd Buraq. Mohammed beschützen Gabriel, Gabriel beschützen Mohammed ... Sehen Himmel und Hölle ... Jetzt sind Hölle – wie in Himmelsreise von Prophet Mohammed.«

Pia wusste, wovon die Frau sprach. Sie hatte den »Miradsch« – die Himmelsreise Mohammeds von

Mekka nach Jerusalem und von dort den Aufstieg des Propheten mit Gabriel in die sieben Himmel und den Abstieg in die sieben Höllen – nach Philipps Tod aus seiner Bibliothek genommen und Gabriel geschenkt. Das Buch war wunderbar mit alttürkischen Malereien illustriert, und sie nahm sich vor, es bei nächster Gelegenheit wieder in die Hand zu nehmen. Sie nickte und lächelte freundlich, worauf auch die tschetschenische Familie freundlich lächelte und nickte. Ein kleiner Bub fuhr auf einem Dreirad herein, und ein etwa zehnjähriges Mädchen brachte Pia eine Tasse Tee, während die inzwischen hinausgeeilte Mutter mit einer riesigen Schachtel aus Goldpapier zurückkam, sie öffnete und ihr Pralinen anbot. Nach einer halben Stunde kehrte Klaus zurück, er trug noch immer seinen jetzt aufgeknöpften Mantel, den Schal, das Sakko und die Weste. Schweißtropfen standen auf seiner Stirn und liefen über sein Gesicht. Pia kannte das seit vielen Jahrzehnten. Man musste Klaus überreden, seinen Mantel oder seine Jacke auszuziehen, wenn er auf Visite war. Sie glaubte, er liebte die Vorstellung, auf einem Schlachtfeld Verwundete zu versorgen. Sein Haus mit der Ordination war nur zwanzig Schritte von der Apotheke entfernt, daher lösten die meisten seiner Patienten ihre Rezepte bei ihr ein.

Inzwischen füllte sich der Raum, die fröhliche Stimmung war verflogen und einer düsteren gewichen. Die Angehörigen von einem der Ermordeten saßen mit starren Gesichtern an den Tischen. Die Familien der beiden anderen Toten waren auf ihr Drängen hin, hatte Pia erfahren, inzwischen in ein anderes Quartier verlegt worden. Auch die Familie des Hausältesten wollte weg, aber es war ungewiss, wann sie einen Platz in einem anderen Lager erhalten würde.

Zuletzt erschien ein schwarzgekleideter älterer Tschetschene aus Landsberg, auch ein Patient von Klaus, wie Pia erfuhr. Er lebte schon seit sechs Jahren in Österreich und war jetzt als Dolmetscher zu der Besprechung gebeten worden.

Nachdem Klaus alle begrüßt hatte, bat er den Polizisten, den Raum zu verlassen, und begann, die Flüchtlinge einzeln zu befragen. Er sagte, dass die Bevölkerung beunruhigt sei, weil der oder die Täter noch immer nicht gefasst seien, und dass er von jedem wissen wolle, ob die Polizei allen Hinweisen nachgegangen sei oder ob welche nicht berücksichtigt worden waren. Pia bemerkte, dass während der Befragung Ajinow eintrat und so tat, als habe er sich im Raum geirrt, bevor er sich an eine Wand lehnte, die Arme verschränkte und, zur Seite blickend, aufmerksam zuhörte.

Schon nach der ersten Wortmeldung verwandelte sich das schweigende Misstrauen in offene Empörung. Die Polizei sei davon überzeugt, dass es die Tschetschenen selbst gewesen waren, die die drei Toten aus Rache oder politischen Gründen umgebracht hätten, beschwerte sich ein junger Mann.

Auf die Frage, wen sie verdächtigten, entstand eine heftige Auseinandersetzung, in die sich zuletzt Ajinow einmischte. Da ihm widersprochen wurde, fing er zu schreien an, bis alle anderen still waren, erst dann senkte er seine Stimme und wandte sich an den Dolmetscher, der ihn regungslos anhörte.

»Die Versammlung«, übersetzte der Dolmetscher hierauf förmlich, »will dazu keine Stellungnahme abgeben. Wir müssen die Verbrechen selbst aufklären«, zitierte er weiter, »weil die Polizei die Verdächtigen deckt. Wir werden die Mörder finden ...«

Offenbar befahl Ajinow dem Dolmetscher, nicht weiterzusprechen, denn der Mann hörte mitten im Satz auf und verließ wortlos den Raum.

Als Klaus seinem Ärger Luft machte und unwillig erklärte, dass Gespräche ohne Dolmetscher nicht möglich seien, herrschte anfangs Ratlosigkeit. Dann erhoben sich die Flüchtlinge und gingen schweigend auseinander.

Pia wusste, dass Klaus jeden weiteren Versuch, die Tschetschenen zum Sprechen zu bringen, als Zeitverschwendung betrachten würde, daher rief sie halblaut, dass sie gehen müsse, und eilte, ohne sich zu verabschieden, zu ihrem Wagen.

Beunruhigt fuhr sie die Strecke zurück. Vor der Kompostierungsanlage mit den Glashäusern am Waldrand sah sie einen schwarzen Ford am Straßenrand stehen und einen Mann, der Dolmetscher, wie sie gleich darauf feststellte, der ausgestiegen war und ihr heftig winkend bedeutete anzuhalten.

Pia öffnete zögernd das Seitenfenster und betrachtete ihn genauer. Der Dolmetscher war ein älterer Herr mit Schnurrbart und Halbglatze, in einer Hand hielt er eine brennende Zigarette. Er beugte sich zu ihr hinunter, bat sie um Entschuldigung und fügte hinzu, er wolle ihr einen Hinweis geben.

»Welchen Hinweis?«, fragte Pia überrascht.

»Einen Hinweis auf den Koran ... Die Sure 17, ›Die Nachtreise‹, Vers 34: ›und tötet keinen Menschen, den euch Allah verwehrt hat, es sei denn um der Gerechtigkeit willen. Ist aber jemand ungerechterweise getötet, so geben wir seinem nächsten Anverwandten Gewalt. Doch sei er nicht maßlos im Töten … siehe, er findet Hilfe im Gesetz.‹« Während der Dolmetscher zitierte, wurde es Pia unheimlich zumute, der Wald, die Kompostierungsanlage mit den Glashäusern, der niedrige, graue Himmel und das strenge, ernste Gesicht des Dolmetschers erschreckten sie. Dazu kam ein Gefühl der Einsamkeit, da sie niemanden in der Umgebung sah.

»Aber wenn das Gesetz nicht befolgt wird, was dann?«, fragte sie den Dolmetscher unabsichtlich streng.

Der Dolmetscher nahm einen Zug aus der Zigarette, ließ sie fallen, zertrat sie am Boden und blickte ihr dabei ins Gesicht. Hierauf nickte er zum Abschied, setzte sich in seinen Wagen und fuhr davon.

Pia ärgerte sich darüber, dass sie ihm keine weiteren Fragen gestellt hatte. Ihr war klar, dass es sich um eine Warnung gehandelt hatte. Vermutlich hatten die Tschetschenen jemanden im Verdacht, er könne die drei Männer ermordet haben, und wollten sich an ihm rächen.

Sie fuhr an, blickte in den Rückspiegel und sah Klaus mit aufgeblendeten Scheinwerfern näher kommen. Aber sie wollte nicht mit ihm sprechen, sie hatte das Gefühl, dass sie erst darüber nachdenken und dann die Polizei verständigen musste.

In der Apotheke war es wie immer. Die Menschen waren krank, brauchten Medikamente, und sie verwaltete die Hilfe und machte dabei ihr Geschäft. »Eine Apotheke ist eine Lebensversicherung«, hatte ihr Vater gesagt, wenn er sie davon hatte überzeugen wollen, Pharmazie zu studieren.

Am Nachmittag, als gerade kein Kunde zu bedienen war, betraten Inspektor Battmann und die junge Polizistin mit der Pferdeschwanzfrisur eilig den Verkaufsraum. Battmann hielt sich ein blutiges Taschentuch vor die Nase, und Pia und die Angestellte baten ihn, in die Hinterräume zu kommen.

Während er sich zappelnd auf einen Stuhl vor den alten Apothekerschrank setzte, fragte ihn die Angestellte, ob sie einen Arzt verständigen solle.

Battmann nickte heftig und stieß einen gurgelnden Laut aus, während die junge Polizistin, ungehalten über die Frage, erläuterte, dass der Inspektor kein Aufsehen erregen wolle, noch dazu in Uniform. Er könne ja zu keinem Arzt gehen und mit blutender Nase im Wartezimmer Platz nehmen.

Der Inspektor, der den Kopf in den Nacken gelegt hatte wie ein Kunde beim Friseur, wenn ihm die Haare gewaschen werden, war aufgebracht. Er ließ das blutige Papiertaschentuch zu Boden fallen, zupfte ein anderes aus der Zellophanpackung und versuchte die Blutung zu stillen.

»Sie waren heute in der Schule … ich meine, bei den Tschetschenen in St. Johann«, fuhr er Pia mit gepresster Stimme und an die Zimmerdecke starrend an. Er spuckte Blut. Pia fiel ein, dass der wachhabende Polizist sie in der ehemaligen Volksschule begrüßt hatte und dann seinen Chef darüber informiert haben musste.

»Ja. Warum?«, fragte Pia stur.

»Das frage ich *Sie*!«, stieß Battmann hervor. Seine Finger waren blutig, sein Gesicht bleich, und es machte den Eindruck, als würde er jeden Augenblick in Ohnmacht fallen.

Sie mochte den Inspektor nicht, ganz gleich, ob er jetzt aus der Nase blutete oder im Gasthaus große Töne spuckte.

»Halten Sie den Kopf nicht nach hinten, Sie müssen sich nach vorne beugen und die Nase zuhalten«, gab Pia gereizt zurück.

»Was haben Sie mit den Tschetschenen besprochen?«, ereiferte sich Battmann weiter, ohne Pias Rat zu befolgen, während die junge Polizistin ihm half, weitere Taschentücher aus der Packung herauszuzupfen.

Pia antwortete leise, die Leute in Wies und in den anderen Orten hätten den Eindruck, dass die Ermittlungen –

»*Ich* führe die Ermittlungen!«, platzte Battmann heraus. »Mischen Sie sich nicht in meine Angelegenheiten ein!« Die letzten Worte schrie er und blutete dabei so heftig, dass er die Polizistin beschmutzte. Sein Gesicht war jetzt mit Blut beschmiert, und als Pias Mitarbeiterin aus dem Verkaufsraum herausrief: »Dr. Eigner kommt gleich«, schien es, dass er das Bewusstsein verlieren würde. Sein Kopf fiel nach vorne, aber im nächsten Augenblick kam er wieder zu sich und röchelte: »Verstanden!?!«

Pia ließ blutstillende Watte bringen, forderte die Polizistin auf, dafür zu sorgen, dass der Inspektor den Kopf nach vorne beugte und sich die Nase zuhielt, und verließ den Raum. Erst als Klaus eintrat, kam sie wieder zurück. Battmanns Uniform wies bereits dunkle Flecken auf und unter seinem Stuhl hatten sich kleine Blutpfützen gebildet. Er saß jetzt nach vorne gebeugt da, und das Blut tropfte auf den Fußboden. Die Polizistin bemühte sich offenbar vergebens, ihm die Nase zuzuhalten, denn er schob ihre Hände immer zur Seite.

Battmann hob kurz den Kopf, um die Eintretenden zu sehen. Sobald er Pia erkannte, fing er neuerlich zu toben an – seine Hände schlugen auf seine Oberschenkel, und er schrie: »Weshalb habt ihr mir nachspioniert?« Ein gurgelnder Laut und ein Schwall unverständlicher Worte folgten, während Klaus seine Ärztetasche öffnete und sich daran machte, die Blutung zu stoppen. Da Battmann kurz darauf Blut erbrach und dazwischen weiter ausrastete, überließ Pia Dr. Eigner alles Weitere. Sie hatte genug von Schocks und Horror, ihre eigene Gefühlslage war labil, und Battmann sah schrecklich aus – so, als würde er in den nächsten Minuten sterben. Der Gedanke belastete sie. Insgeheim befürchtete sie sogar, sie könne sich dadurch schuldig gemacht haben, dass sie …

Klaus ignorierte Battmanns Toben und hielt ihm jetzt die Nase zu, so dass sie überhaupt nichts mehr verstand, was Battmann von sich gab. Kurz darauf wies Klaus sie an, die Rettung zu verständigen, und sie drehte sich um und wählte die Notrufnummer. Erst als sie die Zentrale erreicht und die notwendigen Angaben gemacht hatte, blickte sie wieder zu Battmann hin.

Die junge Polizistin und Klaus waren inzwischen beide mit Blut befleckt, ebenso ihre Gesichter und Hände, ihre Kleider und vor allem das weiße Hemd von Klaus. Plötzlich verstummte der Inspektor. Klaus riss ihm das Hemd auf, legte ihn mit Hilfe der Polizistin auf den Boden und versuchte, ihn zu beatmen. Battmann sah entsetzlich aus, und es hatte den Anschein, als sei alles vergeblich. Pia flüchtete nach vorne in das Geschäft, in dem jetzt zwei Kunden bewegungslos dastanden und lauschten. Manche waren inzwischen weggelaufen, andere traten gar nicht ein, als sie hörten, was in der Apotheke vor sich ging. Stumm begann Pia die Kunden zu bedienen, stumm verabschiedete sie sich von ihnen mit einem Nicken.

Mit Gepolter und Getöse drängte sich endlich die in Orange gekleidete Rettungsmannschaft des Roten Kreuzes herein, voran der mitfahrende Arzt und als Letzte eine junge Helferin. Wenig später trampelten zwei der Mitglieder wieder hinaus und kehrten mit einer Tragbahre zurück. Nach weiteren Minuten schafften sie gemeinsam den ohnmächtigen Inspektor zum Krankenwagen, einer der Helfer hielt eine Infusionsflasche in der ausgestreckten Hand. Auch die Jacke des Rettungsarztes war mit Blut befleckt, Battmann selbst sah aus wie ein Schlachtopfer. Zwanzig Minuten lang wurde er im Rettungswagen vor der Apotheke versorgt, während Klaus einem Helfer Einblick in die Befunde Battmanns gab. Der Inspektor sei übergewichtig und ein Hochdruckpatient, der auch mit dem Blutverdünnungsmittel Marcoumar behandelt werde, erklärte er. Er leide ferner an der Zuckerkrankheit, was Pia ohnehin wusste, weil der Inspektor die Rezepte einige Male bei ihr eingelöst hatte. Abrupt beendete Klaus seine Auskünfte und fragte die junge Polizistin, ob sie eine Erklärung dafür habe, weshalb es zu der Blutung gekommen sei. Sie sagte, der

Inspektor habe gehört, dass ein Tschetschene namens Ajinow die Versammlung am Vormittag besucht und die tschetschenischen Flüchtlinge beeinflusst habe, die Aufklärung der drei Morde selbst in die Hand zu nehmen. Der Dolmetscher, der anschließend befragt worden sei, habe der Polizei alle Auskünfte gegeben. Da bekannt sei, dass Herr Ajinow beim Schlangenzüchter Nachasch aushelfe – übrigens entgegen dem geltenden Beschäftigungsverbot –, sei Inspektor Battmann mit ihr zu Nachasch gefahren. Sie hätten zuerst den Hund Waw und dann Johann Mühlberg angetroffen, der den ersten Ermordeten im Teich des Karpfenwirts gefunden habe. Als Nachasch dann erschienen sei, habe er leutselig vorgeschlagen, ihnen die Schlangenzucht zu zeigen. Im Keller hätten sie auch Herrn Ajinow angetroffen, der sie durch dauernde »Nun! Nun!«-Rufe zur Eile gemahnt habe. Dadurch hätten sie die Besichtigung nahezu im Laufschritt durchgeführt. Die hygienischen Bedingungen seien grauenhaft gewesen, und Nachasch sei nur betrunken auf einem Stuhl gesessen. Anschließend habe er ihnen die Räume in der Baracke gezeigt – »ein Wahnsinn«, wie sie ausrief … In einem Zimmer mit Namen »Die Buchstaben der Welt«, das mit Zeitungen aus verschiedenen Ländern tapeziert gewesen sei, habe sie noch an einen Witz geglaubt, im nächsten, »Das Weltall«, mit aufgeklebten Himmelskarten an den Wänden, zwei Schulgloben, die Erde und das All darstellend, sowie mit einem alten Fernrohr aus Messing sei ihr schon »anders« geworden, und im letzten, einem »Spielsalon für Affen«, in dem laienhafte Zeichnungen mit Affen auf Tarotkarten an den Wänden zu sehen gewesen seien, habe sie allein schon wegen des üblen Geruchs nur noch an Flucht gedacht. Anschließend hätten sie Hagebuttentee serviert bekommen, der sie erst richtig durstig gemacht habe. Mit Ajinow sei es jedoch zu keinem Gespräch gekommen, da er nicht Deutsch spreche. Sie hätten aber den Dolmetscher telefonisch verständigt, dass er sich gemeinsam mit Herrn Ajinow morgen um elf Uhr in der Polizeiwachstube Wies einfinden möge. Inspektor Battmann sei gegenüber Nachasch nachsichtig aufgetreten, »weil wir uns ja alle gut kennen und per du sind«, wie sie sagte. Sie hätten sich auch gegenseitig auf die Schulter geklopft. Nachasch habe Ajinow allerdings in Schutz genommen. Er sei »anders als die anderen«, habe er ihn verteidigt. Kaum seien sie wieder im Streifenwagen gesessen, sei es Inspektor Battmann schlecht geworden. Auch sie habe starke Kopfschmerzen verspürt. Kurz darauf habe ihr »Chef«, wie sie sich ausdrückte, aus der Nase zu bluten begonnen, anfangs nur in Tropfen, dann immer stärker. »Er wurde immer wütender, ich weiß nicht warum«, schloss sie.

Pia hatte aufmerksam zugehört und fragte Klaus, was er vermute. Ihr war nicht wohl bei der Frage, weil sie als Neugier verstanden werden konnte, aber sie wollte einen Abschluss für die Geschichte finden, damit sie ihr nicht im Kopf herumspuken konnte.

Klaus schüttelte nur den Kopf. »Es ist ernst«, sagte er, während er die Apotheke verließ. »Gute Nacht.«

Zu Hause hörte ihre Mutter gerade »Die Zauberflöte«. Philipp hatte ihr die Oper zum Geburtstag geschenkt, und auch Gabriel und sie selbst liebten die Musik. »Es gibt keine schönere«, betonte ihre Mutter oft. Selbst

Aleph blieb, wenn die Oper erklang, bis zum letzten Ton still, und Gabriel entwarf wie gewöhnlich, wenn er Musik hörte, auf einem Zeichenblatt Muster, wozu ihn Philipp angeregt hatte. Philipp hatte gerne Geschichten über den Librettisten Schikaneder, die Freimaurerei, die ägyptischen Götter Isis und Osiris und die tiefsinnigen Ungereimtheiten und Fantastereien des Librettos erzählt; zumeist wurde aus seinem Monolog dann ein Selbstgespräch über seine Beziehung zu Mozart, und wenn er spürte, dass die Zuhörer ermüdeten, schloss er seine Erklärungen mit einem improvisierten Witz ab. Es kam dabei selten vor, dass er zu stottern anfing.

Sie spürte wieder, wie sehr er ihr fehlte. Die Ereignisse im Dorf hätten ihn nicht kaltgelassen. Er hätte alle möglichen Theorien entworfen, die Schauplätze aufgesucht, die Tschetschenen in der Schule befragt und mit Sicherheit alle Hinweise überprüft. Sie unterbrach den Gedankenfluss, da sie nicht wollte, dass ihr das mit Philipps Namensnennung verbundene »als er noch lebte« durch den Kopf ging.

Aleph hockte noch immer stumm neben Gabriel und trippelte über dessen Zeichnung. Mit Sicherheit wäre Philipp, bis der Fall aufgeklärt gewesen wäre, zu ihr gezogen, hätte mit Gabriel gescherzt und mit ihrer Mutter über Affen diskutiert. Sie ging ins Badezimmer, drehte den Wasserhahn auf und weinte. Was für ein schrecklicher Tag, dachte sie. Und: armer Philipp. Natürlich dachte sie auch »arme Pia«, aber das war ihr nicht bewusst. Sie wusch ihr Gesicht und betupfte die Augen mit dem Handtuch, dabei fiel ihr der Anblick des blutenden Battmann und der Polizistin ein.

Gabriel hatte aufgehört zu zeichnen und küsste sie auf die Wange, bevor er mit seinen Spiralen und Kreisen, seinen Wellen und geometrischen Gebilden wieder fortfuhr.

Pia suchte das Buch »Mohammeds wunderbare Reise«, fand es und zog es aus dem Regal. Philipp hatte häufig von Dantes »Göttlicher Komödie« und der Reise durch die Hölle über das Fegefeuer in den Himmel erzählt. Schon die Propheten Jesaja und Henoch oder auch Abrahams jüngster Sohn Jakob hätten eine Himmelsreise angetreten, auch in der ägyptischen Mythologie und der Antike – zum Beispiel in der »Odyssee« oder der »Aeneis« – gebe es Schilderungen darüber, hatte Philipp aus- und abschweifend erzählt, wobei er zuletzt vielleicht beim Zitieren eines Wienerliedes oder einem Gedicht Rimbauds gelandet war. Sie kämpfte neuerlich gegen Tränen an und schob es wieder auf den »schwierigen Tag«, wie sie dachte. Sie wollte nicht, dass der blutige Vorfall ihren Alltag beeinflusste. Klaus musste die Gabe besitzen oder sich die Fähigkeit angeeignet haben, das Gehirn abzuschalten und trotz der Belastungen, die er erfuhr, gut zu schlafen ... Während sie im Buch blätterte und die Jenseitsbilder betrachtete, kamen ihr Erinnerungen, die sie mit Istanbul und Philipp verbanden. Seufzend kehrte sie zu den Tafeln im Buch zurück, auf denen Mohammed, der Erzengel Gabriel und das Pferd Buraq mit Menschenkopf sowie weitere Propheten und andere Engel, aber auch Verdammte und Teufel abgebildet waren. Noch immer hörten sie »Die Zauberflöte«, und Gabriel hatte sich inzwischen zu ihr gesetzt. Er zeigte auf die kalten, goldenen Flammen, die die Engel und Mohammed in der

Darstellung umgaben, auf das goldene Licht, das wie eine riesige Pflanze aus Feuer Gott darstellte und in deren Mitte der Prophet sich zu Boden geworfen hatte. Auf allen Darstellungen trug er einen jadegrünen Mantel, einen weißen Turban und hatte anstelle des Gesichts einen weißen Fleck. Sie betrachteten auch die Gärten und die mit Flammen verklärten Huris. Bei den Höllenbildern wurde Gabriel lebhaft, mehrmals fragte er Pia, ob es die Hölle wirklich gebe, und seine Mutter musste ihm versprechen, dass sie nicht existierte und aus dem Innenleben, der Phantasie der Menschen entsprossen war: »Wie die schlechten Träume, während das Paradies aus guten Träumen entstanden ist.«

»Es gibt nur schlechte Träume«, sagte Gabriel ernst.

Pia erstarrte und schwieg.

Die letzte Tafel zeigte Kästen, in denen die Hochmütigen eingeschlossen waren. Feuer umloderte sie, und giftige Schlangen und Skorpione krochen zu den Verdammten hinein, bissen sie, krochen heraus und wanderten wieder zurück.

»Glaubst du, dass der liebe Gott so etwas machen würde?«, fragte sie ihren Sohn.

»Es gibt keinen Gott«, antwortete Gabriel. Er wollte jetzt allem und jedem widersprechen, wie sie wusste, Philipp hatte es ihm vorgelebt.

»Nein?«

»Nein.«

»Wer hat dir das gesagt?«

»Mein Vater … er ist mit mir zum Steinbruch gefahren und hat mir erklärt, dass die Hölle eine Erfindung ist wie das Paradies … und dass die Hölle so beschrieben ist wie der Steinbruch, nur mit Feuer.«

Sie sperrte am Morgen gerade die Apotheke auf, als Klaus mit dem Wagen vorbeifuhr, anhielt und zu ihr hinaufrief: »Battmann ist heute Nacht gestorben. Seine Frau hat mich angerufen. Er wird gerade obduziert. Aus Graz sind soeben die Kriminalbeamten eingetroffen.«

Die Putzfrau hatte den Hinterraum saubergemacht, nichts wies mehr auf den blutigen Nachmittag hin. Es war wie eine Geistererscheinung gewesen, und Pia erinnerte sich daran, dass Philipp gesagt hatte: »Den Spuk gibt's nur in der Wirklichkeit.«

Auch an Vertlieb musste sie denken. Er hatte sich hier erholt, weil ihm nach dem Besuch bei Nachasch übel gewesen war ... Bei Nachasch? Was hatte das zu bedeuten – auch Battmann war gerade von Nachasch gekommen. Und hatte nicht auch die Polizistin angegeben, sie habe Kopfschmerzen gehabt?

Als Nächstes fiel ihr der Hagebuttentee ein.

Sie nahm ihr Telefon aus der Jackentasche und rief Klaus an, der ihr beunruhigt riet, die Polizei zu benachrichtigen, schließlich sei sie es gewesen, die die Beobachtungen gemacht habe.

Kurz entschlossen wählte sie die Nummer der Wachstube, meldete sich und fragte nach Gaby Riegler, die Inspektor Battmann zu Nachasch begleitet hatte.

Im Ort kannte jeder jeden, und natürlich wusste Pia, dass sie die Tochter des Briefträgers war.

Die Polizistin sprach leise und tonlos. Battmanns Tod war ihr bestimmt nahegegangen, vermutete Pia. Sie vermied es daher, persönlich zu werden, und gab an, was sie wusste. Von da an hörte sie den gesamten Tag über nichts mehr von ihr.

Natürlich war Battmanns Tod Dorfgespräch. Keiner ihrer Kunden vergaß, sie darauf anzusprechen, manche wollten sogar den Hinterraum sehen.

In der Nacht auf Freitag träumte sie entgegen ihren Vorsätzen von Vertlieb. Er umarmte und liebte sie. Im Halbschlaf am frühen Morgen konnte sie sich eine Zeit lang nicht entscheiden, ob sie angestrengt weiter träumen sollte oder nicht, bis der Wecker ablief. Dann fiel ihr ein, dass das Wochenende vor der Tür stand und sie am Samstag nur bis 12 Uhr 30 in der Apotheke sein musste. Und vor allem, dass Gabriel keinen Unterricht in der Schule hatte. Sie ließ diesmal das Frühstück aus und beschäftigte sich mit ihrem Sohn. Zum letzten Weihnachtsfest hatte er von Philipp ein E-Book mit der mehrbändigen Ausgabe von »Tausendundeine Nacht« bekommen, in dem er eine Zeit lang gelesen hatte, abgestoßen von der Grausamkeit, dass König Schahriyar seine Frau wegen ihrer Untreue töten ließ und dann seinem Wesir die Anweisung gab, ihm fortan jede Nacht eine neue Jungfrau zuzuführen, die am nächsten Morgen umgebracht würde. Gabriel hörte nicht auf zu fragen, wie viele Jungfrauen der König ermordet habe, bis Scheherazade erschien und ihn mit ihren Erzählungen in Bann schlug. Folgerichtig fragte er sie danach, ob auch sie Philipp untreu gewesen sei, und sie hatte ihn angelogen. Es ging Gabriel jedoch nicht ein, wieso die Gattin des Königs wegen ihrer Untreue hatte sterben müssen, und er verlangte zu wissen, ob der Herrscher am Ende ebenfalls hingerichtet würde, weil er seine Frau und die Jungfrauen »hatte ermorden lassen«. Dass er Scheherazade im Gegenteil als »Belohnung« am Ende heiratete, erschien ihm doppelt ungerecht. Jedenfalls hatte er sich geweigert, die Geschichten weiterzulesen. Aber Philipp war hartnäckig geblieben und hatte ihm eine Box mit CDs geschenkt, damit er die Märchen und Geschichten auch hören konnte, und sein Sohn fand allmählich wieder Interesse daran. Besonders nach Philipps Tod hörte er die Erzählungen. Pia hielt ihn dann in den Armen, während er die großen Kopfhörer aufgesetzt hatte und zwischendurch laut lachte. Sie wusste, dass dann etwas Erotisches oder Obszönes oder Deftiges zu hören gewesen war, und ließ sich von seinem Lachen anstecken. Aleph trippelte dabei zumeist auf dem Tisch herum und pickte die Brösel auf, die vom Mittag- oder Abendessen übrig geblieben waren.

Nachdem Gabriel ihr versprochen hatte, seine Aufgaben mit seiner Großmutter zu machen, fuhr sie am Morgen in die Apotheke, wo sie den ganzen Tag über nicht bei der Sache war. Es beunruhigte sie nach wie vor, dass Vertlieb einfach verschwunden war. Dadurch hatte sie auch das irrationale Gefühl, Philipp betrogen oder neuerlich betrogen zu haben. Das war, wie sie wusste, dumm, aber da war noch das zerrissene Manuskript am Flussufer gewesen und die schreckliche Geschichte mit den drei ermordeten Tschetschenen, die bislang nicht aufgeklärt werden konnte, und zuletzt Battmanns Verbluten im Hinterzimmer ihrer Apotheke. Es waren neuerliche Schocks gewesen, wo sie doch Philipps Tod noch nicht verarbeitet hatte.

Auf der Heimfahrt hielt sie im Wald, durch den die Straße führte, und weinte, bis ein Nachbar mit seinem Traktor vorüberfuhr und versuchte, in ihren Wagen zu schauen. Rasch trocknete sie ihre Tränen mit dem Handrücken, bevor sie den Motor wieder anließ. Es fehlte ihr jemand, mit dem sie sich aussprechen konnte, dachte sie. Ihre Mutter war, was ihre Tochter betraf, übertrieben besorgt und konnte dann nicht mehr aufhören, darüber zu reden. Über das, was Pia bedrückte, wäre sie entsetzt gewesen. Sie fürchtete sich ohnedies Tag und Nacht wegen der drei Morde, immer wieder hatte sie ihre Tochter darauf angesprochen, und Pia war nichts anderes übriggeblieben, als die Verbrechen herunterzuspielen. Ihre beiden Schwestern in Graz waren zwar besorgt wegen der Vorfälle, aber jede von ihnen hatte einen Beruf, der sie beanspruchte. Paula war Dozentin an der juridischen Fakultät der Universität Graz, verheiratet und hatte zwei Kinder. Gerda hingegen war Beamtin in der wirtschaftlichen Abteilung der Diözese am Bischofsplatz. Sie glaubte an Gott, machte aber ein Geheimnis daraus und wollte nicht darüber reden. Pia schätzte und liebte ihre Schwestern. Während Paula die besorgte Kompliziertheit ihrer Mutter geerbt hatte, war Gerda seit ihrer Scheidung einzelgängerisch geworden und meldete sich weder brieflich noch telefonisch. Ausflüge oder Reisen unternahm sie keine. Sie war, wie es allgemein hieß, »eigen« geworden, ließ zu Hause die Vorhänge zu allen Fenstern auch tagsüber geschlossen und lud niemanden mehr auf Besuch ein. Ihre Mutter war die Einzige, für die das nicht galt. Diese hatte nach dem Tod ihres Mannes zu ihr nach Graz ziehen wollen, aber Pia brauchte sie für

Gabriel. Umgekehrt war Gerda seit ihrer Übersiedlung nach Graz nur ein einziges Mal auf Besuch nach Wies gekommen. Obwohl sie sich gut verstanden, war ihr Verhältnis kompliziert, denn Gerda kam auch zu keiner Familienfeier, weder zu Weihnachten und Ostern noch zu den Geburtstagen oder zum Jahreswechsel. Bei einer Einladung wollte sie sich anfangs nicht festlegen, und zuletzt war sie an den entsprechenden Tagen nicht mehr erreichbar, auch nicht für ihre Mutter.

Das alles bedrängte Pia jetzt, sie wusste nicht, wo sie mit der Klärung der Situation, sofern das überhaupt möglich war, anfangen sollte.

Von Ferne hörte sie, bevor sie das Haus betrat, den dumpfen Knall einer Sprengung im Steinbruch. Und sofort war alles wieder da: Philipps Tod nach einer Gasexplosion in Wien und Vertliebs Besuch in der Apotheke, nachdem er den zweiten Toten gefunden hatte.

Gabriel stürzte auf sie zu und fragte sie, ob er fernsehen dürfe, aber ihre Mutter beklagte sich, dass er nach seinen Aufgaben bis jetzt Wrestling auf YouTube angeschaut habe. Inzwischen flatterte Aleph herbei, ließ sich auf der Garderobe nieder und krächzte »Grüß Gott«, bis Pia seinen Gruß erwiderte. Es fiel ihr jetzt schwer, Gabriel eine Anweisung zu geben, daher wich sie aus und schlug vor, gemeinsam zu essen, aber ihr Sohn hatte, wie immer, schon vor ihrem Eintreffen seine Spaghetti alla bolognese hinuntergemampft und dabei versucht, den Fernseher anzuschalten. Schließlich war er bei seinem iPhone gelandet und hatte SMS verschickt und Spiele heruntergeladen.

»Hör eine Geschichte aus ›Tausendundeine Nacht‹«, schlug Pia nebenbei vor.

»Davon krieg ich Ohrenschmerzen«, antwortete Gabriel trotzig.

»Dann spiel mit deinen Wrestling-Figuren.«

Es war das Naheliegendste, aber daran hatte er heute noch nicht gedacht, denn er lief sogleich in sein Zimmer, und sie hörte ihn dort herumkramen.

Da Pia besonders Spaghetti mit Gorgonzola-Soße liebte, hatte ihre Mutter für sie eigens die Käsevariante zubereitet und servierte ihr das Essen mit einigem Stolz. Pia aß schweigend, weshalb ihre Mutter sie fragte, woran sie denke …

Was hätte sie ihr darauf antworten sollen?

»An die Buchhaltung«, sagte sie, und um sie abzulenken, machte sie noch eine Bemerkung über einen anstrengenden Kunden. Ihr fiel dabei auf, wie oft am Tag sie nicht die Wahrheit sagte. Wenn sie sich selbst als Beispiel nahm, dann logen die Menschen mehr, als sie die Wahrheit sagten, tauschten Lügen aus und erzählten Lügen weiter. Die Erkenntnis war nichts Neues für sie, nur dass sie sich jetzt miteinbezog. Sie hatte kein schlechtes Gewissen dabei, sie staunte nicht darüber, und es bedeutete für sie auch nicht, dass sie daran etwas ändern wollte, im Gegenteil, es schien ihr, als gehöre sie auf eine absurde Weise jetzt »dazu«. So ähnlich war es ihr ergangen, als sie zum ersten Mal mit einem Mann geschlafen hatte. Aus all dem Gerede darüber, den obszönen Witzen und den pornographischen Bildern, die sie vorher gehört und gesehen hatte, war etwas anderes geworden, eine Art von Normalität.

Nach dem Abendessen suchte sie Gabriels Zimmer

auf und fand ihn inmitten seiner Insektensammlung, die Philipp für ihn bestellt hatte. Seit zwei Jahren waren jede zweite Woche in Kunstharz eingegossene Fliegen, Käfer, Heuschrecken und Schmetterlinge mit der Post gekommen, dazu noch Begleithefte und Sammelboxen. Gabriel besaß inzwischen an die achtzig verschiedene Präparate in Kunstharzwürfeln, und von jedem einzelnen wusste er den Namen. Er hatte ein erstaunliches Gedächtnis, dachte Pia voll Stolz. Die Kunstharzwürfel sahen aus wie kleine Briefbeschwerer. Ihr Blick fiel auf einen schwarzen Skorpion. Seine Beine waren seitlich ausgestreckt, als versuchte er zu schwimmen oder zu fliegen, der Stachel erinnerte sie an das Heck eines Flugzeugs, und die schwarzen Zangen schienen nur darauf zu warten, einen kleinen Fisch im Wasser oder einen winzigen Vogel in der Luft zu fassen. Daneben lagen die Präparate von großen Spinnen, einer Gottesanbeterin, eines Hirschkäfers, eines knallgelben Nachtfalters und einer auffallend großen Heuschrecke. Gabriel hatte alle achtzig Kunstharzwürfel mit den Insekten auf dem Boden ausgebreitet und ließ sie wie in einem Theaterstück miteinander streiten, sprechen, singen, kämpfen und lachen.

»Ich dachte, du spielst mit deinen Wrestling-Figuren«, sagte Pia.

Gabriel ließ sich nicht darauf ein. »Die sind alle tot«, antwortete er und zeigte auf die Insekten.

»Ja.«

»Wie Papa.«

»Papa«, wiederholte Aleph, der irritiert zwischen den Kunstharzwürfeln herumhüpfte.

»Gehst du heute zum Training?«, fragte Pia ihn am Samstag, als sie zu Mittag wieder aus der Apotheke kam.

Eine Stunde später lief Gabriel im schwarzweißgestreiften Dress von Sturm Graz auf dem Parkett dem Fußball nach. Es war ein Dutzend Schüler, das sich im Winter jeden Samstagnachmittag in der Turnhalle des benachbarten Gleinstätten – in der wärmeren Jahreszeit auf dem Sportplatz von St. Johann, der »Laubdorfstadion« hieß – traf, um Fußball zu spielen.

Zumeist sahen Pia und ihre Mutter, wie Gabriel es sich wünschte, gemeinsam zu. Er zeigte ihnen dann alle Tricks, die er beherrschte. Manchmal spielte er im Angriff, manchmal im Tor – dann trug er das orange Tormannsdress –, beides mit großem Eifer. Er konnte mit Philipp und seinen Schulkameraden stundenlang über Fußball reden, vor allem über die Heimspiele von Sturm Graz, zu denen er hin und wieder von seinem Vater, später auch von Pia mitgenommen worden war. Philipp hatte gestaunt über die analytischen Fähigkeiten, die sein Sohn besaß, er hatte, wie er sagte, einen sechsten Sinn dafür, wie sich ein Match entwickeln konnte.

Auf der Heimfahrt gab Pia einem Einfall nach und nahm einen Umweg über Nachaschs Behausung, die sie schon länger nicht gesehen hatte. Es war ein instinktiver Entschluss gewesen, und je näher sie kam, desto dümmer fand sie ihre Idee. Auch ihre Mutter, die neben ihr saß, protestierte dagegen, aber für Gabriel war es zweifellos ein Abenteuer, endlich das Haus des Schlangenzüchters zu sehen.

Pia widersprach ihm, es sei kein »Haus«, sondern eine Baracke, ein Schuppen aus Holz.

»Ich will ihm auf keinen Fall begegnen!«, fuhr ihre Mutter sie an.

»Ich weiß.«

Sie wählte den kürzeren, ansteigenden Weg durch den Wald und hielt in einiger Entfernung von der Baracke. Dort holte sie das kleine Fernglas aus ihrer Anoraktasche und erkannte sofort Ajinow, der den alten BMW von Nachasch fuhr. Im selben Augenblick kam Nachasch selbst um die Ecke. Er trug eine Pelzmütze, eine dunkelbraune Cordhose, ein gelbes Gilet und darüber eine Trachtenjacke. In seinem Mund steckte ein Zigarrenstummel. Nachasch wechselte mit Ajinow ein paar Worte und tippte dann auf seinem Mobiltelefon eine Nummer ein. Pia hatte gehört, dass er angeblich alle Telefonnummern im Dorf auswendig kannte. Gleich darauf läutete ihr Handy, und sie hörte den Schlangenzüchter schnaufen und hinter ihrem Wagen einen Hund, vermutlich Waw, bellen.

»Warum kommt ihr nicht herein?«, fragte Nachasch sie ohne Gruß.

Pia, die ihr Fernglas noch immer in einer Hand hielt, hörte ihn husten und sah, wie er sich dabei krümmte.

»Johann soll euch –«

»Es geht nicht«, unterbrach ihn Pia, »meine Mutter will das nicht. Sie sitzt neben mir.«

Sie steckte das Fernglas wieder ein.

Inzwischen klopfte Mühlberg an das Seitenfenster und winkte freundlich, während Waw verstummt war, um das Auto herumlief und mit dem Schwanz wedelte.

»Therese!«, rief Nachasch inzwischen am Telefon, »ich freue mich, dich wiederzusehen!«

Ihre Mutter, die mitgehört hatte, deutete – die offene Hand energisch hin und her drehend – »Nein«. Gabriel stieg indessen aus und umarmte Waw, während seine Großmutter unwillig das Seitenfenster öffnete und starr zum Wald hinausblickte, als gebe es dort etwas zu sehen. Schließlich verließ auch sie den Wagen. Pia fuhr jetzt nachdenklich den schmalen vereisten Weg zur Baracke hinauf. Nachasch hatte sie gelb gestrichen und die Fenster grün, ein selbstgemachtes Schild »Schlangenzucht Nachasch« prangte mit roten Buchstaben auf blauem Grund vor dem kleinen Platz, auf dem sie ihren Wagen abstellte.

Sogleich eilte Ajinow herbei, öffnete die Tür, verneigte sich wie ein Hausdiener und rief »Nun!« aus, während Nachasch ihr scheinbar gut gelaunt entgegenkam. Aber seine blitzenden Augen und das gequälte Lachen sowie seine seltsame Kleidung gaben ihm etwas Unheimliches. Er stank überdies nach Schnaps und Tabak, seine Fingernägel waren schwarz vor Schmutz, und sein Bart ähnelte einem alten Besen.

»Du willst meine Schlangen sehen?«, fragte er.

Pia schüttelte den Kopf. Inzwischen bereute sie es, dass sie sich dazu hatte hinreißen lassen, vor der Baracke aufzutauchen, ohne zu wissen, was sie eigentlich wollte. Sie empfand Wut über sich und ließ ihr jetzt freien Lauf.

»Inspektor Battmann ist in meiner Apotheke verblutet«, sagte sie schneidend, »und zuvor war er bei Ihnen!«

Nachasch schaute sie nur an, ohne sein Misstrauen

zu verbergen. Er kniff ein Auge zusammen und sagte dann mit belegter Stimme: »Halte dich da raus.« Es klang wie das Knurren eines Kettenhundes.

»Haben Sie eine Erklärung dafür?«, fragte Pia, ohne sich auf das Du-Wort einzulassen.

»Was glaubst du?«, gab Nachasch zurück, hustete verschleimt und spuckte – sich kurz nach hinten drehend – aus. »Bist du deswegen gekommen?« Ein unterdrücktes Husten hatte seinen Kehlkopf gereizt, weshalb er die Frage mit erhöhter Stimme und immer schneller werdend stellte, um sich sogleich wieder zu räuspern.

Ajinow, sah Pia, stand verlegen auf der Seite, und sie hatte den Eindruck, dass er die Szene bedauerte.

»Haben Sie eine Ahnung, was mit Battmann geschehen ist … Hat Ihr Tee …«

»Hör auf!«, polterte Nachasch. »Du bist nicht die Polizei … Wenn du immer noch die Schlangen sehen willst, dann komm ein anderes Mal.« Er machte kehrt und stapfte wütend davon. Bevor er die Baracke betrat, warf er den Zigarrenstumpen auf einen Schneehaufen und schimpfte halblaut vor sich hin.

Pia verstand nur »aufspielen … wichtig machen … Scheiße!«, aber sie wusste ohnedies, was er über sie dachte. Sie setzte sich wieder in den Wagen und war sich noch nicht darüber im Klaren, ob sie mit sich zufrieden sein sollte. Ajinow winkte sie unterdessen besorgt auf den Weg zurück, und als sie an ihm vorbeifuhr, verbeugte er sich abermals tief. Mühlberg spielte, sah sie durch die Windschutzscheibe, inzwischen mit Gabriel und Waw, während ihre Mutter starr zu den beiden hinschaute, ohne sich um sie wirklich zu kümmern.

»Was wolltest du von ihm? Was habt ihr gesprochen? Weshalb bist du zu Nachasch gefahren – ich verstehe dich nicht!«, brauste sie auf, kaum dass sie wieder im Wagen Platz genommen hatte.

»Hört auf zu streiten!«, fuhr Gabriel dazwischen, als sie losfuhren. Er hasste Streit.

»Er lässt dich grüßen«, antwortete Pia trocken und bemerkte, dass sie schon wieder nicht die Wahrheit gesagt hatte.

Ihre Mutter setzte ein beleidigtes Gesicht auf und verstummte. Es würde einige Zeit dauern, bis sie wieder zu sprechen anfing, um dann später, in einem passenden Moment, die Fragen in sanftem, aber vorwurfsvollem Ton zu wiederholen. Ihr fiel ein, dass sie ihrer Mutter sagen musste, Vertlieb sei in Wien aufgehalten worden, er sei im Heimito-von-Doderer-Institut unabkömmlich und werde sie erst in vierzehn Tagen wieder besuchen. Das klang nicht sehr glaubwürdig, fand sie, und es fiel ihr auf, dass sie neuerlich die Dinge verdrehte. Außerdem konnte ihre Mutter sie fragen, weshalb er sie nicht anrufe, dann musste sie ihr mit einer weiteren Unwahrheit antworten, vielleicht, dass sie jeden Tag, wenn sie in der Apotheke war, telefonierten. Zuletzt konnte sie ja wieder ein »er lässt dich grüßen« hinzufügen, dachte sie sarkastisch. Aber ihre Mutter würde nicht darauf hereinfallen.

In die Stille hinein fragte Gabriel: »Wann kommt Vertlieb wieder?«

Ihre Mutter blickte weiterhin starr durch die Windschutzscheibe auf die schmale Asphaltstraße, die durch den Wald führte, und tat so, als gehe sie das Ganze nichts an. In Wirklichkeit, wusste Pia, würde sie jetzt gespannt auf jedes Wort achten, und wenn sich eine Gelegenheit bot, eine giftige Bemerkung machen, um überfallsartig ihren ganzen Frust abzuladen.

»Er kommt nicht mehr«, sagte Pia trotzig, denn sie wünschte sich plötzlich selbst einen Streit.

»Warum nicht?«, fragte Gabriel enttäuscht.

»Er hat seine Arbeit bei uns beendet und ist zurückgefahren. Außerdem ist er krank.«

»Was hat er denn?«

»Atembeschwerden.« Sie wollte sich nicht noch weiter in Halbwahrheiten verstricken und fügte hinzu: »Wir sind gleich zu Hause.«

Aber Gabriel fragte hartnäckig weiter, woher sie das wisse.

»Eine Mitarbeiterin im Heimito-von-Doderer-Institut hat mich angerufen«, log sie. Sie wollte auf keinen Fall zugeben, dass Vertlieb den Kontakt abgebrochen und sie im Ungewissen zurückgelassen hatte, aber es war abermals eine Verdrehung der Tatsachen gewesen.

Als sie zu Hause die Tür aufsperrte, Aleph auf ihren Kopf flatterte und »Grüß Gott!«, rief, musste sie lachen, es war ihr, als würde der Papagei sie wegen ihrer verdrehten Wahrheiten, die sie fortlaufend zum Besten gab, verspotten.

Sie bemühte sich, den Dingen ihren Lauf zu lassen. Gabriel wollte sofort fernsehen, eine DVD einlegen, auf YouTube Wrestling-Kämpfe anschauen oder auf dem iPhone ein Spiel herunterladen, und während sie ihre Mutter mit Gabriel schimpfen hörte, zog sie sich in ihr Zimmer zurück, legte sich auf das Bett und schlug den alten Italien-Baedeker auf. Aber sie mochte jetzt nicht an der Stelle, an der sie ihre Lektüre unterbrochen hatte, weiterlesen, sondern blätterte vor – nach Venedig. Zuerst faltete sie – während sie ihre Mutter weiter mit Gabriel »werkeln« hörte, wie diese ihr Schimpfen als Folge ihrer schlechten Laune nannte – den alten Stadtplan auf. Es war ihr, als passte er zu ihren verblassenden Erinnerungen an eine Reise mit Philipp. Ihr fiel jetzt ein, dass sie sich auch an ihre Träume kaum erinnern konnte … Dann sah sie Philipp vor sich, der stotternd mit einem Verkäufer über eine Halskette als Geschenk für sie verhandelte, die jetzt in ihrer Schmuckschatulle lag. Sie sah ihn auf dem Friedhof San Michele die Gräber von Joseph Brodsky und Ezra Pound aufsuchen und hörte ihm zu, wie er, ohne zu stottern, über die beiden Dichter und die Komponisten Strawinsky und Luigi Nono sprach, während sie sich auf den Weg zu deren Grabstätten machten. Philipp liebte auch die Scuola Grande di San Rocco und Tintorettos Darstellungen, besonders die »Verkündigung«, bei der der Erzengel Gabriel Maria beschwor: »Der Heilige Geist wird über dich kommen und die Kraft des Höchsten wird dich überschatten.« Philipp hatte ihr erzählt, dass die Verkündigung nur im Lukas-Evangelium beschrieben sei, und er schwärmte von Tintorettos Gemälde, das in der dunklen Sala terrena tatsächlich wie ein Bild aus einem Cinemascope-Film aussah, mit einem durch die offene Tür fliegenden mächtigen Gabriel, der von einer Wolke kleinerer Engel begleitet wurde, und der goldenen Taube des Heiligen Geistes mit einem kreisförmigen Heiligenschein, auf die der rechte Zeigefinger des Erzengels wies, während Maria, deren Kopf von einem heiligen Schimmer umflort war, erschrocken die Hände von sich streckte.

Sie wusste nicht weshalb, aber jedes Mal, wenn sie an dieses Bild dachte, fielen ihr auch die Nächte mit Philipp ein. Niemand war ihr früher oder später so nahe gewesen. Vertlieb, der es spürte, unternahm alles, um sie Philipp vergessen zu lassen. Hatte er sie nur besitzen wollen? – Sie zweifelte jedenfalls daran, dass es wirklich Liebe gewesen war, wie er immer wieder beteuert hatte.

Draußen stritt Gabriel nach wie vor mit seiner Großmutter herum, dann stürzte er in ihr Schlafzimmer und fragte empört, ob er jetzt endlich fernsehen dürfe.

»Es ist wegen seines Kopfs! Die Ärzte sagen, es schade ihm«, rief ihre Mutter aus der Küche. Wie oft,

fragte sich Pia, hatte sie den Satz schon gehört oder selbst ausgesprochen.

»Von mir aus, aber nur eine Sendung!«

Gabriel lief triumphierend davon, er wusste genau wie sie, dass es nicht dabei bleiben würde.

Am folgenden Sonntag ließ sie Gabriel in ihrem Archiv die Fotografien, Manuskripte, Notizen und Schreibgeräte von Philipp herausnehmen. Sie erklärte ihm ausführlich, in welcher Schachtel sich was befand, und während Gabriel herumkramte und ab und zu Fragen stellte, versuchte sie die Papierschnitzel, die sie am Flussufer beim Spaziergang mit ihrem Sohn gefunden hatte, zu ordnen. Auf größeren Stücken waren manchmal eine oder sogar mehrere Zeilen erhalten, auf anderen, kleineren, oft nur einige Buchstaben, ein halbes Wort. Es ergab sich jedoch kein Sinn, weshalb sie die Fragmente nach ihrer Länge sortierte und nummerierte. Gabriel half ihr dabei und fragte sie abermals, wer das Manuskript zerrissen habe und warum.

Um nicht wieder die Unwahrheit zu sagen, zuckte sie nur die Schultern, aber Gabriel begnügte sich nicht damit und stellte ihr weitere Fragen: Ob es ihr gleichgültig sei, dass jemand das Manuskript zerrissen habe? Ob es Vertlieb gewesen sei? Obwohl sie wusste, dass es der Fall war, sagte sie »nein«. Weshalb dann ein Unbekannter die Seiten zerrissen habe? Wie er zu dem Manuskript gekommen sei? Ob sie selbst das Manuskript zerrissen habe?

Und ohne den Tonfall zu ändern, stellte er ihr schließlich die Frage, weshalb er noch nie Philipps Frau, seine Stiefmutter, gesehen habe.

Bei dem Wort »Mutter« zuckte Pia zusammen. Es verletzte sie, dass Gabriel die für ihn fremde Frau so bezeichnete.

»Du meinst Doris?«

»Ja.«

»Möchtest du sie kennenlernen?«

Gabriel nickte ernsthaft und wollte wissen, weshalb Pia sie nie einlud.

»Das geht nicht.«

»Warum nicht?«

»Sie hasst mich«, antwortete Pia.

»Und hasst du sie auch?«

»Hassen? – Nein. Philipp wollte nicht, dass ich sie kennenlerne, und auch ich habe keinen Wert darauf gelegt.«

Eine Stunde später verstaute sie die geordneten Papierschnipsel in zwei großen Kuverts und legte sie zurück in die Schachtel, aus der Vertlieb das Manuskript entnommen hatte. In zwei weiteren großen Schachteln lagen noch die unbearbeiteten.

Wenn Vertlieb wirklich krank geworden war, dann vielleicht, weil er das Manuskript zerstört hat, dachte sie für einen Moment. Jedenfalls war es gut, dass sie die Überbleibsel geordnet und der Größe nach zusammengelegt hatte, auch wenn das Ganze keinen Sinn ergab …

Aber bevor sie noch ihr Archiv verließ, fiel ihr ein, dass Vertlieb möglicherweise verrückt wurde, wenn die Papierschnipsel in diesem Zustand aufbewahrt würden. »Und wenn ich sie verbrenne, verbrennt auch er.« Dabei empfand sie kurz Genugtuung. Doch es gab für sie keine andere Möglichkeit als abzuwarten. Das hieß, sie konnte natürlich die beiden Kuverts an das Heimito-von-Doderer-Institut schicken ... Aber dann würde sich herausstellen, dass Vertlieb das Manuskript zerrissen hatte ... Sie verstand, dass sie damit all seine Zukunftspläne zerstören würde. Im Nachhinein fand sie es jetzt auch unsinnig, dass sie am Vortag zu Nachasch gefahren war. Es war ein Fehler gewesen, nicht alles seinen Lauf nehmen zu lassen, sagte sie sich.

Aus der Küche duftete es schon. Gabriel wünschte sich Wiener Schnitzel oder gebackenes Huhn, und es gab am Sonntag zumeist das, worauf er gerade den größten Appetit hatte. Sie lächelte. Langsam stellte sich wieder das Sonntagsgefühl ein, das sie als Kind so geliebt hatte.

Nach dem Essen packte Gabriel einige seiner unzähligen Figuren aus – meist Science-Fiction-Krieger oder Fantasy-Gestalten – und versank in seine fiktive Welt, später setzte er sich an den Laptop und lud sich verschiedene Songs herunter.

Während der Abendnachrichten im Fernsehen klingelte Pias Handy. Sie glaubte zuerst, es sei eine ihrer Schwestern aus Graz, aber dann sah sie auf dem Display, dass es Anna, die Frau von Klaus war. Was sie gleich darauf zu hören bekam, vergrößerte noch das Chaos in ihrem Kopf. Sie sprang auf, eilte in die Küche, damit Gabriel sie nicht hören konnte, gefolgt von ihrer Mutter, die aus dem Verhalten der Tochter und ihren »Nein!«-Rufen schloss, dass etwas Schreckliches vorgefallen sein musste.

Als Pia ihr sagte, dass im Haus von Dr. Eigner der Fleischhauer Schober ermordet aufgefunden worden sei, brach ihre Mutter in Tränen aus. Pia versuchte sie flüsternd zu beruhigen, aber sie wollte »Genaueres« wissen, und es half auch nichts, dass Pia sie bedrängte zu warten, damit Gabriel vor dem Schlafengehen nichts davon erfuhr.

Klaus war mit seiner Frau am Freitagabend nach Wien gefahren, um am folgenden Tag im Burgtheater eine Adaptierung des Romans »Die Dämonen« von Fjodor Dostojewskij zu sehen und die Mozartwohnung in der Domgasse zu besichtigen. Außerdem liebte es Anna, in der Kärntnerstraße zu bummeln und zu shoppen, weswegen sie und ihr Mann für ländliche Verhältnisse ungewöhnlich elegant gekleidet waren. Als sie am Sonntag nach Einbruch der Dunkelheit mit ihren Einkaufstaschen in den Händen umständlich die Haustüre aufsperrten, hatten sie sofort einen unangenehmen Geruch wahrgenommen. Bevor sie noch das Licht eingeschaltet hatten, sahen sie erschrocken einen voluminösen Schatten im Vorhaus liegen, der sie an ein Tier denken ließ. Im nächsten Augenblick wurde es hell, und Klaus, der die Einkaufstaschen bereits abgestellt hatte, war in einer Mischung aus bösem Erwachen, Neugier, Empörung und ärztlicher Routine auf die menschliche Gestalt zugeeilt, die in einer gestockten Blutlache lag.

Während Anna sich mit einem Aufschrei umgedreht hatte und zurück hinaus auf die Straße gestürzt war, hatte Klaus erkannt, dass der tote Mann der Fleischhauer Schober war, der nicht weit von der Ordination sein Geschäft hatte. Er zweifelte nicht daran, dass Schober ermordet worden war. Wie aber war er in das Haus gekommen? Die Fenster waren mit eisernen

Ziergittern versehen, und Klaus hatte die Tür bei der Abreise selbst abgeschlossen und bei ihrer Rückkehr auch wieder aufgesperrt. Er hatte sein Handy herausgenommen und die Polizei verständigt.

»Du wirst uns wohl nicht allein lassen?«, fragte ihre Mutter sie in einem drohenden Tonfall.

»Ich habe alles gehört!« Gabriel stand mit ernstem Gesicht in der Tür. Im schwachen Licht, das vom Fernseher aus dem Wohnzimmer kam, lief er auf seine Mutter zu und umarmte sie.

»Ich will nicht, dass du wegfährst!«, rief er aus und überschüttete sie dann mit Fragen.

Pia war froh, dass sie Anna wegen Gabriel absagen konnte, denn sie stellte es sich grauenhaft vor, in einem Haus, in dem ein Mensch verblutet war und noch Ermittlungen durchgeführt wurden, aufgeregte Gespräche zu führen. Anna war noch immer »durcheinander«, wie Pia aus einem weiteren Telefonat erfuhr. Es war jetzt klar, wie die Leiche in den Vorraum gekommen war: Die Täter mussten einen Nachschlüssel besitzen oder waren mit Hilfe von Sperrhaken oder Dietrichen eingebrochen. Es war nicht auszuschließen, dass sich jemand an Klaus und ihr hatte rächen wollen, aber es sei wahrscheinlicher, dass man den Schwerverletzten zum Arzt habe schleppen wollen, um ihn nicht sterben zu lassen. Als der Fleischhauer Schober an seinen Verletzungen – zwei Messerstichen in den Unterleib – verblutet war, hatten die Täter – denn es mussten mindestens zwei gewesen sein – das Weite gesucht und die Tür wieder versperrt …

Sie würde heute nicht zu Hause schlafen, ergänzte Anna. Erst wenn das Schloss ausgewechselt sei, würde sie zurückkehren, denn möglicherweise kämen die Mörder noch einmal zurück.

Pia sah an den folgenden Tagen weder Anna noch Klaus. Sie erinnerte sich später: Wies war von Journalisten und Schaulustigen überschwemmt gewesen, überall parkten Autos und Wohnwagen, in den Wirtshäusern war kein Zimmer mehr frei, in den Speisesälen kein Tisch und die Arztpraxis war von Neugierigen umlagert.

Niemand sprach von etwas anderem als »den Mördern«.

In den nächsten Tagen war bekanntgeworden, dass alle Tschetschenen aus der Volksschule in St. Johann verlegt worden waren, bis auf vier Männer, die von der Polizei verhört wurden, und den Verdächtigen Ajinow, der angeblich flüchtig war.

Ein großes Aufgebot an Kriminalisten aus Graz war eingetroffen, die Polizei durchkämmte die Wälder und sperrte Straßen ab, und es zeigte sich, dass jedes Gerücht, dem die Beamten nachgingen, neue Gerüchte hervorrief und diese wiederum neue … Man erfuhr überdies, dass außer Ajinow auch Nachasch verschwunden war, und Frau Schindler rief zu einer Gebetsstunde in der Kirche auf.

Am Abend, erinnerte sie sich weiter, wurde der Bruder der jungen Polizistin Gaby Riegler verhaftet, der ein Vertreter für Landmaschinen war, man fand bei ihm auch Öffnungswerkzeuge für Schlösser. Es war bekannt, dass er Mitglied einer nationalistischen Gruppe war wie auch der ermordete Fleischhauer. Die Verhöre dauerten, erfuhr sie später, die ganze Nacht an, und zugleich arbeiteten die Journalisten mit ihren Laptops und Handys in den Wirts- und Gasthäusern, und von dort aus machten alle Neuigkeiten rasch die Runde. Pia behielt die Tage als Albtraum im Gedächtnis. Obwohl alles lief wie sonst, spürte sie eine latente Bedrohung. Auch zu Hause gab es kein anderes Gesprächsthema als die Gerüchte und herumschwirrenden Vermutungen. Der gesamte Landstrich nahm an den Ermittlungen teil, hörte Radio, saß vor den Fernsehapparaten oder stand beisammen und redete. Es gab die seltsamsten Theorien, es gab Denunziationen, Verleumdungen, aber nach außen hin nur Schweigen. Für die Fragen der Fremden, Journalisten und Schaulustigen hatte die Bevölkerung bloß ein Achselzucken übrig oder ein barsches »Ich weiß nichts«. Die geheime Rohrpost funktionierte indessen reibungslos. Anfangs war auch sie davon überzeugt gewesen, dass niemand aus dem Ort mit dem Tod der drei Tschetschenen in Verbindung gebracht werden konnte, aber durch die Art und Weise, wie der verblutende Fleischhauer Schober, den jeder von den Einkäufen her kannte, in das Haus des geschätzten Arztes und Freundes Klaus gekommen war, änderte sich ihre Meinung. Aus den Nachrichten im lokalen Fernsehen hatte sie außerdem erfahren, dass die Obduktion von Inspektor Battmann kein Fremdverschulden ergeben hatte – Battmann habe vielmehr aus Angst vor einer Thrombose oder Embolie eine zu hohe Dosis des Blutverdünnungsmittels Marcoumar eingenommen. Klaus hatte, fiel Pia ein, ihn einmal in der Apotheke sogar selbst auf mögliche Komplikationen einer Über- oder Unterdosierung aufmerksam gemacht. Außerdem hatte Battmann ein Alkoholproblem und litt unter Bluthochdruck. Sie dachte angestrengt nach. Weshalb aber war dann auch Vertlieb schlecht geworden, nachdem er bei Nachasch gewesen war, und auch Gaby Riegler hatte über Übelkeit geklagt …

Inzwischen waren die vier Tschetschenen, die in Graz verhört worden waren, wieder aus der Untersuchungshaft entlassen worden, da sie Alibis für die Tatzeit hatten. Auch der Bruder von Gaby Riegler war nach dem Verhör auf freien Fuß gesetzt worden.

Das meiste, was dann geschah, erfuhr Pia nachträglich aus den Zeitungen, und die Lektüre vermischte sich in ihrem Kopf mit ihren eigenen persönlichen Eindrücken. Jeden Tag hatte ihre Mutter damals Gabriel von der Schule abgeholt und ihn anschließend nicht mehr aus dem Haus gelassen. Sie war so aufgeregt, wie Pia sie noch nie gesehen hatte, vergaß Namen, Einkäufe, Telefonate, verwechselte die Wochentage und klagte über Herzbeschwerden. Schließlich musste sie für eine Woche in das nächste Krankenhaus in Landsberg eingeliefert werden, und da sie sich nun allein um Gabriel zu kümmern hatte, konnte sie ihre Mutter die ersten Tage nicht besuchen.

Gabriel ging nach dem Unterricht zu ihr in die Apotheke, fuhr mit ihr in der Mittagspause nach Hause und am Nachmittag wieder mit in die Apotheke, wo er im Bürozimmer seine Aufgaben machte und sich dann mit seinem iPhone oder dem Computer beschäftigte.

Am Wochenende besuchten sie endlich ihre Mutter im Spital. Paula und Gerda waren inzwischen aus der Stadt gekommen und hatten sich um sie gekümmert.

Sie fühle sich besser, hatte sie beteuert, aber ihre Herzkranzgefäße seien stark verkalkt, und außerdem litt sie schon seit einiger Zeit an Herzrhythmus-Störungen. Sie lobte die aufmerksamen Krankenschwestern, mit denen sie sich schon nach wenigen Tagen befreundet hatte, und die Ärzte, die höflich und respektvoll mit ihr umgingen. Vor allem aber liebte sie es, als Apothekerin von Wies aufzutreten und quasi als Pionierin bewundert zu werden, denn die alten Landärzte hatten sich damals mit aller Macht dagegen gewehrt, dass der Staat ihnen nicht länger genehmigte, selbst Hausapotheken zu führen, und dass die Apotheker, die aus der Stadt kamen, ihnen anschließend das Geschäft wegnahmen. Jetzt aber gab es längst eine neue Generation von Landärzten, für die die Trennung der beiden Berufe selbstverständlich war. Auch die Gesellschaft mit der zweiten Patientin im Zimmer, einer pensionierten Lehrerin aus Schwanberg, gefiel ihr, sie hatte schon Bekanntschaft mit der ganzen Familie gemacht und wusste über die Lebensläufe aller Mitglieder Bescheid. Das alles hatte Pia bereits von ihren beiden Schwestern am Telefon gehört.

Zu Hause zeigte sie Gabriel Fotografien von Pflanzen und Pollen aus einem pharmazeutischen Atlas und die berühmten mikroskopischen Schneeflockenbilder von Bentley: Hunderte von weißen geometrischen Gebilden auf schwarzem Glanzpapier. Philipp hatte das Buch, das er besonders geschätzt hatte, in der Bibliothek seines Landhauses aufbewahrt. Gabriel interessierte sich für alles, was mit Philipp zu tun hatte. Aus dem Schneeflockenbuch fiel eine beschriftete Heftseite heraus, sie stammte von Gabriel, aber Pia kannte sie noch nicht. Sie las laut vor: »Lieber Papa, welch, welch, welch ein Graus, du heißt nicht ›Bumm‹, nicht Stiegenhaus. Du heißt ›Papa‹, nicht ›Popa‹, heißt nicht ›Popo‹, und ›Blabla‹ gibt's auch anderswo. Kommt ein Stern zu dir, könnte es ein Wunschstern sein. Alles Gute zum Geburtstag! Ende.«

Während sie las, gluckste und lachte Gabriel vor Freude. Es musste drei Jahre her sein, dass er die Zeilen geschrieben hatte, und er kannte noch jedes Wort und wusste alle Details, warum er den Glückwunschbrief so geschrieben und wie er das Blatt Papier Philipp gegeben hatte. Zum Schluss lachten sie beide, obwohl ihnen das Herz schwer war bei dem Gedanken, dass Philipp das Schreiben in einem seiner Lieblingsbücher aufbewahrt hatte.

Gerade als sie den Käfig Alephs mit einem Tuch zugedeckt hatte, damit der Papagei schlafen konnte, und sie Gabriel zu Bett bringen wollte, läutete es an der Tür. Draußen stand Klaus und fragte sie, ob sie mitkommen wolle, die Baracke des Schlangenzüchters Nachasch brenne. Gabriel hatte es im Badezimmer gehört und kam heraus, die Zahnbürste noch im Mund, und rief: »Ich will mit!« Sie wollte davon nichts wissen, aber Gabriel drängte so lange, bis sie schließlich doch nachgab.

Schon bevor sie die Lichtung erreichten, sahen sie geparkte Autos auf beiden Seiten der Straße. Auf Klaus' Initiative, der einen Feuerwehrmann um Erlaubnis bat, durften sie den Wagen auf dem Gelände, nicht weit von der brennenden Baracke, abstellen. Die Flammen züngelten hoch in den Nachthimmel, schwarzer Rauch stieg in einer dicken, flatternden Säule empor. Die Feuerwehr hatte Scheinwerfer eingeschaltet und spritzte aus mehreren Schläuchen Wasser auf das zusammenbrechende Holzgebäude, von dem nach kurzer Zeit nur noch Trümmer übrig waren. Zuerst hatte man aber die Terrarien mit den Schlangen ins Freie gerettet, auf die schneebedeckte Wiese, von wo sie, wie Pia erfuhr, der Schuldirektor mit einem Kastenwagen in einen geheizten, leeren Klassenraum brachte.

In den Keller wagte sich ohnedies niemand. Jemand hatte im Stadel neben der Baracke allerdings Hunderte von Schlangenskeletten, die auf schwarzen Holzstücken befestigt waren, entdeckt. Siebzig oder achtzig davon hatte die Feuerwehr auf eine Plane gelegt, falls die Holzhütte zu brennen anfangen sollte. Pia empfand den Gestank, der sich aus dem Geruch des Rauchs und des Verbrannten zusammensetzte, als quälend. Trotzdem blieb sie, weil Gabriel es so wollte, aber sie hielt sich den Schal vor Mund und Nase. Die Polizei, erfuhr sie von Klaus, hatte Mühlberg, der das Feuer entdeckt und gemeldet hatte, festgenommen. Sie vernahm ihn gerade in einem Bus, während Waw in der Menschenmenge am Rand der Wiese umherstreifte. Pia sah ihn immer wieder auftauchen und verschwinden. Gabriel war vom Ereignis fasziniert und spürte angeblich die Kälte nicht.

Als der Brand gelöscht war, untersuchten die Feuerwehrmänner mit Atemschutzmasken endlich den Keller. Sie hatten Mühlberg zur Brandstätte gebracht und ließen sich von ihm erklären, wo sie anfangen sollten.

Es war der Moment, da die Polizei die Räumung des

Geländes verlangte. Anfangs rührte sich niemand, erst als der Ton der Beamten schärfer und unfreundlicher wurde, begann sich die Menschenmenge langsam aufzulösen. Auch Gabriel hatte dagegen protestiert, die Brandstätte verlassen zu müssen. Als aber Klaus die Bemerkung machte, dass sich Nachasch und Ajinow möglicherweise im Keller versteckt hätten oder dort vielleicht von Brandstiftern eingeschlossen worden wären, eilte er im Laufschritt zu Pias Wagen, kam aber wegen der abfahrenden Fahrzeuge gleich wieder zurück.

Er war todmüde, als Pia mit ihm zu Hause ankam, doch kaum hatte sie wieder die Eingangstür versperrt, holte Gabriel aus seinem Anorak ein Schlangenskelett hervor, das er unbemerkt vor der brennenden Baracke an sich genommen hatte.

Zwar war Pia von der Schönheit des Skeletts angetan, doch durfte sie sich das nicht anmerken lassen. Sie tadelte Gabriel und sagte, er habe gestohlen, worauf er enttäuscht zu weinen anfing und zornig ausrief, dass die Skelette ohnehin herumgelegen seien. Pia küsste und beruhigte ihn daraufhin und blieb an seinem Bettrand sitzen, bis er einschlief.

Noch vor Mitternacht erfuhr sie durch einen Anruf von Anna Eigner, dass Nachasch und Ajinow sich nicht im Keller befunden hatten und dass alle dort aufbewahrten Schlangen umgekommen seien. Möglicherweise sei aber eine Handvoll giftiger Reptilien schon vor den Aufräumungsarbeiten geflohen, sie würden die Kälte der Winternacht jedoch nicht überstehen, wenn sie nicht in einem der umliegenden Bauernhöfe Unterschlupf gefunden hätten.

Pia konnte nicht einschlafen.

Der Brand, Philipp, Vertlieb, der ermordete Fleischhauer Schober, der Bruder der Polizistin Gaby Riegler, Nachasch, Ajinow und dessen Sohn Mohammed, Johann Mühlberg und sein Hund Waw gingen ihr durch den Kopf, auch Klaus und seine Frau Anna und die Frage, wer die Täter sein konnten, denn sie zweifelte jetzt nicht mehr daran, dass sie unter den Dorfbewohnern zu finden und Nachasch und Ajinow unschuldig waren. Sie dachte an ihre Mutter im Krankenhaus und versank endlich mühsam in einen Halbschlaf, aus dem sie immer wieder aufschreckte. Es war ein großer Fehler gewesen, dachte sie, dass sie die Apotheke übernommen hatte. Sie hätte in der Stadt leben sollen ... Dann hätte sie aber nie Philipp oder Vertlieb kennengelernt, fiel ihr ein ... Und auch nicht ihren Sohn Gabriel zur Welt gebracht, auf den sie unter keinen Umständen verzichten wollte.

Einige Tage hielt die Unruhe, die die Journalisten im Dorf und den umliegenden Gemeinden verursachten, an, dann versanken Landschaft und Bewohner im Neuschnee und in ein dumpfes Warten.

Pias Mutter kam wieder nach Hause und kommentierte wie gewohnt ihre Handlungen, und Gabriel brachte Aleph das Wort »Feuer« bei. Er sprach häufig und lange von der brennenden Baracke, zeichnete brennende Schlangen, die vom Himmel fielen, und Leichen mit Blutpfützen oder abgeschnittenen Köpfen. Es waren die Gespräche in der Schule, die die Kinder untereinander führten und die Gabriel mit sich allein zu Hause fortsetzte. Daran und an den Bemerkungen ihrer Kunden erkannte Pia, dass die meisten Bewohner jetzt nicht mehr annahmen, alles sei nur eine Auseinandersetzung unter den Tschetschenen gewesen, sondern dass sie darüber nachzudenken anfingen, wer von ihnen die schrecklichen Verbrechen begangen hatte.

Beim Begräbnis des Fleischhauers Schober erschien eine große Anzahl von Menschen aus Wies und Umgebung auf dem Friedhof, keiner wollte, dachte Pia, durch seine Abwesenheit einen Verdacht auf sich lenken. Sie sah die Prozession mit dem Sarg von der Apotheke aus über den Hauptplatz ziehen, wo sich die Teilnehmer sammelten. Gesangsverein, Musik, Feuerwehr und Kameradschaftsbund waren vollständig vertreten. Es kam zu keinen Ausschreitungen, wie manche befürchtet hatten.

Am nächsten Morgen, bevor sie in die Apotheke fuhr, überkam Pia der Wunsch, endlich zu erfahren, wie es Vertlieb ging. Sie parkte ihren Wagen vor der Post und rief spontan im Heimito-von-Doderer-Institut an.

Anfangs blockte Daniela Walzhofer ihre Fragen ab … sie wisse nicht … sie könne nicht … Vertlieb Swinden wolle nicht.

Als Pia sie aber fragte, in welchem Krankenhaus er liege, vergaß sie ihre Vorsicht und antwortete: »Auf der Nervenklinik.« Professor Balthasar habe ihn dort zweimal besucht. Vertlieb Swinden lasse sich Haare und Bart wachsen und ähnle, wie Professor Balthasar bemerkt habe, in seinem Aussehen immer mehr Philipp Artner. Auch in Gestik und Wortwahl seien ihm Parallelen aufgefallen, manche Sätze oder Bewegungen Vertliebs glichen Artner bis ins Detail.

»Und weshalb liegt er auf der Nervenklinik? Wissen Sie, was vorgefallen ist?«

Daniela Walzhofer zögerte, dann gab sie sich einen Ruck und antwortete, soweit sie gehört habe, leide er an Depressionen, mehr wolle sie darüber nicht sagen. Er sei nicht ansprechbar und liege zumeist mit geschlossenen Augen im Bett.

Kurz nach ihr traf ihre Angestellte in der Apotheke ein. Sie fragte Pia, ob sie schon die letzte Neuigkeit wüsste. Gestern Abend sei eine Giftschlange in einem Stall gefunden worden. Da sie sich in Winterstarre befunden hatte, habe der Bauer sie leicht mit einer Schaufel erschlagen können. Es sei ein fürchterlicher Anblick gewesen, habe seine Frau erzählt. Die Augen der Schlange seien geöffnet gewesen, angeblich sei das für die Winterstarre typisch, und man habe in ihrem zerschmetterten Kopf sogar die Giftzähne erkennen können. Die Aufregung darüber hatte sich noch nicht gelegt, da hatte der Bauer eine zweite und eine dritte Giftschlange auf die gleiche Weise erschlagen. Schließlich seien Polizei und Feuerwehr eingetroffen und hätten die Gebäude und umliegenden Höfe durchsucht und weitere sechs Giftschlangen – alle in Winterstarre – aufgestöbert und in Styroporschachteln abtransportiert. Die Leute seien verrückt vor Angst, denn es sei nicht auszuschließen, dass sich auf Dachböden, hinter Küchenschränken oder Wandverbauungen auch noch andere der Reptilien befänden, die im Frühjahr erwachen und Menschen angreifen könnten. Manche behaupteten, die Schlangen seien »von Menschenhand« versteckt worden, weil sie beim Brand schon erstarrt gewesen seien. Das rief noch mehr Ängste hervor.

Wie immer, wenn es um Gefahr ging, ob bei Unfällen oder ansteckenden Krankheiten, dachte Pia als Erstes an Gabriel, und ihr Herz schlug heftig.

Bevor die Woche um war, fiel Pia ein, hatten die Ermittler aus Graz mehrere Männer aus dem Ort und den Nachbardörfern festgenommen. Es handelte sich um eine Gruppe Rechtsradikaler, hatte sie aus der Zeitung erfahren, die man jetzt verdächtigte, die Morde an den drei Tschetschenen begangen zu haben. Noch am selben Tag sprach es sich herum, dass außer Inspektor Battmann auch der Fleischhauer Schober dazugehört habe, Battmann hätte die Gruppe angeführt, und Schober sei sein Stellvertreter gewesen. Von Ajinow und Nachasch fehlte hingegen jede Spur. Pia dachte öfter an sie.

Im Laufe der Jahre kursierten dann die verschiedensten Gerüchte: Die beiden seien in Nachaschs Auto erschossen und der Wagen mit ihnen in einer Schrottpresse zu einem Paket Metall zusammengedrückt worden, denn eines der Mitglieder der verdächtigten Gruppe besaß einen Schrottplatz mit der entsprechenden Anlage. Eine andere Version lautete, sie seien im Steinbruch erschossen und in die Schottermühle geworfen worden, denn der Verdächtige Wolfgang Kölly war am Steinbruchunternehmen mitbeteiligt. Wiederum andere berichteten, die beiden seien in einer Fleischfabrik in Landsberg, mit der der Fleischhauer Schober in Verbindung gestanden sei und dessen Besitzer mit der Gruppe sympathisiert hatte, zu Fett verarbeitet worden. Es gab auch Urlauber und Journalisten, die behaupteten, die Vermissten in der Türkei, in Ägypten und Südamerika gesehen zu haben, vereinzelt wurde sogar angegeben, man hätte mit ihnen gesprochen, aber alle Gerüchte stellten sich als falsch heraus oder konnten nicht bewiesen werden.

Auch der Sohn Ajinows, Mohammed, verschwand eines Tages, erinnerte sich Pia. Zuerst war er mit den Tschetschenen aus St. Johann in ein anderes Lager verlegt worden. Dort wurde er noch auf einer Liste als Neuzugang erfasst, aber hierauf hatte ihn keiner mehr gesehen. Pia verfolgte jede Zeitungsmeldung und berichtete Gabriel davon, der zuerst in Tränen ausgebrochen war und im Laufe der Zeit nicht mehr darüber sprechen wollte.

Als die Täter endlich gefasst waren, wussten auch diese über den Aufenthalt von Nachasch, Ajinow und dessen Sohn nichts auszusagen, erfuhr Pia aus den Nachrichten. Hatten sie alle drei tatsächlich ermordet und die Leichen verschwinden lassen? Oder hatten die drei fliehen können? Langsam entstand ein Bild der Ereignisse, Zug um Zug, wie bei einem Schachspiel. Pia wusste noch, wie aufgeregt sie bei jeder Neuigkeit gewesen war.

Als Erstes hatte Johann Mühlberg Hinweise auf die Mörder und Brandstifter gegeben. Ajinow, sagte er aus, habe einen Plan von St. Johann und den benachbarten Orten erstellt und alle Gebäude, in denen die der Verbrechen verdächtigten Personen wohnten, mit einem roten Filzstift markiert. Pia kannte Ajinows Zeichnung. Nachasch und der Dolmetscher hätten auf eigene Faust Nachforschungen betrieben und Ajinow außerdem Kontakt mit den Tschetschenen in St. Johann gehalten. Er hätte schließlich auf eine Methode zurückgegriffen, hatte Pia voller Neugier gelesen, die die Tschetschenen in den Jahrhunderten während ihrer Verfolgung – weil sie als strenge Moslems separatistische Bestrebungen gehabt hätten und nicht dem christlich-orthodoxen Zarenreich und später der atheistisch-kommunistischen Sowjetunion angehören wollten – entwickelt hätten. Bei den kriegerischen Auseinandersetzungen, die Pia schon aus Tolstois berühmter Erzählung »Hadschi Murat« kannte, sei es immer wieder zu Übergriffen des russischen Militärs auf die Zivilbevölkerung gekommen. Hätte ein Tschetschene ein vom Militär ermordetes Familienmitglied gerächt, sei der männliche Teil dieser Familie wiederum vom Militär umgebracht worden. Daher seien die Tschetschenen auf die Idee gekommen, dass fremde Landsleute und Glaubensbrüder, die ihnen zunächst nicht bekannt waren und aus anderen Siedlungen und Orten stammten, stellvertretend ihre Angehörigen rächen sollten und umgekehrt. Im Laufe der Zeit seien so viele Familien »Paten« anderer Familien geworden. Die Russen hätten daher nie gewusst, wer einen Rachemord an Mitgliedern des Militärs begangen habe. Nach diesem System konnte auch der Fleischhauer Schober durch einen oder mehrere Paten der drei ermordeten Tschetschenen getötet worden sein, hatte die Polizei geschlossen.

Es dauerte aber noch einige Zeit, bis die Ereignisse, die im Dorf stattgefunden hatten, geklärt waren.

Angefangen hatte alles an einem trüben Novembertag, hatte Pia einem Fernsehbericht entnommen, als sich die lose rechtsradikale Gruppe, zu der sich Inspektor Battmann mit zwei weiteren Polizeibeamten – Franz Stelzer und Johannes Fröschl – sowie dem Fleischhauer Schober aus Wies, dem Friseur Gustav Steiner und einem Unteroffizier des Bundesheers, Hubert Hummel aus Eibiswald und außerdem dem Steinbruchunternehmer Wolfgang Kölly zusammengeschlossen hatte, in dem aufgelassenen Schuhgeschäft eines weiteren Beteiligten, Alfred Windy aus Wies, traf, um darüber nachzudenken, wie man die Tschetschenen aus St. Johann vertreiben könne. Pia kannte außer Schober den Friseur Gustav Steiner und Alfred Windy näher – beide waren Mitschüler in der Volksschule gewesen und später sich wichtig machende Biedermänner.

Der Unteroffizier des Bundesheers, Hummel, den sie nur vom Sehen kannte, und Inspektor Battmann waren sich rasch einig, erfuhr sie in der Sendung weiter, dass man am besten an einem der Tschetschenen – als Drohung gegen das Lager in der Volksschule St. Johann – »ein Exempel statuieren« solle. Zwei von ihnen, Daletew und Zajinow, hätten mit der Witwe eines Dachdeckers aus Gleinstätten sexuellen Verkehr gehabt, und man beschloss, den beiden zu zeigen, »wer hier der Herr« sei. Gemeinsam mit den beiden Polizisten Stelzer und Fröschl – auch sie waren Kunden in ihrer Apotheke –, die die Männer observierten, lauerten Battmann, Schober und Hummel bei Dunkelheit den beiden Tschetschenen auf. Zu ihrer Überraschung erschienen jedoch drei Männer: Daletew, Zajinow und ein Freund der beiden, Samech, den sie der Witwe, wie die Nachforschungen ergaben, »vorstellen« wollten. Stelzer und Fröschl nahmen die drei mit gezogener Waffe fest, während Hummel, Schober und Battmann aus dem Gebüsch hervorkamen und Battmann und Hummel sie von hinten mit den Pistolengriffen – der Fleischhauer mit einem Stein, den er auf der Wiese gefunden hatte – niederschlugen. Schober hatte seinen Kastenwagen im nahegelegenen Wald versteckt und verlud – zusammen mit den anderen – die drei Ohnmächtigen. Auf die Frage des Polizeibeamten Stelzer, was Inspektor Battmann nun zu tun gedenke, habe Battmann ihn und Fröschl nach Hause geschickt, während die übrigen mit den drei bewusstlosen Tschetschenen zum Schlachtraum Schobers gefahren seien, wo der Fleischhauer wie im Rausch und ohne sich mit den beiden anderen abzusprechen den noch immer Ohnmächtigen die Kehlen durchschnitt. Zunächst herrschte, erfuhr Pia, Entsetzen und Ratlosigkeit. Um aber zu verhindern, dass die drei Toten gefunden würden, brachte man die Leiche Zajinows in den Steinbruch, wo Wolfgang Kölly – da es zu auffällig gewesen wäre, die Schottermühle in Betrieb zu nehmen – noch in derselben Nacht dafür sorgte, dass sie unter einem Haufen Sand und Gestein verschwand, wo sie später erst durch eine Sprengung, die ursprünglich nicht vorgesehen war, entdeckt wurde. Die Leiche Daletews warfen sie auf Anregung des Freizeitanglers Battmann mit einem Stein beschwert in den Fischteich des Karpfenwirts, wo sich der Strick, an dem der Stein befestigt war, jedoch mit der Zeit löste, so dass der Leichnam in dem inzwischen zugefrorenen Teich nach oben stieg. Es war schon spät geworden, und die drei Männer begegneten da und dort Autos, deren Fahrer sie vielleicht im Scheinwerferlicht erkennen konnten. Darum erfasste sie allmählich Panik. Sie wollten die Leiche Samechs jetzt nur noch rasch loswerden. Battmann, der die besten Ortskenntnisse hatte, wusste, dass der Matthäus-Teich schon seit fünf Jahren nicht mehr abgelassen worden war und dass eine alte Fischwanne, in der die Karpfen für den Verkauf zwischengelagert wurden, vom schmalen Weg in den Graben hinuntergeworfen worden war, wo sie allmählich verrostete. Jeder, der jemals zwischen den Teichen herumgewandert war, kannte sie, dachte Pia. Im Sommer verschwand sie fast vollständig in Brennnesselstauden und hohem Gebüsch, und im Winter war der Hang so glatt oder der Schnee so tief, dass man kaum zu ihr gelangen konnte. Und weshalb sollte man überhaupt zu ihr hinuntersteigen wollen? Es konnte Jahre dauern, bis man, wenn überhaupt, die Leiche entdeckte. Weiter dachten die Männer im Augenblick nicht, und sie fuhren mit dem Wagen ohne Licht in die Nähe der Wanne. Der Boden war von der Kälte hart geworden, so dass die Reifen kaum Spuren hinterließen. Schober nahm den Toten auf den Rücken und warf ihn mit Hilfe der beiden anderen in die Wanne, deren Boden mit abgefallenen Blättern gefüllt war. Da er in seinem Kastenwagen auch eine Schaufel mit sich führte, bedeckte er die Leiche mit Schnee und Erde, soweit es der gefrorene Boden zuließ, dann verließen die drei hastig den Ort.

Nachdem Pia die Einzelheiten erfahren hatte, begann sie sich zu fragen, was sie in dieser Zeit gerade gemacht hatte. Wahrscheinlich nur das Übliche: Mit Gabriel zu Abend gegessen, mit ihrer Mutter getratscht und schließlich zu Bett gegangen. Was folgte, war für sie nicht überraschend: Als die ermordeten Männer in ihrem Lager, der Volksschule, nicht mehr erschienen, brachten andere Bewohner ans Tageslicht, dass die Witwe des Dachdeckers sich mit Daletew und Zajinow eingelassen hatte und auch Samech zuletzt mitgegangen war. Die tschetschenischen Frauen waren darüber empört, aber das Verschwinden ihrer Männer war für sie schlimmer als deren Fehltritt. Da die Polizei keine Spur von ihnen fand, begannen, wie Pia erst später erfuhr, Ajinow und der Dolmetscher auf eigene Faust, Nachforschungen anzustellen. Sie bezogen Nachasch, der ein Abenteurer war und die Menschen und Vorgänge in den Dörfern kannte, mit ein. Als Erster verdächtigte – so schrieben die Zeitungen – Nachasch Battmann. Er wusste von dessen Haltung gegenüber den Flüchtlingen, da der Inspektor sich stets abfällig über sie geäußert hatte. Weil es verboten war, Asylanten, die noch keine Aufenthaltsbewilligung erhalten hatten, arbeiten zu lassen und Nachasch Ajinow bei sich aufgenommen hatte, musste Battmann versucht haben, Nachasch zu schaden, indem er ihm mit einer Anzeige wegen der Beschäftigung eines Migranten und mit einer Überprüfung seiner Reptilienhaltung drohte. Alle diese Angaben des Dolmetschers bestätigte Mühlberg in seinen Aussagen. Was jedoch nur der Dolmetscher wusste, war der Umstand, dass Ajinow die tschetschenischen Paten der Ermordeten verständigt hatte, die in anderen Lagern Zuflucht gefunden hatten oder direkt aus Tschetschenien kamen. Dieser Umstand konnte nie vollständig aufgeklärt werden, da man die Mörder nicht fand. Später schob der Dolmetscher alle Schuld auf Ajinow. Er habe beabsichtigt, Battmann, den Fleischhauer Schober und den Unteroffizier des Bundesheeres, Hummel, in einer Nacht ermorden zu lassen. Der Besuch des Inspektors in der Baracke von Nachasch habe aber die Situation verändert. Battmann habe Nachasch in einem Vieraugengespräch, das Mühlberg belauscht hatte, zwingen wollen, Ajinow zu entlassen, worauf Nachasch ihm damit gedroht habe, alles, was er über Battmanns Verbindung zu einer Gruppe Rechtsradikaler wusste, an die Öffentlichkeit zu bringen. Auch habe er angedeutet, dass er ihn und seine Hintermänner des Mordes an den drei Tschetschenen verdächtigte. Was sich anschließend ereignete, hatte Pia selbst miterlebt: Aufgrund seiner Erregung über Nachaschs Drohungen habe sich bei Battmann dann im Polizeiwagen das heftige Nasenbluten eingestellt, das schließlich zum Tod geführt hatte. Von einer Dosis Schlangengift im Tee wusste Mühlberg nichts, vielleicht auch, weil er sonst als Mitwisser angeklagt worden wäre. Außerdem war im Obduktionsbericht davon keine Rede gewesen. Das Weitere erschien Pia wie etwas gänzlich Fernes, das sie nicht begriff.

Die tschetschenischen Paten hatten daher nur noch die beiden anderen Täter ermorden müssen: den Fleischhauer Schober und den Unteroffizier Hummel. Da sie Hummel jedoch nicht wie erwartet zu Hause antrafen, hatten sie nach Rücksprache mit Ajinow den Fleischhauer Schober, der sich gerade allein in seinem Schlachtraum aufgehalten habe, ohne ein Wort zu verlieren mit zwei Messerstichen in den Unterleib schwer verletzt. Sodann seien sie geflüchtet. Der Unteroffizier

Hummel war jedoch gerade unterwegs zu Schober gewesen, mit dem er über Battmanns Tod hatte sprechen wollen. Zuvor hatte er noch den Polizeibeamten Stelzer abgeholt. Im Schlachtraum hatten sie dann den sterbenden Fleischhauer gefunden und in das Auto verladen, um ihn zum Arzt zu bringen. An das, was dann kam, wollte sie nicht mehr denken: Weil das Haustor Dr. Eigners versperrt gewesen sei, hatte der Polizeibeamte Stelzer mit einem Nachschlüssel, den er immer bei sich hatte, das Schloss aufgesperrt und gemeinsam mit Hummel den Sterbenden in den Vorraum gelegt. Hierauf hatten sie die Flucht ergriffen, nicht ohne dass Stelzer vorher die Tür wieder versperrt hatte.

Unteroffizier Hummel schließlich, hatte die Polizei herausgefunden, hatte zusammen mit Stelzer – der zweite Polizist Johannes Fröschl hatte von der Sache nichts mehr wissen wollen – eine Woche später »bei Nacht und Nebel«, wie es hieß, Nachaschs Baracke aufgesucht, um mit ihm und Ajinow abzurechnen. Pia würde die Brandstätte, die sie mit Klaus und Gabriel aufgesucht hatte, nie mehr vergessen. Sie erfuhr, dass Hummel und Stelzer nach ihrer Verhaftung bestritten hatten, dass sie Nachasch und Ajinow aufgesucht hätten, um sie zu töten. Sie hätten sie nur »zur Rede stellen« wollen. Weil sie niemanden angetroffen hatten, hätten sie – so gestanden beide – aus Wut schließlich die Baracke angezündet.

Der Fall beschäftigte die Zeitungen, die Dorfbewohner und Pia noch immer, während in St. Johann, Wies und den umliegenden Orten kaum jemand mehr davon sprach. Es konnte jedoch sein, dass ein Neugieriger, der versuchte, die Bewohner darüber auszufragen, angeschrien wurde. War es ein Einheimischer, erhielt er anonyme Briefe mit Beschimpfungen und Beleidigungen, die aus Feigheit in der Landeshauptstadt Graz oder sogar in Wien aufgegeben worden waren, um nur ja die Verfasser unerkannt bleiben zu lassen. Auch war ein Einheimischer, der die Geschichte in aller Offenheit besprechen wollte oder sogar besprach, sofort den übelsten Intrigen und Denunziationen ausgesetzt, die ihm oft jahrelang das Leben schwermachten.

Pia traf sich in dieser Zeit nur noch mit Klaus und Anna und erfuhr, dass die Mörder der drei Tschetschenen von einem Teil der Bevölkerung insgeheim als Helden gefeiert wurden, die sie vor den Migranten und Asylanten hätten retten wollen.

Und Gabriel hatte nach dem Brand von Nachaschs Baracke begonnen, Feuerlöscher zu zeichnen. Er zeichnete sie nicht naturalistisch, sondern in die Länge gezogen wie Rohre von Geschützen. Die Strahlen aus den Feuerlöschern stellte er mit Hilfe des Lineals dar, während die Brände immer nur angedeutet waren: In Flammen stand zumeist ein Wohnhaus, ein Kino oder die Halle einer Lebensmittelkette, aber auch Autos, Flugzeuge oder Schiffe kamen vor. Das Feuer war nur in Form von Zacken gezeichnet. Den Platz, auf dem sich das brennende Objekt befand, grenzte er durch winzige Kreise, ähnlich Regentropfen oder Spuren, ein, und die Feuerlöscher ragten gleich Minaretten weit über die Szenen hinaus und schwebten im Raum wie senkrechte zigarrenförmige Luftballons. Manchmal zeichnete Gabriel auch erfundene Bestandteile der Apparate geometrisch angeordnet und wie schwerelos in der Luft schwebend. Auch liebte er es, die Bilder wie eine technische Zeichnung aussehen zu lassen, mit Details, die die innere Mechanik sichtbar machten. Manche Apparate entwickelte er dann zu Raketen weiter und versah sie mit einem Dutzend kleiner Düsen. Darunter schrieb er etwas in einer jedes Mal neuen Geheimschrift. Wollten Pia oder ihre Mutter wissen, was diese bedeute, erklärte er ihnen, dass der Inhalt »nur für seine Generation verständlich« sei. Solche Antworten gab er ihnen gerne auch auf andere Fragen hin, bis seine Großmutter ihm entgegnete, dass alle Menschen vom Geist ihrer Zeit geprägt seien und jede neue Generation glaube, es besser zu machen als die vorhergehende. In Wirklichkeit aber rufe jeder Fortschritt auch neue Irrtümer hervor, die von der kommenden Generation mitgetragen werden müssten. Gabriel lachte dazu nur, zeichnete weiter Feuerlöscher, beschriftete die Blätter mit seiner Phantasiesprache und faltete sie immer häufiger zu Papierfliegern, die er durch das Zimmer sausen ließ, worüber Aleph jedes Mal erschrak und kreischend und mit flatternden Flügeln dagegen protestierte. Aber Gabriel, der Aleph liebte wie einen Bruder, weshalb Pia sich mitunter sogar dabei ertappte zu glauben, die beiden sprächen miteinander, genoss dieses Spiel. Er hatte dem Papagei den Spitznamen »Heiliger Geist« gegeben, den er immer dann verwendete, wenn Aleph über irgendetwas erregt war.

Allmählich war der Schnee geschmolzen oder von den Märzstürmen in Nichts aufgelöst worden, nur im Wald und an schattigen Plätzen blieb er hartnäckig liegen. Doch mit jedem Tag entstanden besonders an den Waldrändern immer größer werdende Inseln aus weißen Frühlingsknotenblumen und violetten Krokussen, die Pia Jahr für Jahr entzückten. In den Gärten wimmelte es von gelben Primeln, aber in den Nächten war es noch immer eisig kalt. Gabriel war auf Spaziergängen eher gelangweilt, nur wenn Pia eine Kamera mitnahm und ihn aufforderte, Fotografien von ihr, der Großmutter und den Wiesen zu machen, stapfte er eifrig mit.

An einem der Märztage, früh am Morgen, bevor Pia noch in der Apotheke war, fing ein Streifenwagen während der Fahrt durch Wies Feuer. Der Polizist am Steuer fuhr das brennende Dienstauto gleich einem glühenden Kometen durch den Ort, hielt erst an einer Stelle, an der kein Fußgänger mehr zu sehen war, und sprang dort ins Freie. Im gleichen Augenblick explodierte das Fahrzeug, und die Trümmer schlugen mehrere Löcher in den Asphalt und die umliegenden Häuser. Pia sah, als sie in der Apotheke eintraf, das Wrack, umgeben von Neugierigen, am Straßenrand, und sofort war auch sie wieder erfüllt von Unruhe. Am Abend brannte das Anwesen des Fleischhauers nieder, das Geschäft, der erste Stock mit der Wohnung und der Schlachtraum. Während im Streifenwagen ein schadhaftes Kabel gefunden wurde, blieb die Brandursache in der Fleischhauerei ein Rätsel. Zwei Tage später stand das aufgelassene Schuhgeschäft von Alfred Windy in Flammen und in der darauffolgenden Nacht der Friseursalon von Gustav Steiner. Angst machte sich breit, und Pia fing an, den Ort zu hassen. Inzwischen hatte die Polizei herausgefunden, dass die Brände etwas mit den Morden an den drei Tschetschenen zu tun hatten, denn alle Objekte gehörten Personen, die mit der rechtsradikalen Gruppe zu tun gehabt oder ihr angehört hatten. Die freiwillige Feuerwehr stellte Wachposten vor den gefährdeten Häusern auf, doch als Nächstes brannte im Garten des Polizisten Franz Stelzer die Werkzeughütte und in jenem des Johannes Fröschl der Kirschbaum ab. Jedes Mal wurden Verdächtigungen ausgesprochen, man verlangte, dass die Straßenbeleuchtung die gesamte Nacht über nicht ausgeschaltet werden dürfe und die Polizei 24 Stunden patrouilliere, doch bevor es so weit kommen konnte, stand das Haus des Unteroffiziers Hubert Hummel in Flammen und zuletzt, an einem Sonntag, das Polizeirevier. Seltsamerweise war nie jemand verletzt worden, aber die Brände hatten erhebliche Schäden hervorgerufen. Inzwischen misstraute jeder jedem. Das gesamte Dorfleben kam zum Stillstand, jeder zog sich in seine Behausung zurück. Die rätselhaften Ereignisse hörten daraufhin ebenso unvermutet auf, wie sie begonnen hatten.

Nach einer Woche bemerkte Pia, dass Gabriel, der jede Zeichnung mit einem Datum versehen hatte, keine weiteren Feuerlöscher mehr zeichnete. Stattdessen rief er bei jeder Gelegenheit das Wort »Penis!« aus, zumeist lachte er dabei schalkhaft oder verließ lachend den Raum. Dann hörte sie ihn noch eine Weile in seinem Zimmer »Penis! Penis!« rufen und lachen. Als Pia ihn streng ermahnte, endlich damit aufzuhören, entdeckte sie, dass er Schlangen aus einem Buch abzeichnete. Und was sie besonders dabei irritierte, war, dass es nur Giftschlangen waren. Es sah aus, als habe er sie kopiert, doch bei genauerem Hinsehen erkannte sie, dass sie an manchen Stellen größer und an manchen kleiner als das Original waren.

»Zeichnest du jetzt Schlangen?«, fragte sie.

»Darf ich nicht?«, fragte Gabriel zurück.

»Doch!«

»Penis!«, rief er daraufhin aus und lachte so laut, dass Aleph aufschreckte und ebenfalls »Penis« rief.

Sie ließ Gabriel und Aleph allein zurück und begann, den Geschirrspüler einzuräumen, aber Gabriel stürzte sofort zur Tür herein, lachend und schreiend, den Vogel auf seinem Kopf, der zornig »Penis!« schnarrte.

Sie erfuhr, dass sie in der Schule jetzt über Schlangen sprachen, und entdeckte in Gabriels Naturgeschichte-Heft weitere Zeichnungen von Schlangen, die sich aber weitgehend von den Reptilien unterschieden, die er zu Hause gemalt hatte. Sie bestanden aus winzigen Punkten und vermittelten den Eindruck, Schatten zu sein wie die Zeichnungen eines französischen Impressionisten.

Am Tag darauf wurden weitere flüchtige Giftschlangen gefangen. Ein Schwein war totgebissen worden und ein Kalb, aber von da an blieb es ruhig.

Gabriel wartete schon darauf, dass, wie Pia ihm erzählt hatte, die Stare bald zurückkehrten. Sie liebte ihre Laute, ihr Geschnatter, das den Rasenmäher oder ein Traktorgeräusch imitierte, und ebenso die Punkte auf ihrem Federkleid. Gabriel stand an dem Tag, wie Pia später von ihrer Mutter hörte, als sie endlich erschienen, mit seiner Großmutter vor dem Haus, und nicht weit davon begannen tausende Vögel mit ihrem

Tanz in der Luft. Der Schwarm dehnte sich, zerfiel, zog sich wieder zusammen, trennte sich, um sich wieder zu finden, stürzte ab, fing sich knapp über dem Erdboden, schaukelte zum Himmel empor und bildete immerfort neue Figuren: einen Rochen, einen Schwan, Fingerabdrücke, einen Entenkopf, einen Drachen, eine Riesenechse, geometrische Gebilde und Flächen und vor allem Schlangen, die Pias Mutter an die Zeichnungen in Gabriels Heft erinnerten. Gabriel sah nur mit großen Augen auf den Schwarm, und als dieser nach Minuten verschwand, fragte sie ihn, ob er alle die Bilder, die der Schwarm erzeugt hatte, gesehen habe?

Er habe an ein Buch gedacht, das am Himmel geschrieben würde, antwortete er.

»Und was steht in diesem Buch?«, wollte die Großmutter wissen.

»Vielleicht: wie jedes Tier gelebt hat, die Fische, die Vögel und Schlangen, die Schmetterlinge, die Fliegen, aber auch die Pflanzen, Blumen, Bäume, das Gras … alles! Ist dir nicht gut?«, wollte Gabriel wissen.

»Warum fragst du?«

Gabriel drehte sich um und lief in das Haus. »Aleph! Aleph!«, rief er, »die Vögel kommen zurück!«

Pia hatte sich die ganze Geschichte von Gabriel noch einmal erzählen lassen, denn sie hatte von den Staren in der Apotheke nichts bemerkt. Am Abend erfuhr Pia durch einen Anruf von Klaus, dass er auf einer Visite in einen tieffliegenden Vogelschwarm geraten sei. Über ihm habe sich eine Stromleitung befunden, die quer über die Straße gespannt war. Von dieser habe sich ein Schwarm Stare erhoben, doch statt in die Höhe zu schweben, seien die Vögel wie im Formationsflug tief über die Straße hinweggefegt. Klaus habe nicht mehr ausweichen können und sei mit seinem Wagen mitten in den Schwarm hineingefahren. Eine große Anzahl der Tiere – Klaus sprach von hundert Vögeln – sei gegen sein Auto geprallt und auf der Straße liegengeblieben. Da ein Patient dringend auf seine Visite gewartet habe, sei er weitergefahren, doch habe er die Feuerwehr verständigt.

Gabriel, der Pia, als sie ihm davon berichtete, erschrocken zugehört hatte, rief laut: »Ich mag das nicht hören!«, und lief weinend hinaus.

In der Nacht erwachte Pia, weil sie aus dem Zimmer ihrer Mutter ein kehliges Stöhnen und dumpfes Schnarchen vernahm. Besorgt sprang sie auf, lief zu ihr und sah sie mit aufgerissenen Augen im Bett liegen und angestrengt nach ihrer Tasche greifen, die sie wie immer vor das Nachtkästchen gestellt hatte, damit sie bei Bedarf ihre Medikamente in »Griffweite«, wie sie sagte, hatte. Pia lief in das Wohnzimmer, um Klaus und die Rettung anzurufen, dann eilte sie zurück an das Bett. Das Schnarchen und Röcheln ließ langsam nach, ihre Mutter schien jedoch nichts zu sehen. Sie reagierte auch nicht auf Pias Fragen und tastete inzwischen – sinnlos und hilflos, wie Pia bemerkte – nach der Lade des Nachtkästchens. Pia war sich sofort im Klaren gewesen, dass etwas Schreckliches geschehen war, und mit dem zweiten Gedanken stellte sie fest, dass ihre Mutter vermutlich einen Schlaganfall erlitten hatte. Sie setzte sich auf das Bett, küsste und umarmte sie, wiederholte in einem fort, dass sie bei ihr sei und

Klaus und die Rettung bald eintreffen würden. Ihre Mutter reagierte nicht darauf, sie starrte nur auf das Vorhangmuster aus Blättern und Blüten. Als die Rettung eintraf, lief Pia hinaus in den Flur, um die versperrte Eingangstür zu öffnen, gleichzeitig war auch Klaus gekommen. Bei ihrer Rückkehr fanden sie ihre Mutter im Nachthemd seitlich auf dem Boden liegend und um sich greifend, als ob sie noch immer etwas suchte. Dabei gab sie keinen Laut von sich. Ihr Nachthemd war zwischen den Beinen nass und auf dem Boden hatte sich eine Pfütze Urin gebildet. Der Rettungsarzt und der Fahrer packten ein tragbares EKG aus, ohne ein Wort zu verlieren, mit ernsten Gesichtern, während ihre Mutter jetzt stumm, erstaunt und zugleich erschrocken dalag und trotz ihrer Untätigkeit den Eindruck vermittelte, etwas im Sinn zu haben, da sie zwischendurch mehrmals versuchte sich aufzusetzen. Es waren auch zwei weitere Helferinnen mitgekommen, die ihr abwechselnd beruhigend über das Haar fuhren oder ihre Wange streichelten, während Pia ihrer Mutter die Hand drückte. Dabei fiel ihr auf, dass sie leblos und schlaff war. Sie machte Klaus darauf aufmerksam, der aber längst erfasst hatte, dass der Arm gelähmt war. Sie versorgten ihre Mutter mit Injektionen und einer Infusionsflasche und betteten sie auf die Tragbahre. Obwohl es Pia drängte, sie im Rettungswagen zu begleiten, musste sie es sich versagen, da sie Gabriel nicht allein lassen konnte.

Sie wusste nur, dass ihre Mutter nach Graz gebracht würde, und ging neben der Tragbahre bis zum Rettungswagen, und erst, als das Fahrzeug mit Blaulicht in der Dunkelheit verschwand und auch Klaus sich verabschiedet hatte, spürte sie die Kälte, die unter ihren Morgenmantel gekrochen war. Zitternd ging sie in ihr Zimmer, legte sich auf das Bett, umklammerte das Telefon, dachte »Philipp!« und rief währenddessen ihre ältere Schwester an. Es war halb fünf Uhr morgens, das kümmerte sie jetzt aber nicht. Mit einem abweisenden, erstaunten »Ja?« meldete sich Paula, und während Pia ihr mitteilte, was geschehen war, bemerkte sie neben der Bestürzung, die ihre Worte auslösten, auch so etwas wie Trotz. Sie wusste, dass Paula sich ärgerte, weil sich ihre Mutter nicht öfter und länger bei ihr selbst aufhielt und ihr half, den Alltag mit den Kindern leichter zu bewältigen. Hin und wieder hatte sie deshalb Bemerkungen »in diese Richtung« gemacht. Aber Pia kümmerte sich nicht darum, erst als ihre Schwester ihr antwortete, sie könne jetzt nicht in das Krankenhaus fahren, weil ihre Kinder in die Schule müssten und ihr Mann um acht Uhr eine Sitzung habe, sagte sie vorwurfsvoll, es könne sein, dass sie ihre Mutter zum letzten Mal sehe. Ihre Schwester schwieg betroffen, aber für einige Augenblicke zu lange, um ihr nicht den Eindruck zu vermitteln, dass sie mehr an sich als an ihre Mutter dachte. Sie gab auch nur trocken und widerwillig zur Antwort: »Gut – ich ziehe mich an … Auf welcher Abteilung kann ich sie finden?« Pia wusste es nicht.

Auch ihre jüngere Schwester rief Pia an. Gerda meldete sich abwesend, so als spreche sie gerade mit irgendjemandem. Sobald sie jedoch hörte, worum es ging, konnte sie nicht genug Fragen stellen. Pia registrierte sofort ihre Angst vor der lebensgefährlichen Erkrankung, dem möglichen Tod der Mutter und vor dem Krankenhaus. Sie konnte sich vermutlich nicht überwinden zuzugeben, dass sie fürchtete, ihrer Mutter nicht beistehen zu können. Nein, sie fürchtete sich nicht nur davor, sondern wusste mit Bestimmtheit, dass sie versagen und anschließend selbst erkranken würde. Andererseits war sie nicht egoistisch genug, um »nein« zu sagen, daher lenkte sie ab, dass Paula ohnehin schon unterwegs sei und sie selbst ihre Mutter erst am Abend, nach der Arbeit, besuchen würde. Offensichtlich fiel ihr das dann leichter als jetzt, wo alles noch voller Ungewissheit war, dachte Pia.

Sie ließ sie um den heißen Brei herumreden, und erst als sie Kopfschmerzen davon bekam und Unruhe sie überfiel, sagte sie ihrer Schwester, sie solle das mit Paula ausmachen.

Sie bemerkte, dass sie nicht weinen konnte, obwohl sie weinen musste. Sie wollte auch nicht weinen. Sie stand auf, ging in Gabriels Zimmer und sah im Schimmer des Wohnzimmerlichts das Schlangenskelett auf dem Tisch. Überall lagen »Pokémon«-Karten herum, Bälle, Spielzeug und Schulsachen. Einsam wie alle, dachte Pia schmerzlich.

Sie schaltete das Licht im Wohnzimmer aus und legte sich zu Gabriel ins Bett.

Lieber Gabriel, dachte sie, pass auf dich auf.

Es war still.

Die Zeit, dachte Pia, ich muss gegen die Zeit schwimmen, ohne sich im Klaren zu sein, was das genau bedeutete. Sie empfand es als schmählich, dass sie der Logik der Zeit ausgeliefert war. Also musste sie etwas anderes machen, als sich wehrlos treiben zu lassen. Aber was? – Sie bemerkte, wie sie müde wurde, und ein aufflackerndes Gefühl der Erleichterung begleitete sie, als sie an das dunkle Ufer des Schlafes gelangte.

Gabriel weckte sie mit einem Kuss auf die Wange. Er war schon aufgestanden und hatte eiskalte Füße, als er wieder zu ihr ins Bett schlüpfte.

»Ach, bist du kalt! Komm, ich wärme dich«, murmelte Pia und sah in Gedanken dabei ihre Mutter, wie sie mit aufgerissenen Augen im Bett lag.

Gabriel fragte auch sofort nach ihr, und Pia erzählte ruhig und knapp, was geschehen war.

»Muss sie sterben?« Gabriel setzte sich auf und blickte sie fragend an. Sie spürte seine kalten Füße auf ihren Oberschenkeln und antwortete: »Nein.«

»Bestimmt nicht?«

»Ganz bestimmt nicht.«

Er dachte kurz nach. »Wann kommt sie wieder nach Hause?«

Pia zögerte. Sie wollte ihn nicht anlügen. Aber dabei fiel ihr auf, dass sie ihn gerade angelogen hatte.

»Wenn sie wieder gesund ist.«

»Und wann ist das?«

»Ich weiß es nicht.« Sie schaute auf die Uhr, die sie, nachdem der Rettungswagen mit ihrer Mutter in der Dunkelheit verschwunden war, angelegt hatte.

»Es ist schon spät!«, rief sie. »Wir müssen uns beeilen!« Aber es war noch gar nicht spät, und natürlich hatte sie wieder geschwindelt.

Die ganze Fahrt zur Schule über fragte Gabriel sie aus.

Was hat sie? Was ist ein Schlaganfall? Warum kann sie die Hand nicht bewegen? Sie gab ihm keine vollständigen Antworten, weshalb Gabriel nachfragte, bis sie schließlich Formulierungen fand, die nicht gänzlich falsch waren.

Sobald sie die Apotheke aufgesperrt hatte, rief sie Paula an. Ihre Schwester sprach halblaut und ernst, denn sie war noch im Krankenhaus.

»Unsere Mutter«, sagte Paula, »hat die Augen geschlossen und lässt alles teilnahmslos über sich ergehen. Es sei eine Computertomographie gemacht worden, die Diagnose sei »schwerer Schlaganfall«. Vor allem die Sprachzentren seien betroffen.

Beide schwiegen, dann fuhr Paula fort: »Jedenfalls lebt sie ... Ich muss jetzt nach Hause. Herbert hat sich um die Kinder gekümmert ...«

»Hast du mit Gerda gesprochen?«

»Ja.«

»Und?«

»Du kennst sie!«

»Wird sie am Nachmittag ins Krankenhaus gehen?«

»Gesagt hat sie es ...«

»Dann kann ich alles für meinen Besuch morgen vorbereiten. Es kam so unerwartet.«

»Natürlich ... Schreibst du dir die Abteilung, das Stockwerk und die Zimmernummer auf, wo du sie finden kannst?«

Paula gab die Daten durch, machte eine Pause und sagte dann: »Danke, dass du mich angerufen hast.«

Nachdem Pia in der Apotheke die Angelegenheit mit ihrer Stellvertreterin besprochen hatte, fuhr sie wieder nach Hause. Sie schaffte es einfach nicht, hinter dem Pult zu stehen, Rezepte zu entziffern und Medikamente auszugeben, ohne dass ihr dabei übel wurde.

Aleph begrüßte sie eifrig mit »Grüß Gott«. Sie ließ ihn aus dem Käfig heraus, legte sich auf die Couch und schloss die Augen. Im Dunkelrot hinter den geschlossenen Lidern bildete sich ein weißer Keil wie eine Straße, die sich in der Ferne verlief. Wenn sie die Augen wieder öffnete, lag sie im stillen Zimmer, und sobald sie die Lider schloss, tauchte sie in die dunkle Welt ein, die von fragmentarischen Bildern erhellt war. Einmal erschienen eine weiße Ecke und das Waschbecken eines verfliesten Badezimmers, dann ein hellroter Rochen, ein dunkles Kastanienblatt auf einem Leuchttisch, ein schmutzig-weißes Plastiktischtuch und ein umgedrehtes Bügeleisen, die im Nichts schwebten. Zuletzt fuhr sie durch einen von Leuchtspuren markierten Tunnel und schoss plötzlich hinauf in den Himmel, und gleichzeitig wurde ihr klar, dass sie ein Projektil war, das ins grelle Blau nach oben raste und dort endlos dahinflog …

Nach einer Weile suchte sie das Badezimmer auf, betrachtete sich im Spiegel, fand, dass sie unausgeschlafen aussah, holte sich eine Decke aus dem Schrank und legte sich wieder auf die Couch.

Ihr fiel ein, dass auch ihre Mutter sich zwischendurch am Tag gerne ausgeruht hatte, um ihre Beine hochzulagern. Als Pia ihre Augen wieder schloss, erinnerte sie sich an ihre Katze Tralala, mit der sie ihr Vater fotografiert hatte, und weitere Erinnerungen tauchten in ihr auf ähnlich Figuren von Höhlenmalereien. Ihr fiel später ein, wie sie auf dem Sitz eines Kettenkarussells im Vergnügungspark dahingeschwebt war und bei jeder Umdrehung auf ihre Mutter hinuntergeschaut, jedoch vergessen hatte, ihr, wie sie es vorher ausgemacht hatten, zuzuwinken. Ihre Mutter hatte in banger Haltung mit dem Kopf im Nacken gewartet und jedes Mal hilflos einen Arm gehoben. Als Pia schließlich wieder auf dem Boden stand, hatte ihre Mutter sie heftig geküsst – sie selbst hatte damals jedoch nur Scham vor den anderen Kindern empfunden … Oder wie sie mit ihrer Mutter nach Wien gefahren war, um im Tiergarten Schönbrunn die Affen, die Orang-Utans, die Schimpansen, die Gorillas, Paviane, Gibbons und die geliebten Mandrill-Affen zu sehen. Ihre Mutter hatte die ganze Zeit leise über die Tiere gesprochen. Besonders die Mandrill-Affen hatten es Pia angetan. Die Affen waren bunt gefärbt, die langgezogene Schnauze unbehaart und die Haut bläulich, Nasenrücken, Nasenspitze sowie Lippen rot, die Schnauzen von auffälligen Knochenwülsten und Furchen durchzogen, das Fell in den Gesichtern dunkelbraun und graugrün, gelb und weiß, am Körper braun, am Bauch weiß, der Po unbehaart und grellrot. So hatte es im Buch gestanden, das ihr ihre Mutter vorher geschenkt hatte. Wieder und wieder hatte sie es gelesen … Für Pia als Kind waren es Zauberwesen, und sie machte mit ihnen in ihrer Phantasie alle möglichen Reisen. Und natürlich hatte sie später die King-Kong-Filme gesehen, zuletzt den von Peter Jackson, den auch Gabriel liebte und auf DVD besaß. Ebenso den Zeichentrickfilm »Das Dschungelbuch«. Sie wusste gar nicht mehr, wie oft sie ihn gemeinsam mit ihrem Sohn angesehen hatte – auch zusammen mit Philipp, der daneben Zeitung gelesen oder etwas auf dem iPad gesucht hatte.

Im Hintergrund ihres Kopfes hörte sie Aleph krächzen und im Zimmer herumflattern.

Philipp hatte sich mit Pias Mutter, die ihm lange Zeit misstraute, weil er sich nicht von Doris hatte scheiden lassen und sich im Winter monatelang in Wien aufhielt, im Lauf der Zeit immer besser verstanden, vor allem, weil er Gabriel so sehr geliebt hatte, und seiner nahezu krankhaften Großzügigkeit wegen, die sie anfangs irrtümlich für den Ausdruck von schlechtem Gewissen gehalten hatte. Philipp konnte, wenn es darauf ankam, sehr liebenswürdig sein … Sie hatten oft gemeinsam über ihn gelacht, wenn er sich von Büchern in fremden Sprachen durch Schriftzeichen hatte anregen lassen. Er besaß Vogelbücher, die er in Japan, Griechenland und Ägypten gekauft und die Pia nach seinem Tod an sich genommen hatte, auch Bücher von Dostojewski auf Russisch, Konfuzius' Werke auf Chinesisch und Deutsch und eine Bibel auf Hebräisch. Er träumte sich in die für ihn unlesbaren Bücher hinein. Ihrer Mutter brachte er aus Japan sogar ein Affenbuch mit, über das sie lachend den Kopf geschüttelt, es aber doch geschätzt hatte. Sie war eine kluge Frau gewesen, stellte Pia wieder fest und erschrak sogleich darüber, dass sie über ihre Mutter schon wie über eine Tote dachte. Sie bemühte sich daher, nicht weiter an sie, sondern an Philipp zu denken … Er hatte Bilder des Sternenhimmels, anatomische Atlanten und Formeln in mathematischen Lehrbüchern als Anregungen betrachtet und ihr erzählt, dass der Komponist Ligeti und der Schriftsteller Elias Canetti eine Vorliebe für Chemie gehabt hatten, Musil für die Ingenieurskunst, Büchner für Naturwissenschaft und Medizin, Rousseau für Botanik, Goethe für Zoologie und Physik, die der Dichter selbst aus Berufung ausgeübt hätte, um seine mirakulöse »Farbenlehre« zu verfassen. Strindberg schließlich setzte sich mit alchemistischen Studien auseinander, der Fotografie und Malerei … Philipp hatte in der letzten Zeit seines Lebens außer Gabriel vor allem Naturformen aufgenommen: den Schädel eines Bussards, Steine, die Flügel von Insekten, tote Vögel, Ameisenhaufen … ein Hornissennest, eine tote Fledermaus … Er versuchte sie wie die Schriften der Sprachen, die er nicht verstand, zu »lesen«. Sie hatte Philipp zuletzt eine CD mit dem Gesang von Vögeln geschenkt, die er nach Wien mitgenommen hatte und die sich mit ihm in seiner letzten Sekunde in mikroskopische Splitter und leuchtende Partikel aufgelöst hatte.

Sie spürte, wie Aleph sich auf ihren Arm setzte, und ihre Gedanken kehrten zurück in das Haus. Sie stand auf, setzte den Papagei in seinen Käfig, warf einen Blick in Gabriels Zimmer, machte sein Bett, dann das Bett ihrer Mutter und begann, wie ihr Vater es getan hatte, wenn ihn etwas bekümmerte, im Vorzimmer die Schuhe zu putzen. Bevor sie noch fertig war, rief Klaus sie an und gab ihr zögernd zu erkennen, dass ihre Mutter wohl nicht mehr gesund werden würde und ihre Lebensdauer ungewiss sei.

»Ich dachte, ich muss dir das sagen«, entschuldigte er sich, ein Telefonat mit dem diensthabenden Oberarzt habe keinen Zweifel daran gelassen.

Pia hatte damit gerechnet, trotzdem verletzten sie seine Worte.

Zu Mittag holte sie Gabriel von der Schule ab, der offenbar an nichts anderes gedacht hatte als an seine Großmutter und aufgeregt sagte, dass er von seinem Vater einmal ein Buch aus der Serie »Was ist Was?« über das menschliche Gehirn bekommen hatte. Ob sie sich daran erinnere? Er wolle dort nachschauen, woran seine Großmutter erkrankt sei.

Pia wusste nur, dass Gabriel damals das Buch zur Seite gelegt und nie wieder in die Hand genommen hatte.

Ob seine Tanten bei seiner Großmutter gewesen seien? Und ob sie etwas Neues aus dem Krankenhaus erfahren habe?, fragte Gabriel weiter, ohne auf eine Antwort zu warten.

Pia bestätigte, dass Paula schon am Morgen zu ihr gefahren war und dass man ihr gesagt habe, es gehe Großmutter besser.

Schon wieder, fiel ihr ein, habe ich mich um die Wahrheit gedrückt!

Und zugleich dachte sie an Philipp, der ihr das vorgeworfen hatte, als er von ihrer Affäre mit dem Ornithologen Wind bekommen hatte.

Zu Hause erinnerte sie sich daran, dass sie morgen Nachtdienst hatte, den bisher – wie auch den Sonntagsdienst – immer ihre Mitarbeiterin übernommen hatte. Aber diesmal hatte sie keine Zeit dafür … Außerdem hatte sie ihr auch für das übernächste Wochenende abgesagt, Pia wusste, dass sie sich verliebt hatte. Wenn ich selbst, dachte Pia, den Sonntagsdienst mache, kann Gabriel bei mir bleiben. Das Problem aber war der Nachtdienst. Jetzt fiel ihr ein, dass Gabriel schon des

Öfteren bei seinem Freund Lukas hatte übernachten wollen.

Während sie für Gabriel gefüllte Teigtaschen aus einem Plastiksäckchen nahm und warm machte, fiel ihr auf, wie viel Arbeit ihr ihre Mutter abgenommen hatte. Wieder kam ihr der Gedanke, alles in Wies aufzugeben, die Apotheke zu verkaufen und nach Graz zu ziehen, wo sie sich mit dem Geld niederlassen und vielleicht in einer anderen Apotheke arbeiten konnte.

Am Abend rief Gerda aus der Stadt an und gestand ihr, dass sie ihre Mutter nicht im Krankenhaus besucht hatte, sie habe einen wichtigen Termin wahrnehmen müssen.

Und morgen? – Nein, morgen gehe es noch schlechter, übermorgen habe sie Zeit. Pia telefonierte, darüber verärgert, mit dem Krankenhaus und erhielt die Auskunft, dass der Zustand ihrer Mutter unverändert sei – sie habe starke Beruhigungsmittel bekommen und schlafe. Nein, es sei nicht notwendig, dass sie komme, teilte ihr die Krankenschwester mit. Auch Paula war über die Nachricht beruhigt und übernahm es, Gerda zu informieren, über die sie sich gemeinsam am Telefon den Kopf zerbrachen.

Was war, wenn ihre Mutter überlebte und nicht mehr sprechen konnte? Das Sprechen war für sie doch das Wichtigste, dachte Pia, als sie neben Gabriel im Bett lag, während er mühsam einschlief. Oder wenn sie behindert blieb? Sie brach den Gedanken ab.

In dieser Nacht zersplitterte die Zeit in ihrem Kopf. Wieder und wieder tauchten ungebeten Erinnerungen aus der Kindheit auf, verzerrt, in Schwarzweiß oder hellem Braun. Gedanken an die Zukunft regten ihre Vorstellungskraft an, sie handelten vom Tod ihrer Mutter, von der Übersiedlung in die Stadt, einem zukünftigen Partner, der von ihr noch nichts wusste und den auch sie nicht kannte, dem Verkauf der Apotheke oder dem heranwachsenden Gabriel. Dazwischen die ewige Gegenwart, die die beiden anderen Zeitebenen in Stücke schlug.

Die meisten Bücher, die Gabriel bisher gelesen hatte, verschwanden in den Regalen des Wohnzimmers, nur das Schlangenskelett erhielt seinen festen Platz am Schreibtisch. Er wollte jetzt das menschliche Gehirn verstehen, um seiner Großmutter näher zu sein. Aus seinem »Was ist Was?«-Buch und dem »Visuellen Lexikon«, aber auch über das Internet erfuhr er, dass das Großhirn achtzig Prozent des gesamten Gehirnvolumens ausmachte. Außerdem, dass sich die Oberfläche des Denkorgans in vier Gebiete teilte: den Stirnlappen, in dem die Persönlichkeitsmerkmale entstanden, die beiden Scheitellappen, in denen der Tastsinn zu finden war, den Hinterhauptslappen mit den Sehzentren und den seitlichen Schläfenlappen mit den Hörzentren. Er verstand nicht alles, aber er schrieb es sorgsam in ein Heft, das er dafür angelegt hatte, und zeichnete die Abbildungen aus den Büchern nach. Im Band »Wie funktioniert das?« las er, dass das Gehirn 1,3 Kilogramm wog und das Großhirn aus zwei stark gefurchten Halbkugeln bestand. »Die Verbindung zwischen den beiden Halbkugeln«, las er Pia vor, »ist ein dicker Nervenstrang – der Balken.« Er zeichnete auch ein Neuron in das Heft. »Das Gehirn besteht aus

100 Milliarden Nervenzellen. Sie bilden mit ihren Verzweigungen ein gewaltiges Nachrichtennetz, da ein Neuron mit 1000 anderen verknüpft sein kann. Überall können Signale weitergegeben werden – eine endlose Zahl von Informationswegen tut sich auf«, schrieb er darunter aus dem Buch ab.

Pia, die das Heft auf Gabriels Schreibtisch fand, nahm Platz und las erstaunt weiter, das Gedächtnis bestehe aus mehreren Teilen und sei über das gesamte Hirn verteilt. Die einzelnen Teile seien durch ein Nervennetz miteinander verwoben. Und auf der gegenüberliegenden Seite hatte Gabriel eine Schwarzweiß-Fotografie eingeklebt, die er einem von Pias Fotoalben entnommen hatte. Sie zeigte die Großmutter im Fasching als Kind beim Eislaufen. Sie sah entzückend aus mit ihren blonden, gewellten Haaren und der schwarzen Augenmaske. Pia kannte das Foto, aber sie hatte es schon lange nicht mehr angeschaut.

Gabriel hatte, wie sie eine Woche darauf bemerkte, jetzt eine andere Welt betreten und ein anderes Buch zu lesen angefangen, das ihm sein Vater zum Geburtstag geschenkt hatte: »Moby Dick« von Herman Melville. Seither existierte, wie er ihr später sagte, für ihn ein neuer Mensch: Quiqueg, der über den ganzen Körper und das Gesicht tätowierte Harpunier aus der Südsee und Freund des Erzählers Ismael, bei dem Gabriel stets an seinen Vater dachte. Sein Vater hatte häufig von dem Buch erzählt und ihm nahegelegt, es bald selbst zu lesen, aber Gabriel war immer mit etwas anderem beschäftigt gewesen.

Als Pia Gabriel am nächsten Tag darauf ansprach,

erzählte er ihr, dass ihm in seiner Verwirrung über die plötzliche Erkrankung seiner Großmutter das Titelbild der Kinderausgabe von Moby Dick, die er besaß, eingefallen sei. Es stellte, wie er Pia sogleich zeigte, den weißen Wal, Moby Dick, aus dem Meer auftauchend und ein Boot mit Ruderern und Harpunieren zur Seite schleudernd, dar. Er hatte das Buch, wie er fortfuhr, aus dem Regal gezogen und sofort zu lesen begonnen. Einige Kapitel kannte er aus den Erzählungen seines Vaters, aber nun fügte sich alles zu einem düsteren Albtraum – der ihn an den eigenen erinnerte, in dem er sich befand –, zu einer Welt der Bedrohung und Gewalt, der Unerbittlichkeit und Besessenheit. Nur von Quiqueg fühlte er sich beschützt. In seiner Phantasie konnte Quiqueg Gedanken lesen und durch Wände gehen, unsichtbar sein und fliegen. Besonders das Gedankenlesen beschäftigte Gabriel, denn er wünschte sich, in den Kopf seiner Großmutter sehen und ihre Gedanken entziffern zu können. Auf diese Weise konnte er vielleicht mit ihr sprechen. Aber auch seiner Mutter hätte er gerne in den Kopf geschaut, dem Schlangenzüchter Nachasch, von dem er so viel gehört und auf dem Schreibtisch das Reptilienskelett stehen hatte, dessen Gehilfen Ajinow, der ihn an eine Figur aus »Tausendundeiner Nacht« erinnerte, oder dem unfreundlichen Johann Mühlberg, der einen Menschen totgeschlagen hatte, und natürlich hätte er auch gerne die Gedanken von dessen Hund Waw gelesen, ebenso wie jene von seinem Papagei Aleph und allen Vögeln, die im Freien herumschwirrten, denn er wollte manchmal selbst ein Vogel sein. Doch nicht nur die Gedanken der Vögel wollte er lesen können, auch die der Fliegen und Ameisen, der Schlangen und Eidechsen, der Affen und Nashörner. Er hätte überdies zu gerne gewusst, was die Mörder der drei Tschetschenen gedacht hatten, als Vertlieb die Toten fand, und Inspektor Battmann, bevor er verblutete. Und sogar die Gedanken der Toten, als sie noch gelebt hatten, wollte er lesen können. Da er nicht dazu in der Lage war, stattete er Quiqueg mit dieser Gabe aus und ließ ihn in seiner Phantasie alle Rätsel lösen.

Wie sehr erschrak er aber, als Quiqueg im Buch ohne ersichtlichen Grund seine letzte Stunde nahen fühlte und beim Schiffszimmermann einen Sarg bestellte, seine Habe verschenkte und schweigend auf den Tod wartete. Zum Glück überstand er die Krise, bis schließlich am Ende des Buches doch alle – auch Quiqueg – beim Kampf gegen den weißen Wal ums Leben kamen. Nur Ismael konnte sich mit dem Sarg, den Quiqueg für sich hatte anfertigen lassen, retten.

So wie die Zeit im Kopf seiner Mutter zerbrochen war, löste sie sich jetzt auch in Gabriels Kopf auf. Er wollte auf einmal nur noch das Dorf verlassen.

Als seine Mutter von ihrem Besuch im Krankenhaus zurückkam, saß Gabriel im Hinterraum der Apotheke. Nachdem er ihr in die Augen geschaut hatte, die voll Müdigkeit und Sorgen waren, fragte er: »Warum ziehen wir nicht weg?«

VIERTES BUCH

An der Mündung der Sprache

1

Schon während der Vorbereitungszeit war es Gabriel Artner, dem unehelichen Sohn des Schriftstellers Philipp Artner, schwergefallen, sich ganz auf seine Arbeit zu konzentrieren. Zu sehr und in einem fort schweiften seine Gedanken ab, zurück in seine Kindheit. Er war seit drei Jahren am Hamburger Schauspielhaus engagiert, wo er zuletzt in einer denkwürdigen Inszenierung den Hamlet spielte. Am nächsten Tag begannen die Termine für die Rundfunkaufnahmen von »Moby Dick«, dem Roman von Herman Melville, und Gabriel würde das gesamte, mehr als achthundert Seiten umfassende Epos allein und in Fortsetzungen lesen. Er hatte sich deshalb wieder in das Werk vertieft, das ihn von Kindheit an begleitete.

Gabriel war jetzt groß gewachsen, dunkelhaarig, schlank, er hatte ein gewinnendes Auftreten, aber in seinem Inneren war alles brüchig. Er lebte, wie er sich sagte, ohne ein sogenanntes »festes Ich«, das er nur im Streit, in der Revolte, im Aufbegehren oder im Schmerz, in der Verletzung, der Verzweiflung, der Trauer oder der Einsamkeit spürte. Aber vielleicht befähigte ihn gerade das, sagte er sich, auf der Bühne die verschiedenen Charaktere darzustellen, in die er sich verwandelte. Der Großteil der Konzertsäle, Opern- und Schauspielhäuser war inzwischen mangels Unterstützung durch die Regierungen geschlossen worden, und nur wenige Kinos hatten die Zeit überdauert. Es gab kaum längere Gespräche zwischen den Menschen. Zuvor war alles um das Haben gegangen, jetzt drehte sich alles nur noch um die Bewältigung des Alltags und Unterhaltung. Aber gerade das begünstigte für manche das Bedürfnis nach einer »zweiten Welt«. Während er sich mit dem Roman von Melville beschäftigte, erinnerte er sich – wie jedes Mal, wenn er Sprechübungen in der Schauspielschule gehabt hatte oder später einen neuen Text einstudierte – an den Sprachverlust seiner Großmutter.

Er lag mit geschlossenen Augen auf seiner Couch im Wohnzimmer und sah sich mit der illustrierten Kinderausgabe von »Moby Dick«, die sein Vater ihm zum Geburtstag geschenkt hatte, am Schreibtisch in seinem Zimmer. Schon als Kind hatte er sich mit dem Lesen leicht getan, und es störte ihn auch nicht, wenn er zwischendurch etwas nicht verstand – im Gegenteil, es machte die Geschichte sogar geheimnisvoller. Das Geheimnisvolle hatte ja zu seiner Kindheit gehört, wie das gescheitelte Haar, die Schultasche oder die Großmutter, dachte Gabriel. Vor allem das Leben der Erwachsenen war ihm damals unergründlich erschienen. Es gab einen Vater, der das halbe Jahr in Wien war und häufig mit seiner Mutter verreiste. Außerdem wurden drei Tschetschenen in St. Johann und Umgebung tot aufgefunden, und plötzlich waren aus Menschen, die er selbst gekannt hatte, Mörder geworden ... Er hatte noch unter epileptischen Anfällen gelitten, die dann in der Pubertät, wie die Ärzte es gehofft hatten, verschwanden ... Doch das Geheimnisvollste und Bedrohlichste für ihn war die Zeit gewesen, als seine Großmutter die Sprache verlor. Sie war sein vertrautester Mensch, sein Halt gewesen, auch wenn er seine Mutter und seinen Vater über alles geliebt hatte. Da seine Mutter mit ihm auch später über die Großmutter gesprochen und dabei der bedrückenden Geschichte jedes Mal neue Details hinzugefügt hatte, hatten sich Erinnerungen in seinem Kopf gebildet, die jetzt, während er sich mit Moby Dick, dem weißen Wal und der Mannschaft der »Pequod« beschäftigte, wieder auftauchten und seine Konzentration störten.

Gabriel hatte eine abwechslungsreiche Jugend hinter sich, in der vor allem Frauenbekanntschaften eine Rolle spielten, doch hatte er nie geheiratet. Er hatte Freundinnen, mit denen er gerne zusammen war, ohne dass er in sie verliebt war, und besuchte zwei- bis dreimal in der Woche eine geschiedene Schauspielerin, für die er so etwas wie Liebe empfand. Sie war noch nicht vierzig Jahre alt, brünett, nicht sehr groß und konnte, wenn sie wollte, attraktiv aussehen. Sie hatte ein Gespür für Wahrheit und Lüge, und Gabriel erzählte ihr und seinen anderen Freundinnen alles Mögliche aus seinem Leben, nur nichts über die Zeit, als seine Großmutter die Sprache verlor. Es war nicht Scham, die ihn davon abhielt, darüber zu sprechen, auch nicht Verleugnung, sondern das Wissen, dass er beim Erzählen seinen Erinnerungen und dem Leid seiner Großmutter nicht gerecht werden konnte, weil ihm die Wirklichkeit, um die es ging, banal, aber zugleich auch von einer ungeheuren Dimension erschien.

2

Manchmal dachte er, dass die Zustände in seinem Kopf, die immer kurz vor den epileptischen Anfällen aufgetreten waren, seine Sicht auf die Welt am meisten verändert hatten. Im Nachhinein betrachtete er sie sogar als etwas, das er anderen Menschen voraus hatte. Zwar hatte er es als Erleichterung empfunden, dass er irgendwann sein Medikament absetzen konnte und keine Anfälle mehr auftraten, doch gab ihm das Wissen um eine zweite Welt neben dem gewöhnlichen Alltag ein Überlegenheitsgefühl, das er jedoch für sich behielt, aus Angst, er könne es sonst verlieren. Er hatte Momente der Hellsicht erlebt, die, wie die Ärzte ihm erklärt hatten und er später in Fachbüchern nachlas, durch die gleichzeitige, einem Feuerwerk ähnliche Entladung Hunderttausender Neuronen im Gehirn entstanden waren. Zuvor hatte er absonderliche Visionen gehabt, die als »Halluzinationen« bezeichnet worden waren. Sie bestanden aus Bildern von verschiedenen, zumeist eiförmigen, leuchtenden geometrischen Körpern und sich verfärbenden Punkten. Jeder eiförmige Körper, den er wahrgenommen hatte, war ein Universum gewesen und dazwischen – ein Zickzack mit Wellenlinien – die sichtbar gewordenen Energien, die vom Denken des Schöpfers ausgingen, wie er sich manchmal sagte, um es gleich darauf wieder zu verwerfen. Der leere Raum des Weltalls in seinem Kopf war nicht in tiefes Dunkel getaucht gewesen, sondern von einem gleißenden Licht erhellt und die allmählich auseinanderstrebenden Universen zumeist von hellroter bis violetter Farbe, während die Zickzack- und Wellenlinien silbern oder grün waren. Es kam auch vor, dass sich die Farben des Weltalls im Verhältnis zu den übrigen Universen veränderten, denn, solange die Halluzinationen anhielten, gab es keinen Stillstand der Körper, die dann irgendwann und plötzlich in eine dreidimensionale Dunkelheit verschwanden. Nach seinem letzten epileptischen Anfall mit dreizehn Jahren hatte er daran zu zweifeln begonnen, dass die geometrischen Gebilde verschiedene Weltalle verkörperten, vielmehr schien es ihm, dass sie unsichtbare Wesen waren. Nie hätte er darüber zu jemandem gesprochen, da er fürchtete, für verrückt gehalten zu werden.

3

»Warum ziehen wir nicht weg?« Gabriel sah sich als Elfjährigen vor seiner Mutter stehen und in ihre Augen blicken.

»Du willst von hier weggehen und alles zurücklassen?«, fragte sie.

»Ja.« Ein wunderbares Gefühl des Aufbruchs durchströmte ihn, als könne ihm mit einem Schlag alles gelingen, was er sich vornahm.

»Nach Graz, in die Stadt«, fügte er hinzu. Und im Abheben seiner Gefühle: »Oder nach Wien?«

Daraufhin begann seine Mutter zu weinen.

»Warum weinst du?«, fragte Gabriel irritiert.

Seine Mutter hörte auf zu weinen, wischte sich die Tränen aus dem Gesicht, putzte sich die Nase und begann in der Küche das Abendessen zu richten. Gabriel ging ihr nach, setzte sich an den Tisch und überlegte, wie er seine Mutter von ihrem Trübsinn ablenken konnte.

»Morgen geh ich mit dir zu Großmutter ins Krankenhaus«, sagte er.

Sie nickte.

4

Gabriel lag noch immer auf der Couch und hielt eine Hand auf die Kinderausgabe von »Moby Dick«, als könne dadurch irgendeine Kraft aus dem Buch auf ihn übergehen. Insgeheim wusste er, dass er von Anfang an selbst der besessene Kapitän Ahab mit dem Bein aus einem Walfischknochen war, obwohl er lieber der Kannibale Quiqueg mit dem großen Herzen gewesen wäre. Er war sich im Klaren, dass beide Figuren in ihm existierten und noch eine dritte, deren Eigenschaft die Angst war und die ihn unangekündigt mit kalten Fingern würgte. Auch diese Figur war er nie losgeworden, und er hatte sie schließlich – ohne selbst davon ganz überzeugt zu sein – mit dem weißen Wal »Moby Dick« identifiziert. Seine Mutter hatte ihm erzählt, wie rebellisch, wie nachtragend, wie beleidigt er als Kind hatte sein können, aber auch wie gütig, großzügig und warmherzig. Schließlich hatte sie ihm – wie sie es vorher bei seinem Vater gesehen hatte – möglichst viele Freiheiten gelassen und versucht ihm nur, wenn es unbedingt nötig war, zu widersprechen oder ihn zu etwas zu zwingen, und im Grunde war es darauf hinausgelaufen, dass sie ihn wie einen Erwachsenen behandelte. Sie hatte allerdings nicht geahnt, welche Rolle die Angst in ihm spielte. Er träumte oft schlecht, und der Traum ließ ihn dann die ersten Stunden des folgenden Tages nicht los, vor allem die Angst, die damit verbunden war. Häufig fühlte er sich unverstanden, weil seine Mutter und Großmutter nicht auf ihn eingingen – nur sein Vater, Philipp, hatte ihn begriffen. Zuerst hatte auch er Gabriels Unruhe, die ihn fortlaufend antrieb, als störend empfunden: seine Zornanfälle, die mit langem Weinen, Schluchzen und stockendem Atem endeten oder einem Rückzug in sich selbst und stundenlangem introvertierten Spiel mit seinen Figuren und Sammelbildern, von denen die Pokémon-Phantasiegestalten ihn am längsten gefesselt hatten. Philipp hatte zwar nicht die Leidenschaft nachvollziehen können, mit der Gabriel an diesen Karten hing, aber er ließ ihn nach einer besonders heftigen Auseinandersetzung von da an in Ruhe, erfüllte ihm seine Wünsche und versprach ihm sogar, ihn nie mehr zu tadeln, zu kritisieren oder sich über ihn lustig zu machen. Gabriel hatte sich seither gewandelt. Er war liebevoller, ruhiger, ausgeglichener geworden.

5

Die Ausgabe von »Moby Dick« stammte aus der Bibliothek der Kinderklassiker, und Gabriel hatte sie sogar zu seinem Engagement nach Hamburg mitgenommen. Auf dem Einband des nahezu quadratischen weißen Buches war der auftauchende, riesige Moby Dick dargestellt. Der Wal, in dessen Körper noch Harpunen von früheren Angriffen steckten, schleuderte gerade ein Boot in die Luft. Dabei verlor der hasserfüllte Kapitän mit der Harpune seinen Hut. Ein Schwarm Möwen umschwirrte die Männer, und an diesen Möwenschwarm hatte Gabriel des Öfteren gedacht, seit er in Hamburg lebte und den Vögeln häufig an der Alster begegnete.

Als er das erste Mal das Buch aufschlug, sah er Quiquegs verzierten Sarg, in dem der Kannibale seinen Zylinder, einen Schrumpfkopf, seine Pfeife, einen Fetisch, Unterwäsche, einen Dolch und eine Flasche mit einer Tinktur aufbewahrte. Was ihn daraufhin am meisten beschäftigt hatte, waren das Kapitel »Quiqueg« und die Abbildung des erwachenden Kannibalen, dessen Körper über und über mit einem geometrischen Muster tätowiert war. Neben ihm waren die gleichen Gegenstände zu finden wie im Sarg, wobei Gabriel vor allem der Schrumpfkopf in seinen Bann zog. Er verbot es sich damals, nach vorne zu blättern und die übrigen Bilder zu betrachten, doch ließ es sich nicht vermeiden, dass er, wenn er das Buch aufklappte, auch andere Illustrationen zu Gesicht bekam. Eine farbige Zeichnung stellte ein Walfängerboot dar – vom Meeresgrund nach oben gesehen – mit einem monströsen Kraken unter dem Schiffsrumpf. »Eine riesige, schlüpfrige Masse«, las er auf der Nebenseite, »von unmessbarer Länge und Breite, mit salzigem, fleckigem Glanz, lag da fast regungslos vor uns. Dann zeigten sich zahlreiche armartige Gebilde, die schlangengleich und mit trägen Bewegungen nach Ahabs Boot zu greifen schienen. Da war kein Vorne und kein Hinten zu erkennen. Da blickte nur manchmal glubberig und wie von Schleim überzogen etwas aus dem Wasser, was ein Riesenauge sein mochte … ›Der Weiße Krake!‹, rief Starbuck zurück. Mir lief es eiskalt den Rücken hinunter. Immer wieder hatte ich gehört: ›Wer den Weißen Kraken erblickt, sieht selten seine Heimat wieder.‹«

6

Am Krankenhaus, in dem seine Großmutter lag, verwirrte ihn jedes Mal das Weiß, das ihn umgab. Draußen der Schnee, drinnen im Inneren die Wände, die Türen, die Lampen, die Betten, die Bettwäsche, die Kleidung der Ärzte, Krankenschwestern und Pflegerinnen, das Geschirr auf den weißen Nachtkästchen, die Verbände – weiß wie Moby Dick, dachte er. Und riesig wie Moby Dick war auch das weiße Gebäude selbst. Jedes Mal, wenn er es betrat, hörte die Zeit auf, für ihn zu existieren. Erst viele Jahre später, im Theater, wiederholte sich der Eindruck von Zeitlosigkeit. Verglich er die beiden Erfahrungen, dann war das Krankenhaus die Hölle gewesen und das Theater das Paradies. Seine Mutter hatte ihn schon vorher in den Himmel des Schauspielhauses geführt, wo er – als sein Vater noch lebte – in Daniel Kehlmanns »Geister in Princeton« als kindlicher Mathematiker Gödel auf der Bühne gestanden war. Das Erlebnis hatte sein weiteres Dasein bestimmt, denn er war damals zum ersten Mal bei klarem Bewusstsein in der anderen, der zweiten Welt gewesen. Bei den Castings hatte seine Mutter allerdings verschwiegen, dass er an Epilepsie litt und erst neun Jahre alt war. Als er die Bühne betreten und in den Zuschauerraum geschaut hatte, wo er die Direktorin des Grazer Schauspielhauses, Frau Anna Badora, und eine Handvoll weiterer Menschen im Halbdunkel sah, war ihm klar geworden, dass sich dort die erste Welt befand, die durch eine unsichtbare Wand von der zweiten, zu der er jetzt unbedingt gehören wollte, getrennt war. Er hatte an Peter Pan und die »Anderwelt« gedacht und später erst an den alten Spielfilm »Moby Dick« mit Gregory Peck als Kapitän Ahab, den er von seinem Vater geschenkt bekommen und zwei Jahre im Regal liegen lassen hatte, bevor er die DVD zum ersten Mal anschaute. Seine Mutter hatte lange dagegen protestiert, aber dann hatte sie endlich den Film mit ihm gemeinsam bis zum Ende gesehen, nicht ohne ihren Sohn mehrmals bei den gewaltsamen Szenen zu fragen, ob sie abdrehen solle. Doch Gabriel hatte damals bereits begriffen, dass er über die verbotenen Filme erfuhr, wie das Leben der Erwachsenen war, und sie mit den Geschehnissen im Dorf verglichen. Die zweite Wirklichkeit, die sich ihm jetzt beim Casting auftat, war die gespiegelte und erfundene Welt, in der es keine Grenzen gab, in der alles möglich war und die ihn, so seltsam es war, beschützte. Zu Hause sah er damals die Zeichentrickfilmserie »Avatar – der Herr der Elemente«, von der ihm seine Mutter die drei DVD-Kassetten »Wasser«, »Erde« und »Feuer« gekauft hatte. Avatar selbst gehörte der Nation der Luftnomaden an und konnte als Einziger die vier Elemente bändigen, während Quiqueg aus »Moby Dick« für Gabriel alle Monster und Ängste, die in seinem Kopf auftauchten, beherrschte. Mit Avatar träumte er, Quiqueg hingegen war für ihn ein realer Mensch.

Und auf einmal – als sei er aus einem langen Winterschlaf erwacht – betrat Gabriel mit seiner Mutter das Krankenzimmer der Großmutter. Sie lag allein in einem stillen Raum, trug ein weißes Spitalshemd und war mit einer weißen Decke bis zum Kinn zugedeckt. Sogar ihr Gesicht war weiß, er hatte es noch nie so blass gesehen. Durch das Geräusch der Türe aufgeweckt, öffnete sie die Augen. Gabriel lief auf sie zu, legte den »Moby Dick«-Band auf ihre Brust und küsste ihr Gesicht. Sie kam ihm vor wie ein Baby in der Wiege, denn sie lächelte ihn nur an, und Gabriel wünschte sich in diesem Augenblick nichts so sehr als in der anderen, der zweiten Welt zu sein, die Wirklichkeit vor der Türe zu lassen, als spiele er die Szene nur, wie er es in »Geister in Princeton« gelernt hatte. Er trat zurück, nahm das Buch, setzte sich auf den Stuhl, den seine Mutter vor ihn hingestellt hatte, und begann die ersten Zeilen halblaut vorzulesen. Seine Mutter hatte vergeblich versucht, es ihm auszureden. Deshalb bemühte sich Gabriel umso mehr, keinen Fehler zu machen, aber er spürte bereits nach wenigen Sätzen ihre Hand auf der Schulter, und als er aufblickte, sah er, dass sie den Kopf schüttelte und mit dem Finger auf die Großmutter wies, die inzwischen eingeschlafen war. Plötzlich hatte er den Einfall, dass er, wie es im Theater bei den Proben üblich gewesen war, das Ereignis als etwas Vergangenes betrachten konnte, das lange, lange zurücklag, und dass er eine Szene, solange die Proben dauerten, mehrfach wiederholen konnte, wenn etwas daran nicht gestimmt hatte. War er hingegen den Geschehnissen der Wirklichkeit schutzlos ausgeliefert, fand er sie oft unerträglich, und er fühlte sich dann wie Avatar am Beginn der Serie, in einem Eisblock eingeschlossen. Die Proben am Theater hatten ihm außerdem geholfen, einzelne Ereignisse als Teile eines Ganzen zu sehen.

Er legte das Buch auf den Stuhl und trat noch einmal an seine Großmutter heran, streichelte ihre Wange, und als sie die Augen öffnete, vergaß er alles, was er hatte sagen wollen. Er stieß nur hervor, dass er sie lieb habe, und lief dann rasch auf den Gang hinaus, wo er zu weinen begann.

Auch am nächsten Tag ließ er sich nicht davon abhalten, das »Moby Dick«-Buch mitzunehmen und seine Mutter zu begleiten. Er musste die Szene wiederholen, sagte er sich, bis sie gelang.

Auf der Fahrt nach Graz erklärte ihm seine Mutter, dass sie eine Anzeige in den »Pharmanachrichten« aufgegeben und die Apotheke zum Kauf angeboten hatte. Während Gabriel sie sprechen hörte, erinnerte er sich wieder daran, dass er auf viele Ereignisse, die ihn selbst betrafen, keinen Einfluss hatte, und es fiel ihm gleichzeitig ein, wie er vor oder nach den Proben im Theater auf »Erkundung« gegangen war. Der Schnürbodenmeister hatte ihn einmal sogar auf die Arbeitsgalerie mitgenommen, und Gabriel hatte vom Steg mit dem niedrigen Geländer auf die Schauspieler hinuntergeschaut, die ihn aber nicht sehen konnten. Es war ihm, als beobachte er, wie aus der ersten Wirklichkeit die zweite entstand – die zweite Welt, in der er leben wollte. Es freute ihn daher, dass seine Mutter Ernst machte mit der Übersiedlung in die Stadt, in der es das Schauspielhaus gab. Natürlich war ihm auf der Arbeitsgalerie die ganze Zeit über schwindlig gewesen. Es war ein grauenerregender Schwindel gewesen, wie ein Luftsog, der ihn über das Geländer in die Tiefe zu reißen drohte, aber zusammen mit der wachsenden Angst glaubte er auch zu erkennen, dass der Schwindel ein Teil des Zaubers war, der die zweite Welt in ihm entstehen ließ. Ohne Probleme hatte er aber noch am selben Nachmittag die Maschinerie der hydraulischen Druckstation unter der Bühne in Augenschein genommen. Der Maschinenmeister hatte ihm die Gangleitung, die Druckpumpe, den Akkumulator und die Drucksäulen gezeigt, die die Kulissen und Personen mit dem Versenktisch in die Tiefe oder Höhe beförderten, und wie die Drehbühne bewegte wurde. Ein andermal durfte er sogar mit der Souffleuse in den kleinen Kasten unter der Bühne klettern und durch einen schmalen Schlitz die Schauspieler von unten sehen. Nicht zuletzt zeigte man ihm das »Gehirn der Anlage«, wie der Inspizient sagte, die Stellwarte mit dem Steuerpult und der Einrichtung für die Speicherung der Lichtstimmungen. Schon damals war ihm klar gewesen, dass man im Theater verrückt werden konnte und dass eine bestimmte Verrücktheit sogar zum Theater gehörte.

Gabriel war jetzt, mehr als zwanzig Jahre später, so in seine Gedanken vertieft, dass sich die damaligen Eindrücke im Krankenhaus mit den Erinnerungen an das Theater vermischten. Bei ihrem nächsten Besuch war der Raum, in dem seine Großmutter gelegen war, leer. Es befand sich auch kein Bett mehr darin. Erschrocken fragte seine Mutter eine vorbeieilende Krankenschwester, was geschehen sei. Es war eine hübsche junge Frau, erinnerte sich Gabriel, sie streichelte ihm über den Kopf, während sie seine Mutter beruhigte. Etwas Farbig-Leuchtendes erschien vor seinen Augen, das sich über alles legte, was er gerade sah, auch über das Gesicht der Großmutter, die in einem anderen Zimmer zusammen mit einer alten Frau lag. Er konnte dort aber keine Zusammenhänge herstellen, selbst in seiner Erinnerung tauchten nur kurze, abgerissene Fragmente auf: wie seine Großmutter ihn begrüßt hatte – sie hatte gelacht und ihn angestrahlt – und wie sie versucht hatte zu sprechen, aber nichts als ein »Eins« oder »Einseinseins« über ihre Lippen kamen. Seine Mutter hatte ihm später erzählt, dass die Großmutter unter starkem Drogeneinfluss stand, weshalb sie den Anschein von Heiterkeit und Zuversicht erweckt hatte. Aber jedes Mal, wenn sie sprechen wollte und nur die »Eins«- oder »Einseinseins«-Laute aus ihrem Mund kamen, streckte sie den Zeigefinger aus und wies auf die wegfliegenden Laute.

Inzwischen sammelten sich im Krankenzimmer die Lichtflecken vor seinen Augen wie von der Sonne durchleuchtete Wolken am Himmel. Sie flogen immer genau dorthin, wohin er blickte, und er ahnte bereits, was als Nächstes eintreten würde. Doch wehrte er sich dagegen, denn ihm war klar, dass er, wenn er im Krankenhaus einen Anfall erlitt, nicht so leicht wieder nach Hause kommen würde. Man würde ihn zwingen, in einem der weißen Zimmer zu bleiben, und vielleicht würde auch er dann das Sprechen verlernen. Er schlief auf dem Stuhl erschöpft ein und erwachte mit Kopfschmerzen, gerade als seine Großmutter das Abendessen erhielt. Die Lichtflecken vor seinen Augen waren verschwunden, aber das bemerkte er erst später. Stattdessen beanspruchte die Großmutter wieder seine ganze Aufmerksamkeit, denn sie fiel geradezu über das Essen her und verschlang es bis auf den letzten Brösel: Würstchen, Gebäck, eine Schale Salat mit Kernöl. Dabei bekleckerte sie sich das Spitalshemd, und Gabriel empfand bei dem Anblick Ekel. Er war kurze Zeit davon überzeugt, dass alles, was bisher geschehen war, von jemandem erfunden und von jemand anderem inszeniert worden sein musste. Das Krankenhaus war so etwas Ähnliches wie das Theater, und auch die Schule oder die Apotheke, fiel ihm ein. Oder die Straßenbahn in der Stadt, die er vom Auto aus gesehen hatte. Dann las er der Großmutter, nachdem sie fertig gegessen hatte, trotz seiner Kopfschmerzen wieder den Anfang von »Moby Dick« vor, bis zu jener Stelle, an der der junge Ismael im Seemannshaus ins Bett steigt und Quiqueg durch die Türe hereinkommen hört. Und gerade da unterbrach er mit der Bemerkung: »Die nächste Woche weiter«, und hörte zuerst die Großmutter und dann alle übrigen kurz klatschen.

Auf der Heimfahrt sagte ihm seine Mutter, der Arzt hätte ihr erklärt, dass Großmutter an »globaler Aphasie« leide, was bedeute, dass die Sprachzentren von ihrem Schlaganfall betroffen seien und sie daher nicht sprechen könne. Überdies sei ihr linker Arm gelähmt. Gabriel begriff das und begriff es nicht. Er hatte zwar im »Was ist was?«-Buch alles über das Sprechen und das Gehirn gefunden, aber er konnte sich nicht wirklich vorstellen, was geschehen war. Bei »global« dachte er an das Wort »Globus«, und er sah die bunte Weltkugel in seinem Bücherregal vor sich, nur färbte sie sich jetzt wie eine Weintraube tiefblau. Er wartete geradezu darauf, dass sich alles als Irrtum herausstellen und seine Großmutter wie vorher in einem fort redend das Krankenhaus verlassen würde.

Zu Hause telefonierte seine Mutter – wie jeden Abend, seit die Großmutter den Schlaganfall erlitten hatte – mit ihren Schwestern, denen sie alles bis ins Detail erzählte, um sie auf dem Laufenden zu halten. Sie hatten sich die Besuche so eingeteilt, dass an jedem Tag eine von ihnen ins Krankenhaus ging, aber schon nach einer Woche war Gerda nicht erschienen, und die diensthabende Krankenschwester rief Pia an und sagte, dass ihre Mutter weine. Gerda meldete sich auch nicht, als Pia sie abwechselnd mit Paula anrief, bis Paula schließlich herausfand, dass Gerda in das Krankenhaus der Elisabethinen mit einem leblosen linken Arm und Schwierigkeiten beim Sprechen eingeliefert worden war. Es war Pia sofort klar, dass Gerda von der Erkrankung ihrer Mutter so geschockt sein musste, dass ihr Körper mit den gleichen Symptomen antwortete. Obwohl Pia Mitleid mit ihr empfand, sah sie sich andererseits außerstande, neben ihrer Mutter auch ihre Schwester Gerda im Spital zu besuchen. Allein es half nichts, Gerda blieb bei den Elisabethinen. Gabriel erinnerte sich, dass seine Mutter nun jeden zweiten Tag zur Neurologischen Station fahren musste, um Großmutter zu beruhigen. Natürlich erlaubte sie nicht, dass Gabriel sie immer begleitete, und so saß er wieder im trostlosen Hinterzimmer der Apotheke und stellte sich vor – oder musste sich vorstellen –, wie Inspektor

Battmann hier verblutet war. Wenigstens den Sessel, auf dem er bei seinem Blutsturz Platz genommen hatte, hatte seine Mutter damals sofort weggeräumt, aber trotzdem war für Gabriel in den Räumlichkeiten ein unheimliches Grauen zu verspüren. Daher bat er seine Mutter jeden Abend, ihn beim nächsten Mal wieder ins Krankenhaus mitzunehmen. Er liebte es, mit ihr gemeinsame Sache zu machen. Die Gespräche während der Autofahrten, bei denen sie sich ganz nahekamen, waren für ihn immer ein kleines Abenteuer, denn er hatte dann das Gefühl, von seiner Mutter wie ein Partner behandelt zu werden.

Für den nächsten Besuch hatte Gabriel die erste Begegnung mit Quiqueg und die Szene, wie Ismael und Quiqueg auf der »Pequod« anheuerten, vorbereitet, denn es bestand für ihn kein Zweifel, dass Quiqueg seine Großmutter beeindrucken würde.

Als sie das Krankenhaus betraten, schien sich plötzlich alles verändert zu haben. Niemand wandte ihm sein Gesicht zu, aus einem Zimmer kam eine verwirrte Frau heraus, die vor ihnen empört auf den Boden spuckte und von einer Pflegerin zurück in das Zimmer gebracht wurde, und als sie in das Krankenzimmer kamen, wurde seine Mutter davon überrascht, dass bereits das Rote Kreuz verständigt war, da Großmutter in die Sigmund-Freud-Klinik gebracht werden sollte. Es stellte sich erst im Nachhinein heraus, dass seine Mutter Absprachen mit einem Arzt getroffen hatte, Großmutter – wegen der größeren Erfahrungen der Sigmund-Freud-Klinik bei der Rehabilitation von Schlaganfällen – so bald als möglich dorthin zu überstellen. Da gerade ein Bett frei geworden war, hatte der Arzt die Sache offenbar in die Hand genommen – ohne aber irgendjemanden zu verständigen. Gabriel hasste Missverständnisse, er hasste Streit und Unvorhergesehenes, deshalb ging er auf den Gang hinaus und überlegte, wie er sich davonmachen konnte. Doch im selben Augenblick erschienen zwei Rote-Kreuz-Helfer mit einer Bahre auf Rädern, verschwanden im Krankenzimmer und kehrten mit der Großmutter, die bis zum Hals zugedeckt war und die Augen geschlossen hatte, zurück. Seine Mutter folgte mit dem prall gefüllten Koffer von Großmutter hinterher. Ein Stück weiter standen der schwarzhaarige Professor und zwei Ärzte vor einem Gangfenster. Sie hörten zu sprechen auf, als sie seine Mutter erkannten. Der Professor machte eine unwillige Bewegung mit dem Kopf und verlangte Rechenschaft von ihr – so empfand es Gabriel –, weshalb sie Großmutter aus dem Krankenhaus wegbringen lasse. Sie versuchte ihm daraufhin zu erklären, dass es nicht aus Misstrauen geschehe, sondern wegen der besseren Rehabilitationsmöglichkeiten in der Sigmund-Freud-Klinik, aber der Professor schnitt ihr das Wort ab.

»Was wollen Sie?«, fragte er kalt, »Ihre Mutter hat einen schweren Schlaganfall erlitten. Die Sprachzentren sind zerstört, sie ist halbseitig gelähmt, sie spürt die linke Körperhälfte nicht mehr …« Es klang, als empfinde er Schadenfreude, zumindest bemühte er sich nicht, seinen Ärger zu verbergen, und er fügte in gehässigem Tonfall hinzu: »Sie werden schon sehen …« Er wandte sich wieder ab und gab vor, in ein Gespräch mit den anderen Ärzten vertieft zu sein, aber er wollte, hatte Gabriel den Eindruck, damit wohl nur zum Ausdruck bringen, wie gleichgültig ihm von jetzt an die Patientin und ihre Angehörigen waren.

7

Da ihn seine Mutter gebeten hatte, Großmutter im Rettungswagen zu begleiten, weil sie ja mit ihrem eigenen Auto fuhr, musste Gabriel einsteigen. Ihm schauderte davor, da er nach seinem ersten epileptischen Anfall vom Roten Kreuz ins Krankenhaus gebracht worden war. Andererseits wollte er seine Mutter und auch Großmutter nicht im Stich lassen und setzte sich daher auf einen Notsitz neben der Bahre. Großmutter war verwirrt und versuchte verständlich zu machen, dass sie wissen wolle, wohin sie gebracht würde, und Gabriel spürte, wie ihm wieder übel wurde. Der Krankenwagen fuhr ruckend, bremsend und wieder anfahrend dahin. Gabriel schloss die Augen, und die Sonne ging in seinem Kopf auf mit golddurchschienenen Wolken, die einen blauen, glimmenden Rand hatten, der größer, kleiner, heller und dunkler wurde … Die Universen … Ihm war so schlecht und schwindlig, dass er befürchtete, sich übergeben zu müssen, als ihm wie schon einige Male der Gedanke kam, der Schöpfer könne ihn hören. »Hilf mir!«, dachte Gabriel. »Komm!«

In diesem Augenblick hörte er vermeintlich eine Stimme im Kopf, die ihn anwies, die Hände seiner Großmutter zu halten. Er kam der Anweisung nach und vernahm sogleich, dass er ihr Gesicht küssen solle. Während er es tat, folgte schon die nächste Anweisung, die er ebenfalls befolgte: »Streichle ihr über das Haar!«

»Tröste sie«, sagte die Stimme.

»Wie? Wie?«, antwortete Gabriel in Gedanken.

Die Stimme verstummte plötzlich. Auch die Lichtwolken und die Sonne verschwanden aus seinem Kopf, und die Übelkeit wich neuerlich einer schweren Müdigkeit.

Als er die Augen wieder aufschlug, lag sein Kopf auf der Brust seiner Großmutter, die ihn mit der rechten Hand an sich drückte. Er blickte in ihr Gesicht und hörte sie fragen: »Einseinseins? Einseinseins?«

Gabriel verstand, dass sie sich Sorgen um ihn machte, ihm war zum Weinen und zum Lachen zumute, doch war er zu energielos, um auch nur eines von beiden zu tun.

Die Großmutter vermutete offenbar, dass es ihm wieder besserging. Sie schnitt eine fragende Grimasse und deutete aus dem noch immer heftig ruckenden Krankenwagen hinaus, um Gabriel zu verstehen zu geben, dass sie nicht begriff, wohin man sie brachte. Gabriel, der nicht wusste, was er antworten sollte, wandte sich an den Sanitätsgehilfen und fragte ihn, was er seiner Großmutter sagen solle, sie wolle wissen, wohin die Fahrt gehe.

Der Sanitätsgehilfe, ein schmaler, großer Bursche, der, wie Gabriel noch auf der Fahrt erfuhr, seinen Bundesheer-Ersatzdienst beim Roten Kreuz leistete, erhob sich und erklärte der Kranken, dass sie auf dem Weg in die Sigmund-Freud-Klinik seien. Das Gesicht der Großmutter veränderte sich. Sie fing laut zu klagen und zu schluchzen an, es klang für Gabriel wie das Weinen eines kleinen Mädchens. Er war darüber entsetzt und zugleich von Scham erfüllt. Am liebsten hätte er ihr befohlen aufzuhören, aber er wusste, dass das nicht richtig war, daher griff er wieder nach ihren Händen und stieß »Ich bin bei dir … Es geschieht dir nichts!«, hervor, was seine Großmutter sonst zu ihm sagte, um ihn zu trösten. Das ließ sie jedoch noch mehr verzweifeln, denn sie dachte, dass sie jetzt in das »Irrenhaus«, wie man die Klinik früher genannt hatte, eingeliefert wurde, wusste Gabriel inzwischen.

In den verschiedenen Gebäuden, die eine kleine Siedlung darstellten, gab es Männer- und Frauenabteilungen für Psychiatrie und Psychotherapie, eine Abteilung für Alterspsychiatrie, ein Zentrum für Suchtmedizin und eine Abteilung für Neurologie mit einer Station für Schlaganfallpatienten. Das Aussehen der Gebäude und ihre Einrichtungen hatten sich nach dem Zweiten Weltkrieg geändert – allerdings wussten Interessierte, dass dort in der Zeit des Nationalsozialismus Euthanasie an Patienten verübt worden war.

Die Großmutter hatte sich um die Veränderungen in den vergangenen Jahrzehnten jedoch nicht gekümmert, in ihrem geplagten Gehirn existierte alles noch so, wie es früher gewesen war, und darum wehrte sie sich gegen die Einlieferung in die »Sonderanstalt Feldhof«, so die damalige Bezeichnung der Klinik, denn niemals hatte sie in Betracht gezogen, selbst einmal zu den bedauernswerten Patienten zu gehören.

Als seine Mutter vor dem Gebäude eintraf, wartete Gabriel schon seit einigen Minuten und stürzte weinend auf das Auto zu. Großmutter war mittlerweile zur Aufnahme gebracht worden, und nachdem Gabriel sich beruhigt hatte, fanden sie die völlig Aufgelöste in einem hohen Raum, an den er sich später nur mit Schrecken erinnerte, denn es waren dort zwei Dutzend Rollbahren mit vorwiegend alten Patienten abgestellt gewesen, die einen trostlosen Anblick boten.

Als Nächstes erinnerte sich Gabriel an einen Gang im Gebäude, der um einen Innenhof angelegt war. An der Wand war ein Geländer angebracht, an das sich Patienten mit wirren Haaren und in Spitalskleidung klammerten, um sich mühsam fortzubewegen, auf der gegenüberliegenden Seite standen Rollstühle mit weiteren, zumeist alten Kranken. Wieder erschauerte Gabriel, doch ging er tapfer weiter und betrat das Zimmer, in dem für seine Großmutter ein Bett am Fenster reserviert war. Kaum, dass er sich in eine Ecke verdrückt hatte, wurde nach einer Pflegerin geläutet. Gestank nach Fäkalien erfüllte das Zimmer, und Gabriel erfuhr auf der Heimfahrt, was das Wort »inkontinent« bedeutete. Bisher kannte er nur »Kontinent«, aber die zwei Buchstaben »I« und »N« verwandelten »Kontinent« von da an in einen alles durchdringenden Geruch, der für viele Jahre in Gabriels Kopf entstand, sobald er das Wort nur hörte. Außerdem fiel ihm wieder der Begriff »globale Aphasie« ein. Er wunderte sich, dass seine Großmutter an einer Krankheit litt, die irgendetwas mit Geographie zu tun haben musste. Vielleicht hatte sie sich einmal auf einer Reise zu den Affen infiziert, überlegte er.

8

Die Nacht vor der nächsten Aufnahme von »Moby Dick« im Rundfunk träumte Gabriel Artner von der Zeit, als seine Großmutter sich in der Sigmund-Freud-Klinik aufgehalten und er sich geweigert hatte, seine Mutter dorthin zu begleiten. Wenn er sich später daran erinnerte, dachte er: »Ich war wie eingeschlossen in eine mathematische Formel«, oder »...in eine chemische oder physikalische Formel«. Einzig diese abstrakte »Formulierung« konnte wiedergeben, was er empfand. Er sah sich dann jedes Mal als einen winzigen Mikroorganismus in einer dämmrigen Halle aus Beton, in der Hunderte große und kleine, lateinische und griechische Buchstaben, Zahlen, Zeichen aus grauem Stahlrohr durcheinandergewürfelt aufbewahrt waren, vergeblich nach einem Ausweg suchen.

Auch im Hinterzimmer der Apotheke hielt er es nach der Schule nicht mehr aus. Wenn seine Mutter in die Klinik fuhr, um Großmutter zu besuchen, verabredete er sich mit seinem Schulfreund Lukas Möst, dem Sohn des Trafikanten, der außer Rauchwaren auch die »Sportwoche« und das »Bundesliga-Magazin« mit den Portraitfotos aller Fußballer sowie Comic-Bücher führte. Lukas brachte ihm die Hefte in die Schule mit und lieh sie ihm sogar. Damals fuhren sie heimlich mit Johann Mühlberg, dem Totschläger, und seinem Hund Waw zu den Orten, an denen die ermordeten Tschetschenen gefunden worden waren. Gabriel fühlte sich durch Mühlberg beschützt, weil er als Totschläger galt, und er sagte daher, wie auch Lukas, »Onkel Hans« zu ihm. Aber sein Schulfreund hatte ihm von Anfang an schwören müssen, seiner Mutter nichts zu erzählen. Ihren ersten gemeinsamen Ausflug unternahmen sie zur Brandstätte, wo sich die Baracke des Schlangenzüchters Nachasch befunden hatte. Waw wedelte vor Freude heftig mit dem Schwanz, als er Gabriel sah, und auch Gabriel freute sich über die Begegnung mit dem Hund und umarmte und streichelte ihn, während Mühlberg sich wortlos hinter das Steuer setzte. Er hatte sich auf Bitten seines Freundes, des Trafikanten und Jägers Möst, der ihm nach seinem Aufenthalt im Gefängnis geholfen hatte, bereit erklärt, Lukas' Neugierde zu stillen.

Aus Anspannung sprach keiner von den dreien ein Wort, bis sie die Lichtung erreichten.

An der Brandstätte war der Schnee schon geschmolzen und gab schwarze Erd- und Grasflecken frei. Gabriel fiel sofort der scharfe Geruch auf. Lukas lief rund um die ehemalige Baracke mit einem nur in seiner Phantasie sichtbaren Konkurrenten um die Wette, bevor er außer Atem anhielt. Zu dritt steuerten sie dann auf die Umrisse und die verkohlte Fläche zu.

»Die meisten Schlangen waren unter der Erde in einem ehemaligen Bergwerksschacht«, führte Mühlberg aus. Er ging mit Waw auf der verbrannten Wiese suchend herum, klaubte einige Ziegelsteine auf, legte sie zur Seite und zeigte ihnen endlich zwei Stiegen, die sichtbar geworden waren.

»Wenn ihr die anderen Ziegelsteine wegräumt, dann seht ihr die Wendeltreppe hinunter in den Schacht.«

Schwere, dunkle Wolken zogen tief und langsam am Himmel auf.

»Heute Nacht kommen der Regen und der Sturm«,

sagte Mühlberg, »dann ist der Schnee morgen früh weg.«

»Schaut her!«, rief er und nahm seinen weinroten, rosa, blau, grün und schwarz gemusterten Schal herunter und hielt ihn den Buben vors Gesicht.

»Von wem habe ich den?«, rief er. »Na?«

Die Buben hatten aufgehört, die Ziegel zur Seite zu räumen, und schauten ihn fragend an. »Der Schal kommt aus Peru! Und wer hat ihn mir geschenkt?«, rief Mühlberg triumphierend.

Die Buben schwiegen, dann antwortete Gabriel zaghaft und doch ironisch: »Vielleicht Waw?«

Mühlberg beachtete ihn nicht, sondern schlang den Schal wieder um seinen Hals und sagte: »Nachasch. Der Schlangenzüchter Nachasch, dem sie hier die Baracke angezündet haben! Und mein Freund Ajinow hat mir dieses Taschenmesser zum Abschied gegeben!« Er griff in seine Hosentasche und holte es hervor. Es war aus einem schwarzen Stein gemacht, und die Klinge sprang mit einem leisen Klicken auf.

Gabriel Artner fürchtete daraufhin, dass »Onkel Hans« sich auf sie stürzen und sie durch den dunklen Gang, den Lukas und er freigemacht hatten, verfolgen würde. Mühlberg jedoch hatte ihnen damals nur erklären wollen, dass Nachasch und Ajinow seine Freunde gewesen seien.

Gabriel musste auch an Ajinows Sohn Mohammed denken, der in der Schule sein Banknachbar gewesen war, und kämpfte zuerst gegen Tränen des Schreckens und dann der Trauer an. Mühlberg half inzwischen selbst mit, die Ziegel zur Seite zu räumen und ließ Lukas und Gabriel sie aufstapeln. Immer wieder flogen Vögel auf: Elstern, Spatzen und kleine Schwärme von Nebelkrähen, die sich in der Nähe gleich wieder niederließen. Gabriel wischte sich die Tränen aus den Augenwinkeln und versuchte, sich abzulenken. Ihm fiel Aleph ein, und während er sich nach den Ziegeln bückte und sie auf den Stapel legte, kam ihm der Gedanke, dass der Papagei wie seine Großmutter die Sprache verlieren konnte. Und was dann? Er war jedoch nur kurz in Sorge darüber, denn Mühlberg hatte inzwischen den Eingang freigelegt, und sie kletterten hinter ihm die Wendeltreppe hinunter in den dunklen, aufgelassenen Schacht. Es roch dumpf nach Fäulnis. Mühlberg blieb stehen, nahm sein Handy heraus und schaltete das Taschenlampenlicht ein, mit dem er in die Tiefe des Ganges leuchtete, wo der Lichtstrahl rasch an Wirkung verlor.

»Da waren die Schlangen … Hunderte«, sagte »Onkel Hans«, und Gabriel fiel auf, dass er ein Echo hörte.

»Giftschlangen«, fuhr Mühlberg fort, »aus allen Kontinenten.«

Sofort fiel Gabriel wieder seine Großmutter ein, und obwohl es ihm im dunklen Gang nicht behagte, war er froh, dass er nicht im Krankenhaus war. Sie kletterten mit »Onkel Hans« zurück nach oben und warteten, bis er die Stabtaschenlampe aus dem Auto geholt hatte, bevor sie wieder in den Schacht hinunterstiegen.

Der Gestank kam Gabriel jetzt noch aufdringlicher vor. Auch hörte er Wassertropfen mit kleinen Echos in Pfützen fallen.

Mühlberg ging ein Stück voraus in den Stollen, und sie sahen im Lichtkegel die zerstörten Terrarien, die den Eindruck von Leere und Tod hervorriefen. Die

Schlangen seien von der Feuerwehr und einem professionellen Schlangenzüchter mehr oder weniger gerettet worden …, sagte Mühlberg. »Aber vielleicht kriechen noch einige in der Gegend herum …«

Er hustete, und es klang für Gabriel auf eine versteckte Weise bedrohlich.

Der Lichtkegel fiel jetzt auf einen Haufen halbverbrannter Papiere, der zwischen zwei Terrarien lag. Mühlberg bückte sich und nahm den Packen an sich, und draußen, endlich wieder unter dem freien Himmel – zu dem Gabriel aufschaute wie zur Kuppel der Dorfkirche –, blätterte er neugierig die Seiten durch.

Lukas war, ähnlich wie Gabriel, die ganze Zeit über stumm gewesen, aber als ihm bewusst wurde, dass sie allmählich zum Auto zurückgingen, schrie er laut: »Feuer! Feuer! Es brennt!«, und drehte sich im Kreis, bis Mühlberg ihn aufforderte, Gabriel beim Zurücklegen der Ziegel zu helfen. Gleich darauf vertiefte er sich wieder in die Papiere und schüttelte dabei den Kopf.

Waw streifte zwischen den Buben herum und wollte sie zum Spielen animieren, bis »Onkel Hans« ihn zu sich rief. Erst im Auto zeigte der seltsame Mann Lukas und Gabriel die angesengten und halbverbrannten Seiten, die jemand – die Feuerwehr? – in den Schacht geworfen haben musste.

Mühlberg ließ die beiden Buben zuerst Zeitungen mit den verschiedensten Schriftzeichen aus aller Welt sehen, dann Abbildungen aus einem Himmelsatlas und zuletzt verschiedene Zeichnungen von Tarotkarten mit Affen anstelle der menschlichen Figuren.

»Die hingen in den verschiedenen Räumen der Baracke«, sagte er. »Nachasch war ein Zauberer …« Er lachte kurz auf und zeigte dann weitere Papiere, die den Erdball darstellten, Tafeln mit Echsen, Schlangen und Vögeln, weitere mit Bienen und Waben und Pflanzenquerschnitten.

»Sie haben sein Haus angezündet, weil er …«, er schwieg.

»Weil er?«, wiederholte Lukas, aber Mühlberg startete den Wagen, und niemand sprach mehr ein Wort.

9

Gabriel hielt auf seiner Couch das »Moby Dick«-Buch seiner Kindheit noch immer in der Hand. Sein Blick fiel auf den Schreibtisch, auf dem das Schlangenskelett stand, das er seit dem Brand immer bei sich hatte. Er hatte als Bub zwar alles über die Morde an den drei tschetschenischen Flüchtlingen gehört, erinnerte er sich, aber er konnte sich damals nicht wirklich vorstellen, was geschehen war. Und je intensiver er an den Stollen unter der Baracke gedacht hatte, desto mehr hatten sich die Erinnerungsbilder mit der Vorstellung vom kranken Kopf seiner Großmutter verbunden. Aleph hatte sich in ihrer Abwesenheit sogar mehrmals auf seine Schulter gesetzt und »Gute Nacht, Oma!« ausgerufen. Es gingen ihm auch Federn aus, fiel Gabriel ein, und Gabriels Mutter meinte, er sei depressiv. Er spüre offenbar, dass etwas Trauriges vor sich gehe, sagte sie.

An den Tagen, an denen Gabriels Mutter zu Hause war, durfte er den Sohn des Trafikanten Lukas nicht besuchen. Aber sobald er dort war, zog Lukas eine Kiste mit kleinen Soldaten aus Kunststoff, Hubschraubern und Panzern heraus und stellte sie zu einem Schlachtfeld zusammen, das sie, wenn Gabriel am Abend wieder gehen musste, zerstörten. Gemeinsam warfen sie dann die kleinen Plastiksoldaten, die Toten und die Lebenden, die Panzer und Hubschrauber zurück in die Kiste. Natürlich durfte Gabriel zu Hause auch darüber nichts erzählen, während Lukas' Mutter sich nicht weiter darum kümmerte. Zu Hause log Gabriel, dass sie auf dem iPhone Spiele heruntergeladen oder auf YouTube Musik gehört hätten, was seine Mutter regelmäßig mit »Könnt ihr nicht etwas anderes spielen« kommentierte.

Die zweite Fahrt mit Mühlberg, erinnerte sich Gabriel Artner, fand statt, als seine Mutter ihren nächsten Besuch im Krankenhaus machte.

Waw begrüßte Gabriel und Lukas wieder freudig, und »Onkel Hans« saß wie erwartet stumm hinter dem Lenkrad. Er schien in Gedanken versunken.

Sie bogen zwischen großen Äckern ab zu dem bergauf führenden Straßenstück, das durch den Wald führte und hierauf in St. Johann zum Haus, in dem Gabriels Vater gewohnt hatte – und nach ihm Vertlieb Swinden, der eines Tages verschwunden war. Gabriel fiel erst da auf, wie viele Menschen in letzter Zeit verschwunden waren: Nachasch und Ajinow, Vertlieb Swinden, die Tschetschenen, der Fleischhauer Schober, Inspektor Battmann, der Schuhhändler Windy und der Friseur Steiner, die angeblich im Gefängnis saßen, ebenso die Polizisten Stelzer und Fröschl und der Unteroffizier

Hubert Hummel. Und natürlich auch seine Großmutter, die im Krankenhaus war. Die ganze Fahrt über war Gabriel bedrückt gewesen, denn Mühlberg hatte ihn aufgefordert, den Schlüssel zum Haus seines Vaters »zu organisieren«, wie er sagte, weil er sein Gewehr holen wollte, das er angeblich nach seinem letzten Besuch dort vergessen hatte. Hatte Gabriel beim ersten Ausflug mit Mühlberg seine Mutter angelogen, so musste er sie nun auch bestehlen. Er nahm, bevor er zur Schule ging, den Schlüssel daher nur unwillig an sich. Der Anhänger war noch immer eine kleine, schwarze Stabtaschenlampe, mit der Gabriel oft gespielt hatte.

»Hast du den Schlüssel?«, fragte Mühlberg, als sie vor dem Lammeder-Teich hielten und Waw sofort hinaussprang. »Onkel Hans« nahm ihn wortlos und eilte auf das Haus zu, als habe er nur darauf gewartet, es endlich wieder zu betreten. Lukas, der neugierig war, wollte ihm folgen, aber Mühlberg rief nur schlecht gelaunt: »Draußen warten!«

Waw lief indessen schon um den Teich herum, in dem die Eisfläche sich in sternförmigen Rissen auflöste. Gabriel und Lukas bückten sich gleichzeitig und hoben Schneepatzen vom Boden auf, formten sie zu Bällen und bewarfen sich gegenseitig damit, weshalb sie nicht merkten, wie lange sich Mühlberg im Haus aufhielt. Waw zischte die ganze Zeit zwischen ihnen hin und her, bellte und sprang in die Luft, um die Schneebälle mit seinem Maul zu fangen. Plötzlich erstarrte er und beobachtete das Haus. Auch Gabriel hatte zu spielen aufgehört und schaute in die Richtung, in die der Hund blickte. Er sah Mühlberg gerade mit einem Gewehr ins

Freie treten, die Türe versperren und anschließend die Waffe im Kofferraum seines Wagens verstauen. In diesem Augenblick traf Gabriel der Schneeball aus Eis und Wasser auf der Nase, er spürte einen dumpf-stechenden Schmerz, eine leuchtende Spirale drehte sich in seinem Kopf, er verlor das Gleichgewicht und stürzte in die sich drehenden Linien …

Als er wieder zu sich kam, war ihm zuerst, als befinde er sich an einem fremden Ort. Wie war er hierhergekommen? Sein Kopf schmerzte ihn, und jede seiner Wahrnehmungen war mit diesem Schmerz und Lichtreflexen im Kopf verbunden. In der Tanne über seinem Kopf sah er die grünen Nadeln. Er bemerkte, dass er aus der Nase blutete, und bewunderte jetzt die schöne rote Farbe, die den Schnee färbte.

»Der Schlüssel!«, schoss es ihm durch den Kopf, und er rief laut: »Der Schlüssel!«

Das Gesicht Mühlbergs erschien vor seinen Augen und der Kopf von Waw, der das Blut von seiner Nase leckte.

»Ist schon in Ordnung«, sagte »Onkel Hans« ruhig.

»Danke«, stieß Gabriel hervor und setzte sich auf, während Waw weiterleckte. Er spürte, dass seine Unterhose nass war, zuerst noch warm und dann immer kälter wurde. Aber er wollte sich nichts anmerken lassen. Jedes Mal, wenn er nach einem Anfall aufwachte, kam ihm die Wirklichkeit übler vor als der dunkle Raum hinter dem Wachsein, in dem er sich befunden hatte.

»Ich hab ihn mit einem Schneeball im Gesicht getroffen«, sagte Lukas in einem Gemisch aus Schuldbewusstsein und leisem Stolz.

»Es tut nicht weh«, antwortete Gabriel rasch, obwohl ihn sein Kopf noch immer schmerzte.

»Aus!«, herrschte Mühlberg Waw an und verabreichte ihm einen Klaps, weil er noch immer Gabriels Gesicht leckte. Waw lief zwei Schritte davon und legte sich auf den Schneeboden, mit offenem Maul und heraushängender Zunge.

»Lass ihn, Onkel Hans!«, rief Gabriel weinerlich. »Er ist so lieb!«

»Kannst du gehen?«, fragte Mühlberg und streckte Gabriel seine Hand hin, um ihm aufzuhelfen.

Aber Gabriel verzichtete auf seine Hilfe, stand auf und fühlte sich wie auf einem schwankenden Ruderboot. Mühlberg machte einen raschen Schritt auf ihn zu, und auch Waw sprang auf und schnupperte an seinem feuchten Schritt.

»Geht's? Ich bring dich in die Apotheke.«

Gabriel schüttelte den Kopf.

»Ich möchte zum Teich«, stieß er stur hervor.

»Deine Nase ist blutig …«

»Hier!«, rief Lukas. Er zog ein Päckchen Papiertaschentücher hervor und reichte es Gabriel.

»Tut mir leid, bist du mir böse?«

Gabriel schüttelte den Kopf. Während er ein Taschentuch herauszog, fürchtete er zu stürzen. Er wischte sich die Nase ab und wiederholte: »Ich möchte zum Teich«.

»Setzt euch ins Auto«, sagte Mühlberg. »Wir nehmen den Weg über den Friedhof … Da ist dein Schlüssel.«

Gabriel griff nach der Ministablampe und steckte ihn in die Hosentasche.

»Ich hab, wie gesagt, im Haus nur mein Gewehr gesucht«, sagte Mühlberg. »Ich hab's bei meinem letzten Besuch dort vergessen.«

»Bei meinem Papa?«

»Nein, bei dem komischen Herrn Swinden. Er hat es im Schrank versteckt.«

Lukas lachte, aber Gabriel blieb ernst.

»Warum war er komisch?«, fragte er.

»Hast du nicht gefunden, dass er komisch war?«

»Nein.«

»Er war schon komisch«, sagte Lukas.

Sie stiegen in das Auto, und Gabriel war froh, dass er wieder sitzen durfte, obwohl er befürchtete, den Sitz nass zu machen. Sein Kopf schmerzte noch immer und die Nase, aber das Schwindelgefühl hatte nachgelassen. Mühlberg fuhr zuerst bis zum Karpfenwirt und bog dann in den schmalen Weg ein, der zwischen der Friedhofsmauer und dem Lebensmittelgeschäft hinunter zum Teich führte. Waw winselte leise, und Mühlberg zischte ihn an: »Aus!« und »Sitz!«, obwohl Waw die ganze Zeit über saß.

»Komm!« Gabriel nahm den Kopf des Hundes in die Hände, und Lukas streichelte ihn. Der Wagen rollte den mit Split bestreuten Weg hinunter auf das Fischerhäuschen zu, das zwischen zwei Bäumen lag. Es war eine Holzhütte, die auf einer Plattform am Uferrand errichtet war. Die Bretter waren vom Schutzanstrich silbergrau und schwarz, ein Rauchfang aus Blech mit einem kegelförmigen Dach ragte in die Luft, und an den Außenwänden waren Werkzeuge aufgehängt: Käscher, Fischernetze, eine Bogensäge ... Die Wiesen rundherum waren zum Teil aper, die beiden

Bäume noch ohne Knospen. Gabriel war mehrmals mit seinem Vater hier gewesen, lange bevor die Leiche des Tschetschenen gefunden worden war.

Sie hielten hinter der Hütte an, und Waw stürmte als Erster hinaus und lief mit flatternden Ohren im dünnen Schnee. Gabriel fühlte sich an der frischen Luft besser, obwohl die feuchte Unterhose eisig kalt wurde. Die Nase war angeschwollen, und das bereitete ihm größere Sorgen, denn was sollte er seiner Mutter sagen? Wahrscheinlich war es am besten, die Wahrheit mit einer Lüge zu verbinden, jedenfalls taten das seine Großmutter und seine Mutter. Und vor allem sein Vater, fiel ihm ein. Bei ihm hatte er nie gewusst, was Wahrheit und was Erfindung, Ausrede oder Übertreibung war. Wahrscheinlich machten es alle Erwachsenen so, dachte er weiter, während sie sich auf der schrägen Wiese hinunterbewegten. Wahrscheinlich logen auch die Lehrerinnen in der Schule mit Hilfe der Wahrheit, und bei seinen Schulkameraden konnte er ohnedies nie sicher sein, was erfunden war und was wahr. Als er den nackten Teichboden sah, begann sein Herz heftig zu klopfen.

»Das Eis haben die Feuerwehrleute zerschlagen, um die Leiche zu bergen. Sie haben auch das Wasser abgelassen, weil sie sichergehen wollten, dass nicht ein weiterer Toter oder eine Waffe am Grund liegt«, sagte Mühlberg wie zu sich selbst.

Es roch nach Morast. Am Rand entdeckte Lukas zwei große Teichmuscheln, die er an sich nehmen wollte, aber Mühlberg schimpfte ungehalten: »Lass das … Was willst du mit den Muscheln … Sie haben alle Fische entfernt … Weil jemand dem Tschetschenen den Kehlkopf durchgeschnitten hat …« Er machte mit dem ausgestreckten Zeigefinger eine halbkreisförmige Bewegung um seinen Hals.

»Wer?« Gabriel wusste es, aber er wollte Genaueres darüber erfahren.

»Der Fleischhauer …«, antwortete Mühlberg unwillig. Er nannte keinen Namen. »Ihr wisst ohnedies alles über die Vorfälle … Sonst hätte ich euch nicht hierhergeführt!«

»Ich weiß alles!«, rief Lukas.

»Aber warum er es getan hat – nicht!«, widersprach Gabriel.

»Er hat alle gehasst, die nicht so gedacht haben und waren wie er!«, gab Mühlberg zur Antwort. Er betrat die hölzerne Plattform der Fischerhütte und schaute sich um. Während Lukas ihm folgte, zögerte Gabriel.

»Komm!«, rief ihm Lukas zu.

Die Plattform hatte eine überdachte Ecke mit zwei Bierbänken und einem Tisch. Im Aschenbecher lagen noch Zigarettenstummel. Unter einem Verschlag war Kleinholz hingeschüttet, davor ein Hackstock, in dem ein Beil steckte.

»Ich bin da heraufgegangen«, Mühlberg wies mit dem ausgestreckten Arm den Hang hinunter, an dessen Ende das Haus seines Vaters zu sehen war.

»Ich schau immer im Wald nach, was los ist. Damals haben mich die Krähen … die Nebelkrähen neugierig gemacht.«

»Du hast zwei geschossen!«, rief Lukas stolz.

»Ja, weil sie Schaden anrichten … es gibt zu viele.« Er war sichtlich verlegen.

»Und dann hat dich Vertlieb gesehen …«, ergänzte Gabriel, der beweisen wollte, dass auch er Bescheid wusste.

Inzwischen war Waw in den leeren Teich gesprungen und schnüffelte darin herum. Die Pfoten steckten tief in der »Lette«, wie die Bauern den Morast nannten.

»Waw! – Raus! – Waw! Komm sofort!«, rief Mühlberg scharf. Waw gehorchte, aber er blieb ein Stück weit entfernt am Ufer stehen.

»Da ist er unter dem Eis gelegen ...«, sagte Mühlberg, als ob er zu sich selbst sprach. Gabriel sah nur den leeren Teich, ein großes Loch, als hätte ein Geschoss eingeschlagen, wie er später, als er schon größer war, dachte. Bei genauerem Hinsehen entdeckte er den abgeschnittenen Kopf eines Karpfens vor dem Zufluss. Er dachte daran, dass der Karpfenwirt die Fische, die er aus dem Wasser herausnahm, den Dorfbewohnern servierte.

Eine Minute lang schaute Mühlberg regungslos auf den Teichboden, während die Buben den Hund streichelten.

»Du bist nass«, sagte Mühlberg plötzlich und deutete auf Gabriels Hose, auf der sich ein großer Fleck gebildet hatte.

»Vom Schnee«, log Gabriel, »wie ich ohnmächtig war.«

Seine Nase schmerzte immer noch, und ihm war jetzt wieder übel. Es ekelte ihn vor dem dunklen Erdloch, das ihn an ein riesiges ausgehobenes Grab denken ließ. Auf der Rückfahrt drängte Lukas darauf, dass Mühlberg ihnen auch – wie versprochen – die rostige Fischwanne zeigen solle, in der der dritte Tschetschene gefunden worden war, und Gabriel schloss sich ihm trotz seiner Schmerzen an.

Mühlberg reagierte nicht darauf, fuhr aber zum Stelzer-Teich und von dort durch die Allee bis in die Nähe der Stelle, an der sich der Behälter befand. Sie ließen das Auto stehen und überquerten zu Fuß einen schrägen Hang, bevor sie das vereiste Ufer des Matthäus-Teiches erreichten, den sie die ganze Zeit über schon durch das Gebüsch gesehen hatten. Kurz vor dem Hochsitz – von dem aus ein alter Jäger verbotenerweise Fischreiher erlegte, die, wie er behauptete, den Teichbesitzern ihre Karpfen wegfraßen – waren sie am Ziel. Einige Schritte weiter, im Graben, lag die rostige große Fischwanne. Sie ließ Gabriel an das verlorene Teil eines Panzers denken. Vom Weg aus konnte man nur schwer einen Blick in sie hineinwerfen, und als Mühlberg erzählte, wie der Leichnam in den Behälter gekommen war, empfand Gabriel Angst. Er ließ sich bald darauf nach Hause bringen, hängte den Schlüssel zum Haus seines Vaters auf das Bord und zog sich um, bevor ihn Mühlberg wieder zur Apotheke brachte.

Seine Mutter war mit ganz anderen Gedanken beschäftigt, als sie von der Klinik zurück kam, und sie glaubte ihm auch seine Erzählung von der Schneeballschlacht mit Lukas und dass er keine Schmerzen empfand – weil sie es selbst so wollte. Zu Hause telefonierte sie ohnedies die ganze Zeit über mit ihrer Schwester Paula wegen des Zustandes ihrer Mutter und des geplanten Verkaufs der Apotheke, und Gabriel stellte erleichtert fest, dass sie nichts bemerkt hatte.

In der Nacht regnete und stürmte es heftig, Gabriel

hörte den Wind an den Fensterläden rütteln und wie die Regentropfen gegen die Scheiben prasselten. Er konnte nicht einschlafen, weil seine Nase schmerzte, auch die Oberlippe, bemerkte er erst jetzt, hatte etwas abbekommen. Außerdem fiel ihm Mohammed, Ajinows Sohn, ein. Ob er noch lebte?

Die nächsten beiden Tage, erinnerte sich Gabriel Artner jetzt, war er besonders aufmerksam gewesen, um seine Mutter nicht zu enttäuschen. Denn, was er zusammen mit Lukas und Mühlberg auf den beiden Ausflügen gesehen und erfahren hatte, ging ihm damals nicht aus dem Kopf. Er konnte dem Unterricht nicht so recht folgen, aber er ließ sich auch das nicht anmerken. Seine Mutter war nervös und niedergeschlagen, er entnahm ihren langen Telefongesprächen, dass es Großmutter immer schlechter gehe, obwohl sie sich körperlich erholt hatte und nicht mehr nur im Rollstuhl saß. Sie verzweifle jedoch mehr und mehr daran, dass sie nicht sprechen könne, sagte seine Mutter, und dass sie nach wie vor inkontinent sei. Großmutter verfolgte im Krankenzimmer zwar am Abend gemeinsam mit den anderen Patientinnen die Fernsehsendungen, ermüdete aber rasch und schlief ein. Es blieb für Gabriels Mutter ein Rätsel, was sie verstand und was nicht. Manchmal erweckte sie den Eindruck, dass ihr nur die Aussprache von Wörtern nicht möglich war, dann wiederum schien sie von allem abgeschnitten zu sein und alles misszuverstehen.

Schließlich behandelten Paula und Pia die Großmutter, als würde sie völlig normal sprechen, und versuchten aus ihrer Betonung der »Einseinseins«-Laute auf die jeweilige Bedeutung zu schließen. Die Großmutter akzeptierte diese Form des Gesprächs nämlich am ehesten – wenn sie auch ungeduldig, gekränkt oder verzweifelt reagierte, sobald sie nicht verstanden wurde. Gerda war nach vierzehn Tagen aus dem Elisabethinen-Krankenhaus entlassen worden. Alle Ausfälle waren in dieser Zeit verschwunden und hatten sich als Symptome des Schocks über den Schlaganfall ihrer Mutter herausgestellt. Gerda wollte jedoch nicht darüber sprechen. Wenn ihre Schwestern sie fragten, antwortete sie zumeist mit einer Gegenfrage: »Warum fragst du?« – »Warum willst du das wissen?« Oder einfach: »Wieso?« Sie übernahm jeden dritten Besuchstag und kümmerte sich, seit sie wieder zu Hause war, gewissenhaft um ihre kranke Mutter. Es war erstaunlich, wie sehr sie auf sie einging und wie viel Geduld sie für sie aufbrachte.

Gabriel erfuhr das alles aus den Fragen und Antworten seiner Mutter bei den Telefonaten mit ihren Schwestern. Er spürte, dass es sie Kraft kostete und dass sie für ihn deshalb nur wenig Aufmerksamkeit und Zeit aufbrachte. Darum empfand er auch kein schlechtes Gewissen über die Ausflüge mit »Onkel Hans«, die er ihr nach wie vor verheimlichte.

10

Gabriel Artner, erleichtert und erschöpft von den Rundfunkaufnahmen, versank in dieser Nacht in die Dunkelheit, die für ihn ein wichtiger Teil seines Lebens war. Er wünschte sich diese Dunkelheit und betrachtete sie als Geschenk. Die nächsten Tage war er mit

Auftritten im Theater beschäftigt, neben dem »Hamlet« spielte er auch in Kleists »Hermannsschlacht« und Gogols »Revisor«, und er bereitete sich auf eine Fernsehrolle vor, die man ihm angeboten hatte – es war die Figur eines trunksüchtigen Detektivs, die ihn interessierte.

Als er wieder das Kinderbuch von »Moby Dick« zur Hand nahm, sah er die Abbildung von Kapitän Ahab mit dem Bein aus Walfischknochen, der die Mündung einer Pistole auf den Leser richtete. Die nächste Seite war dem Bild gewidmet, das ihm als Kind den größten Schrecken versetzt hatte: der offene Sarg, in dem sich Quiqueg mit seiner Harpune zum Sterben niedergelegt hatte. Die Augen im tätowierten Gesicht geschlossen, die gleichfalls tätowierten Unterarme über der Brust gekreuzt, in der linken Hand die Fetischfigur und auf dem Bauch die weiße Pfeife. Der Schiffszimmermann maß gerade mit einem gelben Band die Sargwand, der Schiffsjunge Pip schlug ein Tamburin, Ismael, der neben dem Sarg hockte, zeigte auf den regungslosen Quiqueg, und Kapitän Ahab mit seinem weißen Walknochenbein stand ratlos davor und kraulte seinen Bart.

»Endlich!«, hatte er als Kind gedacht, als sie sich mit Mühlberg zum Steinbruch aufmachten, »endlich erlebe ich wieder ein Abenteuer.« Der Nebel war so dicht, dass sie kaum etwas von der Umgebung sahen – aber auf der Alm, oben beim Steinbruch, hatte Mühlberg behauptet, scheine die Sonne. Gabriel konnte es nicht glauben. Der Nebel war eine graue Mauer aus Luft. Er stellte sich gerne vor, wie es wäre, durch Wände zu gehen – vielleicht war es wirklich ganz einfach. Er wünschte es sich jedenfalls so sehr, wie mit Tieren zu sprechen oder Gedanken lesen zu können.

Mühlberg bog hinter einer Brandruine in eine Seitengasse ab und deutete auf das nur vage erkennbare Gemäuer. Bei laufendem Motor erklärte er, dass in diesem Haus, dem »Schlachttrakt«, wie er sich ausdrückte, die Tschetschenen »umgebracht« worden seien. Auch vor dem Haus von Dr. Eigner hielt er an und zeigte auf die Eingangstür. Dahinter sei der Fleischhauer »gestorben«, sagte er, und zuletzt blieb er vor der Apotheke stehen. »Da ist Battmann verblutet, wie ihr wisst«, bemerkte er, bevor er seine Fahrt fortsetzte.

Gabriel widersprach, dass der Inspektor im Rote-Kreuz-Wagen oder im Krankenhaus gestorben sei, aber Mühlberg ließ sich nicht darauf ein.

Waw saß ruhig und aufrecht zwischen den beiden Buben, nur manchmal ließ er seine Zunge heraushängen und hechelte. Im düsteren, dichten Nebel hatten sie die Häuser in Wies nur an bestimmten Merkmalen erkennen können. Den Schlachttrakt daran, dass er keine Fenster hatte, das Haus des Doktors an den Stufen vor der Eingangstür und dem Schild an der Hauswand und die Apotheke an der Auslage und der Leuchtschrift. Da er auch bei Tageslicht von keinem Haus wusste, was in ihm wirklich vorging und sich schon ereignet hatte, kam es Gabriel vor, als zeige die vom Nebel verschluckte Ortschaft jetzt erst ihr wirkliches Aussehen. Denn immer wieder hatten seine Mutter und seine Großmutter über die Bewohner Andeutungen gemacht – besser geflüstert und geraunt –, die nicht für ihn bestimmt gewesen waren ... Und auch an den Kopf der Großmutter dachte er. Er konnte sich vorstellen, dass sich so etwas wie Nebel über ihre Wörter und ihre Gedanken gesenkt hatte und Großmutter dadurch die Orientierung, die Sprache, verloren hatte. Außerdem war es seltsam, dass man im Nebel nicht erstickte, und zuletzt fiel ihm erst das Selbstverständlichste ein, dass man im Nebel unsichtbar sein und Dinge machen konnte, die niemand sah, obwohl es Tag war. Vielleicht war das der Grund, dass er sich die Morde und das Verstecken der Leichen nur in der Dunkelheit oder bei Nebel vorstellen konnte.

»Damals herrschte gerade Nebel«, sagte Mühlberg, als höre er Gabriels stumme Gedanken. »Tag und Nacht. Und insofern sieht man heute auch, wie die äußeren Umstände waren.«

»Weiß man etwas über Mohammed, Herrn Ajinows Sohn?«, sprach Gabriel aus, was ihn in letzter Zeit bedrängt hatte.

»Nein«, antwortete Mühlberg einsilbig.

Gabriel konnte sich jetzt nur noch anhand verschiedener Einzelheiten orientieren, zwischendurch vermutete er lediglich, wo sie sich befanden, und musste anschließend an einem bestimmten Punkt – einer Kapelle, einem Marterl, einer Brücke, einem an der Straße gelegenen Bauernhof – feststellen, dass er sich geirrt hatte.

Die ganze Zeit über, bis sie nach Wuggau einbogen, fuhren sie durch diese endlos scheinende graue Wand, die hin und wieder vom Scheinwerferlicht eines entgegenkommenden Autos, das selbst fast unsichtbar blieb, durchbrochen wurde. Waw gähnte ausführlich.

»Man weiß nicht einmal, wo oben und unten ist«, schimpfte Mühlberg.

Insgeheim dachte Gabriel an das gleißende Licht, das vor seinen Anfällen im Kopf erschien. Er wollte von dem Licht erleuchtet werden wie die Figuren vor dem goldenen Hintergrund der Ikonen, die ihm sein Vater in Bildbänden gezeigt hatte. Damals hatte er sich einen irrationalen Augenblick lang gewünscht, der Blitz möge in ihn einfahren und seinen Körper wie eine Glühbirne zum Leuchten bringen. Vielleicht war sein Vater jetzt irgendwo an einem Ort, der aus diesem Licht bestand. Und obwohl es dafür keinen Grund gab, fühlte er sich daraufhin behaglich. Er streichelte Waw, dessen Fell – wie erwartet – faulig roch, wenn er mit seiner Nase näher kam.

In Wuggau bogen sie vor dem Kriegerdenkmal und der Kirche in die Richtung ab, in der es bergauf ging. Eine Zeit lang sahen sie nur die Straßenmarkierungen, dann, als der Nebel sich langsam lichtete, eine Kuhherde, deren Glocken die Einsamkeit auf den noch verschneiten Almwiesen hörbar machten. Es waren die schönsten Kühe, die er jemals gesehen hatte. Sie trotteten im milden, graublauen Licht, das der Nebel mit den jetzt schwachen Sonnenstrahlen bildete, in einer anderen Welt dahin. Überhaupt schien es Gabriel, als sei es eine Unterwasserwelt in einem trüben Meer. Lukas verlangte nach Musik, er ertrug das Gefühl der Abgeschiedenheit nicht länger, und »Onkel Hans« drehte das Autoradio auf und suchte nach einem Sender mit volkstümlicher Musik. Stattdessen hörten sie den Nachrichtensprecher, es war, als ob sich die Außenwelt zu Wort meldete, während sie versunken im Meer dahinschaukelten.

Und plötzlich, als würde man mit einem Messer

zwei Schnitte in eine Torte machen und ein Stück herausschneiden, worauf das Silberpapier am Boden sichtbar wird, dachte Gabriel, befanden sie sich im hellen, fast frühlingshaften Sonnenlicht über dem Nebel. Alles war wieder sichtbar: Häuser, eine Katze, ein auf dem Boden liegender Kinderroller, ein Traktor, Hühner, die Bäume, die verschneiten Almwiesen und der Himmel.

Mühlberg drehte das Radio ab und machte einen dummen Witz, über den Lukas übertrieben laut lachte, während Gabriel nicht ganz mitkam, es aber für sich behielt, um nicht als Dummer dazustehen.

»Da drüben!«, rief Mühlberg aus und zeigte zum Fenster hinaus. Gabriel erkannte eine hohe, in Stufen unterteilte Felswand in Form einer Bucht, davor zwei flache Betongebäude und ein halbes Dutzend abgestellter schwerer Lastwagen. Eine rot-weiß-gestreifte Schranke sperrte die Zufahrt zu den Silos und einer Anlage ab, die Steine zerkleinerte.

»Dort haben sie den zweiten ermordeten Tschetschenen gefunden, aber wir dürfen nicht hinein!«, rief Mühlberg, um den Lärm zu übertönen.

Die Straße erreichte in Biegungen eine Anhöhe und einen Parkplatz, auf dem kein anderer Wagen stand.

Gerade, als sie aus dem Auto stiegen, hörten sie eine nahe dumpfe Explosion, die sie für einen Moment erschreckte.

»Eine Sprengung!«, rief Mühlberg lachend und duckte sich, als sei er ein Soldat bei einem Manöver. Waw sprang entsetzt zurück in den Wagen und legte sich bellend vor den Hintersitz.

»Ist besser so«, murmelte Mühlberg und warf die Tür ins Schloss.

Sie gingen die schwarze, asphaltierte Straße bis zu einem Wiesenweg bergauf. Hier bedeckte der Schnee die Wiesen noch vollständig, aber der Pfad war schon ausgetreten. Er führte zu einem alten, hölzernen Bauernhaus, vor dem ein Zwerg aus Gips mit einer roten Mütze stand. Entlang dem Garten erreichten sie eine auf einer Seite offene Holzhütte und die Schaukanzel, auf die Mühlberg entschlossen zuschritt. Obwohl die Sonne schien, war es kalt.

Gabriel redete sich ein, fliegen zu können wie im Traum, doch war es ihm mit dem ersten Schritt auf den breiten Balkon schlecht geworden, da die Tiefe, die er durch das Bodengitter wahrnahm, ihn zu verschlucken drohte. Es roch nach Chemikalien, und von unten sahen sie weiße und graue Staubfahnen aufsteigen.

Gabriel lief rasch zurück in die Hütte, während Lukas freudig zu schreien begann und Mühlberg ihm zurief, er möge doch kommen, es geschehe ihm nichts.

»Das wirst du lange nicht vergessen: Du kannst direkt in die Hölle schauen!« Er lachte.

Gabriel überwand seine Angst, und da Lukas ihn weiter hänselte, er sei ein Feigling, tat er so, als machten ihm die mehr als hundert Meter Tiefe unter sich nichts aus.

»Die Hölle! Die Hölle!«, rief Lukas.

»Es sieht aus wie ein Vulkan.« Gabriel hatte schon mehrmals Krater und Ausbrüche im Fernsehen gesehen. Er starrte mutig über das Geländer und durch die Löcher im Stahlgitterboden hinunter. Aus der Felswand direkt unter ihnen sprossen Gebüsche ohne Blätter, Zweige, »die einen Sturz vielleicht abfangen konnten«, dachte er, doch er wusste, dass er sich selbst belog. Die Hölle war für ihn nicht der stufenförmige Halbkegel der Felswände, die Hölle war der ungeheure Abgrund, der den betäubenden Schwindel in ihm auslöste.

Die letzte Explosion mit ihrem bedrohlichen Geräusch, den in die Luft geschleuderten Felsbrocken und den Rauchschwaden sah er von der erzitternden Schaukanzel aus.

Als die Staubwolken sich langsam auflösten, nahm er die Caterpillars wahr, die die Laster mit Gestein beluden, welches sie zur Schottermühle brachten und dort in den Schacht kippten. Es hatte nichts von Hektik, Hast oder Eile, alles lief ab wie ein Uhrwerk, nur dass hinter den Lenkrädern die Schatten von Menschen zu erkennen waren.

»Da unten … unter dem Steinwall haben sie die Leiche des zweiten Tschetschenen gefunden«, sagte Mühlberg und zeigte in die Tiefe. »Jetzt wisst ihr alles, aber erzählt nichts davon herum, die Leute mögen das nicht.«

Sie gingen stumm den Weg zum Auto zurück, in dem sie Waw schon von weitem bellen hörten.

11

Diesmal waren sie zu lange weggeblieben, erinnerte sich Gabriel Artner, denn als er die Apotheke betrat, fragte ihn seine Mutter, die schon aus dem Spital zurückgekommen war, wo er gewesen sei. Er log, er sei bei Lukas gewesen, sie erklärte ihm jedoch, dass sie dort angerufen, aber niemanden erreicht habe.

Er log noch einmal, dass sie am Fußballplatz gewesen seien, aber mit jeder neuen Behauptung erzürnte er seine Mutter noch mehr. Schließlich schwieg er. Seine Mutter hatte, wie sich herausstellte, bereits alles erfahren, weil sie schließlich Lukas' Vater in der Tabaktrafik angerufen hatte. Auch dass Mühlberg mit ihnen vorher schon zum abgebrannten Haus des Schlangenzüchters, zum Teich des Karpfenwirts und dem Fischbehälter gefahren war, hatte er ihr gesagt.

Sie warf Gabriel vor, dass er seine Großmutter, die ihn so sehr liebe, vernachlässige. Und sie erlaubte ihm von da an auch nicht mehr, Lukas aufzusuchen. Er hasste sie dafür, etwas zerbrach in ihm, er sah plötzlich die Falten in ihrem Gesicht, die blauen Schatten unter ihren Augen, ihre Unsicherheit. Er wollte etwas Verletzendes sagen, aber es fiel ihm nichts ein.

Beim nächsten Mal begleitete er seine Mutter in die Sigmund-Freud-Klinik, diesmal ohne »Moby Dick«, dafür mit Aleph im Käfig. Er hatte mit seiner Mutter gestritten, weil sie ihm hatte verbieten wollen, Aleph mitzunehmen, aber er hatte sich durchgesetzt, indem er sich mit dem Papagei in sein Zimmer eingeschlossen hatte, bis seine Mutter nachgab.

Dadurch war ihm klargeworden, dass er sie manchmal bekämpfen musste, wollte er nicht von ihr aller seiner Rechte beraubt werden.

Als Kind war ich ein geliebter Niemand, eine geliebte Null. Ich war wie entmündigt. Ich hatte zu gehorchen und zu funktionieren, dann war ich das beste Kind, dachte Gabriel Artner später: Mein Standpunkt war nicht vorhanden. Wenn er jetzt im Winter aus dem

Fenster schaute und die Kinder am frühen Morgen mit den Schultaschen auf dem Rücken die Straße hinaufeilen sah, hasste er die Gesellschaft, die aus Kindern Arbeiter machte, mit einem Acht-Stunden-Tag ohne Rückzugsmöglichkeiten. Dass er sich gegen seine Mutter mit Aleph durchgesetzt hatte, erschien ihm jetzt wie der erste Schritt aus dem blinden Gehorsam, den sie, ohne darüber nachzudenken, von ihm verlangt hatte. Alles, was ihn betraf, musste über sie laufen. Sie bestimmte, welcher Arzt ihn behandelte, in welche Schule er ging, wo und wie er seine Freizeit verbrachte und welchen Liebhaber sie gerade als Vaterersatz für ihn ausgewählt hatte ... Andererseits verwöhnte sie ihn mit Spielsachen, elektronischen Geräten, Urlauben ... Doch zurückgeblieben war das Gefühl, ein gezähmtes Luxusgeschöpf gewesen zu sein, das andererseits schon vom Gymnasium an seine Lebensberechtigung durch Leistung hatte verdienen müssen.

Gabriel saß mit seiner Mutter auf den Vordersitzen, Aleph im Käfig auf der hinteren Bank.

Anfangs hatte der Papagei aus Protest gekrächzt, dann hatte er den Käfig vollgeschissen, und sie hatten anhalten müssen. Während Gabriel den Papagei bei geschlossenen Türen und Seitenfenstern in seinen beiden Händen festgehalten hatte, hatte seine Mutter am Straßenrand den Käfig gereinigt und vor sich hingeschimpft.

Stumm waren sie dann in die Klinik weitergefahren, und Gabriel hatte gespürt, dass seine Mutter auf ihn wütend war und dass es klüger war, so zu tun, als sei er todmüde.

»Bist du müde?«

»Ja.«

»Es wäre besser gewesen, du hättest Aleph nicht mitgenommen.«

»Wie lange willst du mir das noch vorhalten?«, begehrte Gabriel auf.

»Schrei mich nicht an!«

»Du schreist mich an!«

»Ich bin deine Mutter.«

»Ja, gut, du bist meine Mutter, dann schrei mich an! Warum schreist du mich nicht an?«

»Gabriel, hör auf!«

»Warum soll ich aufhören? Du hörst ja auch nicht auf!«

Wie schon oft, wenn Unstimmigkeiten in Streit mündeten, krächzte Aleph: »Aufhören! Aufhören!«, was seine Großmutter und Gabriel in Streitfällen ebenfalls ausriefen.

Diesmal wirkte es so befreiend, dass Gabriel und seine Mutter lachen mussten.

Den gesamten Weg vom Parkplatz durch den Park bis zum Gebäude für Schlaganfallpatienten genoss Gabriel, dass er von allen, denen sie unterwegs begegneten, bestaunt wurde. Eigentlich wurde Aleph bestaunt, aber das kümmerte Gabriel nicht. Viel rascher als seine Mutter vergaß er zunächst eine Streitigkeit, aber viel langsamer als sie vergaß er sie endgültig. Es konnte vorkommen, dass er Wochen später bei einem Wortgeplänkel oder einer Auseinandersetzung unerwartet darauf zurückkam.

Aleph verstummte angesichts der überwältigenden neuen Wahrnehmungen und wirkte zuletzt, als sie das

Gebäude betraten, sogar verängstigt. Auch im Lift fürchtete er sich und auf dem Gang, der zum Zimmer führte.

Die Großmutter setzte sich auf, als sie eintraten, ihr Mienenspiel drückte zuerst Verwunderung aus, dann huschte ein Lächeln über ihr Gesicht, und sie presste den Käfig, den Gabriel ihr auf die Brust stellte, mit einer Hand an sich und redete mit dem Papagei in ihrer »Einseinseins«-Sprache. Aleph saß da und rührte sich nicht.

Die Großmutter bemitleidete ihn mit sanften »Einseinseins«-Worten, und der erschöpfte Aleph schloss die Augen und schien einzuschlafen. Sie stellte den Käfig auf einen gelben Stuhl, und erst dann umarmte sie Gabriel. Auch er war gerührt. Er setzte sich auf einen anderen gelben Stuhl und dachte, dass es ein Fehler gewesen war, Aleph statt des »Moby Dick«-Buches mitzunehmen, weil er ihr jetzt nichts mehr vorlesen konnte. Aber kaum hatte er begonnen, den Gedanken auszuschmücken, wurde die Zimmertür geöffnet und ein Assistenzarzt und eine Schwester erschienen. Der Assistenzarzt sah den Käfig und fragte streng: »Was tut der Papagei hier im Zimmer?«

Die Großmutter gab »Einseinseins«-Laute von sich, die wie eine Entschuldigung klangen, und der Papagei drehte den Kopf zur Seite und krächzte: »Ich heiße Aleph.«

Der Assistenzarzt zog die Augenbrauen hoch, aber bevor er noch sprechen konnte, fuhr Aleph fort: »Wie heißt du?«

Alle Patienten und Besucher im Zimmer begannen zu lachen. Der Assistenzarzt blieb jedoch ernst und wies darauf hin, dass keine Haustiere in der Krankenanstalt erlaubt seien, auch kein Papagei. Vögel hätten Bakterien unter den Flügeln.

»Wie heißt du?«, wiederholte Aleph.

»Ich bin schuld«, sagte Gabriel. »Ich habe ihn mitgebracht.«

»Das ist nicht erlaubt.«

Als Aleph »Auf Wiedersehen!«, ausrief, brach noch einmal Heiterkeit aus, die sich noch steigerte, als er »Gute Nacht« hinzufügte. Der Assistenzarzt beharrte jedoch darauf, dass Gabriel sich mit ihm sofort in den Eingangsbereich zurückziehen müsse.

Nach Ende der Besuchszeit fand ihn seine Mutter vor dem Gebäude auf einer Parkbank, den Vogelkäfig neben sich.

Die Heimfahrt verbrachte Aleph im Käfig auf dem Schoß Gabriels, und seine Mutter erklärte ihm, dass die Katechetin, Frau Schindler, für einige Zeit den Haushalt übernehmen würde. Sie würde ihn von der Schule abholen, für ihn kochen, die Aufgaben mit ihm machen und – bis Großmutter wieder nach Hause komme – bei ihm bleiben. Gabriel mochte Frau Schindler, sie war fröhlich, verspielt und hübsch. Er empfand sogar so etwas wie körperliche Anziehung. Aber er ließ sich seine Freude nicht anmerken, denn er wollte die Katechetin ganz für sich, und es schien ihm am besten, so zu tun, als sei es ihm gleichgültig, dass sie auf ihn »aufpassen« würde, wie seine Mutter sagte.

»Willst du wirklich in die Stadt ziehen?«, fragte ihn seine Mutter plötzlich.

»Ja.«

»Glaubst du nicht, dass es dir später leid tun wird?«

»Warum fragst du?«, entgegnete Gabriel, der die Vorstellung wegzuziehen als unendlich reizvoll empfand.

»Nur so!« Und nach einer Weile ergänzte sie: »Möglicherweise habe ich etwas gefunden.«

12

Die erste Woche ging Frau Schindler nicht aus sich heraus und behandelte ihn, als befänden sie sich in der Schule.

Am Wochenende begleitete Gabriel seine Mutter wieder in die Sigmund-Freud-Klinik. Sie hatte ihm überflüssigerweise und ausdrücklich verboten, Aleph noch einmal mitzunehmen. Auch weil Großmutter, als er das Zimmer verlassen hatte, zornig darüber gewesen war, dass ein Papagei besser sprechen könne als sie. Abgesehen davon habe er ja gehört, dass es verboten sei.

Gabriel ärgerte sich so sehr über ihre Ermahnung, dass er währenddessen protestierend einen Sprechgesang anfing: »La-la-la.«

Es war das erste Mal, dass er Großmutter seit ihrer Erkrankung wieder gehen sah. Sie musste nicht einmal einen Stock verwenden. Auch war ihr Gang unauffällig. Nur kam sie ihm verrückt vor. Sie sprach mit ihm in einem Sturzbach von »Einseinseins«-Wörtern, und als sie bemerkte, dass Gabriel sie nicht verstand, fing sie zornig und verzweifelt zu weinen an. Es dauerte ein paar Minuten, bis sie wieder aufhörte, aber Gabriel fürchtete sich zum ersten Mal vor ihr. Er hatte keine Angst, dass sie ihm etwas antun, sondern, dass sie etwas Unsinniges, Schreckliches machen könnte, wie laut zu schreien anfangen oder sich selbst zu verletzen. Er hatte wieder das »Moby Dick«-Buch bei sich gehabt – erinnerte er sich jetzt, Jahrzehnte später in Hamburg auf seiner Couch im Wohnzimmer –, und er hatte sich auf einen der gelben Stühle gesetzt und einfach vorzulesen begonnen. Sogleich hatte sich seine Großmutter beruhigt. Wenn er vom Lesen kurz aufblickte, sah er, dass sie ihm ihr Gesicht zugewandt hatte und ihn lächelnd anschaute. Warf er ihr einen längeren Blick zu, dann nickte sie aufmunternd. Ihr Gesicht war jetzt voll Heiterkeit, ihr gefiel es besonders, wenn vom schwarzen Schiffsjungen Pip oder von Quiqueg die Rede war. Auch hatte sie, wie sie seiner Mutter mühsam erklärte, den Film mit Gregory Peck als Kapitän Ahab und Orson Wells als Prediger gesehen.

Auf der Heimfahrt lobte Gabriels Mutter ihn, dass es wunderbar gewesen sei, wie er Großmutter »bewegt« habe. »Sie braucht Bewegung, innen und außen«, sagte sie. »Sie macht Physiotherapie, Bewegungsübungen, und Logotherapie, Sprechübungen. Aber sie muss auch ihre Seele bewegen, sonst wird sie immer trauriger. Was meinst du, solltest du ihr nicht etwas anderes vorlesen?«, fragte sie ihn. »Ich meine, was sie besonders mag, sind Affen. Lies ihr irgendetwas mit Affen vor. Übrigens hast du fantastisch gelesen!«

Gabriel war glücklich. Im Zimmer der Großmutter hatte er zum ersten Mal die Energie wahrgenommen, die er durch das laute Lesen eines Textes bei anderen

Menschen hervorrief – unsichtbare Wellen, die von ihm ausgingen und wieder zu ihm zurückkehrten und allmählich zuerst die Großmutter und die anderen Anwesenden und zuletzt sogar ihn selbst verzaubert hatten. Er hatte dabei etwas in sich entstehen gespürt: ein anderes Ich, das stärker war, aber gleich wieder verschwand, sobald die unsichtbaren Wolken sich auflösten. Natürlich hatte er nach einer Wiederholung der Erfahrung gestrebt und daher beim nächsten Besuch im Zimmer der Großmutter einen neuen Versuch unternommen, und wieder hatte er das Gemisch aus Erregung und Erlösung gespürt und dieses andere Ich in sich, dem er vielleicht auch das überirdische Licht vor seinen Anfällen verdankte.

13

Durch Gabriel Artners Kopf gingen jetzt so viele Erinnerungen, dass er einen Stift nahm und zu schreiben begann:

Am folgenden Nachmittag fuhr ihn Frau Schindler mit ihrem sechzehn Jahre alten Mercedes 220 in das Kloster St. Johann, das er noch nie betreten hatte. Einmal hatte es einen Wandertag gegeben, an dem die Schulklasse das Kloster aufgesucht hatte, aber damals hatte er sich gerade die Mandeln schälen lassen müssen, und bei einem zweiten Schulausflug war er mit Grippe im Bett geblieben. Seine Mutter interessierte das Kloster nicht, während Philipp, sein Vater, es mehrmals aufgesucht hatte, wie sich Gabriel erinnerte.

Im Wagen fiel ihm auf, wie gut Frau Schindler heute aussah. Sie trug eine ihrer eleganten Mode-Halsketten und hatte zwei Tetra Paks mit Orangensaft mitgenommen, einen für sich und einen für ihn. Ihr Haar fiel seidig bis auf ihre Schultern, ihre braunen Augen waren voll Lebenslust, und ihre Füße steckten in warmen braunen Winterschuhen. Gabriel hatte im Sommer, wenn sie Sandalen trug, ihre schön geformten Zehen mit den rotlackierten Nägeln bewundert und achtgegeben, dass es nicht auffiel, wie oft er seinen Blick darauf warf. Ihre Lippen waren zart geschminkt, und an den Ohren trug sie stets kleine, blitzende Schmuck-Clips. Sie sah besonders attraktiv aus, fand Gabriel, wenn sie, wie jetzt, den braunen, mit weißem Lammfell gefütterten Ledermantel trug.

Im Kloster war sie offenbar zu Hause. Sobald sie einen Mönch sah, tauschte sie lachend mit ihm eine Bemerkung aus und vergaß nicht, Gabriel als »meinen Freund« vorzustellen. Obwohl er sich im Klaren war, dass sie scherzte, schmeichelte es ihm, außerdem legte sie ihm dann zumeist eine Hand auf die Schulter oder strich ihm übers Haar. »Wir gehen jetzt ins Universum«, fügte sie jedes Mal lachend hinzu.

Das »Universum« war zuerst die Bibliothek, die Gabriel allein wegen der mehrere Meter hohen, mit Büchern gefüllten Regale in Staunen versetzte. Frau Schindler eilte durch sie hindurch, als werde sie verfolgt, blieb dann aber plötzlich stehen, zog einen Band aus einem Regal heraus, der so schwer war, dass Gabriel ihn kaum zu halten vermochte, und – wie ihm Frau Schindler zeigte – in lateinischer Sprache abgefasst war. An der Decke wölbte sich ein wunderbar farbiges »Fresko«, wie sie ausführte, schützend wie ein bunter Schirm über sie. Es stellte die »Offenbarung und ihre Propheten« dar. Weder hatte er davon eine Vorstellung, noch kannte er die Bezeichnung »Fresko«, aber es beglückte ihn, von Frau Schindler mit zauberhafter Vertrautheit in das fremde »Universum« eingeführt zu werden. In den aus dunklem Holz fabrizierten Bücherregalen war das gesamte Wissen vergangener Jahrhunderte aufgezeichnet, schien es ihm, doch zugleich empfand er die Bibliothek als ein Denkmal des Vergessens.

In einem Hinterraum – dem Magazin für Handschriften und Inkunabeln – streifte sich Frau Schindler weiße Handschuhe über und zog einige der über tausend Exemplare heraus, um ihm eine ganzseitige Miniatur des Apostels Johannes auf Goldgrund zu zeigen, reich verzierte Seiten aus einer Bibelhandschrift, weitere Prachtbände mit Weltchroniken und zahlreiche Kodizes. Gabriel erschienen sie alle wie die Bücher eines Zauberers, der sein Wissen in Geheimschriften und Geheimsprachen abgefasst hatte, damit niemand außer ihm selbst seine Künste anwenden konnte. Auch eine Schatzkammer gab es mit goldenen liturgischen Geräten, reich bestickten Textilien und einer Monstranz aus vergoldetem Silber. Nicht zuletzt einen auf weißer Seide ausgeführten Schutzengelornat. Da Gabriel von den fremden Wörtern, die er nicht verstand, »erschlagen war«, was durch eine unübersehbare Müdigkeit in seinem Gesicht ihren Ausdruck fand, beeilte sich Frau Schindler, ihn in den Gangsaal zu führen, in dem mehrere Krokodile und eine ausgestopfte Pythonschlange in einer großen Glasvitrine lagen. Er trat an die Vitrine heran, in der das erste Krokodil mit aufgerissenem Maul ausgestellt war, schaute ihm in den Rachen, betrachtete die spitzen Zähne und versuchte sich vorzustellen, wie es wäre, mit dem Ungeheuer zu kämpfen oder vor ihm zu fliehen. In holzgerahmten Vitrinen an den Wänden waren unzählige in Glasgefäßen konservierte Schlangen ausgestellt. Gabriel dachte sofort an die Baracke von Nachasch, an das Schlangenskelett, das er nach dem Brand an sich genommen hatte, an Ajinow und seinen Sohn und die Ungewissheit ihres Schicksals. Die Weingeist-Präparate der Schlangen nahmen sodann seine gesamte Aufmerksamkeit in Besitz, er ließ sich bei jedem einzelnen Zeit und las Namen und Herkunft der Reptilien, erkannte eine Schlange oder versuchte sich das Aussehen der ihm unbekannten zu merken. Dabei verlor er sich in den Farben und Mustern auf ihren Häuten: orange, schwarze, gelbe, braune, blaue und grüne mit Ringen, Punkten, Flecken wie Tigerfell und Bienenwaben oder üppigen Ornamenten wie auf den Thronen von Häuptlingen, mit eleganten Linien oder gleich spiegelnden Quadraten auf leicht bewegtem Wasser. Sein Vater hatte davon gesprochen, dass er die Natur lesen wollte, um »eine andere Sprache«, wie er gesagt hatte, zu finden. Gabriel hatte ihm nicht folgen können, auch jetzt begriff er nur einen Teil der Idee. Am wunderbarsten erschienen ihm der Feuersalamander mit seinen gelben Streifen und der vollständig schwarze Alpensalamander. Auch die Eidechsen hatten es ihm angetan, und schon am Gang hatte er die Vitrinen mit heimischen Schmetterlingen bewundert.

Im Raum, zu dem ihn Frau Schindler als Nächstes führte, glaubte er aber, eine ganz andere Welt betreten zu haben … Die Wände waren fast zwei Meter hoch mit

Schaukästen behängt, in denen sich tausende Schmetterlinge befanden. Er sah den Totenkopfschwärmer mit der unheimlichen Zeichnung auf dem Rückenschild und den gelb-schwarz-gestreiften Hinterflügeln, den großen roten Weinschwärmer, den schwarzgetupften weißen Kastanienbohrer, den braunorangen, schwarz, rot und weiß gemusterten Großen Eisvogel, den dunkelbraunen, mit blauen Tupfen und einem gelben Rand geschmückten Trauermantel, das rote Tagpfauenauge mit den vier großen Augenflecken auf den Flügeln, den gelb-schwarz gezeichneten Schwalbenschwanz und den mit Zebrastreifen gemusterten Segelfalter. Sein Staunen wuchs noch, als er den gelben, mit roten Augen gezeichneten Kometenfalter aus Madagaskar sah, mit dem langen, bräunlich-roten Schwanz, der ihm das Aussehen eines elektronischen, fliegenden Meeresrochen-Spielzeugs verlieh, den gelbgepunkteten Schattenschmetterling, »Vogelflügler« aus Hinterindien, den himmelblauen und weißen Morphofalter aus Südamerika, den gleichfalls südamerikanischen Eulenschmetterling, dessen Augenflecken auf der Flügelunterseite an das Gesicht des Nachtvogels erinnerten, und weitere Falter, deren ornamentale Muster ihn an Schlangen denken ließen, wie der riesige Atlasspinner aus China oder die Brahmaeiden-Nachtfalter aus Südostasien.

An Vitrinen mit Korallen, Muscheln, Meeresfossilien, Seesternen und Schneckenhäusern vorbei gelangten sie in zwei miteinander verbundene Zimmer, die den präparierten Vögeln gewidmet waren: einem Albatros, einem Steinadler, aber auch einem Flamingo und einem Pelikan und selten schönen Kolibris und Paradiesvögeln, die Gabriel entzückten. Er stellte sich ihre Laute vor, die er gar nicht kannte, aber aus ihrem Federkleid erschloss. Er dachte sofort an Aleph, seinen Papagei, und übertrug seine Liebe zu ihm auch auf die bunte Palette der ausgestellten heimischen Singvögel, Kuckucke und Eulen, Elstern und Eisvögel, Pirole und Lerchen, Spechte und Eichelhäher. Das grelle Gefieder der exotischen Vögel verdrehte ihm vollends den Kopf, er suchte eine Sitzgelegenheit, fand einen Hocker und ließ sich darauf nieder.

Frau Schindler schloss ihn besorgt in die Arme und drückte ihn an sich, er spürte ihren Busen und roch ihr Parfüm, und da ihm schwindlig war, entstand in ihm, als er seine Augen schloss, das Gefühl zu fliegen.

Als das Gefühl nach und nach schwand, schämte er sich der Situation. Auf keinen Fall wollte er so mit der Katechetin gesehen werden.

In ihrem Arbeitszimmer stand in einer Ecke ein »Knochenmann«, wie sie sagte, und eine Glasvitrine war vollgestopft mit tierischen Skeletten. Frau Schindler öffnete die Türen, und er durfte Vogel- und kleine Säugetierskelette, die auf Holzbrettchen befestigt waren, in die Hand nehmen. Er kam auch auf die Schlangenskelette von Nachasch zu sprechen, und da er wusste, dass der Patron seines Vornamens der Engel der Verkündigung gewesen war, fragte er Frau Schindler, wie die Skelette von Engeln aussähen.

»Engel bestehen aus Licht, sie haben keine Skelette. Skelette haben nur Lebewesen, die sterben können.«

Sie kramte in den Papieren auf dem Schreibtisch und zog ein großformatiges Buch hervor.

»Hubble«, las Gabriel. Er konnte mit dem Wort nichts anfangen und wurde unruhig, da er jetzt nichts mehr anschauen wollte. Eine einzige Schlange, ein einziger Schmetterling oder ein Vogel hätte ihm schon genügt, um den Zauber zu verspüren, aber alle zusammen empfand er nun sogar als Last. Frau Schindler schien es zu bemerken, sie sprach sanft und voller Liebe mit ihm. Er sagte nichts, warf einen Blick in das aufgeschlagene Buch und riss erstaunt die Augen auf, denn in den farbigen Fotografien, die das Hubble-Teleskop bei seinen Rundflügen um die Erde von der Sternenwelt aufgenommen hatte, erkannte er das Licht und die Formen wieder, die er vor seinen Anfällen gesehen hatte.

»Was hast du?«, fragte Frau Schindler, die bemerkt hatte, dass ihn offenbar etwas beunruhigte, und Gabriel hörte sich sagen: »Die Tiere sind alle tot hier«, obwohl er gar nicht daran gedacht hatte, sondern das Bild einer spiralförmigen Galaxie anstarrte, die ihn in die grell erleuchtete Tiefe ihres Zentrums zu ziehen schien. Irritiert blätterte Frau Schindler eine Seite nach vorn. Die neue Abbildung zeigte auf den ersten Blick ein dichtes Gewimmel von leuchtenden Sternen auf schwarzem Hintergrund – auch der konfettiartige Sternenregen war ihm ebenso bekannt wie das leuchtende Gewebe von Sternen und Nebeln in den verschiedenen Milchstraßen. Er spürte, wie ihm der Anblick den Boden unter seinen Füßen wegzog, und für einen kurzen Augenblick dachte er, er müsse sterben. Dann sah er Frau Schindler zu ihm herabschweben. Sie sprach mit ihm. Er konnte sie jedoch nicht verstehen.

14

Gabriel Artner blickte auf die Uhr, es war knapp vor Mitternacht, doch er schrieb trotz der Müdigkeit, die er empfand, weiter. Gabriel hatte damals geglaubt, ein überirdisches Wesen sei ihm begegnet, vermutlich wegen des Klosters und des »toten Paradieses« in der naturkundlichen Sammlung.

Er dachte darüber nach, wie es weitergegangen war. Von da an hatte sich jedenfalls sein Leben, was Frau Schindler, die Katechetin, betraf, geändert, denn seit seinem Anfall war das Verhältnis zwischen ihm und ihr enger geworden. Er spürte ihre Zuneigung und sie seine Liebe. Wenn er zurückdachte, war ihr Interesse an ihm die größte Hilfe und der größte Trost gewesen, was seine kranke Großmutter betraf. Auch Frau Schindler riet ihm davon ab, ihr weiter aus »Moby Dick« vorzulesen. »Du kennst nur die Fassung für junge Menschen, in Wirklichkeit ist das Buch eine Beschreibung des Hasses. Ist dir nicht aufgefallen, dass von der Besatzung der Pequod ausgerechnet der tätowierte Quiqueg, der Kannibale, derjenige ist, der am meisten Nächstenliebe besitzt? Kapitän Ahab mit dem Bein aus einem Walfischknochen empfindet stattdessen nur Hass. Auch Moby Dick, das Ungeheuer, ist grausam, und die Mannschaft macht mit, wie die meisten Menschen mitmachen, wenn Unrecht von oben befohlen wird. Sobald du älter bist, musst du das ungekürzte Buch lesen, dann erst wirst du begreifen, was darin geschrieben steht.«

»Sagen Sie es mir!«, entgegnete Gabriel trotzig.

»Zuerst musst du dich fragen, was der weiße Wal

darstellt … Die Natur? Das menschliche Schicksal? Gott? Die Ungerechtigkeit?«

»Ein Monster«, sagte Gabriel und hörte Frau Schindler laut lachen.

»Was ist mit Pip?«, fuhr sie fort, »und mit Ismael? Sind sie auch so wie die Mannschaft?«

»Pip ist ein armes, ausgeliefertes Kind, und Ismael ist der Schriftsteller Herman Melville selbst. Er darf nicht sterben, sonst könnte er ja das Buch nicht geschrieben haben. Das weiß ich von meinem Vater.«

Gabriel hörte zu schreiben auf und ließ sich auf dem Sofa nieder. Er erinnerte sich daran, dass sie von da an immer wieder über »Moby Dick« gesprochen hatten und dass er fünf Jahre später zum ersten Mal das ungekürzte Buch las und ein Jahr später abermals, und jedes Mal hatte er eine andere Sicht auf die Ereignisse gewonnen. War es einmal besonders die Sprache des Buches gewesen, die er bewunderte, so war es das nächste Mal die geheimnisvolle Abwesenheit von Moby Dick und später die Offenbarung seiner Erscheinung am Ende des Buchs. Waren ihm einmal vor allem die wissenschaftlichen Abhandlungen über Wale aufgefallen, so beim nächsten Mal der Wechsel der Erzählperspektiven, für den es keine Erklärung gab …

Als Gabriel Artner die Augen öffnete, bemerkte er, dass der Morgen schon angebrochen war und er noch immer auf dem Sofa saß, seine alte Kinderausgabe von »Moby Dick« auf den Knien.

15

Frau Schindler hatte ihn damals auf die Idee gebracht, seiner Großmutter beim nächsten Krankenhausbesuch »Fipps, der Affe« von Wilhelm Busch vorzutragen. Obwohl er zuerst dagegen gewesen war, hatte sie ihn zuletzt davon überzeugt, die Verse auswendig zu lernen. Nur vor dem Ende hatte er ein ungutes Gefühl:

> Fipps – so wollen wir es nennen –
> Aber wie er sich betrug,
> Wenn wir ihn genauer kennen,
> Ach, das ist betrübt genug.
>
> Selten zeigt er sich beständig
> Einmal hilft er aus der Not;
> Anfangs ist er recht lebendig,
> Und am Schlusse ist er tot.

Er fürchtete sich, dass seine Großmutter zu weinen anfangen würde, wenn er das Wort »tot« aussprach, auch wenn es nur in Zusammenhang mit einem Affen war – oder vielleicht gerade deshalb. Seine Mutter teilte seine Bedenken, und so fuhren sie an einem sonnigen Nachmittag im März ohne den Band mit den Versen und Zeichnungen von Wilhelm Busch in die Stadt. Wie immer hatten sie dabei die persönlichsten Gespräche. Zuerst wollte seine Mutter Genaueres über Frau Schindler wissen, wie Gabriel sich mit ihr verstand, wie sie kochte, ob sie ihm bei den Hausaufgaben behilflich war und was sie in der Freizeit unternahmen. Gabriel erinnerte sich noch immer an diese

Fahrt. Er verstellte sich bei seinen Antworten, war einsilbig und gab vor, lange nachdenken zu müssen. Er ahnte damals, dass, wenn er zu schwärmen begänne, seine Mutter voller Argwohn eine andere Lösung anstreben würde, da sie dann annahm, irgendetwas stimme nicht. Sie war auf die, die er mochte, eifersüchtig. Je mehr er sich für etwas begeisterte, desto mehr bemühte sie sich, etwas Negatives daran zu finden, das er übersehen hatte. Ganz allgemein war sie eifersüchtig auf das Glück anderer, als sei dieses zu ihrem Schaden entstanden, und wenn sie nicht selbst glücklich war, ertrug sie das Glück von anderen nicht. Gabriel wusste das alles aus den Gesprächen seiner Mutter mit Großmutter, die er hin und wieder mitgehört hatte, oder besser gesagt, aus den Gesprächsfetzen, denn sobald sie bemerkten, dass er in der Nähe war, beendeten sie ihre Auseinandersetzungen – und wirklich sagte seine Mutter plötzlich: »Du weißt nicht, dass Nachasch der Vater von Frau Schindler ist.« Gabriel schwieg. Ihm fiel dazu nichts ein. Ja und?, dachte er. Seine Mutter wollte ihn nur provozieren, um mehr über seine Beziehung zu ihr zu erfahren.

Gleich darauf sollte Gabriel jedoch eine Neuigkeit vernehmen, die sein Selbstbewusstsein einigermaßen beschädigte. Plötzlich – ohne einleitende Worte und ohne Zusammenhang mit dem, worüber sie vorher gesprochen hatte – erklärte seine Mutter ihm, dass sie mit dem Arzt in der Sigmund Freud-Klinik, der Großmutter ein freies Bett beschafft hatte, jetzt »befreundet« sei.

Gabriel hörte nur den Motor und das Geräusch der Reifen auf dem Asphalt. Er hasste sie jetzt, und er hasste es, ihr antworten zu müssen. Einige Minuten fuhren sie schweigend dahin. Er dachte an seinen Vater, an seine Umarmungen und die Geschichten, die er ihm erzählt hatte. Auch Vertlieb Swinden kam ihm in den Sinn, und er beschloss, ihr weiter keine Antwort zu geben.

»Und?«, fragte seine Mutter und schaute wie gebannt auf die Straße.

Er würde sie zappeln lassen, nein, er würde ihr einen Schmerz zufügen, wie sie ihm Schmerzen zugefügt hatte. Die Erwachsenen waren rücksichtslos … Es ging ihnen nur um sich selbst. Sie waren gemein. Egoistisch. Er hätte jetzt am liebsten aus Wut geweint oder etwas zu Boden geworfen und wäre davongelaufen. Aber er hatte nichts in der Hand, was er hätte fallen lassen können, und es war ihm auch unmöglich, auszusteigen und davonzulaufen.

»Du wirst ihn heute kennenlernen«, sagte seine Mutter nach einer Weile.

Ihm fiel nichts ein, was seinen Gefühlen und Gedanken entsprochen hätte. Mach was du willst, dachte er. Andererseits war er auch neugierig, wer der Mann war, aber das wollte er vor sich selbst nicht zugeben. Weshalb wollte seine Mutter ihn mit ihm bekannt, machen? Er hasste es, etwas darüber zu wissen … Er spürte, wie sich ihm sein Kehlkopf zusammenpresste und ihm Tränen der Wut über seine Machtlosigkeit in die Augen traten. Die Mutter schaute noch immer auf die Straße, ohne ihm einen Blick zuzuwerfen. Er schloss daraus, dass sie ein schlechtes Gewissen hatte. Allmählich spürte er, dass er wieder Oberwasser bekam, aber er schwieg, bis sie die Klinik erreichten. Darum warst du in letzter Zeit so häufig fort, dachte er beim Aussteigen. Darum hast du Frau Schindler kommen lassen. Ich hasse dich. Ich will nicht mehr dein Kind sein!

Seine Mutter nahm inzwischen eine Bonbonniere und Blumen in die Hand. Wie Gabriel wusste, war Großmutter in letzter Zeit gierig nach Schokolade geworden. In Anwesenheit von Gerda hatte sie den gesamten Inhalt einer Bonbonniere allein aufgegessen und zum Abschied unter »Einseinseins«-Rufen auf die leere Schachtel und auf ihren Mund gedeutet, um zu verstehen zu geben, dass sie sich beim nächsten Besuch wieder Pralinen wünschte. Dann aber folgten auch Tage, an denen sie die Süßigkeiten auf ihrem Nachtkästchen liegen ließ und in Depressionen versank. Das war zumeist der Fall, wenn Paula oder ihr Mann Wilhelm sie besuchten. Paula verhielt sich, bemerkte Gabriel, ihrer Schwester Pia gegenüber mehr und mehr distanziert. Sie gab sich zwar herzlich, konnte aber unvermittelt kalt und unversöhnlich sein, während Wilhelm von übertriebener Besorgtheit war, mitleidig mit seiner Schwiegermutter sprach, ihr geduldig zuhörte und sie tröstete. Seine übertriebene Freundlichkeit empfand Gabriel als unaufrichtig. Er mochte ihn nicht. Er hatte auch seine abweisende Seite kennengelernt, als er bemerkt hatte, wie mühevoll Wilhelm sich bei seinem Vater Philipp beherrscht hatte, um Höflichkeit und gute Laune vorzutäuschen. Sein Vater hatte es nachträglich als die Falschheit der Süße bezeichnet, Süße und Falschheit seien Zwillinge, die eine bedinge die andere. Und Gabriel hatte bei einem Besuch in der Stadt auch gesehen, wie Wilhelm seinen Sohn Georg wüst beschimpft und ihm Stöße versetzt hatte, weil

Georg die Sektflasche zum Anstoßen bei Paulas Geburtstag versteckt hatte.

Als sie aus dem Lift stiegen, sah Gabriel wieder die Alten und Kranken. Er wollte zu Boden blicken, aber dann konnte er nicht aufhören zu schauen – auch im Zimmer der Großmutter lagen jetzt zwei Schlaganfallpatienten, die zwar sprachen, aber sich nur mit dem Rollstuhl fortbewegen konnten.

Die Großmutter schloss ihn sofort in die Arme, sie schien besonders bewegt, wie Gabriel es von ihr erst kannte, seit sie krank war. Während seine Mutter noch die Blumen in eine Vase steckte, öffnete die Großmutter bereits die Bonbonniere und stopfte sich zwei Pralinen in den Mund, bevor sie Gabriel die Schachtel hinhielt und ihn mit Gesten aufforderte, sich zu bedienen.

»Gabriel, sag, wie es dir geht«, hörte er seine Mutter sprechen, und da ihm wieder einfiel, dass ein Arzt im Krankenhaus ihr neuer Freund war, antwortete er nicht, sondern stand auf und begann auswendig »Fipps, der Affe« vorzutragen.

»Pegasus, du alter Renner,
Trag mich mal nach Afrika –«

fing er an, und gerade in diesem Augenblick betrat ein Arzt das Krankenzimmer und begrüßte seine Mutter vertraut. Er hasste sie dafür und auch den Arzt, das heißt weniger den Arzt als sie. Er strengte sich deshalb besonders an, um die beiden zu demütigen, wie er sich dachte, und nahm sich vor, nach seinem Vortrag einfach davonzulaufen. Er lief jedoch nicht davon, sondern nahm hin, dass ihn seine Großmutter, die zu weinen begonnen hatte, nach der letzten Strophe umarmte.

»Dabei habe ich ihm gesagt, er soll dir nichts vortragen!«, wandte seine Mutter ein, aber der Arzt applaudierte, rief sogar »Bravo!« und gab Gabriel die Hand. Gabriel wunderte sich, dass er keine Feindschaft für ihn empfand, er lächelte, bedankte sich und hörte seiner Mutter zu, wie sie von seinen Auftritten im Schauspielhaus zu schwärmen anfing. Es stellte sich heraus, dass der Arzt, der Dr. Achim Lanz hieß, wie Gabriel auf einem Schildchen der Brusttasche las, das Stück »Geister in Princeton« von Daniel Kehlmann gesehen hatte und ihn jetzt mit Lob überschüttete. Zufrieden stellte Gabriel fest, dass er auch ohne seine Mutter jemand war, den man sich merkte.

»Ich zeig dir etwas, du wirst staunen. Kommst du mit?«, fragte Dr. Lanz.

Eigentlich wollte Gabriel ablehnen, aber er sagte zu seiner eigenen Verwunderung »ja«, und auf die Frage seiner Mutter, was der Arzt vorhabe, antwortete dieser nur »eine Überraschung« und schob Gabriel zur Tür hinaus.

»Zuerst fahren wir mit dem Aufzug«, sagte er. »Wir nehmen dann den Gang durch den Heizungskeller.«

Im Lift stand ein Pfleger mit einem Rollbett. Gabriel erkannte sofort, dass unter der weißen Decke eine Gestalt verborgen war.

»Ist der Mann tot?«, fragte Gabriel ängstlich.

»Es ist eine Frau«, antwortete der Pfleger lächelnd, »sie tut dir nichts mehr.«

Dr. Lanz legte seine Hand auf Gabriels Schulter und schwieg.

Der Lift hielt, sie traten zur Seite und beobachteten, wie der Pfleger das Rollbett in einen Raum schob, in dem bereits ein anderes mit einer zugedeckten Gestalt lag.

»Du brauchst dich nicht zu fürchten«, raunte Dr. Lanz verlegen.

Auf dem Boden lagen abgefallene Stücke von Verputz und Sand, und ihre Schuhe knirschten leise.

»Zurück gehen wir durch den Park. Ich wollte dir nur die langen Heizungsrohre zeigen«, fuhr er fort.

Erst jetzt hob Gabriel seinen Kopf und sah die dicken, mit Silberpapier umwickelten, endlos scheinenden Rohre unter der Decke, die sich weit hinten, am Ende des Raums, mit den Abflussrohren trafen und mit ihnen gemeinsam eine bizarre Skulptur bildeten. Links und rechts blickten sie in Abstellräume, in einem sah er Dutzende leere weiße Stahlrohrbetten, im anderen Eisenregale, in denen alte Krankengeschichten archiviert waren, wie Dr. Lanz ihm erklärte – sie erinnerten Gabriel an das Archivzimmer, das seine Mutter für den Nachlass seines Vaters eingerichtet hatte. In einem weiteren Raum stapelte sich ausgeschiedenes Krankenhausmobiliar: Nachtkästchen, Schränke, Stühle, und im letzten standen mehrere alte Badewannen herum. In einer davon lag ein zerschlissener Teddybär. Gabriel war erleichtert, als sie ein Stiegenhaus betraten, über das sie zwei Stockwerke höher gelangten, wo ihnen in einem scheinbar aufgelassenen Trakt der Anstaltsgeistliche begegnete, der gerade seine Stola herunternahm.

»Suchen Sie mich?«, fragte er von weitem.

»Nein …«, antwortete Dr. Lanz und legte seine Hand wieder auf Gabriels Schulter. Der Anstaltspfarrer nickte und verschwand in einem Zimmer.

Nachdem sie wieder eine Treppe hinuntergestiegen waren, hielten sie vor einer gepolsterten Tür, die unverschlossen war. Dr. Lanz öffnete sie, und Gabriel sah jetzt ein kleines Theater unter sich. Der Saal war offenbar lange nicht benutzt worden. An den Wänden hingen abgerissene Tapeten, und der rote Samtvorhang auf der Bühne war geschlossen. Gabriel dachte an einen seltsamen Traum, als er in der Stille die Treppen zwischen den Sitzen hinunterstieg, die ihm wie schlafende Fliegenpilze vorkamen.

»Es gibt zweihundert Sitzplätze«, sagte Dr. Lanz. »Früher gab es hier häufig Aufführungen. Die Darsteller kamen vom Schauspielhaus, aber jetzt wird das Theater nicht mehr benutzt.« Er begab sich mit Gabriel in den Zuschauerraum hinunter und kletterte dann eine kleine Leiter hinauf zur Bühne, von wo er stumm in den leeren Saal schaute.

»Was sagst du?«, fragte er.

Gabriel war, als ob er den seltsamen Traum weiterträumte.

»Ich mach dir einen Vorschlag«, fuhr Dr. Lanz fort. »Ich setze mich hinunter an das Klavier« – er deutete mit der Hand auf die linke Ecke unterhalb der Bühne, in der ein schwarzer Flügel stand – »und spiele ein Stück, und du trägst noch einmal ›Fipps, der Affe‹ vor.«

Er wartete nicht auf eine Antwort, sondern beeilte sich, die Leiter wieder hinunterzuklettern, dann blies er den Staub vom Klavierdeckel, schlug ihn auf und klimperte einen Melodienanfang …

»Scheiße! Verstimmt!« Er klimperte weiter und spielte die Ouvertüre aus »Die diebische Elster« von Gioachino Rossini, die wegen der falschen Töne klang, als sei das Klavier, wie Dr. Lanz sagte, betrunken, worauf Gabriel – auch wegen seiner Nervosität – laut lachte.

»Ich spiele leise, und du trägst vor«, sagte der Arzt.

Und Gabriel, befeuert durch die gute Laune seines Begleiters, vergaß die verhüllten Gestalten in den Betten, denen er im Lift und im Keller begegnet war, stellte sich stattdessen den Saal voller Zuschauer vor und war doch froh, dass sie nicht anwesend waren. Er sprach die ersten Zeilen, unterbrach aber, als vom Klavier falsche Töne zu hören waren, und fing wieder laut an zu lachen.

Dr. Lanz ließ sich nicht stören, und plötzlich empfand Gabriel so etwas wie Freude und begann von vorne. Der Arzt spielte jetzt leiser, und Gabriel versuchte, übertrieben pathetisch zu deklamieren wie ein Stummfilmkomiker. Auch davon war Dr. Lanz nicht beeindruckt. Wie von selbst ließ er Moll-Töne in das Musikstück einfließen und lachte gleichzeitig.

Das Zusammenspiel geriet zur Karikatur einer öffentlichen Aufführung … Dr. Lanz stand auf, nachdem Gabriel geendet hatte, und sagte: »Gut, wenn du willst, können wir das bald noch einmal machen – aber dann gehen wir durch den Park zum Theater. Willst du auf dem Klavier spielen?«

»Ich kann nicht«, wehrte Gabriel ab.

»Ich zeig's dir.« Er ließ Gabriel sich auf den Hocker

setzen und führte ihm einfache Fingerübungen vor, die Gabriel mit Ehrgeiz nachzumachen suchte. Zuletzt zeigte Dr. Lanz ihm noch die Ausstattung des kleinen Theaters.

Als sie unterwegs zum Krankenzimmer waren, kam ihnen seine Mutter schon auf dem Gang entgegen. Sogleich erkannte er, dass irgendetwas nicht stimmte. Sie bedankte sich bei »Achim«, wie sie ihn nannte, er streichelte ihr über das Gesicht und hierauf Gabriels Haar, dann machten sie sich auf die Heimfahrt.

16

Gabriel Artner erinnerte sich daran, wie seine Mutter unterwegs angehalten und ein Schulheft aus ihrer Handtasche genommen hatte. Sie schlug es auf und bat ihn, die wenigen beschriebenen Seiten anzusehen. Gabriel hatte dieses Heft auch fast drei Jahrzehnte später noch bei seinen persönlichen Dingen, Urkunden und Fotografien aufbewahrt. Er suchte den Pappkarton im begehbaren Schrank und zog das Heft aus dem Umschlag, in dem es sich befand. Es waren die Schreibversuche, die seine Großmutter bei der Sprachtherapie im Krankenhaus unternommen hatte. Selbst wenn er sie jetzt, nach mehr als 25 Jahren betrachtete, empfand er Mitleid. An den linken Rand hatte die Therapeutin einzelne Buchstaben und ganze Wörter geschrieben, und die Großmutter hatte vergeblich versucht, diese abzuschreiben. Es sah aus, als habe ein dreijähriges Kind zum ersten Mal einen Bleistift in die Hand genommen: Die meisten Buchstaben waren unleserlich, und hinter allen falsch geschriebenen, oft sinnlosen Wörtern war

Leere. Dann musste es auch Versuche gegeben haben, Wörter niederzuschreiben, die die Sprachtherapeutin ihr diktiert hatte – dort waren stattdessen unbeholfene Linien und Striche zu erkennen. Man habe, erklärte ihm seine Mutter, während er selbst mit Dr. Lanz das Theater aufgesucht hatte, die Großmutter darüber informiert, dass die Sprachtherapie beendet sei – nur noch die Physiotherapie würde fortgesetzt, damit sie selbständig gehen könne.

»Du weißt, wie wichtig das Reden für Großmutter ist. Es muss furchtbar für sie sein, für den Rest ihres Lebens schweigen zu müssen …«, hatte seine Mutter zu ihm im Auto gesagt.

Er hätte weinen können, aber er empfand nichts. Sie waren beide erschöpft, und obwohl Gabriel hätte erzählen können, wie Dr. Lanz ihm das Theater gezeigt, und seine Mutter ihm, wie die Großmutter die Nachricht von der Beendigung der Sprachtherapie aufgenommen hatte – fanden beide keine Worte.

17

Am nächsten Tag erschien Frau Schindler mit einer neuen Frisur. Sie trug ihr Haar jetzt kürzer und war geschminkt. Es war der Moment gewesen, in dem er sich in sie verliebt hatte. Er hatte sie noch nie so schön gesehen, aber vielleicht täuschte ihn seine Erinnerung. Sie machte mit ihm seine Hausaufgaben, bat ihn dann um Aufmerksamkeit und zog ein Buch aus ihrer Tasche. Es hatte einen goldenen Einband und zeigte den Erzengel Michael mit dem Schwert in der Hand. Was er im Kopf davon zurückbehalten hatte, waren die Engelhierarchien, von denen Frau Schindler gesprochen hatte. Er hatte sie später auswendig gelernt. Am rätselhaftesten waren die Cherubim. Sie hatten vier Flügelpaare, ein Gesicht und … Frau Schindler hatte ihr iPad herausgenommen und im Internet gesucht, wie die Cherubim im Buch Ezechiel beschrieben waren: »Und siehe«, las sie, »es kam ein ungestümer Wind vom Norden her, eine mächtige Wolke und loderndes Feuer, und Glanz war rings um sie her und mitten im Feuer war es wie blinkendes Kupfer. Und mitten darin war etwas wie vier Gestalten; die waren anzusehen wie Menschen. Und jede von ihnen hatte vier Angesichter und vier Flügel. Und ihre Beine standen gerade, und ihre Füße waren wie Stierfüße und glänzten wie blinkendes, glattes Kupfer: und sie hatten Menschenhände unter ihren Flügeln an ihren vier Seiten; die vier hatten Angesichter und Flügel. Ihre Flügel berührten einer den anderen. Und wenn sie gingen, brauchten sie sich nicht umzuwenden; immer gingen sie in die Richtung eines ihrer Angesichter; wohin der Geist sie trieb, dahin gingen sie.«

18

Nachdem Gabriel Artner die Rundfunkaufnahmen in Hamburg beendet und die letzte Vorstellung des »Hamlet« gegeben hatte, steckte er seine Aufzeichnungen ein, um sie seiner Mutter vorzulesen, dann packte er einen Koffer, weil er zu ihrem Geburtstag in Wien sein wollte. Sie war mit Achim Lanz längst verheiratet, und es war ihnen inzwischen zur Gewohnheit geworden, sich an ihren jeweiligen Geburtstagen zu treffen.

Diesmal reiste Gabriel jedoch zuerst nach Graz, da

ihm die Rundfunkaufnahmen von »Moby Dick« seine Kindheit so nahe gebracht hatten, dass er noch einmal an die Orte zurückkehren wollte, die er nach dem Tod seiner Großmutter und seit seiner Übersiedlung in die Stadt nicht mehr gesehen hatte. Seine Mutter hatte damals ihr Haus an den Apotheker verkauft, der auch das Geschäft übernommen hatte. Sie war nur noch selten nach Wies zum Grab ihrer Eltern gefahren. Aleph lebte jetzt bei ihr in Wien und vergrößerte seinen Wortschatz weiter, wie ihm seine Mutter am Telefon vorschwärmte. Der Papagei war nach dem Tod der Großmutter und der Übersiedlung in die Stadt trübsinnig geworden und hatte wieder Federn verloren, konnte sich später aber erholen und an die neuen Umstände anpassen. Gabriel freute sich jedes Mal darauf, Aleph wiederzusehen.

Von der Fahrt nach Wies, für die er einen Leihwagen nahm, hatte er niemanden unterrichtet, auch nicht seine Stiefmutter Doris oder Frau Schindler und Dr. Eigner. Er hatte sich inzwischen einen Bart wachsen lassen und trug einen Panama-Hut, der ihm ein vornehmes Aussehen verlieh. Auch verzichtete er auf seine Kontaktlinsen und hatte stattdessen seine randlose Brille aufgesetzt.

Vom Flughafen fuhr er zuerst geradewegs zur Sigmund-Freud-Klinik. Er hatte sich vorgenommen, noch einmal das Theater aufzusuchen, das er mit seinem späteren Stiefvater nur ein einziges Mal betreten hatte, weil sich später keine Gelegenheit mehr ergab. Der Ort war ihm nie mehr aus dem Kopf gegangen, und er wollte sich vergewissern, dass er tatsächlich vorhanden gewesen war, denn im Nachhinein kam ihm vieles aus der Kindheit vor wie Phantasiegebilde.

Fast ein Vierteljahrhundert war vergangen, seit er das Krankenhaus zum letzten Mal betreten hatte. Er ließ das Auto vor dem Verwaltungsgebäude stehen, stieg aus und blickte sich um. Alles war anders geworden, die Beleuchtung des Parks ebenso wie die Kleidung der Kranken und die Farbe der Gebäude. Er entdeckte die jetzt gelb gestrichene Schlaganfallstation, in der seine Großmutter über ein halbes Jahr behandelt worden war, abseits in einem kleinen Park. Schon als Kind hatte er Angst vor gelben Häusern gehabt, erinnerte er sich. Er hätte am liebsten nie ein gelbes Haus betreten, aber es war unvermeidlich gewesen. Eine leise Abneigung dagegen fühlte er aber immer noch …

Gestorben war seine Großmutter sechs Monate nach ihrer Einlieferung in die Klinik an einem zweiten Schlaganfall, den sie im gegenüberliegenden blauen Haus der Gerontopsychiatrie erlitten hatte. Er wusste aus den Erzählungen seiner Mutter, dass es das Zimmer Eins auf der geschlossenen Abteilung gewesen war, »links vom Eingang«. Er verschob jetzt den ursprünglichen Plan, zuerst das Theater zu suchen, und ging auf das blaue Haus zu, das er nie betreten hatte, weil ihm seine Mutter hatte ersparen wollen, den Verfall seiner Großmutter mitzuerleben. Großmutter war mit zunehmendem Krankenhausaufenthalt immer verzweifelter geworden, aber seine Mutter hatte mit ihm lange nicht darüber gesprochen – nur Andeutungen gemacht. Sie hatte bis heute ein schlechtes Gewissen, weil sie, ohne sich mit ihren Schwestern abzusprechen, bei dem behandelnden Primar hinterlegt hatte, dass Großmutter keine lebensverlängernden Medikamente mehr gegeben werden sollten, nur Antidepressiva, Schmerz- und Schlafmittel. Seine Mutter hatte sie damals, wenn sie mit ihm darüber gesprochen hatte, immer als den »unglücklichsten Menschen« bezeichnet, erinnerte er sich.

Zwei Wochen nach dem Tod von Großmutter hatte seine Mutter die Apotheke und das Haus in Wies an den Pharmazeuten aus Linz verkauft, und sie waren in die Stadt übersiedelt, in eine Altbauwohnung mit einem kleinen, für alle Mieter zugänglichen Garten. Er war sich dort verloren vorgekommen und hatte besonders unter der Trennung von Frau Schindler, die er von der Stadt aus noch mehr liebte, gelitten. Auch hatte er ganztägig in der Schule bleiben müssen, was er gehasst hatte, genauso wie das gemeinsame Essen mit den Klassenkameraden.

Gabriel Artner stieg die abgetretenen Treppen zum ersten Stock hinauf und stand vor der »geschlossenen Abteilung«, wie er auf einem Schild las. Eigentlich wollte er umkehren, doch drehte er schon den Knauf, und zu seiner Überraschung war die Tür nur angelehnt. Der Gang, von dem links und rechts die Zimmer abgingen, war leer bis auf eine alte Frau, die mit zerzausten Haaren und im Schlafrock auf ihn zukam und leidenschaftlich und mit starkem tschechischem Akzent den Satz »Gottes Miehlen maalen langsam, abärr sichärr!« wiederholte, wobei sie das »l« mit Wangenberührung der Zunge sprach. Er konnte den Satz später bei seinen Erzählungen genau imitieren.

Um sie zu beruhigen, fragte er sie, ob ihr etwas »passiert« sei, worauf sie ihm aufgebracht und wirr entgegnete, dass ihr zuerst die Armbanduhr abhanden gekommen sei und jetzt ihr Kugelschreiber. Beides habe sie auf ihr Nachtkästchen gelegt gehabt, und beides sei ihr gestohlen worden. Sie wisse auch, wer es gewesen sei, aber »die Person«, wie sie sagte, lehne es ab, die Gegenstände zurückzugeben. Doch: »Gottes Miehlen maalen langsam, abärr sichärr«, wiederholte sie. Er erkannte, dass er schon weitergegangen war als bis zum »ersten Zimmer links«, nickte ihr zu und drehte sich um. Gerade trat ein älteres Paar, vermutlich Besucher, aus dem Raum, und er konnte einen Blick hineinwerfen. Zwei Betten befanden sich darin, im Fernsehapparat lief irgendeine Werbung. Eine blasse Frau in einem geblümten Morgenmantel erschien, blieb stehen und sah ihn erstaunt an. Sie hatte schwarz gefärbte Haare und war stark geschminkt, ihre grauen Augen waren gläsern durchsichtig und drückten Schwermut aus. Gabriel dachte kurz an »Madame Butterfly«. Sie trat rasch zur Seite, weil sie glaubte, er wolle die andere Patientin, die im Bett vor dem Fenster lag und von der er nur das graue Haar erkennen konnte, besuchen.

»Sie schläft«, flüsterte sie.

»Dann komme ich später«, antwortete Gabriel und beeilte sich, dem Ehepaar folgend, wieder hinauszukommen.

Vielleicht war es unsinnig gewesen, sagte er sich, das Sterbezimmer seiner Großmutter sehen zu wollen … Andererseits hatte er dadurch vielleicht etwas abgeschlossen, wovon er hin und wieder geträumt hatte. Jedenfalls bereute er es nicht.

In dem Gebäude der Schlaganfallstation nahm er einen Lift und drückte den Knopf, der mit einem »K« für Keller markiert war.

Unten herrschte reger Betrieb. Aus einem Abteil dampfte es, in einem anderen sah er einen großen Haufen mit schmutziger Wäsche, der sich bis zur Decke erhob, in weiteren Nischen waren Bügelmaschinen in Betrieb, und in langen Metallregalen war die sortierte, frisch gewaschene Wäsche für den Bedarf aufgestapelt. Menschen in Arbeitskitteln trieben sich herum, scherzten und beachteten ihn nicht. Er beeilte sich jetzt, den Gang hinter sich zu lassen, kam zur Treppe, die er noch in Erinnerung hatte, und betrat durch eine Tür das Stockwerk, in dem sie damals den Priester gesehen hatten. Achim, sein Stiefvater, arbeitete schon lange nicht mehr an der Klinik. Er hatte aus Wien ein Angebot erhalten, in das Otto-Wagner-Spital und Pflegezentrum Baumgartnerhöhe zu wechseln. Dort war er inzwischen Oberarzt in einer Abteilung für bipolare Erkrankungen geworden. Achim hatte sich liebevoll um ihn gekümmert, als er in der Pubertät die Medikamente gegen Epilepsie abgesetzt hatte und die Anfälle zum Glück nicht wieder auftraten. Etwas Helles, Rundes fiel ihm auf dem Steinboden auf, er bückte sich und hielt eine Silbermünze, einen Maria-Theresien-Taler, wie er jetzt sah, in der Hand. Erstaunt steckte er ihn ein, suchte instinktiv den Boden nach einem weiteren Fundstück ab, fand aber nichts. Sofern er sich richtig erinnerte, musste er am Ende des Ganges nach rechts abbiegen. Er las ein Schild mit der Aufschrift »Hörsaal IIA«, trat vorsichtig ein und blickte auf das jetzt umgebaute ehemalige Theater. Es gab keinen Zweifel, er hatte es gefunden. Anstelle der Bühne sah er allerdings einen von einer Deckenlampe beleuchteten langen Tisch und eine Fläche, auf der ein Mann in weißer Arztkleidung stand und eine junge Frau in Jeans, Turnschuhen und einem grünen Pullover anstarrte. In den ersten Reihen des ansonsten dunklen Hörsaals konnte er die schattenhaften Umrisse von Studenten erkennen, die sich nicht bewegten. Es sah aus wie auf einer dreidimensionalen Fotografie.

Gabriel nahm den Hut vom Kopf und setzte sich in die hinterste Reihe, von der aus er unbeachtet alles Weitere verfolgen konnte. Es war viele Jahre sein Traum gewesen, in dem Theater, das ihm sein späterer Stiefvater damals gezeigt hatte, aufzutreten. Er hatte mit Frau Schindler sogar einen Monolog einstudiert, den er damals nicht wirklich verstand, der ihm aber den größten Eindruck gemacht hatte: Franz Kafkas »Ein Bericht für eine Akademie«. Diese Erzählung hatte er vor ein paar Jahren für eine Audio-CD mit weiteren Geschichten Franz Kafkas wie »Die Verwandlung«, »Forschungen eines Hundes« und »Der Bau« aufgenommen und konnte den Text noch immer auswendig. Während er verstand, dass vor ihm, auf der hellen Wissenschaftsbühne, offenbar ein Psychiater versuchte, eine Studentin zu hypnotisieren, dachte er an den Affen Rotpeter, der in Kafkas Erzählung »Ein Bericht für eine Akademie« die Geschichte seiner Menschwerdung vorträgt.

»Hohe Herren von der Akademie! Sie erweisen mir die Ehre, mich aufzufordern, der Akademie einen Bericht über mein äffisches Vorleben einzureichen … Nahezu fünf Jahre trennen mich vom Affentum, eine

Zeit kurz vielleicht am Kalender gemessen, unendlich lang aber durchzugaloppieren, so wie ich es getan habe … Diese Leistung wäre unmöglich gewesen, wenn ich eigensinnig hätte an meinem Ursprung, an den Erinnerungen der Jugend festhalten wollen … Gerade Verzicht auf jeden Eigensinn war das oberste Gebot, das ich mir auferlegt hatte; ich, freier Affe, fügte mich diesem Joch. Dadurch verschlossen sich mir aber ihrerseits die Erinnerungen immer mehr … Man lernt, wenn man muss; man lernt, wenn man einen Ausweg will; man lernt rücksichtslos. Man beaufsichtigt sich selbst mit der Peitsche … Aber ich verbrauchte viele Lehrer, ja sogar einige Lehrer gleichzeitig … Diese Fortschritte! Dieses Eindringen der Wissensstrahlen von allen Seiten ins erwachende Hirn! … Durch eine Anstrengung, die sich bisher auf der Erde nicht wiederholt hat, habe ich die Durchschnittsbildung eines Europäers erreicht …«

Gabriel rezitierte die Sätze nicht stumm, sondern hatte das Ganze der Geschichte und der Sprache, mit der sie unübertrefflich erzählt wurde, im Kopf. Und dieses lebendige Ganze begleitete seine Wahrnehmungen wie ein Orchester einen Opernsänger.

Leicht schräg unter ihm sah er jetzt, wie die Studentin die Augen schloss, wie sie den Kopf senkte und einschlief, und er beobachtete angespannt, wie sie hierauf den Anweisungen des Hypnotiseurs folgte, aufstand, herumging, die Zunge herausstreckte und »Hänschen klein« sang. Die Studentinnen und Studenten lachten – zuerst verhalten, dann lauter –, doch die Hypnotisierte schien nichts davon zu bemerken. Gabriel kannte ähnliche Szenen aus dem Fernsehen, doch das hier lief anders ab, es war nicht Magie, nicht Unterhaltung, sondern Wissenschaft, und es bestätigte ihn in seiner Überzeugung, dass die Wirklichkeit nur eine andere Form des Träumens war.

19

Wieder auf der Straße staunte er darüber, dass er tatsächlich den silbernen Maria-Theresien-Taler in der Jackentasche fand, als er den Autoschlüssel suchte. Er setzte sich hinter das Lenkrad, und als er losfuhr, fragte er sich, weshalb er ein Gefühl der Erleichterung empfand, dass er das Sterbezimmer seiner Großmutter und das ehemalige Theater der Klinik aufgesucht hatte. Gleich darauf wusste er es: weil der Tod der Großmutter sowie der Besuch im Theater des Krankenhauses nun endgültig Wirklichkeit geworden waren.

Die ganze Fahrt nach St. Johann über sah er durch die Windschutzscheibe Elstern und Nebelkrähen, wie er sie in seiner Kindheit beobachtet hatte, aber sobald er vor dem Haus, in dem sein Vater gewohnt hatte, ausstieg, wunderte er sich über die Veränderungen. Ein Barackenanbau vermittelte ihm den Eindruck eines Kleinbetriebes. Offenbar wurde gerade Mittagspause gehalten, denn niemand war zu sehen. In der Stille hörte er nur einen Kuckuck rufen. Auch die Eingangstür war erneuert worden, und nirgendwo fand er eine Glocke. Kein Hund bellte, keine Katze ließ sich sehen, und keine Hühner pickten nach Körnern. Er wollte durch ein Fenster in das Haus blicken, musste aber feststellen, dass die Vorhänge zugezogen waren.

Auf sein An-die-Scheibe-Klopfen rührte sich nichts. Er ging langsam um das Gebäude herum, sah, dass die Vorhänge auch an allen übrigen Fenstern zugezogen waren, und schlenderte schließlich den Anbau entlang. Eine Hand hielt er in die Jackentasche gesteckt, wo seine Finger mit dem Maria-Theresien-Taler spielten. Doris, die Witwe seines Vaters, hatte das Haus an die Tischlerei in Wies verkauft, und während er sich noch bemühte, durch die spiegelnden Scheiben zu blicken, wurde er von hinten angesprochen. Er drehte sich halb erschrocken um und sah einen kleinen, glatzköpfigen Mann von etwa fünfzig Jahren.

»Suchen Sie mich?«, fragte er.

Er trug zu große Hosen, weil er vermutlich stark abgenommen hatte, sie wurden durch ein Paar Hosenträger über dem ungewaschenen Hemd vor dem Hinunterrutschen bewahrt. Schmutzige Goiserer-Schuhe rundeten den Eindruck eines etwas verwahrlosten Menschen ab.

»Sie wollen einen Sarg kaufen?«, fragte der Mann weiter. Gabriel fiel automatisch wieder Quiqueg, der Harpunier auf der »Pequod« ein, der sich einen Sarg hatte anfertigen lassen, und er folgte dem kleinen Mann schon aus Neugier. Dieser öffnete eine mit einem Vorhängeschloss versperrte Tür und betrat die Baracke, wo er einen Schalter bediente, worauf Neonlicht aufflackerte und den Lagerraum erhellte. Er war voller Särge. Die Sarghälften lehnten ineinander gestapelt an den Wänden, daneben die Deckel. In der Mitte des Raumes standen drei verschiedene Särge auf dem staubigen Schifferboden, offenbar Demonstrationsmodelle für Kunden.

»Ich kaufe keinen Sarg«, sagte Gabriel.

»Nicht?« Der Mann konnte seine Enttäuschung nicht verbergen. Er riss die Augen auf, als fürchte er sich vor etwas, und starrte ihn fragend an, während er zur Wand zurückkehrte und das Licht wieder ausschaltete.

»Wahrscheinlich will er Strom sparen«, dachte Gabriel. Er fragte sich, was es sein mochte, das dem Mann Angst eingejagt hatte, und gleichzeitig fielen ihm die drei ermordeten Tschetschenen und der Fleischhauer aus seiner Kindheit ein. Jetzt bemerkte er die stillstehenden Ventilatoren in den Wänden, durch die Sonnenstrahlen in den Raum fielen. Sie sahen aus wie leuchtende, durchsichtige Finger eines Riesenwesens. Ein Gewimmel von Staubpartikeln vermittelte den Eindruck von Blutkörperchen, die in den Fingern tanzten. Sie weckten in Gabriel Erinnerungen an die goldfarbenen, glimmernden und dann verblassenden Lichtflecken vor seinen Anfällen.

»Mein Vater hat in dem Haus vorne gewohnt«, sagte er.

»Ja?« Der kleine Mann wartete noch immer und antwortete zögernd: »Sie sind der Sohn von Philipp Artner? Der Schauspieler?«

Gabriel nickte.

»Mein Bruder hat das Haus gekauft und den Betrieb hier aufgebaut.« Er schwieg und fuhr nach einer Pause fort: »Die Tischlerei trägt nichts, wir können davon nicht leben. Die jungen Leute sind weggezogen, überall sind nur noch die Alten da oder Leute, die an den Wochenenden kommen und alles aus der Stadt mitbringen. Und natürlich die Zuwanderer, die früher oder später nach Graz oder Wien ziehen ... Gehen Sie in der Gegend herum – Sie werden nur unbewohnte Häuser sehen und alte Menschen.« Er öffnete die Tür, ging hinaus, wartete, bis Gabriel ihm gefolgt war, und drückte wieder das Vorhängeschloss zu.

»Die Särge sind noch das beste Geschäft. Wir beliefern Bestattungsunternehmen in ganz Österreich.« Er machte eine Pause und fuhr dann fort: »Wir begraben auch die Zuwanderer, die allein hier sind und sterben – das bezahlt der Staat.« Er drehte sich um.

»Kennen Sie sich in St. Johann aus?«, fragte er Gabriel.

»Ja. Aber ich komme eigentlich aus Wies.«

»Dort ist es genauso!«, sagte der kleine Mann. »Mir ist es egal, aber hier wimmelt es von Zuwanderern ... von mir aus könnten es weniger sein, obwohl sie uns Geld bringen.« Er dachte wieder nach, aber bevor er noch weitersprechen konnte, hörten sie einen Traktor herankommen, mit einem Anhänger, voll beladen mit Brettern, auf denen mehrere dunkelhäutige Männer saßen, die schon von weitem auf Gabriel blickten.

Gabriel lüftete seinen Hut und ging langsam über die Wiese zu seinem Wagen. Sein Vater war hier nicht mehr anwesend, es gab keine Hinweise mehr auf ihn. Auch das erleichterte Gabriel. Er wusste jetzt schon, dass er nie mehr hierherkommen würde.

20

In Wies waren die meisten Auslagen leer und die Geschäfte geschlossen. Die Apotheke ebenso wie die Drogerie oder der Uhrmacher und Juwelier, die Installationsfirma und der Tierarzt. Nur die Praxis von Dr. Eigner schien noch geöffnet zu sein, stellte er aus dem fahrenden Wagen fest. Auch die Trafik hatte noch nicht geschlossen, und er hielt an, um sich eine Zeitung zu kaufen. Zu seinem Erstaunen erkannte er im Laden den Fotografen, der irgendwann Frau Schindler geheiratet hatte. Es roch scharf nach Tabak, und es gab nur eine Tageszeitung. In den Verkaufsregalen standen ein kleiner Bildschirm, auf dem gerade eine Parlamentsdebatte übertragen wurde, und gerahmte Portraits von alten Menschen, die sich, wie der Fotograf auf Gabriels Frage antwortete, rechtzeitig für ihren Grabstein hatten aufnehmen lassen.

Er blickte Gabriel neugierig an, sichtlich bemüht, ihn irgendwo einzuordnen.

»Ich bin Gabriel.«

Der Fotograf begrüßte ihn hierauf wenig freundlich mit: »Was machen Sie da?« Er schaltete den Bildschirm stumm. Vielleicht wusste er, dachte Gabriel, dass er vor zwanzig Jahren mit seiner Frau geschlafen hatte, oder er hatte es geahnt.

Frau Schindler hatte ihn jedenfalls bis zu seiner Übersiedlung nach Graz davon zu überzeugen versucht, dass er vor seinen Anfällen das »göttliche Licht« gesehen habe. In der Zeit, als er das Gymnasium besuchte, hatte er sie dann selten gesehen, nur noch, wenn er mit seiner Mutter an das Grab der Großeltern gefahren war. Bei seiner Matura war er bereits entschlossen gewesen, das Reinhardt-Seminar zu besuchen und Schauspieler zu werden. Er hatte Frau Schindler im folgenden Sommer bei den Salzburger Festspielen, als er Statist bei der Aufführung des »Jedermann« gewesen war, zufällig getroffen. Sie war mit zwei anderen Lehrerinnen angereist und blieb drei Tage. An ihrem letzten Abend hatten sie in ihrem Hotelzimmer miteinander geschlafen. Von da an sahen sie sich in kürzeren oder längeren Abständen wieder, und jedes Mal versicherte sie ihm, dass ihr Mann keine Ahnung davon habe. Er verbrachte mit ihr die ausschweifendsten Nachmittage in kleinen Hotels am Stadtrand. Sie zog sich zuerst nicht vollständig aus, sondern schickte ihn ins Bad, um ihn dann zu rufen und mit den von ihren Fingern geöffneten Schamlippen und herausgestreckter Zunge zu empfangen. Sie verlangte von ihm, dass er sich so verhalte, als spielten sie in einem pornographischen Film, und brachte ihn dazu, fantastische Geschichten zu erfinden, in die sie sich beide hineinsteigerten. Zumeist schliefen sie mehrmals miteinander, um sich dann oft einige Monate oder noch länger nicht zu sehen. Aber sobald er von Wien aus zurückfuhr, rief er sie an, und wenn sie nicht frei sprechen konnte, meldete sie sich später. Ihre Affaire endete mit dem Junitag, an dem sie beim Kirschenpflücken von der Leiter stürzte und sich die Wirbelsäule verletzte. Anfangs hieß es, dass sie nie mehr würde gehen können, aber erst letzten Sommer hatte ihm seine Mutter erzählt, dass sie sie gesehen habe, wie sie mit dem Auto zum Einkaufen nach Landsberg gefahren sei. Deshalb befürchtete Gabriel auch, dass sie plötzlich das Geschäft betreten könne, während er mit ihrem Mann sprach. In seinem Kopf erschien wieder das Bild, wie sie mit gespreizten Beinen auf der Bettkante saß, ihre Zunge weit aus dem Mund streckte und dabei lächelte. Auf eine seltsame Weise hatte er sie wahnsinnig geliebt.

Inzwischen hatte er ihren Mann angelogen, dass er gekommen sei, um das Grab seiner Großeltern zu besuchen, worauf der Trafikant in ironischem Tonfall gefragt hatte: »Und wie geht es Ihrem Papagei?«

Gabriel hielt es für möglich, dass der Ehemann seiner einstmaligen Geliebten vielleicht auf sein Geschlechtsteil anspielte, und antwortete gleichgültig, dass er munter sei wie eh und je.

»Wie lange bleiben Sie?«, wollte der Mann als Nächstes wissen.

Er war alt geworden. Gabriel hatte ihn anfangs im Dämmerlicht nicht genauer angesehen, wunderte sich jetzt aber, dass es ihm nicht sofort aufgefallen war. Seine Augen waren rot und verschwollen, das Haar schütter und grau, und die Brille, die vor ihm auf dem Pult lag, hatte dunkle Flecken auf seinen Nasenflügeln hinterlassen.

Gabriel zuckte die Achseln, nahm die Zeitung und sagte: »Vielleicht bis zum Abend.«

»Lassen Sie sich von mir fotografieren, damit mir meine Frau glaubt, dass Sie hier waren? Ich meine, sie freut sich sicher, wenn sie von ihrem Lieblingsschüler ein Andenken hat.«

Der Tonfall ließ für Gabriel keinen Zweifel, dass der Mann ihn verachtete. Er wollte zuerst ablehnen, dann aber nahm er stillschweigend und ernsthaft eine Haltung an, die er als seinem Ärger angemessen empfand, und reagierte nicht, als der Trafikant ihn aufforderte, zu lächeln oder »cheese« zu sagen. Gabriel empfand den Vorgang als demütigend. Er wartete einige Aufnahmen ab, zog dann stumm seinen Hut und ging rasch zurück auf die Straße, wobei ihm Schimpfwörter wie »Altes Arschloch« durch den Kopf gingen. Außerdem machte er sich Vorwürfe, wie er so dumm hatte sein können, die Trafik zu betreten.

21

Zuerst hatte er den Ort verlassen und zurück zum Flughafen fahren wollen, dann aber überkam ihn so etwas wie Trotz. Die Geschichte war schon lange vorbei, und er war noch sehr jung gewesen, damals.

Er beschloss, direkt zum Haus zu fahren, in dem er seine Kindheit verbracht und das seine Mutter zusammen mit der Apotheke an ihren Nachfolger verkauft hatte … Und dann … Er würde sehen, was auf ihn zukommen würde.

Es war tatsächlich so, dass er fast nur alten Menschen und Zuwanderern begegnete, Frauen mit Kopftüchern, ernsten Männern, die angestrengt nachzudenken schienen, und einmal einem kleinen Buben, der auf dem Gehsteig lief.

Die Häuser, an die er sich erinnerte, waren in einem schlechten Zustand oder überhaupt schon abgerissen worden. Neubauten sah er keine – überhaupt nichts Neues: kein neues Auto, kein neues Fahrrad, kein neues Geschäft.

Er bog ab und nahm den Weg, der zu seinem ehemaligen Wohnhaus führte. Dort fiel ihm auf den ersten Blick auf, dass Gerümpel und Schrott den gesamten Hof bedeckte: aufgestapeltes Holz, ein alter Bus, ein Ringelspiel für Kinder mit zwei verrosteten Hubschraubern, ein Gartentrampolin mit kaputtem Netz, Fensterrahmen ohne Scheiben, ausgeschiedene

Büromöbel aus Metall – ein Schreibtisch, zwei Regale –, dazwischen eine Kreissäge, ein alter Rasenmäher und vieles andere mehr. Er bemerkte auch, dass die Wiese dahinter verwildert war. Das Gras stand hoch, und Buschwerk hatte sich an verschiedenen Stellen gebildet. Vögel zwitscherten. Sie zwitscherten von den Obstbäumen herunter, die erst vor kurzem abgeblüht waren, und aus den Sträuchern in der Wiese. Es war, als sängen sie aus Freude, dass sich das Menschenwerk wieder zurück in Natur verwandelte. Bevor er noch über seine Kinderjahre nachdenken konnte, trat eine ältere Frau aus dem Haus und fragte ihn, ob er etwas suche.

»Eigentlich nicht … Ich habe hier als Kind gewohnt.«

»Dann sind Sie der Sohn von Pia Karner – Gabriel Karner … Ich hab Sie schon im Fernsehen gesehen!«, sagte sie freundlich. »Wollen Sie nicht hereinkommen?«

Er folgte ihr durch die quietschende Gartentür zum Nussbaum, wo inmitten des Gerümpels – einer alten Badewanne, einer ausgedienten Waschmaschine, eines Fahrradlenkers und anderem – eine Bank stand. Sie war von Vogelkot weiß gesprenkelt, und die Vögel zwitscherten hier wie in einem Naturparadies.

»Warten Sie«, sagte die Frau. Sie trug eine Küchenschürze über Rock und Pullover, und ihr Gesicht war nicht geschminkt. Ihre ausgetretenen Turnschuhe wiesen ein Loch auf, durch das man den Nagel des großen Zehs sah. Sie bückte sich über einen Müllsack, holte alte Zeitungen heraus und legte sie auf die Bank.

»So, jetzt können Sie Platz nehmen«, sagte sie zufrieden und setzte sich neben ihn. »Mein Mann ist im Haus«, fuhr sie fort. »Ich kann Sie leider nicht einladen hereinzukommen, es ist bis oben hin vollgestopft mit Dingen. Mein Mann wirft nichts weg. Er konnte sich auch nicht von der Einrichtung der Apotheke trennen, wir haben die Schränke auf dem Dachboden und in den Zimmern stehen und überall Dosen mit Lebensmitteln, denn er glaubt, dass das slowenische Atomkraftwerk Krško bei einem Erdbeben explodieren könne und wir dann ohne Nahrung sind.« Sie dachte kurz nach. »Er hebt alles auf in der Meinung, dass wir es noch brauchen werden. Der Keller und die Zimmer sind voll, nur nicht die Küche und der Raum daneben, in dem wir schlafen. Da kämpfe ich um jeden Zentimeter.« Sie verstummte plötzlich, lauschte, sprang auf und lief ein paar Schritte davon. Ein Mann hustete. Dann hörte Gabriel, wie die Frau ihrem Mann leise erklärte, dass »Herr Gabriel Artner gekommen« sei »und unter dem Nussbaum« sitze. Der Apotheker, der seiner Mutter das Geschäft und das Haus abgekauft hatte, sagte nichts, aber gleich darauf stand er vor ihm. Er hatte einen langen weißen und zerzausten Bart, und seine Haare fielen ihm bis zur Schulter. Obwohl seine Hose und seine Strickweste zerschlissen waren, trug er eine schwarze Krawatte über seinem blau und weiß karierten Hemd und ebenso löchrige Turnschuhe wie seine Frau. Seine Fingernägel waren so lang, dass sie wie Vogelkrallen aussahen, was sehr gut zu dem Gezwitscher um sie herum passte, fand Gabriel.

Jetzt entdeckte er auch die Wäsche, die zwischen dem Gerümpel an einer Leine hing und von der Frau abgenommen wurde, während der Apotheker noch immer schweigend vor ihm stand. Gabriel erhob sich und schüttelte ihm die Hand.

»Bleiben Sie sitzen …«, sagte der Apotheker. »Mein Bildschirm ist gestern Abend eingegangen, ich muss noch im Keller ein altes Gerät haben …« Er dachte nach. »Oder es ist da drüben im Schuppen …« Er blickte zu einer mit schwarzer Dachpappe gedeckten windschiefen Hütte, in der gelbe Kästen aufgestapelt waren und Bienen aus- und einflogen.

Der Apotheker zeigte auf sie und nickte lächelnd. »Vom alten Imker, nach seinem Tod wollte sie niemand mehr haben … Auch die Honigschleuder gehört dazu … Ich hab' noch keine Erfahrung mit Bienen, aber es lässt sich alles lernen … Den Bildschirm im Keller hat mir der Friseur geschenkt … Er hat auch schon zugesperrt … wie wir … Ich meine, die Apotheke hat nicht mehr viel eingebracht … Jetzt bin ich in Pension … Wollen Sie etwas trinken?«

»Du sollst nichts trinken!«, rief seine Frau und warf weiter Wäsche in eine Kunststoffwanne. Sie hob den Behälter auf und kam damit zu ihnen. »Er fragt Besucher immer, ob sie etwas trinken wollen, und bringt dann eine Flasche Obstler, die er bis zum Abend selbst austrinkt.«

»Halt' den Mund!«, fuhr der Apotheker sie an.

Die Frau schien seine Antwort erwartet zu haben, eilte mit der Wäsche zum Haus und rief: »Du vergisst schon alles, du warst erst heute beim Arzt …«

»Ich trinke keinen Alkohol«, log Gabriel. »Danke.«

»Nicht einmal einen Schluck?«

»Nein.«

Die Vögel zwitscherten und flatterten herum, Gabriel wollte eigentlich nur ihnen zuhören.

»Wunderbar, die Vögel!«, sagte er, »ich lebe zum

größten Teil in der Stadt, dort gibt's vor allem Krähen.«

»Krähen sind intelligent«, antwortete der Apotheker. »Ich schau nach, ob der Bildschirm im Schuppen ist …« Er ließ die Schultern fallen und schlurfte davon.

Gabriel sah ihm nach und beobachtete ihn, wie er vor der Hütte Halt machte und, von Bienen umsummt, im aufgestapelten Gerümpel nach dem Bildschirm suchte. Er wusste offenbar nicht mehr, wo er ihn hingestellt hatte.

Die Vögel zwitscherten und flatterten unverändert weiter, und Gabriel hörte jetzt auch das Gesumm der Bienen …

Langsam ging er zu seinem Wagen zurück, setzte sich hinein und drehte um. Er fühlte sich verpflichtet, den Friedhof aufzusuchen, fand dort aber nur den hässlichen Grabstein, der ihn wegen seiner langen Abwesenheit anzuklagen schien. Seine Mutter bezahlte noch immer alle zehn Jahre die vorgeschriebene Gebühr für das Grab, aber seine Großeltern schienen den Ort längst verlassen zu haben. Er spürte ihre Anwesenheit nicht mehr. Trotzdem bereute er es nicht, zurückgekehrt zu sein. Es war etwas zum Vorschein gekommen, was zwar immer da gewesen war, er jedoch bisher übersehen hatte. Wie er sich jetzt im Dorf umgeschaut hatte, hatte er auch als Kind das Leben der Erwachsenen betrachtet. Ihm fiel »Stalker« von Andrej Tarkowskij ein, der Film, in dem drei Männer sich mit einer Draisine in die »verbotene Zone« begaben und dort in der menschenleeren, von Pflanzen überwucherten Landschaft die Offenbarungen der Dingwelt und ihre Reaktionen darauf erfuhren. Er hatte in Wies natürlich Menschen getroffen, doch waren sie allesamt wie Bewohner der »verbotenen Zone« gewesen, dachte er. Schon seine Suche nach dem Theater in der Sigmund-Freud-Klinik war merkwürdig gewesen. Und er hatte etwas erlebt, das ihn noch länger beschäftigen würde, darüber war er sich im Klaren.

Von weitem sah er jetzt den Fluss, die Schwarze Salm, und die Brücke; ihm fiel ein, wie er mit seiner Mutter die Papiere seines Vaters von den Sträuchern und aus dem Wasser geklaubt hatte. Bis heute wusste er nicht wirklich, was damals vorgefallen war. Jedenfalls war auch Waw, der Hund von Mühlberg, dabei gewesen. Es war ausgeschlossen, dass Waw noch lebte. Und Mühlberg? Auch an Nachasch erinnerte er sich, an den Tschetschenen Ajinow und Mohammed, dessen Sohn. Über Nachasch hatte er gerüchteweise gehört, dass Großmutter mit ihm in ihrer Jugend ein »Verhältnis« gehabt habe, und er wusste auch, dass Frau Schindler ein Kind von ihm aus einer Beziehung mit einer anderen Frau war. Es sollte ruhig alles in Schwebe bleiben, gleichgültig, ob es so gewesen war oder nicht. Er musste es jetzt nicht mehr *genau* wissen. Durch das Spielen im Theater, in dem er verschiedene Charaktere dargestellt hatte, war ihm klargeworden, dass überhaupt alles auf Ungewissheit beruhte.

Er war dem Fluss näher gekommen und erblickte jetzt zwei Fischer auf der anderen Seite des Ufers, dort, wo das neue Kraftwerk stand und dichtes Gesträuch und hohes Gras es umgaben. Die beiden hatten etwas Riesiges ans Ufer geschleppt und versetzten ihm mit einem Stein drei oder vier Schläge. Im nächsten

Augenblick wusste Gabriel, dass es ein vielleicht zwei Meter langer Wels war. Er erkannte ihn schon von weitem an den Oberkiefer-Barteln, an den kürzeren Barteln am Kinn, dem großen Maul mit den fleischigen Lippen, dem vorragenden Unterkiefer und überhaupt seiner Größe. Die Welse in der Schwarzen Salm waren für die Einheimischen legendäre Fische. Mehrmals hatte er als Kind erzählen hören, wie der eine oder andere dort einen riesigen Fang gemacht hatte, aber er selbst hatte nie einen zu Gesicht bekommen. Nur in den Naturgeschichtebüchern seiner Großmutter und in Grzimeks Tierleben waren Welse abgebildet, und im Kloster St. Johann hatte er einmal einen ausgestopften gesehen. Bei der Lektüre von »Moby Dick« hatte er anfangs gefunden, dass der Wal aussah wie ein monströser Wels.

Als er aus dem Wagen stieg, winkten und schrien die beiden Fischer ihm zu. Der eine, kleinere, trug eine Baseball-Kappe, ein schwarzes T-Shirt, schwarze Jeans und Gummistiefel, der andere, blonde, hatte einen Bart, trug ebenfalls Stiefel, außerdem aber noch Arbeitshandschuhe. Der mit der Baseball-Kappe eilte jetzt sogar mit einer kleinen Kamera in der ausgestreckten Hand auf ihn zu. Gabriel sah gleich darauf das Angelzeug am Ufer, den gewaltigen Fisch, der zuckte, weil er offenbar noch lebte, und hörte die Burschen in Freudengeheul ausbrechen. Neben dem Wels war eine halbleere Kiste Bier abgestellt und darauf lagen in Silberpapier eingewickelte Jausenbrote. Das Kraftwerk im Hintergrund kam Gabriel wie ausgestorben vor.

Als er vor den beiden Burschen stand, den Fisch zu

seinen Füßen, packte ihn kurz die Wut, aber er lächelte, nahm die kleine Kamera und wartete, bis die beiden mühsam das Tier aufhoben, welches dabei mit der Hinterflosse ausschlug. Der riesige Kopf maß fast ein Viertel der Körperlänge. Die Haut schien glatt, schleimig und ganz ohne Schuppen zu sein. Die Augen hinter den Barteln auf der Seite waren klein und schwarz wie Knöpfe. Die Unterseite des Körpers, stellte er fest, während die beiden Burschen sich noch immer anstrengten, war weiß, die Oberseite olivgrün und grau. Endlich hielten sie den Wels in den geöffneten Armen. Während der kleinere der beiden fast selig lächelte, stieß der Blonde mit dem Bart wieder Schreie des Triumphs aus.

»Wir haben ihn!«, brüllte er, »wir haben ihn!«

Gabriel dachte an Frau Schindlers Mann, den Fotografen, und während er abdrückte, riet er den beiden, in der Trafik anzurufen und den Fotografen zu bitten, zum Fluss zu kommen.

»Können Sie schauen, ob die Fotos etwas geworden sind?«, fragte der Blonde, sie hielten den riesigen Wels immer noch in den Armen.

Gabriel kontrollierte die Bilder, sah, dass sie scharf und natürlich aussahen, und rief: »Ja.« Anstelle einer Antwort ließen sie den schweren Körper wie befreit zu Boden gleiten.

»Wir müssen ihn töten!«, sagte der mit der Kappe.

»Ja, es wird eine Menge Blut geben.« Er lachte.

Sie drängten Gabriel, mit ihnen eine Flasche Bier zu trinken, um ihm dabei zu erzählen, wie sich alles abgespielt hatte, aber Gabriel redete sich darauf aus, dass er zum Flughafen müsse.

»Eigentlich wollten wir gar keinen Wels fangen«, sagte der mit dem Bart. Er streifte dabei einen Arbeitshandschuh ab und schüttelte Gabriel die Hand. Als auch der mit der Kappe Gabriels Hand schüttelte und sie mit dem Schleim des Fisches zuerst glitschig, dann klebrig machte, trat Gabriel einen Schritt zur Seite, bückte sich und ließ die Hand durch das Flusswasser gleiten.

»Und vielen Dank!«, fügte der mit dem Bart hinzu.

Gabriel stieg den Hang hinauf durch das hohe Gras, das ihm fast bis unter das Kinn reichte, blieb stehen und blickte zum Himmel. Über dem Kraftwerk sah er einen Bussard, der seine Flügel geöffnet hatte und in großen Kreisen dahinschwebte.

FÜNFTES BUCH

Der verborgene Spiegel

1

Die blaue Leuchtreklame zeigte drei kleine und einen riesig großen Thunfisch, auf dessen Körper eine schwarze Uhr die Zeit anzeigte. Sie war um 7 Uhr 12 stehen geblieben. Das sichtbare Auge des friedlichen Ungeheuers – ein runder, weißer Fleck – vermittelte Doris den Eindruck von Blindheit, und über seinem Körper waren gemalte japanische Schriftzeichen zu lesen.

Sie war auf der Suche nach einer Buchhandlung, während Vertlieb Swinden, der sie auf die Reise nach Tokio begleitete, in Kamakura den buddhistischen Tempel An'yō-in aufsuchte, in dem der japanische Filmregisseur Akira Kurosawa begraben war. Philipp hatte ihm in seinem »japanischen« Buch ein Kapitel gewidmet, weshalb Vertlieb den Ort unbedingt aufsuchen wollte. Doris selbst mochte seit dem Tod ihres Mannes keine Gräber mehr sehen. Von Philipp war nach der Gasexplosion nur noch Asche gefunden worden, die sie seinem Wunsch gemäß auf dem ehemaligen Spitaler-Friedhof bei Nacht unter einem der Bäume verstreut hatte. Der Friedhof war längst dem kleinen Park der Technischen Universität gewichen. Dort vermutete man das unbekannt gebliebene Grab des venezianischen Komponisten Antonio Vivaldi, der in Wien gestorben war. Seine Musik war voll Liebe und Schönheit, wie Philipp nicht müde geworden war, zu beteuern.

Als sie eine Buchhandlung fand, trat sie ein und fühlte sich Philipp – und damit auch seinem Sohn Gabriel – sofort näher als sonst irgendwo. Nahezu fünfzehn Jahre waren seit dem Unfall Am Heumarkt vergangen, und Doris hatte in der Zwischenzeit eine Stelle als Kulturredakteurin bei einer Tageszeitung angenommen, wo sie hauptsächlich für Buchbesprechungen in der Wochenendbeilage zuständig war. Ihre große Liebe blieb jedoch die Bildende Kunst.

Der Grund ihrer Reise auf den Spuren von Philipp – über die sie eine Reportage schreiben würde – war ihre eigene Beziehung zu Gabriel, der mit der Zeit seinem Vater vor allem äußerlich immer ähnlicher geworden war. Vertlieb Swinden hatte ihr nach seinem desaströsen Aufenthalt in St. Johann von Pia und Gabriel berichtet, und merkwürdigerweise hatte es sie nach dem Tod ihres Mannes weniger geschmerzt als neugierig gemacht. Natürlich hatte Philipp sie ebenso betrogen wie seine Geliebte Pia. Bis zum Schluss hatte auch sie mit ihm geschlafen, und er hatte ihr gegenüber nie seine Geliebte und seinen Sohn erwähnt. Vor fast fünfzehn Jahren hatte sie dann durch eine Todesanzeige Kenntnis davon erlangt, dass Gabriels Großmutter gestorben war, und aus Neugierde auf Philipps Sohn hatte sie sich entschlossen, nach Wies zu fahren. Sie hatte am Begräbnis jedoch nicht teilgenommen, sondern im Wagen gewartet, bis die Trauergäste aus dem Tor traten. Sofort war ihr das Kind aufgrund seiner Ähnlichkeit mit Philipp aufgefallen. Sie war ausgestiegen und hatte es freundlich begrüßt. Sodann hatte sie seiner Mutter, der bislang unbekannten Rivalin, ihr Beileid ausgedrückt und war von Pia spontan zur Abschiedsfeier in ein Gasthaus eingeladen worden. Dort hatten sie vereinbart, sich in Zukunft öfter zu treffen, denn sie hätten einander vielleicht vieles zu erzählen, wie Pia nicht ohne einen leisen Unterton der Gekränktheit gesagt hatte. Tatsächlich hatten sie sich dann hin und wieder getroffen, ohne sich aber näherzukommen.

Ihre Beziehung zu Gabriel hatte sich hingegen mit der Zeit verstärkt. Doris war anfangs erschrocken gewesen über die Tatsache, dass er Tabletten gegen seine epileptischen Anfälle nehmen musste, aber je öfter er zu ihr auf Besuch kam, desto mehr begann sie ihn wie ein eigenes Kind zu lieben. Er erschien ihr unendlich gutmütig, der Wahrheit verpflichtet und des Mitleids fähig. Aber er konnte auch störrisch und verärgert sein, mochte jedoch nicht über den Grund seines Zorns sprechen. Der brach dann gerne auf eine Kleinigkeit hin aus und endete zumeist mit Gabriels Rückzug in ein anderes Zimmer, wo sie ihn kurz darauf trösten musste. Je älter er wurde, desto intensiver wurde ihre Freundschaft. Nicht nur, dass er seinem Vater »wie aus dem Gesicht geschnitten« war, er hatte auch ein leidenschaftliches Interesse an Büchern und lernte mit erstaunlicher Leichtigkeit längere Passagen aus Gedichten und Theaterstücken auswendig, ohne jemals damit zu prahlen. Immer war er in irgendein Mädchen verliebt gewesen. Zuerst waren es Klassenfreundinnen, dann Partnerinnen aus der Tanzschule und nicht zuletzt Schauspielschülerinnen, deren Nähe er als Statist im Theater gesucht hatte.

Eines Tages hatte sie bemerkt, dass sie eifersüchtig auf die jungen Mädchen war und später – ohne einen Anlass – dass sie sich in Gabriel verliebt hatte. Es war seltsam gewesen, aber sie hatte in ihm den jungen Philipp wiedererkannt. Ihre Zuneigung wuchs mit der Unschuld ihrer Begegnungen, bis sie bei einer der Verabredungen mit ihm den Eindruck gewann, dass er sie als Frau und nicht als Stiefmutter wahrnahm. Es war sein Blick, der auf ihre Knie und auf ihre Hände fiel, vor allem aber, wie er ihr in die Augen sah. Sie wusste, dass sie noch immer begehrenswert war, aber dieses Wissen war auch mit der kleinen Unsicherheit verbunden, ob sie sich nicht vielleicht täuschte. Beim nächsten Mal, als sie zusammen ins Theater gingen, drückte er ihr während der Aufführung von Tschechows »Onkel Wanja« im dunklen Zuschauerraum mehrmals die Hand. Sie fand das durchaus geschickt, denn es konnte auch aus Begeisterung über die Inszenierung oder eine Textpassage geschehen sein. Auf dem Nachhauseweg hielt er dann wie spielerisch die ganze Zeit über weiter ihre Hand, wie es auch Philipp seinerzeit gemacht hatte, als sie sich kennenlernten, und wie Philipp verabschiedete er sich nur mit einem flüchtigen Kuss auf die Wange. Eine seltsame Erregung hatte sie daraufhin erfasst. Sie hasste Philipp zwar mitunter im Nachhinein, aber ihre Eifersucht und die Demütigung durch seine Untreue hatten auch bewirkt, dass sie sich manchmal in Gedanken die ausschweifendsten Umarmungen mit ihm vorstellte, die sie dann, bis sie zu Bett ging, und dort noch weiter beschäftigten. In ihrem Kopf gewann Gabriel gerade dadurch, dass er sich nicht häufig blicken ließ, aber jeden Tag am Telefon meldete, allmählich die Oberhand über Philipp, und es entstand in ihr der geheime Wunsch nach einer großen Liebe, den sie auf Gabriel übertrug.

Einen Monat, bevor sie sich zu ihrer Reise nach Japan aufgemacht hatte, rief er sie in der Nacht an und bat sie um ein Gespräch. Sie zitterte insgeheim, als sie die Tür öffnete, und im Nachhinein konnte sie nicht mehr genau sagen, ob er sie geküsst oder sie ihm um den Hals gefallen war. Er blieb bis zum Morgen bei ihr, dann frühstückten sie miteinander und verabschiedeten sich innig. Kaum war er jedoch um die Ecke verschwunden – sie hatte ihm sogar aus dem Fenster nachgeschaut –, wusste sie, dass es bei dieser einen Liebesnacht bleiben musste. Er würde eines Tages vor ihr fliehen und sie zurücklassen. Da erschien es ihr besser, selbst zu fliehen und ihn zurückzulassen. Sie rief Gabriel an und sagte, dass sie einen Freund habe, von dem er nichts wisse. Es dürfe zwischen ihnen keine Begegnung wie in der letzten Nacht mehr geben. Wenn er sie auf irgendeine Weise liebe, bitte sie ihn zu vergessen, was geschehen sei. Er versprach es, wie sie gehofft hatte. Doch vor einer Woche war Gabriel wieder in der Nacht wie aus dem Nichts aufgetaucht. Am nächsten Morgen hatte sie ihrem Chefredakteur den Vorschlag gemacht, auf den Spuren von Philipp nach Japan zu fahren und darüber zu berichten. Zuletzt war ihr auch Vertlieb Swinden eingefallen, der noch immer versuchte, Philipp zu spielen. Er hatte inzwischen drei Kriminalromane geschrieben und arbeitete gerade an einem Drehbuch. Trotzdem erklärte er sich bereit, sie zu begleiten.

2

Jetzt, in dem kleinen Buchladen, der bis zur Decke vollgestopft war mit Büchern, überkam sie vollends die Sehnsucht nach Schönheit. Sie war ganz allmählich vor ihrer Abreise entstanden und hatte von Tag zu Tag zugenommen, obwohl ihr noch immer die Umarmungen mit Gabriel durch den Kopf gingen. Auf dem Flug hatte sie schlecht geschlafen und Abschiedsschmerz empfunden, erst auf dem langen Spaziergang durch Tokio hatte sie sich allmählich besser gefühlt.

Ein lächelnder Buchhändler blickte vom Schreibtisch zu ihr auf und fragte sie etwas auf Japanisch, und ihr fielen als Antwort nur die Namen der beiden Farbholzschnitt-Künstler Hiroshige und Hokusai ein. Der gebückt gehende Buchhändler kehrte mit einem Stapel Kunstbänden zurück, die zum Teil in englischer, zum Teil in japanischer Sprache gedruckt waren. Doris ging es nur um die Bilder, und sie erklärte das dem höflichen Herrn ebenso höflich, und da sie keinen Platz fand, um die Folianten durchzublättern, bedeutete er ihr mit einer einladenden Handbewegung, ihm zu folgen.

»English?«, fragte er sie, indem er ihr das Gesicht zudrehte.

Sie nickte, zeigte dabei aber auf einen japanischen Buchtitel und wurde in ein dunkles Hinterzimmer geführt. Der Buchhändler bot ihr dort einen Stuhl vor einem runden, schwarzen Tisch an, eine Stehlampe wurde angeknipst und kurz darauf eine Tasse Tee vor sie hingestellt – das alles unter wortlosen Respektsbezeugungen. Sie fühlte sich verwöhnt und in der Anonymität des winzigen Hinterzimmers geborgen. Alles erschien ihr im Augenblick als die glücklichste Form des Vergessens. Als sich ihre Augen an die Dunkelheit der Umgebung gewöhnt hatten, erkannte sie, dass auch dieser Raum mit Büchern an den Wänden vollgestopft war, was sie beglückte, denn dadurch gewann sie den Eindruck, nicht nur gegenüber der Außenwelt und ihren Erinnerungen, sondern auch gegenüber der Zeit abgeschirmt zu sein. Nachdem sie das erste auf Japanisch verfasste Buch von Hokusai geöffnet hatte, erblickte sie auf einer farbigen Doppelseite einen Kahn mit fünf Frauen, die in Ufernähe etwas suchten. Doris hatte kein Bedürfnis nach einer schnellen Erklärung, sie wollte nur das Bild betrachten. Rechts oben war es am Rand handschriftlich beschrieben, und die fremden Zeichen passten zu den schönen, in sich gekehrten Gesichtern der jungen Frauen. Überdimensionale grüne Blätter wuchsen aus dem am Ufer dunkelblauen, dann immer heller werdenden Wasser, das am Horizont mit der Farbe des Himmels in ein Weiß aufging wie Nebel. Eine der Frauen stand in der Mitte des Kahns und hielt eine lange Stange in den Händen, mit der sie das Boot vielleicht gerade vom Land abgestoßen hatte, dahinter saß im Heck eine schlafende oder stumm betende junge Dame, ebenfalls mit einer Stange in den Händen, die gegen das Ufer gerichtet war. Zwei andere Frauen sortierten sitzend und sich vorbeugend die aus dem Wasser gefischten Blätter, die vor ihnen lagen, und am erhöhten Bug kniete schließlich die fünfte und versuchte mit einer langstieligen Sense, weitere zu ernten. Die entfernteren Blätter sahen aus wie Pilze mit Kappen, die näheren wie grü-

ne Erdhügel, erst die ganz nahen gaben ihr Aussehen wirklich preis; es konnten gerade nicht blühende Seerosen sein, dachte Doris.

Sie betrachtete die Gesichter genauer und stellte sich vor, dass die Frauen träumten … In Gedanken vernahm sie das leise Plätschern des Wassers und dann Stille. Vom Geschäftsraum der Buchhandlung her ertönte kein Laut. Als sie die Seite umblätterte, glaubte sie, dass der Besitzer es gehört haben musste, so deutlich war das leise Schnalzen und Flüstern des Papiers. Das Buch war ein Sammelband über die Ukiyoe, die Bilder der »fließenden, der vergänglichen Welt«. Philipp hatte davon gesprochen, als er aus Japan zurückgekehrt war, aber er war mehr der japanischen Haiku-Dichtung zugetan gewesen, dem Zen-Buddhismus und der japanischen Literatur des zwanzigsten Jahrhunderts … Jedenfalls vermutete sie, dass die doppelseitige Abbildung von Hokusai oder Hiroshige gewesen war. Auf der nächsten Seite betrachtete sie den »Fuji bei Südwind«. Sie kannte den Titel und wusste, dass dieser Farbholzschnitt von Hokusai war. Bei dem Bild des Vulkans war alles stilisiert und jedes Detail ausgespart, gerade so, dass in der einfachen Darstellung ein Geheimnis erhalten geblieben war. Alles Überflüssige war aufgelöst, und das Wesentliche kam verdichtet zum Vorschein. Der Farbholzschnitt strahlte für sie eine namenlose Mächtigkeit und Schönheit aus.

Sie liebte es, Bilder anzusehen. Auf Reisen nutzte sie jede Gelegenheit, um Museen zu besuchen, und in der Stadt ging sie zu den Vernissagen junger Künstler. In ihrer Kindheit und auch in ihrer Jugend hatte sie sich oft nur mühsam »konzentrieren« können. Ihr war das Wort »sammeln« lieber, mühsam »sammeln«, denn ihr Kopf war damals nie »aufgeräumt« gewesen. Ihre Gedanken lagen darin ungeordnet herum wie liegen gelassenes Spielzeug. Beim Lesen schweifte sie daher regelmäßig ab, so dass in ihrem Kopf ein Effekt entstand, wie wenn man einen Tropfen Farblösung in klares Wasser fallen ließ. So las sie ein Buch mit Hunderten, ja, Tausenden winzigen Abschweifungen, Innenbildern, Einfällen, Erinnerungen und Gedankensplittern, die sich in den Text einwebten. Das war bei den Bildern, die sie sah, jetzt eher nützlich. Ihre in einem fort arbeitenden Gedanken verhalfen ihr zu dem Gefühl, dass die Bilder sprachen. Auch beim Schreiben kam ihr diese Eigenschaft zugute, wenngleich sie bei längeren Arbeiten Gefahr lief, den Faden zu verlieren.

Die nächsten Bilder waren von Utagawa Hiroshige, sie kannte seine Farbholzschnitte und seinen Stil. Zuerst war das »Gedächtnisbild« des Meisters selbst zu sehen, das einer seiner Schüler gemalt hatte, reich beschriftet und sogar mit einem Schriftvorhang im Hintergrund. Es stellte ihn posthum im feierlichen Kimono dar – ein auf einem Kissen kniender alter Herr mit Glatze, skeptischem Gesichtsausdruck und einem Anflug von Melancholie. Auf der nächsten Seite folgten Abbildungen seiner Fischserie. Auch diese Farbholzschnitte wiesen Beschriftungen durch den Künstler auf. Sie erkannte eine Graubarbe, Makrelen und Garnelen und spürte zuerst Freude über die Schönheit des Bildes und dann über die gesamte Schöpfung. Doch waren selbst die Fische als Träumende festgehalten. Alles schien in Schwebe zu sein und geformt und dahingetragen vom Fluss der Zeit: eine hypnotisierte, nahezu jenseitige Welt. Diesem märchenhaften Planeten wollte sie gern angehören, dachte sie.

Als sie in der Bibliothek ihrer Eltern einen Band mit Insekten- und Blumenbildern von Maria Sibylla Merian gesehen hatte, hatte sich dieser Wunsch zum ersten Mal in ihr geregt, und sogar ihre Ehe mit Philipp war wohl nur deshalb zustande gekommen, weil sie gehofft hatte, er werde ihr ein Leben voll schöpferischen Zusammenseins bieten, auch wenn Höllenfahrten dabei unvermeidlich wären. Aber Philipp konnte sie nicht in sein Innenleben mitnehmen – und wenn, war es oft eine Welt der Depressionen, der Wut, der Verzweiflung, in die sie geriet. Sie hatte als Kind das Spiel »Wer bin ich?« besessen. Auf den Spielkarten war je-

weils ein Drittel des menschlichen Körpers dargestellt: der Kopf, der Oberkörper mit den Armen und Händen und der Unterkörper mit den Beinen und Füßen. Im Stapel gab es Frauen-, Männer- und Kinderköpfe, und die beiden übrigen Körperdrittel waren oft bizarr bekleidet. Jeder Mitspieler erhielt durch Ziehen von drei Karten eine neue Identität: etwa als Mädchen mit Sakko und Krawatte, kurzer Hose und barfuß oder als Mann mit nacktem Oberkörper, langem Abendkleid und Stöckelschuhen. Der Reiz des Spiels waren die unendlich vielen Kombinationen, die man herstellen konnte. Es war möglich, dass die Figur aus drei Köpfen oder nur aus zwei Oberkörpern und einem Unterkörper bestand und aussah wie ein seltsamer Käfer. Oft schien es ihr, dass sie so eine Figur geblieben war, bei der durch das Leben manche Eigenschaften ausgetauscht worden und neue, unerwartete zum Vorschein gekommen waren.

In der Buchhandlung in Tokio wünschte sie sich jetzt nichts anderes, als dass der Zustand des Tagtraums sich nicht verändern sollte. Die folgenden drei albtraumhaften Bilder, von denen der Buchhändler ihr später sagte, dass sie von Utagawa Kuniyoshi waren, stellten zuerst eine Frau mit einer Schriftrolle dar, sodann zwei kniende Samurais, von denen einer nach seinem Schwert griff, und schließlich einen gewaltigen Totenschädel mit Halswirbeln und Rippen. Das dritte Blatt zeigte nur einen vergrößerten Teil des knöchernen Brustkorbs. Sie kannte die Geschichte nicht, die mit diesen Bildern erzählt wurde, doch für sie stellten sie den allgegenwärtigen Tod dar. Rasch schlug sie das Buch weiter hinten auf und stieß auf das Bild einer Frau, die in der Nacht an einem Gewässer entlangging. Auf dem schwarzgrauen Himmel blitzten winzige Sternenpunkte, die sich im dunkelblauen Wasser spiegelten. Das Gesicht der Frau war verschlossen, wie abwesend. Am linken Rand des farbigen Holzschnitts war ein kleines Stück einer rot-weißen, schwarzbeschrifteten und kugelförmigen Papierlaterne zu sehen. Ich, dachte Doris zuerst, dann überlegte sie. Sie sah sich selbst nicht als Traumwandlerin, sondern wollte die gesamte Wirklichkeit in ihrer Einzigartigkeit erfassen, wie sie auf den Bildern dargestellt war. Aber war die Frau überhaupt eine Traumwandlerin? War sie nicht nur einsam? Die in einen schwarz-weiß-karierten Mantel gehüllte und in Gedanken versunkene Gestalt auf Holzschuhen erschien ihr jetzt rätselhaft wie das Leben selbst. Während Philipp überall als Erstes Merkmale von Zerstörung, Verletzungen und Wunden gesehen hatte, war sie anfällig für die Einzigartigkeit des Alltäglichen. Auch Philipp kannte diesen Zugang, doch entdeckte er dahinter stets einen grausamen Mechanismus, der desillusionierend und mit Leiden verbunden war: die Natur als Mord- und Totschlagsschauspiel, der Mensch als täuschender, lügender, gewalttätiger Bösewicht, der Teufel in Engelsgestalt als Hauptdarsteller.

Für sie hingegen war von Anfang an der Zauber der Schöpfung das Wesentliche. Sie suchte in jedem Insekt, jedem Wurm instinktiv das Großartige, die komplizierte Bauweise ihrer Körper, die Aufhebung der Gesetze, die für den Menschen galten: Vögel, die im Element Luft fliegen, Fische, die unter Wasser dahingleiten, Lurche, die in der Dunkelheit und ohne Augenlicht leben – das alles fand sie bewunderns- und staunenswert. Sobald sie mit Philipp darüber gesprochen hatte, hatte er ihr recht gegeben und von eigenen ähnlichen Beobachtungen gesprochen, aber in seinen Büchern hatte sie das früher nur am Rande gefunden. Eigentlich hatte sie diese nie geliebt, sie hatte sie respektiert, aber es fehlte ihr darin früher der erkennende Blick für die Schönheit, das versteckte Gute in jedem Menschen. Und dann, auf einmal, hatte Philipp sich geändert. Er übernahm plötzlich ihre Gedanken, erfand sie für sich neu und tat so, als hätten sie nichts mit ihr zu tun. Das hatte sie gekränkt.

Im Buch weiterblätternd fand sie jetzt all das, was sie schon immer gesucht hatte: Störche, die über eine Bucht flogen, wunderbare, weißschäumende, blaue Wellen, einen Kranich bei Sonnenaufgang, Frösche, einen Kuckuck im Regen, Füchse strahlend wie Licht, einen Pfau im Schnee und häufig kleine, nur ameisengroße Menschen in riesigen Landschaften – im Starkregen über eine Brücke eilend, vor einem Wasserfall, im Sturm am Meeresufer stehend, durch Schneelandschaften stapfend, auf Pilgerfahrt, unter blühenden Kirschbäumen, auf einer Geschäftsstraße, in Booten oder auf einer Brücke ein nächtliches Feuerwerk bewundernd; aber auch Kabuki-Schauspieler, Samurais, Geishas und Kurtisanen, zumeist prinzessinnenhaft gekleidet, mit weißgeschminktem Gesicht und Frisuren wie schwarze Haarkronen.

Als sie aufblickte, bemerkte sie den Buchhändler, der mit weiteren Büchern herantrat, worauf sie grundlos lachte und er in ihr Lachen einfiel. Wie beiläufig legte er ihr einen Band des Künstlers Utamaro mit Frauenbildnissen, Insekten und Pflanzen-Holzschnitten auf den Tisch und überreichte ihr mit einer Verbeugung ein Lesezeichen, auf dem die drei berühmten Affen dargestellt waren, die sich Ohren, Mund und Augen zuhielten. Die Affen, führte er aus, seien Glücksbringer. Sie sollten den Göttern Auskunft über die Menschen geben, aufgrund eines Zaubers aber hätten sie nur Gutes über diese berichtet. Da Doris ihm zu verstehen gab, dass die drei Affen für sie etwas wie Duckmäusertum ausdrückten, eilte er kurz davon, kam ebenso eilig mit einem Buch wieder zurück, schlug es auf, wobei er zweimal »Konfuzius!« ausrief und den Arm mit ausgestrecktem Zeigefinger erhob, nicht ohne dabei ein Lächeln aufzusetzen.

Doris nahm das in Englisch abgefasste Buch und las: »Was nicht dem Gesetz der Schönheit entspricht – darauf schaue nicht. Was nicht dem Gesetz der Schönheit entspricht – darauf höre nicht. Was nicht dem Ideal der Schönheit entspricht – davon rede nicht.« Der Buchhändler strahlte sie, als sie den Kopf hob, Lob erwartend an, und sie strahlte zurück.

Sie blätterte jetzt in dem Band von Utamaro mit den bezaubernden Frauenbildnissen in ornamentreichen Schlafmänteln, die, wie sie von Philipp wusste, zumeist Kurtisanen waren. Der zweite Teil zeigte Insekten und Pflanzen von einer solchen Grazie, dass sie vergaß, wo sie war. Und jede weitere Seite versetzte sie in die Zeitlosigkeit.

Zuletzt lag ein voluminöses Paperback vor ihr, das auf dem Umschlag ein liebendes Paar Wange an Wange zeigte. Es war abermals eine englische Ausgabe, und sie las flüchtig die Namen der Künstler Utamaro, Hiroshige und Hokusai. Schon die erste Abbildung stellte ein kopulierendes Paar dar. Die Morgenröcke der Liebenden waren delikat und ästhetisch gemustert, ihre Frisuren auf das Kunstvollste arrangiert, ihre Haut weiß, die Augen geschlossen wie zur inneren Einkehr. Die Dame lag keusch bekleidet mit erhobenem Gesäß auf dem bekleideten Herrn. Nur an dem in einem kleinen Ausschnitt sichtbaren mächtigen erigierten Penis des Mannes war zu erkennen, dass sie miteinander schliefen. Als Doris weiterblätterte, erblickte sie eine in den feinsten Farbtönen gemusterte Tapete und eine mit dem verschneiten Fujiyama bemalte Schiebetür eines Raumes, der Kurtisanen und Kunden von der Außenwelt abschloss. Der Boden war mit Spielkarten bedeckt und ein Jüngling mit einem unterarmgroßen erigierten Penis beugte sich gerade über eine bekleidete Kurtisane, die ihr Geschlecht entblößt hatte. Ein kopulierendes Paar schaute erschrocken auf, weil sich offenbar gerade jemand der geöffneten Tür näherte … Alles war eingebettet in die ausgesuchtesten, elegantesten Muster von Bekleidungsstücken, Überzügen, Kissen und Tapeten oder umsäumt von kalligraphischen Schriftzeichen, die vermutlich die Szene kommentierten. Bei näherer Betrachtung fiel ihr eine weitere mit entblößtem Gesäß auf einem Mann hockende Frau auf. Wie Doris aus dem Gesicht des Mannes schloss, ejakulierte er gerade. Die Tapeten auf den folgenden Darstellungen täuschten oft Blumen vor und verstärkten dadurch noch den tagträumerischen Eindruck. Einmal war als Hintergrund ein blauer, aufgespannter Papierschirm zu sehen, dann wiederum die Stadt Edo oder eine Pagode. Die Geschlechtsteile der abgebildeten Männer waren übertrieben vergrößert und die der Frauen bis ins Detail ausgeführt und üppig behaart. Es waren zugleich ästhetische und erregende Kunstwerke, fand Doris, die der körperlichen Liebe und der Begierde gerecht wurden, auch wenn sie das vorwiegend Obszöne auskosteten. Manchmal waren die Gliedmaßen der Paare so ineinander verschlungen, dass Doris an Nummern von Zirkusartisten dachte. Oder der Beischlaf vollzog sich überhaupt vor einem offenen Fenster oder auf einer Stiege. Auch stilisierte Holzschnitte von zartester Farbgebung und mit wenig Hintergrund entdeckte sie. Selten jedoch waren vollständig Nackte oder sich Küssende abgebildet – eher war ein Paar gänzlich von prunkvoll gemusterten Überwürfen bedeckt, so dass man nur erahnen konnte, was darunter vor sich ging. Bald erschienen ihr die Farbholzschnitte wie Lehrtafeln, bald wie erregende Masturbationsvorlagen. Ein Kabuki-Theater der Sexualität. Sie selbst konnte körperliche Liebe zwar genießen, mochte jedoch darüber nicht sprechen. Ein Fremder hätte nicht geahnt, wie sehr sie sich beim Liebesakt verändern und hinreißen lassen konnte. Am Anfang ihrer Beziehung zu Philipp hatte er sie mehr oder weniger oberflächlich behandelt. Sie hatte sofort begriffen, dass es ihm nur um das Eine ging, erinnerte sie sich. Hingegen war sie selbst sofort in ihn verliebt gewesen. Das schien auf ihn allerdings eine starke Anziehung ausgeübt zu haben. Bei ihrer ersten Umarmung verlangte er von ihr, dass sie ihm ihr Vorleben erzählte. Er war auf das seine ziemlich stolz, während sie sich von ihm ausgefragt vorkam. Sie gab es nach langem Hin und Her aber nur zum Teil preis, und er erregte sich daran. Sie musste allerdings erstaunt feststellen, dass er anschließend eifersüchtig gewesen war. Beim Beischlaf erzählte er ihr gerne erfundene, haarsträubende Geschichten, bei denen er sie und sich selbst mit einbezog, wodurch sich in ihrem Liebesakt alles Wirkliche und auch die Vernunft verflüchtigten und sie scheinbar schwerelos zum Höhepunkt kamen. Von ihren Zweifeln an seiner Treue wollte er allerdings nichts hören, er stritt, hatte sie einmal einen Anhaltspunkt gefunden, alles ab, ließ sie aber trotzdem immer wieder und für längere Zeit allein. Eine eigenartige, gegenseitige Abhängigkeit entstand zwischen ihnen, sie stritten und sie liebten sich, sie misstrauten einander und konnten doch nicht voneinander lassen. Eines Tages hörte er damit auf, sie zu betrügen, und auch sie hatte keinen Grund mehr für Heimlichkeiten. Sie heirateten und führten eine nach außen hin durchschnittliche Ehe. Als er das Haus auf dem Land zuerst mietete und später kaufte und anschließend mit ihr gemeinsam nach Wien zog, fing er an, immer länger fortzubleiben. Sie wusste, dass er dort schrieb. Und weil er nicht wollte, dass ihn jemand besuchte – da er für den Schaffensprozess die allergrößte Ruhe beanspruchte – und er es ihr sogar verbot, fügte sie sich zunächst, fuhr aber an einem Wochenende – als Philipp eine Lesereise in Deutschland unternahm – nach St. Johann, um sich ein Bild zu machen. Da sie keinen Schlüssel zum Haus besaß, hatte sie nur durch ein Fenster geblickt und dabei nichts Auffälliges entdeckt. Hierauf hatte sie ein wenig wütend im Gasthaus zu Mittag gegessen und war anschließend den Weg um die drei Teiche herum spaziert, von denen er ihr erzählt hatte. Dabei war ihre Wut mit jedem Schritt gewachsen, denn sie fand die umgebende Natur überaus anziehend, und Philipp wusste doch, wie sehr sie sich lange Spaziergänge wünschte. Nach seiner Rückkehr war es zu heftigen Auseinandersetzungen zwischen ihnen gekommen, bei denen sie am Ende beschlossen, dass jeder seinen eigenen Weg gehen sollte. Von da an sprachen sie nicht mehr über »private Dinge«, wie er es nannte. Trotzdem war sie im Nachhinein betroffen darüber gewesen, dass Philipp einen Sohn und eine Geliebte in Wies hatte, wie Vertlieb Swinden ihr in einem langen Gespräch erzählte.

Philipp war zumeist nachts vom Land in die Stadt gekommen. Dann hatten sie ausschweifend miteinander geschlafen, und er war noch vor Tagesanbruch wieder zurückgefahren. Daraufhin hatte jeder wieder sein eigenes Leben weitergeführt.

Als sie nach Philipps Tod erfuhr, dass auch Vertlieb ein Verhältnis mit Pia gehabt hatte, hatte es sie zuerst mit Schadenfreude erfüllt. Auf einmal – sie wusste anfangs nicht warum – begann es sie jedoch ungemein zu stören, wie tief Vertlieb in Philipps Leben eingedrungen war, und sie hatte begonnen, sich von ihm fernzuhalten, gerade weil sie begriff, dass er jetzt auch sie begehrte. Inzwischen frisierte er sich das Haar wie Philipp, trug er ähnliche Kleidungsstücke, legte er sich die gleichen Brillen zu und übernahm seine Standpunkte. Zunächst hatte es sie amüsiert, aber mit der Zeit war es lächerlich geworden, denn er verwandelte sich immer mehr in eine literarische Figur aus Philipps Romanen.

3

Soeben hatte sie ihre Auswahl getroffen, als der Buchhändler wieder das Hinterzimmer betrat und sie fragte, ob sie weitere Bände anschauen wolle. Automatisch blickte sie auf die Uhr, es war zehn Minuten nach zehn, und der Laden musste längst geschlossen sein. Sie entschuldigte sich, stand auf, gab dem Buchhändler ihre Visitenkarte, bezahlte und nahm zum Abschluss noch einen schmalen Band von Hokusai mit, der sie auf der Weiterreise begleiten sollte.

Im Hotel erwartete sie Vertlieb voll Ungeduld. Er wagte es nicht, sie zu fragen, wo sie so lange gewesen sei, sondern wollte ihr gleich die Fotografie auf dem Display seiner Kamera zeigen, die er in Kamakura vom riesigen Buddha gemacht hatte, ganz in der Manier Philipps, wie sie später feststellte und es nicht anders erwartet hatte.

Sie antwortete, dass sie sich ausruhen und duschen würde und irgendwann im Hotelrestaurant etwas essen wolle. Vertlieb beteuerte, dass auch er sich auf sein Zimmer zurückziehen wolle, er war offenbar erleichtert darüber, dass sie überhaupt wieder zurückgekehrt war. Doris sagte sich, als sie gemeinsam im Lift hochfuhren, dass sie auf ihn achten müsse, schließlich nahm er, seit er damals aus St. Johann zurückgekehrt war, Psychopharmaka. Selbst den Ärzten auf der Neurologie und später in der Sigmund-Freud-Klinik war es nicht gelungen zu erfahren, was in ihm vorging. Aus seinem Verhalten schloss sie aber, dass er noch immer an einer Nervenkrankheit litt. Statt ihr irgendwann zu widersprechen, ahmte er auch sie bloß nach, wie er Philipp nachahmte. Hustete sie, hustete Vertlieb ebenfalls, interessierte sie sich für etwas, interessierte er sich ebenfalls dafür, lehnte sie etwas ab, pflichtete er ihr sofort bei. Ein bekannter Psychiater hatte sie gewarnt, als sie ihm von Vertlieb erzählt hatte, dass er unberechenbar sei und eine Gefahr für sie und sich selbst darstelle. Merkwürdigerweise hatte sie das nicht von der gemeinsamen Reise abgebracht. Sie musste sich, dachte Doris, Vertlieb nur auf Distanz halten und zur Selbständigkeit zwingen, wenn sie mit ihm zusammen war. Sie hatte ihm auch dazu verholfen, dass er bei Gelegenheit als freier Mitarbeiter in der Kulturredaktion Kritiken über Filme und Bücher schreiben durfte. Alles in allem reichte es, dass er ein recht gutes Leben führen konnte.

Unter der Dusche beschäftigte sie sich wieder mit der Buchhandlung, und ihr fiel ein Bild ein, das sie zuerst nicht beachtet hatte. Sie hatte den Titel auf Englisch gelesen, »Der Traum der Fischersfrau« von Hokusai. Es zeigte eine nackte Schöne in körperlicher Umarmung mit einem großen und einem kleinen Polypen. Der kleine küsste sie auf den Mund, und der große saugte sich an ihrem Geschlecht fest und umschlang sie mit seinen Tentakeln. Philipp und Gabriel, dachte sie, dabei hatte sie sich vorgenommen, nicht an die beiden zu denken. Sie wischte den flüchtigen Einfall weg und vergaß ihn.

Nach dem Abendessen mit Vertlieb lag sie in ihrem Zimmer wach und versuchte zu masturbieren, konnte sich aber nicht darauf konzentrieren und schlief rasch ein.

In der Nacht vermeinte sie einmal ein leises Klopfen zu hören.

Als es langsam hell wurde, trat ein freundlicher großer Schimpanse mit Brille, der wie ein Mensch in Jeans und Daunenjacke gekleidet war, in ihr Zimmer. Er setzte sich auf einen Polsterstuhl und sagte mit der Stimme Philipps: »Schön hast du es hier.« Er konnte wie selbstverständlich ihre Gedanken lesen und Doris die seinen, und so führten sie ein stummes Gespräch.

»Bist du wach?«, fragte er.

Es entstand eine Pause.

»Du weißt alles«, sagte sie bestimmt.

Wieder gab es eine Pause.

»Wo bist du?«, wollte sie wissen.

»Hier«, sagte er. »Ich bin hier bei dir. Ich heiße Enrico Caruso.« Er entkleidete sich, legte die Brille auf das Nachtkästchen, kam zu ihr ins Bett und umarmte sie.

4

Draußen regnete es. Der Traum war so eindringlich gewesen, dass sie zuerst nicht wusste, ob sie nur geträumt hatte. Philipp war ihr noch immer so nahe, als sei er bloß in das Badezimmer gegangen, um sich die Zähne zu putzen.

Den Tag über war sie abwesend. Einmal dachte sie an Philipp, dann an Gabriel, dann wieder an ihre Kindheit. Sie trieb wie eine Schiffbrüchige im Meer ihrer Erinnerungen umher. Während sie verständnislos die japanischen Schriftzeichen auf den Plakaten, den Lampions, den Lieferwagen, den Zeitungsseiten sah, war sie tatsächlich eine Verirrte, denn auch in ihrer Gedankenwelt hatte sie die Orientierung verloren. Vertlieb schien nichts davon zu bemerken, er redete eine Zeit lang ohne Unterbrechung, um anschließend ebenfalls hartnäckig zu schweigen. Sie gab ihm Antworten wie ein Automat – und er, der sonst so Feinfühlige, schien nicht zu bemerken, dass sie in Gedanken war. Er war überwältigt von seinen Eindrücken und wies bei jeder Gelegenheit auf Philipps Japan-Buch hin, aus dem er dies und das, was er im Gedächtnis behalten hatte, zitierte, sobald er etwas Ähnliches erblickte.

Jugendliche, die westlich gekleidet waren und einen westlichen Haarschnitt hatten, sowie englischsprachige Leuchtreklamen störten sie, sie fühlte sich gerade in der Fremdheit geborgen. Andererseits stieß sie sich nicht an den gläsernen Hochhäusern und Wolkenkratzern. Sie betrachtete lange einen Running-Sushi-Laden mit den abwesend-stillen Essenden, bis man ihr aus dem Inneren fragende Blicke zuwarf. Während Vertlieb lachte, fühlte sie sich als taktloser Eindringling. Neben einem Müllkübel entdeckte sie zwei Schaufensterköpfe mit künstlichem schwarzem Haar, Orangenschalen, eine Marlboro-Zigaretten-Schachtel und eine McDonald's-Verpackung. Sie ärgerte sich jetzt über sich selbst, dass sie so »touristisch« gewesen war und nur *Japanisches* hatte sehen wollen, um ihr Bedürfnis nach anderen Gedanken und Romantik zu stillen.

Vertlieb hatte sich mit dem japanischen Übersetzer von Philipps Essayband über Wien vor einem Antiquariat verabredet, was sie in Anbetracht ihres langen Abends in der Buchhandlung nicht besonders originell fand. Der Laden ähnelte übrigens dem ersten, nur hingen alte grüne Landkarten mit kalligraphischen Schriftzeichen an einer Wand. Zu sehen waren Darstellungen von Tokio, damals noch Edo, und ganz Japan. In einer Vitrine waren Briefbeschwerer aus Stein ausgestellt und Geschenkpapiere mit floralen Mustern. Aufgeschlagene Bücher mit besonderen Illustrationen lagen auf Pulten. Die gelben und weißen Zettel mit Preisangaben auf den kleineren und größeren Stapeln vermittelten Doris den Eindruck von Akten in einem überbordenden Archiv.

Im zweiten Raum stießen sie auf den Übersetzer. Er trug einen braunen Mantel und eine goldgerahmte Lesebrille, in einer Hand hielt er eine schwarze Aktentasche. Soweit sie die Situation richtig verstand, verhandelte der Übersetzer mit dem Verkäufer gerade über ein Kunstbuch, auf dem ein kniender Bogenschütze mit nacktem Oberkörper abgebildet war, der auf die mit Schriftzeichen bedeckte Folgeseite zielte. Offenbar waren sie schon zum Abschluss gekommen, denn der Verkäufer begann das Buch einzupacken, während der Übersetzer nach seiner Geldtasche griff. Vertlieb nutzte den Augenblick und sprach ihn auf Deutsch an, worauf der Übersetzer ihm stockend antwortete, dass er sich sehr freue, ihn kennenzulernen. Als Vertlieb ihm Doris als Witwe von Philipp Artner vorstellte, verbeugte er sich tief und drückte ihr mehrfach sein Bedauern über dessen Tod und seine Wertschätzung gegenüber dem Werk aus. Doris nickte lächelnd, aber es kam ihr vor, als bedeute ihr Erscheinen gewissermaßen die Absolution von allem, was Philipp getan hatte – Seitensprünge, Lügen, Trinkgelage –, und sie ärgerte sich darüber. Natürlich habe auch ich ihn betrogen, dachte sie, aber alles Unglück begann mit seiner Untreue ... und es fiel ihr gleichzeitig auf, wie leicht sie sich selbst verzieh und wie schwer sie ihm verzeihen konnte. Vermutlich war es Philipp mit ihr nicht anders ergangen, sagte sie sich.

Der Übersetzer erzählte ihr gerade, dass er viele Gedichte Philipps auswendig könne – sowohl auf Japanisch als auch auf Deutsch. Jetzt erst glaubte sie richtig zu verstehen, wie sehr Philipp sich über das ins Japanische übersetzte Buch mit den kompliziert aussehenden Schriftzeichen gefreut haben musste, denn auch sie empfand plötzlich Freude darüber.

Der Übersetzer, der mit vollem Namen Kobayashi Kichizo hieß, war, stellte sich heraus, ein vornehmer, zurückhaltender, höflicher Mensch, wie sie es nicht anders erwartet hatte. Geduldig unterhielt er sich mit ihnen beim Tee, bevor er ihnen einen nahegelegenen buddhistischen Tempel zeigte, der vollständig schwarz war. Eine schwarze Buddhafigur mit roten Tüchern auf dem Kopf fiel ihr als Erstes auf. Am Gitterzaun, zu Füßen der Statue, hingen rote Fahnen mit weißen Schriftzeichen, außerdem waren dort schwarze Babyfiguren mit roten Wollmützen zu sehen ... Während sie alles betrachtete, war sie in Gedanken beim großen Schimpansen, der sie in der Nacht heimgesucht hatte, und sie hatte plötzlich den Einfall, dass er vielleicht tagsüber in dem Tempel Zuflucht suchte.

In einem Lokal, das sie in der Kälte des Wintertags zu Fuß erreichten, nahmen sie das Mittagessen ein.

Der nackte Gastraum quoll über von Menschen, und in der offenen Küche konnte man die weißgekleideten Köche abwechselnd im Dampf verschwinden und dann wieder eilig herumlaufen sehen. Während sie speisten, herrschte ein Treiben und Lärm wie in einer überfüllten Eisenbahn. Nach der Mahlzeit führte sie Herr Kichizo zur Witwe des berühmten Schriftstellers Inoue, von dem Doris mit großer Begeisterung »Das Jagdgewehr« gelesen hatte.

Das Haus war ein einstöckiges Gebäude in einem Garten mit Bäumen und Holzzaun. Die Möbel in den Zimmern waren in westlichem Stil gehalten, ein orientalischer Teppich lag im Wohnraum, Kommoden, Blumen und ein stoffüberzogener Hocker umgaben sie. Sie entdeckte eine Schwarz-Weiß-Fotografie des Dichters in einer Ecke, und Herr Kichizo zeigte ihnen – nachdem er die Witwe um Erlaubnis gebeten hatte – das sehr kleine Arbeitszimmer des Schriftstellers. Im Bücherregal fiel Doris zuerst eine quadratische, antike Uhr auf. Ein impressionistisches Bild mit einem Goldrahmen hing an einer Wand, ein großes Fenster in der Mitte des Raumes ging auf den Garten hinaus. Alles auf dem Schreibtisch war penibel geordnet. Doris wusste nicht warum, aber als sie die Schwarz-Weiß-Fotografie jetzt aus der Nähe sah, empfand sie Zuneigung für den Mann, der darauf zu sehen war.

Die Witwe war eine schweigsame ältere Dame in japanischer Kleidung und durch ihre Zurückhaltung so etwas wie eine stumme Autorität für Doris … Sie wusste nicht, was Herr Kichizo ihr über Philipp und sie auf Japanisch erzählte, aber die ruhige, scheinbar unerschütterliche Frau nickte ihr mehrmals voller Wohlwollen zu, und Doris hätte ihr gerne Fragen über ihren verstorbenen Mann gestellt. Dabei war ihr eingefallen, wie banal doch ihre eigenen Erinnerungen oft an Philipp waren und wie sie durch Erzählungen außerordentlicher oder komischer Ereignisse dann plötzlich für andere an Bedeutung gewannen.

Sie tranken Tee, und eine Dreiviertelstunde später fuhr sie mit dem Taxi allein ins Hotel zurück. Es fing an zu regnen, und sie legte sich auf ihr Bett und schaltete den Fernsehapparat ein, ohne vom Programm ein Wort zu verstehen. Vertlieb hatte sich mit Herrn Kichizo wegen der Übersetzung eines anderen Buches von Philipp noch in die Keio-Universität begeben, den Abend wollten sie dann zu dritt an einem »speziellen Ort«, wie Herr Kichizo meinte, verbringen.

Sie schlief ein und wurde erst durch das Telefon geweckt, der Fernsehapparat lief noch immer, und sie fühlte sich wegen des Jetlags zerschlagen. Vertlieb wartete mit seinem Begleiter bereits im Foyer.

Nachdem sie sich mühsam im Badezimmer zurechtgemacht hatte, versuchte sie etwas wie Vorfreude auf einen außergewöhnlichen Abend zu empfinden, obwohl sie vor Müdigkeit nur schwer einem Gedanken folgen konnte.

Draußen regnete es heftig. Sie mussten kein Taxi nehmen, sondern nur die Straße überqueren, um zu einem Platz zu gelangen, der von einer großen Zahl dicht aneinandergedrängter Holzbuden eingenommen war. Die unübersichtlichen Gassen und Seitengassen hingen irgendwie zusammen und bildeten ein verwirrendes Ganzes. Der Übersetzer, der sich offensichtlich gut auskannte, führte sie begeistert durch ein reges Nachtleben. In den meisten Buden, sah Doris, wurde gegessen und getrunken, auch an offenen Ständen mit Vordächern wurden Imbisse serviert und Alkohol ausgeschenkt. Sie verweilten vor einem Tätowierstudio mit Fotografien von Kunden und den Mustern auf ihrer Haut, Schriftbildern und Drachenfiguren. Der Besitzer stand in der geöffneten Tür und rauchte, so dass sie einen Blick in den Laden hineinwerfen und den nackten Rücken eines Mannes mit einem tätowierten Vogel und darüber die Hand mit der Maschine sehen konnte. Ein anderer Kunde betrachtete gerade seinen tätowierten Unterarm in einem Spiegel. Daneben ein Hundefriseur in einem winzig kleinen, durch eine Neonröhre an der Decke erhellten Raum. Ein weißbekleideter junger Mann bemühte sich um einen ebenfalls weißen Pudel, während sich auf seinem Arbeitstisch ein Ventilator drehte. Die Snoopy-Schürze und die Gummihandschuhe, die er trug, gaben ihm das Aussehen eines Schönheitschirurgen für Vierbeiner. An einer Wand waren, dicht aneinandergereiht, farbige Fotografien von Hunden mit verschiedenen Frisuren ausgestellt. Der unruhige weiße Pudel musste von seiner Besitzerin immer wieder ermahnt werden, still zu halten. Herr Kichizo lachte dazu und erzählte ihnen, dass der Hundefriseur auch die Haare der meisten Budenbesitzer schnitt und mehr als tausend Witze im Kopf habe.

Durch eine weitere Auslage erblickten sie eine alte Frau in Straßenkleidung. Sie faltete aus Papier kunstvolle Vögel, Blumen und Katzen. Gerade war sie dabei, eine Pagode aus bemaltem Karton herzustellen. Die Frau, mit der sie sich unterhielt, stand unter einem tropfenden Regenschirm. Während die Finger der Papierkünstlerin weiter ihre Arbeit verrichteten wie die einer blinden Klavierspielerin, starrte sie ihrem Gegenüber ins Gesicht.

Unter dem Regenschirm des Übersetzers gelangte sie immer tiefer in das Budenviertel, und es häuften sich jetzt die Essbuden. Vertlieb hatte eine schwarze Wollmütze aufgesetzt und machte mit seinem Handy Fotografien. Jedes Mal, wenn sein Blitzlicht ein Motiv in grelles Licht tauchte, veränderte sich augenblicklich alles. Sie ärgerte sich deshalb über ihn, weil er sie zu Touristen stempelte. Schon bei Philipp hatte sie es nicht gemocht, wenn er mit seiner Kamera umherstreifte und fotografierte, sie hatte dann den Eindruck, er degradiere sich selbst.

In den Buden gab es reiche Speisenangebote. Die Gäste wählten aus den Vitrinen ihre Gerichte und verzehrten sie mit Essstäbchen und einem Glas Bier an der Theke. Weißgekleidetes Personal mit Schiffermützen bediente sie ... Durch die Fenster konnten sie in die fahl beleuchteten Räume blicken: auf eine schwarzgekleidete Männergesellschaft, für die eine dicke alte Frau eine Mahlzeit auf großen Gaskochern zubereitete, oder auf einen bebrillten Herrn mit Geheimratsecken, der den dicht nebeneinander sitzenden und stehenden männlichen Gästen aus einem Heft etwas vorlas. Sie traten auf Vertliebs Wunsch ein und hörten dem Vortragenden zu, der, wie sie feststellten, deklamierte. Die Wände waren über und über mit Veranstaltungs- und Ausstellungspostern beklebt. Anoraks und Mäntel hingen bündelweise an Garderobenhaken. Doris verspürte jetzt keine Lust zu reden, ihre Müdigkeit war an der frischen Luft verschwunden, und sie nahm die Eindrücke mit versteckter Begeisterung auf, wie immer, wenn sie auf Reisen war. Philipp hatte es besonders geschätzt, dass sie seine Leidenschaft für Wahrnehmungen teilte und ihn auf Dinge aufmerksam machte, die er ohne sie übersehen hätte.

Die Klimaboxen, die in den Wänden eingebaut waren, regelten die Temperatur eher schlecht, denn es war heiß, und sie zogen, als sie endlich an einem Tisch mit anderen Gästen Platz gefunden hatten, die Mäntel aus. Nachdem der Vortragende geendet hatte, stand mitten im Applaus ein älterer Mann mit einer Gitarre auf und grölte, vom Alkohol enthemmt, ein Lied. Manche lachten, manche erstarrten, andere fingen zu reden an, was zuletzt alle taten. Inzwischen kochte eine Frau im schwarzen Schlafrock verschiedene Speisen, scherzte – ein Bierglas in der Hand – zwischendurch mit den Gästen und lachte – offenbar war sie eine Instanz, denn man brachte ihr Respekt entgegen. Als auch Doris einen Schluck Bier nahm, prostete die Frau ihr lachend zu, worauf die übrigen Gäste sich anschlossen. Das Essen, in verschiedenen kleinen Schalen serviert, war vorzüglich, doch der Alkohol machte sie wieder müde, während Vertlieb anfing, neuerlich über Philipp zu sprechen, was ihr langsam auf die Nerven ging. Sie dachte an die nächtliche Erscheinung des Schimpansen, aber sie wischte den Gedanken weg und gähnte.

Beim Verlassen des Lokals trat sie in eine Pfütze mit verschütteter Milch. Sie konnte es sich nicht erklären, weshalb sie die unbedeutende weiße Lache als düsteres Vorzeichen empfand. Auch Vertlieb hatte die ausgeschüttete Milch bemerkt, denn er hatte ausgerufen: »Es wird schneien!«

Nachdem sie sich von Vertlieb und Herrn Kichizo verabschiedet hatte, schaute sie von ihrem Zimmer aus lange auf das erleuchtete Stadtviertel.

Daran erinnerte sie sich genau. Auch, dass die schmale Gasse mit Textfahnen und schwarzen Flaggen mit gelbem Bambusblattmuster geschmückt war und leere Getränkekisten und übervolle Abfallkörbe herumlagen. Die Gassen waren so schmal, dass nur zwei Personen nebeneinander gehen konnten, weshalb Vertlieb mit seinem Handy vorauseilte, um ungestört »knipsen« zu können. Sie dachte absichtlich »knipsen«, weil ihr das wahllose Fotografieren auf die Nerven ging.

In der nächsten Nebengasse kamen sie zuerst an einem mit einer Plane bedeckten Stand, der von einer Glühlampe erhellt war, vorbei. Der rotgekleidete Verkäufer hielt den Kopf gesenkt und las. Zeitungen waren auf dem Pult aufgestapelt, Magazine auf Ständern sortiert oder auf Vorrichtungen eingerollt. Sie dachte an die ungeheure Anzahl aller bekannten und unbekannten Tragödien, aller freudigen Momente, aller Umarmungen, aller Abschiede, aller Begräbnisse, aller Mahlzeiten, aller Todesfälle, aller verspeisten Lebewesen, aller Betrügereien, Diebstähle, Gewalttaten, Unfälle, die sich in Tokio wohl an diesem Tag ereignet haben mochten, und seufzte.

Das war übrigens ein typischer Gedanke von Philipp gewesen, fiel ihr ein. Die nächste Bude war eine Sake-Bar mit einem fetten Wirt an der Theke und zwei betrunkenen Männern mit weißen Hemden und Krawatten, die unter den geöffneten Mänteln zum Vorschein kamen.

Vertlieb rief begeistert, er wolle hier Halt machen, und Herr Kichizo versprach ihm, sobald er Doris ins Hotel begleitet habe, zurückzukommen.

Sie machte sich keine weiteren Gedanken mehr, als sie zu Bett ging und die Augen schloss.

Sie wusste nicht, wie spät es war, als der große Schimpanse wieder das Zimmer betrat. Diesmal trug er einen Hausmantel aus Seide über einem einfarbigen Pyjama und Hausschuhe. Er setzte sich auf den Polsterstuhl, reinigte seine Brille und begann zu schreiben, ohne mit ihr zu sprechen. Nach einer Weile fragte sie ihn, wer er sei, und er antwortete mit der Stimme Philipps »Johann Wolfgang von Goethe«. Hierauf entkleidete er sich und legte sich zu ihr, um sie zu umarmen.

5

Es schneite. Die Schneeflocken, die sie durch das Seitenfenster des Taxis sah, fielen so dicht, dass sie im Kreis hätten fahren können, ohne dass es ihr aufgefallen wäre. Ihre Gedanken waren längst anderswo. Weil Vertlieb nicht zum Frühstück erschien, hatte sie den Portier gebeten, ihn auf seinem Zimmer anzurufen, doch hatte er geantwortet, dass Herr Swinden am frühen Morgen abgereist sei. Daraufhin hatte sie vergeblich versucht, ihn über das Telefon zu erreichen. Schon am gestrigen Nachmittag hatten sie mit Herrn

Kichizo verabredet, dass er sie zum Bahnhof bringen werde. Aus Wut über Vertlieb, und weil sie nicht den Anschein einer verlassenen Geliebten geben wollte, hatte sie selbst ihr Gepäck aus dem Zimmer geholt und – nachdem sie die Rechnung bezahlt hatte – zusammen mit dem Übrsetzer ein Taxi zum Bahnhof genommen.

Die dichten Schneeflocken fielen anscheinend auch in ihrem Kopf, denn sie hatte durch den Vorfall die Orientierung verloren. Vielleicht hatte Vertlieb sich verliebt oder eine Entdeckung gemacht oder mit jemandem Freundschaft geschlossen, überlegte sie. Dass er ihr nicht einmal eine Nachricht hinterlassen hatte, schien ihr wie eine Revanche für etwas, womit sie ihn gekränkt hatte. Doch passte es andererseits auch zu ihm. Immer tauchte er plötzlich auf und verschwand wieder. Was, wenn er gänzlich den Verstand verloren hatte? Es war wohl notwendig, den Übersetzer von seiner Krankheit zu unterrichten.

Durch das Schneetreiben war es zu einem Stau gekommen, und sie standen eingeschlossen in einer unübersehbaren Menge von Fahrzeugen. Herr Kichizo hörte aufmerksam, doch unbewegt zu, als Doris ihm von Vertlieb erzählte, fragte nach seinem Geburtsdatum, seiner Adresse und Handynummer und telefonierte hierauf länger, auch noch, als der Stau sich längst aufgelöst hatte und das Taxi sich wieder in Bewegung setzte.

»Ich habe die Polizei angerufen«, sagte er dann. »Es wird nach ihm gesucht.«

6

Herr Kichizo führte sie hierauf bis zu ihrem reservierten Sitz im Shinkansen, dem japanischen Schnellzug, der sie nach Kyoto bringen würde. Allein im Abteil, versuchte sie sich abzulenken, aber noch immer empfand sie ein starkes Gefühl der Demütigung und Wut, wie über erlittenes Unrecht.

Dazwischen, gleichsam als andersfarbiges Muster in einem weißen Häkeltuch, befürchtete sie, dass Vertlieb, der ein von seinen Nerven getriebener Mensch war, sich in Gefahr befand. Vielleicht lag er im Krankenhaus? Oder irgendetwas anderes hatte ihn verstört? Aber was?

Jedenfalls kam es ihr im Augenblick richtig vor, allein weiterzureisen. Herr Kichizo hatte ihr beim Abschied versprochen, dem Verschwinden von Vertlieb nachzugehen und sie anzurufen, sobald sich ein Hinweis auf seinen Verbleib ergeben habe. Anschließend hatten sie die Visitenkarten ausgetauscht. Er gab ihr außerdem die Adresse einer Germanistin aus Kyoto, »für alle Fälle», wie er sagte.

Der Bahnbeamte mit der roten Dienstkappe, der ihre Karte kontrolliert hatte, bevor sie in den Zug gestiegen war, stand noch immer auf seinem Platz. Dann erschienen Stewards in Anzügen sowie Stewardessen in blauer Uniform mit Gouvernantenhütchen.

Sie verschlief die Abfahrt und erwachte erst durch das Gerüttel der Waggons. Draußen schneite es noch immer heftig, und sie dachte kurz an die Papierschnitzel, die nach der Gasexplosion in ihrer Wohnung vom

Himmel gefallen waren, wie ihr Vertlieb immer wieder, auch gegen ihren Willen, erzählt hatte. Er war davon besessen gewesen.

Als der Schneefall nachließ, sah sie den Fujiyama an ihrem Fenster vorbeiziehen. Wieder musste sie an Philipp denken, der Vulkane besonders geliebt hatte. Sie war mit ihm gemeinsam auf den Gipfeln des Ätna und des Vesuv gewesen. Vertlieb hatte die Fotografien davon besonders geliebt, und sie bemerkte jetzt, dass sie sich wegen seiner Abwesenheit mehr Gedanken über ihn machte, als wenn er anwesend war. Und während ihr weiter einfiel, wie sie Vertlieb nach seiner Rückkehr aus St. Johann zum ersten Mal in der psychiatrischen Klinik und später am Steinhof besucht hatte, sah sie die regungslosen Gesichter, die sie für winzige Augenblicke aus einem entgegenkommenden Zug anschauten und gleich wieder vorbeigehuscht waren. Dann zogen eine aus mehreren Bögen bestehende Brücke, Industrieanlagen, leere Basketballplätze und ein rotes Gebäude, das mit weißen Schriftzeichen bemalt war, an ihr vorbei.

7

Sie rief die Germanistin aus Kyoto nicht an. Dem Portier erklärte sie, dass das vorbestellte Zimmer für Vertlieb Swinden nicht belegt würde, da ihr Begleiter in Tokio geblieben sei.

Am Nachmittag nach ihrer Ankunft hatte sie das Bedürfnis, unter Menschen zu sein, und der Portier empfahl ihr die Kawaramachi-Street im alten Stadtteil auf der anderen Seite des Kamo-Flusses. Der Fahrer des Taxis trug eine Kappe und weiße Handschuhe und sah aus wie der Chauffeur eines Millionärs in einem Hollywoodfilm. Als sie zum Fluss kamen, erkannte sie im Schneeregen am anderen Ufer niedrige, schachtelförmige Gebäude mit Veranden und dahinter Hochhäuser. Der Fahrer hielt vor dem »Nishiki-koji«, dem Markt, wie er auf die Frage von Doris, wo sie seien, knapp antwortete.

Die Straße machte auf sie einen amerikanischen Eindruck, vor allem wegen der leuchtenden Coca Cola- und Kinoreklamen, der Pornomagazine an den Zeitungsständen und der kleinen Plakate von Callgirls mit ihren Telefonnummern.

In der Passage herrschte reges Leben, es gab eine Reihe von Schnellimbissen und Fotoautomaten – in einem, bemerkte sie, war der kurze, grellbunte Kunststoffvorhang zugezogen, und darunter waren die weißen Stutzen zweier zappelnder Schulmädchen sichtbar. Ihr Gekicher war schon von weitem zu hören. Der Markt gefiel ihr. Die Vielfalt der angebotenen Waren, die mit zahlreichen kleinen Lampen von oben beleuchtet wurden und wie auf Sektionstischen ausgebreitet waren, weckte ihre Neugier. Überhaupt erschien ihr die Halle für einen kurzen Moment als ein riesiger Seziersaal. Speisefertige Fische waren sauber nebeneinander sortiert wie Präparate in einem Lehrbuch. Andere silberne Fische waren in zerknitterte, durchsichtige Folien gehüllt und mit schmalen weißen Zetteln versehen, auf denen vermutlich die Bezeichnung und der Preis zu lesen waren. Polypen in gelben Plastikfolien lagen aufgeschichtet da, und ein bäuerlich aussehender Verkäufer bot Fischköpfe an, an denen Doris zuerst nur die Augen auffielen.

Nach einer Weile wechselte sie auf die andere Seite des Marktes. Dort herrschte eine noch strengere Ordnung. Die Lampen über den Verkaufspulten waren als rote Lampions getarnt. Gemüse und Holzfässer mit Früchten hatte man in das Blickfeld der Kunden gerückt. Alles war auch hier feinsäuberlich ausgezeichnet, so dass der Markt in Doris schließlich Bilder aus der Schulzeit wachrief. Die zumeist bebrillten Verkäufer, bemerkte sie jetzt, musterten sie indessen neugierig, mit über der Brust verschränkten Armen.

Beim Hinausgehen fiel ihr noch ein Tisch mit Sushis auf, die aussahen wie edles Konfekt. Sie genoss es inzwischen, allein zu sein. Der Schneeregen war in starken Schneefall übergegangen. Nicht weit vom Markt betrachtete sie durch die Auslagenscheibe einer Spielhalle die blinkenden Automaten und die Menschen, die davor saßen, ohne den Blick von den Anzeigen zu lassen. Über dem Eingang fiel ihr im Weitergehen ein verkehrt aufgehängtes und vor der Kanzel abgeschnittenes einmotoriges Flugzeug auf. Der Propeller war noch vorhanden, und unter den Tragflächen sah sie sogar die Räder. Oberhalb der Maschine war auf die Hauswand der blaue Himmel mit Schäfchenwolken gemalt, der durch den starken Schneefall wie eine Kinderzeichnung auf sie wirkte. Ihre Wahrnehmungen kritzelten ohne Unterbrechung Bilder in ihr Gedächtnis, von denen ihr viele später als Erinnerungen erhalten bleiben würden. Sie fühlte sich jetzt – zu ihrem Erstaunen – befreit. Sie wollte auch niemanden in Kyoto treffen. Wenn eine unbekannte Germanistin sie begleiten würde, überlegte sie, würde das Gespräch automatisch auf Philipp kommen, sie hatte jedoch nur den

Wunsch, Abstand zu gewinnen. Denn sobald die Rede auf Philipp kam, dachte sie auch an Gabriel.

Im buddhistischen Tempel war vom Schneefall nichts zu spüren.

Vor einem goldenen, erleuchteten Schrein beteten im dämmrigen Licht Gläubige, die verstreut auf dem Boden saßen. Sie blieb stehen und hob den Kopf. Wie große gläserne Behälter hingen Lampen von der Decke. Ihre geometrischen Muster – weiß auf schwarz – zeigten alle die Darstellungen von zwei Nachtigallen im Weinlaub – die eine ruhig sitzend, die andere mit gespreizten Flügeln –, welche wohl auf ewig lautlos sangen. Dicke runde Säulen im Saal riefen den Eindruck eines Waldes hervor, und die in der Dämmerung gerade noch sichtbaren Gittermuster goldverzierter Türen vervollkommneten den Eindruck, dass sie sich in einem Zauberreich befand.

Im Freien war es dunkel geworden, und der Schnee fiel unverändert dicht vom Nachthimmel. Der Tempel war ein langgestrecktes Gebäude, mit einem Schrägdach und breiten Treppen und Säulen, an denen weiße Schriftbänder hingen. Die Tore waren mit kreuzförmigen Verzierungen aus Messing und darin eingeritzten Blumenmustern geschmückt – wie schön, dachte sie.

Im Weitergehen bemerkte sie erst jetzt den silberfarbenen, wasserspeienden Drachen vor einem steinernen Brunnenbecken, den sie hierauf neugierig von allen Seiten betrachtete.

Später speiste sie in einem Lokal in der Kawaramachi-Street und war selbst darüber erstaunt, dass sie sich nach wie vor nicht einsam fühlte. Die Zeit verging langsamer, denn sie versank in stumme Selbstgespräche und musste sich jeden Schritt, den sie machte, überlegen. Aber die Wahrnehmungen, die auf sie einströmten, waren intensiver, stellte sie fest. Zu Hause machte sie alles automatisch – jetzt hingegen hatte sie das Gefühl, dass es allen Menschen, die sie umgaben, gleichgültig war, was mit ihr geschah. Niemand wartete auf sie, aber niemand beeinflusste sie auch. Dann dachte sie darüber nach, was mit Vertlieb geschehen war. Obwohl sie ihn nicht vermisste, beunruhigte es sie, dass sie nichts von ihm hörte. Er war zurück in das Hotel gekommen, hatte ausgecheckt, seine Rechnung bezahlt und dann? Weshalb hatte er ihr keine Nachricht hinterlassen? Hatte er sich verfolgt gefühlt? Das war das Naheliegendste, fand sie, jedenfalls konnte sie sich nichts anderes vorstellen.

8

Im Foyer des Hotels war eine alte Kutsche ausgestellt, deren Fenster durch einen gemusterten Vorhang verdeckt waren. Doris betrachtete sie wie ein fahrbares Kasperltheater, eine große Wunderschachtel auf Rädern. Zwei Frauen in Kimonos unterhielten sich davor – gleichzeitig bemerkte sie, dass der Portier ihr freundlich zuwinkte. Er gab ihr einen Zettel, auf dem sie die Notiz las, dass sie eine Telefonnummer in Kyoto anrufen solle, und darunter stand der Name Andrea Stipsits. Der Name sagte ihr nichts. Sie ließ sich verbinden, und es stellte sich heraus, dass es eine österreichische Germanistin war, die an der Universität in Kyoto unterrichtete. Sie hatte eine Nachricht, die Doris beunruhigte: Vertlieb Swinden sei auf dem Weg nach Kyoto, mehr wusste Frau Stipsits nicht. Sie behauptete auch, nicht zu wissen, wo Vertlieb gewesen sei. Doris überlegte kurz, was sie machen sollte, rief Herrn Kichizo an, der sich aber nicht meldete, und zog sich auf ihr Zimmer zurück. Nachdem sie an der äußeren Türklinke das Schild »Do not disturb« aufgehängt hatte, benachrichtigte sie den Portier, dass sie nicht gestört werden wolle, und nahm sich vor, in ein anderes Hotel umzuziehen, wenn Vertlieb sie bedrängte. Natürlich wäre es am besten, überlegte sie weiter, es gleich zu tun, aber sie hatten die Zimmer vorbestellt, und sie befürchtete, dass sie dann für die restlichen Nächte, die sie in Kyoto verbrachte, beide würde bezahlen müssen. Der Gedanken daran ärgerte sie. Sie war nicht nach Kyoto gefahren, um sich zu verstecken oder zu fliehen, und jetzt erwartete sie genau das. Sie schaltete ihr Smartphone aus, suchte den Reiseführer, las den Abschnitt über die Sehenswürdigkeiten der Stadt und nahm sich vor, früh aufzustehen und bis zum Abend nicht in das Hotel zurückzukehren.

Nachdem sie alles durchdacht hatte, verspürte sie Müdigkeit.

Sie wusste nicht, wie spät es war, als es an der Tür klopfte und der große Schimpanse erschien. Er trug eine Lederjacke, Cowboystiefel und eine Sonnenbrille. Sofort setzte er sich wieder auf einen Polstersessel und begann in sein Notizbuch zu schreiben.

»Ich bin Brad Pitt«, sagte er nebenbei.

»Was machst du?«, fragte Doris und setzte sich auf.

Er schwieg und schrieb weiter.

»Gibst du mir keine Antwort?«

Noch immer schwieg er.

»Ich möchte, dass du gehst!«, sagte sie ruhig.

»Warum?« Er hörte zu schreiben auf und hob seinen Kopf. Doris wollte das Licht anknipsen, um seine Augen zu sehen, aber er sagte bestimmt: »Lass es!«, nahm die Sonnenbrille ab, entkleidete sich und legte sich zu ihr ins Bett.

Er war warm, roch nach grünen Blättern und hatte große traurige Augen, fand sie, die ihr Hingabe und Wärme versprachen.

9

Früh am Morgen verließ sie, um Vertlieb nicht zu begegnen, das Hotel. Am Abend hatte er sie offenbar dreimal anzurufen versucht, aber sie löschte die Nachrichten auf der Mailbox, ohne sie abgehört zu haben. Jedenfalls erleichterte es sie, dass er noch lebte.

Noch immer spürte sie die Umarmungen des Affen, seine Liebkosungen und Zärtlichkeiten. Sie wollte nicht an die Zukunft denken. Weder wünschte sie sich jetzt, dass er sie verließ, noch dass er für immer bei ihr blieb, und es war ihr egal, ob es nur ein Traum war oder wirklich Philipp in Gestalt eines Schimpansen.

Es schneite und schneite weiter, Schneehaufen hatten sich an den Straßenrändern aufgetürmt, und nachdem sie den Park erreicht hatte, in dem sich der Steingarten befand, fiel ihr ein, wie dumm es von ihr gewesen war, nicht daran zu denken, dass er gewiss ganz vom Schnee bedeckt sein würde. Am Vorabend hatte sie gelesen, dass der weiße Sand den Ozean darstellte und das Fließen des Wassers, die Felsbrocken darin standen für Berge und Inseln – aber es konnte auch das Paradies damit gemeint sein. Die geformten Steine waren etwa ein Schiff oder ein Tigerweibchen mit seinen Jungen, die den Ozean überquerten. Die abstrakte Form auf den Abbildungen hatte sie aber zuerst an winzigste physikalische Teilchen denken lassen, aus denen sich das Universum zusammensetzte, und an den Sternenstaub, aus dem die Menschen bestanden. Das alles lag jetzt unter dem Schnee, nur noch die Spitzen der größeren Steine ragten heraus und ein aus dem Meer oder einem Fluss gehobener schwarzer Felsen, glattgespült, mit Buchtungen und Dellen – ähnlich einem zusammengeschmolzenen Meteoriten.

Lange blieb Doris dort im Schneefall stehen, es war ihr, als betrachte sie die Erde, nachdem die Sonne erloschen war. Ein Mönch schaufelte gerade den Weg frei, und so ging sie auf den sauberen Steinplatten zu einem kleinen Tempel und betrat ihn. Die Wände waren rundherum mit einer stilisierten Landschaft bemalt. Aus einem weißen Nebel erhoben sich felsige Gipfel, grüne Bäume, ein weißer Wasserfall. Jede der Wände war durch schmale Holzleisten unterteilt und verschiebbar, runde Türgriffe waren dafür unauffällig angebracht. Tatsächlich ging eine der Wände mit einem leisen Geräusch auf, ein Novize erschien, blickte sich um und verschwand wieder. Er erweckte in ihr den Eindruck einer verirrten Eidechse in einem Steingarten, und sie war überrascht, wie vollendet sich die Realität und die Imagination berührten.

Als sie den Raum wieder verließ, sprach sie ein lachender, mit einer eleganten schwarzen Kutte bekleideter Mönch auf Englisch an. Er war glatzköpfig, trug eine schwarze Brille, einen weißen Schal und an den Füßen weiße Socken und Sandalen. Seine Hände hielt er wie zum Gebet gefaltet, während er in einem fort sybillinisch lächelte. Sie sprachen eigentlich über nichts, über Belanglosigkeiten, den Schneefall vor allem und die Kälte, aber es gelang ihr nicht, ihn aus seiner anonymen freundlichen Zurückhaltung zu locken. Auf einem hölzernen Steg, der zum Eingang des Gebäudes führte, das Doris an ein Hausboot im Schnee denken ließ, folgte sie schließlich seiner höflichen Einladung. An der Wand seines Büros sah sie einen Plan des Gartens. Ein kleiner alter Mann hockte vor brennenden Kerzen und einer Schale Orangen und starrte eine merkwürdige grüne Quaste an, die vor ihm lag. Sie war jetzt froh darüber, dass sie an einem Ort war, der nicht in Philipps japanischem Buch vorkam. Nebenan befand sich ein Laden mit Holzschachteln für Schreibgeräte, auf rotem Stoff liegenden Fächern mit Schriftzeichen und graphischen Werken an den Wänden. Sie kaufte eine Holzschachtel und ein Lesezeichen. Darauf führte sie eine eintretende Frau mit vielen Verbeugungen in einen Nebenraum, ließ sie auf einem Kissen Platz nehmen und servierte ihr Tee. Der Schnee fiel draußen, bemerkte sie durch das Fenster, auf ein kleineres Gebäude mit einem hohen Dach und zwei Reiterskulpturen. Reiter und Pferde waren in würdevoller Haltung dargestellt, wodurch der Schnee auf ihren Köpfen wie eine Lästerung wirkte.

Es duftete im Raum nach Orangen. Die Frau trug einen Pullover und eine Hose und hatte langes Haar.

Ihr Namensschild war nur in japanischer Schrift abgefasst. Als ein weiterer Tourist, mit den Füßen stampfend, um den Schnee von seinen Schuhen zu entfernen, den Raum betrat, verließ Doris das Gebäude wieder, ohne den Mönch noch einmal zu sehen.

Sie ging zuerst auf das kleinere Gebäude zu, an den beschneiten Reiterfiguren und einem Gärtner vorbei, der, mit einer dicken Jacke bekleidet, auf dem Boden hockte und mit einer feinen Bürste den Schnee von einer Pflanze entfernte. Er blickte nicht auf, sondern war ganz versunken in seine Tätigkeit, die er mit großer Sorgfalt ausführte.

Auch das kleine Gebäude war geöffnet, sie stieg dort einige Treppchen hinauf und schaute durch die geöffnete Schiebetür zurück auf den Garten. Er glich vom dunklen Inneren aus betrachtet einem raffinierten dreidimensionalen Holzschnitt von Hiroshige. Verschneite Bäume und Steinlaternen waren nur an ihren Umrissen im Weiß zu erkennen.

Zu Mittag, nachdem sie sich eine kleine Mahlzeit gegönnt hatte, wandelte sie durch die menschenleeren Säle des kaiserlichen Palastes. Auch hier waren es die bemalten Schiebewände, die ihre Aufmerksamkeit auf sich zogen: mächtige dunkelgrüne Zedern auf Goldgrund, Tiger vor einem Bambuswald und Blumen in geometrischen Formen. Und zuletzt erhob sich auf braunem Farbgrund vom Boden bis zur Höhe eines gerade dort stehenden Kindes ein Schwarm Reiher in die weiße Luft der mit Seide tapezierten Wand.

10

Vertlieb Swinden blieb verschwunden. Er kam nicht im Hotel an, aber der diensthabende Portier las ihr eine Notiz von Herrn Kichizo vor, in der ihr dieser mitteilte, dass Vertlieb in Tokio geblieben, aber nicht erreichbar sei.

Sie legte sich im Zimmer auf das Bett, und die verschiebbaren Wände in der Tempelanlage mit dem Steingarten tauchten vor ihrem inneren Auge auf. Bevor sie einschlief, sah sie den Schwarm Reiher, der sich im kaiserlichen Palast, solange das Gebäude stehen würde, in die Luft erhob.

In der Nacht erschien ihr, wie sie es erwartet hatte, der große Schimpanse. Er klopfte seine schneebedeckte Wollmütze ab, hustete und setzte sich in den Polstersessel. Diesmal war er mit einem Pelzmantel und Pelzstiefeln bekleidet und hustete.

»Ich möchte, dass du gehst«, sagte Doris. »Und nicht mehr wiederkommst.«

»Ich bin Philipp«, gab der Affe zur Antwort. Lange saß er schweigend da und blickte zu Boden.

11

Auf der Fahrt durch das Schneetreiben zum Inari-Berg dachte sie an Gabriel und wünschte sich zugleich, ihn zu sehen und zu vergessen. Je länger sie sich darüber den Kopf zerbrach, desto weniger konnte sie sich entscheiden, was sie tun sollte. Alles in ihr lief auf Stillstand hinaus. Selbst der Verkehr auf der Straße war nahezu zum Stehen gekommen, nur noch Fahrzeuge mit

Schneeketten und Fußgänger waren zu sehen. Nach einigen Telefonaten war es dem Portier gelungen, einen Taxifahrer ausfindig zu machen, der über die nötige Ausrüstung verfügte, um sie zum Inari-Schrein, welcher der Gottheit in der Gestalt eines Fuchses gewidmet war, zu bringen. Sie hatte das Gefühl, in Zeitlupe durch den Schneefall zu fahren, trotzdem bereute sie ihren Entschluss nicht, auch nicht, als der Fahrer mit seiner Kappe und den weißen Handschuhen im Voraus den dreifachen Betrag verlangte.

Ein Gast, Professor für Geographie, den sie beim Frühstück kennengelernt hatte, hatte ihr von seinem Ausflug auf den Inari-Berg erzählt und dabei auch den Shintoismus gestreift, die japanische Nationalreligion. Dass diese keinen Gründer kenne, keine Lehre und keine Heilige Schrift, wie der Professor ausführte, hatte sie sofort neugierig gemacht. Der Shintoismus bete die Natur in vielen Gottheiten an und habe sich in Japan allmählich mit dem Buddhismus vermischt. Ihr Gesprächspartner war ein redseliger Mann, der sichtlich auf ein Abenteuer aus war. Er genoss es, dass sie ihm zuhörte, und erklärte weiter, dass der Shintoismus auch keine Jenseitsvorstellungen habe. Sterbe ein Mensch, bleibe seine Seele noch zwischen 33 und 49 Jahren auf der Erde und übe Einfluss auf die Lebenden aus, um danach in das Reich der Ahnen einzugehen, wo sie eins werde mit den göttlichen und übernatürlichen Wesen. Wegen der Vergötterung der Natur, der Bäume und Pflanzen, der Berge und Seen, Flüsse und Meere, der Tiere und Menschen stünden Shinto-Schreine, in denen ein göttlicher Verehrungsgegenstand aufbewahrt werde, in den schönsten Landschaften. Man erkenne die heiligen Stätten an den Shinto-Toren, den scharlachroten »Torii« vor den Bauwerken. Die Torii zeigten an, dass es sich um ein für die Götter reserviertes, heiliges Areal handle. Die Verehrungsgegenstände in den Schreinen gälten als Wohnort der verehrten Gottheit und würden niemals hergezeigt. Es könne sich dabei, betonte der Professor, um Schwerter, einen Tusch-Reibstein oder einen Bronzespiegel und andere Objekte handeln. Soweit er wisse, sei nur ein einziger dieser Verehrungsgegenstände »öffentlich« zu sehen, das sei der Spiegel im Fushimi Inari-Schrein. Inari sei der Gott der Fruchtbarkeit und der Füchse. Inari-Füchse seien weiß wie Schnee und dienten als Boten zwischen der menschlichen und der jenseitigen Welt. Die Fuchsstatuen auf dem Berg seien alle – aus Respekt vor der Gottheit – mit einem roten Latz geschmückt, fuhr der Professor fort. Der Volksglaube schreibe der Gottheit auch die Fähigkeit zu, ihre Gestalt zu ändern, beispielsweise zu einer Spinne zu werden. Zehntausende scharlachrote Torii bildeten einen vier Kilometer langen Tunnel, durch den man auf den Berg zu weiteren Schreinen und Altären aus Stein gelange. Der Schrein mit dem Spiegel heiße daher auch »Schrein der Hunderttausend Torii«.

Während der Geographie-Professor sprach, dachte Doris an Philipp und daran, dass seine Seele nach shintoistischen Vorstellungen noch auf der Erde weilte, und sie bedauerte es, den Schimpansen in der Nacht fortgeschickt zu haben … Jedenfalls wollte sie den Spiegel im Shinto-Schrein sehen und versuchen in ihn zu blicken, als hoffte sie, sich dadurch vollständig zu erkennen.

Aber zuerst würde sie den Weg durch die Torii nehmen, der sie an ihre Irrtümer und Irrwege erinnerte. Und dabei würde es sich vielleicht ergeben, wie sie es fortan mit Gabriel halten und was sie dem Schimpansen sagen solle, wenn er wirklich zurückkäme.

Zu ihrer Überraschung standen Autos, Taxis und sogar Busse auf dem Parkplatz, an dem sie ausstieg.

Das winzige Dorf, durch das die Straße führte, sah verlassen aus, die meisten Andenkenläden waren geschlossen, nur in einer der unbeleuchteten Auslagen stand ein ausgestopfter Fuchs, der schon Teile seines Fells verloren hatte. Sie hielt im Schneefall an und betrachtete ihn. Ihre Mütze, fiel ihr endlich ein, würde nass werden, wenn sie noch länger vor dem Schaufenster verweilte, daher beeilte sie sich weiterzukommen.

Sobald sie das große scharlachrote Tor mit einer Schneehaube auf dem Querbalken erblickte, war sie, sie wusste nicht warum, erleichtert. Breite Treppen führten zu einem großen Tempel … Vielleicht war es ein besonders großer Schrein … Außerdem sah sie noch mehrere kleinere Gebäude. Zwei Frauen mit bunten Schirmen stiegen die Treppen im Schnee hinauf, einige Menschen eilten zwischen den Gebäuden herum, die Geräusche waren gedämpft. Sie hörte den eigenen Atem und spürte die Feuchtigkeit in ihrem Gesicht. Endlich sah sie auch die Torii, die dicht aneinander gereiht dastanden und sich wie eine rote Schlange aus Holz auf den Berg hinaufwanden.

Vor dem Eingang wartete ein Bettelmönch mit einem schwarzen Cape aus filzigem Stoff und einer dunkelbraunen Kopfbedeckung, wie sie noch nie eine gesehen hatte, auf die Besucher. Ein alter schwarzer Regenschirm schützte ihn vor den Schneeflocken, und aus einem selbstgefertigten Schild, das auf dem Boden stand und neben der Beschriftung die Zeichnung einer Hand mit Linien zeigte, ging hervor, dass er vermutlich die Zukunft voraussagte. Entgegen ihrer Überzeugung blieb sie stehen, nickte dem Mönch zu und streckte ihm die Hand hin. Der Mönch zögerte anfangs und gab sich zurückhaltend, offenbar war er es gewohnt, gebeten zu werden. Er machte aus der Nähe betrachtet einen verwahrlosten Eindruck, vielleicht, dachte Doris, war er gar kein Mönch und wollte mit Trotzigkeit seine Würde bewahren. Sie versuchte sich mit ihm zu verständigen, doch er schüttelte nur zu allem, was sie sagte, den Kopf. Schweigend schaute er sodann auf ihre Hand, sie wusste nicht, wie lange, aber er ließ sich Zeit.

Schließlich nahm er einen Stift und ein Stück weißen Kartons aus einer Blechschachtel und begann langsam, Zeichen für Zeichen zu schreiben. Doris dachte, dass sie von jetzt an, wo sie die Zukunft erfahren würde, alles Kommende wie eine Wiederholung erleben würde. Sie blickte in den roten Tunnel aus Säulen mit schwarzen Schriftzeichen, der sich vor ihr auftat, und ihr fiel die Ziehharmonika ein, die sie als Kind auf dem Land zum ersten Mal gesehen hatte, und wie sie den brennenden Wunsch verspürt hatte, winzig klein zu sein und in den roten, mit Blumen verzierten Balg hineinzuspringen.

Zeichen um Zeichen schrieb der Mönch auf, hielt einmal inne und strich eine Zeile durch. Sie dachte an

Philipp und den großen Schimpansen und versuchte dem Mönch auf Englisch zu erklären, dass ihr Mann tot sei und sie wissen wolle, wo er sich befände, doch der Mönch schüttelte nur den Kopf. Als sie ihre Frage wiederholte, blickte er ihr kurz in die Augen, schrieb das Datum zu seinen Zeilen und übergab ihr dann das Stückchen Karton, ohne sie noch einmal anzusehen. Sie nahm es, fragte nach der Bezahlung, und er zeigte ihr – noch immer ohne sie anzusehen – einen Geldschein, den er aus einer Tasche unter dem Cape nahm, und sie legte den Betrag auf das kleine Tischchen, das hinter ihm stand.

Dann steckte sie das Stück weißen Kartons in der Gewissheit, dass sie nie erfahren würde, was darauf stand, in ihre Geldbörse und betrat das Innere der riesigen roten Schlange aus Holz.

SECHSTES BUCH

Die Wiederkehr

1

Wenn Philipp Artner sich einsam gefühlt hatte, hatte sich eine Stimme gemeldet.

»Wo bist du?«, fragte sie ihn. Die Sprache sprach. Nicht er – SIE.

»Ich weiß nicht«, antwortete er.

»Und weiter?«, fragte die Sprache in seinem Kopf.

»Mir fällt nichts ein.«

»Wie bist du hierhergekommen?«

»Ich kann mich nicht erinnern«, sagte er laut.

»Ich warte.«

»Ich hab's vergessen, wirklich.«

»Ich warte!«

Die Sprache krabbelte wieder an der Wand. Es waren die Schaben, die Philipp jetzt sah. Die ganze Wand war voller Schaben, nein, alle Wände und die Zimmerdecke und der Boden, stellte er fest. Das dunkle Zimmer war ein Würfel, in dem er mit den Schaben wohnte. Seine Sprache hatte sich verselbständigt. Er hatte keine Macht mehr über sie.

»Konzentriere dich!«, sagte sie.

»Ja.«

»Warum schaust du die Teekanne an?«

»Sie kann sprechen ... Ich höre sie.«

»Was hörst du noch?«
»Das Wasser.«
»Und?«
»Die Luft.«
»Und?«
»Dich.«

2

Am Tag waren es die Vögel, die an seinem Fenster vorüberflogen, Tauben und Möwen vor allem. Manchmal saßen sie auf der Fensterbank und blickten zu ihm herein, er glaubte, sie betrachteten ihn voller Mitgefühl. Sie flogen, wenn es nicht gerade regnete, bis es dunkel wurde.

3

Solange das Licht brannte, klopften Nachtfalter gegen die Fensterscheiben, er konnte, wenn sie über das Glas krabbelten, ihre Beine, den Körper und den Kopf von unten sehen und, sobald sie aufflogen, den schwirrenden Flügelschlag, mit dem sie in der Dunkelheit verschwanden.

»Fliegende Mäuse und Ratten«, hatte der Pfleger, der Deutsch sprach, sie genannt, um ihn zum Lachen zu bringen. Aber Philipp hielt sie insgeheim für die winzigen Engel des Fiebers, das ihm den Verstand raubte.

Die Schaben an den Wänden waren hingegen keine Engel, sie waren die Wörter, die in seinem Kopf herumspukten. Sie kamen in der Nacht, sobald die Zimmerbeleuchtung ausgeschaltet war, und er konnte sie nur erkennen, wenn die Vaporetti brummend anlegten und ihre Scheinwerfer sein Zimmer erhellten. Oder wenn ein Rettungsboot einen Kranken in das Hospital schaffte.

Jeden Tag kam eine Frau auf Besuch, die er kannte, aber von der er nicht sagen konnte, wer sie war. Das Krankenhaus erschien ihm oft wie ein riesiges Schiff, und er fühlte sich auf hoher See, geschaukelt von den Wellen.

4

Er war an Lungenentzündung erkrankt gewesen. Seltsam, dass er jetzt alles so deutlich vor Augen hatte, dachte Philipp Artner. Er war damals elf Jahre alt und mit seiner Mutter und seinem Cousin nach Venedig gefahren. Sie wohnten in einer kleinen Pension gegenüber der Giudecca. Das Essen war ihm fremd, aber er mochte es, er liebte es überhaupt, in einem fremden Land zu sein … Er kam sich dann wie etwas Besonderes vor, weil die Menschen seine Sprache nicht verstanden.

5

Von seinem Bett aus konnte er die Lagune sehen und eine Insel, die von einer Mauer umgeben war. Sie hieß, wie er erfuhr, San Michele. Der Pfleger erklärte ihm später, dass dort die Engel wohnten. Er wusste jedoch nicht, dass Philipp sie auch in den Geräuschen des Wassers hörte. Er hörte sie, sobald es regnete und die Tropfen auf das Fensterbrett aus Blech prasselten, wenn das Meer bei Schlechtwetter gegen den Kai schlug oder die Wasserleitung des Gebäudes gurgelnde Geräusche von sich gab. Manchmal sah er sie auch als Glitzern auf dem Meer.

6

Als sein Zustand sich gebessert hatte, erkannte er in der fremden Frau, die ihn besuchte, seine Mutter. Er freute sich, wenn sie kam, aber auch, wenn sie ging, denn eine große und schwere Müdigkeit hatte ihn befallen. Zuerst war er mit seinen Eltern und seinem Cousin auf Sommerferien in Rimini gewesen, dann mit seinem Cousin und der Mutter allein nach Venedig gefahren, da sein Vater wieder seiner Arbeit nachgehen musste.

Manchmal, wenn er in der Nacht erwachte, sah er, sobald ein Vaporetto anlegte und die Scheinwerfer das Zimmer erhellten, dass die Schaben auf den Wänden hockten und Strafzettel schrieben. Auch die Vögel schrieben tagsüber Bücher in die Luft. Die Vaporetti, hatte er festgestellt, legten vor der Insel an. Er sah sie durch das Wasser der Lagune gleiten, langsamer werden, sah wie Menschen aus- und einstiegen, und manchmal kamen schwarze Boote mit Särgen, Blumenkränzen und schwarzgekleideten Trauernden. Abends erschien der Schwarm Möwen. Er sah den Vögeln aufmerksam zu, ohne das es ihn langweilte.

7

Eines Tages wurde ein alter Mann mit seinem Krankenbett in das Zimmer geschoben. Sein Gesicht und seine Augäpfel waren gelb, sein Name war Guiseppe, und er war 86 Jahre alt. Leider sprach er nur Italienisch. Der Pfleger hatte Philipp beruhigt, dass die Krankheit des alten Mannes nicht ansteckend sei.

Schon am ersten Tag zeigte der Chinese, wie ihn Philipp insgeheim nannte, eine Fotografie des Campanile, des Glockenturms, der zum Markusdom gehörte. Philipp war, noch bevor er krank geworden war, in Begleitung seiner Mutter und seines Cousins mit dem Lift auf die Aussichtsplattform hinaufgefahren und hatte aus fast hundert Metern Höhe auf die Stadt geschaut, die Glocken über ihren Köpfen. An diesen Blick von oben hatte er oft gedacht, wenn er den Möwen beim Fliegen zugesehen hatte.

Der Markusplatz lag wie eine Arena unter ihnen, bevölkert von käferkleinen Menschen, noch kleiner als die allerkleinsten Schaben. Die Markierungen auf dem Boden hatten ihn irritiert, er dachte zuerst, die geometrischen Linien hätten eine militärische Bedeutung. In den meisten der zahlreichen Torbögen waren helle Vorhänge angebracht, als würde dort abends Theater gespielt. Er war betört von dem ungewohnten Blick auf die roten Dächer, die Schornsteine, die Kirchtürme, die Häuser, die sich dicht aneinanderdrängten.

Er sah auch die Schiffe am Hafen und eine kleine Insel, die, wie seine Mutter sagte, San Giorgio Maggiore hieß, den Glockenturm, der dem Campanile, auf dem er sich befand, ähnelte, und die Kirche. Daneben die zwei- und dreistöckigen langgestreckten Gebäude, von denen er glaubte, sie seien Klöster, und am hinteren Rand Bäume und Büsche, vor denen unzählige Segelboote ankerten. Auch der Blick auf die beiden Säulen der Piazzetta, den Markuslöwen und den heiligen Theodor mit einem Drachen, ging ihm später nicht aus dem Kopf, das grüne Meer dahinter und die am Kai schaukelnden Gondeln, die mit blauen Tüchern bedeckt waren und wie Krähen in Priestergewändern aussahen. Als plötzlich die Glocken anfingen zu läuten, hatte er sich vergeblich die Ohren zugehalten. Sein Kopf hatte wie ein Trommelfell unter den Schlägen vibriert, er hatte sich, fliehend, zusammengekrümmt und war, als er wieder auf dem Markusplatz stand, einige Zeit nahezu taub gewesen.

Giuseppe zeigte ihm keine neue Farbfotografie des Campanile, sondern eine alte, schwarz-weiße, auf der die Menschen noch anders gekleidet waren, die Frauen mit aufwendiger Garderobe, riesigen Hüten und Sonnenschirmen, die Männer mit Anzügen, Melonen auf dem Kopf und Spazierstöcken in den Händen.

Er hielt, sah Philipp jetzt, ein ganzes Päckchen mit weiteren Fotografien in der Hand, steckte die erste hinter die letzte, und sichtbar wurde abermals der Campanile, aber diesmal mit einem Sprung im Gemäuer, der durch den gesamten riesigen Turm lief, als breche er auseinander. Stumm zeigte Giuseppe mit dem Finger auf den rechten Bildrand: »14. Juli 1902« stand dort. Philipp blickte ihn fragend an, aber Giuseppe hob nur die Augenbrauen und wies auf das nächste Bild. Der Spalt in der Mauer hatte sich inzwischen so verzweigt, dass das Gebäude im nächsten Augenblick einzustürzen drohte, eine Staubwolke hatte sich schon auf dem Boden gebildet. Diese Fotografie gab es mehrfach, jeweils die Stadien des weiteren Zerfalls festhaltend. Erst bei den weiteren Fotografien verstand Philipp, was geschehen war. Anstelle des Campanile war jetzt ein gewaltiger Ziegelhaufen vorhanden, auf den ein Mann mit Hut hinaufgeklettert war. Weitere Männer standen herum und bestaunten den Schotterberg, der einmal der Glockenturm gewesen war.

Giuseppe versuchte ihm etwas zu erklären, aber Philipp begriff erst, als er auf sich selbst und seine Augen zeigte und mit fuchtelnden Gesten das Zusammenstürzen des Turms andeutete: Er war Augenzeuge gewesen. Der Pfleger, der Deutsch sprach, konnte Philipp später Giuseppes Ausführungen übersetzen, so dass er die Geschichte allmählich verstand.

Giuseppe war damals Lehrling bei einem Fotografen gewesen, der sein Geschäft unter den Arkaden am Markusplatz hatte, gerade gegenüber dem Campanile und in der Nähe des Café Florian.

Am Sonntag, dem 13. Juli 1902, sagte Giuseppe, in seinem Bett liegend, zum Pfleger und der Pfleger mit halblauter Stimme und in gebrochenem Deutsch zu

Philipp, seien am Glockenturm deutliche Sprünge, begleitet von einem dumpfen Knall, aufgetreten ... Schon 1745 habe ein Blitz in das Mauerwerk der Nordseite eingeschlagen. Seither habe dort ein Riss geklafft, der sich nicht hatte schließen lassen. Erst nach 1885 hatte man sich vorgenommen, das Gemäuer zu renovieren, es war jedoch aus finanziellen Gründen immer wieder aufgeschoben worden. Im Jahr 1900 hatte man sogar die Metallanker im Inneren entfernt, um einen Aufzug im Turm einzubauen, was das Gebäude, wie man später herausfand, noch mehr destabilisiert hatte.

»Wir verkauften in unserem Geschäft Ansichten von Venedig, dem Markusplatz, dem Campanile, dem Dogenpalast und dem Markusdom. Außerdem fertigten wir Fotografien von der feinen Gesellschaft in Venedig und von Touristen an und hatten eine große Anzahl von Bilderrahmen auf Lager. Mein Vater war ein Angestellter im Markusdom, ein gläubiger Mann, der den Fotografen gebeten hatte, mich auszubilden. Außerdem durfte ich an Sonn- und Feiertagen sogar im Café Florian aushelfen und wurde dann mit einer weißen Piccolo-Uniform eingekleidet. Als Bezahlung erhielt ich das Trinkgeld von den Gästen, die ich bedient hatte ... An diesem Sonntag hatte ich gerade einen Tisch sauber gemacht – zuerst die Weingläser auf ein Tablett gestellt und dann mit einem Tuch die Oberfläche gereinigt –, als ich ein Geräusch vom Campanile her hörte. Soeben wollten zwei Damen und ein Herr aus Deutschland – ich erkannte es an ihrer Aussprache – Platz nehmen. Sie schauten aber erschrocken zum Campanile hin, um gleich darauf, ohne sich zu setzen, unter die Arkaden zu flüchten. Oben, auf der Spitze des Glockenturms, war eine Figur aus vergoldetem Holz, der Erzengel Gabriel, angebracht worden, der die Stadt segnete. 1820 hatte man ihn durch einen neuen aus vergoldetem Kupferblech ersetzt. Als ich den Kopf hob, stand er nach wie vor dort oben auf dem pyramidenförmigen Dach über der Aussichtsplattform, was mich beruhigte. Daher räumte ich zusammen und wurde sodann nach Hause geschickt.

Philipp fiel ein, dass er den Engel vom Markusplatz aus selbst gesehen hatte. Von unten hatte er nicht sehr groß gewirkt, ein im Sonnenlicht leuchtender Vogel.

»Kurz vor dem 13. Juli«, fuhr Giuseppe fort, »hat es heftige Gewitterstürme gegeben, ich weiß nicht, ob sie das Unglück beschleunigt haben … kann sein … Baumeister Luigi Vendrasco, ein Freund meines Vaters, hatte jedenfalls sein halbes Leben vor einem Einsturz gewarnt und war deshalb sogar zwangspensioniert worden … Jedenfalls war der Riss, der sich durch das Bauwerk zog, inzwischen mehrere Meter lang und machte einen bedrohlichen Eindruck, weshalb auch das sonntägliche Konzert der k. u. k. Militärkapelle auf dem Markusplatz abgesagt werden musste und die Glocken nicht mehr läuten durften. Sogar der mittägliche Kanonenschuss von Santa Maria Maggiore aus, der die Zeit angab, musste entfallen. Nur der Betrieb in den Cafés ging ungestört weiter.

Immer mehr Menschen liefen unterdessen am Markusplatz zusammen, und mein Lehrherr verlangte von mir, dass wir mit Kamera und Stativ Aufnahmen vom Turm machten. Am Abend konnten wir dann feststellen, dass die Risse noch größer geworden waren. Nach wie vor eilten aber Menschen am Glockenturm vorbei zu den Dampfschiffen, die von der Riva degli Schiavoni zum Lido fuhren oder von dort ankamen. Auch Neugierige und Passanten hielten sich nahe dem Campanile auf, denn niemand schien es für möglich zu halten, dass er jemals einstürzen könnte … bis auf meinen Lehrherrn, der förmlich darauf zu warten schien. Er befahl, alle wertvollen Objekte aus dem Geschäft in den hinteren Raum zu schaffen und fuchtelte dabei wild mit den Händen. Als es dunkel geworden war, entließ er mich, wies mich jedoch an, am nächsten Morgen schon um sieben Uhr anwesend zu sein, da er weiterhin den Glockenturm fotografieren wolle und meine Mitarbeit dafür nötig sei …

Zu Hause und überall in der Nachbarschaft war der Riss in der Mauer des Campanile Gesprächsthema Nummer eins. Mein Vater beruhigte jedoch unsere Familie. Morgen früh, sagte er, würden der Chefingenieur des Bauamtes und der Inspektor der Feuerwehr mit anderen Spezialisten den Schaden begutachten und dann alles Weitere unternehmen. Die ganze Nacht, führte er dann beim Frühstück aus, hätte die Bevölkerung den Markusplatz aufgesucht und das Geschehen um den Campanile verfolgt und diskutiert. Das habe ihm die Nachbarin gesagt, als er am frühen Morgen die Toilette am Gang aufgesucht habe. Ich selbst war am Montag, dem 14. Juli, wie vom Meister angeordnet, um sieben Uhr im Geschäft, wo er schon mit seiner Frau wartete, die, während ihr Mann mit mir auf dem Markusplatz fotografierte, den Verkauf übernehmen sollte. Dann bereiteten wir alles vor, machten mehrere Probeaufnahmen und ließen von da an den Campanile nicht mehr aus den Augen. Von halb zehn Uhr an vergrößerte sich die Menschenansammlung auf dem Platz stetig, weshalb wir mit dem Fotoapparat immer näher an den Turm heranrücken mussten, weil sich die Neugierigen ohne Rücksicht vor dem Objektiv aufstellten. Als die Untersuchungskommission mit einer zwanzig Meter langen Leiter, die die Feuerwehr am Turm anlegte, eintraf, warteten bereits mehrere Journalisten darauf, was weiter geschehen würde. Ich stellte mich zwischen einen von ihnen und meinen Lehrherrn, der unentwegt beteuerte, dass der Campanile einstürzen würde, und hielt für den Fall der Fälle«, wie Giuseppe sich ausdrückte und der Pfleger mühsam übersetzte, »die fotografischen Platten bereit. Bis zuletzt zweifelte ich an einem Einsturz des Glockenturms, weil ja der Erzengel Gabriel auf seiner Spitze stand. Zwei Feuerwehrmänner auf der Leiter waren inzwischen dabei, den Spalt zu untersuchen. Währenddessen fielen Steine und Mörtel aus dem Gemäuer. Durch die Menge ging ein Raunen, und mein Lehrherr begann sogleich mit der Arbeit. Die Leute standen jetzt so nahe beim Campanile, dass es, wenn er zu diesem Zeitpunkt eingestürzt wäre, sicher eine Katastrophe gegeben hätte. Der Himmel war blau, der Erzengel auf der Turmspitze blinkte im Sonnenlicht, und die umstehenden Menschen sprachen laut miteinander. Zu diesem Zeitpunkt ordnete der Feuerwehr-Kommandant auf Befehl des Bauamtsdirektors an, den Platz zu räumen. Auf ein Hornsignal begannen die Feuerwehrmänner laut: ›Zurück! Zurück!‹ zu rufen und gingen so bestimmt vor, dass man ihnen ohne Widerspruch gehorchte. Gleichzeitig musste auch die einzige Person, die sich noch im Campanile befand, das Gebäude verlassen. Die Türmersfrau hatte bis zuletzt Hemden gebügelt. Ebenso unerbittlich wurden die nahen Cafés, das Florian und das Quadri, die nach wie vor geöffnet hatten, zusammen mit den Geschäften unter den Arkaden geschlossen. Natürlich lief ich nicht aus Angst davon, niemand ergriff die Flucht. Man ließ sich zwar widerstandslos von der Feuerwehr zurückdrängen und fing zu laufen an, aber nur so weit, dass man aus scheinbar sicherer Entfernung die Geschehnisse beobachten konnte. Die Feuerwehr hatte inzwischen den gesamten Platz abgesperrt und versuchte auch meinen Lehrherrn zu verscheuchen, der aber ein Stück weiter neuerlich Aufstellung nehmen wollte. Es kam jedoch nicht mehr dazu. Es muss gegen 9 Uhr 45 gewesen sein, so behauptete es später jedenfalls mein Lehrherr, in der Zeitung stand hingegen 9 Uhr 47 –, als der Spalt im Gemäuer des Glockenturms über die Mauer lief und sich ausdehnte wie ein Fluss, der sich ein Bett sucht. Ein dumpfer Knall, ein Grollen und Gedröhn waren zu hören, und im nächsten Augenblick brach, als wäre es die nebensächlichste Angelegenheit der Welt, der Campanile in sich zusammen. Wir schrien vor Entsetzen. Schon als ich durch einen der Spalte und dann gleich durch mehrere den Himmel sehen konnte, ergriff mich Entsetzen. Eine mächtige Staubwolke quoll auf und verbreitete sich rasend schnell über den Platz. Im Nachhinein fällt mir ein, dass ich beim Einsturz einen Blick auf die Figur des Erzengels Gabriel geworfen hatte. Der obere Teil, das pyramidenförmige Dach und die Etage mit den Säulen darunter, sanken in sich zusammen, und der Erzengel verschwand mit ihnen hoch aufgerichtet wie ein Kapitän auf einem sinkenden Schiff, im Staubmeer, das inzwischen den gesamten Markusplatz und die zuführenden Gassen überzog. Meine Augen brannten, ich musste sie schließen und lief blind davon, aber ich roch den erdigen Mauergeruch, ich atmete den Campanile ein, seine Ursubstanz. Fast erstickte ich daran, ich hustete jedenfalls ohne Unterbrechung. Öffnete ich die Augen, brannten sie und vermittelten mir den Eindruck eines Sandsturms. Natürlich glaubte jeder, der dabei gewesen war, gespürt zu haben, wie die Piazza erschüttert worden war, als habe die Erde gebebt – ich kann mich jedoch nicht daran erinnern. Ich weiß nur noch, dass in dem Moment, als der Glockenturm einzustürzen begann, Panik ausbrach. Alle, die es selbst miterlebt hatten, sagten im Nachhinein, es sei der Weltuntergang gewesen: Scheiben zerbrachen, Damenhüte flogen durch die Luft, Sonnenschirme und sogar Schuhe! Männer, Frauen und Kinder wurden niedergerannt, und der Lärm und das Geschrei müssen im ganzen Viertel zu hören gewesen sein. Sobald der Staub sich verzog – wir waren vor ihm weit in die angrenzenden Gassen geflohen –, kamen alle wieder zurück, um zu sehen, was vom Campanile übrig geblieben war. Es war, wie gesagt, nur ein riesiger Haufen Baumaterial, der pyramidenförmig dalag. Der Glockenturm selbst war verschwunden.

›Die Katze ist tot!‹, rief jemand, ›die Katze vom Turmwärter.‹ Mein Lehrherr widersprach, dass es nicht stimmte, er hatte sie davonlaufen sehen. ›Eine Pyramide als Grab für eine Katze!‹, schrie ein anderer.

An ein Fotografieren war wegen des Staubes, der die Kamera beschädigt hätte, zunächst nicht zu denken.

Später gab es Behauptungen, alle Fotografien des einstürzenden Campanile seien Fälschungen. Mein Lehrherr reagierte immer wütend darauf. ›Nicht Fälschungen‹, sagte er, ›*Verbesserungen* …‹ Er habe nur die Staubwolke auf der Fotografie hinzugefügt und die Sprünge deutlicher sichtbar gemacht. Sonst wäre ein falscher Eindruck entstanden: Ohne die Staubwolke hätte jeder gesagt: ›Wo ist die Staubwolke? Die Fotografie ist eine Fälschung!‹ Und dass er die Risse deutlicher sichtbar gemacht habe, sei eine weitere Hilfe für die Betrachter. Wären sie nicht vorhanden, hätte jeder wiederum gefragt: ›Wo sind die Risse? Die ganze Zeit war von Rissen die Rede, und auf dem Bild sieht man höchstens feine Sprünge. Die Fotografie ist eine Fälschung … Nein‹, fuhr mein Lehrherr damals schwer atmend fort: ›Es war alles genauso wie auf der Fotografie!‹

Herabfallende Teile von den Fassaden verursachten die meisten Schäden, die Trümmer zerschmetterten die Arkaden genau bis vor das Geschäft meines Lehrherrn, das – wie durch ein Wunder – nicht beschädigt wurde, so dass wir später durch unsere Auslagen direkt auf den riesigen Schutthaufen sahen und, wenn uns niemand sah, sogar auf ihn kletterten, was ich mehrmals machte. Ja, ich war glücklich, wenn ich im Geheimen, sobald die Arbeiter am Abend nach Hause gingen, mich auf den Trümmern niederließ, von dort aus den Markusplatz betrachtete und so schnell wie möglich abhaute, bevor ein Polizist mich entdeckte. Es gab Verletzte beim Einsturz – aber keine Toten. Nicht einen.

Ich will noch die Geschichte von den sechs Hemden erzählen. Die Frau des Turmwärters war, wie ich gesagt habe, gerade beim Hemdenbügeln gewesen und hatte alles liegen lassen müssen, als die Feuerwehr in ihre Stube polterte. Bei den Aufräumarbeiten haben sich dann die sechs Hemden unversehrt unter den Trümmern gefunden, und als der Turm nach zehn Jahren wieder auf seinem Platz eingeweiht wurde, haben sechs Ehrengäste sie frisch gewaschen und gebügelt getragen.

Aber was ist mit dem Erzengel Gabriel passiert?, wirst Du mich fragen«, sagte der Alte und übersetzte der Pfleger. »Wurde er zertrümmert, wie vier der fünf Glocken, die man später aus den Bruchstücken neu gegossen hat? – Nein, man fand ihn zwar stark beschädigt auf den Stufen zum Haupteingang des Markusdoms, aber seine Gestalt war noch erkennbar, auch wenn Teile abgebrochen, einer der Flügel gänzlich verstümmelt und der andere gestaucht und zusammengebogen war … Ich habe damals meinem Lehrherrn geholfen, die Kamera über den Schutthaufen zum Eingang des Doms zu tragen, um eine Fotografie des Erzengels zu machen. Als er jedoch den Auslöserknopf bediente, bemerkte er, dass er in der Eile vergessen hatte, die fotografischen Platten mitzunehmen. Ich erhielt den Auftrag, die Platten augenblicklich aus dem Geschäft zu holen, jedoch war das eiserne Rollo bereits heruntergezogen und versperrt, so dass ich mir keinen Eintritt mehr verschaffen konnte. Als ich wieder bei meinem Lehrherrn angekommen war, verlor er die Nerven und tadelte mich vor den umstehenden Arbeitern und dem Küster. Am nächsten Tag konnten wir aber den Erzengel doch noch aufnehmen. Er war inzwischen in den Vorraum des Doms gebracht worden, zusammen mit allen abgerissenen Teilen. Es ist die einzige Fotografie, die vom zerstörten Gabriel existiert …

Dadurch dass es den Campanile nicht mehr gab, kam mir der Markusplatz jetzt noch größer vor. Auch mein Lehrherr mochte gar nicht mehr auf den Platz schauen: ›Ich erwarte immer noch, dass der Campanile wieder dort steht, aber er ist verschwunden wie eine Illusion‹, sagte er. Mir ging es nicht anders. Wenn ich auf die Piazza hinausblickte, fragte ich mich zuerst, ob ich mich vielleicht getäuscht hätte.

Als der Bau im Gang war, lebte ich einige Jahre aus beruflichen Gründen – ich arbeitete für eine Zeitung – in

Bologna, aber wenn ich auf Besuch zurück nach Venedig kam, konnte ich jedes Mal sehen, wie der Campanile wieder ein Stück gewachsen war. Am 25. April 1912, im vorletzten Jahr des Friedens, wurde der Glockenturm wieder eingeweiht. Oben auf seiner Spitze stand wie vorher der goldene Erzengel Gabriel, den man aus den zerbrochenen Teilen und mit neuem Material zusammengeflickt hatte. Sein Heiligenschein ist am Blitzableiter, der über seinen Rücken läuft, befestigt. Ein riesiger Schwarm Tauben, Hunderte, Tausende, stiegen zur Feier des Tages zu ihm hinauf und knatterten mit ihren Flügeln … über der Piazza …«, brachte Giuseppe gerade noch heraus, bevor er einschlief.

8

Am nächsten Morgen stand kein zweites Bett mehr im Zimmer. Bevor es hell geworden war, erklärte der Pfleger, habe Giuseppe seinen Anzug und den Spazierstock aus dem Schrank genommen und sei nach Hause gegangen.

9

Jahrzehnte später betrat Philipp Artner durch das offene Tor zum ersten Mal wieder das Spitalsgebäude, der Portier beachtete ihn nicht. Er befand sich jetzt in einem langen, dämmrigen Gang wie in einer Kirche oder einem Kloster … Was wollte er hier?, fragte er sich. Das Krankenzimmer sehen, in dem er als Kind gelegen war? War seine Erinnerung daran nicht eindringlicher und außerordentlicher als das, was er jetzt erfahren würde? War es nicht besser, die unscharfen

Bilder im Kopf zu behalten und sie nicht durch ein banales Krankenzimmerbild zu überdecken?

Er drehte sich um, sah durch den langen Gang – wie mit einem Kinderfernrohr aus einer Papierrolle – vor dem Tor eine Gruppe maskierter Menschen vorbeiziehen – und machte kehrt. In Wien hatte er sich zwar vorgenommen, bei seinem Venedigbesuch unbedingt das Krankenzimmer aufzusuchen, aber jetzt im Karnevalstreiben kam ihm der Gedanke lächerlich vor. Er war erleichtert, als er wieder auf die Straße trat und zum Canal Grande wanderte, an den Auslagen mit Masken vorbei, zwischen Fußgängern, die mit ihrem Faschingsaufzug in das 18. oder 19. Jahrhundert gepasst hätten – Pestärzte, Casanovas, Marquisen –, alles lief auf ein Spiel mit der Vergangenheit hinaus oder auf ein Carlo-Goldoni-Theaterstück.

Er war jetzt schon seit drei Tagen in der Stadt, und die anfängliche Aufmerksamkeit hatte nachgelassen. Er hatte die herzhafte ländliche Küche gekostet, derbe Salamiwürste, köstliches Brot, gewürzten Käse, einfache, weiße Weine, Spaghetti in verschiedenen Variationen, und er war mit dem Lift auf den Campanile hinaufgefahren. Der Karneval war in diesem Jahr früher als sonst, deshalb war es auf dem Glockenturm auch kalt. Er trug seinen schwarzen Dufflecoat, und während er auf die Stadt hinunterschaute wie damals als Elfjähriger mit seiner Mutter und seinem Cousin, dachte er an Giuseppe und an den Erzengel Gabriel auf dem pyramidenförmigen Dach.

Von oben, vom Campanile aus, hatten ihn die zahlreichen Verkleideten nicht irritiert, aber wenn er zu viel Wein getrunken und bei Einbruch der Dunkelheit durch das Gassengewirr geschlendert war, hatte er immer wieder das Gefühl einer Zeitumkehr empfunden. Was am Tag übermütige Narretei war, konnte bei Dunkelheit eine überraschende Déjà-vu-Szene werden.

Er trank in einer Stehweinbude einen »Spritz« und aß zwei Brötchen mit Stockfischmus. Draußen begann es jetzt zu schneien, theatralisch und übertrieben. Er bezahlte, ging hinaus und drängte sich durch kleinere und

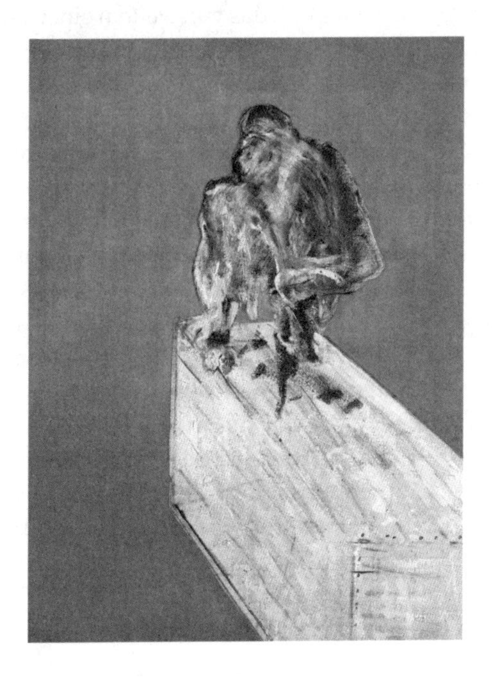

größere Menschenansammlungen zum Peggy-Guggenheim-Museum, auf das er bei keinem Venedig-Aufenthalt verzichtete. Wie immer suchte er im Gedränge zuerst Francis Bacons Bild »Studie eines Schimpansen« auf. Nie hatte er versäumt, es beim Verlassen des Museums ein zweites Mal zu betrachten, um es als letzten Eindruck mit hinauszunehmen. Es war nicht sehr groß, vielleicht 1,5 x 1 Meter, und was ihm stets als Erstes ins Auge sprang, war der fuchsrotfarbene Hintergrund, dann erst die gelblich-braune und zugenagelte Kiste und schließlich der Schimpanse selbst, der in Bewegung festgehalten war wie auf einer verwischten Fotografie. Sein langer Penis hing schlaff zwischen seinen Beinen, und sein Gesicht, das von weitem einen aggressiven Eindruck machte, war, aus der Nähe betrachtet, fast kindlich und traurig. Der Maler hatte weiße Farbe über den Kopf und Oberkörper des Affen gewischt, um zu verdeutlichen, dass er sich bewegte. Betrachtete Philipp das Bild näher, erkannte er schwachblaue, fast unsichtbare Linien auf dem roten Hintergrund, die einen Käfig andeuteten – in den der Affe offenbar gesperrt war. Die nächste Frage, die Philipp stets durch den Kopf ging, war: Was befand sich in der Kiste, auf der der Schimpanse hockte? War sie der Transportbehälter, in den dieser eingeschlossen gewesen war, bis er im Zoo landete? Oder war sie ein Sarg?

Philipp mochte an diese Überlegungen keine weiteren mehr knüpfen. Er schloss die Augen und war jetzt selbst der Schimpanse. Ein Kind lief an ihm vorbei, das »Mama! Mama!« rief. Die Stimme entfernte sich, wurde leiser und verstummte. Nur noch die Geräusche und das Gemurmel der Besucher waren zu vernehmen.

»Der Zirkus ist heute gut besucht«, hörte er die Stimme von Francis Bacon aus der Kiste rufen, »wir müssen gehen, die Vorstellung beginnt.«

Und Philipp beeilte sich, in die helle Manege zu kommen.

EPILOG

Philipp Artner

Notizen zur Kindheit

I.

Er geht den Vogelspuren im Schnee nach, über eine Wiese hinunter zum Fluss. Dort am Ufer muss sich die Amsel in die Luft erhoben haben. Er bleibt stehen und betrachtet die Vogelspuren. Er hört den Fluss rauschen. Er schaut hinauf in den düsteren Winterhimmel.

II.

Auf dem Tisch das Zeichenblatt. In seiner Hand der gespitzte Bleistift. Vor ihm steht die Zahnprothese der Großmutter im Wasserglas. Er zeichnet das Gebiss ab, während sie im Nebenzimmer schläft.

III.

Das Mädchen, das er umarmt, ist nackt und so alt wie er. Er blickt ihm in die Augen. Während er es liebt, glaubt er, dass er jetzt erwachsen ist.

Requiem für eine vergangene Zeit

Man sieht die Karte einer Stadt, die es nicht gibt.
Man sieht die Farben der Wolken.
Man sieht eine Handschrift.
Man sieht einen aufblasbaren Elefanten.
Man sieht ein laufendes Kind von hinten.
Man sieht ein blutiges Schlachtmesser.
Man sieht betende Muslime.
Man sieht einen belebten Hornissenstock.
Man sieht einen gelben Uhu-Stick.
Man sieht einen springenden Floh.
Man sieht stickende Frauenhände.
Man sieht Harztropfen auf einem Baum.
Man sieht die anatomische Zeichnung eines Affen.
Man sieht eine Gabel.
Man sieht ein aufgeschlagenes Buch.
Man sieht einen Basar.
Man sieht eine japanische Tätowierung.
Man sieht meinen schwarzen Schatten.
Man sieht eine Sonnenuhr.
Man sieht den toten Paradiesvogel.

Das fiebernde Kaleidoskop

Ein aufgelassenes Schwimmbad mit Sprüngen im Zement, aus denen Gras und kleine Büsche wachsen, eine verrostete Autokarosserie, ein schwarzes von einem Brand zerstörtes Zimmer, eine totgebissene Fledermaus, eine ausgefranste Zahnbürste, bunte Vögel, die vom Himmel fallen, die Zeit in Form eines Lichtstrahls, eine mit Blut gefüllte Wasserwaage, ein abgeschnittener Hühnerkopf in einem Waschlavoir, eine Stricknadel im Ohr eines Kindes, ein verwesendes Bügeleisen aus Fleisch, blühende Glühbirnen, ein Fußboden aus Fingernägeln, ein Persilkarton voller Milchzähne, Handschuhe aus Fliegen, eine zerbeulte Trompete, Krawatten aus Giftschlangen, amputierte Füße, weinerliche Muränen, Konserven mit Ratten, Tinte aus Kolkraben, zusammenstürzende Gebäude, Buchstaben aus Menschenhaar, Abfall von Schlachtungen, ein Blitzstrahl, Wasserhähne, aus denen Blut läuft. Ich habe den Eindruck, ich sei ein krankes, fieberndes Kaleidoskop, dessen Glassplitter durcheinandergeraten sind und allmählich keine symmetrischen Gebilde mehr projizieren.

Versuch 1

Schafgarbe: Shakespeare-Sonette auf Chinesisch
Hortensie: Gebete auf Arabisch
Mistkäfer: Fluch eines Unglücklichen
Tote Maus: Atemstillstand
Rostige Dachrinne: Seufzer der Sterbenden
Schatten: Selbstgespräch
Flechte: Gelächter von Kindern
Katzenfell: Heimlicher Schwur
Gesumm von Wespen: Liebesgestöhn
Toter Fisch: Tränen der Trauer
Gänge des Borkenkäfers: Heilige Schriften

Alter Kaktus: Husten
Nussbaum: »Cogito ergo sum«
Grashalm: Flüstern
Fensterscheibe: Ja
Zahnpastatube: Vielleicht
Tote Schlange: Angst
Kristall: Das wohltemperierte Klavier, Johann Sebastian Bach – Präludium und Fuge Nr. 1
Blutstropfen: Friedrich Nietzsche – Gedicht
Wasserrose: Amen
Schilfrohr: Schmerzenslaut
Schneckenhaus: Das Ticken einer Uhr
Kohlmeise: Ein Name
Brennnessel: Nein
See: Homer, Die Odyssee
Marmor: Verszeile Dantes
Haar: Abschiedsschmerz
Narzisse: Hysterischer Schrei
Erdbeere: Lippenbewegung
Rollender Blecheimer: Schlachtung
Spuren von Hasenpfoten im Schnee: Gebärden eines Gehörlosen
Spazierstock: Rufzeichen
Klopfender Specht: Wortwiederholung
Apfel: Kindliche Sprache
Kirsche: Fragezeichen
Kohlweißling: Höflicher Gruß
Gewitter: Goethes Faust
Parfüm: Schmeichelei
Ei: Liebesgedicht von Garcia Lorca
Tropfender Wasserhahn: Bürgerliches Gesetzbuch auf Lateinisch

Kuckuck: Lüge
Sonne: Geräusche von Frühstücksgeschirr
Kartoffel: Totengebet
Maiskolben: Schüsse
Staub: Das Schweigen
Regenschirm: Lautlose Schreie
Stimmgabel: Befehl
Schere: Vergebliche Bitte

Versuch 2

a = Kohle, Kohlenhalde, Kohlenflecken, Kohlenstaub
b = dicker, onanierender Schwachsinniger
c = Nest und Eier einer Ente
d = verlorene Hutschachtel
e = die 70. Sure des Koran in kyrillischer Schrift
f = das Gesicht von Majakowskij
g = Soldat
h = Mann in Socken mit großem Penis
i = die erste Menstruation
j = Priester am Altar beim Lesen
k = Geschirrtuch mit toten Fliegen
l = Sprache der Vögel
m = mathematische Formeln für das Weltall
n = Abschiedsbrief eines Selbstmörders
o = Zwiebel schälen
p = Jäger mit Schießgewehr
q = Fettaugen auf einer Suppe
r = Sprache der Goldfische
s = abgeschnittene Nase

t = nackte Friseurin, nackte Zahnarztgehilfin
u = zerbrochene Brille auf Asphaltstraße
v = aufgeklappter Kadaver eines geschlachteten Lamms
w = Lederkoffer voller Taschenmesser
x = quakende Frösche
y = schmerzliche Infektion am Gesäß
z = Kochen eines Apfelkompotts mit Gewürznelken und Zimt
ä = Möwengeschnatter über Amsterdamer Gracht
ü = Agaven
ö = Benzinfleck auf Wasser

Versuch 3

Das Gebet der Atome. Das Gebet der Erdbeeren. Das Gebet der Suren. Das Gebet der Rosinen. Das Gebet der Suppenlöffel. Das Gebet des Bernsteins. Das Gebet der Gehörknöchelchen. Das Gebet der Pantoffeltierchen. Das Gebet der Mobiltelefone. Das Gebet der Aale. Das Gebet der Kopftücher. Das Gebet der Funken. Das Gebet des Weinens. Das Gebet der Köpfe. Das Gebet der Füße. Das Gebet der Seidenraupen. Das Gebet der Blätter. Das Gebet des Sternenhimmels. Das Gebet des Zweifels. Das Gebet der Kuheuter. Das Gebet der Zipfelmützen. Das Gebet der Nachtfalter. Das Gebet der Hornknöpfe. Das Gebet der Umarmung. Das Gebet des Spielzeugs. Das Gebet der Schrotpatronen. Das Gebet der Passbilder. Das Gebet des Unheils. Das Gebet der Hoffnung.

Versuch 4

1. Schneckenhaus: Das Erscheinen des Namenlosen
2. Kopf des Märtyrers: Das stumme Gebet
3. Pfingstrose: Hermelin, Sehnerv
4. Unruhe: Tanzschuhe, Ballade
5. Gletscher: Spiegel
6. Ziehharmonika: Perlmuttknöpfe, Mundstück der Klarinette
7. Nichts: Spirale, Luft, Anfang
8. Tagtraum: Wasserfall
9. Ewigkeit: Pyramide, Nadel
10. Zahn: Stalin, Säge
11. Vollmond: Flaschenöffner
12. Blume: Heiligenschein
13. Beschneidung: Mund, Bart, Klinge, Tanz
14. Lammleber: Besinnung
15. Affe: Reim
16. Verzweiflung: Diebstahl, Sturm
17. Ornament: Allah
18. Mohn: Dämon, Irrwisch
19. Flucht: Endlosigkeit
20. Umarmung: nackt, Badewanne, Hühnerpfote
21. Sonnenuhr: Alltag, Zitrone, Geometrie
22. Brücke: Regen, Milch, Schatten
23. Licht: Kastanie, Dunkelheit, Engel
24. Gebet: Epos, Brotlaib, Atmosphäre

Bildnachweise

S. 45 Richard Gerstl: Selbstbildnis vor blauem Hintergrund (= Selbstbildnis als Halbakt). Leopold Museum/ Sammlung Leopold, Wien

S. 67 Arnold Schönberg: Blick, 1910 (= Der rote Blick). Arnold Schönberg Center, Wien

S. 98 Giotto di Bondone: Der Judaskuss. Padua, Arenakapelle

S. 103 Giotto di Bondone: Die Vogelpredigt. Assisi, San Francesco

S. 155 Gabriel Cornelius von Max: Affen als Kunstrichter. Neue Pinakothek, München

S. 158 Ernst Haeckel: Anthomedusae. Aus: E. H.: Kunstformen der Natur (1904)

S. 276 Jacopo Tintoretto: Verkündigung. Venedig, Scuola di San Rocco

S. 432 Katsushika Hokusai: Die Seerosensammlerinnen. © Bridgeman Art Library/Fitzwilliam Museum, University of Cambridge

S. 435 Kunisada: Posthumes Porträt Hiroshiges, »Gedächtnisbild«, 1858

S. 446 Katsushika Hokusai: Der Traum der Fischersfrau (Farbholzschnitt)

S. 483 Die Trümmer des Campanile am 14. Juli 1902. Aus: L'illustrazione Italiana, 20. 7. 1902

S. 490 Der einstürzende Campanile. Fotomontage: Antonio de Paoli

S. 495 Francis Bacon: Studie eines Schimpansen (Study for Chimpanzee). The Solomon R. Guggenheim Foundation, Peggy Guggenheim Collection, Venice 76.2553.172.

Mit Dank an die Inhaber der Bildrechte

Inhalt